하나꼬의 해바라기

너처럼 나도 해바라기야.
예전에 너도 들었지?
여기서 얼마가 사랑은 기다림이고
기다림은 희망이라고 했던 거

하나꼬의 해바라기

조재범
장편소설

좋은땅

작가의 말

제 소설의 차분한 문체와 어조는 강렬한 이야기를 간결함과 담백함으로 이끄는 원동력이자 에너지였습니다. 등장인물 간의 대화 속에 특별한 기교를 부려 독자가 한 번 읽어서 이해하지 못할 바에는 가독성 높은 문체로 이야기를 써내려 가는 것이 독자가 편안하게 이야기에 집중할 수 있도록 돕는 것이고, 더 나아가 독자가 자신의 흥미로 입체적 무대를 건축하여 화자가 들려주는 이야기 속으로 자연스레 동화되는 손수레 역할을 하길 바랐습니다.

이 이야기가 오늘로부터 오래전 시간으로 거슬러 올라가 시작되기에 젊은 독자들이 어색한 그 시절 이야기들에 거리감을 느끼지 않도록 제가 상상하는 인물과 배경에 대한 느낌과 저의 머릿속에 있는 놀라운 광경, 그것들을 온전히 전달하려 했습니다.

소설 속 인간만이 가진 감각에 의한 신비한 경험과 종교적 오컬트는 개인이 만든 혹은 있을 수 있는 이상적인 이야기가 아니라 현재 존재하는 우리 중 누군가는 경험하는 일들입니다. 단 하나의 어떤 것도 인간 자체를 정의할 수 없기에 이러한 이야기를 쓴다는 것은 가치 있는 일입니다. 자기 자신을 포함한 모든 인간은 단 한 번의 삶을 살아야 합니다. 그래서인지, 제가 어릴 적 마을에서 떨어진 동산에 움막을 짓고 살았든, 하나꼬라는 이름으로 불렸든, 여성의 삶 또한 사람의 이야기로 저에게는 중요하고 영원합니다. 나·너·우리는 어찌 되든 살아가고 있으니까요.

저의 이야기는 허구 속 가공된 이야기가 아니라 그 시절 우리에게 일어났던 실제 일들과 몽상의 의미를 지니고 있습니다. 모든 인간의 삶이란 자기 자신의 길, 하나의 길을 만들어 가는 것이며 그것은 단 하나뿐인 이 세상에서 자기만의 흔적을 남기는 것입니다. 그러나 끝까지 인간이 되지 못하고 겉은 인간의 육체를 하고 있지만 속은 야생의 독초와 같은 모습으로 사는 이도 적지 않습니다.

이야기는 1940년부터 1980년 초까지, 두 번의 전쟁을 겪으며 모든 것을 잃은 한 여인이 유아에서 소녀로, 그리고 성인이 되어가는 과정에서 겪는 특별한 삶의 이야기입니다.

전쟁은 산골 벽지라고, 갓난아이라고 그냥 지나치지 않았습니다. 잃는 것과 두려움은 일상이었습니다. 이념과 전쟁 뒤에 남은 사람이 생존을 위하여 기다리고 그것이 가져올 미래는 기다린 사람들이 살아가는 이유와 희망이었습니다. 우리가 사는 세상은 어쩌면 소설 속 하나의 성당 아래 북쪽의 수녀와 남쪽의 신부가 동거하는 것과 같은 세상일 것입니다.

우리는 지금 아픈 환경 속에 있습니다. 하나꼬의 삶이 특별해 보이지만 누구는 이미 겪은 평범한 이야기일지도 모르겠습니다. 해바라기와 소녀는 결국 기다리면 희망이 온다는 한 마음인 것처럼 독자분들의 기다림에도 반드시 희망이 올 것입니다.

*

    어느새 도시인이 되어버린 저의 머리 안에 그 시절의 아궁이를 짓고 부뚜막 위 흙벽에 그림을 그렸습니다. 이름을 썼습니다. 하루하루가 진지함과 고뇌의 연속이었습니다. 그 시절은 더는 제가 되돌아갈 수 없는 불가항력의 현실이고, 글을 쓰는 동안 신체의 오감을 열어 놓고 살았습니다. 계절도 바뀌고 저의 모습도 변해 가는 3년간 소설을 쓰며 저는 다행히 지치지 않았습니다. 저의 이야기에 대한 집요함과 소설에 대한 애착으로 다행히 한 권의 책으로 펴낼 수 있었습니다. 아직도 화자와 저의 팽팽한 줄다리기는 계속되고 있습니다. 그렇기에 이 소설의 끝이 어디일지 모릅니다. 《하나꼬의 해바라기》 다음 이야기를 기다릴까 합니다. 희망은 꼭 올 것이라 여기며…. 독자 여러분의 건강과 행복을 기원합니다.

차례

해바라기 마을

　남강南江의 은빛 물살은 쉼 없이 남쪽으로 흘러 내려오다 땅과 마주 닿으면 어김없이 길쭉한 막대 모양의 모래톱을 만들어 놓았다. 물결은 다시 살아 숨 쉬는 듯한 생명의 소리를 내며 낙동강落東江으로 흐르고 그 큰 물갈래에서 빠져나온 힘없는 한 줄기 강물은 해바라기 마을 턱밑까지 비집고 들어와서는 모두의 늪을 만들고 쉬어 버렸다.

　늪에는 쪽배 두어 척 떠 있어 어부가 있을 것 같지만 고기잡이배는 아니고 이 마을과 진주를 이어 주는 사공의 배일 뿐, 더는 아닌 것처럼 보였다. 늪을 내려다보는 마을 뒷산은 진붉은 황토 언덕을 내어주었고 도드미 언덕은 오래전부터 있었던 사람과 소의 경작으로 생김새가 서로 다른 밭으로 자리 잡아 이 마을의 뒤를 넉넉히 품었다.

　마을 뒤로 난 길을 따라 비탈진 곳에 자리 잡은 작은 대나무 숲을 지나면, 겨우 자동차 한 대 지나갈 듯한 좁은 잿길을 만나고 몇 발짝만 더 굽은 길을 돌아가면 마침내 도드미 언덕에 올라서게 된다. 그 땅에 빈틈없이 들어찬 초록의 해바라기 줄기는 그렇게 평화로울 수 없는 하늘을 향해 쭉쭉 뻗었고 그 위로 펼쳐진 황금빛 갈기 속의 샛노란 꽃잎은 마치 하느님이 황금을 갈기갈기 찢어 잡티 하나 없는 파란 하늘 밭에 뜬, 붉은 태양의 목덜미에 걸쳐 놓은 듯하다. 그것은 마치 굉장한 화려함을 자랑하는 아름다운 보석처럼 눈이 시리도록 파란 하늘을 향해 유혹의 꽃잎을 펼쳤다. 달콤한 솜사탕 맛에 취한 벌과 나비는 행복한 춤을 추며 날아다니다 쉴 새 없이 노란 꽃잎 속으로 내려앉고 붉은 대지의 연약한 생명체들은 그것이 흘려준 꿀방울을 먹고 그날을 살아간다.

꽃잎에서 떨어진 꿀맛 같은 먹거리에 떼로 모여든 황토 위의 작은 생명체들 곁을 흰 운동화를 신은 사내가 한참을 미동도 없이 서 있다. 두 눈을 지그시 감은 그는 황토 속살을 닮은 바람이 초록잎 하나하나를 징검다리 건너 듯 지나가며 내는 소리마저 평화롭게 즐기는 듯했다. 나이 든 남자는 이제 이 계절을 넘기지 못할 것을 직감하고 도드미 언덕의 마지막 풍경이 주는 행복을 기억하러 언덕이 내려다보이는 쉼터를 찾았다. 깊게 팬 이마 주름이 논두렁의 물길처럼, 실타래같이 내려와 그의 눈 주위에 자리를 틀었고 주름의 갈래를 닮은 지나온 세월 속 기억들이 그의 부드럽게 감긴 눈 속에서 빛의 속도로 흘러갔다. 한순간, 지긋이 감겨 있던 그의 눈꺼풀이 파르르 경련했고 그의 삶에서 마지막이 될 이 계절에 핀 해바라기가 붉은 황토 땅에서 모습을 감추기 전에 꼭 만나야 할 사람들을 떠올렸다. 그리고 그는 먼 시간 속으로 마지막 여행을 떠났다.

조현수는 이 마을에서 제일 큰 집과 마을 토지 대부분을 소유하였다. 마을 사람들 말을 잘 들어주며 흉년이 들면 두 팔을 걷어붙이고 마을 안의 가난한 소작농들과 과부들을 위해 아낌없이 곡식을 내놓았다. 수십 년 전 읍내에서도 아주 깊숙이 들어온 깡촌의 이 마을을 찾아온 '두 모녀'가 심었던 해바라기꽃은 이제는 마을 공동 사업으로 성장해 버렸고 마을은 매년 큰돈을 벌었다. 해바라기 수확 계절이면 찾아오는 상인들에게서 벌어들인 수익금은 그가 마을 사람들 모두에게 공평하게 나누었다. 그는 정직하게 살았고 교만하지 않았으며 사람들에게 먼저 다가가 어울리기 좋아했다. 마을 사람들 모두가 그를 좋아했으며 오래전부터 그런 그를 마을 사람들은 현수 아재라 불렀다.

현수 아재 집에는 안채와 네모반듯한 넓은 마당을 사이에 두고 마주보는 곳에 지어진 사랑채와 곡식을 저장하는 큰 곳간채가 있었고 큰 지붕마다 먹색이 깊게 베인 기와는 그 집의 기운을 풍부하게 더했다.

마을에는 해마다 여러 번 잔치가 벌어지는데 해바라기 수확기를 앞두고 현수 아재 집에서 벌어지는 잔치가 먹고 즐길 것이 많아 마을 사람 모두가 참석하는 연중 마을 행사 중 가장 큰 잔치였다. 해바라기 씨앗이 단단히 야물어지고 그 때를 맞춰 상인들이 마을을 찾아오면 마당에는 멍석이 깔렸고 그 위로는 늦여름 햇볕을 가려 줄 볕가리개가 튼튼하게 쳐져 여기저기 잔칫상을 가운데 두고 둘러앉은 사람들이 먹고 마시고 즐기기에는 더할 나위 없이 좋았다. 작은 술상마다 네다섯 명의 마을 주민들이 어울려지고 입담이 걸쭉한 일행들이 내쏟는 만담에 옆 상에 앉은 청년들이 내지르는 소리가 뒤섞여 한껏 분위기가 달아오르면 어느새 현수 아재가 나타나 멋지게 꽹과리를 두들기며 잔치 분위기를 돋웠다. 그의 뒤를 이어 흥을 참지 못한 마을 청년들이 오색종이를 세모 모양으로 접어 만든 고깔모자 꼭지에 해바라기꽃을 상투처럼 달고 흥겹게 마당을 돌면 그 모습에 마을 사람 모두 기뻐했다. 뒤를 이어 가슴을 가로지르는 삼색 띠를 두르고 나타난 한 무리의 마을 청년들이 기쁨의 춤판을 벌이면, 흥을 참지 못한 주민들이 그들과 뒤섞여 춤을 추었다. 마을 사람들은 이날만큼은 점심부터 저녁까지 먹고 마시며 온종일 벌어지는 마을 잔치를 즐겼다.

이날 잔칫날에도 하나꼬가 어김없이 모습을 나타내자 마을 아이들이 노래를 부르며 그녀를 따라다녔다. "하나꼬 해바라기. 한 바퀴 두 바퀴 돌아라." 짧은 후렴구에 반복되는 가사와 리듬은 마을 아이들이 쉽고 신나게 부를 수 있는 중독성을 가지고 있어 그녀가 모습을 보이는 잔칫날에는 마을 아이들이 서로 약속이나 한 듯 목청껏 이 노래를 부르며 그녀의 뒤를 따라다녔다. 꼿꼿한 대나무처럼 기가 바짝 선 아이들의 놀림에 그녀가 가던 걸음을 멈추고 갑자기 뒤돌아서서 날카롭게 쭉 찢어진 두 눈에서 시퍼런 광선을 발사하고 소리를 '꽥' 지르면, 그 무리 중 누군가는 반드시 바닥에 넘어져 울음을 터뜨렸고 넘어진 아이는 마치 야수에게 잡아먹히는 끔찍한 상상 속에 있는 듯, 온몸을 비틀며 팔다리를 허공에 격렬히 바둥거리며 저항했다. 그러나 여태껏 마을 아이들 누구도 그녀에게 잡아먹히는 일은 없었다.

열린 대문 안으로 들어선 그녀는 작년과 다를 게 없이 오늘도 흰 한복 치마에 색이 바란 낡은 색동저고리를 입었고 누구도 그녀의 생김새를 알아볼 수 없도록, 얼굴의 절반은 헝클어진 머리카락으로 가렸다. 그녀는 집 안 여기저기를 다니며 음식을 집어 누런 박 바가지에 담을 때나 음료를 마실 때나, 뒤틀린 오른손은 허리에 얹혀 놓고 왼손만으로 모든 것을 해결했다. 그녀는 다른 잔치가 있는 날에는 모습을 드러내지 않고 유독 해바라기가 만개한 9월의 잔칫날에만 한 해도 빠지지 않고 나타났는데 이를 수상히 여기는 마을 사람들은 없었다.

현수 아재 집 사랑채에 머무는 해바라기 상인들도 이날만은 일손을 놓고 잔치에 참여하여 마을 사람들과 친밀하게 어울리며 하루를 보냈다. 현수 아재와 함께 술을 마시며 이야기를 나누는 상인들 속에 강렬한 여름 햇볕에 구릿빛으로 탄 얼굴과 딱 벌어진 어깨까지 내려온 긴 장발을 한 사내가 그들 중에서 눈에 띄었는데 걸을 때 오른 다리를 절룩거렸다. 그와 동행하는 인부들로 보이는 사람들의 주고받는 얘기에서 그의 이름은 외발이로 불렸다. 그는 여러 술상을 옮겨 다니며 마을 사람들과도 격의 없이 어울려 술 마시기를 즐겼고 그들과 뒤섞여 서로 농을 주고받는 데도 거리낌 없었다.

이날 갓 잡아 삶은 돼지고기를 소금에 쿡 눌러 찍어 먹으니 술에 취하지 않은 이들이 없었고 선지 가득 들어간 시원한 국물에 밥을 말아 먹은 아이치고 배고픈 아이는 없었으며 집으로 돌아가 저녁 끼니 걱정하는 아낙네도 없었다.

사랑채는 마당에서 술판을 끝내고 돌아온 상인들이 멍석 위에서 풀어놓지 못한 이야기로 분위기가 한참 들떠 있었다. 취기가 잔뜩 오른 그들이 대화에 쌍스러운 욕을 양념처럼 얹어 오자미 콩주머니 오고 가 듯 주고받을 때, 그들의 상에 올릴 안줏거리를 들고 온 한 사내아이가 오줌보를 붙들고 쏜살같이 그들을 지나쳐 변소로 뛰어갔다. 나무통 속으로 시원하게 오줌을 눈 까까머리 사내아이는 바지춤을 끌어 올리고 행복한 표정으로 뒤돌아서다 순간 얼굴이 허옇게 사색이 되었고 키 작은 몸은 막대기처럼 딱딱하게 굳어 버렸다. 하나꼬, 그녀가 딱 버티고 서 있었기 때문이었다. 이 동네 아이 누구도 이렇게 가까이서 그녀와 마주하고 얼굴을 본 적이 없었다. 친구들 말대로 그녀의 두 눈은 실처럼 가늘게 옆으로 쭉 찢어지고 뭉툭한 코에서는 쉴 새 없이 허연 콧물이 흘러내리고 윗입술은 퉁퉁 불어, 마치 벌에 쏘인 것처럼 부풀어 오른 해괴망측한 얼굴에다 숫돌에 간 칼날처럼 날카롭고 긴 손톱으로 언제든 마을 아이들의 가슴을 후벼 파 심장을 움켜쥐고 꺼낸다는, 그 무섭게 생긴 하나꼬가 아닌 것에 아이는 더 놀랐다. 두 눈을 감는 그것조차도 할 수 없는, 모든 힘을 잃어버린 채 꼬챙이 같은 자세로 서 있는 이 빡빡이 친구를 가만히 내려다보던 그녀는 "안녕"이라는 말을 흘리고는 아이를 지나쳤다. 그녀가 사라지자, 아이는 자기 키보다 한 뼘은 더 높은 담벼락을 순식간에 타고 넘어가 앞마당에서 놀고 있는 친구들에게 달려갔다. 그러고는 그가 겪은 놀라운 일을 말까지 더듬어 가며 얘기했지만 모여든 어느 친구도 그의 말을 믿지 않았다.

사랑채 마루에서 술을 마시던 상인들 중 몇은 졸음 탓에 방으로 들어갔다. 그들 중 말 많던, 작은 체구의 날카로운 눈매를 한 사내가 술에 취해 사랑채 마루에 걸터앉아 윗옷을 반쯤 풀어헤쳐 상체를 뒤로 젖히고는 푸르스름하게 변색된 입술을 벌려 담배를 꼬나물고 부지런히 연기를 내뿜어 댔다. 그가 심심하던 차에, 하나꼬가 그의 앞을 지나가자 그가 손을 뻗어 그녀의 손을 낚아챘다. 순간 그녀의 상체가 그의 품 안으로 쓰러졌고 놀란 그녀는 그의 강한 힘에서 빠져나오려 발버둥 쳤다.

"왜 이래? 맛 좀 보자."

흥분한 사내의 거친 손이 하나꼬의 저고리 앞섶을 헤치고 거침없이 파고들었다. 그녀는 온몸을 비틀어 격하게 반항하며 그의 뜨겁게 달아오른 손을 자신의 살 무덤에서 떼 내려 필사적이었다. 그러던 찰나, 그의 손바닥이 하늘을 향해 꺾이더니 외마디 비명이 그의 입에서 튀어나왔다. 어디서 나타났는지 외발이가 그 사내의 손목을 비틀고 있었다. 순간 그녀는 기회를 놓치지 않고 상인의 가슴을 힘껏 밀었고 당황한 사내의 자세가 흐트러지자 그 틈을 타 그녀는 흙내 배인 그의 품에서 빠져나왔다. 그녀가 뒷걸음질 치며 물러나자 그제야 외발이는 꽉 쥔 상인의 손을 놓았고 정 씨로 불리는 상인은 짧은 비명과 함께 마루에 나자빠진 채 거친 숨을 몰아쉬었다. 그녀는 외발이와 두 서너 발자국 거리를 두고 서서는 그의 갈색 동공에 그녀의 검은 눈동 자를 맞추었다. 네 개의 눈을 통해 서로가 서로에게서 무언가를 찾아 내려는 시도가 있었다. 낯선 그들의 시간은 한동안 어색하게 흘렀다. 분위기를 흐트러뜨린 건, 조금 전 그녀와 마주쳤던 그 까까머리 아이 가 다시 사랑채로 돌아와 잔돌보다 작은 가슴에서 무슨 용기가 솟았 는지 그녀의 팔을 잡아끌면서였다. 흠칫한 그녀는 그에게서 눈길을 거두고 아이를 내려다 봤다. 맷돌처럼 야무지게 생긴 아이는 순하게 생긴 눈을 여러 차례 껌뻑이며 그녀의 손을 끌었다. 그녀는 잠시 머 뭇거리더니 아이가 이끄는 대로 걸음을 옮겼다. 아이와 함께 뒤틀린 손목을 허리에 얹은 채 왜소한 등을 보이고 걸어가는 그녀의 뒷모습 을 그가 담담한 표정으로 바라보는 것으로 그녀와의 첫 만남은 그렇 게 끝났다.

잔치가 끝나갈 무렵, 현수 아재의 구슬픈 노랫소리가 마당에서 울 려 퍼졌다. 정암산을 쉬엄쉬엄 넘어가는 석양에서 부챗살처럼 퍼져 나오는 노을빛이 마을에 잔잔히 내려앉자 마을 사람들이 내는 소리 는 줄어들었고 해바라기 얼굴은 서쪽 하늘 붉은 노을에 멈추어 섰다. 외발이는 곧 있을 해바라기 수확에 쓰일 연장들을 정리하러 창고가 있는 도드미 언덕을 향했다. 비탈진 자리의 대나무 숲은 이내 없어 질 하루의 마지막 노을빛을 세차게 빨아들이며 잿길 위 한 사내의 낡 은 군화에서 흘러나오는 저벅저벅 소리를 끌어안고 바람이 부는 대 로 장단을 맞췄다. 잿길을 비켜서 자리 잡은 대나무 숲에는 녹슨 양 철 지붕이 눈에 띄는 아담한 창고가 있었다. 오래되어 녹이 슨 양철

문 바닥은 여기저기 뜯겨나가 있었고 그 문턱 사이 벌어진 틈은 풀벌레들이 드나드는 착한 길이 된 지 오래였다. 그가 양철 문을 당겨 안으로 들어가자 잠시 후 창고 안이 노란 전구 빛으로 밝아졌다. 그의 키보다 조금 더 높은 천장에서 내려온 굵은 새끼줄에는 지난해 수확한 통통하게 살이 오른 데다 기름이 찰지게 진 새까만 해바라기 씨앗이 가득 담긴 바구니 수십 개가 매달려 있었고, 황토와 진흙으로 쳐발라진 벽면 곳곳에는 몸통만 삐죽삐죽 튀어나온 누런 지푸라기가 세월의 흔적 속에 자리 잡고 있었다. 창고 안 흙벽에 나타난 그의 그림자는 낡고 오래된 창고의 주인이 왔음을 이곳에 세 들어 사는 자연의 생명들에게 알려 안심시켰다. 흐릿하고 갈라진 벽면에 질서 있게 걸린 해바라기 수확에 사용할 연장들을 하나둘 자루에 담으며 콧노래를 중얼거리던 그는 창고 가까이 점점 다가오는 사람이 내는 발걸음 소리에 잠시 하던 일을 멈추고 녹슨 양철 문을 밀었다.

밤하늘의 달은 부드럽고 고운 빛을 치마폭처럼 펼쳐 도드미 언덕에 보냈다. 사각사각 해바라기 잎을 젖히는 소리를 내며 다가오던 낯선 이가 창고로부터 가장 가까이 선, 마지막 해바라기에서 걸음을 멈췄다. 한밤에 그의 창고를 찾아온 사람을 알아본 그는 이내 경계의 눈빛을 내려놓았다. 둘 사이로 대나무 숲을 돌아온 살가운 바람이 양철 문틈 사이로 떼를 지어 지나가는 풀벌레들의 행렬처럼 지나갔다.

"무섭지 않소?"

그가 먼저 말을 걸었고 하나꼬는 입꼬리를 살짝 말아 올리며 피식 웃었다. 그녀는 불편해 보이는 오른손에 들고 있던 낡은 색동옷을 돌돌 말아 좁은 어깨를 가로질러 맨 회색 면 가방에 넣고는 그에게 다가갔다. 낮에 입었던 낡은 색동옷을 대신해 그녀의 윗옷은 깨끗한 흰

면티가 대신하였고, 쪽머리를 노란 고무줄로 동여맨 청순한 모습의 그녀가 모양과 크기가 제각각인 짝짝이 군화를 신은 그의 앞에 멈추어 섰다. 그녀는 큰 키에 딱 벌어진 어깨까지 흘러내린 장발 사이로 보이는 남자의 부리부리한 두 눈을 그저 올려다볼 뿐 대답이 없었다. 귀뚜라미와 풀벌레가 합창하는 노랫소리가 수그러질 때까지 그들은 서로를 바라보며 그렇게 서 있었다.

"내 해바라기야!"

창고 문 양쪽에 수북이 쌓인 민낯이 드러난 해바라기를 손가락으로 가리키며 그녀가 말했다. 검은 씨앗이 사라진 해바라기 얼굴은 속이 패인 채 버려진 수박껍질과 다를 것이 없는 볼품없는 모습이었다.

"어쩔 수 없는 일이오."

그가 담담한 표정으로 말했다.

"엄마와 처음 여기 왔을 때 너무 무서웠어. 아는 사람이 없었어. 엄마는 내게 '여기 마을과 언덕에 우리가 가져온 해바라기씨를 뿌리자. 이 꽃들이 피면 동네 사람들은 멀리서 온 우리를 보살펴 줄 거야' 했어. 엄마는 씨를 뿌렸고 거짓말처럼 해바라기꽃이 피었어. 마을 사람들과 한 엄마의 약속이 지켜졌어. 얼마 후 엄마는 떠났고 엄마 말대로 마을 사람들이 날 보살펴 줬어."

짧은 시간, 그에게 전달 된 그녀의 복잡스런 이야기는 그에게 큰 의미가 있었다. '이 여자는 미친 게 아닐지도'.

"아까 고마웠어. 이름이 뭐야?"

"외발이. 사람들은 날 외발이라 부르오."

"그것 말고. 사람들이 날 미친년이라고 부르는 것과 같아. 내 이름은 하나꼬."

"난 황성중."

그녀의 낯선 이름에 그는 내심 적잖이 놀랐지만 그렇다고 그녀를 난처하게 할 표정을 얼굴에 드러내지 않았다.

"어디서 왔어?"

"보령 아사다 마을에서 왔소. 보령이라고 들어봤소?"

"아니, 난 여기를 떠난 적이 없어."

"아사다 마을에도 여기처럼 예쁜 꽃밭이 있소."

"난, 나 혼자만 꽃밭에 사는 줄 알았는데 너도 이런 곳에 살았구나."

참 예쁜 달빛이 그녀를 곱게 비추고 있었고 그새 그녀는 해바라기를 닮아있었다. 시간이 흐를수록 그녀는 아궁이에서 간헐적으로 뿜어 나오는 매캐한 연기가 되어 그의 머릿속을 어지럽혔다.

"다리가 아파? 왜 절면서 걸어?"

"…."

그녀의 거침없는 질문은 그의 비밀스러운 기억을 건드렸고 긴 침묵이 한동안 그를 붙들었다. 그러다 그녀의 헛기침 소리에 고개를 든 그는 머리를 좌우로 세차게 흔든 후, 창고 뒤로 돌아가더니 죽은 소나무에서 잘려 나온 밑동 하나를 들고 돌아와 그녀 앞에 내려놓았다.

"앉아요. 등받이는 없지만 그래도 맨땅에 앉는 것보다는 나을 거요. 나도 물음에 답은 해야겠소."

그녀는 작은 어깨에 멘 가방을 내려놓은 후 나무 의자에 앉았다. 치마를 걷어 올려 곧게 뻗은 종아리를 살짝 가린 그녀는 눈을 동그랗게 모으고 그를 올려다보며 말했다.

"자, 얘기해."

그녀가 자세를 잡자 그는 근처에서 꽃이 깨끗하게 잘려나간 해바라기 줄기를 짚단처럼 안아다 양철문 앞에 내려놓았다. 녹대에서 터져 나오는 초록 내음이 그녀의 기다림을 덧칠했다. 그는 녹슨 문에 등을 기대고 앉은 후 두 다리를 곧게 뻗었다. 그가 신은 짝짝이 군화가 그녀 눈에 의심스럽게 들어왔지만, 그녀는 그의 이야기를 기다리고 있었다. 그가 크기가 서로 다른 군화를 신고 다니는 것은 태어날 때부터 두 다리 길이가 서로 달라서가 아니었다.

*

외발이 아버지는 일제 강점기 때 충남 보령의 아사다 마을에서 내로라하는 천석을 하는 집의 3남 중 막내로 태어났다. 그가 태어나기 전에 있었던 오래된 일이지만 그의 아버지는 어렸을 적에, 마을에서 가장 높이 자란 아주 큰 포구 나무에서 놀다 그 아래 도랑으로 떨어지는 큰 사고를 겪었다. 그때 척추가 부러지고 머리를 심하게 다쳤는데 이후 성인이 되었어도 거동이 불편했고 그 탓에 정신을 잃는 일이 잦았다. 결혼하고 아이 셋이 태어난 후에는 그 후유증이 더 심해져 하루에도 여러 번 정신을 잃는 일이 잦았고 늘 집안의 우환을 몰고 다녔다. 거기에 젊었을 때부터 마셨던 술은 병을 더욱 악화시켰다. 마을에서 그는 자주 사라졌고 가족들은 사라진 그를 찾아다니기 일쑤였다. 그러다 이웃 마을 술도가에서 벌거벗고 드러누워 있는 그를 겨우 찾아내면 외발이 아버지와 그의 형제들은 벌거벗은 채 만신창이가 된 그를 손수레로 태워 날랐다. 외발이 할아버지의 몸은 말라서 꼬챙이처럼 야위었고 뭐가 좋은지 손수레에 드러누워 키득거리며 웃기도 하고 고래고래 고함치며 노래를 부르기도 했다. 가족들은 그런 그를 수치스럽게 생각했지만, 외발이 아버지만은 달랐다.

그러던 외발이 할아버지가 죽어 버리자 외발이의 큰아버지는 모든 상속을 자기 맘대로 정리해 버렸다. 그래도 잔꾀가 많았던 외발이 작은아버지는 욕심 많은 그의 형에게서 겨우 자기 몫의 재산을 챙겨 목포로 갔고, 거기서 잡은 수산물을 천안에 와서 되파는 일로 사업이 잘되었다는 소문이 있었다. 천안에서 목포로 가기 전, 매년 서너 번은 그가 아끼던 동생인 외발이 아버지를 찾아왔었는데 마지막으로 다녀간 이후 몇 해가 지나도록 마을로 돌아오지 않았고 오랫동안 소식이 없었다. 바다에 나가서 죽었다느니 어느 집 유부녀를 건드렸다가 남편에게 맞아 죽었다느니 하는 소문만 들려올 뿐이었다.

막내인 외발이 아버지는 태생적으로 사람이 순하고 매사에 욕심이 없는 사람으로 오랜 기간 그의 아버지로부터 고통을 받아 온 가족들에 대한 애착이 형제 중 제일 컸다. 그러한 이유로 그는 큰형을 충복처럼 따랐다. 그러나 큰형은 선천적으로 형제 어느 누구 보다 밥 한술을 더 떠 먹어야 직성이 풀리는, 매사에 먼저 그의 욕심을 채우는 사람이었다. 제 버릇 남 못 주듯, 그는 외발이 아버지에게 마땅히 돌아가야 할 재산 중 3할만 주고 분가시켜 버렸고 이후 외발이 아버지와 연을 끊어 버렸다. 외발이 아버지는 아사다 마을에서 조금 떨어진 야산 허리 쪽에 마을이 잘 내려다보이는 곳에 집을 짓고 살았다. 외발이는 거기서 태어났고 그는 행복했다. 적어도 그 일이 있기 전까지는 그랬다. 그가 사춘기에 접어들면서 그의 아버지가 큰아버지로부터 받은 대우가 부당했다는 것을 알고 어느 날 그의 큰아버지를 찾아갔다 사촌들이 휘두른 몽둥이에 온몸을 흠씬 두들겨 맞고 집으로 반병신이 되어 돌아오는 일이 있었다. 그가 머리통이 찢어져 피를 흘리며 한쪽 다리가 부러졌는지 질질 다리를 끌며 집으로 돌아오는데 집 앞 언덕배기에서 그를 지켜보던 그의 아버지는 그를 못마땅하게 여겼으며 외면해 버렸다. 그 시절, 장손이 죽어라 하면 죽는시늉을 하고 아무리 못된 형이라도 병약한 아버지 아래에서 오랫동안 고생을 함께 했던 형제인 탓에 외발이 아버지는 생각지도 못했던 아들의 그런 행동을 매우 불편해했었다.

며칠을 외양간과 붙은 방 안에서 꼼짝없이 지내던 외발이는 어머니의 도움을 받아 간신히 몸을 일으켜 집 밖으로 나오다 마주친 아버지에게 다시 큰아버지 집으로 가겠다며 집을 나섰다. 그런 아들을 말리던 아버지와 그에 저항하던 아들은 서로 실랑이를 벌였고 운 나쁘게 외발이는 언덕 아래 가파른 경사 길 아래로 굴러떨어지면서 이미 다쳤던 그의 오른 다리는 낫기도 전에 다시 부러져 버렸다. 외발이 어머니는 급히 읍내 한의원으로 달려가 한의사를 데리고 집으로 왔고 고열로 온몸이 땀으로 젖은 채 누워 있는 외발이에게 젊은 한의사는 침을 놓아 주고 약재를 처방한 후 돌아갔다. 이후 뭐가 잘못되었는지 외발이의 몸에 침독이 퍼졌다. 다시 그를 찾아온 의원은 괜찮아질 거라는 말만 되풀이하며 별다른 처방을 내리지 못하고, 다른 환자를 급히 돌봐야 한다는 변명을 대며 돌아가 버렸다.

며칠 후 열이 내리고 몸의 기운을 회복한 그는 여러 날 동안 드러누웠던 몸을 자리에서 일으켜 세웠는데, 그의 오른 다리가 맥없이 풀려 몸의 균형을 잡을 수가 없었다. 그 후로 그의 부모는 용하다는 한의사들을 찾아다녔지만 결국 그는 절뚝거렸다. 시간이 흐를수록 그는 자신이 있을 곳은 여기가 아니라는 생각을 하게 되었으며 아버지와 어머니가 잠든 이른 새벽에 이슬에 축축이 젖은 마당에서 안방을 향해 큰절 한 번 올린 후, 아사다 마을을 떠났다.

*

"그때 난, 떠날 수밖에 없었소."

외발이는 이야기를 마치며 숨을 길게 내쉬었다.

"그래서 어디로 간 거야?"

하나꼬가 다음 이야기를 궁금해하며 물었다.

"다리가 저리네. 집에 안 갈 거요?"

그는 자리를 털고 일어선 후 곧장 창고 안으로 들어가 버렸다. 잠시 후 창고 안의 불을 끄고 밖으로 나온 그는 그녀를 내려다보며 말했다.

"갑시다."

그녀는 무릎 위에 놓였던 뒤틀린 손을 그에게 내밀고는 그를 올려다봤다. 그는 매력적인 미소와 함께 그녀의 뒤틀린 손을 잡았다. 그녀는 마주 잡은 그의 손이 전하는 기분 좋은 감촉을 느끼며 자리에서 일어났다. 그가 앞서서 그의 키 높이까지 자란 해바라기 숲으로 모습을 감추자 그녀는 앞서가는 이가 벌려 놓은 긴 잎사귀가 제자리로 돌아가기 전에 그의 뒤를 바짝 붙어 따라갔고 두 사람의 모습은 잿길 가의 창고에서 사라졌다.

잠시 후 두 사람은 앞이 확 뚫린 도드미 언덕에 섰다. 여기서 뒤를 돌아가면 마을로 내려가는 잿길이고 앞으로 난 좁다란 검붉은 황톳길을 따라가면 다른 마을로 이어지는 크고 넓은 도로와 만나게 된다. 그리고 길 건너 늪가에는 수풀과 수초가 도로에서 뿜어져 나온 먼지를 희뿌옇게 덮어쓴 채 더 이상 길이 아닌 늪의 영역임을 알려 주었다. 도롯가에서 늪을 옆구리에 끼고 마을 입구 방향으로 짧은 걸음을 걷다 보면 늪가에 바짝 붙은, 사람의 걸음걸이와 고마운 소의 네 발로 만들어진 좁은 샛길이 나타난다. 단번에 정이 들것 같은 샛길을 따라 걸어가다 늪에서 올라오는 비릿한 냄새와 물속에서 흔들거리는 수초를 보는 것이 지겨울 때쯤엔 상록수와 플라타너스가 길게 늘어선 넓은 가로수길이 모습을 드러낸다. 그 길을 사이에 두고 한쪽에는 늪이 생겼고 맞은편에는 동산이 자리 잡았다. 이곳을 오래전부터 마을 사람들은 예쁜더라 불렀다.

밤하늘에 뜬, 금목걸이를 빼닮은 둥근 보름달이 고요와 평온의 달빛으로 도드민 언덕에 선 두 사람을 평화로이 품고 있었다. 여기로부터 아주아주 먼, 북극해 밤하늘에서 엄마 오로라를 떠나 길을 잃고 여기 낯선 곳까지 흘러들어온 아기 오로라가 별빛을 물감으로, 해바라기를 붓으로, 도드미 언덕 밤하늘의 도화지에 너울너울 춤추며 그림을 그렸고 그것은 곧 몽환의 형광 오로라가 되어 푸르스름한 도화지에 나타났다 사라졌다. 그렇게 도드미 언덕은 잔물결 치며 너울거렸다.

"저기가 예쁜더야. 내 집은 저기 있어."

하나꼬가 손가락을 곧게 펴, 여기서 가까운 작은 동산 하나를 가리키며 말했다.

"근데 왜 마을에서 떨어진 곳에 사는 거요? 저기는 사람 사는 곳이 아니잖소."

"음 아빠가 일본으로 떠나고 우리가 살던 곳에 무서운 일들이 일어났어. 엄마는 우리가 위험해지자 날 업고 마산을 도망쳐 빠져나왔어. 그 이후에 안전한 곳을 찾아다니다 여기까지 오게 된 거야. 엄마도 나도 여기가 좋아."

아닌 밤중에 홍두깨 같은, 그의 가방에 넣어 둔 소설책 같은 얘기가 불쑥 그녀의 입에서 나왔고 그는 적잖게 놀랐다.

"힘들었겠소."

사연 깊은 그녀가 겪었을 고생이 잠시 그의 머리에 머무는 동안 그녀는 이마에 내려온 머리카락을 쓸어 올리며 말했다.

"그래. 다행히 현수 아재가 우리를 지켜 줬어. 지금 네가 지내는 사랑방 있지? 우리가 이 마을에 처음 들어와서 살았던 곳이야. 몇 년을 현수 아재 덕분에 잘 살았어."

"그렇소? 그건 생각지도 못했소. 그럼, 왜 저기 예쁜더로 간 거요?"

"엄마가 꽃을 좋아해. 그리고 우리만의 집이 필요했어. 그래, 맞아. 예쁜더 동산은 엄마가 원하는 걸 다 가지고 있었어."

"그래서 예쁜더로 간 거군."

그는 예쁜더 동산에 자란 해바라기 씨앗이 도드미 언덕의 것보다 더 크고 굵다는 것을 알고 있었다. 몇 년 전 가뭄이 심했던 날이 있었다. 그때 여기 도드미 언덕의 해바라기가 수확을 걱정할 정도로 많이 타 죽었는데 다행히 현수 아재 말대로 예쁜더 동산의 해바라기는 피해를 거의 입지 않아 큰 문제없이 기대했던 수확을 거뒀다. 예쁜더 동산의 것은 누구의 소유가 아니었기에 그만이 챙길 수 있는 확실한 부수입원이었다. 그리고 기억 하나가 딸려 올라왔다. 작년에 예쁜더 동산에서 해바라기 씨앗을 거둘 때 있었던 일이었는데 그와 함께 일하던 타지에서 온 인부들이 수군거리던 것을 떠올렸다. 정신 나간 왜년이 산다는 둥 한밤중에 처녀가 혼자 목욕하는 걸 봤다는 둥 귀신처럼 생긴 처녀인데 같이 잤다고 나발 부는 이빨이 모두 집을 나가고 없는 홀쭉이 노인도 있었다. 그는 그 당시를 생각하며 실소를 터뜨렸다.

"근데, 왜 미친 여자 시늉을 하고 다니는 거요?"

그가 궁금해서 물었고 그녀는 대답하지 않았다.

"음⋯."

그녀가 뜸을 들이는 것이 그녀의 기분을 상하게 한 건 아닌가 하는 생각에 그가 손을 저으며 말했다.

"이야기하기 싫으면 안 해도 돼요. 나 같으면 무서워서 떠났을 것 같은데."

"그건 안 그래. 외삼촌이 있어서 외롭거나 무섭지 않아."

"그러면 다행이오."

"그런데 오늘은 안 계셔. 아주 멀리 나갈 때도 있어."

그녀의 목소리가 흐려질 때 멀리 정암산 위로 별똥별이 지나갔다.

"내게 해바라기는 특별해. 난 애들이 나와 같은 생각을 하는 것을 느껴. 내가 예쁜더에서 엄마를 기다리듯이 쟤네들도 매일 뜨는 해를 기다리잖아? 검은 씨앗이 빼곡히 들어차면 더는 얼굴이 무거워 해를 못 보지만⋯."

"기다림은 고통스러운데?"

"꼭 그런 건 아니었어. 견딜 만했어."

그는 그를 빤히 쳐다보는 그녀의 갈색 동공에 들어있을 그녀의 해바라기 이야기를 읽고 싶은 욕심이 한밤의 해바라기가 자라듯 그 안에서 커지는 것을 느꼈다. 그녀는 그를 쳐다보던 눈을 들어 올려 그들의 머리 위에 뜬 별들을 손가락으로 가리켰다.

"저기 별 두 개는 내가 알던 사람들 것이야."

그는 그녀의 손가락 끝이 가리키는 곳을 쳐다보며 물었다.

"왜 두 사람이오?"

"빨라. 이런 얘기를 하기엔. 오래전 일이야."

두 별을 바라보며 애잔한 표정을 한 그녀와 이를 지켜보는 그의 틈 사이로, 제 갈 길로 돌아가는 도드미 언덕의 실바람이 무거워진 공기를 태우고 그들을 지나갔다.

"하나꼬는 알 수 없는 수수께끼 같은 사람 같소. 날 궁금하게 해."

"그래? 내가 궁금하다고? 풋."

그녀는 작은 소리로 웃음을 흘렸고 활짝 펴진 얼굴에 미소를 드러내고 말했다.

"말 놔도 돼. 집까지 데려다줄래?"

그는 대나무 잎을 닮은 미소로 고개를 끄떡였고 그녀는 고운 달빛 가루가 소복하게 쌓인 얼굴을 돌려 걸음을 옮겼다.

저벅저벅…. 외발이가 끄는 군화 소리가 황톳길가 풀섶의 풀벌레 소리와 잘 어우러져 그들의 밤길을 열었다. 한적하던 소로길은 뒤틀린 손을 허리에 얹은 하나꼬와 어깨를 흔들고 다리를 절룩이며 걷는 외발이, 그리고 그들을 빼닮은 그림자로 채워졌다.

"아, 기억나는 게 있다."

그가 들뜬 목소리로 그녀를 불러세웠고 그녀는 눈웃음을 그리며 혼잣말을 중얼거렸다. '안심해도 되겠는데, 잘 따라오네.'

"몇 년 전 기억인데 내가 여기 온 며칠 뒤에 태풍이 와서 해바라기 목들을 다 꺾어 놓았어. 같이 온 인부들하고 쓰러진 해바라기 하나하나를 다시 세워 놓다가 버려야할 것들이 너무 많아 일을 접었어. 씨앗도 야물지 않았고…. 그러다 현수 아재 말을 듣고 예쁜더에 갔었어. 그리고 거기서 널 봤어. 분명히 너였어."

"알아. 나도 봤어."

"날 봤다고? 나만 널 본 줄 알았는데. 어디서 보고 있었는데?"

그녀는 예쁜더 동산을 가리켰다.

"저기서 다 보여."

"눈 좋구나."

그가 홀린 농에 그녀가 해맑은 웃음소리를 냈다.

"그러고는 며칠 뒤부터 네 모습이 안 보이더라."

"그래, 강원도로 갔어. 거긴 여기보다 몇 배나 더 넓어. 상인들과 인부들로 늘 이맘때면 북적거리지. 거긴, 가도 얼마 못 벌어. 오래전부터 거래하던 상인들이 이미 거기를 쥐고 있거든. 나 같은 상인들은 거기서 나오는 국물이나 먹는 거지."

"여긴 돈이 돼?"

"3년 전에 마을 청년회와 계약했어. 아직 2년은 남았어."

"그럼…. 2년 더 볼 수 있는 거네?"

두 사람은 서로를 마주 보며 큰 소리로 웃었고 배를 움켜잡은 그녀는 재미있어 죽겠다는 시늉으로 그녀의 무릎 높이까지 자란 도둑놈의 키 높이까지 몸을 낮춰 깔깔거렸다. 잠시 후 눈가의 물기를 닦으며 몸을 일으킨 그녀가 다시 발걸음을 옮겼다.

큰 도로로 내려온 그들은 도로 건너편 아래 늪 가장자리에 놓여있는 쪽배로 향했다. 먼저 늪가에 난 한 줄의 길을 따라 몇 걸음 내려간 그녀가 탁한 물속으로 손을 넣어 획 휘저은 후 수초들 사이에 숨어 있던 물먹은 밧줄을 물 밖으로 들어 올렸다.

"이것 좀 당겨 줘."

그는 길 아래 작은 경사를 미끄러지듯이 타고 내려와 그녀가 건네는 비릿한 수초냄새가 밴, 늪 물이 소낙비 내리듯 떨어지고 있는 밧줄을 꽉 쥐고 두 다리에 힘을 주어 당겼다. 수초 사이에 숨어 있던 한 척의 쪽배가 팽팽하게 긴장된 밧줄에 이끌려 조용히 물살을 일으키며 두 사람 앞으로 미끄러지듯 다가와 멈춰 섰다.

"단디 잡아 줘."

그녀는 한 발을 쭉 뻗어 뱃머리에 걸치고 숨을 한 차례 고른 뒤 나머지 발을 잽싸게 뱃머리에 올렸다. 비좁은 쪽배에 길게 누워 있던 대나무 장대를 재빠르게 손에 잡은 그녀는 흐릿한 물속으로 장대를 꽂아 넣었고, 뒤를 이어 거품이 뽀글뽀글 소리를 내며 수면 위로 올라왔다. 그녀는 배가 움직이지 못하도록 단단히 장대의 손잡이를 붙잡고 말했다.

"나처럼 올라타."

그는 약한 발을 배허리에 올린 후 잽싸게 몸을 날려 쪽배에 올라탔다.

"선수구나."

그녀가 깔깔거리며 말했다.

"내가 저을까?"

그가 중심을 잡으며 물었다.

"아니, 내버려 두면 우리 집 앞까지 저절로 갈 거야. 자리에 앉기나 해. 그러다 물속으로 빠져."

그는 그녀가 시키는 대로 배꼬리에 붙은 널빤지 걸상에 앉았다.

"걱정하지 마! 늘 이렇게 갔어. 가끔 뒤를 돌아보면 남자들이 따라와. 그럴 때만 장대를 움직여."

그는 뱃머리에 앉은 그녀를 살피며 확신을 가졌다. 하나꼬는 미친게 아냐.

두 사람이 탄 쪽배는 아주 천천히 예쁜더 마을로 난 물길을 따라갔다. 그들을 태운 작은 쪽배가 멈춰 서면 그녀는 능숙하게 물 위에 널려진 수초를 손으로 잡아당겨 쪽배를 움직였다.

"이 배는 누구 거야?"

"내 배야."

"어떻게 쪽배 살 생각을 했어?"

"엄마가 없으니 내 거지."

쪽배는 얼마의 시간이 흐르자 예쁜더 동산에서 가까운 늪가의 한 너럭바위 근처에서 움직임을 멈추었다.

"내리면 돼?"

"잠깐만, 줄이 안 보이네. 누가 치웠나?"

그녀가 너럭바위에 묶어 놓았던 밧줄을 찾는 동안 그가 몸을 일으키고는 곧장 물속으로 들어갔다. 얕은 물은 그의 정강이까지 차올랐다.

"신발 다 젖게 뭐 해?"

"…."

"업혀 어서!"

그가 물속을 헤집고 뱃머리로 가서 등을 숙이며 말했다.

"근데…."

그녀가 쭈뼛쭈뼛하며 망설이자 그가 재촉했다.

"뭐가 자꾸 정강이를 물어. 빨리 업혀."

"알았어."

할 수 없이 그녀는 남성미가 도드라지게 드러난 그의 등에 업혔다. 철벅 철벅. 그가 몇 걸음을 내딛자 곧 넓적한 너럭바위에 다다랐다. 땅을 밟은 그가 허리를 낮추자 그녀는 그의 등에서 미끄러져 내렸다.

"고마워."

그녀는 홍조가 올라온 뺨에 붙은 그의 머리칼을 뗐다. 몸 안으로 들어온 그의 살 냄새가 쉽사리 그녀를 떠나지 않았다.

그녀가 배꼽이 드러난 윗옷을 끌어 내리는 사이 넓적한 돌에 앉은 그는 못난이 짝짝이 군화를 벗어 거꾸로 뒤집어 이리저리 흔들며 물기를 뺐다. 군화 속에 찼던 물이 주르르 흘러내렸고 젖은 군화를 맞대어 박수치 듯 여러 번 두들겨 남아 있었던 물을 뺀 그는 이번에는 젖은 양말을 벗어 바위에다 대고 내려치기를 여러 번 반복했다. 그것이 바위에 들러붙으며 쫙쫙 내는 소리에 그녀가 웃음을 터뜨렸다.

"호호, 그만해. 집에 가서 빨면 돼. 새 양말 줄게."

"빨긴, 그냥 이렇게 있다가 어디 걸쳐 놓으면 다 말라."

"가자."

그녀가 싱그럽게 웃으며 다시 앞서가자 그는 맨발을 군화 속에 집어넣고는 그녀의 뒤를 따라붙었다. 그가 걸을 때 마다 군화 속 맨발과 남은 물기가 서로 비비대며 내는 괴상한 화음은 앞장선 그녀의 웃음을 떠나보내질 않았다.

"여기가 예쁜더 동산이야."

그는 작년 이맘때 여기를 왔었다. 며칠 밤을 비바람이 휘몰아치고 간 뒤라 쓰러진 해바라기들 사이에서 수확할 수 있는 것들이 별로 없었다.

"작년에 잠시 왔었어. 저기 저 집에 살아?"

그녀가 고개를 끄덕였다.

"올해는 색깔이 좋다. 씨앗도 굵어."

그는 해바라기 얼굴 가까이에 코를 갖다 대고 냄새를 맡았다.

"벌이 많겠다. 꽃술에서 솜사탕 같은 단내가 많이 나."

"곧 씨를 뽑겠구나."

"벌이 가 버리고 나비가 안 오면, 나 같은 사람들이 오는 거지…."

"누군가는 해야 할 일이야. 너라는 게 다행이야."

예쁜더 동산은 온갖 들풀들의 놀이터다. 빨간색 노란색 그리고 흰색과 초록색의 옷을 입은 들꽃들이 비좁은 땅에 모여들어 서로 기대고 부둥키고 안기어 한 계절을 산다. 새벽이면 짙은 운무가 늪에서 동산으로 밀려와 풀잎마다 이슬 꼭지를 매달아 놓았고, 이곳의 모든 생명체가 목을 축였다. 동산의 생명체는 그 무엇도 하찮은 게 없다. 모두 이 붉은 땅에 태어난 존재의 삶뿐이다.

잡풀을 헤치고 나아가던 그녀가 해바라기 줄기로 세워진 십자가와 그와 나란히 이곳의 주인을 알리는 표지목이 세워진 오래된 것 같지만 잘 정리된 무덤 앞에 멈춰 섰다. 표지목 가운데로 붉은 페인트가 진하게 칠해진 작은 십자가와 그 아래 정렬되지 않은 글씨체로 새겨진 글씨가 어둠 속에서 그의 눈에 들어왔다. '영철 베드로' 무덤 앞에 서 있던 그녀는 그를 향해 뒤돌아서 무슨 말을 하려다 한 차례 머리를 가로젓고는 곧장 붉은색 슬레이트 지붕이 얹혀 있는 그녀의 집으로 향했다. 잠시 후, 삐걱 소리를 내며 대문이 열렸고 먼저 마당에 들어선 그녀가 대문 밖 그에게 환한 표정으로 말했다.

"들어와."

그녀의 반가운 환영과 함께 그가 집 안으로 발을 디뎠다. 집 안은 네모 반듯한 종이 딱지를 닮은 아담한 마당에 주춧돌 서너 개가 포개 놓여져 마루로 어렵지 않게 올라갈 수 있었고, 두 사람이 앉기에 부족함이 없는 마루에 달빛까지 어우러지니 조금 전 그녀의 말대로 그는 복 받은 것이 틀림없었다. 마루에 올라온 그녀가 옆자리를 가리키자 그는 힘차게 주춧돌을 밟고 올라가 그녀 옆에 앉았다. 그리고 그들은 탁 트인 풍경 속 밤하늘의 수많은 별들을 쫓았다. 어젯밤, 그들은 서로를 알지 못했고 그녀는 여기서 그는 저기서 자신만의 별을 바라봤다. 오늘밤은 누군가 그들을 찾아왔다. 인연은 하나의 밤하늘 아래 서로 다를 것이 없는 그들에게 별들의 숨결을 타고 별빛의 모습으로 이미 가까이 와 있었다. 그가 해바라기 수확을 할 때면 해가 지고 달과 별이 뜨는 늦은 시각까지 작업은 계속되었다. 그녀는 이곳에서 그 달과 별을 보았고 그는 저곳에서 그달과 별을 보았다. 둘은 같은 달 같은 별 아래 한 마을에서 한동안 살았지만 서로는 오늘에야 만날 수 있었다. 그는 인생사 다흥치마. 어제와 오늘의 만남이 각기 다른 것은 이유가 있기 마련일 거라 중얼거렸다. 저기 어렴풋하게 밤하늘의 빛을 받고 희미한 형태를 보이는 정암산과 그 뒤를 겹겹이 둘러싼 높은 산들이 그가 섰던 도드미 언덕보다는 그에게 더 가까이 다가와 있었다.

"낮과 밤의 풍경이 달라. 낮에는 빈집 같은 느낌이 없는데 밤에는 좀 쓸쓸하고 그래."

"아까 외삼촌과 함께 산다며?"

"음. 그래."

그녀는 더 이상 얘기를 꺼내지 않았다. 한동안 침묵이 이어지자 그는 군화 아래에 깔린 작은 돌 하나를 툭 건드린 후 바라보던 별에서 눈을 떼고 그녀의 얼굴을 살폈다.

"사람이 죽으면 별이 된다는데 저렇게 많은 사람이 죽은 걸까?"

"누가 그래?"

"음, 옛날 이곳에 왔던 무송 아저씨가."

"지금 그 사람은 어디 있는데? 안 와?"

"그러게 아직 안 오네. 엄마하고 같이 갔거든…."

"언제?"

"내가 열 살 때쯤에."

"아주 오래전이네."

그는 오랫동안 떠난 사람들을 기다리며 살아온 그녀의 삶이 순탄하지 않았을 거라 짐작되었다.

"가까운 사람들이 하나둘 떠나갈 땐 넌 어떤 느낌이 들어?"

"무섭지…. 내가 죽는 게 무서운 건 아니고."

"그래. 나도 같은 느낌이었어. 혼자가 된다는 게 얼마나 무서운 건지 알게 된 후로는 누구도 가까이하지 않으려 했어."

그는 그녀의 지난 일들이 그가 어릴 적부터 여러 곳을 다니며 경험한 것들과 닮은 것에 깊은 공감을 느꼈다. 멀리 정암산의 흐릿한 형체가 그의 눈에 들어오면서 옛 기억 하나를 불러왔다.

"내가 처음으로 스무 살쯤에 경험을 해 봤는데…. 떠나는 사람의 마음이 어떤지는 모르겠어. 나처럼 남았던 사람에겐 꼭 해야 할 일들이 생기더라고."

"그래? 어떤 일?"

"사람에 따라 다 다르겠지. 난 안 좋은 경험이었어."

"말하기 싫구나. 크크."

그녀는 도드미 창고에서 그가 그녀에게 했던 말을 흉내 내며 웃었다.

"나에게 이런 일은 혼자 세상을 살아가는 거였어. 그나마 주위에 좋은 사람들과 하느님이 지켜 주셔서 다행이지."

그녀가 오이꽃처럼 미소 지었고 그는 찰 진 기름이 베인 해바라기 씨앗을 닮은 미소로 화답했다.

"열여덟 살 때쯤 나도 천주교회를 잠깐 다녔었어. 이웃을 섬기는 게 하느님의 사랑을 실천한다는 말씀이 그때 그렇게 내 마음에 꽂히더라고. 아마 아버지 일 때문이었겠지. 지금 생각하면 신부님이 너무 철학적이셨지 않았나 하는 생각도 들어. 미운 사람을 사랑하는 게 쉽게 될 일이 아니잖아? 집 앞에는 모습이 사라진 절터가 있었고 사람들이 백제시대 것들이라 말하는 오래된 석탑들이 평지에 수두룩하게 세워져 있었어. 사람들이 기도하러 많이 왔었어. 어릴 적부터 기도하는 모습을 자주 봐 와서 그런지 종교가 싫진 않아. 불교도 천주교도 이웃을 사랑하는 것은 다 똑같은 거잖아."

"난 성당을 다녀. 헤드비제스, 7월에 받은 세례명이야."

"어렵네."

"그치? 그래서 사람들이 '헤비'라고 불러."

"무거워? 넌 엄청 가볍잖아. 으하하."

"너의 농은 유식하구나. 호호."

늪에서 올라온 운무가 그들이 내는 웃음 마냥 서서히 마당에 드러누웠다.

"가 봐야겠다. 사람들이 자면 내일 작업 준비를 못 하거든."

"오늘 고마워. 내일은 비가 많이 올 건가 봐."

그녀의 말대로 예쁜 달을 달무리가 겹겹이 에워싸고 있었다.

"내일 올 거야?"

"와도 돼?"

"잠깐만."

짧은 말과 함께 그녀는 마당을 가로질러 부엌으로 들어갔고 잠시 후 돌아온 그녀의 손에는 두툼한 보자기가 들려있었다.

"물밤인데 심심할 때 먹어. 어제 늪에서 따온 건데 고소해."

"물밤? 가시 돋은 별처럼 생겼네."

"맞아. 동네 사람들은 기괴한 별이라고 불러. 생긴 게 별보다는 훨씬 못생겼는데, 달리 닮은꼴이 없어 사람들이 그렇게 부른대."

"근데, 아궁이에 웬 그림이 저렇게 많아?"

그녀가 열어 놓은 부엌 안은 노란 전구 빛만으로 내부를 훤히 볼 수 있었다. 그의 눈이 의심스러울 정도로 그림들은 마치 목판에 새겨진 삽화들처럼 서로 연결되어 있었다. 그는 이런 그림들이 아궁이 위 흙벽에 그려진 것들을 여태껏 본 적이 없었다.

"살아온 이야기들이야. 오래됐고…."

말을 마친 그녀는 비밀스러운 공간을 들킨 듯 바쁘게 부엌문을 닫았다. 아직은 그에게 드러내고 싶지 않은 그녀의 이야기인 듯했다.

"잘 가."

"그래, 잘 자."

그가 대문 밖으로 모습을 감추었고 그의 군화 소리는 여전히 엇박자 소리를 내며 점점 멀어져 갔다. 그녀는 종아리까지 올라온 마당의 운무를 헤집고 부엌 안으로 들어갔다. 아궁이 위 흙벽에 그려진 아빠, 엄마, 그리고 아기 하나꼬를 물끄러미 바라봤다. 그녀의 기억은 그녀가 해바라기 마을에 들어왔던 첫날을 냉큼 가져왔다. 마치 한밤중에 허기진 배를 만지작거리는 아이를 달래려 엄마가 삶은 옥수수를 가지고 오듯이….

미숙의 이야기

해바라기 마을의 노인들은 하나꼬 엄마가 마을에 처음 들어온 날을 기억했다. 다섯 살 남짓한 어린 하나꼬를 데리고 이 마을에 왔을 때 엄마가 처음 만난 사람은 현수 아재의 아버지였다. 마을 사람들은 성품 좋은 그를 '큰어르신'이라고 불렀다.

이른 새벽 부엌에서 나는 사람의 인기척 소리를 듣고 부엌으로 간 그는 불씨가 살아 있는 아궁이 앞에 어린 여아를 데리고 웅크리고 있는 창백한 얼굴의 한 여자를 봤다. 그녀의 얼굴은 피곤에 지쳐 생기라고는 찾아볼 수 없는 초췌한 모습을 하고 있었으며 입술은 갈라져 있었다. 잔뜩 겁먹은 표정으로 어린 여아를 품 안에 꼭 껴안고 있는 그 여자에게 그가 물었다.

"여기서 뭐 하는 거요?"

여자는 하얗게 질린 얼굴로 그에게 말했다.

"지나가다가 굴뚝에서 연기가 나는 것을 보고 들어왔어요. 추워서 그럽니다. 몸만 데우고 가면 안 될까요?"

그녀의 음성은 떨렸고 그녀의 사정에 큰어르신은 내심 '힘든 일을 겪은 사람이구나' 하는 생각에 뒤도 돌아보지 않고 그녀를 그 순간 바로 받아들였다.

"곧 식구들이 나오면 놀랄 수 있으니 날 따라서 오시오. 사랑방이 비어 있는데 아직은 따뜻할 거요."

"고맙습니다. 고맙습니다."

그녀는 그를 완전히 믿을 수밖에 없었고 그를 의심할 처지도 아니었다. 그녀가 자리에서 일어서며 가방을 움켜잡자 그가 말렸다.

"내가 가방 들 테니 갑시더."

말을 마친 큰어르신은 큰 가방을 들었다. '우찌 이걸 들고 아까지 업고 여기까지 왔을까?'

그는 그녀의 사정이 예사롭지 않음을 이미 직감하고 있었다.

"하나꼬, 일어나야지."

그녀는 여아의 손을 잡고 넓은 마당을 가로질러 그의 뒤를 따라 사랑채로 갔다.

그는 감나무에서 길쭉하게 뻗쳐 나온 굵은 가지가 지붕 위로 걸쳐져 붉은 홍시가 속을 벌린 채 사방에 널브러져 있는 사랑채의 방문을 열고 큰 가방을 넣은 뒤 뒤돌아서서 엄마와 어린 딸을 쳐다보며 말했다.

"힘든 일을 겪은 모양인데 사정 이야기는 안 해도 되고 아무 걱정하지 말고 쉬었다가 나중에 가던 길 가소. 내가 집안 식구들한테는 얘기해 놓을 테니 혹시 모르는 사람이 오면 이 집 큰어른이 있으라 했다고 하면 됩니더."

"어르신, 감사합니다."

"됐다, 고마 감사해라. 내는 자네가 착한 사람인 줄 척 보면 다 안다."

큰어르신은 대수롭지 않은 일로 이렇게까지 감사할 필요가 없다며 그녀를 안심시키고는 흰 고무신을 끌며 자리를 떴다. 그가 떠난 후 엄마는 잠에 취한 하나꼬를 사랑방 문턱에 걸쳐 앉히고는 작은 신발을 벗겼다. 그리고 딸을 안고 방 안으로 들어갔다.

방 안에 들어선 엄마는 그녀의 발아래로 따뜻한 온기를 느꼈고 구석진 곳에 포개져 있는 이불 요 하나를 꺼내 자리를 깔고는 딸을 뉘였다. 새벽 차가운 공기에 떨던 딸의 몸이 불씨가 남은 아궁이 온기로 데워진 걸까? 딸은 금세 잠에 빠져들었다.

방에는 꼬다 만 새끼줄과 볏짚이 구석에 쌓여 있었고 풀 먹여 바른 지 얼마 안 된 흰 창호지는 방 문살에 깨끗하게 착 달라붙어 찢어지거나 구멍 하나 난 곳이 없었다. 그녀는 가져온 큰 가방을 풀어 아이가 며칠을 입었을 듯한 더러운 옷을 새 옷으로 갈아입혔다. 그리고 그녀도 새 원피스로 갈아입었다. 창호지로 스머드는 햇살이 방 안으로 스며들자 그녀는 천근만근 무거워졌고 그녀는 곧 눈을 감았다.

얼마의 시간이 흘렀을까? 그녀는 눈꺼풀을 데우는 햇볕에 조금씩 실눈을 떴고 그때서야 새벽의 일이 생각났다. 그녀는 긴 잠에서 깨어나 늦은 오후의 햇볕이 들어오는 방문을 열었다. 작은 텃밭에는 몇 개의 고랑을 따라 심어진 파, 상추, 고추가 심겨 있었고 담벼락에는 사철나무와 초록의 열매를 품고 있는 감나무가 두 그루 서 있었다. 잠든 딸이 깨지 않게 조심스럽게 방문을 연 그녀는 신발을 신고 뒤를 돌아가 방 뒷문과 이어진 작은 마루에 앉았다. 담장 너머 기와지붕에서 만들어 낸 그늘이 햇살을 막았지만, 그녀의 발등에 내려앉는 햇살은 그녀의 것이었다. 작은 발 위에 오랫동안 머물던 햇볕을 타고 몰려온 피로에 그녀는 등을 마룻바닥에 붙였다. 흙담 사이사이로 삐쳐 나온 노란 꽃을 바라보며 스르르 그녀의 눈이 감겼다.

*

　일제 강점기 시대의 부산항은 풍부한 물자를 수용하기엔 역부족이었다. 그러한 이유로 일제는 부산항의 보조항으로 마산항을 개발하였다. 또한 러일 전쟁 때 원활한 군수 물자 보급을 위하여 철도를 개통시켜서 만주까지 물자를 수송하였다. 마산 헌병분견대는 급속도로 늘어나는 일본인을 보호하기 위해서 조선인들을 치안유지법과 군사 보호법으로 다스렸다. 이들은 민간인을 즉결 심판할 수 있는 권한으로 마산 거주 조선인을 경찰의 공포 정치로 다스렸다.

　나가사키 출신인 사카이는 마산 헌병분견대 내에 수송물자관리 간부로 근무하였다. 시모노세키항에서 군 수송선을 타고 마산으로 온 지 5년이 된 그는 마산의 깨끗한 물과 술 그리고 풍부한 해산물이 주는 고급스러운 음식과 남해가 주는 선물을 사랑하였다. 남해가 지닌 호수 같은 잔잔한 은빛 물결이 평화로이 흐르는 풍경은 사계절의 시간 동안 한여름의 태풍 때 말고는 늘 한결같은 편안함을 주었다.

　사카이는 가파른 언덕의 집까지 올라가는 동안 한두 번은 고요하고 평화로운 바다가 잘 보이는 햇볕 잘 드는 담벼락에 앉아 담배를 피우며 포구 속에 안긴 마산항의 경치를 보는 것을 즐겼다. 지나가다 들린 정종 집에서 마신 술 한잔의 부드러움이 목구멍을 타고 전신으로 퍼져나가는 짜릿함 또한 즐겼다. 마산에는 곳곳에 일본식 주조 공장들이 있었다. 전국에서 마산만큼 술을 많이 생산하는 곳은 없었다. 물 좋은 마산의 술은 군 물자 수송선에 실려 풍부한 해산물들과 함께 시모노세키항으로 운반되었다. 이러한 물자를 관리하는 사카이의 힘이 적지 않기에 주변의 일본인들은 사카이가 오는 점심시간에 맞추어 일부러 집 앞 담벼락에 앉아 있곤 했다. 사카이는 이들과 마주치면 늘 변하지 않는 모습으로 겸손하게 인사했다. 그 마을 주민 모두는 사카이의 가식 없고 위세 없는 모습을 좋아했다.

담벼락에 앉아 피우는 담배가 거의 손가락 끝에 걸릴 때쯤에 화려하고 세련된 유카타를 입고 분홍색의 넓은 집게 핀으로 단정하게 말아 올린 쪽머리를 고정한 삼십 대 초반의 일본인 여자가 지나가는 발걸음을 잠시 멈추고 인사를 했다.

"사카이 상, 굿 에프터눈입니다."

영어를 섞은 인사는 꽤 유쾌하고 친근감 있게 들렸다.

"오하요 고자이마스."

"네, 좋은 아침이에요."

"어디 갔다 오시는 길인가요?"

사카이는 끝까지 탄 담배를 바닥에 비벼 끄면서 환한 웃음으로 코코미 상을 반겼다.

"하이, 얼마 전에 공중목욕탕을 엿보다 잡힌 조선인이 있는데 그 조선인이 제 아이 조선어 과외선생 동생이더군요. 과외선생이 부탁하길래 헌병대에 잠시 갔다가 오는 길이에요."

"아, 나도 며칠 전에 그 소식 들었소. 입욕료 5전은 내고 들어갔고 담벼락 위로 고개를 내밀어 보다가 잡혀 온 청년 이야기였소."

"네, 맞아요. 정말 한심한 노릇이에요."

"하하. 그 나이 때 호기심은 있을 수 있어요. 이놈이 구마산에 널려 있는 조선인 공중목욕탕에 가지 하필이면 국제적으로 놀려고 하다가 큰코다친 거죠. 하여튼 코코미 상이 손쓰시면 곧 나오겠죠."

"호호. 그래요. 헌병대에서 히로토 상과 잠시 얘기를 나눴어요."

"히로토는 다음 주에 본국에 갈 예정입니다."

"네, 근데 히로토 상이 본국에 가면 수고스럽더라도 물건 몇 개, 집에 부쳐 달라고 부탁하려고 했어요."

"네에…."

"근데 히로토 상 말로는 자신이 사정이 생겨 못 가고 사카이 상이 갈 것 같다고 하더군요."

"네?"

"이번 본국으로 물자 수송 때 책임자는 사카이 상이 될 거라고 하더라고요."

"아직 들은 게 없어서 모르겠습니다. 제가 가게 된다면 연락을 드리겠습니다."

"네, 그렇게 알고 갈게요. 혹시라도 본국에 갔다 올 동안 미숙 씨가 걱정이라면 걱정하지 마세요. 제가 옆에서 잘 돌보겠습니다."

"네, 감사합니다."

코코미 상은 짧게 인사를 하고는 골목 모퉁이를 돌아 열려 있는 대문 안으로 모습을 감췄다.

'그 일 때문에 작전이 들어간 것 같군. 7월 말에는 갈 것 같군. 대략 돌아올 날을 생각해 보면 8월 중순 무렵일 것 같다.'

며칠 전 마산항 근처 정종 집에서 사카이는 본국에서 건너온 조선 독립군밀정을 만났었다. 그는 곧 그의 나라가 전쟁에서 패전할 것이라는 정보와 독립군에게 전달될 물자 중 이번에는 상당량의 금괴가 있는데 이를 독립군들이 운반하기에는 큰 위험이 있어 이번 수송선에 숨겨 가기로 했다는 계획을 말해주었다. 시모노세키항에 도착만 하면 더는 사카이가 신경 쓸 일은 없었다. 조금 전 코코미 상이 말한 대로 수송 책임자가 히로토에서 본인으로 바뀐 걸 보면 이미 작전이 들어간 것을 짐작할 수 있었다. 자리를 털고 일어선 사카이는 비탈진 골목길로 걸음을 옮겼다.

미숙의 집은 포구가 한눈에 들어오는 제법 가파른 언덕 위에 있었다. 안방, 작은 방, 부엌이 오이 모양의 툇마루에 붙어 있는 일자 구조로 붙박이 찬장이 부엌과의 경계를 구별하고 있었다. 찬장 아래에는 미닫이 창 하나가 나 있는데 합판으로 만든 창문이 문틀에 난 홈을 따라 움직일 때 내는 드르륵 소리가 사카이의 뱃속에서 들려오는 꼬르륵 소리와 거의 동시에 들릴 때면, 그때는 정말 그들이 웃음을 그친다는 것은 큰 고통이었다. 미닫이 창문이 내는 소리는 또 다른 의미가 있었다. 그것은 곧 사카이가 그녀와 함께 있다는 것이기도 했다.

오늘도 보통의 하루와 다를 게 없는 날이다. 부엌 밖에서 들려오는 그만의 익숙한 조선말 억양에 그녀는 밖으로 나와 그에게 환한 미소를 보냈다.

"배고프죠? 다 됐어요. 이거 받아 주세요."

그녀는 부엌으로 들어가 마루로 난 미닫이 창문을 열고는 작은 상을 내밀었다. 윤이 번들하게 나는 마룻바닥에 밥상을 내려놓은 그는 그녀가 얼른 부엌에서 나오기만을 기다렸다. 뽀글뽀글 소리를 내는 된장찌개와 그녀가 새벽 어시장에서 사 온 싱싱한 생선이 참숯에 구워져 밥상에 오르자 오전의 허기가 내장에 붙어 아우성 쳐댔지만 그것은 곧 그에게 참을 수 없는 행복이었다.

멀리 산과 산 사이에 난 바닷길을 따라 들어오는 크고 작은 군함들과 어선들 사이를 이리저리 흩어져 날아다니는 갈매기때를 바라보며 잠시 숨을 고른 두 사람은 밥상을 앞에 두고 서로 마주 보고 앉아 감사의 기도를 드렸다. 사랑을 듬뿍 담은 눈빛을 그녀와 나누던 그가 돌연 들었던 숟가락을 놓으며 그녀를 빤히 쳐다보았다. 그녀가 왜요? 하고 묻기도 전에 그녀의 소반 서러운 이마에서 흘러내린 한 올의 머리카락이 그녀의 입술까지 길게 뻗쳐 거머리처럼 달라붙은 것이 기도 내내 신경 쓰였는지 긴 손가락으로 조심스럽게 그녀의 살갗에서 떼어내 본래의 자리로 올려주었다.

그녀가 입술을 활짝 벌리고 사랑스러운 눈으로 자신을 바라보는 동안은 며칠간 본국으로 수송할 물자들로 마음고생했던 시간을 잊을 수 있었다. 사카이와 미숙은 7월의 햇살이 드러누운 저 평화로운 남해 바닷길을 감상하며 긴 점심을 즐겼다.

"하나꼬는 자나요?"

"네, 들으면 기분 좋을 소식이에요. 당신이 준 초록 원피스를 입히고 긴 양말과 운동화를 신겼었는데 정말 예뻤어요."

"어디 사진이라도 찍어두지 그랬어요."

"사진기 조작이 아직 서툴렀어요. 행복하게 잘 먹고 잘 걸었어요."

"지난번처럼 해바라기꽃에 붙은 나비 쫓아다니지 않았는지 모르겠소."

"호호. 오늘은 벌 때문에 가까이 가지도 않았어요. 아마 당신이 봤으면 배를 잡았을걸요?"

"하하하. 그랬어요? 이 녀석 하마터면 벌에 쏘일 뻔했군요."

"절대 안 가더라고요. 커서도 위험한 곳에는 가질 않겠어요. 호호호."

"걱정 안 해도 됩니다. 하느님이 우리 하나꼬를 잘 보살필 거요."

"저는 하느님께 감사드립니다. 당신 같은 좋은 사람을 만나게 해 주셨어요. 당신을 만나지 않았다면 저는 하느님을 만나지 못했을 겁니다."

"아뇨, 날 만나지 않았어도 당신 같은 착한 사람은 언젠가는 하느님을 만났을 거요."

그는 그녀의 고운 얼굴 살을 한 손으로 쓰다듬었다. 그녀는 그의 따뜻한 손길을 느끼며 두 눈을 감고 행복한 눈웃음을 지었다. 그리고 그의 입술이 장미꽃잎을 닮은 그녀의 입술에 포개졌다. 파란 하늘을 이고 한가롭게 누운 바다가 내려다보이는 산복도로 골목집 담벼락을 귀하게 장식한 해바라기 꽃잎이 뭉게구름 하나를 반쯤 가릴 때야 그들의 입맞춤이 멈추었다.

"오늘 밤에 있을 학습에는 구마산에 있는 새 신자가 올 거예요."

"신원 확인은 철저히 하겠지요?"

"네. 신마산 지부장님이 신입 회원이 들어오기 전에 그 사람 신원만큼은 확실하게 확인해요. 안 그러면 당신이 큰일 나는 거 우리 모두 다 알아요. 당신이 몇 년간 지원해 준 물자는 독립군에게 얼마나 큰 힘이 되는데요."

"난 그저 하느님의 사랑을 실천하고 있는 것뿐입니다."

그는 나가사키에 있는 우라카미 성당에서 열심히 신앙생활을 하였다. 그의 신앙이 깊은 것은 조부모의 영향이 컸다. 그의 조부모는 수십 년 전에 있었던 선교사들과 신자들에 대한 가혹한 정부의 탄압에도 변심하지 않는 극강의 신앙을 지켜 왔었다. 그 시절 나가사키에서 활동하던 소수의 독립군은 현지 일본인들을 상대로 한 포섭 활동에 사활을 걸고 있었다. 그중에서도 천주교인들이 주 대상이었다. 이들의 마음을 얻을 수 있는 가장 큰 방법으로는 식민지국에 대한 학대와 잔혹성을 알리는 것이었다. 그들은 미사가 열리기 전에 준비해 온

전단지를 성당 외벽과 시내 곳곳에 붙였다. 사카이는 수년간 조심스럽게 접근해 온 독립운동가들에 의해 큰 혼란 없이 포섭되었다. 그는 이후 독립군 단체의 적극 지원 속에 나가사키 지역 천주교 신자들 속에서 자신처럼 조선의 독립운동에 적극적이고 열성적인 비밀 조직원들을 만들어 내는 일도 문제없이 잘 해냈다. 그들은 일본과 조선에 세워진 군수 물자를 담당하는 부대 곳곳에서 비밀스러운 활약을 하고 있었으며 사카이는 마산에 온 이후 조선총독부가 강압적으로 거둬들인 물자 중 그 일부를 다시 외부로 반출하여 독립 원들의 활동비를 대는 핵심 역할을 했다.

"아빠!"

막 잠에서 깬 하나꼬가 밖으로 나오자 그는 밥상 위에 놓인 활처럼 휜 생선을 닮은 입모양을 하고는 딸에게 온갖 사랑의 표현을 퍼부었고 한참 후 아이를 밥상 앞에 앉혔다.

"하나꼬, 아빠가 밥 줄까? 생선 살 잘 발라서 흰 밥 위에 올리면 와, 엄청 달고 고소해. 입 벌리고 먹어 볼까?"

딸은 입을 크게 벌려 아빠가 건네주는 밥 한 숟가락을 입안으로 넣었다. 오물오물 씹는 딸의 표정에 두 사람의 큰 웃음은 끊이질 않았다.

"하나꼬, 아빠가 사진기 가지고 왔다."

그는 가방에서 둔탁한 생김새의 물체를 꺼내들고 말했다.

"조금 있으면 외삼촌이 올 거야. 우리 해바라기 앞에서 사진 찍을까?"

딸은 무슨 뜻인지 모르지만 그래도 고개를 연신 끄떡였다.

"여보, 영철이는 언제 온대요?"

"아, 저기 밑에서 올라오네요."

그녀가 손짓하는 곳에 오르막길을 걸어 올라오는 마른 체구의 청년이 보였다.

"아, 영철이가 곧 도착하겠네. 당신 좋은 옷으로 갈아입고 와요."

"네, 금방 나올게요."

그녀가 방 안으로 사라지고 얼마 되지 않아 영철이 모습을 나타냈다. 영철은 보통학교를 졸업 후 부모님이 운영하는 마산항 근처 포목집에서 일을 했다. 보통 전문학교에 가기엔 공부 머리가 없었고 일찍 장사를 배우는 게 더 낫다 싶어 일본에서 가져온 원단을 파는 부모님의 일을 돕고 있었다. 그러나 사카이와의 운명적인 만남 이후 그의 길이 바뀌었다. 그로 인해 천주교에 입교한 그는 15살이 되던 해에 나가사키로 건너갔다. 우라카미 성당에서 이 년 동안 일본어를 배웠고 마산으로 돌아와서는 사카이와 함께 독립군에게 물자를 지원하는 일을 하고 있었다. 세월이 흐르며 둘의 관계는 깊어 갔다. 사카이는 위로 형과 누나 둘을 두고 있었지만 어릴 적부터 늘 동생이 있는 친구들이 부러웠다. 이 두 사람은 비록 핏줄을 나눈 형제는 아니지만, 그것이 문제 될 게 없었다.

"베드로, 밥 먹었어?"

"네, 조금 전에 부둣가에서 먹고 올라오는 길입니더."

"누나는예?"

"방에서 옷 갈아입는 중이야. 전에 말했던 것처럼 사진기 하나를 억수로 운 좋게 챙길 수 있었어. 그래서 오늘은 가족사진을 찍으려고 해."

"아, 네. 매형, 오늘 헌병대에 근무하는 친구 만났는데 이상한 말을 하더라고요."

"뭔 말?"

"일제가 곧 폐망할 것 같다네예."

"그래…. 그런 소문이 돌고 있어. 상황이 안 좋은가 봐."

"만약 일본이 폐망해서 본국으로 철수하면 매형 안전이 걱정입니다. 매형이 어떤 사람인지 아는 사람은 여기 지부에서도 극비인데 사람들이 해코지할까 봐 두렵습니다. 사실 여기 오는 내내 마음에 걸렸습니다. 본국에 가서 좀 계시다가 여기 사람들이 사실을 다 알고 매형을 영웅처럼 떠받들 때 그때 들어오시는 것도 저는 좋다고 봅니다."

"그때 일은 그때 가서 고민하자."

코닥 카메라에 접혔던 주름을 펴자 검은색 눈동자를 가진 렌즈가 튀어나왔다. 드르륵 소리를 내며 안방의 문이 열리고 하얀 원피스를 입은 미숙이 말쑥한 차림새로 나왔다.

"누나!"

"응, 밥은 먹고 왔어?"

"그래, 근데 너무 이쁜 거 아냐?"

"부끄럽게시리."

"하하. 당신만큼 이쁜 사람은 난 본 적이 없소."

"농담 마세요. 호호호."

"하나꼬, 엄마 무지 예쁘지?"

영철의 팔에 안긴 하나꼬가 말뜻을 아는 듯 고개를 크게 끄떡였다. 모두의 웃음이 집 안을 가득 채웠다.

"자, 여기 해바라기 앞에 설 테니 저기 뒤로 합포만이 잘 나오게 찍어 줘."

하나꼬를 안은 아빠는 엄마와 함께 은빛 바다를 뒤로하고 멋있는 자세를 잡았고 영철이 삼각대를 펼쳐서는 카메라를 올려놓고 조리개를 이리저리 돌리며 말했다.

"자 여길 보세요. 크게 웃어도 좋고 미소 지어도 좋아요. 하나 둘 셋 하면 찍습니다. 하나-둘-셋."

영철의 손동작이 일순간 멈칫하더니 한 무더기의 빛이 수박 터지는 소리와 함께 쏟아졌다.

"자, 또 찍습니다. 필름이 몇 장 안 남았는데 실수 안 하겠습니다. 더 찍을게예."

영철이 눌러대는 계속된 셔터는 몇 번의 소리를 내고는 멈추어 섰다.

"다 된 것 같군. 고생했다."

사카이의 격려에 영철은 어깨를 한 번 으쓱할 뿐이었다.

"일이 많아서 그만 가 봐야겠다."

아빠의 달콤한 속삭임에 딸은 엄마의 품에 안겼다.

"네, 매형 먼저 들어가세요."

영철의 인사에 사카이가 손을 흔들고 대문으로 걸어갔다.

"그래. 자고 갈 거야?"

누나가 동생에게 말했다.

"밤에 모임 마치고 다른 일 없으면 자고 갈 거야."

"응, 그래."

그녀와 영철의 대화의 틈이 벌어지자 사카이가 들어왔다.

"여보, 나 간다."

대문을 열고 모습을 감추는 그의 머리 위로 서서히 내려앉는 낙조가 비탈진 골목길을 따라 내려가는 깨끗한 양복을 멋지게 차려입은 신사의 긴 그림자를 남기며 기울어져 갔다.

"매형은 처음에 만났을 때 조선말을 조금밖에 못 했는데 지금은 나도 일본인인지 조선 사람인지 구별 못 해. 정말 착하고 잘난 사람이야."

"그래. 좋은 사람이야."

*

　미숙은 마산에서 여자 고등 보통학교를 졸업하였다. 학교 졸업 후 마산항 근처에서 포목점을 운영하는 부모님을 동생 영철과 함께 도왔다. 그녀의 뛰어난 미모와 유창한 일본어 실력은 이곳을 다녀간 손님들의 입소문을 타고 시내 구석구석까지 퍼뜨려져 인근의 재력 있는 집안들이 혼사를 대려고 줄을 설 정도였다. 부모들은 늘 이런 그녀를 자랑스러워했다.

　사카이를 만난 그날에도 그녀는 포목점에 있었다. 그는 군복보다는 양복 입기를 즐겼다. 사람들에게 위화감을 주는 군복보다는 친근하게 다가갈 수 있는 양복을 그는 자주 입었다. 호리호리한 키에 한쪽 눈썹을 가린 머리 모양을 하고 광이 번들하게 나는 검은 신사화를 신은 젊은 신사가 어느 날 이 층 목조 건물의 일 층 가게로 들어왔다. 그녀의 부모님이 마산항에 막 입항한 시모노세키에서 온 배에서 물건을 찾으러 영철과 함께 가게를 비운 날이었다. 혼자 남은 그녀는 엊그저께 입고된 신상품들에 가격표를 붙이는 일과 포장지를 일일이 만들고 제품에 하자가 없는지 검사하는 일손을 부지런히 움직이고 있었다. 그러다 열어 놓은 가게 문 안으로 들어서는 그림자를 보고 고개를 들었다. 순간 그녀와 눈이 마주치자 얼른 젊은 신사는 깍듯하게 허리를 굽혀 인사를 했고 그녀는 첫눈에 그에게서 남들과는 뭔가가 달라 보이는 인상을 받았다.

　"안녕하십니까? 저는 마산 헌병분견대에서 근무하는 사카이입니다."

박력에 찬 그의 목소리가 포목점 안을 쩌렁쩌렁 울렸다.

"네, 안녕하세요. 조선말이 힘드시면 일본어로 하시면 됩니다."

그녀 또한 사카이에게 허리 굽혀 인사를 하고는 상냥하게 말했다. 꽁지머리를 하고 짙은 초록에 흰 꽃무늬가 수놓아진 원피스를 입은 그녀에게서 그는 첫눈에 깊은 호감을 가졌다.

"아, 그렇습니까?"

젊은 신사 사카이는 부드러운 눈빛으로 그녀를 쳐다보며 일본어로 몇 마디 질문을 하자 그녀가 유창한 일본어로 대답했다.

"일본어는 어디서 배웠습니까?"

"고등 보통 학교에서 배웠어요."

그녀의 밝은 성격과 영리하게 그의 질문에 대처하는 그녀의 언변력은 사카이를 내심 들뜨게 했다.

"고등 보통학교에서 배운 것치고는 너무 잘합니다."

"호호호. 감사합니다. 우리 포목점에는 신마산에 사시는 일본 여성분들이 많이 오세요. 그래서 보통학교 때부터 일본어 과외도 받고 해서 그럭저럭합니다."

"아, 그렇군요. 그럼, 일본에는 간 적이 없군요."

"네."

"그저 놀랍네요. 전문학교는 입학 안 합니까?"

"내년에 다닐 생각이에요. 확실치는 않아요."

"그럼, 저도 질문해도 되나요?"

그는 그녀의 밝은 성격에 기분 좋게 웃었다.

"네, 군사 기밀만 제외하고는요. 하하."

그의 말에 그녀가 작은 웃음소리를 흘린 후 그에게 질문했다.

"사카이 씨는 여기 오신 지 얼마나 되었나요?"

"5년 되었습니다."

"아, 그런데 조선말을 잘하세요."

"아휴, 칭찬이 과합니다. 하하하."

"아녜요, 조선말로도 소통하는 데 문제가 없을 거예요."

"내가 조선말을 잘하는 것보단 그쪽이 일본말을 하는 게 더 자연스 럽습니다."

"호호. 과찬이에요."

"저희 헌병분견대에서 이번에 체육복을 단체로 맞추려고 합니다. 기간은 삼 개월인데 가능할까요? 수량은 백 벌입니다."

"그렇게 많이요? 삼 개월이면 시간이 부족할 것도 같은데 부모님 이 돌아오시면 여쭤보고 연락드리겠습니다."

"필요하시다면 원단도 공급해드릴 수 있습니다. 저는 여기서 만들 어 주셨으면 합니다."

"감사합니다. 근데…. 다른 가게들도 있는데 하필이면 왜 우리 가 게인지…."

그는 입가에 미소를 걸어놓고 그 이유를 대답하지 않았다.

"전, 이만 가 보겠습니다. 결정되는 대로 제게 오시면 됩니다. 이틀 이면 되겠습니까?"

"네."

그녀는 그가 건네주는 명함을 받은 후 그에게 허리를 숙여 정중히 인사했다. 그가 가게 문을 열고 나간 뒤 그녀는 한동안 의자에 앉아 마산항에 정박한 군선들 사이사이에서 오가는 인력거와 짐꾼들을 쳐 다보며 중얼거렸다.

"사람마다 각자의 자리가 있긴 있는가 보다."

이틀 후 그녀는 마산 헌병분견대를 찾았다. 들어가는 입구에 보초를 선 황색 군복에 소총을 어깨에 멘 위협적 인상의 군인들에게 사카이 이름을 대자 그녀는 아무런 제지 없이 2층 사무실까지 오를 수 있었다. 복도 유리창으로 사카이와 그의 동료들의 모습이 보였다. 한 동료가 미숙을 보더니 살짝 웃으며 자신을 가리켰다. 그녀는 고개를 좌우로 설레설레 흔들었다. 그녀가 손가락으로 사카이를 가리키자 그제야 그 동료는 고개를 끄떡였다. 그가 사카이의 귀에다 뭔가를 소곤거리자 사카이는 큰 웃음을 터뜨린 후 그녀에게 힘껏 손을 흔들고는 사무실을 나와 그녀 앞에 마주 섰다.

"오셨습니다."

환한 미소를 지으며 그가 그녀를 반갑게 맞았다.

"안녕하셨어요?"

미숙의 얼굴에도 기쁜 표정이 퍼지고 있었다.

"그럼요, 미숙 씨는 잘 있었나요?"

"네."

"우리 잠시 밖으로 나갈까요?"

그는 양복 윗도리를 잽싸게 걸치고는 그녀를 데리고 건물 밖으로 나왔다. 두 사람은 크고 작은 군선들이 빼곡히 항만에 들어차 있는 것을 내려다보며 부둣가 위쪽을 따라서 난 산복도로山腹道路를 따라 걷고 있었다. 분홍 동백색 양산을 쓴 그녀에게 젊은 신사의 어깨는 저 넓은 바다보다 넓기만 했다.

"하느님께 미숙 씨가 올 수 있길 기도했습니다."

솔직한 그의 첫 고백에 그녀는 걸음을 멈춘 후 그를 향해 미소를 베어 물었다. 둘 사이에 잠시 침묵이 흘렀다. 그러다 그가 먼저 말했다.

"저기 큰 배가 조선에서 거둬들인 물자를 본국으로 가지고 가는 배입니다. 나는 저 배에 실리는 모든 물자를 관리하는 사람이고 물론 조선인의 피가 섞이지 않은 일본인입니다."

"저렇게 큰 배에 실릴 물자의 양이 얼마나 많은지 상상이 안 가네요."

그녀의 목소리에는 서러움이 배여 있었다.

"쌀, 과일, 해산물 그리고 가축들도 실리죠."

"저 많은 걸 거둬들이면 조선인은 뭘 먹고사나요?"

그녀가 직설적으로 말했다.

"그렇지요. 안타까운 일입니다. 이것이 식민지국의 서러움이죠. 불평등한 억압에 시달려야만 하는 게 이 나라의 현실이죠."

그는 자기의 걸음걸이가 빨라진 것을 눈치채고는 다시 속도를 늦춰 그녀와 나란히 걸었다. 그녀는 세심한 그의 배려를 느꼈다.

"미숙 씨는 종교가 있나요?"

"아뇨. 부모님을 따라 절에는 가는데 신앙심이 깊지는 않은 것 같아요. 기도하는 시간에 머릿속에는 그날 학교에서 배운 교과 내용이라든지 맛있는 음식 생각이 떠나질 않거든요. 호호호."

"아, 그렇다고 그걸 가지고 신앙심을 얘기하는 건 좀 무리가 아닌가요? 하하."

"종교가 천주교인가요?"

"네, 저기 성 요셉 성당이 보입니다."

그녀는 십여 년 전에 지어진 서양 건축 양식의 이 성당을 거의 매일이다시피 지나쳤다. 르네상스식 건축 양식이 그대로 전해진 이 성당에 와서 미사를 드리고 기도하는 사람들이 현대적이고 세련되어 보이기도 했고 여기 사람들은 서양 문화에 대한 지식이 풍부하여 수입품에 딸려 온 잡지에서나 보던 궁금해하던 것들을 많이 알려 줄 것 같은 생각에 성당을 다니고 싶은 마음이 있었지만, 쉽사리 그런 기회가 오질 않았다.

한번은 집으로 돌아가는 길에 그녀보다 조금 더 나이가 든 여성의 뒤를 따라 성당까지 따라간 적이 있었다. 그 여자가 쓴 챙 넓은 모자며 살짝 불어주는 바람에 날리는 그녀가 입은 분홍색 원피스가 얼마나 예뻐 보이던지 그리고 손에 낀 살갗이 비치는 하얀 면장갑과 팔에 걸친 고급스럽게 보이는 핸드백에 그녀의 마음을 송두리째 빼앗겨 정신을 잃고 무작정 그녀를 따라간 곳이 성 요셉 성당이었다. 열린 성당 문 사이로 보이는 미사의 엄숙함 때문에 차마 성당 안으로는 들어갈 생각을 못 했었다. 오늘 낯선 이국의 남자와 여기를 찾은 것이 우연일까?

"우리 들어가 볼까요?"

"아무나 들어갈 수 있나요?"

"그럼요."

성 요셉 성당 입구에 들어서자 아기 예수를 안고 있는 성모 마리아 상이 보였다. 그는 그녀의 양산을 건네받아 접고는 마침 그들 앞으로 지나가는 성도에게 가볍게 묵례를 한 후 그녀를 성당 출입문이 나 있는 계단으로 이끌었다. 화강암 원석을 일일이 정사각형 모양의 돌 하나하나로 깎아 만들어 벽을 쌓은 웅장한 건축물의 내부가 성당 문이 열리자 들어왔다. 종탑 아래에 난 스테인드글라스 유리창으로 들어오는 햇빛은 장미 문양을 비추어 성당 내부를 온화하고 평화롭게 밝혔다.

그와 그녀는 맨 뒷줄의 의자에 앉아 십자가를 바라보았다. 두 사람은 오랜 시간을 그렇게 앉아 있었다. 빛의 방향이 제법 서쪽으로 기울었을 때 그녀는 그가 건네준 손수건으로 눈물을 닦고는 그와 함께 자리를 떠났다.

달과 별이 떠오르자 어두운 가로등 불빛 속의 두 남녀가 오늘 하루의 시간을 마무리하고 있었다.

"오늘 감사했습니다."

"뭘요…. 자주 와도 되나요?"

그녀는 대답하지 않았고 고개를 숙여 인사를 대신 하고는 대문을 열고 집 안으로 들어갔다. 곧 그녀의 부모들로 보이는 사람들의 모습이 나타나더니 이내 그녀를 데리고 그의 눈에서 모습을 감췄다. 그는 한동안 그 자리를 서성이다 구둣발 걸음 소리를 남기고 떠났다.

이후 그는 체육복 납품 일로 자주 그녀의 가게를 찾아왔다. 시간이 지날수록 둘의 관계는 점점 깊어져 갔다. 이런저런 그의 도움으로 그녀의 부모님이 운영하는 포목점의 규모도 커졌다. 헌병대에 납품한다는 소문만으로 거래를 터는 곳들이 하루가 다르게 생겨났다. 처음 딸로부터 사카이와의 관계를 안 부모님은 그녀를 크게 나무랐다. 원수의 나라 젊은이와 사랑에 빠진 딸이 고울 리가 없었다. 그러나 사카이가 가게에 와 그들에게 진심 섞인 고백을 한 후로는 부모님은 두 사람의 만남에 대하여 더는 관여하질 않았다. 시간이 흐르자 그녀는 임신하였고 하나꼬가 태어났다.

사카이는 헌병대에서 가까운 곳에 있는 기숙사 생활을 고집했다. 동료들 몇몇은 왜 미숙과 함께 살지 않냐고 수도 없이 물었지만, 그녀와 함께 산다면 그녀에게 여러 불이익이 올 수 있다는 생각에 그는 독립적인 생활을 고집했다. 보나마나 조선인 아내가 있는 자신을 헌병대에서 예의 주시할 것은 뻔한 사실이었고 이것은 그녀에게 이로울 것이 하나도 없었다. 신마산에서 일본인들 사이에 살아가는 그녀의 일상생활이 조선인들의 빈정거림과 조롱 섞인 행동으로 오염될 수 있다고 생각했다. 그녀를 데리고 본국에 가서 사는 것이 그가 생각하는 가장 바람직한 결혼 생활이었다. 기숙사에 돌아온 그는 히로토 상을 곧장 찾았다. 히로토 상의 방문을 열자 짧은 곱슬머리에 훤한 이마를 드러낸 그가 단정한 자세로 책상에 앉아서 무언가를 열심히 적고 있었다.

"히로토 상!"

"하이."

"시간 되면 요 앞 정종 집에서 술잔이나 기울일까?"

"하이, 먼저 가 있으면 하는 일 마저 끝내고 가겠네."

"그래. 그럼 뒤따라오게."

사카이는 기숙사에서 나와 전구색의 불빛이 새어 나오는 선술집으로 들어가서는 구석진 곳에 자리를 잡고 앉았다. 시원스러운 성격의 남자가 그가 불러주는 주문을 한 번 더 복창하자 앳된 나이의 여자 종업원이 차가운 정종과 몇 가지의 안주를 갖다 나르기 시작했다. 부드러운 액체가 목을 타고 넘어가면서 코끝을 찡긋하게 했다. 얇게 쓴 회 한 점을 집어 입안에 넣고선 조용히 흐르는 엔카에 눈을 감고 여러 생각에 복잡은 머리를 식혔다. 체크무늬 베레모를 쓴 히로토 상이 가게 문을 열고 들어와 그에게 가볍게 손을 흔든 후 맞은편 빈 의자에 앉았다.

"낮에 코코미 상을 만났는데 자네 대신 내가 이번에 본국으로 다녀

오게 되었다고 하더군."

"금방 소식이 전해졌군."

"사실이네. 오후 늦게 다시 확인했더니 그렇게 되었더군."

"본국에 자네가 반드시 가야 할 일도 있지 않나?"

"여동생 결혼식이 마침 그때라 참석할 수 있을 줄 알았는데 안 됐지 뭐."

"내가 대장에게 다시 말해 볼까?"

"아냐, 이번에 수송물자 재고 조사 과정에서 외부로 반출된 물자가 많아. 조사가 곧 시작되면 내가 있어야 해. 지난번처럼 적당히 둘러대기에는 상황이 좀 안 좋아."

"……."

"그래도 우리가 여기 먼 조선에 와서 일하는 보람이 쥐꼬리만 한 월급 받자고 하는 건 아니지 않나?"

히로토 상은 시원한 정종 한 잔을 단숨에 입안으로 털어 넣어 버렸다. 그러고는 미간을 살짝 찌푸렸다.

"카! 여기서 나온 정종은 정말 일품이야. 본국의 사케보다 더 깔끔해."

"나도 여기 정종을 더 좋아해. 일조량이 워낙 풍부해서 좋은 술이 나오는 것 같네. 근데 자네도 좀 챙긴 건 있는가?"

갑작스러운 그의 말에 히로토 상은 잠시 머뭇거렸다.

"자네하고는 무슨 비밀이 있겠나? 이번에 가면 여동생 앞으로 돈 좀 부쳐 줘. 그 돈이면 시모노세키에 집 한 채는 살 수 있을 걸세."

사카이는 말없이 고개를 끄떡였다.

"자네 부인과 딸은 걱정하지 말게. 자네가 없어도 내가 잘 보살펴 줄 테니까."

"고맙네."

"근데 여기에 이상한 소문이 돌긴 해."

"무슨 소문?"

"본국이 패전할 것 같다는 소문 말이야."

"나도 들었네."

"만약 소문대로 패전하면 우린 어떻게 되는 걸까?"

"본국으로 모두 철수되겠지. 그리곤 자리 하나 받을 수 있을지 모르겠어."

"설마 안 주기나 하겠어? 이렇게 개고생했는데."

"너무 깊은 생각 말자. 히로토 상."

"일정은 7월 20일쯤 갔다가 8월 15일쯤 오는 걸로 잡혔어."

"한 달 정도 사이에 뭔 일 있겠어? 조사가 나오면 그거나 잘 처리해 줘."

"대장도 빼돌린 게 많으니 똥줄 타서라도 잘하겠지. 걱정 말게."

"그래, 자 한잔하자고."

"우리의 우정을 위하여."

"위하여!"

다음 날 사카이는 좀 더 일찍 미숙의 집을 찾았다. 점심을 먹은 후 하나꼬가 낮잠에 빠지자 두 사람은 마루에 앉아 평화로운 바다를 보며 차를 마시고 있었다. 황색 물고기를 닮은 구름이 불투명한 막이 되어 마루에 내려앉던 햇빛을 가렸다.

"미숙 씨, 내가 본국에 잠시 다녀와야 할 것 같아요."

"언제요?"

그녀가 깜짝 놀라서 물었다.

"모레."

"며칠이나 있다가 오세요?"

"한 달 정도."

"…."

찻잔 속에 허물 거리며 떠오르던 뜨거운 김이 사라질 때쯤 그녀가 입을 열었다.

"가지고 가실 것은 없나요?"

"없어요. 시모노세키항에서 군수 물자 하역 작업을 지켜보다가 다음 달에 나가사키 집에 잠시 갔다가 올 생각이요. 물론 동지들도 만나고 물자도 건네고 하면 시간이 금방 갈 것 같소."

"네…."

"다음에는 우리 같이 갑시다. 이번에는 같이 간다고 해도 고향 집에 들러서 부모님께 인사하고 할 시간적 여유도 없을 거요. 그리고 좀 위험한 일도 있고요."

그녀는 말없이 고개를 끄떡였다.

"어젯밤 학습은 잘 끝났소?"

"영철이가 새로운 사람들을 잘 교육했어요. 그 사람들 신분도 확실한 것 같아요."

"수고했소. 조선의 독립이 생각보다 빨리 올 것 같소."

"정말요?"

"곧 올 것 같소."

그녀는 순간 흐르는 눈물을 작게 말아쥔 옷깃으로 훔쳤다. 그리고는 그녀의 빛나는 눈을 가리고 있는 팽팽하게 부풀어 오른 적색의 포도알 같은 이마를 따라 흘러 내려온 생기 있는 검은 머리카락 몇 가닥을 가는 손으로 쓸어 올렸다. 티끌 하나 없는 고운 그녀의 얼굴은 그의 코에 걸쳐진 둥근 안경 너머의 눈동자를 크게 일렁이게 했다. 그는 팔을 뻗어 그녀의 원피스에 가려진 부드러운 살갖을 느끼며 천천히 그녀를 그의 품으로 이끌었다.

며칠 후 미숙의 집에는 아침부터 사카이의 광이 번들거리는 구두가 마루 밑바닥에 놓여 있었고 큰 손가방 두 개가 마루에 올려져 있었다. 하나꼬는 손가방에 올라타 말 타는 흉내를 내며 엉덩이를 흔들고 있었다. 안방에서 마루로 나온 사카이와 미숙은 다시 한번 깊은 포옹을 했다. 마지막으로 그의 바짓가랑이를 붙들고 서 있는 딸과 눈이 마주치자 그는 빙그레 웃으며 아이를 그의 머리보다 더 높이 들어 올려서 간지럼을 태웠다.

"아빠, 잠시 갔다 올 테니 더 크게 자라야 해. 알겠지?"

황색 군복을 말끔하게 차려입은 그는 호주머니에서 사진 한 장을 꺼냈다.

"아, 이거 우리 사진이요. 아주 잘 나왔소."

"어머 정말 잘 나왔네요. 하나꼬 큰 눈도 뚜렷하고요."

"저기 해바라기처럼 기다리면 내가 곧 옵니다. 내가 갔다 오겠소. 아, 참. 부엌에 해바라기 씨앗 갖다 놓았소. 저기 언덕에도 좀 심어주시오. 올가을에는 우리 집이 해바라기꽃으로 덮이겠군요."

그는 다시 그녀와 딸을 꼭 껴안았다.

"사랑한다. 하나꼬!"

하나꼬는 큰 눈으로 아빠의 모습을 담았다. 큰 가방을 양손에 든 그는 대문을 나서다 뒤돌아섰다. 노랗게 핀 해바라기와 나란히 선 미숙과 하나꼬에게 손을 여러 번 흔들었다. 그녀도 딸도 그에게 크게 손을 흔들었고 그들은 그렇게 그를 보냈다.

*

　시모노세키항에 도착한 지 벌써 보름이 지났다. 하루 전날 히로시마에 원자폭탄이 떨어져 어마어마한 희생자가 생겼다는 뉴스가 연일 라디오에서 흘러나왔다. 곧 미군에 항복할 것이라는 소문이 파다하게 퍼졌다. 사흘 뒤인 8월 9일 나가사키에 온 사카이는 우라카미 성당을 찾았다.

　조부들의 신앙 호흡이 늘 뜨겁게 느껴지는 이곳은 그에게 마치 어머니의 젖과 같은 곳이었다. 조금 있으면 만나게 될 예전의 독립군 일행들의 모습을 생각하니 마음이 설렜다. 그는 성모 마리아상 앞에서 기도하고 돌아서는 순간 그의 귓가를 찢는 듯한 공습 사이렌 소리를 듣고 화들짝 놀라 하늘을 쳐다봤다. 눈이 시리도록 파란 하늘을 여러 대의 비행기가 굉음을 내며 날고 있었다. 그리고 그의 머리 위 까마득하게 높은 하늘에서 검은 물체가 떨어져 내려오는 것이 보였고 잠시 뒤 큰 폭발음과 함께 그는 온몸이 화끈거리며 데워지는 것을 느꼈다. 그것이 그가 기억하는 전부였다.

8월 9일 나가사키에 원자폭탄이 투하되어 수많은 사상자 발생

　마산 헌병분견대 안은 고함과 비명으로 아수라장이었다. 본국에서 온 소식지가 히로토 상의 책상 위에 놓여 있었다. '어떻게 되는 거야? 대일본제국이 끝이란 말이냐?' 사무실은 천황폐하 만세를 비통하게 울부짖는 소리로 정신이 없었다. 소식이 삽시간에 신마산 일대에 퍼지는 데는 반나절이면 충분하였다. 그리고 며칠 뒤면 천황의 항복

선언이 이루어질 것이라는 소문이 빠른 속도로 퍼져나갔다. 신마산에 거주하던 일본인들은 벌써 본국으로 그들의 재산을 가지고 가려는 방법을 너나없이 알아보고 있었다. 곧 조선에 거주하는 모든 일본인은 그들이 본국으로 가지고 갈 수 있는 재산과 현금 반출액의 한도가 턱없이 낮아질 것이라는 정보가 떠돌았고 급기야 밀수선의 뱃삯은 크게 뛰었다. 8월 15일이 되자 광복을 맞이한 조선인들이 거리를 뛰쳐나왔고 미처 본국으로 귀환하지 못한 일본인들은 붙잡혀 두들겨 맞아 죽거나 여기저기 도피했다.

*

영철은 미숙의 앞에 서서 꼼짝을 안 하고 있었다. 그녀는 정신이 나간 사람처럼 한동안을 멍하게 있었고 물결이 멈춰 선 은빛 바다에서 눈을 떼지 않고 서 있었다.

"누나, 매형이 살아 돌아올 수도 있잖아?"

"떨어지는 포탄 속에서 살아남아 돌아온 사람들 소식이 부지기수야. 그렇게 쉽게 죽을 사람도 아냐."

그는 그녀를 위로하려 애썼다.

"영철아, 기도하자. 너 말이 맞아. 그렇게 쉽게 죽을 사람이 아냐."

"그래 누나. 아직 그보다 더 한 소식은 없잖아. 사망자 명단도 없고…."

"맞아, 매형은 살아 있어 분명히."

"거리에 사람들이 어마어마하게 몰려다녀. 온통 거리가 사람들의 함성으로 가득 찼어. 얼마나 오늘을 기다렸는지 우리 알잖아. 나도 나갔다가 올게."

"빨리 와. 늦지 않게."

"웅, 누나."

그는 매형이 남기고 간 사진기와 삼각대를 챙겨서 급히 대문을 나섰다. 신마산 골목 일대는 이미 떠난 일본인들의 집에 침입하여 숨은 일본인을 찾거나 그들이 남겨놓고 간 재물을 가지고 나오는 사람들의 수가 점점 불어나는 것이 좁은 골목길을 따라 걸어 내려오는 그의 눈에 익숙해져 갔다. 날이 저물 무렵에 그는 급히 누나의 집으로 들어왔다.

"누나, 누나 어딨어?"

그의 다급한 외침을 듣고 방문을 열고 나온 그녀의 표정이 몹시 어두웠다.

"아무래도 분위기가 심상찮아. 누나 집에도 사람들이 올 것 같아. 피해 있는 게 좋겠어. 사람들이 매형과 누나가 독립군을 도왔다는 것을 알기에는 시간이 턱없이 부족해."

"상황이 그렇게 안 좋아?"

"웅. 포목점도 난장판이 되었어. 아버지가 벽에 '거기에 간다'라고 적어 놓았어. 아무래도 외갓집 있는 대전으로 간 모양이야."

"무사하실까?"

"무사하실 거야. 다행히 기차를 타고 떠나신 모양이야."

"영철아, 너는 누나 옆에 있어. 아무 데도 가지 말고"

"저기 삼거리에서 독립운동가 몇 분들을 만나기로 했어. 빨리 청년 애국단체에 가서 매형 이야기를 해 주고 누나 집을 가르쳐 줘야겠어. 할 수만 있다면 애국 청년단체 회장 글이라도 받아서 대문에 붙일 수 있다면 큰 도움이 될 것 같아. 그래야 누나가 안전해."

"그래. 빨리 갔다 와. 그래도 모르니 나는 짐을 싸 놓을게."

"응, 절대 집 밖으로 나가지 마."

말을 마친 그는 급히 대문을 나갔다.

"하나꼬, 일어나 봐. 잠시 엄마랑 어디에 갔다 와야 할지도 몰라."

이른 저녁잠을 자다 일어난 하나꼬는 엄마가 서둘러 입혀 주는 옷을 갈아입었다. 그녀는 사카이가 주고 간 돈과 얼핏 보기에도 꽤나 큰 금덩어리들을 큰 가방 깊숙이 넣고 남편의 셔츠와 신사 바지로 덮었다. 그리고 대나무결이 고급스럽게 살아 있는 5단 서랍장 맨 위에 놓인 작은 단지 하나를 챙겼다. 남편이 집을 떠나기 전 그녀에게 준 해바라기 씨앗이 든 단지였다. 큰 가방을 단단히 잠근 후 작은 가방 하나에는 그녀와 딸의 생필품들을 집어넣었다. 그리고 방 안의 불을 끄고 동생이 오기만을 기다렸다.

담벼락 밑으로 난 좁은 골목길을 타고 횃불을 든 청년들이 소란스럽게 움직이고 있었고 고함이 여기저기서 터져 나오며 벌써 여러 집에서 비명과 함께 대문이 발에 차여 찌그러지는 깡통 소리를 질러 댔다. 그 소리는 점점 미숙의 집과 가까워지고 있었다. '올 게 온 건가?' 급히 그녀의 집 대문을 두들기는 소리가 요란하게 들려왔다. 방 안에서 딸을 꼭 껴안고 부들부들 떨고 있는 그녀의 귓가에 낯익은 청년의 목소리가 들려왔다.

"미숙 누님, 저 영철이 친구입니다."

눈이 번쩍 뜨인 그녀는 재빨리 방문을 열고 나가 대문을 열었고 거기에는 키가 크고 바짝 마른 동생 친구 박상도가 서 있었다.

"누님, 빨리 피하세요. 영철이가 사람들한테 왜놈 앞잡이라고 붙들려 있습니다."

"뭐? 어떻게 그런 일이 일어날 수가 있어? 정말이니?"

"진짜입니다. 영철을 모르는 외지에서 온 다른 청년단체 사람들이 영철을 붙잡고 심문하고 있습니다. 제 말 믿고 빨리 여기를 떠야 됩니다. 오다가 보니까 벌써 마을 아래에서는 큰일들이 벌어지고 있습니다. 누님과 친하던 준코네도 청년들에게 붙들려 갔습니다."

"그래 내가 도울 일이 없겠니?"

"아뇨, 지금은 영철이보다는 누나가 더 위험합니다. 저기 몰려오는 사람들을 선동하는 사람들이 있는데 그들은 평소에 자기들이 찍었던 사람들만 골라내고 있습니다. 그 사람들 손에 들린 종이에 누나집 주소가 나와 있다고 영철이가 일러 줬습니다."

"아. 그렇다고 여기 살고 있는 사람들을 끄집어내고 다치게 하는 것은 너무한 일 아냐?"

"누나, 지금은 사람들을 거의 죽이고 있습니다. 심각합니다."

"아, 그래 알겠다. 혹시나 싶어 짐은 다 싸놔서 떠나기만 하면 돼. 영철이한테 내가 연락한다고 전해 주라."

"네, 어서 나오세요. 저는 요 위 도로에서 인력거 아저씨 붙들고 있겠습니다."

"그래. 내 서두를게."

그가 떠나고 그녀는 방 안으로 다시 들어갔다.

"하나꼬, 하나꼬. 어서 일어나자."

평소 같지 않은 엄마의 목소리에 하나꼬가 잠에서 깼다.

"하나꼬, 지금부터 엄마가 하는 말 잘 들어야 해. 우리 지금 밖으로 나갈 거야. 근데 아무 소리 내지 말고 조심해서 나가야 해. 왜냐면 밖에는 아주 무서운 고양이가 살고 있는데 오늘은 고양이를 깨게 하면 안 돼. 큰 소리 지르거나 하면 절대 안 되겠지, 그렇지?"

"응."

하나꼬를 들쳐 업은 그녀가 급히 마당으로 나서다 큰 가방에 무게 중심을 잃고 쓰러졌다. 그때 하나꼬도 땅바닥에 꼬꾸라졌는데 오른 손목이 심하게 뒤로 접질려졌다. 딸은 아픈 울음소리를 크게 터뜨렸다. 그녀는 딸의 입을 막으며 '하나꼬. 괜찮을 거야. 우리 하나꼬 참을 수 있지?'라며 달랬다. 다행히 하나꼬가 울음을 그쳤다. 좁은 골목길을 빠져나와 그녀를 기다리고 있던 상도가 안내하는 길을 따라가자 인력거 한 대가 기다리고 있었다.

"상도야, 영철이 무사할 수 있도록 모든 방법을 다 써야 해."

그녀가 인력거에 올라탄 후 상도가 건네주는 가방들을 품으로 안으며 말했다.

"네, 누님도 무사히 여기를 빠져나가셔야 됩니더."

"그래, 고맙다."

인력거를 끄는 젊은 인부가 서서히 달리기 시작하자 미숙과 하나꼬는 곧 짙은 어둠 속으로 사라졌다. 인력거에 난 창 너머로 보이는 도로 아랫마을은 여러 수십 개의 횃불들이 정신없이 움직이고 있었다.

아빠의 해바라기가 도드미 언덕에 피다

"여보시게, 좀 괜찮은가?"

미숙은 큰어르신의 목소리에 급히 옷매무새를 단정히 하고는 마루에서 일어나 그의 목소리가 들려오는 방문 앞으로 갔다. 뒷짐을 지고 서성이는 그에게 그녀는 공손히 허리 숙여 인사했다.

"네, 어르신. 괜찮습니다."

"그래, 여긴 나가 제일 높은 사람이니 안심하시게. 근데 사연이 있는 모양인데 더는 묻질 않겠네."

그의 말에 순간 마음속 겹겹이 고여 있던 감정이 복받쳐 올라왔고 그녀는 끝내 눈물을 쏟아냈다. 그는 흠흠 헛기침을 해대며 손을 들었다가 다시 거두는 행동과 함께 정말 딱한 표정으로 그녀를 바라봤다. 흰 도포를 말끔하게 차려 입고 반듯한 이마에 가로로 한 줄 깊게 팬 주름을 들어 올려 미간을 좁힌 그는 그녀에게 무엇이든 해 주고 싶은 마음에 조바심을 냈다.

"흠흠, 아기 엄마. 얼마든지 여기에 있어도 괜찮네. 내 자네에게 삯은 받질 않겠네. 돈 걱정일랑은 일절 하지도 말아. 내 말 단디 믿어야 해."

"어르신…."

"그래그래. 좀 있다 아들놈이 올 걸세. 그놈도 심성이 착한 놈이라

자넬 내쫓질 않을 걸세. 내 잘 일러놓을 테니 아무 염려 아무 걱정하
지 말어."

"감사합니다. 어르신."

"자꾸 감사합니다. 말 말게. 그것만으로 됐네. 어려운 사람 돕는 게
뭔 대수라고. 참 예쁘고 인상이 좋구먼. 아무 걱정하지 말게. 편히 쉬
게나."

그가 느린 팔자걸음으로 사랑채를 벗어나자 그녀는 가슴에서 목
까지 막혀 있던 울음소리를 목 안으로 삼키며 오열했다. 사랑방 문
앞에서 쭈그리고 앉아 흐느끼던 그녀는 방 안에서 들려오는 인기척
에 방문을 열었다. 하나꼬가 긴 속눈썹을 깜빡이며 오랜 잠에서 깨어
나 있었다. 얼마나 잤을까? 깜빡이는 눈 사이로 천정의 거미줄처럼
그어진 합판 결이 직각으로 여러 겹 난 것을 보고는 또 다른 낯선 곳
에 있는 것을 알아챘고 울음을 터뜨리기 직전이었다.

"하나꼬, 엄마 여기 있다."

딸은 납작베개 위에 올려놓았던 머리를 돌려 엄마를 쳐다봤다. 그
리고는 방으로 들어온 엄마의 품속으로 얼른 얼굴을 파묻었다.

"그래, 그래. 괜찮아."

엄마의 위로에 겁에서 풀려난 하나꼬는 열린 방문 사이로 막 산을
타고 내려온 바람에 눈을 비비며 엄마를 따라 마루로 나왔다. 감나무
에 매달린 설익은 초록감이 어린 나뭇가지가 출렁거릴 때마다 흔들
흔들 춤을 추는데 그것이 곧 깔끔하게 차려입은 까치가 통통 뜀뛰기
하며 참새 두 마리 사이로 왔다 갔다 자리바꿈 놀이를 하는 것임을 알
고는 그제서야 '호호호' 큰 웃음소리를 냈다.

미숙은 하나꼬의 오른손 팔목을 감고 있던 붕대를 풀었다. 까진 살

점 위에 시커멓게 내려앉은 검은 딱지들에 하나꼬가 겪었을 고통이 짐작이 갔다. 굽은 손목을 펴려하자 순간 하나꼬가 비명을 질렀다.

"아야…."

손동작을 멈춘 엄마는 딸의 볼에 뽀뽀를 하고는 어미 품으로 꼭 껴안았다. 엄마는 마을에 있을 한의사를 찾아갈 생각에 몸을 일으키다 마루에 드리워진 긴 그림자에 놀라 머리를 들었다. 큰 입과 뭉툭한 코 사이에 검은 수염을 기르고 이마가 넓은 중년의 남자가 자신을 아래로 내려다보고 있었다.

"안녕하십니꺼?"

인사를 건네는 중년의 남자 목소리는 부드러웠다.

"조현수라고 합니더. 아버님한테서 애길 들었습니더."

그녀는 자리에서 일어나 정중하게 허리를 숙이며 말했다.

"저는 아이 엄마입니다. 저에게는, 말 못 할 사정이 있습니다. 조금 있다가 제가 가는 길을 갈 테니 며칠만 쉬었다가 가게 허락해 주시면 이 은혜 잊질 않겠습니다."

"아도 어린데 어딜 그렇게 힘들게 가는지 모르겠습니더. 필요하다면 내가 마부를 불러줄 수 있습니더. 어디로 가는 길입니꺼?"

"…."

"흐흠…. 내가 정신없는 분에게 괜한 이야기를 했습니더. 신경 쓰지 마이소. 저녁밥 먹을 때가 됐는데 어째, 같이 먹을랍니꺼?"

"아닙니다. 마을에 오다 먹었던 밥이 아직 든든합니다."

"아, 그래예? 그라모, 물 마시고 싶으면 마당을 지나면 우물가가 나옵니더. 두레박으로 물을 길면 됩니더. 우리는 그 물로 마시기도 하고 씻기도 합니더. 이불이 더 필요하면 내 좀 있다 안사람을 보낼 테니 말하면 됩니더. 편히 푹, 편~~~히 쉬면 됩니더. 아무 걱정 마이소."

"네, 감사합니다."

"참, 마을 사람들은 절 보고 현수 아재라 부릅니더. 참고하시소."

현수 아재는 고개를 가볍게 끄떡이고는 안채로 돌아갔다.

저녁이 되자 안채에서 음식을 준비하는 소리가 사랑채까지 들렸다. 집 안에서 흘러나오는 냄새에 미숙의 배는 꼬르륵 소리를 냈다. 조금 전 현수 아재 앞에서는 어쩔 수 없이 체면치레로 그렇게 말했지만 실은 이틀간 먹은 게 없었다. '하나꼬도 배가 많이 고플 텐데….' 속으로 걱정하고 있을 때 하얀 창호지를 바른 방문 앞에 사람의 그림자가 일렁거리더니 톡톡 사랑방 문을 두드리는 소리가 났다. 그녀는 옷매무새를 추스르고 텃밭으로 난 방문을 열었다. 현수 아재 부인인 듯싶은 복 많게 생긴 아주머니가 작은 상을 들고 서 있었다.

"아이고, 이뻐네예. 내는 현수 아재라고 아까 왔던 사람 마누랍니더."

"네, 처음 뵙겠습니다."

미숙의 예의바른 인사에 그녀의 복스러운 목소리가 이어졌다.

"이거 받으이소. 저녁은 먹어야지예. 아도 배고플 텐데."

"감사합니다."

"이거 먹고 더 필요하면 부엌으로 오시소. 밤에 출출하거든 정지에 누룽지 있습니더. 더이소. 알겠지예?"

"네, 알겠습니다."

"지는 고마 갑니더. 아이고 저 아는 어찌 저리 이쁠까?"

미숙은 눈웃음을 길게 치며 입술을 활짝 벌린 채 문을 닫고 종종걸음으로 사라지는 현수 아재의 처를 보니 이 집이 더는 불편하게 느껴지지 않았다. 그녀의 솔직한 마음은 착한 사람들이 사는 집이고 더는 어린 하나꼬를 데리고 다른 마을로 옮기고 싶지 않았다. 뜨거운 김이 모락모락 나는 큰 밥공기에 수북이 쌓인 흰 쌀밥과 익숙한 냄새의 미역국 그리고 시원하고 깨끗한 동치미…. 합포만에서의 사카이와의 추억이 떠오르자 금세 글썽이던 눈물이 두 볼을 타고 흘러내렸다. '살아 있을 거야.'

다음 날 이른 아침. 모처럼 깊은 잠을 푹 잔 그녀는 하나꼬를 데리고 사랑채를 나섰다. 밤새 앞산에서 흘러나왔던 깊은 운무는 그 시각이 되어서는 옅어져 마을을 구경하는 데 별 방해가 안 되었다. 탁 트인 합포만의 바다와 각양각색의 사람들로 밤늦은 시간까지 붐비던 항구 도시와는 전혀 다른 이곳의 낯선 생활이 짧은 시간에 적응될 일은 아니었다. 그러나 이 마을에서 더 바랄 게 없는 것은 두 모녀의 생명을 위협하는 일은 일어나지 않을 것이란 믿음이 있었다. 지붕과 지붕이 다닥다닥 붙어 있고 작은 마을과 큰 마을로 나누어진 걸 보면 가구 수가 꽤 될 듯싶었다. 산 위에서 흘러내리는 계곡물은 마을 길을 따라 난 도랑을 따라 마을 아래의 늪까지 막힘없이 흘러 내려갔다. 작은 개울을 따라 마을 길이 끝나는 곳까지 내려온 미숙과 하나꼬는 늪에 막혀 더는 나아가지 못했다. 늪은 조용하고 평화로웠다. 그녀는 돌아서서 그들이 걸어왔던 길을 따라 자리 잡은 마을을 바라봤다. 뒤쪽으로 안개에 가려 보이지 않았던 둥근 모습을 한 큰 언덕 하나가 그녀의 눈에 들어왔다. 마산의 집 마루에 앉아 합포만의 바다를 보면 가슴이 탁 트였는데 지금은 저 언덕이 그녀의 가슴을 뛰게 했다. 그렇게 마을 풍경을 감상하던 그녀는 딸의 손을 잡고 왔던 길을 되돌아갔다. 현수 아재 집을 지나자 언덕으로 가는 오르막길이 나타났다.

그 길을 따라 올라가자 작은 대나무 숲을 지나게 되고 어느새 좁은 잿길로 들어섰다. 스산한 기운이 모퉁이를 휙 돌아가는 바람을 타고 그녀를 스쳤고 그녀는 딸의 손을 꼭 잡고 몇 걸음만 더 걸을 요량으로 걸음을 옮기자 거짓말처럼 아까 봤던 그 늪과 그 너머로 잘 정돈된 토지를 지나 남강이 한 폭의 풍경화처럼 흐르고 저 멀리 큰 산들이 눈에 들어왔다. 딸의 뒤를 계속하여 따라오던 두세 마리의 개들은 벌써 아이의 친구가 되었다. 그렇게 이른 아침부터 하나꼬는 아침의 꽃들과 새들의 친구가 되었다.

"하나꼬, 여기 와 봐."

"응?"

개들과 장난을 치던 하나꼬는 엄마의 부르는 소리를 듣고 달려갔다.

"우리 여기에 아빠가 준 해바라기씨 뿌리자."

엄마의 얼굴은 빨갛게 상기됐다. 그리고 흥분에 들떴다.

"응."

하나꼬도 크게 신났다.

"지금은 늦어서 안 되고 내년에 많이 많이 뿌리자. 그러면 해바라기꽃이 여기 언덕을 온통 노란색으로 색칠할 거야."

"하나꼬, 색칠 좋아하지?"

"응."

"우리 여길 색칠하자. 아주 노랗게. 그러면 아빠도 와."

"응."

하나꼬는 앙증맞게 자리 잡은 가지런한 이빨을 한껏 드러내고 무른 황토 여기저기를 폴짝폴짝 뛰어다녔다.

"저기 늪도 보여. 그리고 멀리 강도 흐르고. 꼭 우리 집 앞에서 반짝반짝 빛나던 바다 같아. 하나꼬, 그치?"

하나꼬는 엄마가 가리키는 강의 모습보다는 엄마의 머리에서 흘러내린 몇 가닥의 머리카락이 산들바람에 흩날리고 엄마의 하얀 원피스가 나풀거리는 모습을 어른이 되어서도 잊히지 않을 기억 하나에 더했다. 그들은 마산을 떠나온 후로 한 번도 웃지 않았던 웃음을 언덕 아래로 보이는 풍경을 바라보며 내고 있었다.

그녀가 하나꼬를 데리고 현수 아재 집 대문으로 들어서자 대청마루에 앉아 곰방대를 양 볼이 쑥 들어가도록 '스읍' 하며 빨았다가 '휴' 하고 연기를 내뿜고 있던 큰어르신이 기다렸다는 듯이 그녀를 큰 소리로 불러 세웠다.

"난 자네가 가 버린 줄 알았네."

그녀는 큰어르신에게 다가가 공손히 인사했다.

"감사합니다. 어르신."

"그놈의 감사는 얼마나 하려노? 더는 하지 말거래이."

노인의 귀여운 성질에 하나꼬가 크게 웃었다.

"아가, 네 이름이 뭐꼬?"

그의 물음에 미숙은 순간 움찔거렸다. 그리고 뇌가 동작을 멈춘 것 같은 현기증이 일었다.

"하⋯. 나. 꼬."

그녀는 또박또박 이름을 대는 하나꼬를 말릴 새도 없었다.

"뭐? 뭐라 했노?"

노인은 그가 방금 뭘 들었는지 귀를 의심했다.

"하나⋯. 뭐라 캤노?"

"어르신, 애 이름은 하나꼬입니다. 아빠는 일본 사람입니다."

"…."

그의 턱을 가린 흰 수염을 닮은 담배 연기가 그들 사이를 실뱀이 기어가듯 가로질렀다.

"힘든 일을 겪은 거지!"

그는 안 봐도 안다는 표정으로 중얼거렸다.

"불편하시면 이 집을 나가겠습니다. 큰어르신."

"니 뭐카노?"

그는 갑자기 눈을 치켜뜨고 언성을 높였다.

"그게 와 니 잘못이고? 살다 보면 그럴 수도 있제."

이내 곰방대를 나무 재떨이의 중앙에 봉긋하게 솟아오른 꼭지에 대고 연신 땡땡땡 두들긴 후 담뱃가루를 털어냈다. 그리고는 새 담배를 복주머니에서 꺼내 곰방대 주둥이에 쑤셔 넣고 엄지손가락으로 그것을 꾹꾹 눌러 다진 후 불을 붙였다. 그의 눈에서 금방이라도 뭔가가 튀어나올 것 같았다. 그러나 아무것도 무서울 것 같지 않은 노인의 갈색눈과 하나꼬의 새까만 눈이 마주쳤다.

"하나꼬, 니 사탕 아나?"

그가 한복 조끼에 일자로 난 호주머니에서 사탕 하나를 꺼냈다.

"응."

하나꼬가 고개를 끄떡였다.

"먹을래?"

"응."

"고 녀석, 이쁘긴 엄청 이쁘군. 허허"

그가 비닐 포장지를 벗기고 왕구슬만 한 사탕을 건네자 하나꼬는 냉큼 왼손으로 집어 입에 넣고는 풍선같이 부풀어 오른 볼 안에서 신나게 가지고 놀았다.

"애 아버지는 해방되고 일본으로 갔는데 그 이전에는 비밀리에 독립군을 많이 도왔습니다. 그 사실을 모르는 애국 청년단체 사람들이 우리 집으로 몰려오자 겁이 나서 도망을 쳤습니다. 하다 보니 여기까지 왔습니다. 좀 있으면 애 아빠도 동생도 저희를 찾으러 올 겁니다."

"그랬구먼. 내는 자네 말은 다 믿네. 내가 관상은 볼 줄 알아. 그러니 염려 말고 애 아빠든 동생이든 올 때까지 여기서 지내게. 어차피 더 가 봤자 마을 몇 개 나오고 큰 강 나오면 길은 끝이네."

"어르신, 감사합니다."

그녀는 크게 허리를 숙여 그에게 고마움을 표했다.

"우리 집 식구들과 한 식구처럼 지내게. 심지가 다들 곧아서 어려운 일 당한 사람은 그냥 못 보고 지나들 가네. 방은 마음에 드는가? 힘들면 여기 안채에 빈방 하나 있으니 여기 와서 지내도 좋네."

"아닙니다. 어르신, 저희가 지내기에는 너무 좋습니다."

그제서야 그는 고개를 크게 끄떡이며 함박웃음을 지었다.

"내는 잠시 나갔다 올 테니 알아서 잘 쉬시게."

정수리가 보이도록 깊이 허리를 숙였다 편 그녀는 복사꽃을 닮은 양 볼을 바쁘게 움직여 입안의 사탕을 녹이는 데만 정신이 없는 하나꼬를 껴안고 기뻐했다.

*

두 사람의 겨울은 혹독하지 않았다. 현수 아재 집에 머무는 동안 하나꼬는 병치레 한번 없이 잘 자랐다. 늘 그녀의 마음을 아프게 하는 것은 딸의 뒤틀린 손이었다. 이웃 마을의 한의사가 손 쓸 수 있는 일이 아니었다. 사카이와 영철은 겨울에도 오질 않았다. 다시 해가 바뀌어 봄이 왔다. 천천히 올라오던 쑥이 하룻밤만 자고 나면 조그만 손을 놀리면 금세 한 바구니에 가득 찼다.

"하나꼬, 엄마보다 더 많이 캤네. 우리 하나꼬 쑥 잘 캐는구나."

"응, 엄마."

어느새 말도 많이 늘었다. 큰 눈과 통통한 볼살은 현수 아재 집식구들 모두의 사랑이었다.

"하나꼬, 춥지 않아?"

봄날 오후의 도드미 언덕에는 지난겨울에 넘어온 매서운 바람이 휘파람 소리를 내지르며 자리를 지키고 있었다.

"응, 좋아."

하나꼬는 흘러내리는 콧물에 코를 훌쩍이며 엄마와 함께 넓은 밭을 바라보며 서 있었다.

"조금 있으면 여기에 해바라기꽃을 심을 거야. 그다음은…. 기다리면 돼."

"우와 재미있겠다. 아빠도 와?"

"그래, 아빠도 외삼촌도 와."

"와, 좋다."

하나꼬는 두 손을 가슴에 모은 채 함박웃음을 터뜨렸다.

"그래, 엄마도 행복해."

며칠 뒤 마을 사람들이 현수 아재 집에 모였다. 큰어르신이 마을 사람들을 불러 모은 것이었다.

"내가 오늘 할 말은 우리 마을에 해바라기를 심는 것 때문이네."

한복 윗도리에 털조끼를 걸치고는 대청마루 앞 축담에 놓인 의자에 앉아 마을 사람들에게 말을 시작한 그는 주머니에서 흰 봉투를 꺼냈다. 굵은 힘줄이 튀어나온 생기가 역동하는 큰 손으로 그것의 입구를 벌려 그 안을 꽉 채웠던 검은 씨앗들을 사발에 한가득 쏟아부었다.

"이게 해바라기 씨앗이오. 이걸 이번 달에 심으면 팔월에 해바라기꽃이 피는데 꽃잎이 둘러싼 얼굴에 이렇게 생긴 씨가 셀 수 없을 정도로 박히게 됩니더. 이 꽃씨에는 사람들에게 좋은 약이 들어 있다고 합니더. 이 씨앗만 사가는 상인들이 있는데 값어치가 좋다고들 하오. 그래서 내가 한 가지 제안할 것은 우리 도드미 언덕 밭 주위로 이번에 한번 이 해바라기씨를 뿌려 보고 잘 자라는지 확인을 해 봅시더. 시월쯤에는 씨앗을 거둬서 상인들을 불러 보여 주고 서로 마음이 맞으면 내년에 본격적으로 심도록 합시더. 여러분들 생각은 어떻소?"

모여든 열두 명 정도의 청년들과 나이 든 남자들이 웅성거렸다. 그중에 콧수염을 짙게 기르고 머리가 반쯤 벗겨진 나이가 무척 들어 보이는 남자가 말을 이어갔다.

"씨는 어디서 가지고 옵니꺼?"

"작년에 우리 집에 온 요 애 엄마가 제법 많은 양의 해바라기씨를 가지고 왔어. 무슨 사연이 있긴 한데 그건 우리가 알 바 아이고."

그러자 바지를 종아리까지 걷어 올린 백발의 중년 남성이 손을 들어 말했다.

"그라모 만약에 이게 잘되모 수입이 생길 텐데 그건 어떻게 됩니꺼?"

큰어르신이 나섰다.

"수입은 모든 마을 사람이 다 나누어 가질 거다. 물론 밭을 내놓은 사람들은 좀 더 가지고 가야 되겠제? 또 거기서 삽시 일반으로 조금씩 모아서 마을을 위해 사용할 복지기금으로 저축도 할끼다. 내 어젯밤에 아들 현수한테 단단히 왜 그렇게 해야 하는지 얘기를 해 줬다. 우리 집이 이 마을에서 제일 오래된 집 아이가? 내가 요놈처럼 코흘리개일 때 증조부를 따라 여기 마을에 들어왔는데 그때 여기는 전부 이웃 마을 고 씨네 땅이었던 기라. 우리가 들어와서 살고 있으니까 만호네가 들어왔고 그다음은 삼도네가 들어왔고 그러다 보니 내나이 70이 넘어서는 이 마을 사람들 100명이 넘었다 아이가? 그런데 내가 이제는 걱정되더라. 전부 밭떼기뿐이었던 이곳이 지금은 마을이 된 거 아이가? 서러운 것은 이 마을 이름이 아직도 없다. 쇠꼴 터라고만 불리지 아직 이름이 없다. 그라모 우리 여기 애들에게 물려줄 수 있는 게 없다는 말하고 똑같다 아이가? 이제 충분히 마을의 모습은 갖추었으니 우리는 이 마을을 발전시키기 위한 일들도 해야 한다. 각자 개인이 잘살면 그것도 좋지만 그렇다고 마을에 도로 하나도 제대로 난 게 없고 여자들 빨래터도 제대로 하나 만들어 주지 못한 것이 내가 미안하더라. 그래서 하는 말인데 해바라기 심으면 수익은 모두에게 돌아갈 끼고 우리 제대로 마을 복지도 한번 해 보자."

얼굴이 세모를 닮은 청년이 질문했다.

"그라모 도드미 밭 전부를 심을 겁니꺼?"

큰어르신 뒤에 서 있던 현수 아재가 답했다.

"그 정도 양은 안 되고 지금은 깨도 심어야 하고 고추도 심고 하여튼 그 밭들은 할 일이 많네. 이것 때문에 손해 볼 수는 없고…."

부처님을 닮은 듯한 인상의 한 청년이 말했다.

"도드미 밭들은 할 일이 많은 게네. 밭맨 거 쪽에 골 두서너 개 파서 심어 보면 어떨까예? 그라모 다른 농작물에 피해를 끼치는지도 알

수 있고 설사 피해가 나도 적을 것인 게. 내는 뭐 괜찮을 것 같고예."

현수 아재가 고개를 끄떡이며 말했다.

"나도 그 말이 일리가 있다고 보네. 그라모 내일 아침에 몇 사람만 우리 집에 오소들."

다음 날 오월의 눈부신 햇살이 도드미 언덕의 진붉은 황토 위에 내려앉고 있었다. 미숙과 하나꼬는 현수 아재가 데리고 온 동네 청년들과 함께 도드미 언덕에서 해바라기 씨앗을 심고 있었다. 앞에 선 청년 두 명이 굵은 대나무를 잘라 만든 앞이 뾰족한 연장으로 황토밭 골에 구멍을 내면 나머지 청년들이 그 안에 씨앗을 넣고 그 위를 똥 냄새가 거하게 나는 거름과 곱게 거른 황토를 덮은 후 등에 지고 다니는 물통에서 물을 퍼내어 구덩이 주위를 골고루 뿌려 주면 끝나는 어렵지 않은 작업이었다. 하지만, 지금은 밭고랑 두 개 정도지만 여기 도드미 언덕 전체에 심을 때는 며칠이 걸리는 일이다.

"하나꼬야, 니 올해 몇 살이고?"

부처님을 닮은 동네 청년이 하나꼬에게 물었다.

"많아예…. 헤헤."

"진짜가? 니 나이 많네."

하하하 일하던 사람들 모두가 큰 웃음을 터뜨렸다.

"아재는 몇 살인데?"

하나꼬의 반말 섞인 질문에 곁에서 웃음을 참고 있던 미숙이 사람들과 같이 크게 웃었다.

"니 엄마하고 같다."

그 청년은 우스갯소리를 하고는 가장자리로 걸음을 옮겼다.

"자, 여들 와서 이거 먹으소."

얼굴이 세모를 닮은 청년이 바닥에 놓인 보따리를 풀자 삶은 돼지고기와 막걸리가 나왔다. 흩어져 있던 사람들은 길 가장자리로 모여들어 음식을 가운데 놓고 빙 둘러앉았다. 저마다 손이 검게 그을려 있었고 얼굴이 구릿빛이 아닌 자가 없었다. 현수 아재가 말했다.

"요 애기 엄마가 올봄에 해바라기 씨앗을 아버님께 드렸었다. 애기 엄마는 도시에서 일하고 살면서 해바라기 씨앗을 미군들이 많이 사 가서 가격이 좋다는 것을 잘 알고 있는 기라. 어찌 보면 우리는 누워서 떡 먹는 거나 마찬가지다. 이번에 잘 한번 잘 키워 보자. 잘되면 내년에는 이 밭 전체에 다 뿌려 버리자. 내가 눈을 감고 여기 언덕에 가득 핀 해바라기를 상상하니 온통 노란색 해바라기가 있는 그림이 된다. 아이가. 이건 진짜 꽃밭이다."

모두 그의 말에 이구동성으로 답했다.

"그리고 여기 애기 엄마와 하나꼬는 말 못 할 사정이 있는 사람들이다. 우리 마을에서 다 자기 집 식구처럼 챙겨 주고 보살펴 줘야 할 것이다. 다들 알겠제?"

현수 아재의 말이 끝나자 모두가 힘차게 대답했다. 미숙은 그들의 대화가 이어지는 동안 숙였던 고개를 들어 청년 한 명 한 명과 눈을 맞추며 부탁 인사를 했다. 청년들 모두 온순하고 착해 그녀의 마음이 편해졌다.

"우리는 해바라기를 생각도 못 했는데 어떻게 그런 생각을 했습니꺼."

"맞아, 나도 같은 생각이다."

두 청년은 약속이나 한 듯 돼지고기 한 점을 입에 넣고 우적우적 씹고는 사발에 가득 담긴 막걸리를 들이켰다. 미숙은 겉으로는 미소를 지으며 마음 한쪽에는 계속 자신을 쳐다보는 마을 청년들의 눈빛에 부담을 느끼고 있었다. 그녀는 청년들의 시선을 받으며 사뭇 진지한 표정으로 말했다.

"제 남편은 독립운동가입니다. 해방되는 날 마산에는 무서운 일들이 있었고 남편은 어쩔 수 없이 다른 곳으로 가야 했어요. 그 사람은 떠나면서 자신이 돌아올 때까지 안전한 곳에 가 있으라 했어요. 그렇게 그런 곳을 찾아오다 보니 이 마을까지 오게 된 겁니다. 그때 싼 짐에 해바라기 씨앗이 있었어요. 딸과 함께 도드미 언덕에 올라왔다가 이 아름다운 풍경에 해바라기 꽃밭이 생각났던 거예요. 며칠을 고민하다 큰어르신께 말씀드렸더니 좋다고 하셔서 일이 이렇게 된 거예요."

"아, 그렇습니꺼? 남편이 독립투사네예."

"하여튼 남편이 여기 올 때까지 마음 푹 놓고 계시이소."

청년들은 그녀에게 힘을 북돋워 주었다. 그녀는 머릿속에 떠오르는 남편에 대한 그리움으로 멀리 보이는 남강을 쳐다봤다. 그의 얼굴이 태양 빛 가득한 강물에 어른거렸다.

기다리는 사람에게 시간은 더디게 흘러갔다. 마을 주민들에게 몇 달의 시간이 가는 것은 꽤 좀 쑤시는 일이다. 마을 주민들 모두가 매일 도드미 언덕을 찾았다. 문지방에 새벽의 푸르른 빛이 비칠 때나 하루 동안 일한 거친 손에 들린 연장을 놓을 때나 애고 어른이고 할 것 없이 틈틈이 해바라기꽃이 피는지 조바심을 내며 도드미에 올랐다. 그들의 하나같은 기다림은 희망이 되어 초록의 싱싱한 줄기 위에 매달려 얼굴을 감싸고 있던 꽃잎이 하나둘 펼쳐지고 어느새 노란색 꽃잎이 활짝 피어나자 모두의 마음은 벌써 내년으로 향했다.

미숙은 도드미 언덕에서 보이는 예쁜더 동산의 집 한 채가 이전부터 마음에 들었었다. 현수 아재의 도움으로 별 어려움이 없이 그 집을 사들인 것은 큰 행운이었다. 방문이 뜯겨 나간 집 안 곳곳은 사람 손길을 기다리고 있었다. 그녀에게 돈 걱정은 없었다. 그녀는 사카이가 주고 간 넉넉한 돈을 가지고 있었다. 이 돈이면 하나꼬와 한평생 편히 살 수 있을 정도로 큰돈이었다. 그 돈의 일부는 요긴하게 쓰였다. 얼마 전부터 여기서 걸어서 반나절 정도 떨어진 함안 읍에 있는 성당에 나가기 시작했는데 그 성당에 작은 건물 두 채를 지어 주었다. 성당은 빈민을 위한 구제사업에 자금이 필요했는데 그녀의 기부금은 그 사업에 큰 도움이 되었다.

예쁜더의 집은 동네 청년들의 손길이 지나자 헌 집이 새집이 되었다. 집을 둘러싸던 오래된 흙담은 헐리고 대신 황토가 납작돌 사이의 틈을 빈틈없이 채워 가며 어른 키보다 높은 튼튼한 돌담이 새집을 둘러쌌다. 돌담 군데군데 사이에 난 주먹만 한 구멍들은 집 안에서 대문을 열지 않고 밖을 볼 수 있도록 만들어졌다. 그녀는 처음 이 집에 왔을 때 부엌만큼은 예전 모습 그대로 살려 놓고 싶었다. 세월의 흔적이 넉넉히 베인 부엌문이 손잡이를 당기면 끼익 소리를 내는데 예전에 그녀와 사카이가 즐기던 미닫이문 소리를 떠올리게 했다. 천장은 황토로 처발라져 있었는데 비가 새거나 지붕 사이로 보이는 틈이 없어 따로 손볼 게 없었다. 아궁이 위 황토벽은 도화지처럼 넓어서 좋은데 이리저리 갈라진 틈 사이로 금방이라도 군불을 지피면 연기가 스멀스멀 새어 나올 것 같아 사람 손이 필요했다. 부엌 출입문 구석에 깔비와 볏짚단을 쌓고 그 앞에 멍석을 돗자리 깔듯 놓으면 좋겠다는 생각으로 기분 좋게 부엌을 나갔다.

이사 날, 큰어르신은 걱정에 편히 앉아 있질 못하고 안절부절못하며 쉴 새 없이 잔소리를 쏟아냈다. 여길 떠나면 위험하다. 밤에는 절대 문밖으로 나가지 마라. 내가 꽹과리를 줄 테니 급할 때 쳐라. 내가 자주 가마. 여기 동네에 사는 사람이니 우리 사투리 써야 한다는 둥 쉴 새 없이 흰 수염 사이로 쏟아져 나오는 말들은 미숙을 아끼는 그의 사랑을 짐작하고도 남았다. 이삿짐이라고는 가방 두 개뿐. 현수 아재가 지게로 마을에서 예쁜데까지 날라 주었다. 하나꼬는 갖은 애교를 부리며 그를 꼬드겼고 끝내는 그의 지게를 얻어 타고 왔다. 그는 늪가의 좁은 길로 들어설 때 목소리를 높여 노래를 불렀다. 그의 노래는 늪의 바람 소리와 뒤섞여 샛길의 앞을 텄다.

그가 떠나자 미숙은 먼저 안방으로 들어가 기도문을 외우며 작은 경대 위에 성모 마리아상을 올려놓았고 그 아래에 양초 두 자루를 양쪽으로 벌려 세워 촛불을 밝혔다. 금세 하늘의 사랑이 예쁘게 타오르는 촛불에서 퍼져 나오는 양초향을 타고 온 방 안을 품는 감동 속으로 젖어들었다. '하느님의 사랑 아니었으면 어떻게 이런 곳에서 마음 편히 살 수 있을까?' 하는 생각에 감사의 기도와 찬송이 한동안 방 안에서 끊이지 않았다.

저녁이 되자 그녀는 하나꼬를 데리고 며칠 전부터 마을 청년들이 고패질해서 단단히 다져 놓은 네모반듯한 마당 흙을 밟고 마음 한가득 차오른 설렘으로 부엌 안을 들어갔다. 끼익 소리를 내며 부엌문이 열리고 하나꼬가 이번이 처음이 아닌 것처럼 부엌문 바로 옆에 쌓인 벼 향이 풀풀 나는 찰 볏짚 더미 위로 작은 체구를 날려 드러누웠다. 그리고 아이는 볏짚 침대 위에 다리를 쭉 펴고 비스듬히 누워 엄마의 행동을 눈에 담았다.

미숙은 볏짚을 둘둘 말아 아궁이에 쑤셔 넣고 마른 지푸라기를 들어 올려 성냥에 붙은 불을 붙였다. '타다다다' 마른 볏짚 타는 화근 내가 금세 부엌 안을 퍼졌다. 활활 타오르는 지푸라기 위에 장작을 차곡차곡 쌓아 올리고는 강한 불이 타오를 때까지 현수 아재가 준 볏단을 두서너 개 풀어서 아궁이 안으로 넣는 것을 멈추지 않았다.

아궁이의 벌어진 입안에서 거세게 불붙은 장작은 거무칙칙한 가마솥에 담긴 하나꼬를 목욕시킬 물을 데우는데 짧은 시간이면 충분했다. 눈을 돌려 아궁이 위로 검게 그을린 넓은 벽을 바라보던 미숙은 조금 전 지푸라기에 불을 붙일 때 사용한 손잡이가 윤이 번들번들하고 그 몸통은 검은 잿가루가 새까맣게 발린 것이 이전의 집주인과 오랜 시간을 함께했을 듯한 부지깽이를 집어 들고 자리에서 일어났다. 그리고 아궁이 위 부뚜막을 밟고 올라섰다.

아궁이 틈 사이로 새 나온 누런 연기가 그녀의 다리를 타고 올라왔다. 살갗에 닿는 기체의 감촉이 그녀에게 묘한 기쁨을 주었고 이를 즐기듯 그녀는 부지깽이를 움직여 쓱쓱 그림을 그려 나갔다. 느리게 움직이는 부지깽이의 끝을 따라 사람 형상이 나타나고 시간이 흐르자 합포만의 집 뜰에서 영철이 찍어 준 가족사진을 꼭 빼닮은 그림이 그려졌다.

"엄마, 저기 아빠."

두 눈에 힘을 주고 이를 지켜보던 하나꼬가 그림을 가리키며 소리쳤다.

"그래, 하나꼬. 아빠, 엄마 그리고 하나꼬의 모습이야. 우리 사진 찍은 거 기억나?

"응."

"그래 엄마가 그림을 잘 그렸는가 보다. 하나꼬가 아빠 모습을 다 찾아내고.”

엄마와 딸의 행복한 웃음이 첫날밤을 채웠다.

새집에서 호화스러운 하룻밤을 지낸 미숙은 다음 날 아침을 바쁘게 보냈다. 마당을 잔돌 하나 없이 말끔히 쓸고 나서는 우물가로 갔다. 우물을 판 자리 위로 솟구쳐 쌓인 원형의 방벽은 진흙과 납작 돌 수십 개가 서로 뒤엉켜 키가 그녀의 허리 정도 높이로 세워져 있었고 이것은 그녀가 처음 도드미 언덕에서 봤던 예쁜더 동산의 느낌으로 그녀에게 왔다. 그 위로 흑갈색 기와 몇 장을 덮은 지붕이 우물 안으로 빗물이 들어가는 것을 막기 위해서 세워져 있었고 작은 지붕을 받들고 있는 소나무 기둥에 걸린 두레박에서 흘러나온 빨랫줄이 아침부터 살갑게 부는 바람에 연신 춤을 추고 있었다.

그녀는 물을 길어 양철 동이에 반쯤 채운 후 힘을 들어서 부엌으로 날랐다. 우물가의 물은 풍부하여 허리만 숙이면 두레박으로 손쉽게 뜰 수가 있었다. 한참을 부엌 아궁이의 묵은 때를 씻어 낸 그녀는 우물가 넓은 돌 하나에 앉아 아침의 새들이 단감나무 가지에 걸터앉아 쉴 새 없이 재잘거리는 소리를 감상하며 새집의 아침을 즐겼다. ‘라디오라도 가지고 올걸….’

잠시 후 그녀는 집을 나와 예쁜더 동산이 발아래로 보이는 곳에 올라섰다. 늪에서 퍼져 나온 안개 무리가 아침 햇살에 사르르 녹는 것이 마치 따뜻한 봄 햇살에 살얼음 녹아내리듯하였고 이내 감췄던 속살을 그녀에게만 보여 주었다. 동산의 아름다운 아침이 그녀에게 주는 선물을 그녀는 아침 내내 마음껏 누렸다. 노란 해바라기꽃과 눈 안에 담고 싶은 싱그러운 초록의 잎사귀 그리고 들꽃마다 맺힌 투명한 물방울로 날개 달린 생명체들이 목을 축이러 내려앉는 동산의 풍경은 그녀에게 큰 기쁨이고 행복이었다. 기다리면 희망이 있는 것이다.

그녀가 예쁜더 동산의 풍경에 심취해 있을 때 해바라기 사이로 난 한적한 오솔길을 누군가가 걸어오고 있었고 잠시 후 그녀의 눈이 크게 뜨여지며 큰 소리가 그녀에게서 나왔다.

"영철아!"

그녀는 동생의 이름을 있는 힘을 다해 불렀다. 검게 그을린 그의 얼굴은 세상의 온갖 고생을 다 겪은 듯한 피곤으로 들어차 있었다.

"누나!"

그는 그녀를 와락 껴안았다.

"어디서 오는 길이니? 어떻게 날 찾았어?"

그녀는 울먹이며 그의 얼굴을 쓰다듬고 매만졌다.

"어제 오후에 상도가 날 찾아와서 여기 마을에 사는 현수 아재라는 사람이 날 찾고 있다고 하길래 급히 달려온 거야."

"그래, 그랬구나. 내가 현수 아재한테 부탁했어. 내 동생 좀 찾아 달라고. 마산항으로 가면 분명 네 소식을 들을 수 있을 거라고…."

"그래, 누난 괜찮아? 어디 아픈 곳은 없고? 하나꼬는?"

"잘 있어. 이야기가 길어. 그 얘기는 나중에 하고 아빠 엄마는?"

"응. 대전으로 가셨어. 잘 가셨는가 봐. 일 년 전에 선창가에서 친척분을 만났는데 대전에서 두 분을 만났다고 하시더라고. 여기 주소도 가져왔어."

그는 바지 뒷주머니에서 작은 수첩을 꺼내 그녀에게 보여 주었다. 그녀는 수첩에 적힌 주소를 잠시 훑어본 후 그의 손을 잡았다.

"집에 가자. 저기가 우리 집이야."

그녀가 가리키는 검은 기와가 얹힌 지붕을 그가 쳐다봤다.

"저 집에서 지금껏 산 거야?"

"아니, 어제부터 살았어."

대답과 함께 그녀가 맑은 웃음소리를 내자 그가 영문을 모른 채 그녀에게 물었다.

"그 웃음은 뭐야? 사정을 모르는 내는 누나 따라 웃을 수도 없고 여튼 따라 웃을고마. 하하하."

그가 웃음소리를 크게 내며 누나의 손을 꼭 잡고 나란히 걸었고 그들은 금세 집 안으로 들어섰다. 막 잠에서 깬 하나꼬가 마루에 걸터앉아 신발을 신고 있는 것이 그들의 눈에 들어왔다.

"하나꼬!"

하나꼬는 숙였던 얼굴을 들어 귀에 익은 목소리가 들려온 곳을 쳐다봤다.

"외. 삼. 촌. 으앙!"

하나꼬가 있는 힘을 다해 마당으로 뛰어 내려갔고 곧 외삼촌의 품에 쏜살같이 안겼다.

"하나꼬. 우리 하나꼬. 이렇게 컸어?"

"으앙…."

한동안을 하나꼬는 외삼촌의 품에서 빠져나오질 않고 우물에 갇혔던 물이 순식간에 방벽을 허물며 나오듯 울음을 터뜨렸다.

"그래, 하나꼬. 고생 많았지? 울지마. 외삼촌이 지금부터는 우리 하나꼬하고 함께 있을 거야. 울지마, 하나꼬."

노란 꽃이 활짝 핀 사철나무 아래 거름 더미에서 납작하게 몸을 엎드리고 숨어 있던 장수벌레 한 마리가 슬금슬금 하나꼬의 무릎 위로 기어오르자 그제서야 하나꼬는 울음을 그쳤다. 세 사람은 마루에 앉아 오랜 시간을 그동안 서로가 알 수 없었던 이야기를 나눴다.

"그랬구나. 누나, 매형 소식은 듣질 못했어. 그쪽도 나가사키 지역 원폭 실종자들 소식을 제대로 알지도 못하고 있다고 들었어. 시간이 더 걸릴 것 같아."

"그래 난 믿어. 매형은 분명히 살아 있을 거야. 꼭 돌아올 거야."

그녀의 눈에서 남편 사카이가 그동안의 고통스러웠던 시간을 이겨 내고 돌아올 거라는 굳은 믿음이 뻗쳐 나왔다. 영철은 몇 년을 못 본 사이 누나의 눈가에 엷게 자리 잡은 고생의 흔적을 읽으며 울컥하는 감정으로 가슴을 쥐어짜 내고 있었다.

"나도 그럴 거라 믿어. 누나, 여기 읍내가 좀 멀긴 한데 어제 여기로 오다가 거기 있는 성당에서 잤는데 주임 신부님이 이전에 내가 알던 분이시더라고. 이분이 오래전에 우라카미 성당에서 교육받으면서 알고 지내셨던 분들과 자주 연락을 하는가 봐. 매형 소식이 들어오는 대로 바로 알려 주시기로 했어."

"그래…. 잘됐다."

그녀가 긴 한숨을 내쉬며 말했다.

"누나, 힘내자. 근데 어떻게 이 마을에 들어왔어?"

"우리가 헤어졌던 그날 밤에 상도가 마련해 준 인력거를 타고 구마산으로 왔어. 거기 도착하니 숨 쉴 수가 있겠더라고. 여관에서 이틀 머물며 신마산 소식을 듣는데 더 이상 구마산에도 있으면 안 될 것 같은 상황이 오더라고 그리고 여관도 안전하질 못했어. 알잖아. 낯선 여자가 애 데리고 여관에 있으니…. 내 사정을 안 여관집 주인이 삼랑진 쪽보다는 함안 쪽이 괜찮을 거라고 해서 함안으로 왔어. 거기는 여관도 없었고 갈 곳을 정하지 못하겠더라고…. 뭘 어떡해야 할지….

앞이 캄캄했어. 그러던 중에 다행히 트럭을 얻어 탈 수 있었고 트럭
이 도착한 곳으로 우리도 함께 왔는데 여기 마을이 아닌 다른 마을이
었어. 그 마을이 아니다 싶어 다시 둘이 더 깊은 곳으로 들어갔고 우
여곡절 끝에 이 마을로 오게 된 거야. 그리고 큰 집이 보이길래 무작
정 들어갔는데 현수 아재 집이었어. 그 집에 큰어르신이 계시는데 그
분이 미가엘 천사처럼 우릴 보살펴 주셨어. 현수 아재 아버님이서.
그 집에서 몇 년을 살았어. 그러다 어제 이 집으로 이사를 왔어. 정말
모든 게 다행이야. 더군다나 마을 사람들이 착해."

"정말 잘됐다."

"그래. 넌 계속 마산에 있었니?"

"처음엔 나도 일제 앞잡이로 몰렸었어. 다행히 성당 사람들이 나
서서 날 구명해 줬어. 이후에 상도 집에서 지냈어. 누나한테는 말 안
했지만, 여자친구가 있어."

"그래?"

"응. 매형 건물에 근무하던 히로토 씨 알지?"

"응."

"그분 사촌이야. 성당에서 친하게 됐는데 날 찾는다고 그날 밤에
포목점에 왔다가 사람들한테 붙들렸었어. 그 소식을 듣고 달려갔었
는데 다행히 여자친구에게 아무 일도 없었어. 그날부터 여자친구는
성 요셉 성당에서 오랫동안 숨어 지냈어. 본국으로 돌아가는 게 좋겠
다고 주위 사람들이 계속 말했지만 들질 않더라고. 그렇게 계속 성당
에 남아 있길래 내가 근처에 집을 구해 줬어. 시간이 지날수록 고민
이 생기는 거야. 돌덩이처럼 마음을 누르는 두려움에 힘들었어. 조선
사람이 일본인을 만나는 게 사람들 눈에 좋게는 보이지 않는 거 같았

고 부담스러웠어. 그래도 이런저런 고비를 넘기면서 행복하게 살았어. 얼마 전까지 살다가 몇 달 전에 히로토 씨가 보낸 사람이 찾아와서 그 사람하고 자기 나라로 돌아갔어."

"그랬구나."

"누나 찾은 후에 매형 찾으러 일본으로 가려고…."

"여자친구는?"

"봐야지. 그 친구 부모님도 찾아뵙고…."

"그래…. 잘됐으면 좋겠다. 사람이 죄가 되는 것은 아냐. 배고프지? 기다려 봐. 내가 아침 준비할게."

"누나, 씻고 자고 싶어."

"그래, 그러면 저기 우물에서 씻고 안방에서 푹 자. 깨고 나면 맛있는 음식 해 놓을게."

그는 숨소리도 내지 않고 그들의 대화를 엿듣고 있던 하나꼬의 머리를 쓰다듬으며 말했다.

"하나꼬, 외삼촌 머리에 물 부어 줘."

"야호!"

하나꼬는 환호성을 지르며 신바람이 나서 우물가로 달려가 버렸다.

영철은 밤이 늦도록까지 잠을 잤다. 그가 심하게 밀려오는 배고픔에 눈을 떴을 때 방 안에는 양초가 소리 없이 평온한 불을 밝히고 있었고 그것은 남강의 물줄기처럼 온 방 안을 흐르고 있었다. 그리고 모두가 잠들어 있었다.

그는 고개를 돌려 깊은 잠이 든 누나의 얼굴을 물끄러미 바라보았다. 가끔 그녀는 눈썹을 움찔거리기도 했고 입꼬리를 말아 올려 하얀 미소인지 까만 미소인지 모를 표정을 짓곤 했다.

동생인 그가 봐도 얼마나 아름다운지…. 그의 가슴에 찡하게 밀려 오는 슬픔이 있었다. 누나에게 그러한 일만 없었다면 이 슬픔이 없었 을 텐데…. 부족한 것 없는 행복한 삶을 살았을 텐데…. 도시에 살던 것과는 너무도 다른 이 혹독한 환경에서 온갖 불편을 다 겪고 살았을 누나 생각에 잠 못 이룰 밤이 그를 찾아오고 있었다.

'매형은 살아 있을 거야.' 그와 누나 사이에 누운 하나꼬가 쌕쌕이 는 콧소리에 그는 하나꼬의 얼굴을 마치 잘 익은 붉은 홍시가 터지지 않도록 보자기로 감싸듯 부드럽게 어루만졌다. 하나꼬에게 있었던 그날의 사건이 평생 잊을 수 없는 상처로 한 손에 남아 버린 것에 그 는 두 눈을 질끈 감아 버렸다. 방문 밖에서 들려오는 예쁜더 동산에 사는 풀벌레들이 떼를 지어 부르는 노랫소리를 들으며 이런저런 생 각으로 뒤척이다 다시 그는 잠에 빠져들었다.

다음 날, 미숙은 영철을 데리고 현수 아재 집을 찾았다. 하나꼬는 그들보다 먼저 와서는 나이가 한참 위 언니들과 함께 마당에서 술래 잡기 놀이를 하며 한껏 들떠 있었다.

"저는 동생 김영철입니다. 큰어르신께 이렇게나마 인사를 드리러 왔습니다."

깊숙이 허리를 숙인 그의 인사를 받은 큰어르신은 연신 고개를 크 게 끄떡이며 기분 좋은 웃음소리를 터뜨렸다.

"뭔 놈의 감사를 하노. 고마 됐다. 자네 누나는 하는 행동 하나하나 가 말 한마디 안 해도 얼마나 이쁜지 모르겠다. 누나처럼 자네도 예의 가 참 바르구먼. 뼈대 있는 집안이야. 그래 부모님들은 잘 계시는가?"

그의 곰방대가 '땅땅땅' 세 번의 소리를 내며 시커먼 담뱃재를 재떨 이에 쏟아냈다. 무릎을 꿇고 인자한 노인의 말을 경청하던 영철이 대답과 함께 가방을 열어 뭔가를 꺼냈다.

"어르신, 이거 받아 주십시오."

영철은 똘똘 말린 신문지 뭉치를 그의 앞에 내놓았다.

"이게 뭐꼬?"

"누나에게 베풀어 주신 은혜를 보답하고자 작은 감사 인사를 준비했습니다. 성의니 받아 주십시오."

"허허."

그는 손사래를 치며 마다했으나 방문객들의 거센 요청에 헛기침과 함께 너털웃음을 흘리며 말했다.

"뭘 이런 걸 가지고 오노. 그래. 내 자네 말뜻 잘 알겠다. 그래 장가는 갔는가?"

영철이 뒷머리를 만지며 그의 물음에 대답했다.

"아직 못 갔습니다. 마음에 둔 사람은 있습니다."

"마음에 둔 것은 언제 변할지 모르지. 온 김에 내 좋은 처자 소개해 줄 테니 선보고 가."

"예?"

"호호호. 어르신께서 동생이 마음에 드셨는가 보다. 어르신 누구 소개시켜 줄라고예?"

미숙이 웃음을 흘리며 큰어르신의 대답을 몹시 기대하고 있었다.

"우리 집안사람이다. 현수하고 친하다. 아가 니처럼 참 곱다. 머리에 든 것도 많아서 신식 여성인 기라."

"얼마나 이쁜데예?"

미숙이 장난스럽게 물었다.

"자네보다는 좀 못하다. 으하하."

큰어르신다운 웃음소리에 이들의 대화를 엿듣고 있던 온 집안사람들의 웃음이 크게 터졌다.

현수 아재 집에서 나온 세 사람은 도드미 언덕으로 올랐다. 초록의 싱싱함 위에서 활짝 입을 벌린 노란 해바라기꽃이 진붉은 황토밭을 가득 뒤덮고 있었다.

"누나, 누나가 가지고 온 씨앗이 이렇게 됐다는 거야? 믿기지 않는다."

"그래. 나도 이 정도일 줄은 몰랐어. 온 언덕이 이처럼 노란색 천지가 될 줄은 몰랐어. 정말 아름답지 않아?"

"그래. 정말 믿어지지 않아. 아름다워."

휘둥그레진 그의 눈에 담긴 놀라움은 감동과 경이로움으로 들어차 한동안을 중천의 해처럼 떠 있었다.

"벌과 나비가 많은 걸 보니 꿀이 달겠어. 씨앗도 굵을 거야. 수확하면 양이 꽤 되겠는데."

"마을 사람들 모두가 착해서 하늘이 복을 주는가 보다."

"그래, 착한 사람은 땅을 선물로 받는 거야. 이런 땅 말이야."

그날 이후부터 영철은 누나의 집에서 며칠을 더 보냈다. 그러는 사이 부엌 아궁이 벽에는 영철이 하나꼬를 목마를 태운 그림 하나가 늘었다.

"누나, 나 살쪘나 봐."

영철은 윗옷을 들어 올리며 갈비뼈를 감춘 살 오른 흰 배를 드러내 보였다.

"좀 찐 것 같다. 처음 왔을 때 얼굴이 야위고 어두웠는데 지금은 밝아졌어. 보기 좋아."

그녀는 한 손으로 그의 배를 툭 치며 장난을 걸었다.

"왜 이래? 남자한테."

"야, 네가 남자냐? 그럼 내가 다른 남자와 며칠을 산 거야?"

두 사람이 한껏 크게 웃었다.

"그래, 걸어서 갈 거야?"

"아니. 함안 성당까지는 자전거 타면 세 시간 정도 걸릴 거야. 지금 출발하면 저녁때까지는 도착할 거야."

"조심해서 가고. 신부님께서 일자리 만들어 주셨다니 다행이다."

"그래 너무 고마워서. 아마 시모노세키도 곧 갈 수 있을 거야. 가기 전에 들를게."

영철은 어제 구한 자전거에 올라타서는 누나에게 작별인사를 건넸다. 그리고 그는 자전거에서 흘러나오는 체인 소리를 예쁜더 동산에 남겨진 가족들에게 남기고 빈 신작로를 따라 떠났다.

또 다른 전쟁 — 낯선 사람들

영철이 떠나자 집에는 고요함이 정암산에 사는 굶주린 범이 아가리를 벌리고 먹을 것을 찾기 위해 들이닥치듯 다시 찾아왔다. 익숙했던 낯섦이다. 며칠간 영철은 현수 아재와 마을 이장을 자주 찾아뵙고 인사도 드리면서 그들과 친하게 지냈었다. 그리고 영철을 보러 온 마을 청년들로 한동안 집이 북적였었다. 갑작스럽게 찾아왔던 사람 냄새들이 집 안에서 사라지고 영철이 오기 전에 익숙했던 것들이 다시 그녀를 찾아왔고 그것들은 곧 그녀와 친해졌다. 예쁜더 동산에 나쁜 것이라고는 보이지 않았다.

마을 사람들 모두는 미숙과 하나꼬의 사정을 알고 있었고 남편 사카이의 의로운 삶 덕분에 다들 두 모녀를 잘 보살폈다. 겨울이면 누군가는 나무 한 짐을 마당에 부려 놓고 그들을 보살폈으며 명절에는 청년 여럿이 와서 떡도 쳐 주었고 부녀자들 몇몇은 음식을 가지고 와 그들이 마을에서 소외되지 않게 돌봐주었다.

깡촌에서 그녀의 삶은 그럭저럭 평화로워 보였다. 그러나 하나꼬의 뒤틀린 오른 손목만은 고칠 수가 없었다. 명의를 찾아가 여러 수를 써 봤지만, 소용이 없었다. 하나꼬는 그렇게 자랐다. 그해 팔월의 무더운 여름은 하나꼬를 쉴 새 없이 우물가로 들락날락하게 했다.

여느 때와 다름없이 밝은 달빛은 넓은 부챗살 같이 퍼져서 온 동네를 환하게 밝혀 주고 풀벌레는 초록 노래를 시작했다. 그날도 성모마리아상 앞의 미숙과 하나꼬는 기도에 열중이었다. 돌담을 지나 점점 가까이 들려오는 발걸음 소리에 한밤 사철나무에 앉아 있던 새의 귀가 쫑긋 세워졌고 미숙도 귀를 세웠다. 가끔 한밤중에 현수 아재가 술김에 삶아 놓은 고구마를 들고 한 번씩 오긴 했지만, 그의 팔자 걸음걸이가 내는 발걸음 소리는 아니었다.

"하나꼬, 있나?"

"누구세요?"

익숙한 목소리에 기도를 멈춘 미숙이 방문의 손잡이를 조심스럽게 밀었다. 어두운 마당에는 낯익은 얼굴의 사람과 낫을 든 청년 두 사람이 서 있었다.

"놀라지 말게. 나 이장이네."

그녀는 마루에 나와 영문을 모르고 섰다.

"무슨 일로 이 밤에…?"

"자네도 며칠 전에 인민군이 곧 여기까지 올 것이란 소문은 들었제?"

"네."

"오후에 함안까지 와서 지금 국군들과 전투 중이네."

"예? 벌써예?"

"그래, 그래서 모두 피난 준비 중이네. 자네도 새벽 다섯 시까지는 현수 아재 집으로 빨리 와야 해. 마을 사람들 모두 같이 움직이기로 했으니 늦지 않게 와야 하네. 내 걱정돼서 하는 말이네."

"네. 고맙습니다."

이장은 말을 마치고 집 안을 청년들과 휙 둘러본 후 집을 나갔다.

그날 밤 미숙은 하나꼬와 짐을 꾸렸다. 하나꼬에게 전쟁과 피난 얘기를 해 주던 내내 그녀의 마음은 걱정과 두려움으로 들어차 있었다. 짐 정리를 끝내자 그녀는 서랍장을 열었다. 그리고 거기서 단단하게 포장된 나무 상자를 꺼내 들고는 하나꼬를 데리고 부엌으로 갔다. 그녀가 나무상자를 열어 그 안에 든 것을 하나꼬에게 보여 주자 딸은 어리둥절한 표정으로 엄마를 바라봤다. 그녀는 망설임 없이 삽을 들어 부엌문 안쪽 구석진 곳에 쌓여 있는 장작과 깔비 더미를 한쪽으로 밀어놓고 나무상자가 들어갈 만한 구덩이를 팠다.

　"하나꼬, 잘 들어야 해. 엄마 얼굴도 이름은 잊어버려도 이거는 잊어버리면 안 돼. 알겠지?"

　엄마의 당부에 하나꼬는 힘을 주어 대답했다.

　"응."

　"여기 있는 돈과 금은 우리가 죽을 때까지 쓸 수 있어. 엄마가 혹시라도 하나꼬와 함께 있지 않더라도 누구에게도 이것만은 가르쳐 주면 안 돼. 이건 하나꼬의 목숨과도 같아. 알겠지?"

　"응. 걱정하지 마. 나만 알고 있을게. 그리고 나 엄마한테 산수 배워서 조금은 셀 수 있어."

　"그래. 우리 딸. 엄마 씻으러 갈 테니 여기 정리해 볼래?"

　"응."

　엄마가 부엌문을 열고 우물가로 나가자 하나꼬는 장작과 짚으로 구덩이를 판 흔적을 감췄다.

　미숙은 피난길이 설렌다는 하나꼬를 애써 재웠다. 깊이 잠든 하나꼬의 감긴 눈 밖으로 삐져나온 긴 속눈썹들은 마치 빗자루에서 삐져나온 가는 살처럼 보였다. 그녀는 성모 마리아 석고상 앞에 놓인 촛불에 눈을 고정한 채 사카이를 그리워했다. 벌써 오 년이 되었는데…. 살아 있을까? 그녀의 깊은 한숨에 촛불이 흔들렸다. 흐느적거리는 촛불이 자기 살을 더욱 깊숙이 태웠고 이런저런 생각에 몸을 뒤척이다 잠이 들었다.

*

'찌르르 찌르르' 귀뚜라미와 풀벌레 소리가 뒤엉킨 한밤중, 미숙은 잠든 그녀의 목을 붙잡고 있는 강한 힘에 놀라 황급히 눈을 떴다.

"쉿! 가만있으시오."

사내의 음성에는 살이 돋아 있었고 낯선 자의 싸늘한 호흡이 그녀의 감각 기관으로 빠르게 퍼졌다.

"소리 지르면 죽소."

중저음 목소리의 사내는 흙냄새가 짙게 밴 투박한 손으로 그녀의 입을 틀어막고 있었고 좁은 방 안은 순식간에 공포의 품 안으로 들어가 버렸다. 그녀는 침입자가 쓴 둥근 안경 유리알에서 튕겨 나온 푸르스름한 빛에 완전히 제압되었고 과거에 한 번 찾아왔었던 그 두려웠던 기억이 삽시간에 혈관을 타고 온몸을 얼려오자 차가운 숨을 거칠게 몰아쉬었다. 순간 그녀는 이 집에 온 후로 혹시나 있을지 모를, 그것은 상상하기도 싫은 일이지만, 그녀와 하나꼬를 지금 이 순간에 벌어진 일로부터 보호하기 위해 배게 밑에 숨겨두었던 부엌칼처럼 시퍼렇게 날이 선 칼, 큰어르신이 이삿날에 선물로 주었던 그 칼로 사내에게 저항하고 싶었으나 그녀를 깨우는 하나꼬의 존재감이 그녀를 막아섰다. 곧 그녀는 어둠 속에서 무섭게 자신을 위협하는 사내의 목소리를 따를 수밖에 없음을 깨닫고 천천히 고개를 끄떡였다.

"묻는 말에 고개만 끄떡이면 됩니다."

그는 사투리를 전혀 쓰지 않았다. 그가 손아귀에 주었던 힘을 빼며 농익은 살냄새가 은은하게 흘러나오는 그녀의 귀에 입술을 바짝 붙인 후 그의 목소리를 집어넣었고 그녀는 온몸에 돋았던 소름이 한 알 두 알 톡톡 터지는 것이 공포가 몸 밖 사방으로 튀어나오는 무서움에 갇혔다. 결국 이 사내는 자신이 대항할 수 있는 존재가 아님을 자신에게 설득하고 있었다.

"둘뿐이요?"

"그녀가 고개를 끄떡였다.

"정말 다른 사람은 없소?"

다시 그녀는 사내의 물음에 빠르게 고개를 끄떡였다. 그때 하나꼬가 몸을 틀어 벽을 향해 자세를 틀었고 그는 잠시 동안 침묵을 지키며 하나꼬를 살폈다. 뚱뚱한 몸통을 타고 바닥으로 흘러내리는 촛농이 버섯을 닮은 생김새로 넓적한 사발 받침대에 석탑 모양을 만들어 갈 때쯤 그가 입을 열었다.

"난 북조선 인민군 이무송이요. 헤칠 생각은 없소. 대신 다친 동무가 있으니 치료 좀 해야겠소. 도와주시겠소?"

그의 말이 끝나자 그녀는 심한 충격을 받았고 무서움으로 크게 뜨인 그녀의 동공은 어둠 속에 흐릿하게 자리 잡은 그의 형체에서 눈을 떼지 못했다. 마른침이 그의 목젖을 타고 내려가는 소리를 내자 그때서야 그녀는 천천히 고개를 끄떡였다.

"내가 손을 떼면 조용히 일어나서 부엌으로 갑시다."

사내는 그녀가 고개를 끄떡이자 한겨울 구들장처럼 차갑고 우물

가의 두레박처럼 투박한 그의 손을 그녀의 입에서 떼냈다. 그녀는 가
슴살이 보이도록 파헤쳐진 윗옷을 추리며 하나꼬를 벽으로 밀어놓
은 후 사내 앞에 앉았다. 깊은숨을 연이어 들이마시고 쉬길 반복하다
그녀는 입술을 꽉 깨물고 사내를 정면으로 쳐다봤다. 둥근 안경을 쓰
고 장발을 한 사내의 모습에서 예사롭지 않은 기운이 느껴졌다. 사내
는 고개를 돌려 하나꼬를 힐끗 쳐다본 후 그녀에게 밖으로 나가자는
신호를 보냈다. 그녀가 일어나 문고리를 밀자 그도 그녀의 뒤에 바짝
붙어 발소리를 죽이며 밖으로 나왔다.

두 사람이 부엌으로 들어오자 철컥하는 금속 소리와 함께 다른 사
내의 위협적인 음성이 흘러나왔다.

"대위 동무요?"

"나요."

부엌문 구석진 곳에 비스듬히 기대어 조그만 체구에 잔뜩 긴장한
표정으로 그녀를 경계하는 인민군 복장을 한 병사와 눈이 마주친 그
녀는 그 자리에서 얼어붙었고 전신에 힘이 쭉 빠진 모습이 금방이라
도 쓰러질 것처럼 보였다. 그녀를 노려보는 살기가 꽉 찬 눈빛과 바
짝 마른 얼굴에 불쑥 튀어나온 광대뼈는 그녀의 몸을 더욱 오그라들
게 했다.

"이 동무는 믿을 만합니까?"

키가 작은 인민군이 숨을 거칠게 몰아쉬며 말했다.

"장 동무, 괜찮소. 아이가 있으니 다른 행동은 못 할 거요. 남편과
다른 사람은 없소."

대위의 말에 갓 스물을 넘겼을 얼굴의 인민군이 그녀에게 겨눴던
총을 거두었다. 이무송은 미숙의 얼굴을 정면으로 바라보며 그녀가

저항할 수 없는 강한 눈빛으로 말했다.

"보시다시피 장 동무가 상처를 입었소."

빼꼼 열린 부엌문 안으로 밤손님처럼 찾아온 달빛에 모습을 드러낸 젊은 병사의 어깨는 천으로 겹겹이 감겨 있었고 붉은 핏물로 붉게 물들어 있었다.

"어두운데…. 촛불 켜도 될까예?"

미숙이 떨리는 음성으로 이무송에게 물었고 그는 부엌문 사이에 난 틈 사이로 매의 눈빛을 한 채 바깥을 살피고는 고개를 끄떡였다. 그녀가 아궁이 위에 놓여 있던 양초에 성냥을 그어 불을 밝히자 부엌이 밝아지며 두 사내의 모습이 뚜렷하게 나타났다.

이무송은 짙은 푸른색 군복에 광을 잃은 지 오래된 듯한 검은색 반장화를 신고 있었다. 어깨에 달린 녹색의 오각형 견장에는 작은 별 네 개가 박힌 대위 계급장이 있었으며 희뿌연 먼지가 중년 남자의 머리에 내려앉은 새치처럼 장발 곳곳에 묻어 있었고 곧게 선 콧날에 걸쳐진 검은 안경테를 두른 둥근 안경은 엘리트 인상을 풍겼다. 청년 병사는 낡고 해어진 군화와 누렇게 탈색된 군복 바지를 입고 있었으며 그의 어깨에는 선명한 붉은색 견장에 노란 일자 모양으로 굵은 천을 댄 하사 계급장이 달려 있었다. 짧은 군인 머리를 하고 조그만 체구와 마른 얼굴에서 뻗쳐 나오는 매서운 표정이 이 병사의 인상을 무척 강하게 보이게 해서 그녀 같은 사람은 말 붙이기조차 힘들어 보였고 어깨에 감긴 붉은 붕대는 그의 날카로움을 더해 주었다.

"이틀을 굶었소. 뭐라도 주겠소?"

이무송의 음성이 다소 누그러져 있었다.

"밥과 국이 조금 있어예. 데워 드릴 테니 저기 깔비 좀 주시겠습니꺼?"

그녀의 말에 이무송은 깔비를 한 아름 안아다가 아궁이 곁에 내려 놓았다. 그녀의 손이 분주히 움직이자 흰 연기가 몇 번 새어 나오더니 금세 마른 장작에 불이 붙었다. 그녀가 아궁이에서 그들이 먹을 음식을 준비하는 동안 이무송은 바가지에 물을 담아 장 동무에게 건넸다. 장 동무는 마른 본능이 시키는 대로 벌컥벌컥 소리를 내며 물을 마셨다. 이무송은 그의 호주머니에서 천 조각을 꺼내 바가지 안에 남은 물에다 푹 적신 후 장 동무의 얼굴과 목을 닦아 주었다.

"장 동무, 밥 먹고 새벽이 오기 전에 바로 정암산으로 갑시다. 여기서 두 시간이면 충분히 도착해 새벽에는 동지들을 만날 수 있을 것이오."

"대위 동무, 산인 전투는 우리 패배요. 피눈물이 납니다. 어떻게 밥을 먹겠소?"

"동무, 살아서 가면 되오. 다시 시작하면 되오. 그러니 먹고 힘냅시다."

그들 사이로 미숙이 작은 밥상을 두 사람 앞에 내놓자 이무송은 숟가락을 장 동무의 손에 쥐어 주었다. 젊은 병사는 마지못한 표정으로 숟가락을 들었지만, 그의 손은 떨고 있었다. 이윽고 그가 눈물을 떨어뜨리자 이무송은 그의 등을 말없이 어루만져 주었다. 눈물을 쓱 훔친 장 동무는 눈물 섞인 밥을 입안으로 어렵게 밀어 넣었다.

"동무, 아무 생각 말고 밥 드시오. 우리처럼 살아난 동무들이 있을 거요."

이무송이 그를 위로했고 그는 침통한 표정으로 밥을 먹었다.

산인 전투는 치열했다. 이무송은 며칠 전 낙동강 전투에서 밀려 퇴각을 한 인민군 6사단 소속 장교였다. 낙동강 전투에서 패한 인민군 6사단은 한 방향으로 퇴각하는 게 위험하다는 판단하에 병력 일부를 함안과 진주를 거쳐 함양을 돌아서 대전으로 가는 후퇴 계획을 짰다.

이무송은 1개 중대를 데리고 산인으로 이동했다. 마산에 주둔하던 국군은 산인으로 이동했고 그곳에서 이무송이 소속된 인민군 1개 중대와 만나게 된다. 산인 저수지를 사이에 두고 격렬히 저항하던 인민군은 미군의 폭격에 큰 사상자를 내었고 이후 뿔뿔이 흩어졌다. 이무송은 총 맞은 장 동무를 데리고 근처 비상 집결지인 의령으로 가는 길목에 있는 정암산으로 가는 도중에 미숙의 집으로 들어온 것이었다.

이무송과 미숙이 이야기를 나누는 동안 젊은 인민군은 어깨 부상으로 흘린 피와 굶주린 배를 채우고 난 후 밀려드는 피로에 깔비단 위에서 잠들어 버렸다. 이무송은 그가 저대로 네다섯 시간을 자 두는 게 낫다는 생각에 그를 그대로 내버려 두었다. 상 위에 여전히 차려진 자신의 몫으로 눈을 돌린 그는 그제야 굶주린 배를 채우기 위해 허겁지겁 음식을 먹어 치워 버렸다.

"모자라면 더 드릴까예?"

미숙이 물었다.

"됐습니다. 원래 소식하는데 이번에는 정말 많이 먹었습니다. 고맙소."

"네…."

"궁금한 게 있소. 이건 포로에게 말하는 것이 아니고 궁금해서 묻는 것이오. 대답하기 싫으면 말 안 해도 돼요."

"…."

"외진 곳에 왜 아이와 단둘이서만 사는 겁니까?"

"…."

"말 안 해도 돼요."

그가 고개를 돌려 장 동무를 바라보자 대답 없던 그녀가 말했다.

"저…. 말하기 힘든 사정이 있어예. 애 아빠는 일본 사람이고 일본에 있습니더."

잠시 아궁이 벽에 그려진 그림을 살피던 그가 고개를 끄떡이며 말했다.

"저분이 남편이겠군요."

그가 가족으로 보이는 그림 속의 남자를 가리키자 그녀가 고개를 끄떡였다. 그가 다시 물었다.

"무슨 일로요?"

그녀의 입술이 일자 모양으로 다물어지고 곧 그녀가 그를 바라보며 말했다.

"애 아빠는 해방이 되자 본국으로 잠시 들어간 것뿐입니더. 곧 올 겁니더."

그녀의 대답에 그는 그가 돌아오지 않을 거라는 생각을 이미 하고 있었다. 주위에서 그녀와 같은 일을 겪은 사람들의 이야기를 듣곤 했지만, 해방 후 이 나라를 떠났던 사람들이 다시 그 가족들을 찾아왔다는 소식은 들은 적이 없었다. 그는 한동안을 아궁이 위 흙벽에 그려진 그림들을 살폈다. 그것은 마치 깨끗한 도화지 위에 잘 그려진 그림과 같았고 좁고 가는 필선이 만든 그림은 그의 눈으로 생동감 있게 들어왔다.

"이 그림들은 뭘로 그린 겁니까?"

그의 질문에 그녀가 장 동무의 군화 가까이 놓여 있던 부지깽이를 들어 보였다. 손잡이가 반지르르 윤이 나는 바짝 말라 볼품없는 작대기로 그린 그림과 글씨는 일정한 간격을 두고 흙벽에 잘 정리되어 있었다. 가족 그림 옆으로는 그녀의 남편이 자주 부르던 하나꼬의 애칭인 한글 히마와리와 활짝 핀 해바라기꽃 그리고 그것에서 뻗쳐 나온 가늘고 긴 잎사귀 하나에 살짝 가려진 사카이의 얼굴, 그 옆으로 새겨진 그의 한글 이름. 그리고 하나꼬의 얼굴과 함께 나란히 자리한 그녀의 얼굴이 그을린 벽 일부를 채우고 있었다. 가까이 다가가 그림을 살피던 그의 다리를 타고 갈라진 틈에서 나온 연기가 흐물흐물 올라왔다.

"이런 연기는 기분을 좋게 합니다. 기분 좋은 연기 만큼 꽤나 그림도 친숙하군요. 저에게 그림은 그리움을 나타내는 감정 표현이죠. 시간이 지나면 지날수록 기억은 나쁜 것을 지우죠."

"음. 과거를 떠올리면 외롭지 않아예."

그녀는 부드럽고 고운 살이 빈틈없이 채운 빨간 입술로 대답했고 젊은 장교에게 내심 놀라움을 감추지 못했다.

"염려 마시오. 내 생각이 그대와 다르다고 해서 예의 없는 행동할 사람은 아닙니다."

그의 말에 그녀의 얼굴빛에 나타났던 무서움이 뒤로 물러나고 한결 표정이 밝아졌다.

"난 아까도 말했지만, 이무송입니다. 이름은요?"

"김미숙입니더."

"여자애는 몇 살이요?"

"열 살입니더."

"애가 아침까지 깨질 않으면 좋겠습니다."

"걱정 안 하셔도 됩니더."

그녀의 대답이 그를 안심시켰다.

"오늘 이 집에 올 사람이 누가 있소?"

"없어예. 대신 마을에 피난 가기로 한 집들이 좀 있어예. 인민군이 금방에 왔다고 며칠 전부터 피난 간 집들도 있고예."

"얘 엄마도 갈 생각이요?"

"저희는 새벽에 피난 가기로 했어예. 마을 사람들과 같이 움직일 거라서 날이 밝으면 마을로 가야 합니더."

"우리를 봤다고 할 겁니까?"

"설마 그렇게는 못 할 것 같아예. 우릴 헤칠 분들이 아니니까예."

살짝 입꼬리를 말아 올린 그는 더러워진 안경알을 군복 상의 주머니를 뒤져 나온 천 조각으로 문질렀다. 깨끗한 미간을 사이에 두고 굵은 붓이 먹물을 한껏 그은 것처럼 보이는 굵고 짙은 두 눈썹과 무심한 듯한 눈매와 둥근 콧등과 뾰족하지도 뭉툭하게도 솟구치지 않은 콧날은 그의 인상을 부드럽게 받쳐 주는데 잘 어울렸고 그 아래로 자리 잡은 큰 입술은 그의 얼굴과 잘 어울려 보였다. 그의 인상은 늑대의 얼굴로 알려진 인민군의 생김새와는 달라도 아주 달랐다. 입김을 불어 몇 번을 정성 들여 닦은 안경을 쓴 그는 깨끗한 안경알 속으로 들어오는 그녀의 얼굴을 바라봤다. 그리고 그는 오래전 평양서 헤어진 누나를 떠올렸다.

그의 부모님은 남대문 시장에서 새롭게 잘 지어진 현대식 상가 내 빈 자리 한 곳을 운 좋게 얻어 가게를 차릴 수 있었다. 그곳과 가까운 동대문 시장에서 도매로 구입한 수입 여성 옷과 미제 술·담배 등을 파는 잡화점은 오랫동안 별 어려움 없이 장사가 잘되었다. 그는 근처 사립 대학을 졸업한 후 종로에서 무역회사로 이름이 가장 잘 알려진 회사에 다녔다.

유창한 중국어 실력에 북경 본사에서 출장을 온 중국인 직원들의 통역업무와 의전 역할은 그의 담당이었다. 어느 날 유능했던 그에게 좋은 제안이 들어왔다. 평양에서 이 년 동안 근무할 기회가 주어졌고 얼마 후 그는 평양에서 생활하게 되었다. 그가 도착하기 몇 달 전 평양에서는 조선 공산당이 이름을 조선 노동당으로 바꾸고 당원 수를 늘리기 위한 목적으로 적극적인 당원 가입을 인민들에게 알리는 대대적인 선전 활동이 한창이었다. 그가 중국인 동료들과 함께 자주 어울린 사람들은 소련인 무역상들이었다. 그들과의 친교가 깊어지고 시간이 지나면서 자연스럽게 그는 마르크스 레닌주의에 심취하게 되었다. 퇴근 후에는 곧바로 대동강 강변에서 조선 노동당 본부까지 삼십분 남짓 거리를 여러 당원과 함께 구호를 외치며 다니는 것이 일상이었다. 평양에서 그는 갓 태어난 신생 국가가 절대적 권력을 가지고 어떻게 사회개혁을 완수해 나가는지 그는 직접 목격했다. 얼마 안 있어 그는 곧 전쟁이 일어날 것을 알았고 그가 통일된 국가에서 할 수 있는 일이 적지 않음을 깨닫고는 전쟁에 참여하기로 결심하게 되었다.

전쟁이 일어나기 얼마 전 그는 다시 서울로 돌아왔다. 그에게는 두 살 터울의 누나가 있었는데 그녀의 눈 주위에 깨알같이 내려앉은 주근깨는 늘 그가 그녀를 곰보 누나라고 놀리는 이유가 되었으나 그들은 서로가 끈끈이 풀처럼 붙어 있었다. 부모님은 그들이 어릴 적부터 가게 일로 아침에 나가 밤이 늦어서야 집으로 들어왔기에 그가 대학교에 들어가기 전까지, 누나는 늘 그와 함께 있었으며 그를 보살폈다. 그녀 또한 두 살 아래의 동생이지만 생각이 늘 깊은 그에게 의지했다. 어릴 적부터 클래식 음악을 좋아한 그녀는 훗날 학생들에게 서양음악을 가르쳤다. 누나를 돕고자 그 또한 소련이나 중국에 있을 때면 서양음악과 문학에 대한 자료를 틈틈이 그녀에게 보내 주었다. 그런 이유로 누나에게 소련은 낯설지 않은 나라였고 언젠가 기회가 되면 유학 가고 싶은 동경의 나라였다. 그는 서울에 온 뒤 그녀에게 사회주의 사상을 학습시켰다. 그리고 그녀는 전쟁이 시작되기 얼마 전 평양에 갔고 이후 조선로동당 중앙위원회 선전선동부에서 근무하게 된다. 전쟁이 시작된 이후 그들은 서로의 소식을 공유하고 있었고 산인 전투 패배 직후 그는 누나에게 그가 처한 상황을 알렸으며 누나는 그가 무사히 그곳을 무사히 빠져나갈 수 있도록 힘쓰고 있었다. 그녀의 성격대로라면 그가 정암산에 도착하자마자 곧바로 상부에서 보낸 책임자가 그에게 다가와 반갑게 인사를 할 것이며 그는 며칠 이내로 서울에 가 있을 것이 분명했다.

"여기 마을은 몇 가구요?"

"오십 가구는 됩니다."

"여기에 경찰이나 군인들이 있는 걸 본 적이 있소?"

"조금 전까지 본 적은 없어예."

판단하기 빠른 시간이지만 그녀의 말을 믿지 못할 이유가 없는 그로서는 크게 안심이 되었다.

"피난 갈 때 무서워하지 않아도 될 것 같소. 낙동강 전투는 이미 남조선의 승리로 끝났소. 가는 길에 인민군을 만나지는 않을 것입니다."

"네. 대산을 거쳐서 삼랑진 방향으로 피난 간다고 들었어예. 다행입니다."

"고생은 되겠지만 곧 돌아올 겁니다. 근데 저 자루엔 뭐가 들었소?"

그는 부엌 구석진 곳에 세워 놓은 속이 빵빵하게 채워진 마대를 손으로 가리켰다.

"해바라기씨입니다. 작년에 수확한 건데 기름을 짜지 않은 겁니다."

"여기서 해바라기 농사를 짓소?"

"제가 짓는 게 아니고 마을 사람들이 공동으로 짓는 겁니더."

"좀 봐도 되겠소?"

그녀는 자루 주둥이를 꽁꽁 묶은 끈을 푼 후 그 속으로 손을 집어넣었다. 그리고 밖으로 나온 손을 펼쳐 볍씨를 닮은 씨앗을 그에게 보여주었다.

"동네에서 한두 번 그냥 지나치듯 본 해바라기꽃인데 이렇게 많은 씨앗을 가까이서 보기는 처음이요."

"그래예?"

그와의 대화가 길어질수록 그녀의 마음속에 있었던 공포와 불안의 감정은 점점 옅어져 갔다. 그 역시 그녀와 같은 분위기를 타고 있었다.

"한번 만져 보시겠어예?"

그녀는 미소를 띠며 그에게 말을 건넸다.

"그럴…까요?"

그는 어색한 미소로 손바닥을 내밀었고 그녀의 가느다란 손이 그의 손바닥을 덮었다. 해바라기 씨앗을 덮은 두 사람의 살이 맞닿았고 그것은 서로를 느끼는 첫 느낌이 되었다. 그가 손을 뗀 뒤 그녀의 손바닥에 붙어 있는 검은 씨앗이 눈에 거슬렸는지 다시 손을 뻗어 그녀의 손을 잡았고 순간 그녀가 움찔했다. 그는 태연하게 마디가 굵은 손가락으로 씨앗을 집어내며 말했다.

"이 검은 씨앗에서 어떻게 황금색 갈기가 나오고 노란 꽃이 피는지 자연은 신비로움 그 자체입니다."

그의 말이 끝나자 그녀는 사카이가 그녀에게 자주 했던 말을 떠올

렸다. '자연은 정말 놀라워. 어떻게 저런 아름다움이 검은 씨앗에서 나오지?'

잠깐이지만 기억 속에 있는 사카이를 불러냈던 그녀의 얼굴에 행복함이 아른거렸고 그녀는 무서움이 빠져나간 목소리로 대답했다.

"맞아예. 자연의 능력은 정말 놀라워예."

"이 씨앗은 내가 가져가도 되겠소?"

그의 말은 그녀의 호기심을 더했다.

"어디에 쓸려고예?"

"가는 길에 좋은 마을이나 아름다운 곳을 만나면 심어 주렵니다. 나중에, 평양에 가면 거기에 심어도 좋고요. 밥을 주셨으니 제 나름 제가 할 수 있는 감사를 표하는 겁니다."

"평화의 꽃이군요."

그녀가 연분홍 찔레꽃 색을 닮은 입술을 벌려 가지런한 치아를 드러내며 웃자 그도 그녀를 따라서 처음으로 소리 내어 웃었다. 이렇게 웃었던 게 언제였는지….

"내 생각에는 통일의 꽃이 지금 더 어울리는 것 같소. 남조선은 해방 후 미군에 의해 신탁통치가 되더니 대통령은 뭔가를 해 보려고 하는 것은 같은데 여전히 대지주들의 반대에 부딪혀서 남한식 토지개혁을 못 하고 있소. 아마 북조선같이 속전속결로 해결할 수는 없을 테고 성과도 예측할 수 없을 거요. 그리고 빈부격차는 더 심해졌소. 해방 전의 소작농은 그대로 지금도 소작농 신세를 면치 못하고 있소. 하지만 우리 북조선은 농민조합에서 쌀을 사들이고 가난한 사람들을 우선으로 배급해 주기에 이것만 보더라도 북조선의 토지개혁은 성공적입니다. 지금의 남조선은 어떻습니까? 토지개혁을 한다고 시끌시

끌했지만 결국 빈민은 어제나 오늘이나 나아진 게 없지 않습니까?"

"꼭 그렇지만은 않아예. 미군정이 소작료 3.1제를 실시하여 높은 소작료를 내던 소작농들의 부담을 많이 줄여주었어예. 그리고 대지주제에서 소농제로 바뀌고 있고예."

그녀가 당당하게 대답했다.

"그러면 일본인 소유농지들은 모두 소작농들과 빈민들에게 제대로 재분배되었을까요?"

그의 물음에 그녀는 침묵했다.

"그리고 말로는 수백 번 한다던 일본인 귀속농지 재분배는 어떻습니까? 겨우 일본인 소유농지만 경작했던 소작농들에게 수년 동안의 분할 상환 방식에 의한 재분배를 해 줄 뿐, 한국인 대지주 농지의 재분배 소식은 여전히 제대로 이루어지지 않고 있소. 여전히 남조선은 사회적 경제 평등이 멀었소. 봉건시대에서 벗어나질 못하고 있습니다."

"그러면 북조선은 살기가 좋습니꺼?"

"지금 북조선에는 봉건시대가 사라졌소. 대지주의 땅도 일본인들이 남기고 간 농지도 모두 재분배되었소."

"무상몰수 무상분배."

그녀가 중얼거렸다.

"그렇소. 말 그대로 국가가 인민을 먹여살리는 것입니다."

"그러면 인민은 국가의 토지를 가지고 사는 거네예. 자기 이름으로 살 수도 없으니."

"토지는 식민지 잔재 청산의 대상이요. 소유권은 국가가 가지고 경작권은 무상으로 인민들에게 주는 것이 다시는 계급 사회로 돌아가지 않는 유일한 길이요."

"……."

"혁명사업, 이것이 전쟁의 이유입니다. 조선민주주의인민공화국은 불쌍한 남조선 동포들을 미군정의 식민지 아래에서 해방시키는 것입니다. 내 말 이해하시겠소?"

"네. 무슨 말씀인지 이해했어예. 슬픈 건 또 다른 전쟁이 민족끼리 벌어졌다는 겁니더. 아까 해바라기 씨앗을 가시는 곳마다 뿌린다고 하셨지예? 바람이 있다면 통일과 평화의 꽃이 되어 빨리 전쟁이 끝났으면 합니더."

그는 그녀의 현실 사회에 대한 지식에 놀랐다. '이 여성 동무의 지식이 상당하구나. 근데 왜 여기서 사는 걸까? 그 일본인 남편이 어떤 사람이길래 그녀가 여기서 그를 기다리는 건가?'

그녀에 대한 궁금증이 서서히 망망대해에 뜬 배 위로 돛이 펼쳐지듯이 그의 머릿속에서 일어설 때 그녀의 음성이 들려왔다.

"근데, 대위님은 북조선 말을 전혀 안 쓰십니더. 서울 말씨만 쓰고 계시니 제가 헷갈립니더. 어디 출신이세요?"

"하하. 서울에서 태어나 직장도 서울에서 다녔습니다. 중국어를 잘해서 중국, 소련, 평양, 서울과 무역하는 중국 회사에 다녔습니다. 그러다 몇 년간 베이징, 모스크바, 평양에 가서 근무하기도 했습니다. 평양 억양은 힘들어서 사용하는 걸 포기했습니다. 애미나이네. 하하."

그가 북조선 사투리를 흉내를 내자 그녀가 소리 낮춰 처음으로 웃었다.

"잘하시네예. 결혼은 하셨습니꺼?"

"아직 못 했습니다. 서른다섯이 다 되어 가는데도요. 전쟁이 끝나면 하겠죠."

그는 멋쩍은 표정을 지었다.

"여기 외진 곳에 사는 게 힘들 것 같은 데 정말 괜찮습니까?"

"남편이 일본으로 간 후 하나꼬를 데리고 잠시 살 안전한 곳을 찾아다녔어예. 이래저래 여러 사람 도움으로 이 마을에 오게 되었는데 현수 아재 가족의 도움으로 별 어려움 없이 지내게 되었고예. 하나꼬도 잘 컸고예. 그러다 그 집에서 몇 년을 계속 산다는 게 그분들께 짐을 지우는 것 같아 부담스러웠어예. 마을 뒤에 있는 도드미 언덕을 자주 갔었는데, 갈 때마다 이 집 지붕이 보이는 겁니다. 그러다 얼마 전에 지금 아니면 못 사겠다 싶어 사게 되었어예. 마을 청년들이 와서 수리도 해 주고 남동생도 얼마 전에 여기 왔었는데 이곳저곳 손을 많이 봐줘서 지금은 사는 데는 불편함이 없어예."

"그렇군요. 근데 여기에 어린 딸과 단둘이 사는 것은 아주 위험해 보입니다. 저 같은 사람이 찾아오면은요."

그는 그녀를 진심으로 걱정했다.

"음 염려하시는 그런 일들이 있긴 했어예. 이 마을 큰어르신이 워낙 기골이 강성하시고 동네에서 덕망이 높은 분이라 그분이 나서서 동네 남자들에게 말을 해서인지 저희를 위협하는 사람들은 아직 없었어예. 모든 게 하느님의 은혜지예."

"그렇군요. 성당을 다니십니까?"

그가 흘러내리는 안경을 콧등 위로 올리며 물었다.

"네. 못 간 지 좀 되었어예. 멀기도 하고예."

"남편은 일본 어디로 갔습니까?"

"나가사키예."

"나가사키? 설마 원자폭탄 떨어진 곳을 말합니까?"

"네…."

"오 년이 넘었는데. 아직 연락이 없는 겁니까?"

"아직은예. 하지만 남동생이 일본을 자주 왔다 갔다 하니까 곧 좋은 소식이 있을 겁니더."

그는 '남편은 죽었습니다.'라고 말하고 싶었지만, 그녀의 희망을 도려내고 싶지 않았다. 남편을 기다리며 외진 곳에서 어린 딸과 살아가는 그녀에게 이런 희망조차 없다면 그녀가 여기에 있을 이유가 없을 것이다. 순간 그의 혀를 멈춘 것은 정말 잘한 일이었다.

"딸은 아빠를 찾질 않나요?"

"휴…. 많이 찾지예. 동네 애들이 놀다가도 아부지 하며 뛰어갈 때 물끄러미 쳐다보는 모습이 한두 번 아니었어예. 자다가 일어나 아빠 하며 울던 때도 많았고예. 아무리 외삼촌이 잘해 준다고 해도 그 부분은 어찌할 수가 없는 것 같습니다."

"그렇군요. 저는 아직 결혼을 안 해서…. 하지만 머릿속으로는 슬픔을 알 것 같습니다."

"사람 죽여 보셨습니꺼?"

그녀는 그와 대화하면서 이렇게 점잖은 사람이 전쟁에서 사람을 죽일 수 있을까? 하는 생각에 그의 대답을 듣고 싶었다.

"어려운 질문입니다. 내가 사람을 죽였는지에 대해서는 생각해 보지 않았습니다. 한 번도 가까이서 남조선 군인들을 죽여 본 적은 없습니다. 더군다나 민간인도요."

"앞으로도 그러길 바랍니더."

"그런 일은 없을 겁니다. 물론 제 목숨이 위험하지 않은 한은요."

"전 본 적이 있어예. 애 아빠가 본국으로 떠나고 거리에는 온통 '대한 독립 만세' 함성이 가득했던 해방이 되던 날이었어예. 애국청년단들이 신마산 일본인 거주 지역으로 몰려와 약탈도 하고 일본인을 찾아내서 죽인다며 살벌하게 다녔어예. 제집에서 몇 계단 밑에 살던 일본인 노부부가 있었어예. 이분들은 정말 좋은 사람들이었습니다. 본국에서 교편을 잡았었는데 나이가 들자 조선에 와서 조선 사람들에게 일본어를 가르쳤어예. 그러다 신마산까지 오게 되었던 겁니다. 청년 몇이 그 집에 들어가 노부부를 끌어내듭니다. 그 청년 중 몇몇은 이 사람들 제자이기도 했고예. 그날에 이 제자들이 이 노부부를 살리려고 애를 쓰기도 했는데 그중에 험상궂게 생긴 덩치 큰 남자가 갑자기 몽둥이로 아저씨의 뒤통수를 치니 순식간에 퍽 소리와 함께 아저씨가 앞으로 쓰러졌어예. 그 뒤 아주머니는 심장마비로 바로 쓰러졌습니다. 제가 본 유일한 사람 죽는 모습이었습니다."

그는 안타까운 표정으로 그녀를 바라왔다.

"미숙 씨. 전쟁에서 죽음은 모두의 위험입니다. 착한 사람도 나쁜 사람에게도요."

"그래서 저는 이 전쟁이 빨리 끝나길 바라는 겁니다. 그리고 대위님처럼 멋있는 분은 계셔야 할 자리에 계셔야 하고예."

순간 그녀가 그의 머릿속을 헤집어놓았다. 그의 머릿속엔 아우성치는 고함과 비명 그리고 포탄을 맞은 트럭에서 간신히 뛰쳐나온 남조선 군인이 온몸에 불이 붙어 발버둥 치다 새까만 재로 타 버린 채 몸은 새우등처럼 굳어져 끝내는 형태를 알아볼 수조차 없는 비참한 주검이 되어 길가에 버려진 시체로, 온몸의 장기가 몸 밖으로 튀어나오고 살덩어리밖에 남지 않은 몸뚱어리가 처참하게 논 옆 개울에 처박혀 있던 그가 본 현실이 머릿속에서 영상으로 보이고 있었다.

그는 침울한 표정으로 그녀를 바라봤다.

"제가 주제넘은 말을 했다면 죄송합니다…."

"아닙니다. 멋있습니다."

그는 그녀에게 진심 어린 미소를 지어 보였다. 그의 눈빛 그의 표정에서 그녀는 그의 말이 진심임을 느꼈다.

"미숙 씨."

그가 그녀의 이름을 불렀다.

"예?"

그녀를 떠나지 않은 소량의 두려움 가루가 그녀를 당황스럽게 했다.

"미숙 씨는, 지금 제 포로입니다."

"…."

"제가 약속 하나 할까요? 제 포로에게요."

그녀의 가슴이 출렁였고 동시에 왠지 나쁘지 않은 느낌이 그의 이어질 말을 기대하게 했다.

"내가 있을 동안에는 미숙 씨와 딸, 두 사람에게 어떤 해도 없을 겁니다. 이것만큼은 내가 약속하겠습니다."

그녀는 '그래 난 지금 포로야. 포로가 너무 주책없이 선을 넘은 거지!' 그녀는 이쯤에서 생각을 멈추고 그의 기다림이 오래되지 않게 답했다.

"감사합니다. 포로에게 좋은 대접을 해 주셨어예."

"제가 지금 해 드릴 수 있는 것 중 가장 큰 것일 뿐입니다."

"저나 하나꼬에게 지금 제일 필요한 것은 안전입니더. 이 부분을 해결해 주시겠다는데 이보다 더 큰 고마움이 어디 있을까예?"

그때였다. 부엌문이 삐이익 소리를 내며 열리자 그는 재빨리 권총을 뽑아 그곳으로 겨누었다.

"그만요. 제 딸입니더!"

그녀가 소리치며 황급히 권총을 잡았다. 그는 그 자리에서 얼어붙은 채 꼼짝 않고 있는 하나꼬에게로 가서 몸을 바짝 낮추어 밖을 살폈다.

"엄마."

그새를 틈타 하나꼬는 엄마를 부르며 달려가 그녀의 품으로 뛰어들었다.

"괜찮다. 많이 놀랐지? 이분들은 멀리서 오신 군인 아저씨들이야. 우릴 해치지 않아."

하나꼬는 그녀의 가슴에 얼굴을 묻고는 겁에 질린 얼굴을 쉽게 내밀지 않았다.

그는 바깥을 살피고는 조용히 부엌문을 닫으며 뒤돌아섰다.

"다행입니더. 하마터면 하나꼬가…."

"그래요. 다행입니다. 네가 하나꼬?"

그의 부드러운 목소리에도 하나꼬는 얼굴을 내밀지 않았다. 그녀는 하나꼬를 달래며 아궁이에 걸터앉았다. 그리고 하나꼬의 등을 부드럽게 토닥였다.

"하나꼬, 아저씨들은 군인인데 배가 고파 우리 집에 온 거야. 다친 아저씨는 아파서 지금 잠이 들었어. 힘들고 아픈 사람은 어떻게 한다고 했지?"

"도와줘야 해요."

"그래. 착하다 우리 딸."

하나꼬는 그제야 엄마 품에서 얼굴을 빼꼼 내밀었다. 흙먼지투성이의 군인 바지에 투박한 가죽 장화를 신고 장발의 머리를 한 낯선 모습의 군인이 자신을 쳐다보는 것이 정말로 겁이나 다시 고개를 엄마품에 파묻어 버렸다.

"하나꼬?"

"…."

"아저씨는 멀리서 하나꼬를 지켜 주려고 온 북조선 군인 아저씨야."

"…."

"아저씨는 엄마 친구이기도 해. 이제 겁 안 나지?"

그는 미숙을 쳐다보며 한쪽 눈을 찡그렸다.

"그래, 하나꼬. 아저씨는 엄마 친구야."

'친구?' 그녀가 오래전에 들어 본 기분 좋은 말이었다.

하나꼬는 다시 얼굴을 내밀어 무송을 쳐다봤다. 조금 전 잠에서 깬 하나꼬는 이런 낯선 상황을 경험한 적이 없었다. 처음 겪는 일이 무섭기는 하지만 엄마에게서 무섭거나 불편한 기색이 전혀 느껴지지 않아 조금 전 일은 금세 잊어버렸다.

"하나꼬, 저기 아픈 아저씨가 나중에 깨어나면 그때 무송 아저씨는 가야 해. 저 아픈 아저씨가 놀라서 더 아프면 안 되니까 우리 조용히 쉬 하며 있을까?"

하나꼬는 엄마의 품에서 고개를 끄떡였다.

"하나꼬, 우리 이렇게 처음 만났는데 아저씨가 선물 줄까?"

그는 호주머니에서 뭔가를 꺼내 그녀에게 건넸다. 뻣뻣하고 두꺼운 흰색 비닐로 겹겹이 포장된 왕 사탕이었다. 하나꼬에게는 사탕만큼 좋은 것은 없을 것이다. 그녀는 비닐 껍질을 벗긴 후 하나꼬의 입안으로 왕구슬 크기만 한 사탕을 넣어 주었다. 하나꼬는 혀를 부지런히 놀려 입안에서 사탕을 가지고 놀더니 어느 순간 기쁨을 한가득 담은 눈웃음을 지으며 엄마를 올려다봤다. 살 오른 통통한 다리를 연신 기분 좋게 흔들어대며 왕 사탕에 아이의 온몸이 귀여움으로 흔들렸다. 미숙은 하나꼬가 놀라 울음을 터뜨리고 상황을 어렵게 만들지 않을까 걱정했는데 다행이었다. 그 모습을 지켜보던 그의 얼굴에 생겨난 아빠 미소가 한동안을 그의 얼굴에서 떠나지 않고 있었다.

"하나꼬는 서울이 어디에 있는지 알아?"

하나꼬가 쪽쪽 빨아대는 사탕 소리와 함께 고개를 저었다. 아이가 두려움에서 빠져나왔을 이때가 하나꼬와 친해질 기회다 싶어 그는 부지런히 머리를 굴렸다.

"하나꼬, 서울은 여기서 갈려면 기차 타고 가야 하는 곳이야. 원숭이 알아?"

하나꼬는 힘차게 고개를 끄떡였다.

"원숭이 본 적 있어?"

아이는 고개를 가로저었다.

"원숭이는 엄청 더운 나라에 사는 동물이야. 근데 서울에 와 있다?"

하나꼬의 사탕 핥는 소리가 줄어들었다.

"원숭이는 바나나라는 과일을 좋아해. 바나나 먹어 봤어?"

하나꼬는 다시 고개를 저었다.

"바나나는 색이 노란 것이 꼭 오이처럼 생겼어. 해바라기꽃하고 같은 색깔이야. 근데 바나나를 먹으려면 껍질을 까야 해. 아저씨가 보기에는 하나꼬는 원숭이를 사진으로 본 것 같구나. 맞지?"

"예."

엄마를 쳐다보는 하나꼬가 자신의 기억을 묻자 엄마가 고개를 끄떡였다.

"바나나 껍질을 어떻게 깔까?"

아이는 큰 눈동자를 이리 굴리고 저리 굴렸다. 그러고는 모르겠다는 듯 엄마를 쳐다봤다.

"모르겠어요."

하나꼬가 처음으로 그와 눈을 맞추며 말했다.

"하하 그건 모르는구나. 원숭이 손은 어떻게 생겼을까?"

하나꼬는 자기 손을 내민 뒤 골똘히 생각했다. 아이의 뒤틀린 오른손에 그의 눈이 멈추었다.

"하나꼬가 얘기일 때 신마산에서 급히 피신하다 다쳤는데 낫질 않았어예."

그녀가 그의 생각이 더 깊숙한 곳으로 들어가기 전에 그들의 대화에 끼어들었다.

"아, 네. 미숙 씨, 저기 부지깽이 좀 주겠어요?"

그녀는 그의 요청에 아궁이에 걸쳐 있는 부지깽이를 집어 그에게 건넸다.

"하나꼬, 아저씨가 잠시 뒤돌아섰다 올게."

하나꼬가 고개를 끄덕이자 그는 뒤돌아서서 부지깽이를 이리저리 움직이더니 다시 뒤돌아섰다. 갑자기 엄마와 딸이 웃음을 터뜨렸다.

"이렇게 바나나를 까먹는 거야."

그는 부지깽이 끝에 묻은 검은 숯을 입술 주위와 손등에 검게 발라 자신을 우스꽝스럽게 만들었다. 한 손으로는 부지깽이를 짧게 잡고 다른 손으로는 부지깽이 껍질을 벗기는 시늉을 하는데 그것은 마치 바나나 껍질을 까는 것처럼 보였다. 그가 아래턱을 앞으로 내밀고 코

를 납작하게 잡아당겨서 우우하는 원숭이 소리를 내자 그녀와 하나
꼬는 배꼽이 터져라 웃어 댔다.

"하나꼬, 원숭이 보고 싶지?"

"예."

"다음에 서울에 오면 아저씨와 꼭 같이 창경원에 있는 원숭이 보러
가자. 알겠지?"

하나꼬는 신이 났는지 연신 고개를 크게 끄떡였다. 그가 이번에는
코끼리 이야기와 흉내를 내자 그들의 웃음은 그칠 줄을 몰랐다. 그의
동물 흉내는 하나꼬의 상상력을 한껏 자극했고 나중에는 아이가 꾸
는 꿈의 단골 소재가 되었다. 그가 지쳤는지 자리에 앉자 그녀는 부
지깽이를 짧게 잡고 아궁이 위 흙벽에 쓱쓱 그림을 그려 가기 시작했
다. 원숭이와 코끼리 얼굴이 아궁이 벽에 그려졌고 흥미롭게 이를 지
켜보던 그가 감탄하며 말했다.

"아궁이 벽에 부지깽이로 그린 그림 하고는 고급스럽습니다. 좋은
솜씨를 가졌습니다."

"칭찬해 주시니 기분이 좋네예. 어릴 적부터 그림 그리기를 좋아
했어예. 부모님이 일본에서 어렵게 구해다 준 크레파스에 나는 그 향
이 사람들은 케케묵은 곰팡이 냄새 같다고들 했지만 제게는 꼭 달콤
한 과일향 같았어예. 온갖 색깔을 입은 작은 막대기가 나란히 줄 맞
춰 흰 통에 들어 있는 걸 보는 것은 호호. 정말로 제게 큰 행복이었어
예. 그래서 그런지 학교에서 색칠하는 것은 제 몫이기도 했고예. 그
때를 생각하면 얼른 그 시절로 되돌아가고 싶어예."

"여기 올 때 갖고 오지 그랬어요?"

"크레파스 챙길 틈도 없었어예."

"하나꼬도 그림 잘 그리지?"

그는 두 사람의 대화를 귀 기울여 듣고 있던 하나꼬에게 물었다.

"못 해예. 손이 아파서예."

그는 미안한 표정으로 고개를 끄떡였다.

"미안하구나. 아저씨가 깜빡했네. 미안해."

"괜찮아예."

그 말과 함께 아이는 환하게 웃었다. 하나꼬의 짧은 단발머리가 작은 얼굴에 오목조목 붙은 눈, 코, 입을 귀엽게 감싸고 있어 꼭 얼굴이 달덩이처럼 복되게 보였다.

"하나꼬는 얼굴에 복이 붙어 있어. 어른이 되면 잘 살 거다. 아저씨가 자신해."

엄마와 딸은 그의 말이 웃겼는지 다시 함박웃음을 터뜨렸다. 낯선 사람과 대화하며 그것을 즐기는 딸을 보는 엄마는 자신이 지금까지 아이에게 부족했다는 생각에 미안했다.

"하나꼬는 아저씨에게 해 줄 이야기가 없니?"

하나꼬는 골똘히 뭔가를 생각하더니 엄마에게 다가가 귓속말을 속삭였다. 엄마는 웃으며 고개를 끄떡였다.

"우리 동네에 철이가 있어예. 애는 남자입니다. 도드미 언덕에서 해바라기꽃을 따다가 갑자기 똥이 누고 싶었거든예. 근데 똥을 다 누고 닦을 게 없어서 해바라기 잎을 꺾었는데요. 갑자기 비명을 질렀어예. 친구들이 뛰어가서 봤는데 저도 봤거든예? 모르고 옆에 있던 억새를 꺾어다 닦은 겁니더. 까르르"

'하하하 호호호' 큰 웃음소리가 끝이 없도록 이어졌다.

"그래서 그 친구는 엉덩이를 까 놓고 집에 갔겠구나?"

"바지를 걷어 올리고 가던데 이렇게 걸었어에."

어기적어기적 하나꼬는 사내아이의 걷는 모습을 곧잘 흉내 냈다. 다리를 팔자걸음으로 걷는 모습이 남자애가 엉덩이가 아주 따가워 고통스럽게 걷는 모습을 닮았다.

"하하하. 하나꼬가 그 친구와 똑같구나."

"하나꼬. 여자애가 너무 그러면 안 된다."

엄마는 웃으면서도 한편으로는 걱정이 돼 하나꼬의 동작을 말렸다.

"네."

하나꼬는 배시시 웃으며 다시 엄마의 품에 안겼다. 그녀는 하나꼬의 머리를 쓰다듬으며 그에게 말했다.

"무송 씨 덕분에 저도 몰랐던 하나꼬 성격을 봤네에. 말이 없는 아이인 줄로 알았는데 이런 표현을 하는 걸 처음 봐서 제가 감사합니더. 고맙습니더."

"아이고, 제가 더 고맙습니다. 자녀가 있다면 이런 행복이 있겠구나는 생각을 했습니다. 부럽습니다."

엄마의 품에 머리를 파묻은 하나꼬는 그의 얼굴에서 눈을 떼지 못하고 제법 긴 시간을 쳐다봤다. 느낌이…. 이 느낌은…. 그리고는 작은 마음에서 기억하지 못하는 아빠의 얼굴을 떠올렸다.

"하나꼬, 있나?"

낯익은 목소리가 대문에서 들렸다. 무송은 본능적으로 위험을 알아채고 잽싸게 몸을 날려 한 손으로는 하나꼬의 입을 틀어막고 다른 한 손에 쥐어진 권총을 부엌 바깥을 향해 겨눴다. 순간 놀란 미숙은 다급히 그에게 소리를 낮춰 말했다.

"현수 아재라고 착한 분입니더. 제가 밖에 나가서 돌려보내고 오겠습니더."

그는 긴장된 표정으로 고개를 끄떡였다.

"하나꼬, 엄마가 현수 아재한테 갔다가 올 테니 조용해야 해. 알겠지?"

하나꼬는 그녀의 입을 막고 있는 아저씨의 큰 손을 밀어내며 고개를 끄떡였다. 그녀는 깊은 잠에 빠진 젊은 인민군을 지나쳐 부엌문을 열고 밖으로 나갔다. 그녀의 옷에 걸린 작은 단지가 축축한 흙바닥에 떨어지며 해바라기 씨앗이 쏟아져 나왔다. 그는 하나꼬를 쳐다보며 '쉿' 하는 소리와 함께 허리를 숙여 검게 숯 칠한 손으로 씨앗을 주워 담은 후 원래의 자리에 올려놓았다. 그제야 아이는 고개를 끄떡였다. 마치 어른이 된 것처럼…. 작은 먹색 단지를 가슴에 안은 하나꼬는 그의 귀에 조그만 입을 갖다 대고 속삭였고 그의 굳어진 얼굴이 금세 풀렸다. 그는 옅은 미소와 함께 한쪽 손을 하나꼬의 머리 위에 올리고는 미숙이 그랬듯이 윤기가 반지르르 흐르는 아이의 단발머리를 쓰다듬어 주었다.

미숙은 돌담에 난 구멍 사이로 현수 아재 모습을 확인하고는 대문을 열었다.

"자네는 짐 다 쌌는가?"

평상시와 다를 바 없는 행동으로 마당에 들어온 현수 아재는 그가 만들어 준 평상에 걸터앉았다. 그러고는 미숙을 쳐다보며 걱정스러운 표정으로 말을 이어갔다.

"얼마 전 산인에서 국군과 인민군 사이에 큰 전쟁이 벌어졌어. 미군 부대도 왔는데 인민군이 많이 죽고 포로도 많이 잡혔다고 오늘 낮에 읍에 갔던 사람들이 집에 와서 이야기하더라. 그 사람들 말로는 낙동강 전투에서 패한 인민군들이 퇴각을 의령 쪽으로도 한다는 소문을 들었다는데 그라모 아마 거기서 국군들하고 큰 전투가 나질 않나 싶어. 걱정이 많이 들어. 아까 국군 몇 명이 낮에 와서는 마을 뒤 산꼭대기에서 망원경으로 정암 다리를 보며 작전을 짜더구먼. 자네 집은 안전하지 못한 게 우리 집으로 지금 같이 가든지 아니면 새벽 다섯 시까지는 오든지 해야겠어. 내가 걱정돼서 잠이 안 와서 왔어."

"아! 그 정도니꺼? 아재, 동생이 아침 일찍 우릴 데리러 온다고 하네예. 걱정하지 마시고 아재 먼저 가모 우리가 곧 대산으로 뒤따라갈게예."

미숙이 아궁이에 지폈던 불이 꺼지면서 마당으로 연결된 굴뚝을 타고 나온 연기가 그들이 선 곳까지 기어나오자 현수 아재가 못마땅한 표정으로 말했다.

"동생이 오면 바로 떠나야 해. 짐은 미리 잘 챙기고. 뭔 연기가 이렇게 많이 나와? 피난 갔다 오면 아궁이부터 손봐야겠어."

현수 아재는 마당으로 나온 굴뚝 이음새 부분의 벌어진 틈 사이로 나오는 연기가 지난번 왔을 때보다 더 많아진 그것이 불만이었다. 살짝 벌어진 부엌문 사이로 두 사람을 지켜보던 무송은 현수 아재가 고개를 부엌 방향으로 돌려 손가락질하며 인상을 찌푸리고 말하자 방아쇠에 갖다 댄 손가락에 힘을 넣었다. 언제든 총알이 낯선 사내의 머리를 뚫고 지나갈 준비를 하고 있었다.

"짐은 많이 싸지 말고 여름 한 철 입을 옷하고 추울지도 모르니 두툼한 옷은 한 벌 정도 넣어두고. 들고 다니는 가방보다는 어깨에 멜 수 있는 게 좋아. 하나꼬도 보따리 하나 만들어 주고. 또 밥그릇하고 숟가락도 챙기고."

"예, 알겠습니더."

현수 아재는 자리에서 일어나 대문 밖으로 나가며 말했다.

"내 자네가 잘할 줄 알고 먼저 가 있을 테니 대산에서 무사히 만나세."

"네, 아재. 고맙습니더.

미숙은 돌담에 난 구멍 사이로 현수 아재의 모습이 예쁜더 동산 아래쪽 비탈길로 사라지는 것을 확인한 후 부엌으로 돌아왔다. 무송은 그제야 안심을 한 듯 권총을 거둬들였다.

"괜찮습니더. 현수 아재가 걱정돼서 왔어예."

"다행입니다. 저도 많이 긴장했습니다."

"하나꼬, 잘했어. 괜찮아?"

"예."

하나꼬는 괜찮아 보였지만 평화로움이 순식간에 두려움으로 바뀌는 것을 경험했다.

"엄마, 우리 떠나야 해?"

"응, 그래."

하나꼬의 말뜻을 이해한 엄마는 딸이 갑자기 들이닥친 낯선 사람들이 만든 이 상황을 이해하기에는 시간이 부족하다는 것을 느꼈다.

"아저씨는 멀리 북조선에서 왔어. 하나꼬가 이해 못 하겠지만 아저씨는 전쟁 중이야. 우린 안전한 곳으로 가야 해. 마을 사람들도 다 가잖아."

"근데 북조선이 어디에 있어요?"

무송이 답했다.

"서울 위에 있단다. 아주 가까이 있어서 걸어서도 갈 수가 있지. 다음에 아저씨와 같이 가자, 알겠지? 이건 누구에게도 말하면 안 돼. 말하면 아저씨도 위험해지고 하나꼬도 엄마도 모두가 위험해져. 약속

할 수 있지?"

"네."

"음…. 음…."

깊이 잠들어 있던 젊은 인민군의 입에서 신음이 흘러나왔다.

"장 동무, 내 말 들리나?"

무송이 그에게 말을 걸었다.

"음…. 물 좀…."

"미숙 씨, 장 동무에게 물 좀 줘야겠소."

"제가 물 가져올게예."

그녀는 아궁이 옆에 놓여 있는 빈 양동이를 들고 곧장 우물가로 달려갔다. 잠시 후 양동이 한가득 물을 길은 미숙이 부엌으로 들어오자 무송은 그녀에게서 양동이를 건네받아 바닥에 내려놓은 뒤 사발에 물을 가득 채워 장 동무에게 건넸다. 벌컥벌컥 소리를 내며 급하게 물을 마시는 그에게 무송이 걱정스러운 표정으로 말했다.

"장 동무, 정신이 좀 들어?"

"아, 네. 좀 듭니다. 휴."

"얼마나 잤습니까?"

"푹 잤어. 열이 많이 나는데 춥지는 않아?"

장 동무는 한 손을 이마에 갖다 댄 후 젖은 이마의 땀을 훔치며 말했다.

"땀이 나서 그런지 기분은 아까보다 좋아진 것 같습니다."

"다행이야. 몸을 일으키지 않아도 돼. 누워서 치료부터 하자."

장 동무는 고개를 돌려 옆에 서 있는 미숙과 하나꼬의 모습을 번갈아 쳐다보며 무송에게 말했다.

"괜찮습니까?"

"괜찮아. 걱정 안 해도 돼."

미숙은 그녀를 쳐다보는 젊은 인민군에게 고개를 끄떡였다. 조금 전 우물가로 걸음을 옮기는 동안 하나꼬를 데리고 도망갈까 하는 생각을 했었다. 낯선 남자와 긴 대화를 하는 동안 시간이 흐를수록 이 남자에게 끌렸고 그녀가 그의 이상세계로 발을 들여놓는 것은 아닐까 하는 불안함에서였다. 하지만 다행히도 그녀가 우물가에 이르렀을 때 더는 머릿속에 머물지 않는 찰나의 지나가는 생각에 불과했음을 알았고 그녀는 안도했다.

예쁜더 동산을 내려와 푸른 달빛을 등에 업고 늪가의 비좁은 길을 걸어가던 현수 아재는 그와 가까운 곳에 올라온 수초 사이로 물밤이 가득 붙은 걸 보고는 바지를 걷고 물속으로 들어갔다. 늪의 밤이라고 불리는 물밤은 단단한 껍질에 쇠뿔처럼 끝이 뾰족하게 튀어나온 것이 맛은 밤 맛을 닮아 고소하고 그 속이 부드러워 검은 밤이라 불렸다. 땅콩 크기만 한 이것을 마을 주민들은 자주 늪에서 따다 먹었다. 그는 손을 뻗어 제법 많은 양의 물밤을 땄다. 길에 올라와 젖은 바지의 물기를 털고는 그가 준 물밤을 까먹을 하나꼬의 귀여운 모습이 떠오르자 그는 얼굴에 환한 웃음을 지으며 다시 발걸음을 미숙의 집으로 돌렸다.

"내가 다시 왔어."

현수 아재가 대문을 두들기며 소리치자 미숙은 우물가에서 물을 긷다 말고는 마당으로 들어선 그에게로 급히 갔다.

"아재, 다시 어쩐 일입니꺼?"

"가다가 물밤이 잘 보이길래 좀 따왔어. 피난 가면서 먹을거리는 가지고 다녀야 해. 주먹밥도 좀 챙기고."

"네, 고맙습니더. 늦었는데 어서 가이소."

"근데 웬 이상한 옷이 걸려 있나?"

그녀는 장 동무의 치료를 끝내고 그의 피투성이 군복을 우물가로 가져다 빨래를 한 후 감나무 가지에 연결된 빨랫줄에 늘어놓았었다.

"아무 일 없었어예. 동생이 입던 겁니더. 내일 온다고 하길래 생각나서 빨아 놓은 겁니더."

"…."

그녀의 남동생이 이런 군복을 입을 일이 없는 것을 아는 그는 곁눈질로 불빛이 새어 나오는 부엌을 흘겨봤다. 비좁게 열린 문틈 사이로 군화를 신은 남자의 하반신이 그의 눈에 들어왔다.

"아, 그렇나? 하여튼 대산에서 보자. 너무 걱정 말거라. 내가 일 처리 잘해 놓을게."

현수 아재는 그녀의 눈을 뚫어져라 쳐다보며 의미심장한 말을 하고는 등을 돌려 대문 쪽으로 발걸음을 뗐다.

"아재, 신고하지 마이소. 곧 간답니더."

그녀는 부엌을 향해 등을 보인 채 현수 아재에게만 들릴 정도의 목소리를 흘렸다.

"알겠다. 걱정마라. 내가 알아서 잘 처리할 거마."

현수 아재도 목소리를 낮게 내며 대문을 나갔다.

무송은 장 동무에게 그간 일어난 일들을 설명하고 있었다. 그러던 중 현수 아재가 다시 들어오는 것을 보고 장 동무와 함께 총을 겨누었지만, 그가 보자기를 미숙에게 건네고 별다른 대화 없이 헤어지자 두 사람은 그들을 더는 의심하지 않고 총을 거둬들였다. 그녀는 우물가

빈 양동이 하나에 물밤을 담고는 그녀의 곁에 서 있는 하나꼬에게 물었다.

"하나꼬, 저기 무송 아저씨가 무서워?"

"아니, 처음에는 아주 무서웠어. 그런데 지금은 정말 재밌어."

"엄마도 그래, 아저씨들이 착한 사람인 것 같아서 안심이야."

"엄마, 인민군 아저씨들은 내일 가는 거야?"

"그래, 근데 하나꼬. 아저씨들 이야기는 아무한테도 하지 말자. 알겠지?"

하나꼬는 고개를 끄떡이며 물밤을 담은 바가지를 손에 쥐고는 엄마의 뒤를 따라 깡충깡충 뛰며 부엌으로 들어갔다. 그들이 부엌에 들어오자마자 무송은 그녀가 든 양동이를 받아들고는 긴장한 표정의 얼굴로 말했다.

"왜, 그 사람이 다시 왔습니까?"

그녀는 하나꼬가 들고 있던 쪽박에 든 물밤을 그에게 보여 주며 말했다.

"이건 물밤이라고 합니다. 여기 늪에서 나는 것인데 아재가 피난 가다가 먹으라고 따왔어예. 장 동무 열 가라앉히는 데 좋습니다. 삶아 드릴 테니 가다가 드세요."

그제야 그는 안심하며 가볍게 고개를 끄떡였다. 장봉석은 미숙이 차려 준 밥을 먹고 푹 잔 덕에 여전히 다친 팔이 묵직하게 아려오는 기분 나쁜 고통은 있었지만 한결 몸이 좋아진 느낌이었다. 새 붕대에 깨끗한 옷으로 갈아입은 청년 인민군 장봉석은 갓 스무 살 넘을 듯한 풋풋한 여름 과일을 닮은 얼굴을 하고 있었고 작은 체구와는 달리 몸이 단단한 근육질로 단련되어 있었다.

그는 서울 근교 고양에서 태어나고 자랐다. 파주와 가까운 그의 마을은 개성을 병풍처럼 둘러싸고 있는 송악산과 가까웠다. 그는 어릴 적부터 늠름한 송악산(松岳山)의 기세를 보면서 자랐기에 자연히 서울보다는 가까운 개성에서의 생활을 즐기는 편이었다. 그의 달리기 실력은 어릴 적부터 유명하였다. 성인이 될 때쯤에는 서울과 개성에서 열리는 달리기 대회에 참가하여 한 번도 메달을 놓친 적이 없었다.

신의주 출신인 손기정 선수가 올림픽에서 금메달을 딴 후 북조선의 제법 큰 지역에는 현대적인 체육 시설물들이 들어섰다. 개성에는 체육활동을 마음껏 할 수 있는 시설물들이 많이 있어 그는 평일 이른 아침에는 체력단련과 달리기 연습을 하고 주말에는 달리기 대회에 참가하였다. 전쟁이 일어나기 일 년 전쯤 그는 개성에서 열린 마라톤 대회에서 일등을 하며 유명세를 타기 시작했다. 그 대회에서 암소 한 마리 가격의 상금을 받았는데 얼마 뒤에 시집가는 누나에게 선뜻 상금 대부분을 주었던 것처럼 그는 정이 많았다.

마라톤 대회가 끝난 며칠 뒤 그는 국가정치보위부로부터 부름을 받았다. 멋진 장화를 신고 깨끗이 다름질된 군복에 가슴을 가로지르는 선명한 밤색 가죽띠를 두르고 송악산 오름길이 훤히 보이는 창가에서 가을 햇빛을 어깨에 가득 받고 서 있던, 쩍 벌어진 어깨에 반짝이는 별을 단 장교를 만난 그는 처음으로 남자다운 남자의 모습에 매료되었다.

그 장교의 제안은 그가 인민군에 입대하는 것에 주저함이 없게 만들었다. 그 후 그는 보위부 소속 정보부대에서 특수 공작 교육을 받은 후 서울로 들어왔다. 이후 그와 이무송의 첫 만남은 그가 이무송이 속한 지역에 배치되면서였다. 이 두 사람의 주 임무는 용산에 주둔하던 미 7사단 병력이 떠나면서 한국군이 인계받은 군사 기밀정보를 캐내어 정보부에 보고하는 것이었다. 전쟁이 일어나면서 인민군과 서울에서 합류한 이후 이들은 여러 전투를 겪었다. 생사를 넘나드는 전투에서 함께한 이들은 전우애보다 더 깊은 형제애로 묶여 있었다.

다행히 총상을 입은 장봉석의 상처가 심하게 곪지 않아 깨끗이 소독하고 약을 뿌려 놓는 것만으로 정암산까지 가는 데는 전혀 문제 될 게 없어 보였다.

"장 동무, 여기서 정암산까지 천천히 걸어가도 두 시간 이내면 도착할 거야. 지금 자정이 다 돼 가니 네 시에는 출발하자. 어때? 괜찮겠어?"

"저는 괜찮습니다. 뛰어갈 수도 있습니다. 20분이면 거기까지 충분히 도착할 겁니다."

그가 유쾌하게 웃으며 말했다.

"내가 동무를 못 따라잡을 것 같아서 걱정이구먼. 달리기는 달팽이와 거의 동급이네."

"하하하."

두 사람은 오랜만에 웃었다.

"마을과 떨어진 이 집은 일단은 새벽까지 있기에는 안전할 것 같아. 여기 미숙 씨 말로는 먼저 피난 간 사람들도 더러 있고 나머지 사람들은 조금 있다 간다고 하니 안심해도 되네. 우리 새벽까지 먹을 거 좀 더 먹고 잠 오면 자고 푹 쉬자고."

"예. 이 동무 말처럼 지도 보니 정암산까지는 금방입니다. 이 동무도 뭐 좀 먹고 했습니까?"

"나도 많이 먹었네. 여기 미숙 씨가 정성껏 음식을 마련해 주고 사람들이 찾아와도 그 사람들이 의심할 행동도 전혀 없었고 그래서 나도 마음이 편하네."

장봉석은 미숙을 찬찬히 바라보고는 갈라진 입술을 벌렸다.

"동무, 고맙소. 내 이 은혜 잊지 않겠습니다."

그녀는 고개를 끄떡이며 작은 미소로 대답을 대신했다.

"너 이름이 뭐니?"

장봉석은 아궁이에서 삐죽 튀어나온 돌판에 걸터앉아 키득거리며 웃고 있는 하나꼬를 향해 장난기 들어찬 표정으로 물었다.

"하나꼬."

하나꼬가 씩씩하게 대답했다.

"하나꼬?"

"응."

그는 미숙과 하나꼬를 번갈아 쳐다보다 무송의 헛기침 신호를 듣고는 뜸을 들이다 하나꼬에게 물었다.

"거기 검은 씨앗은 뭐지?"

하나꼬의 발밑에는 미숙이 현수 아재를 만나러 급히 나가다 흘렸던 단지에서 흘러나왔던, 무송이 미처 다 줍지 못한 씨앗들이 널려 있었다.

"해바라기 씨앗이에요."

대답과 함께 하나꼬는 바닥에 자세를 낮추어 무송이 줍다 만 검은 씨앗을 주웠다. 푸석한 흙과 씨앗이 뒤섞이지 않게 손바닥 위에 올려놓고는 개구리 울음주머니 마냥 공기를 가득 넣은 두 볼을 연신 움직여 입바람으로 흙을 털어내는 것이 여간 귀여운 게 아니었다.

"와…! 정말 귀한 거구나. 나도 가져도 돼?"

"예."

하나꼬는 단지에서 한 움큼의 씨앗을 꺼내 그의 펼친 손바닥 위에 부었다.

"고마워. 내가 개성 가면 뿌려 놓을게. 이건 하나꼬의 해바라기야."

"우와…!"

"하나꼬의 해바라기? 정말 좋다. 우하하하."

"하나꼬는 이 해바라기 어디다 심을 거야?"

그가 하나꼬를 따라 웃었던 웃음을 멈추며 물었다.

"여기 이 마을에 하고요. 음…. 아빠 기다리러 가는 곳에는 이 씨앗을 뿌려요."

"왜?"

"아빠가 제일 좋아하던 꽃이 해바라기예요."

"아, 그래? 하나꼬, 아빠는 언제 와?"

이무송은 그가 이 모녀의 사정을 모르길래 이쯤에서 이들의 대화를 멈추고 싶었고 미숙의 눈치를 살피다 대화에 들어왔다.

"장 동무, 애 아빠는 일본인인데 독립군이네. 지금은 일본에 계시고…. 대충 그것만 알면 될 듯하네."

이무송은 장봉석에게 한쪽 눈을 찡긋했다. 그제야 장봉석은 알았다는 듯 고개를 끄떡이고는 미숙의 표정을 살폈다. 미숙이 눈웃음을 지어주자 젊은 군인은 환하게 웃으며 하나꼬에게 말을 건넸다.

"난 몇 살처럼 보여?"

"음. 동네 큰오빠처럼 보여요."

"그러면 날 오빠라 불러도 되겠다. 그치?"

"예…."

하나꼬는 수줍은 듯 기어들어 가는 목소리로 대답하며 엄마를 쳐다봤다. 엄마는 흐뭇한 웃음으로 답을 대신했다.

"그런데요. 인민군 아저씨들은 왜 여기 있어요? 아까 현수 아재가 무서워하던데요."

무송은 순간 심장이 멈추는 것 같았다. 두 군인을 번갈아 쳐다보는 그녀의 얼굴에는 당혹한 표정이 역력하게 나타났다.

"미숙 동무, 아까 현수 아재는 우리가 여기 있는 거 알지요?"

무송이 그녀에게 다급하게 물었다.

"네, 알아예. 제가 모르는 척해 달라고. 그냥 피난 가시라고 잘 말했습니더. 아무 일 없어예."

그녀의 긴장된 얼굴을 본 무송은 장봉석을 쳐다봤다. 평상시에는 여느 청년과 다름없는 재미있고 사람 사귀기 좋아하는 그였지만 전쟁에서는 냉철하고 무서운 성격의 장봉석이었다.

"대위 동무, 급하게 가야겠습니다. 그 사람이 신고하면 당장 놈들이 들이닥칠 겁니다. 위험합니다. 서둘러야겠습니다."

장봉석은 애써 몸을 일으키며 무송에게 손을 내밀었다. 다행이었다. 무송이 염려하는 일은 일어나지 않았다.

"그래. 갑시다. 미숙 씨와 하나꼬는 우리 때문에 다치면 안 되는데 미숙 동지는 생각이 어떻소? 우리와 같이 가겠소? 아니면 여기 있겠소? 하고 싶은 대로 해도 좋소."

그녀는 당황스러웠다. 그녀는 무송과 장봉석의 표정을 살피며 침착하게 말했다.

"저와 하나꼬는 여기 남겠습니다."

"…"

"하나꼬는 아빠 기다릴 겁니더."

"…."

하나꼬의 당돌한 대답에 두 남자의 조용한 침묵이 이어졌다. 장봉석은 아픈 다리를 허공에 휘젓고는 소총의 개머리판을 붙잡고 힘겹게 몸을 일으켰다.

"대위 동무, 지금 가도 될 것 같습니다. 몸은 괜찮습니다."

"미숙 씨, 여기서 경찰서까지는 얼마나 걸려요?"

"아마 자전거 타고 가면 한 시간이면 도착할 겁니더."

대답과 함께 뒤돌아선 그녀는 솥 안의 쌀밥으로 만든 주먹밥을 무송에게 건넸다. 그는 검게 숯 칠이 된 손으로 그녀가 건네는 식량을 배낭에 챙겼다.

"고맙습니다. 어차피 새벽에 갈 계획이었소. 다른 생각 안 해도 됩니다."

무송은 하나꼬의 머리를 쓰다듬어 준 후 배낭에서 사탕 한 봉지를 꺼내 작은 손에 쥐여 주었다.

"이쁘게 잘 커 거라, 알겠지?"

"예."

하나꼬가 힘없이 고개를 아래로 떨구었다.

"잠깐만예."

미숙이 주섬주섬 삶은 물밤을 보자기에 싼 후 장봉석에게 건넸다. 그는 고맙다는 말과 함께 따뜻한 열기가 전해지는 흰 보자기를 그의 배낭에 넣었다. 그러고는 고맙다는 인사를 하는 그에게 그녀도 허리를 숙였다. 그녀는 '하느님은 사랑이기에 사랑을 통해서 우리는 살 수밖에 없다.'라는 성 요셉 성당의 신부님 말씀이 떠올렸다. '어떤 종류

의 사랑이든 우리 사람은 사랑 속에 살아갈 수밖에 없는 존재이다.'
그들이 나가자 아궁이에 남은 불씨도 함께 사그라들었다.

고요한 달빛이 내려앉은 동산은 깊은 잠에 빠져 있었다.

"우리를 도와줘서 고맙소. 통일되면 그때 우리 다시 봅시다."

이방인들의 작별 인사에 미숙은 미안해했다. 곁에 선 하나꼬는 엄마의 손을 잡고 이별을 만나고 있었다. 어색한 분위기를 깬 건 장봉석이었다. 그는 윗주머니를 뒤져 나온 해바라기 씨앗을 하나꼬에게 보여 주었다.

"하나꼬 이 씨앗은 오빠가 개성에 가면 꼭 심을게. 하나꼬, 우리 다시 만나자. 알겠지?"

"예."

천천히 고개를 끄떡이는 하나꼬를 무송이 살며시 안아 주었다. 아이를 품에 안은 그는 미숙과 눈을 맞추었다. 비록 낯선 사람이었지만 짧은 만남에 긴 이별이 될 것 같은 이 순간, 그녀는 그에게 아무런 할말이 없음을 알았다. 천천히 얼굴에 그려지는 그녀의 미소에 그도 멋진 미소를 머금은 얼굴로 고개를 끄떡여 작별 인사를 했다. 그것을 마지막으로 그가 대문을 열자 장봉석이 먼저 대문 밖으로 사라졌다. 두 사람이 내는 발소리는 미숙과 하나꼬에게서 곧 멀어졌다.

미숙이 가르쳐 준 대로 그들은 예쁜더 동산을 내려와 가로수 길을 빠르게 지나 늪으로 갔다. 물소리도 바람 소리도 없는 사방이 조용한 늪에 이르자 작은 쪽배 한 척이 그들의 눈에 보였다. 이무송이 줄을 당기자 쪽배가 그의 발 앞까지 미끄러지듯 다가와 멈춰 섰다. 주위를 경계하던 장봉석이 먼저 쪽배에 오르자 뒤따라 이무송도 날렵하게 몸을 실었다. 장봉석은 쪽배에 몸을 바짝 엎드리고 사방을 경계했으며 이무송은 긴 장대를 이용해 노를 저어 남강으로 난 물길을 따라갔다. 희뿌연 달빛을 받아 은은하게 빛나는 물살을 쪽배 한 척이 조용히 정암산을 향해 나아갔다.

그들이 떠난 후 미숙은 부엌으로 와서 장봉석의 피 묻은 붕대를 불씨 꺼진 아궁이에 던져 넣었다. 죽지 않은 불씨에서 나온 하얀 연기가 아지랑이 피듯 스멀스멀 아궁이 흙벽을 타고 올라갔다. 이방인이 그려 놓고 간 그림이 그녀를 붙들었다. 그녀는 하나꼬가 그렇게 즐거워하던 모습을 본 적이 없었다. 사카이가 떠난 지 5년…. 오늘밤 낯선 사내는 부엌에 강한 흔적을 남겨놓았다. 그 사내와의 대화는 아궁이 속 피 묻은 붕대가 타면서 내뿜는 고약한 냄새보다 더 깊은 흔적을 남겼다. 갑자기 눈물이 왈칵 쏟아져 나왔다.

새벽녘 그녀는 현수 아재의 목소리에 잠이 깨었다.

"자네, 있는가?"

그녀가 방문을 열고 나오자 현수 아재가 평소답지 않은 표정으로 서 있었다.

"아재, 피난 안 갔습니꺼?"

현수 아재가 눈을 부엌으로 흘기며 물었다.

"물밤은 다 삶았나?"

"아재. 괜찮습니더. 그분들은 다 갔어예."

그때였다. 담 너머로 철모를 쓴 군인들의 그림자가 불쑥 나타나더니 무장한 군인들이 대문을 열고 들이닥쳤다. 전투 복장을 하고 완전무장을 한 군인들이 그녀의 발 앞까지 와서 멈추어 섰다.

"난 전투경찰 중대장 최진호요. 여기 현수 씨가 인민군들이 있다고 신고해서 왔소. 어딨소?"

중대장의 기세가 집 안의 공기를 산산조각 내는 것이 모두에게 느껴질 정도로 일순간 그녀를 압도했다.

"새벽에 다 갔습니다."

중대장은 목소리에 힘을 실어 물었다.

"몇 명이었소? 어디로 간다고 얘기 하덥니까?"

"두 명입니다. 배고프다며 밥 달라고 하길래 밥해 줬습니다. 한 명은 어깨를 다쳐서 대충 치료하고 갔습니다."

"적군을 치료해 줬다는 거요?"

중대장의 음성이 숫돌에서 갈려지는 칼이 내는 괴이한 소리로 날카롭게 커졌다.

"그놈들은 사흘 전에 산인 전투에서 도망친 놈들이요. 그 인민군들이 산인에서 우리 국군들을 많이 죽였소. 그런 놈들을 치료해 준게 말이 돼요?"

큰 산을 타듯 올라가는 중대장의 목소리에 현수 아재가 끼어들었다.

"아, 중대장님 총을 들고 있으모 물 내 나라 하모 물 줘야 되고 밥 내 나라 하모 밥 줘야 하는 거 아입니꺼? 여기 애 엄마는 아무 잘못 없습니다."

중대장이 미숙을 뚫어져라 째려보며 다시 큰 소리를 쳤다.

"그놈들 어디로 갔습니까?"

그녀는 그들의 행방에 대해 말하지 않기로 순간 마음을 굳게 먹었다.

"모릅니다. 저한테는 얘기 안 했습니다."

"이름이 미숙이라고 했소?"

"네. 김미숙입니다."

"이 집에 누구누구 삽니까?"

"열 살 난 딸하고 저하고 둘만 삽니더."

"남편은요?"

"일본 사람이고 일본에 갔습니다."

중대장은 잠시 주위를 둘러보더니 사각턱을 이리저리 움직이며 모여든 병력에 집 안을 샅샅이 수색할 것을 지시했다.

"중대장님, 저 방에는 어린 딸이 자고 있습니다. 부탁합니다."

그는 그녀의 눈빛을 피하며 옆에 있던 현수 아재를 쳐다봤다.

"맞습니다. 아가 아직 어립니다. 방 안은 내가 보고 오겠습니다."

중대장은 현수 아재에게 고개를 끄떡인 후 방문 앞에 있던 병사를 불러 세웠다. 그리고 부릅뜬 두 눈에 단단한 바위에 쇠 말뚝 박을 듯한 기세로 말했다.

"당신은 대한민국 국민이요. 국가는 국민을 보호할 의무가 있고 이런 국가를 국민은 지켜야 할 책임이 있소. 인민군은 우리의 친구가 아니라 적이요. 지금 그들의 행방을 알면 또 다른 양민들의 희생을 막을 수 있소. 그들이 어디로 갔소?"

"…"

그녀는 말이 없었고 묵묵히 그의 강렬한 두 눈을 뚫어지게 쳐다보고 있을 뿐이었다.

"정말 모르오?"

"네."

"내 직감은 지금까지 틀린 적이 별로 없소. 내 직감은 당신이 그놈들의 행방을 알고 있다고 말하고 있소. 당신의 표정이 그걸 다 말해주고 있소."

"…"

"다시 한번 묻겠소. 그놈들은 어디로 갔소?"

"전, 그 사람들에게서 어디로 간다는 말을 들은 적이 없습니더. 그 사람들이 대문을 열고 나간 뒤로는 전혀 제 알 바가 아니지 않습니꺼?"

"그렇소? 알면서 모르는 척하는 것이 이 상황에서는 죄가 됨을 분명히 알아야 합니다. 정 그렇다면 여기서 이렇게 시간을 보낼 바에는 당신을 반애국적 간첩행위로 체포해 지금 당장 지서로 데려가겠소."

중대장은 겁먹은 그녀가 인민군들의 행방을 지체 없이 실토해 주길 바랐다. 한시가 급했다. 시간이 지나 인민군들이 본대에 합류하면 이러한 기회는 사라져 버린다. 그것도 여기는 자기 관할구역이다. 그는 이런 기회는 아주 드물게 온다는 것을 잘 알고 있었다. 산인 전투는 말로만 들었을 뿐 그는 국군에게 기회를 뺏겨 전투다운 전투를 경험하질 못했다. 사람 일은 모르는 것이다. 그의 머릿속에는 '일만 잘되면 정부로부터 포상과 특진은 도맡아 놓은 거나 다름이 없다.'라는 생각만 가득했다. 그는 옆의 군인들에게 그녀를 지서로 데려갈 것을 지시했다. 전투복 차림의 전투경찰 두 명이 그녀의 양쪽에 들러붙어 그녀의 팔을 붙들자 현수 아재가 그들의 앞을 가로막았다.

"중대장님, 이 사람은 거짓말 안 합니더. 어린애도 있는데 어쩔라고 이럽니꺼? 그냥 놔두이소. 네?"

현수 아재는 안절부절못하며 미숙을 등지고 서서는 그의 앞을 막아섰다. 중대장은 느닷없는 그의 행동에 잠시 뜸을 들였다. 그의 머릿속에는 인민군을 반드시 잡아야 한다는 생각밖에 없었다.

삼십 대 후반이 다 되어 가는 마당에 경위 계급장을 달고 도시를 벗어난 외지에 근무하는 것은 그에게 더 이상의 미래가 보이질 않았다. 쥐꼬리만 한 경찰 박봉에 마누라는 도시로 나가자고 매일 나발을 불어댔다. 그도 아이들만은 도시에서 좋은 교육을 받고 자라길 바랐다. 오늘 밤에 조현수가 와서 신고하지 않았다면 이런 절대 놓칠 수 없는 기회는 다시 오지 않을 것이다. 그는 내심 중얼거렸다. '그렇다고 이 여자를 데리고 여기서 20㎞가 넘는 거리를 빌어먹을 트럭을 타고 다시 본부로 돌아간다고 치자. 생각과 다르게 만에 하나 자칫 이 사건을 욕심낸 상위 부대에 넘어가는 일이라도 생기는 날에는 나는 닭 쫓던 개 신세가 되고 만다.'

그는 고개를 이리저리 돌리더니 이내 현수 아재를 지나쳐 부엌으로 들어가 부뚜막에 앉았다. 따뜻한 온기가 그의 엉덩이에 전해졌다. 그는 의미심장한 표정을 지으며 활짝 열린 부엌문 밖에서 그녀를 붙들고 있는 부하들을 향해 미숙을 데리고 들어오도록 손짓했다. 군인들에 이끌려 부엌으로 들어온 그녀는 곧 두려운 눈빛으로 중대장을 마주 보고 섰다. 열린 부엌문 사이로 들어온 푸르스름한 새벽빛은 두 사람이 서로의 표정을 알아보기에는 부족함이 없도록 그들의 얼굴을 비추어 주고 있었다. 그는 아궁이 벽에 그려진 그림들을 천천히 커피 마시듯 호기심에 찬 눈빛으로 훑고 지나가며 그의 꼬불꼬불한 뇌 어딘가에 단단히 저장했다.

"특이한 사람들이 사는 집이군."

해바라기와 함께한 가족, 해바라기, 히마와리, 주님의 기도, 원숭이, 코끼리…. 흙벽은 그에게 의문투성이의 이야기를 전해 주고 있었다. 장난삼아 그린 그림들이 아니라는 것만은 그의 촉으로 알 수 있었다. 그는 그림에서 눈을 떼고 야망에 찬 눈빛으로 한동안을 뚫어지게 그녀를 쳐다봤다. 새벽, 갓 태어난 아기 빛이 포개진 그녀의 얼굴을 바라보던 그는 위압적인 표정을 내려놓으며 묵직한 목소리 대신 한층 얇아진 음성을 냈다.

"그 인민군들이 어디로 갔는지 말하면 미숙 씨는 애국자가 되는 거요."

그는 그녀를 설득하려 애썼다.

이무송과 장봉석이 떠난 후 엄마의 자장가를 들으며 곧장 잠이 들었던 하나꼬는 밖에서 들려오는 소란스러움에 눈을 떴다. 엄마의 자리가 빈 것을 알고는 두 눈을 비비며 마루로 나왔다. 엄마는 보이지 않았고 대신 한 번도 본 적이 없는 광경이 아이를 충격에 빠뜨렸다. 집 안 곳곳에 흩어져 자신을 쳐다보는 수십 개의 다르게 생긴 눈에서 뻗쳐 나오는 하나같이 닮은 눈빛은 작은 해바라기를 큰 공포로 몰고 갔다. 혼란 속에서도 다행히 그 무리에서 다른 눈빛을 한 사내를 발견하고는 그에게로 뛰어갔다. 현수 아재는 자신의 품에 뛰어 든 하나꼬를 토닥거리며 말했다.

"하나꼬, 놀래지 말거라. 여기 군인들은 너희 집에 온 인민군들을 잡으러 왔어. 이제 고마 안심해도 된다."

"엄마는예?"

"부엌에서 중대장하고 같이 이야기하고 있다."

"엄마한테 갈래요."

말이 끝나자마자 하나꼬는 마당에 버티고 서 있는 군인들 사이를 헤집고 부엌으로 뛰어갔다.

"엄마!"

딸의 목소리를 들은 엄마가 등을 돌리자 하나꼬는 그녀의 곁에 바짝 붙으며 뒤틀린 오른손으로 그녀의 손을 잡았다.

"잘 잤어?"

세상에서 제일로 사랑하는, 세상 어디에도 하나밖에 없는 엄마의 목소리는 딸에게 새 힘과 용기를 빠르게 충전해 주었고 하나꼬는 자신이 비로소 무서움에서 나왔음을 알리는 신호를 세차게 고개를 끄떡이는 것으로 대신했다.

"그래, 이분들은 우리나라 경찰이야. 무서워 안 해도 된다. 알겠지?"

하나꼬는 말끔한 전투복 차림에 철모를 눈썹까지 눌러쓰고는 아궁이에 다리를 꼬고 앉아 부지깽이를 닮은 눈빛으로 자신을 꿰뚫을 듯 쳐다보는 중대장을 향해 입술에 힘을 잔뜩 준 채 그와 마주 보고 섰다.

"네가 하나꼬구나."

중대장이 무서운 표정과는 어울리지 않는 부드러운 목소리로 하나꼬에게 말했다. 그러자 아이의 얼굴에 변화가 생겼다.

"아저씨는 경찰이야. 엄마, 마을 사람들, 친구들을 인민군으로부터 지켜주는 정의로운 아저씨지. 안심해도 돼. 아저씨도 하나꼬와 같은 또래 딸이 있어."

엄마의 손을 꽉 붙잡은 하나꼬의 뒤틀린 손이 꿈틀거리자 중대장의 표정이 밝아 왔다.

"어젯밤에 여기 인민군들 왔었지? 그 사람들은 국군 아저씨들을 총으로 쏴 죽인 아주 무서운 사람들이야. 근데 도망을 쳤어. 그래서 내가 그놈들을 잡으려고 너희 집에 온 거야. 내 말 이해하지?"

하나꼬는 그를 쳐다만 볼 뿐 대답하지 않았다.

"그래, 내 말 이해했을 거다. 하나꼬도 그 인민군들 봤지?"

하나꼬가 고개를 끄떡였다.

"그래. 봤을 거야. 그런데 애야, 그 인민군들은 사람들을 많이 죽였어. 우리가 그 무서운 적군들을 잡아야 아빠도 올 수 있어. 아빠는 그 아저씨들이 여기 있으면 못 와."

자리에서 일어선 중대장은 부지깽이를 들어 아궁이 위 흙벽에 갖다 대고는 뭔가를 써나갔다. 그의 속마음은 그가 원하는 것을 이 아이로부터 얻어야 한다는 필사적인 방법을 찾고 있었다. 그놈들의 행방을 이들이 알고 있다는 확신이 있었고 그에게 중요한 것은 시간과의 싸움이었다. '그 놈들이 떠나간 지 세 시간 정도…. 이 여자를 데리고 지서에 가는 것보다는 인민군 두 놈을 데려가는 것이 가장 확실하지.' 부지깽이 끝에서 필선이 하나씩 생길 때마다 흙가루가 먼지가 되어 솥뚜껑 위로 내려앉았다. 그것은 마치 그의 결심이 확고히 그의 가슴에 마침표를 찍는 것과 같았다. '애국은 사랑이다.'

"하나꼬, 애국은 사랑이야. 무슨 말인지 이해하지?"

그는 하나꼬의 뒤틀린 손을 쳐다보더니 부엌문 밖에 서 있는 동료를 불렀다.

"김 순경."

"네."

"내 가방 가져와."

짧은 대답과 함께 김순경이 가죽 가방을 가져와 중대장에게 건넸다. 그는 짧게 자른 그의 울퉁불퉁한 모양의 엄지손톱 반만 한 지퍼의 고리를 잡아당겨 가방을 벌렸고 몇 개의 물건들이 부뚜막 위에 놓였다.

"이건 부산 포로수용소 근처 양키 시장에서 가져온 것인데 아저씨는 하나꼬와 엄마에게 주고 싶어. 괜찮지?"

그가 가방에서 내놓은 과자와 통조림은 며칠 전 부산 포로수용소로 인민군들을 호송하고 돌아오다 처와 애들 생각에 애써 시장에 들려 샀던 것이었는데 아직 집에 들어가지 못한 자신을 기다리고 있을 가족들에게 미안했다.

"아저씨는 엄마가 왜 그 사람들이 어디로 갔는지 말해 주지 않는지 이해가 안 돼. 아저씨는 엄마와 하나꼬 편인데…."

"…."

"하나꼬, 인민군들은 어디로 갔지?"

순간 미숙이 끼어들었다.

"지금 애한테 무슨 소리 하는 겁니꺼?"

그녀가 그에게 대들다시피 목소리를 높였다. 그는 손에 잡고 있던 부지깽이를 그녀의 코앞까지 들이밀고는 목소리를 높였다.

"미숙 씨, 아이에게 반공은 안 가르치고 인민군을 돕는 빨갱이 새끼로 만들 작정이오?"

그녀가 그의 말에 대항하기 전에 그는 부엌문 앞에서 경계를 서고 있던 김 순경을 불렀다.

"김 순경하고 여기서 나가 있으시오!"

그녀는 대꾸할 틈도 없이 김 순경에 이끌려 부엌을 나갔다. 그는 홧김에 내동댕이쳤던 부지깽이를 다시 주워 들고는 아궁이 위 벽에 그려진 그림 하나하나를 가리켰다.

"원숭이는 재주를 엄청나게 잘 부려. 사람과 닮았는데 사람처럼 서서 걸어 다니고 긴 꼬리로 여기저기 옮겨 다녀. 코끼리는 코가 길어서 나무 열매를 코로 집어서 입으로 가져와 먹어. 이 동물들은 우리가 전쟁이 끝나면 서울에서 볼 수 있어. 그리고 아빠가 있는 일본에도 맘대로 갈 수 있고 또 저기 기차를 타고 마음껏 다닐 수도 있어. 그러고 싶지? 그 인민군들을 찾아서 이 아저씨가 악수해야만 전쟁이 끝나. 근데 아저씨는 그 친구들이 어디 있는지 몰라."

"···."

"하나꼬, 아저씨가 엄마를 데리고 경찰서로 가면 엄마는 큰 어려움을 당하게 돼. 그렇게 되는 것 바라지 않지?"

"예."

"그래, 아저씨도 엄마에게 그런 무서운 일을 겪게 하고 싶지는 않아."

그는 '내가 이렇게까지 해도 괜찮은 건가?' 하는 수치스러운 생각이 들었지만 이내 원래의 집요했던 성격으로 돌아왔다. 그리고 그가 바라던 일이 일어났다. 하나꼬가 고개를 끄떡인 것이었다. 아이의 약점을 붙든 그는 이제 그가 원했던 답을 들을 준비를 하고 있었다. 자세를 풀어 부뚜막에 엉덩이를 걸치려다 순간 그의 실수로 씨앗 단지가 바닥으로 떨어졌고 하나꼬가 날렵하게 그것을 주워 들었다. 무송 아저씨가 엄마가 떨어뜨렸던 단지를 얼른 주워 준 것처럼···.

"단지에 과자 넣으려고?"

"아뇨."

하나꼬는 단지 안에서 해바라기 씨앗을 꺼내 그에게 보여 주었다.

"이걸로 뭐 하려고?"

"과자와 바꿔요. 여기요."

"하하하."

그가 굳은살이 딱딱하게 자리 잡은 손바닥을 벌리자 하나꼬는 뒤틀린 손을 단지 안으로 넣은 후 손에 꽉 움켜쥔 해바라기 씨앗을 그의 손바닥 위에 올렸다.

"정암산에 싸움하러 가지예? 이거 심으면 평화가 오고 통일이 된다고 무송 아저씨가 이야기해서예. 이거 심을 거지예?"

하나꼬의 검은 눈동자에서 나오는 밝은 빛이 그의 유리알 뒤에서 번뜩이는 눈동자에 박혔다. 그의 얼굴이 출렁거렸다.

"하모."

그는 과자를 덜어낸 빈 비닐봉지에 씨앗을 담은 후 가방에 넣었다.

"그래, 통일되는 거야. 너 말대로 내가 이걸 내 가는 곳마다 뿌려주마. 하나꼬 해바라기가 통일의 밑거름인 거야. 하하하."

그는 한바탕 호탕하게 웃은 후 부엌을 나갔다. 마당에서 하나꼬가 나오길 기다리던 미숙은 웃음이 입꼬리에 보름달처럼 걸린 얼굴을 한 채 부엌 밖으로 나온 중대장을 보자 독오른 눈으로 그를 노려보았다.

"딸이 착합니다. 인민군들한테서 무사한 게 천만다행이오."

"…."

"현수 아재는 내 따로 연락하겠소. 고맙소."

"네, 몸 건강히 갔다 와서 봅시더."

중대장은 현수 아재에게 절도 있는 동작으로 거수경례를 한 후 힘차게 "자, 정암산으로 간다."는 명령을 내리고 동료들과 돌담을 돌아 정암산으로 떠났다.

"고마 잘됐다. 아무리 잘해 줘도 인민군은 인민군이다. 고마 잊어버리고 어서 피난 갈 준비나 해라."

"아재가 우리 걱정이 돼서 저 사람들을 데리고 온 거 고맙습니다. 하지만 겪어 보니 아재요, 그 사람들은 서울 사람들입니다. 사람들이 좋았어예."

"서울 사람들이라고 다 좋나? 쓸데없는 소리 하지 말고 빨리 짐 챙겨서 우리 집으로 가자."

그녀는 뒤돌아서는 현수 아재에게 허리를 숙여 고마움을 전했다.

언제나 변함없이 현수 아재는 좋은 사람으로 다가와서 좋은 사람으로 남아주었다. 한편으로는 이무송과 장봉석에 대한 걱정이 그녀를 무겁게 누르고 있었다. 마루에 앉아 있는 엄마의 곁으로 하나꼬가 조심스럽게 다가와 앉았다. 그리고 하나꼬는 엄마의 눈치를 살피다 고개를 떨구고는 기어들어 가는 목소리로 말했다.

"엄마, 미안해요….."

"아니다. 괜찮다. 너의 생각이 옳았어. 이제는 마음에 두지 말자."

그녀는 하나꼬의 얼굴을 두 손으로 쓰다듬었다. 그제야 아이가 울었다. 엄마는 말없이 딸의 눈물을 닦아 주었다.

"정암산 위에 먹구름이 가득 꼈다."

정암산 위의 하늘에는 넓은 검은 구름 덩어리가 자리를 잡고 있었다. 그 주위로 흩어져 떠도는 구름 사이에는 예쁜 구름은 하나도 보이지 않았고 생김새가 제각기 다른 것이 조금 전까지 집을 찾아왔던 사람들처럼 서로 다른 모습을 하고 있었다. 그 속에는 이성과 본능 사이에서 잠깐 동안 길을 잃었던 자신의 모습을 닮은 구름도 있었다.

"엄마, 저기서 전쟁 나는 거야? 무송 아저씨하고 봉석 오빠가 저기로 안 갔으면 좋겠어. 내 말이 거짓말이었으면 좋겠어….."

"걱정하지 마라. 하나꼬가 생각하는 무서운 일은 일어나지 않을 거야. 우리 빨리 밥 먹자."

"응, 엄마."

밥을 먹고 난 두 사람은 피난 갈 준비를 마쳤다. 이제 가방과 보퉁이를 들고 대문으로 나서기만 하면 되었다. 엄마가 잠시 우물가로 간 뒤 하나꼬는 뭔가를 빠뜨린 게 있는 듯 급히 부엌으로 뛰어갔다. 부엌으로 들어선 하나꼬는 부뚜막 구석진 곳에 있는 단지에서 해바라기 씨앗을 한 주먹 꺼내 종이봉투에 담은 후 깔비단을 헤집고 솔가지와 지푸라기로 단지를 숨겼다. 아궁이 위의 흙벽을 바라보던 하나꼬는 부지깽이를 잡고 그림을 그려나가기 시작했다. 하나꼬의 손놀림에 나타난 필선은 곧 조금 전 그 단지가 되어 나타났다. 다시 움직인 작은 손은 그 옆으로 피난 가는 엄마와 자기 모습을 그려 놓았다. 이제 부지깽이를 내려놓은 하나꼬는 뒤틀린 손을 앞으로 내밀어 흙벽에 그려진 그림들을 스르르 훑고 지나갔다. 열린 부엌문 밖에서 이를 지켜보는 미숙의 얼굴에 슬픔이 서렸다. 그리고 그들은 집을 떠났다.

*

솥뚜껑을 닮은 듯 봉긋이 솟아오른 예쁜더 동산은 온갖 자연의 색을 입은 들국화와 풀벌레들이 마음껏 살아가는 자유의 놀이터다. 완만히 비탈진 길을 걸어 내려와서 단단히 다져진 신작로를 건너면 남강에서 흘러들어온 강물이 이 땅의 젖줄 되어 곧 이곳을 살고 있는 존재들이 먹고 마시는 무한 양식의 늪으로 살아 숨 쉬는 것을 볼 수 있다. 동산 한 편에는 마른 풀들의 공간을 뚫고 삐죽 튀어나온 사납게 으르렁거리는 가시덩굴 뒤로 무덤 몇 기가 오래전부터 자리 잡아 을씨년스러운 풍경을 보여 주지만 여기 사는 사람들에게는 일상 속의 평범한 존재였다.

예쁜더 동산을 내려온 엄마와 딸은 이무송과 장봉석이 걸었을 마을 입구에서 삐쳐 나온 작은 소로길을 걸어가고 있었다. 그들이 마을 입구에 거의 다다르자 마을 사람들 틈에 섞여 피난길에 오른 현수 아재의 가족들이 보였고 엄마와 딸은 그들에게 손을 흔들었다.

가방과 보따리를 든 그들을 본 현수 아재가 손짓을 하자 엄마와 딸은 빠른 걸음으로 그의 가족 뒤를 따라붙었다. 그들이 마을이 내려다보이는 산허리 길로 접어들자 이웃 마을 사람들이 그들과 닮은 모습으로 나타나기 시작했다.

길지 않던 줄은 피난하는 사람들이 점점 늘어나 함안에 도착했을 때는 피난 행렬의 끝이 보이지 않았다. 중무장한 국군이 속속 도착했고 피난민들의 맨 앞쪽에 멈춰 선 지프에 달린 확성기에서 젊은 장교의 안내방송이 흘러나왔다. "피난민 여러분, 낙동강 전투에서 패한 인민군들이 대구 쪽으로 후퇴하고 있습니다. 조금만 있으면 유엔군과 국군에 의해 이 전쟁은 끝이 날 것입니다. 힘들더라도 조금만 참으십시오. 곧 집으로 돌아갈 겁니다." 마이크가 꺼지자 피난민들 사이에서는 만세 소리가 터져 나왔다. 하늘에서 '쌔액' 하는 고막을 찢어 버릴 듯한 굉음을 내며 전투기가 피난민들의 머리 위를 낮게 지나가자 사람들은 너나 할 것 없이 길옆으로 엎드렸다. 잠시 후 '쾅' 하는 소리가 들리더니 그들과 가까운 산에서 검은 연기가 치솟아 올라왔다. "여러분, 일어나셔도 됩니다. 미군 전투기가 정암산에 있는 인민군들을 폭격했다는 무전이 들어왔습니다. 거기도 전투가 곧 끝날 겁니다." 안내방송이 끝나자 큰 함성과 함께 긴 피난민 줄이 다시 큰길 위로 생겼다.

피난민들의 틈에 섞인 미숙과 하나꼬가 해 질 녘에 도착한 곳은 창녕 우포늪이었다. 예쁜더 동산 앞의 늪은 너무 작았고 이렇게 큰 늪을 하나꼬는 처음 봤다. 여기서 머물 동안 긴 다리로 기품 있게 서 있는 두루미, 활처럼 휜 긴 부리로 물속을 바쁘게 움직이는 따오기와 철새들을 미숙은 하나꼬에게 하나씩 가르쳐 주었다. 현수 아재는 부지런히 소나무 가지를 꺾어 가족들의 나무집을 만들어 가기 시작했다. 야산과 맞닿은 언덕배기에 굵은 소나무 가지들을 세우고 그 위에 비닐을 덮자 세상 포근한 집이 만들어졌다.

"이 정도면 밤에 내리는 찬 이슬은 끄떡없이 막을 거다. 너거 옆에는 내가 있다. 무슨 일 있으모 바로 고함지르면 된다."

미숙은 보따리를 풀어 중대장이 주고 간 정어리 통조림을 꺼내 현수 아지매에게 건넸다. 아지매는 금세 불을 지펴서 현수 아재가 따준 통조림을 끓는 냄비 속에 부었다. 거기에 된장과 고춧가루를 푼 후 맛을 본 아지매는 만족한 표정으로 웃었다. 주먹밥과 정어리 된장국이 가족들 앞에 놓이자 모두의 입가에 웃음이 걸렸다.

밤이 깊어지자 사람들의 시끌시끌하던 소리는 줄어들었고 가끔 술 취한 남자들의 고성과 애 우는 소리가 고요한 우포늪을 꼬집었다. 큰 도로에 깔린 자갈에 부딪히며 들리던 군화 소리도 띄엄띄엄 들릴 뿐 새들은 여전히 전쟁을 모르고 점령자들에게 익숙한 소리를 들려주었다. 모두에게 생소한 전쟁의 밤은 그렇게 깊어만 갔고 밤이 늦도록 우포늪은 피난 첫날 밤을 맞은 그들을 박대하지 않았다.

"아재요, 잡니꺼?"

"아이다. 와? 뭔 일 있나?"

"아재요, 따뜻한 집 만들어 줘서 고맙습니더."

"나 또 뭐라꼬! 한두 번이가. 으하하….."

오랜만에 듣는 현수 아재의 호탕한 웃음이 주위에 퍼졌다.

"좀, 조용히 하이소, 사람들에게 민폐 끼친다 아입니꺼!"

미숙은 그들 부부의 대화를 듣고 하나꼬와 함께 소리 죽여 웃었다. 그녀는 억세고 센 사투리처럼 늘 변함없는 그의 따뜻한 마음씨에 고마워했다. 그는 큰어르신이 그녀와 딸에게 했던 것처럼 그들을 실망시키는 어떤 행동도 하지 않았다.

언젠가 그의 보살핌에 대한 보답으로 스스로 치마를 내릴 생각까지 했었지만, 그는 '내게 이러는 것은 날 모욕하는 거다.' 하며 크게 그녀를 꾸짖었고 그날 이후 그녀는 그를 의심한 적이 단 한 번도 없었다. 그는 그런 사람이었다. '야! 낸들 너처럼 예쁜 처자 안 건들고 싶겠냐? 근데 너 상황을 알면 그런 생각과 행동이 싹 사라진다. 넌 독립을 위해 애쓴 사람의 처다. 그런 사람이 위험에 빠졌는데 내가 내 욕심 채운다고 바지를 내리겠어? 난 그런 사람 절대 아니다.' 그의 진심에 감동한 그녀는 그의 품에 꼭 안기어 한참을 울었었다. 그가 도드미 창고에서 그녀를 안은 채 등을 두드려 준 건 그때가 마지막이었다.

"아재, 작년에 돌아가신 큰어르신은 그래도 다행입니더."

"맞다, 안 그래도 우리끼리 오다가 그 말 했다."

현수 아지매가 둘의 대화에 끼어들었다.

"그래, 자네 말이 맞다. 아버님이 칠순에 이런 일을 겪었으면 어찌될 뻔했노? 잘 가셨다."

해바라기 꽃잎들이 하나둘 얼굴을 내밀기 시작하던 작년 여름날에 큰어르신은 돌아가셨다. 오일장을 치르던 내내 마을에서는 긴 줄이 끊이질 않았고 곡소리가 밤과 낮을 그치지 않고 울렸었던 그날의 기억이 그녀를 울컥하게 했다.

"아마 피난을 안 오시고 집을 지켰을 끼고 마는. 그때 하나꼬 엄마도 고생 많이 했다. 고마웠다."

"맞다, 니도 고생 억수로 했다. 아버님이 저세상에서 고마워했을 기다."

"뭘요 큰어르신이 저희에게 해 주신 거에 비하면 아무것도 아입니더."

큰어르신이 죽기 얼마 전 미숙을 불렀다. 검버섯이 지독하게 몸 곳 곳에 죽음의 꽃을 피웠고 놀라울 정도로 깡마른 체구에 두꺼운 요 위 에서 얇은 삼베 홑이불 하나를 걸치고 있었다. 그녀가 방에 들어오자 힘들게 그녀를 부른 후 아들 현수를 시켜 서랍에서 낯익은 신문지 뭉 치를 가져다가 그녀 앞에 놓게 했다.

"니 동생이…. 몇 년 전에 주고 간 거다. 가지고 가라….'"

힘들게 말을 마친 그의 가죽밖에 남지 않은 손을 그녀는 자신의 얼 굴에 가져다 비비며 작별 인사를 했다. 그날을 생각하면 지금도 울컥 눈물이 고였다.

"아재요, 집에 돌아가면 큰어르신 산소에 같이 갑시더."

"그래, 니가 딸이다. 등은 안 배기나?"

"예, 여관 같습니더."

"인자는 아버님 말씀대로 사투리도 잘하고 농담도 잘하는 걸 보니 아버님이 기분 좋아하시겠다. 하하하."

한바탕 웃음 후, 가까이 누운 사람들의 헛기침 소리에 모두 잠자리 에 들었다.

"엄마!"

하나꼬가 작은 목소리로 엄마를 불렀다.

"왜?"

"저쪽 하늘에서 연기가 계속 올라와."

미숙은 비닐 밖의 밤하늘을 쳐다봤다. 달빛을 타고 밤하늘에 무서 운 연기가 뭉텅이 구름 모양으로 올라오고 있었다.

"그래 큰 전쟁이 시작된 것 같아."

뒤를 이어 포탄 터지는 소리가 들려오기 시작했다. 한동안 멈춰 있던 확성기에서 국군의 안내방송이 밤의 정적을 깼다.

"조금 전에 의령 쪽에서 전투가 시작되었습니다. 피난민 여러분은 동요 마시고 침착하게 지금 이 자리에서 우리 국군의 질서유지를 따라 주시기를 바랍니다. 곧 전쟁은 끝납니다."

국군의 안내방송이 흘러나오는 사이에도 하늘에서는 '쌔에엑' 우레 같은 소리를 내며 여러 대의 전투기가 저공비행으로 그들이 누운 자리 위로 날아갔다. 그러고는 얼마 후 '광' 하는 수 발의 폭탄이 터지는 소리가 또다시 들려왔다. 정암산에서 섬광이 쉬지 않고 번쩍거리며 밤하늘을 갈랐다. 엄마의 무릎을 베고 누워 있던 하나꼬는 비닐 밖 밤하늘에서 번쩍이는 짧고 강한 빛에 지금의 밤하늘, 그보다 더 높은 곳에 사는 공포의 대왕이 긴 두루마리를 걸쳐 입고 포탄에서 흘러나온 허연 연기를 밟으며 천천히 지상으로 내려오는 환상을 보았고 무서워 눈을 감아 버렸다. 그리고 두려움에 꽉 잡은 엄마의 손을 더욱 힘줘 잡았다.

"걱정마라 하나꼬. 아무도 다치지 않을 거야."

"엄마, 평화가 오지? 그렇지?"

"그래, 평화가 와. 통일도…."

하나꼬는 자리에서 벌떡 일어서서 당꼬바지 주머니에 손을 넣어 해바라기 씨앗을 꺼냈다.

"엄마, 내일 여기에 해바라기씨 심으면 안 돼?"

엄마는 고개를 끄떡이며 말했다.

"그래, 내일은 평화가 일찍 오겠다."

*

미숙의 집에서 나온 이무송과 장봉석은 나침판이 가리키는 방향을 따라 한 시간 남짓 남강을 거슬러 올라갔다. 수로 대신 해바라기 마을에서 정암산까지 가는 지름길인 오래된 둑길이 있지만 그들이 그 길로 정암산까지 가기에는 위험부담이 컸다. 그곳에는 제법 큰 규모의 검문소가 있어 국군들의 경계가 삼엄했으며 장봉석이 그곳을 아무 일 없이 지나친다는 것은 모 아니면 도에 가까운 도박이었다. 두 사람을 실은 쪽배는 긴 시간 동안 아무런 문제를 일으키지 않았다. 쪽배에 완전히 드러누운 장봉석은 뱃머리에 선 채 긴 장대를 이용해서 배를 밀고 나가는 이무송에게 웃으며 말했다.

"대위 동무, 동지의 모습이 이곳에 사는 사공의 모습 같습니다. 보기 좋습니다."

이무송이 그의 말을 받아 여유로운 표정으로 말했다.

"언제 조국 통일이 되면 여기에 한 번 오자고. 먼 훗날 얘기는 아니지 않나?"

"맞습니다. 곧 올 겁니다. 힘내자고요."

정암산 근처, 큰 강 한가운데 솟은 솥뚜껑처럼 생긴 큰 바위를 은폐물로 삼아 지나자 정암산이 손에 닿을 듯 다가왔다. 이무송은 쪽배를 조심스럽게 강기슭에 대고는 배에서 내려 주변을 살핀 후 쪽배가 움직이지 못하도록 단단히 줄을 바위에 묶었다. 곧 장봉석의 군화가 물속에 잠겼고 이무송은 앞장서서 가파른 절벽에 난 좁은 길을 올라갔다. 발걸음 소리를 죽이며 사방을 경계하며 걷는 걸음이 평지에 다다랐을 때 그는 소로길 한가운데서 자신을 향해 총구를 정조준한 군인과 마주쳤다.

"암호."

섬뜩한 저음의 음성이 울렸다.

"비둘기 5호."

이무송이 침착하게 대답했다.

"동무, 대위 동무요?"

"그래. 나 이무송이네."

"반갑습메다."

이무송과 장봉석을 겨누던 총구는 한두 개가 아니었다. 그들의 신원이 확인되자 길목을 지키던 인민군들이 숲속 여기저기서 뛰쳐나왔다. 장봉석이 그들 중 키가 큰 병사를 보고는 무척 기뻐하며 그에게로 뛰어갔고 그들은 서로를 얼싸 안았다. 잠시 후 막사에 도착한 그들은 산인 전투에서 살아남아 무사히 정암산에 먼저 도착한 동지들과 반가운 재회를 했다. 그때였다. '쌕' 하는 고막을 울리는 전투기 소리와 함께 '쾅' 하는 폭음이 연이어서 들리기 시작하더니 땅이 흔들리며 막사들은 붉은 화염에 휩싸이기 시작했다. 포탄이 터지며 흙먼지가 일어나 온 사방을 가려 눈을 뜨고도 아무것도 보이지 않았다. 그나마 보이는 것은 적막한 밤하늘에서 흐느적거리며 생과 사의 갈림길에 엎드린 그들의 육체를 비추는 조명탄에서 나온 뻘건 불빛뿐이었다. 막사는 성난 화염에 휩싸여 산 자와 죽은 자들을 태우고 있었으며 허공으로 튀어 오른 불씨는 마치 붉은 비가 흩날리듯이 혼돈의 땅 위로 내렸다. 끝없이 포탄이 사방에 떨어지고 지진이 일어난 것처럼 땅이 거칠게 떨렸으며 산 자들이 지르는 비명과 절규가 산 전체를 뒤덮었다. 흙먼지를 뒤집어쓴 채 바닥에 바짝 엎드린 이무송은 사방에서 울리던 총소리와 폭음 소리가 줄어들자 고개를 천천히 들어 주위를 살폈다. 동료들의 비명에 눈으로 울어야 할 눈물이 귀에서 흘러나왔고 사방은 아비규환이었다. 정신을 차린 그는 장봉석의 이름을 절규하듯 불렀지만 두려움으로 그의 몸은 바닥에서 한동안을 일어나지 못하고 죽은 듯이 있었다. 그러나 그는 장봉석의 이름을 부르고 또 불렀다. 그가 지르는 악이 섞인 부르짖음이 계속되었고 한참 후근처 참모 속에서 익숙한 목소리가 들려오자 그는 낮은 포복 자세로 목소리가 들리는 곳으로 기어갔다. 거기서 그가 본 장봉석의 모습은 처참했다.

"장 동무, 일어나자. 빨리."

"으으으…."

장봉석은 대답 대신 고통의 신음을 기계음처럼 흘리고 있을 뿐 그의 부르짖음에 응답하지 않았다. 그는 장봉석이 두 손으로 움켜잡고 있는 그의 복부에 손을 얹었다. 뜨거운 액체로 그의 손은 순식간에 젖었다. 심각한 부상을 직감한 그는 등에 짊어졌던 배낭을 열어 붕대를 꺼내 장봉석의 복부를 빠르게 둘렀다. 더 이상 붕대가 그의 허리를 돌지 않자 이무송은 매듭을 단단히 지은 후 장봉석의 귀에다 대고 목청껏 고함을 질렀다.

"가자! 빨리 가자. 내가 업고 갈 테니 살아만 있으라."

또 다른 전쟁 — 태어난 별 사라지는 별

장봉석을 둘러업은 이무송은 왔던 길로 있는 힘껏 뛰었다. 보이는 것은 널브러진 시체와 빗발치듯 쏟아지는 총알이 번뜩이며 내는 살인의 빛이었다. 거친 숨을 몰아쉬며 쪽배가 있는 곳에 도착한 그는 장봉석을 쪽배 안으로 던져 넣다시피 태운 후 쪽배를 밀어 정암산 강기슭을 벗어났다. 제대로 일어서지도 못한 채 젖는 노는 다행히 남강의 빠른 물살에 속도가 붙어 솥 바위 앞을 지나 정암산에서 멀어져 갔다. 그들을 태운 쪽배 위로 포탄들이 쉴 틈 없이 섬뜩한 소리를 지르며 날아갔다. 짐승이 사냥감을 향해 달려들면서 내지르는 괴성을 닮은 폭음 뒤에는 그의 동지들이 부르짖는 절규가 어김없이 들려왔고 그가 머리를 움켜잡고 괴로워하는 동안 쪽배는 점점 그것들에서 멀어져 갔다. 이무송은 정신을 잃고 있던 장봉석의 멱살을 잡고 세차게 흔들었다. 깨어나지 않을 것 같았던 젊은 인민군은 힘겹게 자신을 깨웠고 실낱같은 눈으로 얼굴을 일그러뜨리며 말했다.

"동무…. 난…. 끝났소…. 동무는. 하…. 하…. 여기서. 자유로워…. 지시오…. 난 더…. 이상… 아니요…."

"무슨 소리? 힘내!"

장봉석이 파르르 뜨는 손을 뻗어 이무송의 뺨에다 힘이 다한 그의 손을 갖다 댔다. 굵은 눈물이 그의 뺨을 타고 흘러내렸다.

"고. 맙…. 소…."

장봉석이 숨을 거두자 밤하늘을 가로지르는 섬광, 그 위로 떠 있는 먹구름의 벌어진 사이로 나타난 별 무리 속에서 밝은 빛을 내는 별 하나가 나타났다. 이무송은 주검을 끌어안고 오열했으며 시간이 흐르면서 그와의 이별을 받아들였다.

*

산 자와 죽은 자를 실은 쪽배는 남강의 모래톱에 이리저리 부딪히며 강길을 따라 흘러갔고 작은 강줄기가 만들어 놓은 길을 따라 해바라기 마을로 들어갔다. 쪽배는 그들을 태웠던 처음 그곳으로 들어와 멈춰 섰고 이무송은 장봉석을 등에 업고 본능적으로 가로수 길을 건너 예쁜더 동산을 올랐다. 동산 중턱에 자리한 한 구의 무덤 옆에 장봉석을 반듯하게 누인 후 그는 주위에 자란 해바라기를 가져다 장봉석의 몸을 덮었다. 해바라기 뿌리에서 떨어져 나온 황토가 장봉석의 얼굴을 더럽혔고 산 자의 손에 들린 활짝 핀 해바라기꽃이 마지막으로 주검의 얼굴을 가렸다. 이무송은 땅벌레가 그의 얼굴에 기어오르지 못하도록 한동안 그의 옆을 지켰다. 계속해서 들려오는 폭음이 그를 자리에서 일으켰고 그는 미숙의 집으로 걸음을 옮겼다. 얼마 후 그는 그녀의 집 모퉁이에 몸을 기댄 채 돌 담벼락 사이에 난 구멍으로 집 안을 살폈다. 그를 위협할 어떤 낌새도 없음을 확인한 그는 조심스럽게 대문을 밀었다. 그의 몸을 마비시킬 듯한 극심한 통증에 다리를 절룩이며 좁은 마당을 가로질러 힘겹게 주춧돌을 딛고 마루에 올라섰다. 그리고 그는 목소리를 낮춰 미숙을 불렀다. 그는 그녀의 이름을 몇 번이고 불러 보았지만, 캄캄한 방 안에서는 어떠한 인기척도 느낄 수 없었다. 그는 주위를 경계하며 방문을 열었다. 방 안은 텅 비어 있었고 대신 아직 사라지지 않은 사람의 온기가 그를 기다리고 있었다. 네모난 거울이 달린 경대 아래에 놓인 성모 마리아 석고상은 돌아온 이방인을 위로의 미소로 반겼다. 그는 오래전 성당을 다니며 습관적으로 했던 의미 있는 행동으로 그녀에게 감사 인사를 드린 후 부엌으로 향했다. 굳게 걸어 잠긴 부엌문을 열자 낯익은 물건들과 아궁이 위 흙벽에 그려진 그림들이 푸르스름한 달빛과 정암산에서 터지는 조명탄에서 흘러나온 붉은빛에 뒤섞여 그의 눈으로 들어왔다. 짧은 시간 동안 머물렀던 기억이 물밀듯이 떠올랐다. 치밀어 오르는 감정에 북받쳐 그는 일순간 감성적인 분위기에 휩싸였다. 그는 슬픔에서 헤어 나오지 못할 감정이 두려운 나머지 부엌을 나와 미숙이 연장을 보관하던 창고로 갔다. 삽과 곡괭이를 들고나온 그는 장봉석의 주검이 누워 있는 곳으로 가서 한참 동안 땅을 팠다. 잘 짜인 관 대신 부엌에서 가져온 소나무 가지와 깔비를 흙구덩이 차가운 바닥에 겹겹이 깐 후 그 위에 장봉석을 누였다. 짙은 어둠 속에서 그는 장봉석의 얼굴을 깨끗한 천으로 정성스럽게 닦은 후 그의 얼굴을 장봉석의 싸늘한 얼굴에 비비며 소리 죽여 오열했다. 한동안을 들썩이던 그의 어깨가 멈추었고 고개를 든 이무송은 시신을 해바라기 꽃잎으로 덮는 것을 마지막으로 장봉석에게 작별 인사를 했다. 이후 사람들이 알지 못하는 새로운 무덤이 예쁜더 동산에 생겼다.

이무송은 새벽이 되어서야 부엌으로 돌아와서 깔비단에 지친 몸을 누였다. 그가 누운 자리 아래에 뭔가가 그의 등을 불편하게 하였고 그는 등 아래 깔비 속으로 손을 넣어 물체를 꺼냈다. 하나꼬의 해바라기 씨앗 단지였다. 그는 다시 돌아온 그를 반긴 단지를 안고 그대로 깊은 잠이 들었다. 죽음으로부터 살아온 자의 숨소리가 부엌 안을 채워 나갔다.

*

미숙은 밤새 전투기와 포격 소리로 선잠을 잤다. 아침이 되자 더는 공포의 소리가 들려오지 않았다. 먼저 잠에서 깬 엄마는 뒤척이는 딸의 얼굴에 달라붙은 잡풀들을 하나하나 떼냈다. 엄마의 손길을 느낀 하나꼬가 잠에서 깼다.

"엄마, 전쟁 소리가 안 들려."

"응, 전쟁이 멈춘 것 같아."

"그럼, 우리 집으로 갈 수 있는 거야?"

"아직 모르겠어. 오늘 갈 수 있을지 내일 갈 수 있을지. 더 자도 돼."

"안 잘래. 해바라기씨 심을래. 엄마, 우리 나가자!"

이른 아침, 우포늪에서 피어오르는 물안개가 자욱하게 야산에 깔렸다. 소나무와 잡목이 어울려 자란 야산의 비탈진 곳은 서로의 몸을 맞대고 잠든 피난민들로 너와 나의 경계가 무너진 지 오래였다. 도로에 줄지어선 군용트럭에서 군인들의 손에 들려 계속해서 내려오는 상자에는 피난민들에게 나누어 줄 식량이 빼곡히 쌓여 있었고 순번을 기다리는 피난민들의 줄이 늪가의 도로를 따라 길게 늘어져 있었다. 현수 아재의 가족들과 함께 긴 줄의 중간에 서 있던 미숙과 하나꼬는 군인이 건네주는 식량을 받고는 물기 마른 넓적한 돌 위에 앉아 우포늪을 보며 허기진 배를 채웠다. 아침을 만난 늪이 주는 평화로움에 두 눈을 살며시 감은 엄마의 얼굴은 비록 흐트러진 머리카락이 이마 양옆을 타고 힘없이 처져 있었으나 잡티 없는 맑은 얼굴에 흙 묵으로 그려 놓은 듯한 가늘고 짙은 눈썹과 곱게 뻗은 콧날 아래의 붉은 입술은 정말 아름다웠다. 하나꼬는 엄마를 이렇게 자세히 본 기억이 없다. 아빠의 얼굴을 기억하고자 하나꼬는 머릿속의 기억 집 안을 뒤졌지만, 전혀 기억나지 않았다. 사진 속의 아빠 얼굴을 보고 나면 오랫동안 기억될 것 같았지만 며칠 뒤면 잊어버렸다. 아빠와의 기억은 잊혔지만, 무송 아저씨와 봉석 오빠와 함께했던 시간이 아빠의 빈자리를 채우고 있었다. '통일이 되면 만날 수 있다고 했어!' 이제 하나꼬에게 기다림이 하나 더 늘었다.

"사람들이 진짜 많다. 어디서 저렇게 많은 사람이 왔을까?"

산과 언덕은 많은 사람들로 발 디딜 자리도 없이 붐볐다. 어제 피난길에서 엄마와 딸은 허기가 차면 길가에 앉아 소란스러운 사람들 틈 사이에서 물밤을 먹었고 목이 마르면 산자락 여기저기서 흘러내리는 물을 마셨다. 현수 아재는 그들을 '끈끈이'라 불렀다. 그들은 끈끈한 풀이 붙은 창호지처럼 서로에게서 떨어지지 않았다.

"엄마, 여기 있는 사람들을 보면, 음. 가족이 많다."

하나꼬가 본 사람들은 민들레꽃 뭉치처럼 서로 엉키고 붙어 끼니를 때우는 가족의 모습이었다. 하나꼬는 가족의 모습을 본 것이었다. 미숙은 사카이가 남기고 간 사랑, 그리움, 그리고 기다림을 희망으로 안고 살아가지만 이런 날에는 하나꼬가 느꼈듯이 그녀도 그의 빈자리를 느꼈다. 엄마가 생각에 잠겨있을 때 하나꼬가 말했다.

"엄마, 참 이뻐."

딸의 사랑스러운 표현에 엄마의 얼굴에 해바라기꽃을 닮은 웃음이 생겼다. 딸이 최근에 겪은 일들로 부쩍 성숙했음을 느꼈다.

"하나꼬, 아빠는 일본에서 힘든 일을 겪고 있기에 올 수 없지만, 해바라기꽃처럼 늘 우리를 보고 있단다. 해바라기가 예쁜더에 한 번 더 필 때면 그대는 아빠가 동산에 핀 해바라기를 지나 대문을 열고 들어오실 거야."

딸의 얼굴에도 희망 가득 담은 해바라기꽃이 나타났다.

"엄마, 나 여기에 해바라기 심을래!"

하나꼬는 지니고 있던 복주머니의 입을 벌려 씨앗을 꺼낸 후 야산 주위 여기저기에 심었다. 큰 키에 황금색 꽃잎을 활짝 펼치고 한낮의 파란 하늘에 뜬 붉은 태양을 향해 당당히 고개를 치켜든, 밤에는 달빛이 밝히는 평화롭고 고요한 늪을 내려다보며 온갖 인생이 모인 오늘의 이 야산을 기억할 하나꼬의 해바라기가 엄마의 머릿속에 그려졌다.

사람들이 물안개에 젖은 몸을 말리기 위해 피우는 모닥불에서 나오는 회색 연기가 주위에 깔리자 우포늪 가는 아이들의 놀이터가 되었다. 어제의 젊은 군인이 내는 패기 있는 목소리가 확성기를 타고 흘러나왔다.

"여러분, 인민군이 구미까지 밀렸다고 합니다. 고향으로 가도 좋습니다. 다시 한번 알려 드립니다. 오늘 오전을…."

확성기에서 나오는 소리가 끝나기 전에 피난민들이 내지르는 환호가 야산을 뒤덮었다. 바람에 구름이 흩어지듯 늪가와 야산을 점령했던 피난민들이 우포늪에서 빠르게 빠져나갔다. 현수 아재가 이끄는 마을 피난민들은 어른과 아이 할 것 없이 어깨를 들썩이며 해바라기 마을로 향했다.

*

    이무송은 잠에 빠져들기 전 처음 여기 마른 깔비단에 누워 깊은 잠을 잤던 장봉석의 얼굴을 떠올렸다. 마치 장봉석의 최면에 걸린 듯 잠시 후 그가 빠져든 깊은 잠은 그를 다른 세상에 세웠다. 장봉석은 평양 마라톤 대회 이후 정보부에 소속되어 기초군사훈련을 마치고 개성에서 서울로 돌아왔다. 이후 그는 여러 활동을 이무송과 함께했다. 그러면서 그들의 전우애는 깊어져 갔다. 이무송은 개성과 가까운 고양에 살던 그의 집에도 틈틈이 놀러 갔었다. 거기서 그의 누나인 장성아를 만났다. 을지로 근처 중학교에서 국어를 가르치던 장성아는 보기만 해도 싱긋한 풋내가 가득한 혼기 가까운 매력적인 여성이었다. 그들의 만남이 여러 번 이어지자 그들은 연인이 되었고 그녀는 그와 동생의 영향으로 사회주의 사상에 심취하게 되었으며 얼마 되질 않아 노동당에 입당하게 된다. 사회주의자들의 활동 근거지였던 황금정 다방에서 마지막 커피를 마시고 아주 사납고 거센 칼바람이 부는 광화문 피맛골 좁은 골목의 어느 여인숙에서 그들은 뜨거운 하룻밤을 보냈다. 그 이후 이무송은 인민군 6사단 소속으로 낙동강 도하 작전에 투입되어 밀양으로 오게 되었고 장성아는 평양으로 들어간 후 지금까지 소식이 없었다.

    그는 꿈을 꾸고 있었다. 흰 정장을 입고 포마드 기름으로 깔끔하게 머리를 빗어 넘긴 장봉석이 하얀 피부가 두드러지게 드러나는 밝은 얼굴빛을 한 채 환하게 웃으며 피로연의 시끌벅적한 자리를 옮겨 다니다 그에게 "매형, 술 받으소!" 하며 잔을 내밀었고 그가 술잔을 받으려 손을 뻗는 순간 맑은 하늘에 시커먼 먹구름이 사방에서 몰려와 빛을 가려 버리더니 순식간에 온 사방이 캄캄한 어둠 속으로 들어가 버렸다. 그가 놀란 사이 '쉐엑' 소리와 함께 잿빛 하늘에 갑자기 나타난 폭격기가 떨어뜨리는 폭탄이 우비처럼 떨어져 연회장을 아수라장으로 만들어 버렸다. 그는 희뿌연 먼지 속에서 장성아를 찾아 정신없이 헤맸고 그녀의 모습은 그 어디에도 보이지 않았다. 절규하는 그의 앞에 장봉석이 검고 희뿌연 연기 속에 가려진 흐릿한 모습을 천천히 드러냈다. 두 다리가 하체에서 분리돼 상체만 남은 처참한 몰골로 그를 향해 기어나오며 그가 부르짖었다.

"매형, 떠나시오!"

해바라기 마을이 뚜렷이 보이는 산허리 길에 도착한 피난민들은 서로의 고생을 격려했다. 군인들을 실은 트럭들이 지나간 후 일으킨 뿌연 먼지가 내는 퀴퀴한 냄새와 함께 이물질들이 그들의 눈을 불편하게 했지만, 누구 하나 불평하는 사람이 없었다. 먼지 하나도 정들었던 마을이 떠나기 전 모습 그대로 있는 것에 감동한 그들은 이 순간을 즐겼다. 멀리 정암산에서는 아직도 밤샘 전투의 흔적을 알리는 검은 연기가 역겨운 그림자를 독버섯처럼 펼치고는 꾸역꾸역 그들을 향해 느리게 다가오고 있었다. 마을 사람들과 헤어진 엄마와 딸은 늪길에 난 소로길을 끝으로 예쁜더 동산에 들어섰다.

*

'팍' 소리와 함께 중대장의 사진 촬영이 막 끝났다. 비릿하게 속을 파고드는 화약 냄새와 콧구멍에 베인 피비린내는 이제 더는 불편한 게 아니었다. 손깍지를 낀 채 뒤통수에 대고 줄줄이 꿇어앉은 나이 어린 인민군들이 쏟아내는 억센 사투리가 이렇게 정겨울 수가 없었다. 깎아지르는 절벽 아래 강물에 떠다니는 인민군들의 시체가 어림잡아도 일백 구는 넘을 성싶었다. 미숙의 집을 빠져나와 본부에 무전을 칠 때만 해도 이 정도 규모의 병력일 줄은 꿈에도 몰랐다. 정암산을 정찰하던 부하들이 그 방향으로 향하는 수상한 쪽배 한 척을 때려야 한다고 했을 때 그들을 만류한 것은 잘한 일이었다. 그리고 정찰병이 다급하게 그에게 보내는 수신호에 놀라 황급히 본부에 무전을 칠 때까지 지금의 상황이 그의 눈앞에 벌어지리라고는 상상도 못했다. 그것은 마치 가난한 어부가 간절한 마음으로 배를 몰아 바다로 나갔다가 그가 던진 그물이 찢어질 듯하게 물고기를 잡은 날같이 이 날은 그에게 운수 대통의 날이었다. 태어나서 지금껏 사진으로만 보던 미군들과 함께 작전에 투입되었고 조금 전에는 미 해병대 스미스 소령과 함께 널브러진 인민군 시체들 앞에서 찍은 사진은 그의 두 어깨에 무궁화 몇 개를 올려줄지 모를 일이었지만 확실한 건 지긋지긋한 본부를 떠날 수 있다는 것이었다.

이 소식을 듣고 가장 반가울 마누라와 애들의 모습을 생각하니 자신이 그렇게 자랑스러울 수가 없었다. 그에게 남은 하루는 여전히 그에게 큰 기쁨을 가져다줄 일들로 남아 있었다. 가까운 절에 가서 불공을 드려야겠고 빨리 본부로 가서 상세한 업적 보고를 마무리한 후 동료들과 밤새 젓가락을 두들기며 오늘의 성과를 축하해야겠고 늦어도 새벽에는 집에 들어가 잠자는 처와 아이들을 하나하나 꼭 껴안아주고 싶은데 그 모든 것을 하려면 시간이 터무니없이 부족할 것이기에 어쨌든 빨리 이곳을 벗어나고 싶었다.

그는 이런저런 생각을 머릿속에 가득 담고 부하들과 함께 본부로 출발했다. 부하들과 타고 온 트럭은 포로로 잡힌 인민군들을 부산으로 실어 나르는 데 쓰였기에 자신은 지프차를 타고 본부로 복귀하기로 하고 하얀 별이 문짝에 품 나게 새겨진 지프차로 발걸음을 옮겼다. 운전병의 거수경례를 받은 후 지프 앞좌석에 앉은 그는 금색 테가 둘린 황갈색 선글라스로 눈을 가리고 딱 벌어진 어깨를 의자에 바짝 갖다 대고는 운전병에게 말했다.

"가자."

*

"엄마, 새 무덤이 생겼어!"

앞서 걸어가던 하나꼬가 멈춰 선 곳에는 진흙과 잔 돌멩이가 뒤섞인 볼품없는 새 무덤이 만들어져 있었다.

"그래, 급하게 만들어 놓은 무덤 같아. 무덤에 흙도 덜 마른 걸 보면…. 어서 가자."

돌담 사이에 난 구멍에 머리를 집어넣고 고개를 이리저리 움직이며 집 안을 살피던 하나꼬가 엄마를 향해 활짝 웃음을 짓고는 대문을 힘차게 밀었다. 그리고 잠시 후 하나꼬의 비명이 들려왔다.

"엄마, 여기 피가 많아."

"뭐?"

"빨리 와 봐요."

마루에 선 하나꼬가 크게 소리를 지르자 미숙은 급히 그곳으로 뛰어갔다. 마루는 붉은 핏자국으로 어지럽혀져 있었고 어른의 것으로 보이는 큰 손바닥 자국이 방문 앞까지 선명하게 찍혀 있었다.

그녀의 표정은 긴장감으로 딱딱하게 굳어졌다.

"하나꼬, 뒤로 물러나 있어. 엄마가 방문을 열 동안 절대 움직이지 마."

"응."

그녀는 천천히 방문의 손잡이를 잡아당겼다. 천천히 열리는 방문을 따라 그녀의 두려운 눈빛과 밝은 빛이 함께 파고들었다. 그녀는 불안한 눈빛으로 누군가의 흔적을 찾고 있었지만 아무도 보이지 않았다. 방 안으로 들어갈려는 그녀를 하나꼬가 말렸다.

"엄마, 들어가지 마."

"괜찮아, 아무도 없어."

하나꼬는 마루에 발을 올리고서는 엄마가 들어간 방 안으로 고개를 내밀었다. 엄마는 무릎을 꿇고 성모상 앞에서 기도를 드리고 있었다.

"하나꼬, 여기 앉아. 같이 기도하자."

그제서야 안심한 딸은 엄마 옆에 앉아 검은 눈동자를 자애로운 눈에 맞추며 성호를 그었다. 잠시 후 방 안에서 나온 두 모녀는 우물가로 갔다.

"하나꼬, 밥 짓게 부엌에 가서 양동이 들고 와."

"응."

부엌으로 들어간 하나꼬의 비명이 온 집 안에 울렸다.

"엄마!"

우물가에 있던 엄마는 큰 소리로 자신을 부르는 딸의 목소리를 듣고 단숨에 부엌으로 달려갔다.

"무송 아저씨!"

하나꼬의 외침을 받아들일 사이도 없이 그녀는 피투성이가 된 군복을 입은 채 깔비단에 누워 있는 그의 처참한 모습을 보고 잠시 넋을 잃었다.

"이 무슨 일입니꺼?"

그녀는 도저히 믿을 수 없다는 표정으로 허리를 숙여 초췌하게 마른 그의 검고 탁한 안색을 살폈다.

"엄마, 무송 아저씨야!"

"그래 맞아. 하나꼬, 빨리 물 좀 떠와."

하나꼬는 짧은 대답과 함께 아궁이 옆에 놓인 빈 양동이를 들고 날렵하게 부엌문을 나갔다. 그녀는 조심스럽게 그의 상체를 흔들어 보았지만 그는 아무런 반응을 하지 않았다. 그녀는 그의 군복 상의 단추를 푼 후 맨살이 드러난 그의 앞가슴에 귀를 갖다 댔다. 그의 건강한 심장 박동 소리를 들은 그녀는 안도의 큰 숨을 내쉬었다.

"무송 씨, 제 말 들립니까?"

그녀는 그의 상체를 세차게 흔들어 그를 깨우려 했으나 그는 깊은 잠에서 깨어나지 않았다. 그녀는 그의 이마에 손을 얹었다. 고열로 뜨거워져 있었다. 그때 하나꼬가 양동이를 들고 낑낑거리며 부엌으로 들어서자 그녀는 하나꼬에게 다급하게 말했다.

"하나꼬, 방에 가서 맨 밑에 서랍을 열어 봐. 흰 천이 있을 거야. 그거하고 가위하고 챙겨서 빨리 와. 아저씨가 많이 아파."

하나꼬는 짧은 대답과 함께 다시 날쌘 걸음으로 부엌을 나갔다.

시간이 흐를수록 그의 얼굴에 조금씩 표정 변화가 나타났다. 미간을 찌푸리기도 하고 온 얼굴을 고통에 찬 표정으로 일그러뜨리기도 했다. 걱정스러운 표정으로 가만히 그를 내려다보며 그녀는 그가 떠난 이후 겪었을 복잡한 사정들을 추리해 나가고 있었다. 잠시 후 하나꼬가 들고 온 가위를 건네받은 그녀는 피범벅인 그의 허벅지에 달라붙은 바지를 잘라 냈다. 잘려 나온 하의는 그녀의 손에 들려 핏물을 뚝뚝 흘렸고 마치 맨손으로 죽은 생선을 들고 있는 이질감과 함께 비릿한 피 냄새를 풍겼다. 드러난 단단한 근육질의 허벅지에는 날카로운 금속 파편들이 예리하게 박혀 있었다. 그녀는 조심스럽게 부상 부위에 물을 흘렸다. 상처에 엉겨 붙은 핏물들이 조금씩 씻겨 나가면서 보이는 찢어진 살에 박힌 금속 파편 조각들이 생각보다 심하게 그의 살을 파고들어 있었고 이를 지켜보던 하나꼬는 무서움에 고개를 돌렸다.

"하나꼬, 무서우면 저기 부뚜막에 앉아 있거라."

"응."

그의 발치에 서 있던 하나꼬는 부뚜막에 걸터앉은 채 두 손을 꼭 모으며 고개를 숙여 기도했다.

"엄마, 걱정하지 마. 내 기도는 하느님이 들어주실 거야."

그녀는 하나꼬를 쳐다보고 고개를 끄떡인 후 흰 천에 물을 적셔 부상 주변을 정성스럽게 닦았다. 그리고 그의 얼굴에 베인 고난의 흔적들 또한 조심스럽게 지워 나갔다. 얼마 후, 그의 눈 주위 근육이 조금씩 움직였고 눈꺼풀이 파르르 떨리며 경련을 일으키더니 힘겹게 그가 눈을 떴다.

"무송 씨, 괜찮아요?"

미숙의 목소리를 들은 그는 자신을 내려다보고 있는 그녀를 알아보고는 크게 숨을 내쉬었다.

"다시 왔습니다."

그의 음성은 무척 떨렸다. 그녀는 그런 그가 반가움도 컸지만, 한편으로는 걱정되었다. 앞날에 대한 걱정이 생각보다 일찍 그녀의 얼굴에 일찍 자리 잡았다.

"많이 다쳤네예."

"네. 만신창이가 되었습니다."

그가 쓴웃음을 지었다.

"아저씨, 괜찮아요?"

하나꼬가 벌써 그의 곁으로 다가와 있었고 그는 하나꼬에게 옅은 미소를 보였다.

"그래, 괜찮다. 너도 피난 잘 갔다 왔어?"

"네. 막 돌아왔어예."

"그랬구나. 잠깐만, 아저씨가 좀 일어나야겠다."

그는 끙 소리를 내며 상체를 일으켜 세웠다. 그녀가 붙여놓은 핏물 밴 천 조각을 드러내자 그의 허벅지 곳곳에는 흰 뼈가 드러나 있었고 그것을 쳐다보는 그는 고통스러운 표정으로 얼굴을 일그러뜨렸다.

"고맙습니다. 미숙 씨!"

"느낌이 어때예?"

"다행히 통증은 심하지 않고 감각은 느껴집니다. 시간이 지나면 괜찮아질 겁니다."

"아, 그래예?"

그제야 그녀도 땀으로 젖은 이마를 닦으며 안도했다.

"다행입니더. 일이 잘 안됐습니꺼?"

그녀가 걱정스러운 표정으로 묻자, 그는 넋을 잃어버린 표정으로 그녀의 두 눈만 쳐다볼 뿐 말이 없었다. 시간이 흐르고 안정을 되찾은 그는 그녀에게 지난 일들을 이야기 해주었다. 이야기가 장봉석의 죽음에 이르러서는 그는 더는 말을 하지 못했다. "엄마." 하고 터져 버린 하나꼬의 울음을 시작으로 그녀의 흐느낌과 그의 눈에서 흘러 내리는 눈물이 장봉석의 죽음을 애도했다. 그녀와 하나꼬는 피난으로 지친 몸을 추스를 시간도 없이, 이무송은 꿈에서 깨어나 아파할 여유도 없이 모두가 슬픔에 잠겼다. 시간이 지나고 그들만의 슬픈 시간이 멈춰 서자 그녀가 먼저 말을 꺼냈다.

"여기 상처 그대로 벌려 놓으면 안 돼에, 다시 천으로 덮어야 하겠습니다. 하나꼬, 물 좀 더 가지고 올래?"

하나꼬는 뒤틀린 손으로 눈물을 닦고는 양동이를 들고 부엌을 나갔다. 두 사람 사이에 정적이 흘렀다.

"여기 있지 말고 밥 드시고 나면 방에 가서 편히 누우시는 게 좋을 것 같습니다."

그녀의 배려였다.

"미숙 씨. 나 때문에 고생 많았지요?"

그의 걱정에 그녀는 그가 떠나고 난 뒤 그녀와 하나꼬에게 있었던 좋지 않았던 일들을 떠올리다 그에게 답했다.

"전…. 괜찮습니다."

그러고는 감정을 감추려 고개를 돌렸다.

"집에서 참 멀리 왔습니다. 이제 남은 것은 이 몸뚱어리가 전부이군요. 조금 있으면 패잔병이 되어 쫓기는 처지가 될 거고 군인들은 사냥개처럼 날 잡으러 달려들 겁니다."

그의 낯빛이 창백하게 변해 있었다.

"하느님께서 지켜 주실 겁니다. 마음 편히 가지세요. 그리고 상처가 아물면 집으로 가시는 데는 문제없을 겁니다."

"미숙 씨에게 어떤 보답을 할 수 있을지…"

그녀는 고개를 가로저었다.

"괜찮습니더, 괜찮습니다…."

그는 그의 연약함에 잠시 고개를 숙였다. 잠시 침묵이 흘렀지만 곧 그가 고개를 들어 그녀의 눈을 마주 보고 말했다.

"좀 있다 봉석 동지 무덤에 다녀와야겠습니다. 급하게 일해서 무덤이 제대로 만들어졌는지 모르겠습니다. 비라도 오면 허물어질 텐데…."

그는 입술을 깨물었다. 그러나 흐르는 눈물만은 감출 수 없었다. 그녀는 가위 옆에 둔 흰 천을 그의 손에 쥐어 주었다. 그녀가 그를 위해 이 순간 할 수 있는 것은 이것밖에 없음을 그녀는 잘 알고 있었다. 그가 긴 숨을 내쉰 후 입을 열었다.

"괜찮습니다. 전 괜찮습니다."

끝내 그의 어깨가 들썩거렸다. 그러자 그녀는 그를 향해 몸을 숙였고 망설임 없이 그를 안아 주었다. 연민이었다.

"좋은 데, 갔을 겁니더…."

그의 들썩이던 어깨는 하나꼬의 발소리가 가까이 들려왔을 때 멈춰 섰다. 그녀는 그를 안고 있던 팔을 풀고 자리에서 일어나 부엌으로 들어온 하나꼬의 양동이를 받아 든 후 그의 발아래 놓고는 허벅지에 엉겨 붙은 핏덩이들을 다시 조심스럽게 닦아나갔다. 상처 여러 곳에서 실지렁이처럼 흘러나온 핏물들을 닦아 나가다 하나꼬에게 속삭였다.

"하나꼬, 방에 가서 엄마 가슴가리개 좀 가져와."

하나꼬는 다시 제비처럼 날쌔게 부엌문을 열고 뛰쳐나갔다. 햇볕이 가득한 마루에 작은 발을 올린 하나꼬는 곧장 방 안으로 모습을 감췄다.

하나꼬는 무척 바빴다. 분주한 손놀림으로 맨 아래 서랍장을 열어 엄마의 가슴가리개를 꺼내던 하나꼬는 흰 봉투도 함께 꺼냈고 그 속에서 사진을 꺼냈다. 확 트인 합포만을 배경으로 아빠가 단정하게 뒤로 빗어 넘긴 머리 모양을 한 채 밝은 얼굴로 하나꼬를 안고 있었으며 그 옆에는 엄마가 예쁜 원피스를 입고 환하게 웃으며 행복한 표정으로 서 있었다.

"아빠!"

하나꼬는 해바라기 씨앗 크기만 한 아빠에 대한 기억을 머릿속에서 꺼내려 했지만, 아빠는 그곳의 얼마나 작은 곳에 숨어 있길래 딸의 부름에 대답이 없었다. 꿈속에서나 볼 수 있을 것 같은 생각이 들자 이내 고개를 떨구었다. 하나꼬는 안다. 꿈은 원한다고 꾸어지는 것이 아님을….

"하나꼬!"

때마침 방문을 열고 나오는 하나꼬와 눈이 마주친 영철은 반가움에 소리쳤다.

"외삼촌"

하얀 이빨을 드러낸 채 맨발로 단숨에 내려와 외삼촌의 품에 뛰어든 하나꼬는 어리광을 부렸다.

"우리 하나꼬. 또 컸구나! 하하하."

영철은 그가 떠났을 때보다 더 자란 하나꼬가 대견스러웠다.

"하나꼬, 또 컸네. 엄청 이뻐졌어!"

"진짜요? 헤헤헤."

"삼촌, 전쟁이 일어났었어예. 저기 정암산에서 국군과 인민군이 싸웠고 우린 피난 갔다가 오늘 막 왔어예."

"그렇지 않아도 내가 걱정돼서 왔어. 고생 많았지? 엄마는?"

"영철아!"

"누나!"

바깥에서 들려오는 동생의 목소리를 듣고 부엌을 나온 미숙은 반가움에 활짝 웃으며 동생을 와락 껴안았다.

"아니, 피난 갈 거면 함안 성당으로 와야지, 왜 혼자 가?"

"사실은 현수 아재 가족들하고 같이 가게 돼서 연락할 겨를도 없었고 너는 알아서 잘하겠다 싶어 안 들렀어. 우리 꼴이 말이 아니지?"

"심하게 걱정할 수준은 아닌데 건강하게는 보이니 좋다. 하나꼬도 아픈 데 없지?"

"응, 삼촌."

하나꼬가 배시시 웃었다.

"소식 들었어? 인민군들이 어제오늘 정암산에서 많이 죽었다 하더라고. 포로도 많이 잡혔고 진주 쪽으로 도망도 많이 갔다고 해. 지리산으로 들어가는 곳곳이 통제되고 경비가 삼엄하다고 그래."

"나도 들었다. 근데 너는 계속 성당에 있었나?"

"아니, 그때 우리 마지막 보고 시모노세키 갔다가 2주 전에 들어왔어."

말을 마친 그는 하나꼬를 힐끗 쳐다보고는 잠시 뜸을 들이다 주저하며 말했다.

"아무 소식도 못 건졌다."

"…."

동생은 누나가 기다렸던 소식을 전해 주지 못한 것에 안타까워했다. 그녀는 고개를 들어 하늘을 올려다볼 뿐 말이 없었다.

"빨리 와야 했는데 미안해. 이번에 가지고 온 책들이 많았어. 번역 일에 쉴 틈이 없었어. 수녀님들도 새로 가져온 책에 관심이 이만저 만이 아냐. 성도들도 마찬 가지고. 그러다 보니 지금 오게 됐어. 미안 해. 사실, 누나 주위에 좋은 분들이 많아 그렇게 염려는 안 됐어."

"그래 네가 좋은 일 하니 누나도 기뻐."

남편 사카이가 아니었다면 영철은 아마도 합포에서 부모님 사업 을 배우며 살았을 것이다. 남편은 그에게 일본어와 천주교 교리를 가 르치기 위해 개인과외 교사처럼 그를 수년간 끼고 살았다. 덕분에 그 는 유창한 일본어를 구사할 수 있었으며 그 보답으로 그는 성당에서 학생들에게 일본어와 천주교 교리를 열심히 가르쳤다. 물론 남편과 그녀 식구들만 아는 얘기지만 마산과 시모노세키를 오가며 독립운 동을 지원하는 데 그의 역할도 컸었다. 그녀는 그런 동생의 봉사하는 삶을 매우 자랑스럽게 여겼다.

"누나, 잠깐만."

그는 아까부터 그녀가 무슨 말을 하려다 머뭇거리고 있음을 눈치 챘고 누나를 데리고 마루로 갔다.

"하나꼬, 우물에 가서 시원한 물 한 바가지 떠주면 고맙겠다. 그리 고 이것 받아."

외삼촌의 호주머니에서 나온 것은 양키 시장에서 판다는 납작 초 콜릿이었다.

"우와 초콜릿이다. 고마워요."

하나꼬는 이 순간만큼은 무송 아저씨의 일을 잊은 채 즐거움 가득 한 콧노래를 흥얼거리며 우물가로 갔다.

"누나, 하나꼬 앞에서 못 할 말 있나?"

"그래. 며칠간 많은 일이 일어났어."

마당 위의 구름이 정암산을 지나 흐릿해져 갈 때쯤 그녀의 이야기가 끝났다. 그는 때마침 우물에서 돌아온 하나꼬가 건네준 한 바가지의 물을 몇 모금 마신 후 하나꼬의 볼살을 꼬집으며 말했다.

"하느님도 저분을 사랑으로 보살피고 돌봐주길 원하실 거야. 근데 경찰과 군인들이 눈을 벌겋게 치켜뜨고 도망간 인민군들을 찾고 있는데 그게 좀 염려스럽긴 해. 혹시라도 문제가 될까 봐. 여기까지야 안 오겠지만…."

그의 걱정에 그녀가 고개를 끄떡였다.

"그래, 일단 그 사람 상처부터 보자."

"응. 하나꼬, 부엌에 가서 솥에 물 붓고 불 피워 볼래?"

하나꼬는 짧은 대답과 함께 뒤틀린 손을 흔들며 잰걸음으로 자리를 떠났다.

"무송 아저씨, 외삼촌이 왔어요."

신경을 곤두세웠던 무송은 하나꼬의 소리에 긴장을 놓았다.

"그래, 혼자 왔니?"

"예."

하나꼬는 대답과 함께 그의 옆을 지나 빈 솥에 물 몇 바가지를 들이부었다. 아이의 행동에 그의 얼굴은 웃음기로 밝아졌으며 하나꼬의 행동 하나하나를 기분 좋게 지켜봤다. 하나꼬는 그가 누운 자리에서 지푸라기 한 움큼을 가져다가 턱을 벌리고 있는 아궁이에 집어넣고 불을 지폈다. 바짝 마른 지푸라기에서 순식간에 불이 활활 타오르자 잔솔가지를 그 위에 던져 넣었다. 불은 거세게 꿈틀거렸다. 하나꼬는 자기 팔뚝만 한 장작개비를 차곡차곡 그 위로 쌓은 뒤 만족한 표정으로 손을 탈탈 털고는 쭈그리고 앉았던 자세를 풀었다. 그리고 그를 쳐다봤다. 능숙한 손놀림으로 일을 끝낸 하나꼬는 그를 향해 생긋한 미소를 보인 후 부지깽이를 집어 들어 그을린 아궁이 위 흙벽에 그림을 그렸다.

"하나꼬, 무슨 그림이니?"

"음. 하나꼬가 무송 아저씨를 위해 빨리 나으라고 기도하는 거예요."

"고맙다. 빨리 나아서 우리 마음껏 놀자."

장작에 붙은 불꽃이 이글거리며 눅눅하고 서늘한 부엌 안에 온기가 들어찼다. 잠시 후 문이 열리며 미숙이 들어왔다.

"때마침 동생이 왔습니다."

"동생이 많이 놀랄 텐데…."

"괜찮습니다. 성당에서 봉사 활동을 많이 하는 애라 기본적인 의료지식도 있습니다. 들어오라 할게예."

그가 고개를 끄떡이자 곧 부엌문 앞에 있던 다부진 체격의 영철이 누나를 닮은 친근한 모습으로 나타났다. 영철은 한 손을 가슴에 가져다가 성호를 그은 후 그에게 머리 숙여 정중히 인사했다.

"저는 영철 베드로입니다. 그간의 이야기는 다 들었습니다."

"감사합니다. 저는 이무송이고 한때 야고보의 세례명을 받았습니다."

"저도 누나의 말을 듣고 사연이 깊은 분임을 알았습니다."

영철은 무송의 초췌한 얼굴에서 고통과 불안을 읽을 수 있었다.

"상처가 어떻습니꺼?"

"여기 누나가 응급처치를 잘해 줘서 통증은 덜합니다."

"제가 선교 훈련받을 때 기본적으로 배운 의료지식이 있습니다. 많이 아프실 텐데 파편 제거는 할 수 있습니다. 제가 해도 될까예?"

"그래 주시면 고맙겠습니다."

그가 고개를 끄떡이자 영철은 가지고 온 배낭에서 수저통처럼 생긴 길쭉한 나무 상자를 꺼냈다. 미숙은 하나꼬에게 밖에 나갈 것을 말했으나 하나꼬는 고개를 저은 뒤 그림을 가리켰다.

"내가 아저씨 지킬 거야!"

몇 번의 고통에 찬 신음이 부엌을 오랜 시간 동안 울렸다. 귀를 틀어막고 땅만 쳐다보던 하나꼬는 더는 참을 수 없는 듯 슬그머니 일어나 부엌을 나갔고 벽에 기댄 채 연신 훌쩍였다.

"아스피린을 먹으면 통증이 좀 나아질 겁니더."

영철은 그의 허벅지를 단단히 붕대로 매듭지은 뒤 작은 유리병을 그에게 건넸다.

"고맙소."

"다행히 다른 상처들은 깊지 않습니더. 일주일이면 걷는 데 무리가 없을 겁니더."

부엌문 밖에서 대화를 엿듣던 하나꼬가 다시 그들에게로 들어왔다. 눈은 부어 있었고 얼굴은 눈물로 얼룩져 있었다.

"외삼촌, 아저씨 괜찮은 거야?"

"그래, 하나꼬가 얼마나 기도를 많이 했는지 아저씨는 괜찮다."

영철이 하나꼬의 머리를 쓰다듬어 주었다.

"하나꼬에게 이 아저씨가 큰 도움을 받았구나."

큼직한 아빠 미소를 지으며 무송이 말했다.

"아저씨는 착한 사람이니까 괜찮아예."

하나꼬는 두 손으로 엄마의 허리를 붙들고는 큰 미소 가득한 얼굴로 엄마를 빤히 올려다봤다.

"얼굴에 눈물도 있고 콧물도 있다. 얼른 가서 씻고 옷 갈아입는 게 좋겠다."

하나꼬가 부엌을 나가자 그녀는 솥 안에서 데워진 뜨거운 물이 부글부글 소리를 내며 펄펄 끓자 된장을 풀었다. 비스듬히 깔비단에 누운 무송에게 영철이 말했다.

"야고보라 불러도 되겠습니꺼?"

"대학 때 명동성당을 다닌 적이 있습니다. 일 년 다녔나 모르겠는데, 그때 세례명을 받았습니다. 얼마 후 회사에 취업하면서 성당에 다니지 않게 되더군요. 이후는 누구도 그 이름을 불러준 적이 없어서 이상하긴 합니다."

"아, 그래예? 그러면 무송 님으로 불러도 될까예?"

"아, 네."

"상처가 다 나으면 어떤 계획이 있습니꺼?"

영철의 질문에 그는 잠시 뜸을 들인 후 말했다.

"정암산 본대에 합류하면 모든 게 순조롭게 흘러갈 줄 알았는데 지금은 상황이 이렇게 되어 버려서 빨치산이 있는 함양으로 가는 것밖에는 다른 계획이 없습니다. 여기서 거기까지 이 다리로 움직이는 것은 무리고…."

"음…. 제게 생각이 있는데 일주일 정도 여기 남아 계셨다가 어느 정도 나으면 함안 성당으로 오는 것은 어떻습니꺼? 거기 남선교 교우 중에 삼사 일에 한 번씩 진주시청에서 함안군청으로 물자를 수송하는 분이 있습니다. 그분에게 제가 부탁해 놓을 테니 진주까지는 수월하게 이동할 수 있을 것입니다. 아니면 성당에 오는 트럭 타고 가도 되고예."

무송은 주저 없이 영철의 제안에 답했다.

"아, 그렇습니까? 그렇게만 된다면야 더할 나위 없이 좋겠습니다."

"네, 워낙 저하고 친한 분이니 염려는 안 하셔도 됩니다."

"이렇게 큰 신세를 지게 되어 미안합니다."

"이 전쟁은 하느님이 계획하신 일이 아닐 겁니더. 우리는 서로에게 총구를 대고 살아야 할 이유가 없습니다. 하느님께서도 무송 님이 평안히 갈 길로 가는 것을 원하실 겁니더. 기도하시고 염려 마시고 그때까지 우리 착한 누나가 도움을 주실 겁니더."

"네, 그렇게 하세요. 제가 할 수 있는 데까지 도울게에."

그녀가 무송의 힘을 북돋웠다.

"쏟아지는 폭탄을 피해 장봉석 동지와 함께 쪽배만 의지한 채 배가 이끄는 대로 왔습니다. 도착하니 여기 늦이었습니다. 이런 모든 자연스러움이 지금에야 돌이켜보면 하느님께서 저를 향한 계획이 있으셨던 것 같습니다. 절 살리시려 한 계획 말입니다."

말을 끝낸 그가 어떤 벅찬 감정을 느꼈는지 그의 얼굴이 대신 말해 주고 있었다.

"네, 맞습니더. 잘 이겨 내실 겁니더!"

미숙은 된장국과 쌀밥을 밥상 위에 올렸다. 그리고 그녀는 하나꼬를 몇 차례 불렀지만, 대답이 없는 것을 이상하게 여기고 방으로 갔다. 하나꼬는 쌕쌕 숨소리를 내며 깊은 잠에 들어 있었다.

영철은 작은 상을 무송의 발 앞으로 옮겨 놓았다.

"누나."

"응?"

"여기 있지 말고 전쟁 끝나자마자 대전으로 가는 건 어때?"

"왜, 갑자기?"

"매형이 살아 있으면 대전으로 올 거야. 어차피 우리가 어디에 있는지 알아내실 거야."

"부모님 생각해서 그러면 그렇게 안 해도 돼. 여기 마을은 내 고향처럼 편안해. 하나꼬도 너무 좋아하고…. 너도 알잖아, 동네 사람들 모두 우리에게 위협이 되질 않는다는 것을."

"전쟁이 나고 남의 일 같은 일들이 우리에게 들이닥치니 그래도 가족은 함께 있는 게 좋다는 생각이 들었어. 그리고 누나는 아직 젊은 여자야."

그가 걱정스러운 얼굴로 누나의 눈치를 살폈다.

"그래, 너 말에도 일리가 있어. 근데 복잡한 거 싫다."

그녀가 고개를 저으며 말했다.

"일본에 가서 그 여자친구는 만났니?"

"만났는데, 헤어졌어. 그쪽 부모님 반대가 이만저만 아니고 그 친구는 나와 같은 마음이 아니었어."

"상처받았겠다."

"많이…."

그는 쓸쓸한 표정으로 무송을 바라보며 말했다.

"제게는 야고보가 더 편합니다."

"편한 쪽을 부르세요."

무송이 답했다.

"야고보 님, 우리 매형은 참 멋있습니다. 제가 어릴 적에는 철없는 짓을 많이 했습니다. 언젠가는 마산 경찰서에 잡혀갔었는데 순사들이 몽둥이로 날 개 패듯이 팼습니다. 뭐 별거 없지 않습니꺼? 죽도록 맞고 철장에 누워 있는데 제복이 잘 어울리는 갸름하고 호리호리한 모습에 정말 공부 잘할 것 같은 인상을 한 일본인이 다가오더니만 저의 이름을 불렀습니다. 어벙하게 일어선 저에게 '영철?' 하며 말을 걸어왔습니다. 저는 얼떨결에 '네.' 하고 대답했고 매형이 순경에게 몇 마디 말하더니만 곧바로 저는 경찰서에서 나왔습니다. 매형은 아무 말씀도 안 하시고 그냥 마산항 쪽으로 걸었습니다. 그러더니 해바라기가 가득한 산복도로에서 바다가 제일 잘 보이는 곳에 앉더니만 땅바닥을 톡톡 치더니 저 보고 앉으라고 하듭니다. '누나 부탁으로 널 꺼냈지만 넌 내게 신세를 졌어.' 하는 겁니다. 그래서 저는 '네.' 하고 대답했지예. 고개를 끄떡이더니 다시 제게 묻는 겁니다. '갚을 수 있겠어?' 하고예. 뒤도 안 돌아보고 저는 '시키는 대로 다 하겠습니다.' 하고 잽싸게 대답했지예. 직감적으로 알았습니다. 지금보다 더 못할 일은 절대 아니라는 걸예. 그러자 매형이 '조국이 있어야 국민이 있다.'라고 하시는데 내가 듣기로는 너무 생소한 말이 듭니다. 그래서 제가 '제 조국은 있습니다.' 하고 대답했더니 '일본이 아니라 조선이라는 참 조국이 있어야 하는 게다.'라고 하시면서 저의 눈을 쳐다보시는데 정말 태양처럼 밝은 그 눈빛에 그만 압도되어 버렸습니다. 그날 이후 전 완전히 다른 사람으로 살았습니다. 천주교에 다니게 되고 일본말을 배우고 얼마 뒤에 독립군이 되어 태어나 처음으로 조국을 위해서 백성 구실을 했습니다. 매형은 마지막으로 나가사키에 가는 동안까지 이 나라를 위해 일했습니다. 이 사실을 우리 가족과 독립군 시모노세키 지부 외에는 아는 사람이 거의 없는 게 저는 안타까울 뿐입니다. 저는 압니다. 매형이 나가사키 원폭에 죽었다는 것을예. 하지만 믿고 싶습니다. 곧 다시 돌아올 거라는 거 말입니다. 기다리면 희망이 옵니더."

"아…."

끝내 울먹이는 그에게 무송은 따뜻한 위로의 눈빛을 보냈다.

"영철아, 그만해라…."

그녀는 영철이 울먹일 때 가슴으로 함께 슬퍼했다. 단지 감추고 있을 뿐이었다. 눈물이 고인 우수가 가득 들어 있는 눈을 천장으로 향하고 그녀는 애써 슬픈 표정을 감추었다.

"누나 부탁으로 절 꺼내 주러 왔는데 순사가 허리 굽혀 끝없이 '하이 하이' 하던 모습을 잊지 못합니다. 시모노세키에서 유학하는 제게 와서는 절 보더니 씩 웃으며 '우리 베드로가 주님의 큰 종이 되었구나.' 하며 격려해 주시는데 참 멋있었습니다."

밥 한 숟가락을 입안에 넣은 영철은 누나를 바라보며 짙은 눈웃음을 보냈다. 무송이 된장국에 말아 먹던 쌀밥이 언제였던가? 전쟁 전 광화문 피맛골에서 동지들과 어울려 밤을 지새우며 먹고 마시던 기억을 마지막으로 그 이후로는 따뜻한 밥 한 끼에 대한 기억이 떠오르지 않았다. 무송의 밥그릇이 비워지자 미숙이 말했다.

"좀 더 드릴게예."

그녀는 그의 밥그릇을 가져다가 쌀밥 한 그릇을 수북하게 담았다.

"많이 더시면 빨리 낫습니다."

그녀의 위로가 그에게 힘이 되었다.

"영철아, 아빠, 엄마 소식은 들었어?"

누나의 물음에 영철이 숟가락을 놓으며 말했다.

"응. 누나…. 잘 계신다. 대전 유성 온천 쪽에서 자리 잘 잡으셨다. 매형 친구가 내준 헌병대 차가 아니었으면 못 벗어났을 거다. 누나

이야기에 많이 슬퍼하신다고 들었다. 조용해지면 같이 가자. 하나꼬도 많이 보고 싶어 하실 거다."

"그래. 더 먹어라."

"아니다. 누나, 많이 먹었다. 나는 갔다가 일주일 뒤에 다시 올게. 내일 아침에 일찍 문산 성당으로 가야 하는데 밤늦게 가는 거보다 지금 가는 게 좋겠다."

"벌써? 그래. 그러면 아까 무송 씨에게 얘기했던 거 잘 준비해 주라."

"응."

"야고보 님, 몸조리 잘하시고 일주일 뒤에 봅시더. 기도하겠습니다."

"정말 고맙습니다. 베드로. 내 이 은혜 잊지 않겠습니다."

무송은 영철의 두 손을 힘주어 잡았다. 초췌한 얼굴과는 다르게 그의 부릅뜬 눈에서는 강렬한 삶의 의지가 느껴졌다. 영철은 용기 잃지 말라는 당부와 함께 자리를 떴다. 마루에 오른 영철은 하나꼬가 잠든 방문을 열었다. 전쟁의 공포에 휩싸인 바깥세상과 여기 평화로운 방 안 세상은 하나꼬의 '색색' 거리는 콧소리가 그 경계를 그었다. 그는 손을 뻗어 하나꼬의 뒤틀린 손을 잡고는 조용히 눈을 감았다. 기도를 끝낸 그는 하나꼬의 머리를 쓰다듬은 후 방을 나와 누나를 불렀다.

"누나, 해바라기씨 좀 줘. 함안 성당 뒤 언덕에 좀 뿌려야겠다."

"왜? 갑자기?"

"성당 뒤 언덕에 들풀들만 자라있는데 해바라기가 도드미 언덕처럼 꽃을 피우면 지나가는 사람들이 볼 거 아냐? 그럼 자연스럽게 십자가도 함께 쳐다보는 거지."

잠시 뒤 누나가 부엌에서 해바라기씨가 든 단지를 가져 나왔다. 그는 종이봉투에 씨앗을 조금 담은 뒤 누나와 함께 대문을 나섰다. 잠시 뒤 그들은 장봉석의 무덤 앞에 멈춰 섰다.

"이분이구나."

"그래."

"내가 일주일 뒤에 오면 봉분을 잘 만들어 드려야겠다. 이러다 비 오면 다 쓸려 내려가겠다."

그리고 잠깐이나마 그를 위한 묵념을 올렸다.

"이렇게 먼 곳까지 와서 이런 모습으로 생을 마감한 젊은 병사에게 이 세상은 너무 가혹하다. 다시는 이런 비극이 없어야 할 텐데…."

그녀는 말없이 고개를 끄떡였다. 살짝 부는 바람이 심술을 부리며 지나가자 그들은 걸음을 옮겼다. 잠시 뒤 두 사람은 동산을 내려와 가로수 길에 섰다.

"누나, 하여튼 잘 있고 야고보 님 잘 도와주고. 그래야 나중에 인민 군들에게 복음 전하는 사자가 될 거 아냐? 나는 그렇게 기도했어. 이 건 확실히 하느님의 계획 안에 있는 거야."

"그래, 조심해서 가고 가서 일 처리 잘하고 와."

누나는 동생을 꼭 껴안았다. 잠시 뒤 그는 자전거 페달을 밟으며 가로수 길을 벗어났다. 그녀는 하나뿐인 동생의 멀어지는 모습을 오랫동안 지켜 서서 바라봤다.

*

"무송 씨, 봉석 씨 무덤을 봤어요."

부엌에 돌아온 그녀에게 아픔이 함께 딸려 들어왔다.

"한밤중에 급히 묻었는데 무덤은 괜찮던가요?"

"네. 동생이 일주일 뒤에 오면 흙을 좀 더 북돋워야 한다고 했습니다."

그는 고개를 끄떡였다.

"미숙 씨, 죄송한데 제가 딛고 일어설 만한 작대기나 지겟다리 같은 게 있으면 좀 주겠습니까? 봉석 동무 무덤에 가봐야겠습니다."

"좀 더 있다가 가도 되질 않겠습니꺼?"

"작대기만 있으면 걸을 만은 할 것 같습니다."

"그러면 내 이거 빨리 치우고 찾아볼게예."

"네, 고맙습니다."

그녀는 잠시 말없이 그를 바라보더니 목소리를 낮춰 말했다.

"이제는 고맙다거나 감사하다는 말은 안 하셔도 됩니더."

"네…."

그는 더 이상 그녀에게 낯선 사람이 아니었다. 무너졌던 그를 일으켜 세우고 있는 그녀의 위로에 큰 고마운 마음이 들었고 그것은 밥상만 한 크기로 그의 눈에 담겨 있었다. 자신을 빤히 바라보는 그의 눈빛이 부담스러웠는지 그녀는 얼른 상을 들고 밖으로 나갔다. 잠시 후 우물가에서 돌아온 그녀의 손에는 지겟다리가 들려 있었다. 그녀가 건네준 지겟다리를 붙잡은 그가 안간힘을 쓰며 일어서려는 예비 동작을 하는 동안 뭔가를 골똘히 생각하던 그녀가 자기 상체를 숙이며 말했다.

"저를 잡고 일어날 수 있겠습니꺼?"

그는 그녀가 처지를 가리지 않고 온전히 그를 위해 희생해 주는 진심을 느꼈다.

"이래도 되겠습니까?"

"그냥 하이소."

그의 오른 어깨가 그녀의 어깨 위에 올려지자 두 사람은 서로의 채취를 가장 가까이서 맡게 되었다. 성숙한 여자의 살냄새가 그의 콧속으로 훅하고 파고들어 왔다. 사내의 짙은 살냄새가 그녀의 호흡을 타고 온몸으로 퍼졌다. 그들은 서로의 호흡을 가장 가까이서 느꼈다. 예상치 않은 느낌에 그리고 경험하지 못한 찰나의 강렬한 감정이 그녀의 전신을 마비시켰다. 순간 어색한 분위기가 그들을 휘감았다. 그녀가 입을 열었다.

"제가 먼저 일어날까예?"

"아뇨, 저 혼자 할 수 있습니다."

그는 지겟다리를 잡은 손과 그녀의 어깨에 올려진 팔에 힘을 주어 몸을 일으켰다. 두 사람의 육체 반쪽이 조금의 빈틈도 없이 달라붙었다. 얇은 원피스에 가려졌던 그녀의 부드러운 허벅지살이 그에게 닿았고 복부 깊은 곳에서 솟구쳐오는 욕구가 꿈틀거렸다. 하지만 아직은 그의 의식이 단단히 그를 붙들며 본능을 억눌렀다.

"괜찮습니다. 이제 날 놔줘도 됩니다."

몸을 일으켜 세운 그녀는 그에게서 살을 뗐다.

"안 아픕니꺼?"

그녀는 여전히 상체를 앞으로 숙인 채 있었다.

"괜찮습니다. 천천히 움직여 보겠습니다."

그가 어렵게 한 발을 움직였다. 예리한 금속 칼로 헤집어놓은 허벅지 살들이 비명을 질렀다.

"아프긴 한데 좀 더 걸으면 익숙해질 겁니다."

"좀 있다 움직이는 게 안 좋겠습니꺼? 제 생각에는 군복은 벗고 다른 옷으로 갈아입는 게 좋겠어예."

그녀의 걱정에 그가 고개를 저으며 말했다.

"가지고 온 옷이 없습니다."

"잠시만예."

그녀는 부엌을 나와 방으로 들어갔다. 서랍장 앞의 그녀는 문득 옛 추억 하나를 떠올렸다.

"여보, 왜 내 옷은 서랍장 맨 위에 있는 거요?"

사카이가 물었다.

"우리 집에서 제일 큰어른이니까요."

"아, 그래요? 그런 깊은 뜻이 있었소?"

"제 마음속에도 당신은 제일 위에 있어요."

"여보, 내가 마산에 온 것은 당신을 만나기 위한 것이었던 것 같소. 당신을 만날 수 있게 해 주신 하느님께 얼마나 감사한지 모르겠습니다."

사카이는 그녀를 꼭 껴안아 주었다. 그 따뜻한 남편의 온기가 지금의 그녀를 망설이게 했다. 긴 서성거림 끝에 그녀는 새 셔츠와 주름이 잘 잡힌 신사 바지 그리고 속옷과 양말을 챙겨 방을 나갔다. 부엌에 돌아온 그녀는 방에서 가져온 소지품들을 부뚜막에 놓았다.

"이거 입으세요."

그녀는 머뭇거리다 말을 이어 갔다.

"동생 옷이 맞을지 모르겠습니다."

"키가 비슷해서 맞을 겁니더. 잠시 나가 있을게예."

그녀가 밖으로 나가자 그는 부뚜막에 엉덩이를 걸친 후 반장화를 벗기려 상체를 숙였다. 허벅지 상처에서 심한 고통을 느끼며 더는 다음 동작을 이어가지 못했고 대신 군복 상의를 벗고 흰 셔츠로 갈아입었다. 갈라진 부엌문에 난 틈으로 그를 지켜보던 그녀가 다시 들어왔다.

"군화 벗기가 힘들지예?"

"예, 힘듭니다."

그는 바짝 마른 미소를 얼굴에 지었다. 그녀는 그의 발 앞에 쪼그리고 앉아 그의 반장화를 힘겹게 벗겨 냈다. 더러운 양말이 부끄러운지 그가 발가락을 오므렸다. 그녀는 개의치 않고 그의 양말을 벗겨 냈다.

"일어설 수 있겠어예?"

"네."

그는 지겟다리에 힘을 주어 몸을 일으켰다.

"제가 뒤돌아 있을게예. 속옷부터 갈아입는 게 나을 겁니더."

그녀는 뒤돌아섰고 그는 가죽 허리띠를 푼 후 바지를 내렸다.

"벗었소."

"속옷부터… 갈아입으세요."

그녀가 시키는 대로 그는 헌 속옷을 벗고 기분 좋은 냄새가 나는 새 속옷으로 갈아입었다.

"갈아입었소."

"바지는 왼 다리 먼저 끼우시고 다 되면 말하세요. 한쪽은 제가 도와줄게예."

그녀의 말대로 그는 바지에 왼 다리부터 끼워 넣었다.

"끝났소."

"제가 뒤돌아설게예."

그녀는 흰 와이셔츠를 입고 허리까지 끌어 올린 바지를 잡고 서 있는 그를 보고 웃음을 터뜨렸다. 그러자 그도 우스꽝스러운 그의 모습에 크게 웃었다.

"호호호."

"하하하."

두 사람의 웃음이 그치질 않고 한동안 계속되었다.

"아이고, 내가 살다 살다 이런 일을 다 겪네예. 호호호."

"하하하. 이런 일을 저도 처음 겪어 봅니다. 하하하."

"입혀 드릴게예."

그녀는 그의 오른 다리에 조심스럽게 바지를 끼운 후 그의 허벅지까지 바지를 끌어 올렸다. 더는 갈 수 없는 곳임을 안 그녀는 손을 그의 허벅지에서 멈췄다. 그가 바지를 잡자 그녀는 다시 부엌을 나갔다.

영철이 얼마 전 집수리하면서 신던 신발로 갈아 신은 무송은 느린 걸음으로 부엌 밖으로 나왔다. 어느 눈부시게 파랗던 하늘이 청명했던 날, 전선에 투입되어 강변을 달리던 지프차에 앉은 그를 평화롭게 감쌌던 그 따사로운 햇볕을 닮은 기분 좋은 볕이 그의 얼굴에 내려앉았다. 그는 입을 크게 벌려 숨을 들여 마셨다. 상큼한 공기가 목구멍을 타고 속 깊숙이 들어오자 그는 미숙이 차려 준 음식을 먹듯이 그것을 맛있게 먹었다. 가슴에서 뛰는 심장과 건강한 폐가 주는 살아 있는 생기가 그의 전신의 감각을 되살렸다. 밝은 빛에 실낱같이 뜨인 두 눈을 해바라기꽃에 맞추며 여러 번 깜빡이자 그의 두 눈이 잠시 떠났던 감각을 되찾는 데까지 그리 오래 걸리지 않았다. 해바라기꽃에 익숙하게 멈춰 서 있던 눈길을 옆으로 돌리자 감청색의 굵은 줄무늬가 예쁘게 옷의 끝단을 가로지르는 하얀 원피스를 입은 그녀가, 살랑이는 바람에 옷자락을 날리며 동산의 향을 품은 꽃처럼 서 있었다.

"그래도 옷이 잘 맞네예."

"셔츠가 잘 맞습니다. 바지는 맞춘 것처럼 편안합니다."

그는 팔을 활짝 벌려 그의 멋스러움을 자랑했다. 그는 비록 지겟다리에 그의 몸을 기댄 채 서 있었지만, 군복을 벗은 그는 전혀 다른 사람이 되어 있었다.

"이제, 장 동무한테 가 봐도 되겠습니까?"

"잠깐만예, 제가 먼저 밖을 살피고 오겠습니더."

그녀는 밖으로 나와 예쁜더가 한눈에 보이는 곳에서 주위를 살폈다. 사람의 모습은 보이지 않았다.

"가도 됩니더."

집으로 돌아온 그녀가 앞장서서 걸었고 그는 절뚝거리며 돌담을 지나 무덤으로 향했다. 그가 절룩이며 내는 걸음 소리와 지겟다리가 자갈에 부딪히며 내는 소리가 묘하게 잘 어울렸고 앞서 걷는 그녀가 혼잣말을 중얼거린 후 입가에 미소를 걸었다.

"잘 따라오네."

*

"언제쯤 출발할 수 있나?"

중대장의 짜증 난 목소리가 둑길에서 들려왔다. 그는 전쟁의 잔해가 쓸려 내려가는 남강을 쳐다보며 무더위와 무료한 시간에 지쳐 지프차에 앉은 채로 짜증을 내고 있었다.

"벌써 몇 시간째다. 수리 안 되면 그만 내버려두고 걸어가자."

"아닙니다. 볼트만 조이면 끝납니다."

군기가 바짝 든 운전병의 목소리가 지프차 밑에서 들려왔다. 중대장은 지프에서 내려 아침부터 피워대도 몸집이 줄지 않는, 스미스 소령이 선물로 준 굵기가 그의 엄지손가락만 한 소시지를 닮은 시가를 입술 사이에 끼운 후 쩍 하는 소리와 함께 불이 붙은 성냥을 가져다 불을 붙였다. 담배 연기가 청명한 하늘의 작은 뭉게구름처럼 주위를 떠다녔다.

"야, 그 소리는 아까부터 했다. 하여튼 이번에 안 되면 걸어가자. 저녁밥은 집에 가서 먹어야 할 것 아니가?"

"네, 알겠습니다."

대답과 함께 운전병이 지프차 아래 자갈바닥에 붙은 등을 떼고 나오더니 목에 걸친 수건으로 얼굴의 땀을 훔쳤다. 곱상하게 생긴 귀여운 얼굴을 한 그가 지프차 운전석에 앉아 시동을 걸었다. 잠시 후 '드럭 드럭 드럭 붕' 하며 그들이 애써 기다리던 엔진음이 들려왔다. 운전병은 지프차를 몰아 둑길을 잠깐 달린 후 되돌아와 그의 앞에 차를 세우며 큰 소리로 말했다.

"괜찮습니다. 단단히 조여 절대 문제없습니다."

아까부터 말썽이던 팬벨트와 그것을 잡아 주는 차축 사이에서 나오던 귀를 찢는 듯한 심한 소음은 더 이상 들리지 않았다.

"고생했다. 잠시만 있어 봐라. 시간이 너무 늦어서 어느 길로 가는 게 좋은지 생각 좀 해 보자."

조금 전 운전병이 지프차 아래에서 꼼지락거릴 동안 그의 머릿속에 떠오르는 사람이 있었다. 왜 미숙의 얼굴이 떠오르는지 몇 번 동안 눈을 끔뻑이며 생각하고 또 생각을 해 봐도 스스로 이해가 되질 않았다. 하여튼, 한 번 찾아가려고 했는데 이것도 인연이다 싶다.

"이 길로 쭉 가자."

자치기 막대기처럼 생긴 기어를 잡은 운전병의 팔이 움직이더니 지프 윌리스는 '부웅' 소리를 내며 그 자리를 뿌연 먼지와 차바퀴에 이리저리 튕겨 나가며 내는 자갈 소리를 요란하게 남기고 미숙의 집으로 향했다.

무송과 미숙, 두 사람 사이에 오랫동안 말이 없었다. 바람이 가볍게 두 사람 사이를 스쳐 지나갈 뿐 나비도 들꽃도 그리고 예쁜더 동산의 어떤 생명체들도 장봉석의 무덤을 찾지 않으려 하고 있다. 쉼 없이 흘러내리는 눈물을 그가 말아 올린 와이셔츠 소매가 더는 감당할 수 없음을 알고 곁에선 그녀가 손에 들고 있던 손수건을 그에게 건넸다.

"봉석 동무가 어젯밤에는 저세상 사람들에게 인사를 잘했는지 모르겠습니다."

오랜 정적 끝에 그가 말했다.

"여기 무덤들은 오래되었어요. 찾아오는 사람들도 없었어예."

"인사성이 밝은 동무라 저세상 사람들과도 금세 친해졌을 겁니다."

"네."

"미안합니다. 내가 온 이후로 미숙 씨의 일상이 흔들려 버렸습니다."

"전쟁 중에는 감수해야 할 일이겠지예."

"다행인 건 내가 다른 집으로 안 들어가고 미숙 씨 집으로 온 게 그나마 운이 좋았습니다."

그가 실소를 흘렸다.

"어디로 가려고 했어예?"

"마을 안동네로 들어가려고 했는데 봉석 동무가 말리더군요. 곧장 정암산으로 가자고."

"그래예?"

"여기 늪 길을 따라 걸어오는데 동산이 보이 듭니다. 다른 곳은 몸을 숨길 만한 곳도 없었고 여기는 나무도 숲도 보여 은신하기에는 좋은 곳이다 싶어 올라왔는데 미숙 씨 집이 보이길래 들어왔던 겁니다."

"무송 씨가 손으로 제 입을 틀어막았을 때 속으로 정말 큰일이다 싶었어예. 베개 밑에 숨겨둔 칼을 잡으려니 손이 움직이지 않았고예."

"미안합니다. 미숙 씨에게 진 빚을 어떻게 내가 갚아야 할지 모르겠소."

"그런 소리 이제는 안 하셔도 됩니더. 빨리 상처가 아물어 잘 걸을 수 있으면 좋겠습니더. 참, 혹시나 동네 사람들 오면 뭐라 말해야 할지 모르겠습니더."

"음. 함안 성당에서 동생하고 같이 온 야고보 신부라고 말하는 게 좋을 것 같긴 합니다."

"안경 쓰면 신부님처럼 보입니더. 되도록 사람들 눈에 안 보이는 게 더 좋다 싶어예."

"나도 같은 생각입니다."

"사람들이 지나가다 볼까 봐 마음이 불안합니더. 이만 들어가는 게 어떻습니꺼?"

그가 고개를 끄떡였다.

"먼저 들어가시소. 저는 늪에 가서 물밤 좀 따서 가겠습니더."

그는 허리를 굽혀 장봉석의 무덤을 손으로 쓰다듬으며 혼잣말을 중얼거린 후 그녀에게 말했다.

"안 도와줘도 되겠소?"

"아픈 다리로는 못 할 겁니더. 동네 사람들 보면 좋을 거 없습니더."

"아, 알겠소. 하나꼬 깨면 내가 잘 놀아 주고 있겠습니다."

그녀는 환하게 미소지었다. 그녀의 밝은 미소는 그에게 큰 위로가 되었고 그가 기다리는 큰 기적과 함께 삶의 희망이 반드시 오리라는 굳센 믿음을 주었다. 그가 먼저 자리를 떠나자 그녀는 해바라기 숲 사이로 난 작은 오솔길을 따라 동산을 내려와 가로수 길에 섰다. 멀리 정암산 쪽에서 희뿌연 먼지와 함께 요란한 소리를 내며 차 한 대가 달려오는 것이 그녀의 눈에 들어왔다. 차가 그녀를 지나치며 일으킬 먼지가 신경 쓰여 미리 무송이 쓰던 젖은 손수건으로 입을 틀어막고 서 있던 그녀 앞에서 지프차가 속도를 급격히 줄이며 멈추었고 희뿌연 먼지가 가라앉자 황갈색 선글라스를 쓴 군인이 지프에서 내리며 반갑게 그녀에게 말을 걸었다.

"미숙 씨, 이렇게 빨리 만날 줄 몰랐소."

먼지로 뒤덮인 철모를 벗은 중대장은 짧게 자른 그의 머리를 쓸어내리며 그녀를 호탕한 웃음으로 반겼다.

"어찌 내가 오는 걸 알고 이렇게 마중까지 나올 생각을 했소. 하하하."

그의 호탕한 웃음소리에 그녀는 무표정한 표정으로 응수했다.

"자네는 여기 기다리고 있게."

그의 지시에 젊은 병사는 길가의 키가 크고 초록 잎이 풍성한 가로수 그늘에 주차한 후 차 시동을 껐다. 흙먼지가 사라지고 상쾌한 공기가 돌아왔다.

"어디 가는 길이요?"

"물밤 따러 갑니더."

그녀가 퉁명스럽게 대답하자 중대장이 그녀에게 농을 걸었다.

"내 안부는 물어보지도 않는 거요?"

"보다시피 잘 왔네에."

"하하하. 암요. 내 건강하게 잘 왔지요. 미숙 씨 덕분에 인민군들도 몰아냈고요."

그녀는 그의 말에 대꾸 없이 그를 지나쳐 늪을 향해 걸음을 옮겼다.

"하나꼬는 어디 있소?"

"피난 갔다 와서 잡니다."

"아, 그래요? 막 돌아왔어요?"

그녀는 고개를 끄떡이는 것으로 대답을 대신했다.

"힘들었소?"

그의 한결 부드러워진 음성이 산들바람에 사르르 흩날리는 그녀의 머릿결을 간지럽히며 그녀의 귓속으로 들어왔다. 그녀는 그의 물음에 대답하지 않고 쪽배가 기대어 있는 너럭바위를 향해 묵묵히 걸어갔다. 무슨 생각에서인지 걸음을 멈추었고 천천히 뒤를 돌아 그를 쳐다봤다. 그의 사각진 턱은 강인한 경찰의 모습을 보여 주기에 딱 안성맞춤으로 생겼고 짙은 황갈색 선글라스 유리알 뒤에 숨겨진 두 눈은 속을 알 수 없는 도박사의 눈을 닮아 있었다. 그는 몸매 일부분을 상상할 수 있는 매력적인 원피스를 입은 그녀를 뚫어져라 쳐다봤다.

"별로요."

무성의하게 그녀가 대답했다.

"나한테 좋은 감정 없는 거는 알고 있소. 그만 마음 풀었으면 좋겠는데…."

그는 습관적으로 한쪽 발을 들어 올려 반대편 전투화를 툭툭 찼다.

"미숙 씨 덕택에 승진하게 생겼소. 내 근처 소문난 군제 집에서 쇠고기라도 사야 하지 않겠소?"

그녀는 늪으로 향한 시선을 거두지 않고 그에게 여전히 퉁명스럽게 말했다.

"피난 갔다가 온 지 얼마 되지도 않습니다. 제가 한 게 뭐 있다고예."

그녀는 죽은 장봉석이 생각나자 그에게 대들고 싶은 화가 치밀어 오르는 것을 느꼈지만 애써 감정을 억누르고 있었다.

"아, 그렇습니까? 속으로 얼굴이 핼쑥하다고 생각했는데. 하나꼬는 잘 있습니까?"

"네, 잘 있어예."

"내가 여기 온 거는 순전히 미숙 씨가 걱정돼서 온 겁니다. 미숙 씨 도움에 내가 뭔가를 보답해야 하는데…. 정암산에서 패한 인민군들이 여기저기로 도망쳤는데 하나꼬하고 두 사람이 걱정도 되고 해서 왔습니다. 아, 나도 해야 할 일이 태산 같은데 큰맘 먹고 여기 먼저 왔습니다. 게다가 여기는 외져도 너무 외진 곳이라 위험이 닥치면 도와주고 싶어도 그렇게 하지도 못한다 아닙니까? 여기 오는 데만 해도 시간이 너무 오래 걸렸어요. 전쟁은 시간과의 싸움인데, 내 마음 이해할 수 있죠?"

그는 선글라스를 머리 위로 올리고는 진지한 표정으로 그녀를 바라봤다.

"네, 이해했어예."

그녀는 어색한 미소를 그에게 지어 보였다. 그럴 수밖에 없는 것이 그가 하는 이야기는 귀담아들을 내용은 없고, 대답은 해야 하는데 말은 나오지 않고, 무송을 생각하면 얼굴은 굳어지고…. 그녀는 본능이 시키는 대로 순간적 감정에 따를 수밖에 없었다.

"미소가 억수로 이쁩니다. 왜 이런 미소를 숨기고 있습니까? 아이고. 자주 좀 보여 주소."

그녀는 순간 실수했나 싶었다. 그가 계속해서 말을 이어갔다.

"첫날 내가 심하게 하지 않았나 하고 정암산으로 가는 내내 마음에 걸렸습니다. 미숙 씨 같은 보기 드문 아름다운 여자가 딸 하나를 데리고 여기 촌구석에서 살아간다? 이건 말이 되질 않질 않소? 누가 봐도 그림이 나옵니다. 이건 정상적인 삶이 아니다. 그러면 그런 생각을 하는 남자들은 어떤 생각을 하겠소? 가령, 이 여자를 내 것으로 만들고 싶다는지…. 여기 촌구석의 남자도 남자니까. 그게 걱정이 돼서 내 미숙 씨를 얼마나 걱정한 줄 압니까?"

그녀는 그가 거침없이 쏟아내는 말에 등골이 오싹해져 오는 것을 느꼈다. 그리고 그녀는 그가 내던진 돌직구에 큰 충격을 받았다. '어쩌면 그의 말이 맞을 줄도….' 그녀의 생각은 바람에 서서히 이는 늪의 물결을 따라 위험한 곳으로 움직이기 시작했다. 그녀가 고개를 돌려 그의 눈과 마주쳤을 때 그는 그녀의 냉랭한 표정이 다소 누그러졌음을 알고 좀 더 적극적으로 다가가기로 마음먹었다.

*

박봉한 월급의 경찰 공무원 생활하는 동안 얻은 재산이라고는 세 평 남짓한 경찰서 취조실에서 얻은 상대방의 심리를 읽는 기술이다. 오롯이 세 평 남짓한 경찰서 취조실에서 얻은 오랜 경험들로 오늘같이 그녀의 마음을 읽는 것은 그리 어렵지 않았다. '담배 한 대 피울 시간이 지나면 난 이 사람의 비좁은 마음의 문을 열어젖히고 들어가 있을 거다. 이제 이 사람은 내 것이 될 거다.' 그의 단전 깊은 곳에서 소유욕이 꿈틀거리며 치켜 올라왔다. '그래도 다 된 밥에 콧물 떨어뜨리지 말자.' 그는 자기가 봐도 고쳐야 할 성급함을 경계했다.

호주머니를 뒤져 꺼내든 담뱃갑에서 한 개비의 담배를 물고는 가슴 안주머니에서 꺼낸 금색의 지포 라이터를 쥔 손가락을 이리저리 돌리더니, 라이터 밑바닥에 엄지를 대고 뚜껑 윗부분에 닿은 중지를 빠르게 아래로 튕겨 내리자 팅 하는 맑은 금속 소리와 함께 뚜껑이 열리며 톱니바퀴 모양을 한 부싯돌이 나왔다. 천천히 엄지손가락으로 부싯돌을 돌리자 '틱틱' 소리와 함께 푸른 불꽃이 튀며 심지에 불이 붙었다.

"그래도 내 맘 알아주니 다행입니다. 그래, 어디로 가려고 이렇게 나와 있었던 거요?"

담배 연기를 길게 내뱉으며 그가 그녀에게 물었다.

"하나꼬가 물밤 먹고 싶다고 해서 물밤 따러 가는 길입니다."

"물밤? 물밤이 어디 있소?"

그의 눈은 그녀의 가느다란 손가락이 가리키는 곳을 따라갔다. 노을 진 늪가에 이는 잔잔한 물결을 따라 초록의 개구리밥과 보라꽃을 피운 부레옥잠의 비좁은 틈 사이에 자리 잡은 밤톨 같은 열매를 보고는 그는 실소를 흘렸다. 힘들었던 최근의 일들에 이런 작은 여유가 주는 순박한 기쁨이 있을 줄은 꿈에도 몰랐다. 늪가에 달라붙은 오솔길이 끝나는 곳에는 신작로의 플라타너스와 은행나무가 끝없이 큰길을 따라 줄지어 서 있고 저녁노을이 만들어 내는 평화로운 풍경에 오렌지색 감정은 점점 익어 갔다. '이제는 우리들의 시간이라고 불러도 될까?' 그녀와 함께 동화 같은 이곳에 있는 자신을 깨닫고 그는 큰 미소를 흘렸다.

"저기, 검은 밤톨 같은 게 물밤이오?"

"네."

"저걸 먹는다고요?"

그는 이해가 안 된다는 표정으로 물었다. 그녀가 다시 한번 고개를 끄떡이자 그는 크게 웃었고 그의 자신감은 그들을 태울 쪽배를 채우고도 남을 것처럼 보였다.

"좋소. 내 이 배 한가득 따 주겠소."

그를 꽉 채운 자신감은 곧 그녀의 손을 잡아 쪽배로 이끌었다.

부드러운 그녀의 손에서 느끼는 촉감은 중대장의 뇌신경을 타고 흘러들어와 곧바로 행복한 상상을 만들었다. 그녀는 중대장의 손에 강제로 이끌려 걸음을 옮기다 붙잡힌 손을 중대장의 꽉 쥔 손아귀에서 빼내려 했지만, 남자의 완력을 이기기에는 자신이 역부족인 것을 알고는 이내 포기했다. 중대장의 손에 이끌려 몇 걸음을 옮기는 동안 그녀의 머릿속에는 무송에 대한 걱정으로 꽉 차 있었다. 모든 것이 조심스러울 수밖에 없는 상황이다. 사소한 것이라도 주의해야 할 것이고 자칫 중대장에게 들키기라도 한다면 자신의 잘못이 큰 불행을 가져오는 일이 될 것이라는 두려움에 중대장을 자극하는 행동을 하지 않기로 마음먹었다.

"인자 이 손 놔주면 안 됩니꺼? 동네 사람들이 보면 내보고 뭐라 하겠습니꺼?"

중대장은 뒤에서 들려오는 그녀의 투정에 웃음소리를 내고는 쪽배에 다다랐을 때쯤 힘줘 잡았던 그녀의 손을 놓았다. 그는 미숙의 손을 놓은 게 못내 아쉬웠으나 마음 한편으로는 곧 저 배 위에서 두 사람의 오붓한 시간을 가질 생각을 하게 되니 얼굴에서 웃음기가 떠나질 않았다.

"여기 이 밧줄 당기면 됩니까?"

"네. 근데 할 줄 압니꺼?"

그녀의 말에 중대장은 어이없다는 듯 웃었다.

"내가 힘자랑해 볼 테니 반하지나 마소."

그녀는 자기도 모르게 웃음이 터져 나오는 것을 참았으나 끝내 '풉' 하고 실소를 내고 말았다. 그는 걷어붙인 소매 아래로 드러난 굵은 근육을 내보이며 물에 잠긴 밧줄을 들어 올려 힘껏 끌어당겼다. 그의 힘에 이끌려 물길을 미끄러지듯 다가온 쪽배가 그들이 선 너럭바위 앞에서 움직임을 멈추었고, 그는 고개를 뻐딱하게 돌리며 그녀에게 배에 올라타라는 시늉을 했다. 그의 행동을 지켜보던 그녀는 원피스 끝자락을 무릎까지 걷어 올린 후 쪽배에 몸을 실었다. 드러난 그녀의 매끈하고 하얀 종아리에 그의 가슴이 화끈거렸고 순간 뜨거운 기운이 전류가 흐르듯 그의 머리부터 발끝까지 훑고 지나갔다.

"이 배는 누구 거요?"

그가 배에 올라타며 물었다.

"예전에 이 집 살 때 이 배까지 같이 샀습니다."

"배까지 샀다고요?"

"고기 잡으려고 산 건 아닙니다. 이 늪이 너무 이쁘고 여기에 조그만 쪽배라고는 이거 하나뿐인데 전 주인이 놔두고 간다는데 남에게 공짜로 받는 게 부담스러워 제가 샀어예."

"내 살다가 풍경에 취해서 배까지 샀다는 사람은 처음 만나요. 하하하"

"마을 사람들도 다 이용하고 그래서 저는 더 좋아예."

"하하, 미숙 씨는 마음씨가 이뻐요."

그는 허리를 굽혀 엉거주춤한 자세로 흔들리는 배에서 중심을 잡은 후 그녀의 맞은편에 앉았다. 배 끝머리에 만들어진 가느다란 널빤지에 자세를 고정하고는 붉은 노을이 진하게 내려앉은 그녀에게 감성을 빼앗겼다.

파랗던 하늘이 점점 붉은 노을로 물들여지고 높고 푸른 하늘에서 이 낮은 늪까지 내려온 노을빛에 전신이 감겨 있는 그녀의 아름다움에 그는 참을 수 없는 깊은 감정으로 순식간에 빨려 들어갔다. 마음 같아선 지금이라도 달려들어 안아 보고 싶지만 그럴 수는 없는 일, 그는 관심을 돌리려 심호흡을 크게 한 후 상체를 돌려 바닥에 있는 대나무 장대를 잡아당겼다. 그는 기분 나쁜 감촉에 장대를 놓고 그의 손바닥을 살폈다. 장대 손잡이에 말라붙은 사람의 피가 그의 축축하게 젖은 손에서 녹았고 그것은 곧 그의 매끈한 손바닥에 파인 실선을 타고 열린 땀구멍으로 들어오는 기분 나쁜 상상을 그가 떠올리게 했다. 그는 바로 물속에 손을 넣어 핏물을 씻어냈다. 늪 특유의 비린내가 산초 향보다 더 강하게 올라오자 그는 얼굴을 몹시 찡그렸다.

"뭔 피가 이렇게 많이 묻었소? 누구 피 흘린 사람 있소?"

그는 연신 못마땅한 표정으로 피가 묻어 있는 장대의 손잡이를 물에 담그고 문질렀다. 그녀는 느닷없는 상황에 머리가 하얘지고 심장이 두근거리는 것을 침착하게 버텨내고 있었다.

"아침에 마을 사람이 배를 타고 낫질을 하던데 그분이 다쳤는가 보네예."

"며칠 동안 피만 봐 왔는데 여기서 다시 피를 손에 묻히니 영 기분 상합니다. 뭐 괜찮습니다. 씻으면 없어집니다."

그의 입에 매달려 거의 타들어 간 담배를 혹 뱉으며 그가 말했다. 물기가 뚝뚝 떨어지는 미끄러운 장대의 손잡이를 두 손으로 꽉 움켜잡고 여태껏 한 번도 경험해 본 적 없는 장대를 물속에 깊숙이 박아 밀려고 하니 동작이 영 엉성했다. 그가 미는 힘을 받은 쪽배가 여러 수초 사이로 길을 만들며 움직여나가기 시작하자 그는 큰 웃음을 터뜨렸다.

"하하하, 내 뭐라 했소? 내가 노 젓는 것 보면 반한다고 하지 않았소? 우하하하."

그녀는 철부지 아이 같은 그의 행동에 긴장을 놓으며 웃음을 흘렸다.

"호호호. 잘 젓네예. 많이 해 본 것 같은 모습인데예?"

"내 머리가 비상해서 그냥 생각하면 행동으로 팍 나옵니다. 하하, 자동 반사죠."

"저기까지만 가 주시면 됩니더. 마을 사람들도 동네로 돌아오고 있습니더."

그는 신작로에서 줄줄이 무리를 지어 피난 갔다 마을로 돌아오는 주민들의 모습을 반갑게 쳐다봤다. 동네로 뛰어 들어가는 아이들과 환호성을 지르는 마을 주민들을 먼저 마을로 돌아온 자들의 아궁이에서 흘러나오는 밥 짓는 연기가 그들의 고생을 품어주었다. 저마다 머리에 인 보따리와 지친 모습의 사람들을 보며 애국은 밥은 굶어도 절대 놓을 수 없는 그의 철학이었다. 그녀를 앞에 놓고 애국을 논하는 것은 좀 그렇지만 뼛속까지 자신은 애국자라는 자부심에 그의 어깨에 힘이 들어갔다.

"저기 넝쿨처럼 생긴 것을 잡아끌어요."

그녀가 시키는 대로 그는 그녀의 발 옆에 놓여 있는 어른 팔 하나 길이에 끝이 날카로운 갈고리가 박혀 있는 꼬챙이 손잡이를 잡아당겼다. 순간 도르르 소리를 내며 구르는 쇠구슬처럼 생긴 물체가 그녀의 발 사이에서 멈췄다. 그의 표정이 일순간 굳어지더니 그는 갈고리로 금속 물체를 끌어 손으로 집었다. 그리고 그는 반듯이 펼친 손바닥 위에 투박한 금속을 올려놓은 후 입을 열었다.

"미숙 씨, 이게 뭔지 압니까?"

그녀는 고개를 가로저었다.

"이건 인민군이 쓰는 AK 소총용 총알입니다."

"인민군 총알예?"

그는 심각한 표정으로 고개를 끄떡였다.

"정암산에 있어야 할 이게, 왜 이 쪽배에 있는지…. 아주 심각한 생각이 듭니다. 아까 아침에 봤다는 그 마을 사람 누구요?"

"그게…. 언덕에서 봐서 누군지는 잘 모르겠습니더."

그녀는 그의 의심을 사는 것이 두려웠으나 최대한 침착하게 답했다. '여기서 자칫 잘못하다 가는 끝장이다. 침착하자. 참작하자.' 그러나 그녀의 머릿속을 덮어 오는 불안과 공포가 빠르게 그녀의 의식을 지배하기 시작했고 앞날에 대한 무서움이 흰 도포를 뒤집어쓰고 달려드는 거품처럼 세차게 그녀의 뇌 속을 파고들었다.

"이 마을에는 빨갱이가 없어예, 다 피난 갔다 온 사람들인데 누가 그런 짓 하겠습니꺼?"

그녀는 더 이상 문제 만들지 말 것을 그에게 주문했다.

"그래, 그것도 그렇지요."

그는 겉으로 고개를 끄떡이며 대수롭지 않게 답했다. 그러나 그의 머릿속은 조금 전 총알이 굴러가면서 내는 소리처럼 활기찬 추리를 하고 있었다. '이 마을에 분명 빨갱이가 있다. 운전병하고 나, 단둘이 이 마을의 빨갱이를 잡을 수는 없다. 일단 미숙 씨와 시간을 보내며 마을의 동태를 살핀 후 지서에 가서 병력을 데리고 오자.' 그는 순식간에 표정을 바꾸어 그녀에게 말했다.

"아이고 미숙 씨 말이 맞지요. 어쩌다가 총알이 있는 거지요. 애들 장난일 수도 있고요."

그는 집어 든 총알을 대수롭지 않다는 듯 휙 던지며 그녀가 시키는 대로 갈고리를 수초에 걸고 천천히 끌어당겼다. 그녀가 갈고리 끝에 딸려 온 수초를 단단히 잡아서 쏙 뽑아 쪽배 위로 끌어 올렸다. 고였던 물이 주르륵 떨어지며 그 속에 숨어 있던 거무칙칙한 색의 도토리 크기만 한 한 무더기의 물밤이 나타났다.

"많이 달렸네예. 제법 솜씨가 있습니다."

그녀가 만족해하며 양동이에 물밤을 주워 담았다.

"이거 쉽네요. 근데 나는 이걸 못 먹어 봤습니다."

"푹 삶아서 밤처럼 까먹으면 고소합니다. 출출할 때 먹으면 허기 달래는 데는 그만 이지요."

"그럼, 나한테 해 주는 거지요? 하하하."

"금세 한 자루는 따겠네예. 삶아 드릴 테니 가다가 드시소."

그녀는 애교가 들어간 목소리로 그를 대하며 내심 그의 관심을 바꿀 작전을 생각하고 있었다. '중대장을 보내야 하는데….'

"중대장님, 이 전쟁에서 누가 이길 것으로 봅니꺼?"

수초에서 물밤을 능숙한 솜씨로 따내며 그녀가 그에게 물었다.

"당연히 우리 국군의 승리죠."

그는 다시 담배에 불을 붙이며 국군의 승리가 의심 없다는 듯 답했다.

"인민군은 우리와 다릅니꺼?"

"구체적으로 어떤 부분요? 사람의 생김새? 아니면 사상?"

"사람의 모습은 다 똑같겠지예."

"그러면 사상이겠군요."

그는 담배를 태우며 뻐끔 소리와 함께 희뿌연 연기를 한가득 입안에서 내뿜었다.

"사상은 우리의 구체적인 집념을 가진 사고죠. 그것은 우리를 광신도처럼 열광하게 만들죠. 그것을 만든 사람들은 조직적으로 움직이고 그 무리는 영역을 확대하기 위하여 최후에는 전쟁을 일으킵니다. 지금이 그것과 같아요. 일본이 패망한 후 조선은 둘로 쪼개졌죠. 이념이 서로 대립하였고 어쩌면 이 전쟁은 예측할 수 있는 것이었는데, 그게 안타깝습니다."

"여기까지 인민군들이 오게 놔둔 거 말입니꺼?"

"그것도 그렇고요."

"제 남편은 일본 사람입니다."

그녀가 불쑥 던진 말에 그는 수초에서 물밤을 떼던 손동작을 멈췄다.

"그분을 만난 건 내 일생 최고의 기쁨이었습니다. 그분은 조선을 위해 일하다가 간, 지금은 행방을 모르지만 훌륭한 분이었어예. 해방되기 얼마 전, 그분은 나가사키에 가고 없었어예. 영문도 모르고 하나꼬와 나를 공격하러 달려 온 애국청년단을 피해 한밤중에 도피해서 이 마을에 왔고 여기서 그분을 기다리며 해바라기를 심고 씨앗을 모아 단지에 담아두고 그다음 해에 다시 단지에서 꺼내 여기 예쁜더에 뿌리고…. 아무리 뜨거워도 아무리 비바람이 쳐도 언제나 활짝 해바라기꽃은 피고…. 그러다 늦가을 찬 서리가 내리면 추수꾼들이 몰려와 그 모습은 사라지고 그다음 해에 다시 하나꼬와 뿌린 씨앗에서 노란 꽃잎이 만개하고…. 마치 수년 동안 내 지치고 힘든 감정이 다시 일어나는 것과 같이 그렇게 해바라기는 매년 돌아왔습니다. 그래서 나는 해바라기에서 희망을 찾는 거고 여기서 사는 겁니더."

그녀는 배 끝머리에 품위 있게 앉아 자신에게서 눈을 떼지 않은 채, 하고 싶은 이야기를 단숨에 해 버리는 그녀의 매력에 완전히 빠져들어 버렸다. 그녀가 풍기는 매력은 지금껏 만나 온 어느 사람과 비교할 수 없었다. 그는 정말이지 묘한 감정이 그의 애국적인 심장을 노랗게 물들이고 있음을 느꼈다. 그녀가 해바라기꽃에 베인 사연을 말할 때는 그녀의 슬픔을 고스란히 뜨거운 가슴으로 받았다. 마치 그녀가 선 붉은 입술을 벌려 노란색의 입김을 사정없이 그의 귓속에 쏟아붓는 것 같은 이 느낌은 하나꼬 나이 때에 그가 겪었던 일을 떠올리게 했다.

일곱 살 무렵이었던가 말을 많이 더듬던 엄마는 어린 진호가 자신을 영락없이 빼닮아 말을 심하게 더듬던 것에 걱정이 이만저만 아니었다. 또래 애들의 놀림감이 되는 것을 보다 못한 어머니의 손에 이끌려 한 달을 부처님 앞에 무릎이 까지도록 악병 낫게 해 달라며 빌었었다. 사찰을 떠나기 전날 밤, 그는 깊은 잠이 들었고 평생 잊지 못할 꿈을 꾸었던 기억이 마치 어제 일같이 생생하게 떠올랐다.

그는 눈을 지그시 감았다. 손가락에 끼워진 담배의 끝부분이 거의 사라질 때까지 그는 말이 없었다. 그는 지금 그의 내면에서 흘러나오는 그가 알 수 없는 평화로운 감정에 휩싸여 있었다.

"말 더듬는 사람 곁에 있어 본 적이 있소?"

그가 낮은 목소리로 그녀에게 물었다.

"아니에. 왜예?"

"내 어릴 적 심각한 말더듬증이 있었소. 어머님은 파평 윤씨 성을 가진 분이셨는데 아버지는 어머니가 시집을 온 첫날에 심각한 말더듬인 걸 알고 굉장히 힘든 날을 보냈다는 걸 들었소. 아버지는 어부라 집에 계시는 날이 많지는 않았지만 어쩌다 집에 오다 길에서 내가 인사를 하면 한참을 서 있어야 했소. 다른 애들은 '아버지 오셨습니까?' 하는 인사말이 금방 끝나는데 나는 어떤 말이든 첫 시작을 버버버 하는 소리를 먼저 내어야 했고 내 다음 말을 기다리는 사람 모두는 긴장된 표정을 늘 하고 있었소. 그다음 말은 내가 마른침을 삼키고 숨을 깔딱거리며 말을 시작해야만 했소. 아버지는 늘 굳은 얼굴을 한 채, 내 말이 끝날 때까지 기다려야만 했소. 그러다 어머니는 주위에서 기도 잘 들어주는 절이 있다고 해서 나를 데리고 하루를 걸어서 거기를 찾아갔소. 우리는 거기서 한 달을 살았나? 내게는 어머님이 바라던 기적이 일어나지 않았고 어머님은 다음 날 집에 가기로 마음을 굳혔소. 그날 밤에 내가 꿈을 꾸는데 온갖 색이 내 방 안을 떠돌더니만 내 입안으로 쑥 들어와서는 그 형형각색의 색들이 내 입안에서 맛을 내는 것이었소. 그 맛은 지금껏 살아오면서 내 맛봤던 그 어떤 음식의 맛에서도 느낄 수 없었던 오묘한 맛이었소. 거짓말 같겠지만, 한동안은 그 맛이 내 혀에 배겨있어서 사찰을 떠난 후에도 내 기억으로는 꽤 오랫동안 음식 맛을 제대로 느낄 수 없었소. 그다음 날에 일어나서 스님께 마지막 인사를 하러 갔는데 인자하신 스님이 '그래, 잘 잤느냐?' 하시길래 얼떨결에 '네, 잘 잤습니다.' 하고 나도 모르는 사이 말이 자연스럽게 튀어나오는데 태어나서 단 한 번도 사용한 적이 없는 온전한 말을 한 것이었소. 그리고 스님이 다시 물으시길 '오늘은 집으로 가느냐?' 하시길래 '네, 오늘은 집에 갑니다.'라고 똑똑히 말하고는 신기함에 어쩔 줄 몰라 하는 나를 스님이 꼭 껴안아 주었소. 그 이후 나는 내가 겪은 이 경험들로 안 되는 것에 대한, 불가능하다는 것에 대해서는 내가 노력하면 뭐든지 할 수 있다는 자신감이 들었소. 어머님은 두말할 필요도 없이 기뻐서 집으로 오는 내내 춤도 추고 날 껴안기도 하고 지나가는 사람 불러서 나한테 말 걸게도 하고 내가 그들과 막힘없이 대화를 끝내면 덩실덩실 춤을 추었고 내 손 꼭 잡아 길가에 한참을 서 있다가 다시 길을 가고 또다시 만나는 사람들 붙들고 나와 대화시키고 또 춤추고 크게 웃고 하는 이것이 우리가 집으로 오는 동안 수 없이 반복된 경사였소. 마지막으로 만난 사람과 헤어지고 마을에 들어섰을 때 눈앞에 보이는 친구들은 죄다 불러 모아서는 내게 어서 말해 보라고 눈짓했소. 나는 친구들의 이름을 하나하나 부르고는 그들에게 나는 더는 말더듬이가 아님을 그날 증명했소. 때마침 아버지가 돌아오셨는데 내가 또렷한 음성으로 망설임 없이 그에게 긴 인사말을 하는 걸 보시고는 항시 고마우신 아버지가 그 자리에서 소리 내어 우시면서 날 꼭 껴안아 주시던 그 모습을 잊을 수 없소. 그 이후에 어머님은 '넌 안 되는 것도 되게 하는 일을 겪은 사람이니 모쪼록 그런 일을 하여라.' 하고 유언처럼 말씀하셨소."

"신기한 일을 겪었네예."

"그 이후 공부도 꽤 잘했소. 어떨 때는 동네에서 천재 났다고 자랑도 했지요. 하하하."

그의 호탕한 웃음이 쪽배의 빈자리에 올라탔다.

"내가 왜 이런 말을 하는지 모르겠소. 근데 우리 집에 해바라기가 항시 몇 그루 있었소. 어머님이 무척 그 꽃을 좋아하셨는데, 기억나는 게 그 머리가 태양을 향해 고개를 돌려 따라다니다 해가 지면 푹 숙이고 다음 날 온종일 다시 해를 쫓아가고 그런 모습이 어머님의 기분을 밝게 한다고 하시던 기억이 나요. 미숙 씨가 아까 해바라기 이야기할 때, 내 어릴 적 기억하고 어머님이 아끼시던 해바라기꽃이 생각나 잠시 눈을 감고 있었던 겁니다. 이 난리 통에 이만한 평화를 즐길 수 있었다는 것에 고맙소."

"그런 일이 있었군요. 경찰이 되어서 어머님이 말씀하신 일을 이루었다고 생각하나요?"

"꼭 그렇지는 않소. 하지만 이 정도도 잘한 거라고 생각은 하오. 사람들을 괴롭히고 망가뜨리는 사회의 악들을 없애는 일을 하는 것도 어머님이 말씀하신 그 뜻에 들어갈 수는 있지 않을까 생각합니다."

"그럼, 이념에도 선한 게 있고 악한 게 있습니꺼?"

"어려운 말입니다. 그 나라가 어떤 모습으로 돌아가느냐를 보면 알겠지요."

"듣기로는 이북은 평민을 위한 세상을 만들겠다고 주장하고 이남은 자본주의 사회로 가서 더 살기 좋게 될 거라는데 여기도 선과 악이 있습니꺼?"

"오, 미숙 씨가 꽤 깊이가 있습니다."

그는 다시 담배 한 개비를 입에 물었다.

"담배 좀 그만 피우세요. 몸에도 안 좋은 것을 왜 그렇게 입에 달고 사는지 모르겠습니더."

"하하하. 마음이 고달플 땐 이것만큼 순식간에 마음을 정리해 주는 약도 없습니다."

"지금 내하고 있는 게 고달픕니꺼?"

"헉, 그건 아니지요."

그는 꺼냈던 담배를 다시 담뱃갑 안으로 집어넣었다. 벌려진 포장지에서 나오는 익숙한 생초 냄새가 그의 코로 스며들었다.

"미숙 씨 질문은 마치 이 잔잔한 늪에서 올라오는 수초냄새가 향기일까요? 아니면 악취일까요? 하고 묻는 거와 같습니다. 인제 그만 갑시다. 여기서 나누는 이야기가 더 무거워지기 전에 갑시다. 하하하."

그는 화통하게 웃었다.

"부모님은 지금도 살아 계시는가예?"

"돌아가신 지 꽤 되셨소. 무덤은 사찰 근처 산에 있소. 아버님도요."

"예…."

"궁금한 게 있는데, 물어도 괜찮을지 모르겠소."

"뭘요?"

"만약 남편이 돌아오지 않는다면 어떡할 거요?"

"글쎄예. 열녀문이라도 세워 주시게예? 호호호"

"하하하, 내 열녀문 세워 줄 돈도 없소."

"사람 가리지 않소?"

"왜요? 많이 가리죠. 제가 사람 안 가리면 어떤 처지에 있겠습니꺼? 혼자 사는 것도 아닌데 사람들이 오해를 많이 하겠지예. 내성적인 성격이었는데 남편과 살면서 적극적인 성격으로 변하듭니다."

"그것도 그렇죠. 사람들과 거리 두지 않는 건 미숙 씨에게는 위험한 일입니다. 지서에 있으면 온갖 사건이 많은데 유독 여자들이 피해 본 사건들이 많지요."

"비 오고 천둥 치고 거센 바람이 내리 불고 엄동설한 겨울에, 밖에서 발걸음 소리라도 나면 배게 밑에서 칼부터 꺼내 들고 있었지예. 오밤중에 문고리 잡아당기는 남자들도 있었습니다. 그때마다 '저는 독립투사의 마누라입니다. 뭐 때문에 이런지는 모르겠습니다. 나쁜 마음이면 고쳐먹고 저희를 불쌍히 여겨 주세요.' 하면 마루에 서 있던 검은 그림자 조용히 없어지고 하듭니다. 다음 날이면 현수 아재가 어김없이 지난밤에 왔던 사람을 찾아내고 혼을 내고 그러다 보니까 사람들한테는 '아, 저 집은 그러면 안 되는 집이다.' 하는 생각이 자리 잡았나 봅니다. 모든 게 하느님 은혜지예. 그리고 좋은 사람들이 주는 선물을 지는 많이 받았습니다."

"하느님이라…. 나는 부처님을 세게 만나서 하느님을 만나기는 힘들 거요."

그의 농에 그녀가 웃었다.

"원래 잘 웃소?"

"얘기 안 했습니꺼? 원래 내성적이라고예. 속은 웃음이 많습니더."

"그런 말이 어딨소?"

"어디 있기는예. 여기 있지예."

"하하하. 참, 미숙 씨는 첫날 만난 사람과는 전혀 다른 사람입니다. 그렇게 내 말에 정색하고 인민군들 편에 서더니만."

"그 사람들이 하나꼬와 저한테 아무런 해코지를 하지 않아서 그렇지예. 다 지난 일입니더."

"저기 저 사람들이 왜 저런 고생을 하겠소? 그놈들이 전쟁을 일으키지 않았다면 이 시간에 저 사람들이 죽음에서 살아오는 이런 경험은 하지 않았을 거 아니요? 미숙 씨가 마음이 약해서 그런 거 다 압니다. 그렇다고 앞으로 아군 적군 구별 못 하는 일은 하지 마소. 나였기에 봐줬지, 아니었으면 미숙 씨는 무사하지 못했을 거요."

순간 쪽배를 훑고 가는 심술궂은 바람에 그녀의 원피스가 흰 살결이 도드라지게 보이는 무릎까지 말려 올라왔고 그녀는 황급히 원피

215

스를 말아 내렸다. 그의 입꼬리가 슬며시 말려 올라갔다. 그녀의 얼굴에는 민망한 표정이 고스란히 드러났다.

"부인하고 애들은 있지예?"

그녀가 급하게 화제를 돌렸다.

"관사에 삽니다. 큰 애가 하나꼬하고 나이가 비슷할 겁니다."

"많이 기다릴 것 같은데, 빨리 가서야겠네예."

"안 본 지 며칠 됐습니다. 양키 시장에서 가져온 공책하고 연필을 기다리고 있을 겁니다."

그의 눈에 그를 기다리고 있을 처와 애들의 모습이 쓱 지나갔다. 그러나 앞에 있는 미숙의 존재가 그들이 그의 머릿속에 머무는 시간을 재빨리 흩트려 버렸다.

"나, 어떻소?"

뜬금없는 그의 돌직구에 그녀는 당황했지만 차분하게 그를 쳐다봤다. 정적이 두 사람 사이에 덩치 큰 먹구름처럼 끼어들었다.

"현수 아재한테 말할까예?"

"하하하, 재치가 대단하군요."

그녀는 입술을 삐쭉거렸다.

"이만하면 물밤은 다 땄어예. 그만 가 볼까예?"

그가 선글라스를 벗고 주위를 둘러보니 해가 벌써 많이 기울었다.

"그럽시다."

그의 익숙해진 손놀림에 쪽배가 제법 능숙하게 너럭바위에 닿았다. 그녀는 무슨 생각에서인지 밝은 표정으로 말했다.

"여기 조금만 계셔 주실렵니꺼? 물밤이 많네예. 내 집에 가서 양동이 가지고 오겠습니더."

그가 돌기둥에 밧줄을 거는 사이 그녀는 원피스를 흔들며 신작로를 건너 집으로 향했다.

얼마나 오후 내내 곤하게 잤는지 잠에서 깬 하나꼬의 눈이 부어 있었다. 방문을 열고 나왔을 때 엄마와 외삼촌의 모습이 보이질 않자 세차게 뛰어 부엌으로 들어갔다. 깔비단에 비스듬히 기대어 뭔가를 열심히 적고 있던 무송은 하나꼬를 반갑게 맞았다.

"아저씨, 괜찮아요?"

하나꼬는 동그란 눈으로 그의 안부를 물었다. 그는 기분 좋게 웃으며 하나꼬의 뒤틀린 손을 그의 큰 손으로 다정하게 잡으며 말했다.

"그래, 아저씨 많이 좋아졌어. 엄마는 하나꼬 깨면 준다고 물밤 따러 갔어. 곧 올 시간이 다 됐는데…."

그러고 보니 미숙이 물밤을 따러 간 지 시간이 꽤 흘렀다. 밖은 해가 기울어져 곧 어두워질 것처럼 보였다.

"제가 가 보고 올게에."

"엄마 곧 올 텐데 여기서 기다리는 게 더 좋을 듯한데? 아저씨 심심해. 나랑 이야기하면서 엄마 기다리자."

"우와, 그래에."

하나꼬는 그와의 시간을 잔뜩 기대하며 그의 앞에 털썩 주저앉았다. 엄마를 많이 닮았다. 그는 단발머리에 입술을 꾹 다물고 새까만 눈동자로 자신을 빤히 쳐다보는 하나꼬에게 아빠 미소를 한껏 보냈다.

"하나꼬, 배고플 텐데 밥 챙겨 먹는 게 어떨까?"

"맞아예, 아저씨는 안 먹을 겁니꺼?"

"응, 아저씨는 아직 배가 부르단다. 오후 내내 자서 배고플 텐데 어서 먹거라."

"네."

하나꼬는 부뚜막 위 찬장을 열어 꺼낸 마른반찬과 된장국으로 야무지게 상을 차리고는 부은 눈을 연신 비비며 밥을 먹었다.

"하나꼬, 피난은 어땠어? 힘들었지?"

"무서웠어예."

꼬물거리는 하나꼬의 입술이 무척 귀여웠다.

"그렇게 많은 사람은 처음 봤어예. 앞을 봐도 처음 사람이 안 보이고 뒤를 돌아보면 줄 서서 뒤따르는 사람들뿐이었어예. 그리고예, 군인들이 안내방송으로 계속 국군이 낙동강 전투에서 승리했다고 알려 줬어예."

"가는 동안 전투는 없었니?"

"예, 근데 정암산에서 시커먼 연기가 억수로 올라왔어예. 폭탄 터지는 소리가 거기까지 들렸어예. 사람들이 다 무서워했어예. 아저씨도 거기 있었지예?"

"그래. 거기서 봉석 오빠와 함께 싸우고 있었지."

"제가 봤던 비행기가 거기 간 거 맞지예?"

"그럴 거다."

"아저씨, 아저씨 가고 난 뒤에 경찰 군인들이 왔었어예. 중대장이 엄마와 절 붙잡고 아저씨하고 봉석 오빠 어디 갔는지 캐물었어예. 엄마 잘못 아닙니다. 제가 겁이 나서 다 말했습니다. 저 때문에 봉석 오빠가 죽었어예. 너무 미안합니다."

하나꼬는 꼬물거리던 입을 멈추고는 울음을 터뜨리기 시작했다. 급기야 큰 울음소리가 부엌을 흔들었다. 그는 몸을 움직여 하나꼬를 안아 주었다.

"하나꼬, 너의 잘못이 아니란다. 우리가 살고 죽는 것은 우리 자신도 몰라."

그는 하나꼬의 등을 아빠의 손길처럼 토닥였다.

"하나꼬, 괜찮다. 나는 여기 있고 봉석 오빠는 하늘의 별이 되었으니 다 괜찮다. 엄마도 너도 무사하니 다 괜찮다. 눈물 그치고, 알겠지?"

그의 위로에 하나꼬가 울음을 그쳤다.

"피난길에 엄마도 많이 무서워했니?"

"네. 전투기가 지나갈 때 제일 무서워했어예. 캄캄한 데 전투기가 '세액' 하고 지나가면 모두 엎드렸어예. 아이들이 막 비명 지르고 어른들도 겁먹어서 울고 그랬어예. 엄마는 절 꼭 껴안고 현수 아재 가족들 사이에 꼭꼭 숨었어예. 힘들어 죽겠는데 계속 걷다 우포늪에서 잤습니더. 현수 아재가 쳐준 비닐 속에서 잤는데 엄마랑 누워서 밤하늘 별 보고 그러다 잠들었어예. 아침에 일어나서는 해바라기 씨앗을 우리가 잔 자리 주위에 심었는데 아마 좀 있으면, 거기도 하나꼬 해바라기가 많이 필 겁니더."

긴 이야기가 끝을 보이고 하나꼬는 부뚜막 위에 놓인 바가지를 집어 작은 독 안에 든 물을 떠 마셨다.

"그래, 엄마와 하나꼬가 얼마나 힘들었을까? 아픈 데는 없지? 눈이 좀 부었구나. 아저씨가 눈 주물러 줄까? 아저씨가 부기 잘 빼거든. 선수야."

대답과 함께 방긋 웃는 하나꼬의 모습이 여간 귀여운 게 아니다. 하나꼬는 상을 치운 후 우물가로 갔다. 소금을 집어 입안에 틀어놓고 칫솔로 이빨을 닦았다. 칫솔은 외삼촌이 양키 시장에서 사 왔는데 오늘은 웬일로 상큼한 향기가 입안 가득 퍼지는 치약을 쓰질 않았다.

엄마는 하루도 칫솔질 안 하는 날에는 야단을 쳤다. 외삼촌이 치약을 사다 준 첫날에는 입안 가득 퍼지는 박하 향이 너무 좋아 하루에 몇 번이고 치약을 짜. 입안에 넣어 사탕 빨듯이 빨다 결국에는 삼키고 싶은 유혹을 견디다 못 하고 먹어 버렸다. 한두 번 하다 보니 지금은 치약을 삼키지는 않는다.

이제는 습관이 되어 하루 서너 번의 양치질은 곧 잘했다. 피난길에서도 걷다가 힘들면 박하 향이 나는 치약을 입안에 넣고 오물오물했고 그러면 기분이 한결 나아졌다. 지금은 치약을 쓰기 싫었다. 엄마가 말했던 소금이 입안의 세균을 죽이는 데 더 좋다는 기억이 나 치약 대신 짠 소금물로 입안을 헹궜다. 그러나 마지막으로 약간의 치약을 입안에 넣어 헹구는 것은 잊질 않았다. 우물가에서 돌아온 하나꼬는 비스듬한 자세로 짚단에 기댄 채 앉아 있는 무송의 앞에 앉았다.

"준비됐어예."

그리고 두 눈을 꼭 감았다.

"아저씨가 눈을 어루만져주면 눈에 힘을 빼고 가만히 있으면 돼. 머릿속에는 아무런 생각을 하지 말거라. 그러면 기분이 정말 좋아질 거야. 그걸 평화로운 마음이라고 해."

"네."

"잠깐만 그대로 있거라. 내 그림 하나 그려야겠다."

그는 수첩을 꺼내 하나꼬의 모습을 그려갔다. 하나꼬의 귓불이 탐스러운 앵두 열매처럼 고왔다. 봉긋하게 솟은 넓지도 좁지도 않은 이마는 미숙의 것을 빼닮았다. 검은 숯처럼 짙으면서 적당한 굵기로 뻗은 눈썹과 빼곡히 들어찬 눈꺼풀을 둥지 삼아 자리 잡은 새 알 같은 검은 눈동자가 무척 인상적인 하나꼬를 그렸다. 수첩을 내려놓은 그는 큰 손을 하나꼬의 관자놀이에 대고 부드럽게 눌러 주었다. 하나꼬는 그의 손놀림이 이끄는 대로 난 길을 따라갔다.

"하나꼬, 지금 감은 눈에 뭐가 보여?"

"음. 밝은…. 그러니까 음, 작고 반짝거리는 빛들이 빼곡히 눈 안에서 막 돌아다니고 있어예."

"그건 밝은 별이라고 부르는데 밝은 별이 보이는 거구나!"

"우와 맞아예. 밝은 별이 나타났어예. 우와! 진짜 별이 내 눈 안에서 살아 있어예."

"이제 더 많은 별이 나타날 거다. 보이지?"

"진짜입니더. 한두 개도 아니고 진짜 많아예. 내 눈 안에 밝은 별이 벌써 꽉 찼습니더."

하나꼬는 한껏 들떠 있었다.

"어떤 별이 가장 맘에 들어?"

"근데요, 음…. 별이 없어져 가는데 그래도 하나가 자꾸 없어질 듯 하고는 다시 나타나고 합니더. 사람이 죽으면 별이 된다고 했지예? 이 별은 봉식 오빠 건가?"

그가 움직이던 손을 멈췄다. 그리고 그가 잠시 침묵하는 사이 그의 큰 손을 하나꼬의 작은 손이 잡았다. 순간 그는 울컥하며 올라오는 깊은 감정으로 두 눈에 힘을 잔뜩 넣었다.

"아저씨, 괜찮습니더. 사람은 다 별이 된다고 안 했습니꺼? 슬퍼 마요."

강한 전율이 그의 머리로부터 삽시간에 그의 온몸에 퍼졌고 하나꼬가 보는 별, 그 장봉석의 별을 보고 싶은 강한 충동에 그가 하나꼬에게 다급하게 말했다.

"하나꼬, 아저씨 눈 주위도 만져 줘 봐."

그가 하나꼬의 뜨거워진 손을 잡아 그의 관자놀이에 대어주자 하
나꼬의 손이 천천히 움직였다. 잠시 후 그의 눈 안에 거짓말처럼 밝
은 별이 나타났다. 그 별은 음력 정월 쥐불놀이 때 허공에 흔들어 대
던 시뻘건 횃불처럼 미친 듯이 춤을 추며 끝없이 그의 눈 안을 헤집고
다녔다. 휙 휙 돌아다니다 멈추고 그러다 긴 꼬리를 단 유성처럼 슈
욱 하고 번개처럼 지나가고 어느새 눈 깜짝할 사이에 돌아와 더는 눈
이 뜨거워 볼 수 없을 정도로 환한 빛을 내는 것이 장봉석의 성격을
꼭 빼닮았다. '맞아. 이 별은 장봉석의 별이야.'

"그래. 아저씨도 봤다. 봉석 오빠 별이 맞아."

그가 정신을 차리며 하나꼬에게 말했다.

"맞지예?"

"그래, 맞다."

하나꼬는 그의 관자놀이에 멈춰 섰던 손을 떼, 바닥에 있는 부지깽
이를 집어 들어 아궁이 위 흙벽에 쓱 쓱 그림을 그려 나가기 시작했
다. 잠시 후, 그들의 눈 속에 갇혔던 장봉석의 별이 세상 밖으로 나왔
다. 부지깽이가 움직이며 그린 필선을 따라 아궁이 윗벽에 갇혔던 금
색 속살이 드러났고 황토는 장봉석의 별에 황금을 입혔다. 그때, 부
엌문이 열리며 미숙이 들어왔다.

"엄마!"

부뚜막 위에 섰던 딸이 반기며 그녀의 품에 안겼다.

"잘 잤어?"

"예. 물밤 따고 왔어예?"

"그래, 밥은 먹었어?"

"예."

무송이 말했다.

"한참이 되도 오지 않길래 내 하나꼬를 보낼 참이었습니다. 수확은 푸짐합니까?"

그녀의 수확을 기대하며 그가 물었다.

"무송 씨, 중대장이 여기 왔습니다. 정암산에서 이쪽으로 오다가 우연히 절 만났고 같이 쪽배를 탔다가 핏자국과 총알을 찾았습니다."

그의 얼굴이 일순간 크게 일그러졌다.

"큰일입니다."

"인민군이 마을에 들어왔다고 의심합니다. 저는 양동이 가지러 간다는 핑계로 여기 왔습니다."

"같이 온 군인들이 얼마나 됩니까?"

그는 흙빛 안색으로 물었다.

"운전병하고 둘이라예."

침묵이 좁은 부엌 안을 흘렀다.

"내가 지금이라도 여길 떠나겠습니다. 조금만 시간을 끌어 줄 수 있겠습니까?"

그의 얼굴에 절망이 서렸다.

"이 몸으로 어디 갑니꺼? 중대장이 여기는 안 들어올 겁니더. 어떻게든 제가 빨리 보내겠습니더."

그녀는 다시 하나꼬를 쳐다보며 진지한 표정으로 말했다.

"하나꼬, 무송 아저씨는 우리가 지켜야 해! 지난번처럼 그렇게 하면 안 된다. 누구한테도 아저씨가 집에 있다고 말하면 절대 안 돼! 단디 들었제?"

하나꼬는 엄마의 진지한 부탁에 고개를 세차게 끄떡였다.

"무송 씨, 저기 누워 보이소. 혹시라도 모르니까 제가 짚으로 덮어 드리겠습니다."

그는 그녀가 시키는 대로 깔비단 위에 몸을 누였다. 그녀가 지푸라기와 솔가지로 반쯤 나와 있는 그의 몸을 덮었고 하나꼬도 잔가지들을 끌어와 무송의 군화를 숨겨주었다. 잠시 뒤, 그녀와 하나꼬가 부엌문을 열고 나갔고 그는 손가락을 움직여 얼굴을 가리고 있던 솔가지를 벌려 갈라진 부엌문 틈으로 보이는 밖을 살폈다. 대문 옆 담벼락에 줄지어 핀 해바라기가 고개를 떨구었다. 아직 남아 있는 태양의 온기가 얼마나 지친 하루를 버티게 해 줄지 모를 일이다.

*

미숙이 놓고 간 양동이를 군홧발로 가볍게 툭툭 차며 그녀를 기다리고 있는 중대장은 시간이 지루할 틈도 없이 바쁘게 움직였다. 한껏 차 있는 기대감은 이미 메모장에 꽉 짜인 일정처럼 일사불란하게 머릿속을 헤집고 다녔다. 곧 있을 포상과 진급을 생각하면 그가 받을 확신에 찬 결과물들이 그와 가족들에게 좋은 일들만을 줄 것이고 더불어 미숙을 보살펴 줄 수 있는 충분한 경제적 여유가 뒤따를 것이다. 부산에 있는 양키 시장 근처로만 발령받는다면야 더할 나위 없을 것 같았다. 이 모든 것이 전쟁에서 국군이 승리한다는 보장하에 있는 계획이지만 지금 승기가 국군에게 있는 이상 틀림없이 전쟁은 국군의 승리로 끝나게 될 것이고 곧 통일이 될 것을 믿어 의심치 않았다. 어릴 적 말더듬이로 인해 겪었던 일들은 어른이 되어서도 그가 살아가는 동안은 바뀌지 않는 인생의 교과서이다. 이제 잘만 살면 되는 일만 남은 것이었다.

그는 눈길을 마을로 돌렸다. 굴뚝에서 연기가 제법 피어오르는 것을 보니 이제는 살맛 나는 사람들의 마을에 왔다는 생각이 들어 그의 얼굴에 흐뭇한 웃음기가 돌았다. 여기까지면 좋은데 뭔가가 그의 머릿속을 어지럽혔다. '근데… 왜 하필 그런 생각이 드는 건지… 아냐. 그런 일은 절대 없을 거야.' 그전에 완전히 그의 여자로 만들어 버리면 그녀도 남편이 돌아온들 결과는 바뀌지 않을 것임을 그는 경험으로 알고 있다. 권력이 주는 달콤한 열매들…. 하하하. 속으로 걷잡을 수 없는 환희가 끓어올랐다.

미숙은 예쁜더 동산을 내려와 신작로로 들어섰다. 운전병의 코 고는 소리가 몇 발짝 밖에서도 크게 들렸다. 그는 중대장이 미숙과 함께 늪으로 떠난 뒤, 커다란 플라타너스 그늘 아래에 지프차를 세워 놓고 무거운 철모를 중대장이 앉았던 자리에 던져 놓고는 깊은 낮잠에 취해 있었다. 코를 심하게 골며 그의 머리는 한쪽으로 기울어져 쓰러질 듯했고 목에 걸린 군번줄은 길게 늘어져 있어 누가 봐도 그가 정신 없이 자고 있음을 알 수 있었다. 그녀가 지프차 앞을 지날 때, 철모 옆에 놓인 권총 한 자루가 그녀의 눈에 들어왔다. 순간 그녀는 어디서 용기가 생겼는지 손을 뻗어 재빠르게 권총을 양동이 안에 감추고는 운전병이 눈치 채지 못하도록 침착하게 중대장이 있는 곳으로 걸어갔다.

중대장은 미숙이 가까이 걸어오고 있는 것을 알지 못하고 스미스 소령이 준 피우다 만 시가를 이리저리 돌리며 깨알같이 적혀 있는 영어를 읽고 있었다. 그 모습은 마치 유능한 장교의 손에 들린 고급 정보지처럼 보였다. 그의 심심풀이 놀이는 그녀의 발자국 소리에 멈춰

졌고 그는 양철 동이를 들고 그를 향해 걸어오는 무척이나 아름다운 그녀에게 손을 흔들어 보였다. 그는 시가를 입에 물고 눈웃음 만연한 주름을 눈가에 지으며 혼잣말로 중얼거렸다. '내가 널 안전한 곳으로 데리고 갈 거다. 넌 내 여자야…. 순식간에 난 사랑에 빠졌다. 너는 내가 전쟁에서 받았던 피로를 잊게 해 주었고 네가 내 어릴 적 기억을 불러내어 나에게 희망을 주었다. 너의 부드러운 손을 잡았을 때 너의 살갗이 전해 주던 홍분과 네가 몸을 숙이면 가늘고 흰 목을 따라 흘러내리는 윤기 있는 머리카락 그리고 그 벌어진 원피스 틈새로 보이던 하얀 종아리가 가져다줄 희열. 넌, 이제 내 여자야.'

그가 더없는 상상을 즐기고 있을 때, 그녀는 그의 앞을 지나 젖은 땅바닥에 돌무덤처럼 쌓인 물밤을 양동이에 주워 담았다. 후두두 물밤이 양철을 때리며 내는 요란한 소리가 재미있는 듯 그가 큰 소리로 웃었다.

"이것들이 양동이를 두들기는 소리가 악단의 축하 연기 같소. 하하하."

그의 큰 웃음에 그녀가 태연하게 말했다.

"해 질 녘에 쪽배 타면 여기 늪이 주는 사랑에 빠집니다. 그림 같은 풍경을 보는 것은 큰 행복입니다."

"그 분위기를 나도 같이 느끼고 싶소."

그의 선글라스에 비친 노을이 그녀를 서정적인 감정으로 움직였다. 그녀는 분위기가 너무 다른 방향으로 가버렸다는 생각에 곧 마음을 추스르고 자신을 스스로 경계했다.

"저는 안동네 현수 아재 집에 좀 다녀와야겠습니다."

"알겠소, 나도 갈 시간이 된 것 같소. 아까도 얘기했지만, 이 상황에, 여기에 이렇게 산다는 것은 더 이상 안 될 말이오. 내가 여러모로 도움을 줄 방법을 알아보고 해서 그때 다시 들를 테니 곧 봅시다."

그녀는 '저러다 말겠지!' 생각하며 대답했다.

"그리 안 하셔도 됩니더. 말씀은 고맙습니더."

그가 그녀에게로 한 발짝 다가와 그녀의 어깨에 양손을 얹고 마치 그녀의 깊은 마음속에 잠자고 있는 사랑을 깨우려는 듯 이글거리는 눈빛으로 그녀에게 눈을 맞추었다. 순간 그녀는 고개를 돌려 그가 자물쇠로 가둬 버린 이 시간에서 벗어나려 했다. 그녀의 어깨를 붙든 그의 손은 그녀를 쉽게 그의 가슴으로 품었다. '이제는 익숙해지는 거다. 어차피 미숙과 하나꼬 두 사람이 이 험난한 세상을 살아가기에는 힘들어. 힘세고 강한 남자들이 가만있겠어? 나 없이는 못 살아. 이게 정의지. 정의는 내가 하는 일이 정의야. 이건 여기서 내가 할 수 있는 최고의 일이야. 어머니, 감사합니다.' 그는 그녀의 몸을 더욱 바짝 끌어당겨 얇은 원피스 안에 감춰진 그녀의 속살이 전해 주는 부드럽고 싱싱한 육체의 감촉을 온전히 느꼈다.

"그만하세요. 사람들이 보면 어쩌려고 그럽니꺼?"

"내 약속하건대 빨리 오겠소."

그녀는 자기 몸에 거머리처럼 딱 들러붙은 그의 몸을 밀쳐내고는 그의 품에서 빠져나왔다. 그리고 그의 눈을 피하며 말했다.

"그만 가 보렵니더."

"차까지는 같이 걸읍시다."

그가 선글라스를 고쳐 쓰며 그녀의 옆에서 함께 걸었다. 두 손에 양철 동이를 든 그에게서 풍기는 기세가 여간 당당하지 않았다. 석양은 남강 위에 걸터앉아 오후에 내린 햇볕을 거두고 있었다. 오늘 하루 늪을 다스렸던 햇빛은 내려왔던 길로 되돌아가며 그녀의 얼굴에 노을 색을 입혔다. 고운 빛으로 화장한 아름다운 그녀의 얼굴에 반한 그는 양동이를 바닥에 철퍼덕 놓으며 그녀를 와락 끌어안았다. 그리고 그의 젖은 입술이 그녀의 탐스러운 붉은 입술을 덮쳤다. 벼락 치듯 덮쳐 온 그의 입술에서 흘러나오는 강한 기운이 그녀를 마비시켜 버릴 것 같은 현란한 현기증이 되어 노을빛처럼 몰려왔다. 그의 입술에 막혀 길을 잃어버린 그녀의 숨소리가 그의 벌린 입술 안으로 들어가 가파른 소리를 내었고 그녀는 정신을 잃지 않으려 순간 사카이와 하나꼬를 떠올렸다. 그녀는 두 팔에 있는 힘을 더해 그의 품에서 빠져나오기 위해 안간힘을 썼으나 찰거머리처럼 달라붙어 버린 그의 입술은 그녀에게서 떨어지려 하지 않았다, 그녀는 그녀를 붙잡고 있는 그의 강한 힘을 이길 수 없었다. '안 돼, 정신 차려. 안 돼!' 내심 강하게 소리치며 그녀는 발을 들어 그의 정강이를 걷어찬 후 두 손으로 있는 힘을 다해 그의 가슴을 밀쳤다. 그에게서 떨어져 나온 그녀는 창백한 안색으로 그에게서 뒷걸음질 치며 소리쳤다.

"중대장님! 지켜야 할 선이 있습니다. 저를 수치스럽게 만드시면 안 됩니더."

그녀가 성난 눈빛으로 그를 매섭게 쏘아보지만, 그는 그녀의 행동에 개의치 않으며 웃었다.

"내 갔다가 금방 오겠소. 그때는 같이 갑시다."

그녀는 모욕당한 표정을 얼굴에 역력히 드러내며 그를 지나쳐 집으로 돌아갔다. 산들바람에 부드럽게 날리는 긴 머리를 흔들며 걸어가는 그녀의 뒷모습을 바라보던 그의 입에서는 기분 좋은 휘파람 소리가 거하게 흘러나왔다. 그는 지프차로 가서 운전병을 흔들어 깨우고는 의자에 몸을 털썩 기대고 시가를 입에 물었다. 운전병이 벗어놓은 양말과 군화를 느릿하게 끼어 신고 풀어 헤친 허리띠를 조여 매는 사이 그의 입에서 흘러나오는 휘파람 소리는 경쾌하기만 했다.

"관사로 가자."

노을 진 하늘은 더욱 짙게 어둠으로 향했다. 예쁜터 동산의 해바라기는 모두 고개를 숙였다. 다시 기다림의 시간이다.

집에 들어온 미숙은 우물가로 곧장 가서 두레박으로 물을 길어 올렸다. 땀으로 범벅인 얼굴과 몸을 씻은 후 양동이를 거꾸로 쏟아 비린내 배긴 권총을 꺼내 수건으로 닦은 후 곧바로 부엌으로 달려갔다. 솔가지와 지푸라기로 숨겨진 몸으로 긴 시간을 있었던 무송은 부엌 대문 바닥을 한참 동안 쳐다보고 있었다. 그의 눈이 멈춘 곳에는 작은 잔가지 속에 갇혀 긴 시간을 꿈지럭거리는 밝고 투명한 피부의 지렁이가 있었다. 거기서 대문 밖으로 나가기까지 부지깽이 길이 정도 되는 거리를 바닥에 들러붙은 몸을 길게 늘여뜨렸다 오므리기를 반복하며 한참을 기어갔다. 윤기 있게 번들거리던 긴 살덩이는 지푸라기와 흙 부스러기가 달라붙어 거칠어졌고 그것의 몸통은 시간이 흐를수록 힘겨워 보였다. 머리를 치켜들고 이리저리 부엌문으로 가는 길을 찾아가던 생명체는 부엌 문턱에 거의 다 와서는 무슨 이유에선지 옆길로 접어들었다. 길을 잃어버린 것 같았다. 그는 손을 뻗어 지렁이를 집어 문턱을 넘겨줄까 생각하다 내버려 두었다. '이유가 있겠지.' 부엌문이 열리고 다급히 들어온 그녀가 가까스로 생명체를 비켜 갔다. 지렁이가 그대로 부엌 문턱을 넘어갔다면 그녀의 발에 압사당했을 것이다.

"괜찮습니꺼?"

그녀는 무송을 덮고 있던 솔가지와 벼잎을 들어내며 그에게 말했다.

"다행히 중대장은 갔어예. 이제 괜찮습니더."

그녀는 수건으로 감쌌던 콜트권총을 꺼내 그에게 내밀었다.

"중대장 권총입니더."

권총에서 물비린내가 확 풍겼다. 물기가 남아 있는 권총을 건네받은 그는 권총의 탄창을 뽑아 총알을 확인하고는 그녀의 표정을 살폈다.

"힘들었을 겁니다."

마음 같아선 손을 뻗어 그녀를 와락 안아주고 싶었다.

"괜찮습니더. 며칠은 여기가 안전할 겁니더."

그녀는 이마를 타고 흘러내리는 땀을 손수건으로 훔치며 말했다.

"권총은 어떻게? 이런 위험한 일을 왜 했습니까? 이러다 들켰으면 큰일 났을 텐데."

"가실 때 이거라도 있어야 안전할 것 같아서예."

그녀는 더없이 슬픈 눈으로 그를 바라봤다.

"정말 고마운데 앞으로 이런 위험한 일은 하지 마시오. 다리는 곧 괜찮아질 겁니다. 내 낫는 대로 지리산으로 바로 출발할 계획입니다."

"다른 것은 다 놔두고 다리부터 빨리 낫도록 해야겠습니더. 짚을 만한 것을 찾아냈는데 저거면 되려나 모르겠습니더."

지팡이를 대신할 적당한 크기의 막대기가 마루에 걸쳐져 있는 게 그의 눈에 들어왔다.

"미숙 씨, 내 일어서 볼 테니 내 손 한번 힘껏 당겨 주겠습니까?"

그녀가 먼저 일어나 그의 손을 잡았다. 하나 둘 셋 소리와 함께 그녀는 힘껏 그의 손을 끌어당겼다. 일순간 그의 자세가 부상 부위 통증으로 인해 그녀 쪽으로 기울었고 그의 장발이 그녀의 가슴으로 떨어졌다. 사내의 냄새가 그녀가 들이마시는 들숨으로 들어왔고 그의 장발 사이로 검은 딱지들이 두피에 내려앉은 것을 그녀는 보았다. 정암산 전투에서 다친 상처인 것 같은데 동생이 살피지 않은 것 같았다. 그가 말하지 않은 걸 보면 큰 상처는 아닌 것 같지만 모두가 모르고 지나친 것에 마음이 쓰였다.

"무송 씨, 여기 머리에도 상처가 있습니다. 우물가로 갑시더. 제가 씻겨 드릴게에."

"저도 모르고 있었습니다. 안 그래도 가려운 게 머리를 감아 볼까 하고 생각했습니다."

그녀는 그의 오른팔이 그녀의 어깨를 안을 수 있도록 자세를 낮추었다. 그러고는 그의 손을 잡았다.

"무거울 텐데 괜찮습니까?"

"네, 저는 괜찮아예."

그는 오른발을 바닥에 딛으며 재빨리 다른 한쪽 발에 힘을 줘 다친 다리에서 오는 고통을 적게 하였다. 마른 나뭇가지처럼 바짝 말라 쪼그라들어 생명의 꿈틀거림이 멈춘 주검 옆을 그들이 지나갔다. 부엌문이 열리며 식어 버린 석양빛이 긴 그림자를 드리우며 두 사람에게 내려앉았다. 우물가로 몸을 움직이는 그를 부축하고는 걷는 그녀는 중대장의 품에 안겼던 그녀가 아니었다. 어둠에 지지 않고 아직도 살아남은 노을빛 몇 조각을 받으며 다정한 모습의 두 사람이 하나 되어 걸어가는 모습은 해바라기 핀 돌담에 긴 그림자를 만들었다. 그에게서 떨어져 나온 그녀는 마루에서 지팡이를 가져다 그에게 주었다. 그는 그녀의 도움 없이 지팡이를 단단히 움켜잡으며 한 발짝 두 발짝 걸음을 뗐다.

"엄마!"

"하나꼬, 어디 갔었지?"

대문을 열고 하나꼬가 손에 보따리를 들고 들어섰다.

"아저씨 지팡이 구하려고 다니다가 동네까지 갔다 왔어."

"손에 든 건 뭐야?"

"술도가 아지매가 집에 가서 먹으라고 강냉이 줬어."

하나꼬는 지팡이를 짚고 마당에 선 그의 모습을 보고는 깔깔거렸다.

"아저씨, 꼭 각설이 타령하는 것 같아요."

하나꼬는 뒤틀린 손목을 허리에 대고 절뚝이는 걸음으로 빙글빙글 원을 그리며 마당을 돌았다.

"그래? 그래 내가 한번 잡아 볼까? 이 각설이가 얼마나 빠른지 볼 테야?"

그의 장난에 달아나는 하나꼬를 보며 모두의 웃음소리가 집 안을 꽉 채웠다.

"호호호. 잘하네요. 꼭 몇 년은 한 사람 같습니더. 호호호."

"거지요? 나도 놀랐습니다. 며칠 있으면 뛸 수도 있습니다. 하하하."

"각설이 아저씨 날 잡아 봐라. 깔깔깔."

그가 얼굴을 찡그려 각설이 모습을 흉내 내자 그들의 웃음이 멈추지 않았다.

"무송 아저씨, 진짜 웃겨요."

"하나꼬야, 너 크게 웃는 게 꼭 사내아이 같다. 하하하."

그의 큰 입이 가지런한 치아를 드러내며 활짝 벌어졌다. 이에 질세라 하나꼬가 그의 옆에 서서 어깨춤을 추었다.

"하나꼬는 어릿광대네. 하하하."

관중석의 미숙도 배꼽이 빠질 것처럼 웃었다.

"무송 씨, 그만하이소. 하나꼬도 그만해라. 아저씨 너무 힘들다."

그는 '휴' 하고 숨을 크게 쉬고는 축담에 엉덩이를 걸쳤다.

"무송 씨, 괜찮습니꺼? 밝은 데서 보니까 머리에 피딱지가 많네예."

그녀가 염려되어 물었다.

"어쩐지 자꾸 가렵더라니 그놈들이 거기에 쫙 깔려 있었네요."

"그러지 말고 우물가로 갑시더. 머리 감으면 피딱지가 떨어져 나올 겁니더."

"아저씨, 제가요 머리 감겨 드리겠습니더."

"하나꼬가? 그래, 한번 기대해 볼까?"

"저는 수건 챙겨서 가겠습니더."

엄마가 마루로 올라가자 하나꼬는 우물가에서 두레박으로 한껏 물을 퍼 올렸다. 그에 맞춰 그는 머리를 숙였고 하나꼬는 고사리 같은 손으로 그의 장발을 이리저리 넘기며 상처를 살폈다. 머리카락은 흘린 피로 어지럽게 엉겨 붙어 있었고 찢어지고 까진 살갗에 앉은 피딱지 사이로 고름이 들어차 있었다.

"아저씨, 내는 못 하겠네예. 제가 만지면 많이 아플 것 같아예."

그리고는 엄마를 부르며 달아나 버렸다. 그는 도망쳐 버린 하나꼬를 쳐다보며 웃음을 터뜨렸다.

"무송 씨, 제가 감겨 드리겠습니더."

그녀는 그의 장발 위로 물을 부었다.

"허리 좀 더 숙여 보이소."

그가 자세를 낮추자 그녀는 동생에게서 선물 받은 비누로 거품을 내어 그의 머리를 감겼다.

"하나꼬, 바가지 물 좀 담아 줘."

다시 우물가로 돌아온 딸은 조롱박 가득 물을 담아 엄마에게 건넸다.

"우리 공주님, 감사합니데이."

그들의 행복한 시간은 계속되었다.

정성스럽게 그의 머리를 감기고 난 후 머리를 살피던 그녀의 얼굴이 한결 밝아졌다.

"하나꼬, 저기 마당에 걸린 수건 좀 가지고 와."

하나꼬는 감나무에서 갈라져 나온 굵은 가지에 걸린 수건을 가져다 엄마에게 건넸다. 그녀는 조심스럽게 그의 젖은 머리를 말렸다.

"다 됐네예."

그녀가 손동작을 멈추며 수건을 그의 머리에서 거두자 그가 허리를 꼿꼿이 펴며 일어섰다. 머리부터 발끝까지 파고드는 상쾌함에 그의 얼굴이 환하게 밝아졌다. 그녀의 얼굴에 어둠이 서서히 내려앉고 아직 남아있는 한 날의 마지막 빛줄기가 그의 얼굴에 드리웠다. 더러움이 씻겨난 그의 장발이 적당한 키에 딱 부러진 탄탄한 몸과 잘 어울렸다.

"안경은 안 쓰시나요?"

"네. 배낭 속에 있는데 지금은 안 써도 됩니다."

그는 안경을 책 읽을 때만 썼는데 여름에는 머리에서 흘러내린 땀 때문에 신경이 쓰여 배낭 속 주머니에 넣어두고 다녔다. 그가 손을 들어 머리를 쓰다듬어 올리자 그의 손등에 패인 상처 자국이 그녀의 눈에 거슬렸다.

"손등에도 상처가 났었네예."

그가 손등을 만지며 말했다.

"서울 을지로에 있는 황금정 다방에 가면 제 별명이 '깔끔이'였습니다. 하하하."

그에게는 하루도 안 씻으면 안 되는 습관이 몸에 배어 있었다. 지금처럼 머리를 만지면 깨끗한 느낌이 들어야 만이 잠을 푹 자는 버릇을 가지고 있었다. 지금은 장발이지만 전쟁 전에는 항시 머리를 짧게 자르고 다녔다. 장봉석은 그런 그를 기생 서방 같다고 놀려대기 일쑤였다. 지금 같은 때가 언제가 마지막이었을까?

"고맙습니다. 정말 기분이 좋습니다."

그는 기분 좋게 웃었다.

"손등에 상처가 곪지 않을까 걱정됩니다."

"상처가 났는지 모르고 있었습니다. 조금 있다가 소독하면 괜찮을 겁니다."

"우와 무송 아저씨. 정말 잘생겼네예."

잠시 사라졌던 하나꼬가 그들에게 다가오며 목소리를 높였다.

"지가예?"

그가 장난스럽게 대꾸하자 엄마와 딸은 자지러지듯이 웃었다.

그는 하나꼬에게 배낭을 가져와 달라고 부탁했다. 하나꼬는 부엌으로 가서 큰 배낭을 양손으로 안고 돌아왔고 그는 배낭에서 신문지 뭉치를 꺼내 하나꼬에게 주었다.

"하나꼬, 이건 소련이라는 나라에서 사 온 사탕하고 과자다. 엄마와 나눠 먹어."

"소련예? 그 나라는 모르지만, 외삼촌이 양키 시장에서 가지고 온 사탕하고 같네예."

하나꼬의 말이 끝나자 엄마가 딸에게 말했다.

"감사합니다 하고 받아야지."

딸은 엄마의 핀잔에 허리를 굽혀 그에게 인사했다.

"위에만 씻으니 허전합니다. 이렇게 된 거 목욕해도 되겠습니까?"

그녀는 대답과 함께 하나꼬를 데리고 예쁜더 동산을 내려왔고 지프차가 서 있던 플라타너스 아래에서 잡고 있던 딸의 손을 놓았다. 수십 그루의 플라타너스가 은행나무와 함께 길을 따라 한 줄로 늘어서 있고 이 길의 오른편에 자리 잡은 수많은 생명체의 평화로운 고향인 작은 호수를 닮은 늪은 의령에서 뻗어 내려온 남강의 작은 물줄기 하나가 만들어 놓았고 이 늪은 다시 큰 강에 생명의 기운을 불어넣는다. 탁 트인 경작지들과 늪과의 사이는 폭넓은 신작로가 칼로 벤 듯이 그사이에 생겨나 쓰임새를 구분 지었고 한낮의 볕을 시원하게 가려주었던 플라타너스 그늘에는 지금 어둠이 들어와 자리매김하였다. 우물가를 비추던 사라지지 않은 노을빛은 늪 구석진 곳에서 살랑이는 물결에 희미하게나마 존재를 드러냈고 길 건너 논에 핀 벼의 주름 주머니에 매달린 거친 알갱이는 평화로운 풍경의 소산으로 모든 것이 함께 어우러져 생존을 공유하고 있었다. 플라타너스 아래의 엄마와 딸은 그들에게 벌어졌던 놀라운 일들을 그늘에 내려놓았다.

그녀는 사카이가 떠난 후, 어린 하나꼬를 데리고 이 마을에 와서 살면서 수많은 일을 겪었다. 익숙했던 곳을 떠나 낯선 곳에서 전혀 다른 삶을 살았고 지금은 또 다른 전쟁을 겪고 있으며 철통같이 자신을 보호하던 지조는 허물어지기 직전이다. 특히 오늘 그녀가 겪은 일들은 상상도 하질 못했던 것들이었고 다행히도 무송이 목욕할 동안 하나꼬를 데리고 생각 없이 걷다가 발걸음이 멈춘 이곳에서 놀랬던 마음을 가라앉힐 수 있었다. 아직도 사물의 형태를 구별할 수 있는 밝음이 남아 있다. 자갈길을 내려보던 엄마의 눈에 태양의 온기가 남은 몽돌 하나가 들어왔다. 납작하게 생긴 것이 그림을 그려 넣을 수 있겠다는 생각에 딸에게 건넸다. 딸은 뒤틀린 손으로 납작돌을 살피고는 호주머니에 넣었다. 그러고는 매고 있던 작은 보퉁이에서 뭔가를 끄집어냈다. 잠시 후 아이가 펼친 손바닥에는 하얀 들꽃잎 하나, 노란 들꽃잎 둘, 보라색 들꽃잎 셋이 가지런히 자리하였다. 딸은 이쁜 웃음과 함께 엄마의 손바닥에다 들꽃잎들을 펼쳤다. 그리고 기다렸다는 듯이 엄마의 머리를 꽃으로 장식했다.

"엄마와 잘 어울려."

"정말? 와! 하나꼬 덕에 엄마가 공주 같다. 우리 딸은 이다음에 커서 화가 되면 좋겠다. 너무 이뻐. 내 딸."

중대장으로 인해 지쳐 있던 몸과 마음이 딸이 가져다주는 행복으로 밝아졌다. 마음속의 먹구름이 물러가자 그들이 선 곳에 어둠이 산들바람에 날리던 원피스 자락처럼 내려앉고 달이 떠오르며 대지를 서서히 밝혀 왔다.

"하나꼬, 집에 가자."

"아저씨 다 씻었을까?"

"아마 그럴걸?"

"근데 엄마, 아저씨는 다리 나으면 자기 나라로 가는 거야?"

"그래야지, 거기가 아저씨 살 곳인데…."

"내 생각에는 가서도 편지할 것 같아."

"편지 안 오면 하나꼬가 하면 되지."

"난 아직 글자도 모르는 게 많은데?"

"엄마가 볼 때는 지금도 많이 알고 있는데?"

"그래? 쓰다가 모르면 엄마한테 물어보면 되고 엄마 없을 땐 외삼촌한테 알려 달라고 하면 되겠네."

"글자 조금 틀려도 괜찮아. 아저씨가 다 알아볼 수 있어."

"무송 아저씨는 결혼했대?"

"아니. 혼자라고 말했어."

"그렇구나."

"왜? 그게 궁금해?"

"그냥"

"……."

무송은 배낭을 열어 전투에서 입었던 군복을 꺼내 빨았다. 감나무 가지에 연결된 빨랫줄에 그의 옷들이 걸리자 이 집의 부족한 것들이 채워졌다. 그는 만족해하며 우물에 기대어 앉아 모처럼의 여유로운 시간을 가졌다.

"다 끝났어예?"

대문 밖에서 미숙의 음성이 들려왔다.

"예, 들어오면 됩니다."

마당에 들어선 그녀의 눈은 감나무 가지에 걸린 군복에 멈춰 섰다. '이 사람은 사리 분별이 분명한 사람이구나.' 그녀는 혼잣말로 중얼거렸다.

"제가 빨면 되는데 그냥 두지예."

"아이고, 이런 거까지 피해를 드리면 됩니까? 염치가 있어야지요. 하하하."

그의 유쾌한 웃음소리가 엄마와 딸의 기분을 올렸다.

"아저씨, 아저씨 이북에 가고 나면 편지 써도 됩니꺼?"

하나꼬의 물음에 그가 답했다.

"편지? 아저씨도 똑같은 말을 하고 싶었다."

"정말예?"

"그래. 아저씨가 집에 먼저 도착하면 제일 먼저 하나꼬에게 편지부터 쓸게. 꼭 약속할게."

"진짜지예?"

'저 지금 진짜 진지합니다.'라고 쓰인 하나꼬의 표정에 그는 시원스러운 미소로 화답한 뒤 부드러운 손길로 사랑스러운 아이의 머리를 쓰다듬어 주었다.

"제가예, 글자가 많이 틀릴 수도 있어예."

"그런 걱정 안 해도 된다. 아저씨는 다 이해할 수 있어."

"그럼, 그 약속 잊으면 안 됩니더. 알겠지예?"

"그래, 우리 꼭 약속 지키자. 만약에 이건 만약 인데, 편지가 안 오더라도 기다리면 꼭 소식이 올 거야. 기억할 수 있겠지?"

"그라모예."

하나꼬가 고개를 힘차게 끄떡였다. 엄마가 그들의 대화 속으로 들어왔다.

"하나꼬, 저녁 준비하자."

그의 빨래를 정리하던 엄마의 말에 딸은 짧은 대답과 함께 부엌으로 들어갔다. 그 뒤를 그가 거북이걸음으로 뒤따랐다.

저녁이 있는 부엌은 생기로 가득했다. 올봄에 마을 청년들이 가져다 쌓아둔 마른 장작 몇 개가 입을 크게 벌리고 있는 아궁이에서 '타닥 타타닥' 타오르는 소리를 내며 그 안을 뜨겁게 달구고 있었고 부엌 곳곳에 놓인 촛불이 밝혀 놓은 비좁은 부엌은 근사한 식당의 우아한 분위기보다 더 고급스러운 멋이 있었다. 그리고 맛있는 찬이 올려진 밥상에서 이어질 풍성한 저녁을 기대하게 했다. 부엌 안의 세 사람은 부뚜막에 올려놓은 작은 등불이 밝혀 주는 밥상을 행복한 표정으로 둘러앉았다.

"우리 기도부터 하고 먹을까에?"

미숙의 제안에 두 사람의 짧은 대답이 들렸고 두 손을 모은 채 입술을 달싹거리는 그녀의 기도가 이어졌다.

"하느님의 사랑으로 저희가 귀한 음식을 먹습니다. 저희를 지켜 주서서 감사합니다. 아멘."

"아멘."

"아멘."

"상이 초라합니더."

그녀의 말에 그는 고개를 저었다. 겨울에 내린 폭설처럼 수북이 쌓인 흰 쌀밥에서 모락모락 피어오르는 뜨거운 김을 쳐다보며 입맛을 다시는 그의 표정은 이 순간을 즐기는 듯했다. 그는 밥 한 술을 입안에 넣고는 천천히 씹었고 이를 보고 있던 하나꼬는 그의 입술 주변 근육이 멈출 때까지 기다렸다. 잠시 후 그는 된장찌개에 비벼진 쌀밥에 김치를 얹어 입안으로 가져갔고 앞선 그의 습관처럼 한동안을 씹었다. 그러길 몇 차례, 쌀밥을 담았던 그릇에는 밥 한 톨 남지 않았다.

"미안합니다. 이런 밥을 언제 먹었는지 기억이 없습니다."

그녀의 표정이 더욱 밝아졌다.

"밥 더 드릴까에?"

"예. 가득 담아 주시겠습니까? 하하."

"엄마, 내가 담아올게."

하나꼬는 날쌔게 일어나 솥뚜껑을 열어 윤기 흐르는 쌀밥을 밥그릇 한 가득 퍼 담아 상에 올렸다.

"하나꼬, 이거 다 못 먹을 것 같은데?"

"다 먹습니더. 헤헤헤."

엄마와 딸 그리고 그들이 내는 행복의 웃음이 아궁이에서 나온 미로 같은 굴뚝을 타고 흘러나와 앞마당으로 퍼졌다.

"평양에 있을 때 일이 생각납니다. 그때 가끔씩 성당에 나갔었는데 운 좋게 신부님과 식사할 기회도 있었습니다. 독일인 신부님이 계셨는데 빵을 직접 만들어서 나눠 주시고 한번은 귀한 포도주도 주시고 하셨습니다. 그분들이 보고 싶네요."

"곧 만나실 거 아닙니꺼?"

"그러지 못할 것 같습니다. 음, 이런 말해도 되는지 모르겠습니다. 이건 조국 비판이니까요."

"뭔 말씀인데…."

"저 혼자만의 생각인데 조국이 행한 것 중에 이해 안 되는 정책이 있습니다. 전쟁 2년 전부터 종교인에 대한 탄압이 심해졌습니다. 평양교구에도 그것을 피부로 느낄 수가 있었습니다. 덕원 수도원의 경우는 거의 폐쇄되었다고 들었습니다. 그리고 독일인 선교사님들이 여러 고초를 당하셨다는 소식도 들었습니다."

"아…."

"전쟁 중이라 자세히는 모르지만 여기 남한은 그런 일이 없는 것 같습니다."

"네, 그런 일은 여기 없습니다. 동생이 자주 일본에 왔다 갔다 하는데 종교 탄압 소리는 들은 적이 없습니더."

"그렇군요."

말을 마친 무송이 젓가락으로 밥 한 알을 집어 그의 입으로 가져갔다. 그리고 천천히 씹어 삼켰다. 말없이 몇 차례 이 동작을 반복하자 하나꼬가 재미있다는 듯 그의 손동작을 눈에 힘을 잔뜩 주고 세심히 관찰한 뒤 왼손으로 젓가락을 야무지게 쥔 채 작은 종지를 닮은 밥공기에서 밥 한 톨을 집어 갔다. 하나꼬의 기대와는 달리 꽉 쥔 젓가락에서 밥 한 톨이 힘없이 떨어졌다. 하나꼬는 다시 왼손에 쥔 젓가락에 힘을 주고는 작은 밥공기에서 밥 한 톨을 꺼내 조심스럽게 그것을 기다리는 입으로 가져갔다. 하지만 야속하게도 밥 한 알이 젓가락에서 빠져나와 무릎 위로 떨어져 버렸다. 이를 지켜보던 미숙이 막 입을 열려는 찰나 무송이 그녀의 손등을 가볍게 건드리며 하나꼬에게 다정하게 말을 걸었다.

"하나꼬, 젓가락질은 큰 것을 집을 때는 힘이 안 들지만 콩 같은 작은 것을 집을 때면 세심한 젓가락질이 필요해. 내가 기억하는 어릴 적 일이 있어. 사촌들이 집에 와서 밥을 함께 먹는데 맛있게 구워진 조기가 상위에 올라오면 순식간에 살점을 발라 먹는 거야. 나는 큰 살점 몇 번 먹고는 뼈에 붙은 고소한 살점은 입에 넣지도 못했어. 자꾸 그러다 보니 오기가 생기는 거야. 그래서 머리를 썼어. 친구들을 집에 불러서 놀게 한 뒤 밥을 줬거든? 근데 숟가락은 안 주고 젓가락만 줬어. 그중에서 한 친구가 젓가락질을 너무 잘하는 거야. 그래서 그 친구에게 배웠어. 뭐, 며칠 지나니 금세 손에 익어 선수가 되었어. 추석 때 사촌들이 집에 왔을 때 내가 박살 내버렸지 뭐. 하하하."

"깔깔깔."

"호호호."

"하하하."

그들은 한껏 웃었다. 한참 동안 이어지던 웃음이 그치자 그가 하나꼬에게 물었다.

"아저씨 따라 해 볼래?"

"네."

하나꼬가 배시시 웃으며 고개를 끄떡였다.

"그래, 이건 십일 자 젓가락질이야. 젓가락 두 개가 나란히 서 있지? 숫자 11처럼 생겼다고 해서 십일 자 젓가락질이라고 하는 거야."

그는 오른손으로 잡은 젓가락을 상위에 나란히 세워 키 높이를 맞추더니 이내 부드럽게 젓가락을 말아 쥐고는 사기 밥그릇 바닥에 깔린 밥 한 알을 집어 입안에 넣었다. 잘생긴 그의 하관이 움직일 때마다 그의 입안에서 들려오는 맛있는 소리가 엄마와 딸의 시선을 붙잡았다. 다시 그리고 또다시, 그의 젓가락질이 반복되자 하나꼬도 왼손으로 젓가락을 가볍게 말아 쥐고는 사기그릇 반쯤 담긴 흰 쌀밥 더미에서 밥 한 알을 골라내어 입안으로 가져갔다. '어' 하는 깜짝 놀라지르는 소리와 함께 하나꼬의 입이 꼬물거렸다. 하나꼬의 눈은 놀라움에 부릅떠졌고 엄마의 박수 소리가 들렸다. 엄마의 응원을 받으며 다시 젓가락을 밥공기에 넣어 이번에도 만만한 크기의 쌀 한 톨을 골라내어 입안으로 가져갔다. 계속되는 젓가락질에도 밥알을 놓치질 않자 엄마의 칭찬이 터져 나왔다.

"딸, 큰일 했다. 완전 큰일 해냈어."

그도 칭찬을 거들었다.

"하나꼬는 도대체 못 하는 게 없는 것 같아. 아저씨가 며칠 만에 한 것을 겨우 몇 번 만에 끝내 버리니. 천재 아냐?"

그는 내심 중얼거렸다. 누군든 고통과 슬픔에 가득 찬 채 우리처럼 아궁이 앞에 앉았다면 온몸 가득 짊어진 고통의 짐을 아궁이 속으로 던졌을 것이다.

"아저씨, 딱 한 번만 더 보세요. 제가 해 볼게예."

그와 그녀가 대답과 함께 흔쾌히 고개를 끄떡였다.

다시 한번 밥 한 알이 아궁이처럼 벌어진 입안으로 들어가자 기쁨과 환호로 부엌이 들썩거렸다.

"꺅, 됐지예?"

하나꼬가 자리에서 일어나 소리를 지르며 환호했다.

"그래, 너무 이쁘게 젓가락질 잘하는구나."

그의 칭찬에 하나꼬가 뒤틀린 오른손을 허공에 마구 휘두르며 무한한 기쁨을 표현했다.

"봤지예. 내 해냈습니더. 엄마, 내 해냈어예."

"그래, 잘했다. 내 딸."

엄마가 크게 손뼉을 쳤다.

"와 정말 잘했다. 이제 좀 더 연습하면 바닥에 떨어진 머리카락도 집어 올릴 수 있을 거다. 하하하."

그도 무척 즐거워했다.

"이제 지가 해바라기 씨앗도 젓가락으로 집을 수 있겠지예?"

"그래, 아주 쉬울 거다."

"그러면 아저씨, 내일은 제가예, 해바라기 씨앗 한번 옮겨 볼게예."

"그렇게 급하게?"

"빨리 보여드리고 싶어예."

모두의 얼굴에 흐뭇한 웃음이 그치지 않았다.

"하나꼬, 먹던 밥은 끝내야지?"

엄마의 말에 하나꼬는 밥 한 숟가락을 입안으로 넣고는 오물오물 몇 번 씹은 후 삼켰다.

"딸, 음식은 입안에서 천천히 오랫동안 씹어야 배 안에서 소화가 잘돼. 지금처럼 하면 배 아플 수 있어."

"얼마나 오랫동안에?"

"입안에서 가루가 된 느낌이 오면 잘 씹은 거란다."

하나꼬는 마지막 한 숟가락을 입안으로 넣고는 통통한 볼살을 열심히 움직인 후, 그의 얼굴 앞에 바짝 들이대고 목구멍이 보이도록 입을 크게 벌렸다.

"하하하, 그래. 잘했다."

"하나꼬, 여자애가 그러면 안 돼."

엄마의 단호한 목소리에 딸은 장난기를 거두고 그를 쳐다봤다.

"하하하, 엄마한테 꾸중 들었구나. 엄마 말대로 음식 먹은 입을 사람들한테 보여 주면 입안에 있는 음식물 찌꺼기가 보여 실례가 된단다. 그래서 그런 거야. 하지만 아저씨는 괜찮아. 하하하."

하나꼬는 곧장 엄마의 품에 안기더니 부끄러운 얼굴을 감추었다. 발그스름한 하나꼬의 한쪽 볼에 웃음기 머금은 엄마의 볼이 와닿았다. 엄마와 딸의 행복한 모습을 지켜보던 그는 손을 뻗어 하나꼬의 볼에 묻은 밥풀을 뗐다. '이 사람은 하나꼬에게 필요했던 아빠의 빈자리를 훌륭히 채워 주고 있어. 아빠한테서 받을 사랑을 동생이나 현수 아재한테서 받았는데 이 사람이 보여 주는 행동들이 아빠가 해 줄 수 있는 사랑임을 하나꼬가 아는 거 같아. 내 가슴에 맞닿은 하나꼬의 심장이 빠르게 뛰는 걸 보면 무송 씨를 아빠처럼 느끼고 있는 거야.'

그녀는 복잡한 마음으로 하나꼬의 등을 한동안 어루만져 주었다. 그녀는 하나꼬가 품에서 떨어지자 바닥에 놓인 솔가지를 주워 든 후, 가느다란 연기가 새어 나오는 아궁이 위 흙벽에 선을 그리기 시작했다. '사각사각' 소리를 내며 솔가지가 지나간 뒤 어김없이 황토 가루가 떨어져 솥뚜껑 위로 내려앉았다. 그녀가 마지막 필선을 멈추자 아궁이 앞에 앉은 세 사람의 그림이 그려졌다. 작은 상을 사이에 두고 큰 소리로 웃던 딸의 모습, 온 얼굴에 웃음꽃이 핀 무송의 모습, 이들을 사랑스러운 표정으로 지켜보는 그녀의 모습이었다.

"아저씨, 엄마 그림 잘 그리지예?

"그래, 화가 같다."

"화가가 뭐예요?"

"응, 사람들이 그림을 잘 그리는 사람들을 그렇게 불러."

"그림을 그냥 그리는 것이 아닌데요, 어디서 배웠습니까?"

"부모님이 부둣가 근처에서 포목점을 운영하면서 양품도 같이 팔았어예. 잡화들이 종류별로 가게에 가득 있었는데 대부분 화장품이나 미술용품이었어예. 일본에서 넘어온 상품들이라 그중에는 멀리 미국에서 온 물감이라든지 붓과 도화지 같은 고급스러운 물건들이 있었어예. 부모님 가게 바로 옆에는 작은 가게가 있었는데 기억이 잘은 안 나지만 여성용 용품을 팔았던 것 같아예. 거기 주인아저씨가 그림을 잘 그렸어예. 아저씨는 가게 문을 활짝 열어 놓고 파도가 부두 가에 부딪히며 내는 찰랑이는 소리와 산과 산 사이로 들어오는 작은 바닷물결에서 반짝이는 태양 빛을 너무도 좋아하는 낭만적인 분이셨어예. 또 기억나는 게 푸르도록 파란 하늘이 주는 분위기를 즐겼어예. 아저씨가 손에 잡은 연필이 하얀 도화지에서 부드럽게 움직이면 아름다운 풍경화가 그려졌는데, 어릴 적 저의 감성을 사정없이 사로잡아 버렸습니다. 그때부터 그림 그리기를 시작하게 되었어예."

"아. 부모님은 아직 마산에 계십니까?"

"해방되자마자 대전으로 가셨어예. 그 이후 만나 뵙지 못했습니다."

"연락은 됩니까?"

"해야죠. 이번에 전쟁이 안 났으면 대전으로 가려고 했는데…. 하나꼬도 못 본 지가 벌써 칠 년이 되어 가네예."

그가 미안해했다.

"죄송합니다."

"아니라예. 무송 씨 잘못만이겠습니꺼?"

그는 침묵하며 아궁이 위의 흙벽에 아직 남아 있는 자리를 쳐다보더니 그녀에게 부탁 하나를 했다.

"미숙 씨, 혹시 큰 별 하나 그려 줄 수 있겠습니까?"

"별예? 저 밤하늘의 별을 말씀하시는 겁니꺼?"

그가 고개를 끄떡였다.

"네, 밤하늘에 반짝이는 별 맞습니다. 미숙 씨가 생각하는 별을 그려 주시면 됩니다."

부뚜막 위에 엉덩이를 걸치고 있던 하나꼬가 그들의 대화에 들어왔다.

"나도 엄마가 그리는 별이 궁금해."

호기심과 기대감이 가득 담긴 표정으로 엄마를 빤히 쳐다보고 있는 하나꼬와 그녀에게 다정한 미소를 짓고 있는 그가 부담스러운 듯 그들의 눈길을 피해 뒤돌아선 그녀는 손에 쥔 잔솔가지를 버리고 부지깽이를 집어 들었다. 그리고 그녀의 발아래 놓인 도마 위의 부엌칼로 그것의 끝을 날카롭게 다듬은 후 아궁이 위 흙벽에다 그림을 그려 나갔다. 뾰족한 부지깽이 끝이 흙벽을 긁는 소리가 부엌 안의 존재가 내는 소리를 대신했다. 길지 않은 시간이 흐르고 부지깽이가 멈추자 큰 별 하나가 흙벽에서 힘차게 생동하는 기운을 내며 태어났다.

"생명의 기운이 힘차게 느껴질 정도로 기운이 넘쳐 나는 큰 별입니다."

그가 감탄했다.

"마지막에 손을 벽에서 떼는데, 제 마음에서 뭔가 꿈틀거리며 나오는 기운이 있음을 느꼈어예."

그녀의 손에 쥔 부지깽이가 미세하게 떨렸다. '미숙 씨는 이 별을 그리는 동안 그녀가 쏟을 수 있는 기운을 다 쏟은 거야. 그래서 저 별에서 나도 지금껏 경험하지 못한 순수한 생명의 탄생 같은 감동이 느껴지는 거다. 믿을 수가 없어. 어떻게 저 흙벽에 나타난 별에서 이런 기운이 느껴지는 걸까?' 그가 그녀의 별에 감동하고 있을 때 하나꼬의 목소리가 깊은 생각에 잠긴 그들의 시간을 깨웠다.

"난, 엄마 별이 크고 힘이 세게 느껴져."

그러고는 부뚜막에 발을 딛고 올라서서 손가락 하나를 곧게 펴고 엄마의 별 길을 따라갔다. 부드럽고 가느다란 필선으로 만들어진 별 길을 따라가는 아이의 손끝에서 뻗쳐 나오는 순수한 기운이 어른들의 감정을 끌어올렸다. 그가 전쟁에서 잃어버린 순수함을 그녀는 낯선 곳에서 살면서 잃어버렸던 순수함을 그 순간 찾아 가고 있었다.

"그래 하나꼬. 엄마별은 커 그리고 힘이 세."

그의 말에 하나꼬는 부뚜막에 선 채 발갛게 상기된 얼굴로 엄마와 아저씨를 바라봤다.

"하나꼬, 지금 갓 태어난 저 별은 힘이 아주 센 별이야. 그래서 우리를 지켜 주는 별처럼 아저씨는 느껴."

"아. 맞다. 아저씨도 힘이 세죠? 아저씨 군복에 그려진 별과 같아예."

하나꼬는 빨랫줄에 걸린 그의 군복에 달린 계급장이 생각났다.

"맞아, 하나꼬. 저 별은 아저씨가 어깨에 달고 있던 그 별과 같아."

"그럼, 봉석 오빠도 힘이 무지 셌겠네예?"

"그랬지. 봉석 오빠도 별을 가지고 있었으니까. 하나꼬가 말한 대로 엄마별은 아저씨별과 닮았지만, 엄마 별이 더 크고 더 힘이 세단다."

"저 별은 이름이 힘센 별인데 아저씨별은 이름이 뭐예요?"

"아저씨별은 인민의 별이라고 해. 하나꼬, 성경에 나오는 다윗 왕 알지?"

"네, 외삼촌이 자주 성경 이야기를 해 줘서 알고 있어예. 여기 같은 시골에서 양치기했던 목동인데 나중에는 왕이 되었잖아예?"

"그래 그 다윗 왕에게도 엄마가 그린 큰 별과 같은 힘센 별이 있었 단다."

"아. 그래서 힘이 세서 왕이 된 거네예. 그럼, 우리 중에도 누가 왕 이 될 수 있겠네예?"

"뭐? 하하하."

"호호호."

한바탕 하나꼬의 재치가 어른들의 웃음을 터뜨렸다.

"하나꼬가 본 봉석 오빠의 별도 당연히 힘이 셌을 거다."

잠자코 그들의 대화를 듣던 그녀가 어리둥절하며 물었다.

"봉석 씨 별을 봤다고예?"

"눈을 감고 깊이 몰입하면 그 별이 보입니다. 저 큰 별도 미숙 씨의 마음 깊은 곳에서 태어나지 않았습니까? 그렇게 우리는 매일 별을 만들고 있습니다. 누구는 한밤중 밝게 빛나는 별을 눈으로 보면서 행복해하고 어떤 사람들은 저렇게 밝은 별이 되고자 사는 동안 온 힘을 다 쏟죠. 내 어깨에 달렸던 별은 인민의 별이고 하나꼬가 본 별은 그리움의 별이고 미숙 씨가 그린 별은 우리를 위한 별이죠."

"제가 그린 별은 기도하는 별입니다. 별을 그려가는 동안 하느님께서 낮에는 해처럼 밤에는 달과 별처럼 우리를 이끄신다는 생각으로 그렸어예. 그런데 무송 씨나 하나꼬에게는 각각 다른 별로 나타난 모양입니더."

"하나꼬에게는 힘센 별이고 내게는 내가 잃어버렸던 순수함을 되찾아주는 별입니다."

마주 보는 두 사람의 눈동자가 잔잔히 흔들렸다. 애써 말로 표현할 것 없이 서로는 같은 감정을 느끼고 있었다.

"하나꼬, 엄마는 치울 테니까 가서 양치질하고 손발 깨끗이 씻고 먼저 방에 가서 자거라."

"응, 엄마."

"아저씨한테도 인사하고."

하나꼬는 그에게 한껏 밝은 미소를 보내며 부엌을 나갔다.

"무송 씨, 고맙습니다. 하나꼬가 가까운 몇몇 사람 말고는 저렇게 말도 잘하고 맹랑하게 행동한 적이 없습니다. 현수 아재 가족들이야 워낙 친해서 그렇다지만 거기서도 저런 모습을 본 적이 없습니더."

"아, 그랬다니 다행입니다. 그런 말 마십시오. 두 사람 아니었다면 저는 이미 저세상 사람입니다."

"제가 얼른 상 치우고 약 드실 물 가지고 오겠습니다."

"뭐라도 도와 드려야 하는데 내일부터는 그래도 되겠습니다."

"괜찮습니더. 이 일이 힘든 것도 아닌데예."

그녀가 상을 들고 나가자 그는 아궁이 윗벽에 걸린 큰 별을 향해 성호를 그었다.

*

두레박에서 쏟아져 나오는 물소리가 요란하게 우물가를 흔들었다. 두레박 가득 담겼던 차가운 물이 하나꼬의 머리 위에서 철썩하며 뽀얀 몸을 타고 쏟아 내렸다. 하나꼬는 넓적한 돌 위에 올려진 앙증 맞은 발을 동동거리며 소리를 질렀다. 하나꼬가 물 장단에 맞춰 동동 구르는 모습이 여간 재미있지 않아 엄마는 웃음을 터뜨렸다.

"호호호. 엄마가 도와줘?"

"다 했어예. 와, 물이 진짜 차가워요."

하나꼬는 감나무 가지에 걸린 수건을 손으로 당겨 몸을 감쌌다.

"돌아봐, 등 닦아 줄게."

딸에게서 나는 풋풋한 살냄새가 더는 아이의 것이 아님을 그녀는 느꼈다.

"다 됐다. 먼저 들어가서 책도 읽고 받아쓰기도 하고."

"응."

한 발짝 두 발짝…. 조심스럽게 걷는 하나꼬에게서 엄마는 눈길을 떼지 못했다. 하나꼬가 표현하는 여러 동작과 말들이 며칠 전 딸의 행동과는 달랐다. 피난에서 겪은 일들과 집에 와서 경험한 일들이 딸을 성숙시켰다. '이제 더는 아이가 아니구나.'

우물가에서 사람이 만들어 내는 소리에도 어김없이 나타난 고귀한 자연의 생명이 내는 소리가 밤을 겹겹이 서정적으로 둘러쳤다. 아직 마르지 않은 딸의 발자국 위에 엄마는 조금 더 큰 발을 올려놓으며 그 길을 따라 걸었다. 촛불의 은은함이 만들어 놓은 방에는 서랍장과 몇 년 전 마을에 처음 올 때 들고 온 가방 두 개, 엄마와 딸의 물건을 구별 지어 놓은 경대, 이 집에 처음 들어올 때 현수 아재가 읍내 장에서 집들이 선물로 사 온 아직도 옻칠 냄새가 풍기는 조그만 상이 전부였다. 벽에 붙은 사진 한 장은 늘 향수를 불러왔다. 그녀는 바다가 보이는 집과 추억을 사무치도록 그리워했으며 사카이가 보고 싶어 작은 상 아래에 얼굴을 파묻고 울기도 했다. 아무 일도 일어날 것 같지도 않았던 저때로 돌아가고 싶었다. 그 시간 속의 그는 그녀를 꼭 껴안고 산과 산 사이의 비좁은 자리를 파고든 푸른 바다가 보이는 마루에 몸을 기대서는 다섯 손가락을 벌려 그사이 사이로 그녀의 머릿결을 넘겨주고 있었다. 그리고 그의 부드러운 손길은 그녀의 시간을 깨우지 않았다. 그녀는 이 순간 그의 손길을 기억했다. 지금이라도 그가 온다면 그녀의 온몸 모공에서 해바라기꽃 향기를 닮은 향이 강을 막아선 둑이 터지듯 터져 나올 것이었다.

"엄마, 왜 서서만 있어?"

딸이 엄마를 그 시간으로부터 불러들였으나, 엄마는 말이 없었다.

"엄마, 슬퍼?"

"응, 조금. 아빠가 보고 싶어."

그녀는 하나꼬를 꼭 끌어안았다. 초에서 흘러내리는 촛농처럼 눈물이 고운 볼을 타고 서럽게 흘렀다.

"엄마, 괜찮아."

그녀는 고개를 끄떡이며 딸의 얼굴을 쓰다듬은 뒤 서랍장을 열어 오랫동안 입지 않았던 분홍색 나염이 이쁘게 물들어진 원피스를 꺼냈다.

"엄마, 그 옷 처음 보는데?"

"응, 하나꼬가 태어나고 얼마 안 있어 산 거야."

활짝 펼쳐진 원피스를 보며 딸이 흥분하여 소리쳤다.

"와, 색깔 진짜 이쁘다."

순간 터져 나온 딸의 큰 소리에 깜짝 놀란 엄마는 딸을 조용히 시켰다.

"쉿, 조용히 말해. 아저씨 들을라."

"히히히. 미안해."

둘은 속닥거렸고 이후 새 원피스로 갈아입은 엄마가 밖으로 나가자 하나꼬는 방바닥에 엎드려 발뒤꿈치를 모으고는 일전에 엄마에게서 배웠던 숫자를 열심히 공책에 써 내려갔다. 낮에 있었던 일이었는데 무송 아저씨와 숫자 놀이하다 12를 쓴다는 것이 20을 써 버렸고 그것이 무척 후회스러웠다. '진짜 내일은 다 맞출 거야.' 내일을 위한 하나꼬의 손놀림이 공책 위에서 바쁘게 움직였다.

방에서 나온 그녀는 가슴을 파고드는 시원한 밤공기에 기분이 좋아졌다. 신선한 기분으로 밤하늘을 올려다봤다. 우수에 젖은 그녀는 밤하늘을 도화지 삼아 지난날 기억 속에서 그녀가 선택한 기억 모두를 그려내고 있었다. 눈빛이 그림 붓이 되고 추억들이 물감이 되었다.

작은 마루에 두 발을 모으고 앉아 아궁이 흙벽에 그렸던 기도하는 별을 닮은, 별 하나를 밤하늘에서 주웠다. '이 별은 우리 별이야.' 혼자 중얼거렸던 그녀의 말을 들은 걸까? 돌담에 핀 해바라기들은 그녀의 밤하늘을 볼 수 없는 것이 아쉬운지 몸을 흔들더니 곧 더 깊이 머리를 조아리며 오늘의 끝을 불렀다.

우물가에 선 그녀는 잠시 희미한 불빛이 새어 나오는 부엌을 살핀 후, 싱그러움이 단단히 여물은 탄력 있는 육체에 걸쳐진 장식물들을 모두 벗어 버렸다. 두레박 가득 담긴 차가운 물이 봉긋이 솟아오른 젖가슴과 동산을 닮은 등줄기를 지나 탐스러운 둔부를 가르는 골을 거쳐 매끈한 종아리를 타고 흘렀다. 초록 목소리를 내는 생명체가 하나꼬에게도 그랬듯 그녀에게도 익숙한 소리를 그치지 않고 냈다. 목욕을 마친 그녀는 원피스를 걸치고 다시 방으로 들어갔다.

그녀는 수년 전, 마산을 떠나는 날 챙겼던 짐 속에서 찾아낸 프랑스제 향수병을 경대 서랍장에서 꺼냈다. 불투명한 두꺼운 유리에 다소 투박하게 생긴 사각진 향수병의 포장을 벗겨 내고 뚜껑을 열었다. 상쾌한 박하 향이 진하게 방 안을 퍼졌다. 그녀는 액체 한 방울을 손가락에 묻힌 후 목덜미 주위를 여러 번 발랐다. 그녀의 얼굴에 녹두꽃을 닮은 미소가 피어올랐다. 잠시나마 결코 평범한 일이 아니었던 긴 하루 끝에 찾아낸 이 자유는 그녀를 편안히 쉴 수 있도록 해 주었다. 잠시 후, 연필을 손에 쥔 채 잠이 든 하나꼬를 살짝 밀어 벽 쪽으로 옮겨 놓았다. 처음 이사하는 날에 마을 청년들이 손을 봤는데도 천장에서 들려오는 삐걱거리는 나무 이음새 마찰 소리가 여간 귀에 거슬리는 게 아니었다. 이번 여름이 지나고 날 좋은 가을에 동생이 손봐 주기로 한 날까지는 서랍장 모서리에 생긴 공간에 하나꼬를 재우는 것이 마음에 놓였다.

경대에 붙은 회전식 거울에 비친 그녀의 볼에는 발그스름한 홍조가 은은한 촛불이 밝히는 빛을 받아 꽃을 피웠다. 잠들기 전 하나꼬의 뒤틀린 손을 잡고 누워있는 것보다 더 큰 위안이 그녀에게 있을까? 어떤 날은, 촛불이 타들어 가며 내는 고요한 소리에도 그녀는 밤잠을 설쳤고 매서운 겨울바람에 비가 억수같이 쏟아지며 내는 소리가 밤새 그녀를 잠들지 못하게 할 때도 있었지만, 늘 그럴 때는 하나꼬의 뒤틀린 손을 잡았고 그보다 위로가 되는 것은 없었다. 동산 외진 곳에 사는 엄마에게 찾아오는 가혹한 적막함을 이겨 낼 수 있었던 것은 하나꼬가 곁에 있었기 때문이었다. 오늘 밤은 하나꼬의 손을 잡지 않더라도 그녀를 괴롭힐 것은 없을 것처럼 느껴졌다. 하지만 남편 사카이와 벚꽃이 한창 때인 진해에 놀러 갔던 기억이 떠오르면서 쉽게 그 자리를 떠나지 못했다. 그녀는 그곳에서 사카이와 첫날밤을 함께했다. 낯선 장소에서 그의 입김이 밤새 그녀의 목을 타고 들어왔다. 그날의 섬세했던 그의 손놀림과 그들의 거친 숨소리 그리고 짙은 살냄새가 마치 어젯밤 일어난 일처럼 느껴졌다.

빗질하던 그녀의 손이 잠시 멈추었다. 중대장과의 일이 그녀의 기억을 타고 들어왔기 때문이었다. 그의 행동은 불량배가 호기로 마음에 든 여자를 찝쩍거리던 행동이 아니었다. 그녀를 껴안은 채 속삭이던 그는 정말 진지했다. 차마 무송이 걱정이 돼 그의 행동에 강한 방어막을 치지 못한 게 후회스러웠다. 그녀는 그가 자신의 손을 쉽게 잡고 그녀의 허리를 껴안았을 때 거센 저항을 하지 못한 게 크게 후회스러웠다. 그녀의 온몸에 소름을 돋게 한 치욕스러운 그의 마지막 행동은 정말 생각하기도 싫었다. 마치 사냥감을 입에 문 들개의 눈을 가졌던 그의 얼굴이 각진 거울에 나타나자 화가 치밀어올라 얼굴을 붉히며 빗질을 빠르게 이어 갔다. 그리고 고개를 가로저으며 생각을 멈추려 애썼다. '현수 아재나 동네 청년들에게 도움을 청하는 것은 어떨까?' 하는 생각을 안 해 본 것은 아니었다. '빨갱이에 원한 맺힌 사람들인데 무송 씨를 도와달라고 부탁한다?' 그것은 도리어 자신과 하나꼬를 큰 위험에 빠뜨릴 것이기에 그만 생각을 접었다. 지금으로서는 그가 여기를 빨리 떠나는 것 외에는 달리 다른 방법이 없는 것처럼 보였다. 다시 거울 속에 비친 그녀의 얼굴은 걱정과 혼란스러움으로 채워졌고 그만 그녀는 거울을 접어 버렸다. 사카이가 떠나고 해방이 되던 때 겪은 그 일들은 큰 두려움이 되어 마음에 거친 골을 내버렸다. 이제는 습관처럼 찾아오는 두려움은 그녀가 생각을 정리할 겨를도 없이 곧바로 그녀를 혼란스럽게 했다. '중대장이 오기 전 영철이가 먼저 와야 할 텐데….' 또 다른 걱정에, 그녀는 가슴 깊은 곳에서부터 터져 나오는 한숨을 길게 내 쉬었다. 이런저런 생각이 그녀의 머리에서 떠나지 않을 때, 딸의 잠꼬대가 그녀의 주의를 돌렸다. 홑이불을 똘똘 말아 두 다리 사이에 끼우고 자는 모습이 돌아가신 큰어르신이 한여름에 사랑방 마루에서 낮잠 잘 때 하는 모습을 빼닮았고 그가 하던 잠버릇과 얼마나 많이 닮았는지 '풋' 하고 웃음마저 나왔다. 엄마는 상체를 숙여서 복숭아처럼 탐스러운 딸의 볼을 두 손으로 쓰다듬어 주고는 꼭 껴안았다. 어린 딸의 체온이 가슴으로 스며들어오고 달달 한 살냄새가 그녀의 무거운 마음을 가라앉혔다. "그래. 잘 살자. 하나꼬. 우리 잘될 거야. 사랑해."

무송은 모든 것이 꿈만 같았다. 황금정에서 장봉석의 누나를 본 것을 마지막으로 이후 그의 생활을 지배한 건 전투적인 삶, 뿐이었다. 불과 얼마 전까지 삶이 끝나고 죽음으로 드러누운 동무의 시체를 바로 눈앞에서 보지 않았던가? 총에 붙은 단도가 등을 관통해 죽은 시신은 꺾어진 머리를 위로 한 채 아무것도 남겨질 것 없는 존재의 모습이 되어 있었고 검은 눈동자가 사라진, 허연 눈을 드러낸 채로 벽에 기대어 그를 쳐다보고 있었던, 그 형체를 알 수 없던 동무의 몸은 어땠는가? 그러나 그에 비하면 오늘 밤은 어떠한가? 눈에 들어오지도 않았던 볼품없는 아궁이가 만들어 준 기쁨과 엄마와 딸이 함께해 줬던 행복은 거짓말처럼 그를 지배하던 아픔과 상처로부터 그를 해방시켰다. '내일은 가야지. 더 머물면 이들이 위험해.' 그는 이렇게 하룻밤이라도 자유롭게 숨을 쉴 수 있는 것을 하느님께 감사했다. 외로움을 느끼다니…. 전쟁에서 떠난 지 딱 하루가 채 지나지 않았는데도 평양 생활의 평범한 일상에서 느끼던 허전함을 느끼다니…. 그는 쓴웃음을 지었다. 장성아의 얼굴이 나타났다 사라졌다. 공허한 그의 마음을 아궁이는 품어 주었다.

하나꼬가 그렸던 별 한쪽 모서리 필선이 희미한 것을 두고 건조한 짚 더미에 누워 있는 내내 마음에 걸렸었다. 무척 길 것 같은 밤에 그가 할 수 있는 일이 생겨 다행이다 싶은 생각으로 그는 몸을 일으켜 자개 무늬가 눈에 띄는 수저통에서 젓가락 하나를 꺼내 희미한 필선 위로 더 깊은 골을 냈다.

"무송 씨, 뭐 하는데예?"

약통을 손에 들고 서 있는 그녀가 여간 그에게 반갑지 않았다.

"하나꼬가 낮에 그린 별인데 한쪽 선이 희미하길래 고쳐 주고 있었습니다."

"다 고쳤어예?"

"하하. 예."

윤기 있게 흘러내린 검은 머리카락은 가늘고 고운 선으로 이어진 그녀의 여린 어깨 위로 내려와 있었고 고운 이마에 자리 잡은 짙은 눈썹 아래의 청순한 두 눈과 갸름하게 뻗은 목 아래를 나비가 날개를 펼

친 듯한 프랑스자수가 인상적인 분홍 원피스를 입은 그녀가 참 아름
다웠다. 원피스 밑단의 꽃잎 자수 아래로 드러난 하얀 종아리가 그를
향해 천천히 다가오더니 그에게서 한 발짝 앞에 멈춰 섰다. 그리고
시원하고 상쾌한 박하 향이 그의 호흡을 타고 빠르게 그의 전신으로
퍼졌다.

"저는 자는 줄 알았습니다."

가벼운 헛기침과 함께 그는 특유의 활짝 웃음을 지어 보였다.

"소독해야지예."

손을 뻗으면 금방이라도 안을 듯한 가까운 거리에 선 그녀에게서
강하게 흘러나오는 동산의 풀 향기보다 더 짙고 풍성한 향기에 그는
정신을 차릴 수가 없었다.

"별선이 뚜렷해졌네예."

그는 눈을 내리깔았다 뜨며 그녀에게 대답했다.

"예. 하나꼬는 커서 화가가 될 게 분명합니다. 하하"

"그래예?"

"재능이 많은 아이입니다."

"저는 생각지도 못했습니더."

약통을 내려놓고 그녀가 말을 이어 갔다.

"저도 전쟁이 끝나면 예전에 살던 곳으로 갈 생각은 하고 있었습니
더. 하나꼬에게 여러 기회를 주는 게 올바르다고 생각했고예."

"그래야지요. 내가 할 수 있는 일이 있다면 언제든지 연락해 주면
내 할 수 있는 일은 다 해드리겠습니다."

"연락은 되겠어예?"

그녀가 피식 웃으며 말했다.

"이래 봬도, 내는 의리의 상남자요. 하하."

그의 농에 그녀가 함박웃음을 터뜨렸다.

"상처 소독합시더."

그는 부뚜막에 걸터앉고는 헐렁한 바지를 말아 올려 단단히 감싼 붕대를 풀었다.

"오늘 중대장 행동이 걱정됩니다. 아무래도 저를 마음에 두고 있는 거 같습니다."

그녀는 소독액을 그의 상처에 부으며 말했다. 그는 화끈거리는 통증에 눈을 질끈 감았다.

"중대장이 다시 온다고 했었죠? 그런 사람이 그렇게 말했다면 헛 말이 아닐 것입니다. 걱정되는 건 미숙 씨입니다. 그 사람이 두 번째 만남에 그렇게 행동했다는 것은 첫눈에 미숙 씨에게 반한 것이 분명 합니다."

"저는 그 사람한테 아무런 감정이 없어예. 그 사람 혼자서 그러는 거지예."

그녀는 질겁하며 그의 종아리를 타고 흘러내리는 빨간색의 액체 를 닦아냈다.

"아파예?"

"쪼금 따끔거립니다."

"엄살이지예?"

그녀의 장난에 그가 큰 소리로 웃었다.

"하하하, 미숙 씨 말이 맞습니다. 이런 내가 군인이라니 말이 안 되 죠? 하하."

"그러게, 전쟁터에는 왜 와서 이런 고생을 합니꺼?"

"안 왔으면 미숙 씨도 못 만났겠지요. 하하."

"저는 못 만나도 돼예. 호호."

그녀의 웃음소리가 그치고 그도 그녀도 잠시 아무런 말이 없었다.

"곧 가실 수 있을 것 같네예."

"낼 모래면 움직일 수 있을 것 같습니다."

"어디로 갈 거예요?"

"진주로 갈 겁니다. 거기서 사람을 찾아야 하고 지리산으로 들어가면 빨치산 부대를 만날 수 있을 겁니다."

그녀는 돌돌 말린 하얀 천을 길게 풀어 무송의 상처를 단단히 감쌌다. 누구의 살에 닿지 않았던 그녀를 감싸던 가슴가리개는 이제 그의 것이 되었다.

"하나꼬가 편지 쓴다는데 답장은 잘해 줄 거지예?"

그녀가 입을 벌린 의약 통 뚜껑을 닫으며 물었다.

"하나꼬와 약속했습니다. 내가 먼저 편지 보내겠다고 했는데 다시 생각해 보니, 걱정되는 게 있네요."

"뭐가예?"

"돌아가면 다시 전쟁터로 나올 텐데 답장 받을 주소가 없으면 어쩌나 하는 생각이 듭니다. 그게 마음에 걸립니다."

"듣고 보니 그렇네예. 제가 따로 하나꼬한테 말은 해 놓겠습니다. 이 전쟁이 빨리 끝났으면 좋겠습니다."

"나도 사정이 생기면 편지에 상세히 적겠습니다. 근데 미숙 씨는 내게 편지를 안 쓸 겁니까?"

"맞네예. 그 대화가 없었네예. 누가 먼저 써야 할까예?"

"그야…. 우리, 편지 안 쓸 것 같은데요?"

"그치예?"

"그냥 느낌이 그렇네요. 하하."

"호호"

웃음 뒤 그가 어두워진 표정으로 말했다.

"미숙 씨 걱정이 많이 됩니다."

"걱정하지 말아예. 여태껏 잘해 왔는데예. 마을에 현수 아재도 있고 여기가 제일 안전해예. 인민군이 안 내려오면예."

"그건 걱정하지 마십시오. 이 마을 사람들 모두 안전할 수 있도록 제가 조치해 놓을 겁니다. 제가 걱정하는 건 중대장입니다."

"염려 마세요. 저도 생각이 있어예."

그녀는 환한 미소와 함께 답했다.

"바지 내려도 되겠습니까?"

"예, 소독약이 다 말랐을 겁니더."

그는 허벅지까지 말렸던 바지를 끌어 내렸다.

"여기 약 있습니더."

그녀는 영철이 주고 간 약봉지에서 종이 딱지처럼 단단히 접힌 누런 종이 포장지를 그에게 건넸다. 그는 그녀가 주는 약을 입안에 털어 넣고는 벌컥벌컥 물을 삼켰다.

"크, 막걸리 마신 것처럼 기분이 좋습니다."

"물이 시원하다 하면 되지 막걸리 얘기는 왜 나오는지 모르겠습니더. 호호."

"그러게요. 약 먹고 막걸리 마셨다고 하는 사람 처음 보죠? 하하."

"술 드시고 싶으셔도 참으세요. 상처 곪게 하는 데는 그만큼 나쁜 게 없습니더. 그리고 여기 하나꼬가 그린 별이 다 보고 있어예. 무송 씨가 공감치는지 안 치는지 다 알아예."

그녀는 하나꼬가 그린 별을 손가락으로 가리키며 그를 놀렸다.

"하하. 내 다음부터는 그러면 안 되겠소. 졸지에 공감범이 돼버렸으니. 하하."

그의 큰 웃음소리가 그치자 그녀는 하나꼬의 별 앞에 섰다. 그러고는 딸의 작은 손끝이 지나가며 드리웠던 그 필선을 따라 그녀의 가녀린 손가락이 느리게 리듬을 타듯 움직였다. 작은 공간은 움직일 수 없는 꽉 찬 기운으로 무거운 침묵이 흘렀다.

"이상하지예."

그녀의 음성이 살짝 떨렸다.

"뭘…. 느낍니까?"

그녀가 눈을 반쯤 감은 채, 마치 꿈길을 거니는 듯한 몽환적 표정을 드러내며 말했다.

"아…. 이 별에서 심장이 쿵. 쿵. 탁. 탁. 쿵. 아기 심장처럼 뛰는 게 느껴집니더. 으음…."

그는 몸을 일으켜 그녀의 옆에 섰다. 그러고는 그도 중지를 곧게 펴 그녀의 검지가 지나간 선을 따라 움직였다. 그의 손이 스쳐 지나가면서 고운 황토가루가 사르르 아궁이 위로 내려앉았다. 음률에 실린 듯 별 선을 따라 움직이던 그의 고독한 손가락이 앞서 멈춰 선 그녀의 외로운 손가락에 닿았다. 서로의 마주 닿은 두 손가락을 타고 해바라기 꽃향기를 닮은 솜사탕처럼 달콤한 감정이 그와 그녀의 몸 깊숙이 전해졌다. 그는 나머지 손가락을 펼쳐서 그녀의 손을 감쌌다. 겨울이 끝나고 봄이 되면 나타나던 예쁘던 동산의 아지랑이를 닮은 현기증이 그녀의 가슴에서 뜨겁게 올라왔다. 그녀의 몸이 어지러움으로 흔들렸고 그녀가 찰랑이던 머리카락이 그의 얼굴을 건드리며 그의 연애 세포를 깨웠다. 그녀의 향기를 맡은, 오랫동안 그의 온몸에서 힘을 잃고 있던 세포가 일어섰다. 그는 깊은 심호흡을 하며 그녀의 검지를 부드럽게 붙들고는 별을 그린 선을 따라 한 칸 그리고 한 칸 천천히 움직였다. 별 길을 따라 흐르던 두 사람의 손 움직임이 더는 갈 곳이 없어지자 그의 다른 손이 그녀의 나머지 손위에 포개지며 그들은 마침내 하나가 되었다. 기다려 주지 않는 참을 수 없는 감정이 그를 격렬히 휘 감싸자 그의 이성은 본능에 이끌렸고 그의 두툼한 입술이 그녀의 부드러운 입술 위를 천천히 덮었다. 그는 쓰러질 듯 몸을 떨고 있는 그녀를 한쪽 팔로 껴안았고 곧 그들의 격렬한 입맞춤이 시작되었다.

*

"중대장님요, 대단합니더."

중대장은 저녁 늦게서야 지서에 도착했다. 오래전부터 그의 소식을 듣고 달려온 마을 사람들과 퇴근 후 집에 가지 않고 줄곧 그를 기다리고 있는 면사무소 직원들로 지서 앞은 북새통을 이루었다. 그들이 만들어 내는 소음은 그가 지프차에서 내리자 환호로 바뀌었다.

"중대장님요, 우찌 그리 큰일을 해낸 겁니꺼?"

"이, 중대장님은 홍의 장군과 같은 거라."

"뭐 하요, 여러분. 중대장님을 큰 박수로 맞읍시더."

지서가 떠나갈 듯 흔들어 대는 응원 소리와 함께 터져 나오는 박수 소리는 그를 난세의 영웅으로 만들었다. 사방에서 터져 나오는 환호

소리를 들으며 그는 초저녁 어둠의 그림자가 서서히 드리워지는 시간에 운전병이 건네주는 선글라스를 그의 각진 얼굴에 걸쳤다. 그는 지서 문 앞에 놓인 반반한 돌덩이 하나를 밟고 올라서서는 모인 사람들을 천천히 훑어봤다. 그의 머리가 움직이면 군중의 시선도 함께 움직였다. 이만하면 개선장군이다.

"여러분 같은 애국적인 신고가 없었다면 오늘의 저는 없습니다."

목청을 한껏 높인 채 날이 선 시퍼런 칼로 바위를 쪼개어 버리듯 내뱉는 그의 기운찬 목소리에 반한 주민들의 함성이 박수 소리와 함께 지서를 흔들었다. 철모가 자기 머리보다 큰 듯한 재빨라 보이는 체구를 한 군인이 날쌔게 확성기를 들고 와 그에게 건넸다. 박력 있는 중대장의 목소리가 다시 확성기를 타고 군중들의 귓속을 깊숙이 파고들었다. 그의 한마디 말도 놓치지 않으려는 듯 주위가 삽시간에 조용해졌다.

"제가 정암산에 인민군들이 집결해 있다는 정보를 애국 시민에게 입수한 후, 급히 산인 전투에서 진주로 복귀하던 우리 전투 대대에 연락했습니다. 제 보고를 들은 연대장이 부산에 있던 미군 전투기를 불러냈습니다. 여러분들도 그날에 하늘을 '쌕' 하고 낮게 날던 전투기를 봤을 겁니다."

"예, 우리도 피난 가다가 봤습니다. '꽝' 하는 소리에 모두 엎드렸지예."

앞자리에서 꽹과리를 치던 날 족제비 같은 인상의 사내가 들뜬 표정으로 그에게 호응했다.

"맞습니다. 그 소리는 바로 미군 전투기에서 떨어진 폭탄이 인민군 놈들을 찢어버리던 소리였습니다."

'와' 하는 함성에 그의 말이 일순간 끊어졌다. 그리고 사방이 쥐 죽은 듯 조용해지자 그의 연설이 이어졌다.

"내가 정암산에 도착했을 때는 온 산에 큰 불꽃들이 쉴 틈 없이 일어나 듭니다. 몇 시간을 산 전체가 큰불로 뒤덮였다 아닙니까!"

사방 여기저기서 큰 응원이 터져 나왔다.

"불이 좀 가라앉자 우리 경찰 전투 대대와 육군 병력이 물밀듯이 산으로 올라와서 인민군들과 교전했습니다. 나중에 전투가 끝나고 시신을 세 보니 대략 100명쯤 됐습니다. 나머지는 포로로 잡아 거제로 보냈습니다."

그를 환호하는 소리가 사방을 진동했다. 몇몇 아이들은 중대장 주위를 미친 듯이 원을 그리고 뛰어다니며 소리를 질러댔다.

"그리고 우리가 잡은 인민군 포로들은 한 50명쯤 됩니다."

사람들의 탄성과 웅성거림이 서로 공존하며 그의 이름을 목청껏 외쳤다. 키 작은 사내가 앞으로 나오며 말했다.

"그라모 중대장님은 인자는 여기 촌구석에 안 있겠네요?"

"하모, 마산이나 부산으로 가겠제."

"마, 출세해 버렸네."

"여기서 큰 인물이 나 버린 거라."

그를 향해 저마다 거드는 칭찬에 그의 귀가 익숙해졌다. 머리를 양 갈래로 땋은 면사무소 김 양이 떠받들고 있는 사발에 든 시원한 물을 마신 중대장의 음성은 벌써 쉰 목소리를 냈다.

"내 마, 살다가 미군 장교하고 사진 찍기는 처음입니다. 뭐라 샀던데 '네가 최고다' 하는 것 같아 좀 쑥스러웠습니다. 하하."

그가 농을 맞게 둘러치자 모여든 사람들의 열렬한 지지와 함께 박장대소가 사방 여기저기서 터졌다.

"경찰서 최고 어르신으로부터 축하도 받았습니다. 그렇지 않아도 아재들 말씀대로 그리될까 싶습니다. 하하하."

"진짜 대단하십니더."

한 손에 곡괭이를 들고 있는 살집이 제법 붙은 사내가 억센 억양으로 부러운 듯 말했다.

"인자, 내 한번 큰 인물이 돼 볼까예? 하하"

그가 억센 사투리로 농을 건네자 사람들의 함성이 더욱 커졌다. 그가 사방에서 내미는 열렬한 지지자들의 손을 잡아주고 있을 때 무전기를 맨 병사가 급히 다가와 귓속말을 그에게 속삭였다. 그는 굳은 얼굴로 지서 안으로 빠르게 들어갔다. 잠시 후 그는 책상 위에 놓인 수화기를 집어 들고는 관등성명을 댔다.

"네. 중대장 최진호입니다."

"예. 저는 함안군 경비대대 소속 김원경 대위입니다."

수화기 선을 타고 들어 온 잡음에 김 대위의 음성이 눌려서 들렸다. 그가 이 시각에 전화한 걸 보면 급한 용무가 있는 게 분명했다.

"네, 말씀하십시오."

"의령 경비대대에서 연락이 왔는데 정암산에서 살아 도망친 인민군 병력이 몇 된다는 보고입니다. 근처 민가로 숨어 들어갔는데 그중에 인민군 장교가 있다는 정보입니다."

"어느 마을인지 알 수 있습니까?"

중대장의 목소리가 수화기를 타고 건너편 장교에게로 흘러 들어갔다.

"해바라기 마을과 진주 쪽 서너 마을입니다. 진주 쪽 마을은 우리가 지금 출동할 테고 해바라기 마을 쪽은 중대장님 병력이 들어가서 작전 수행하면 됩니다. 지금 그곳 병력이 얼마나 됩니까? 정암산 전투에서 사상자는 있습니까?"

"부상자는 두 명이고 출동 가능 인원은 1개 소대는 됩니다."

"알겠습니다. 내일 육군에서 지원 병력이 갈 겁니다. 그럼, 수고하십시오."

잡음이 심한 수화기에서 들려오는 목소리가 사라지자 중대장은 수화기를 내려놓고는 두 손을 책상에 짚고, 깊은 생각에 빠졌다. 아직도 그를 연호하는 군중의 목소리가 줄어들지 않았다. 잠시 후 그는 지서 밖으로 나와 그의 처와 애들이 기다리는 관사로 발걸음을 옮겼다. 조금 전 꽉 들어찬 사람들의 비좁은 틈 사이로 들어와 서 있던 큰애의 모습이 눈에 밟혔다. 그는 양키 시장에서 가져온 아이들 줄 선물이 든 보자기를 지프차에서 꺼내들고 걸음을 옮기는 동안 큰딸과 작은딸이 기뻐하는 모습과 미제 화장품에 웃음을 흘릴 아이들 엄마 생각에 기분이 무척 좋아졌다. 관사로 향하던 걸음을 여전히 그의 이름을 외치고 있는 사람들에게로 돌렸다. 잠시 후 큰 돌덩이를 밟고 서서 전등불에 눈을 맞춘 그의 눈에서 야망이 이글거렸다. 그는 확성기를 들고 아직도 자리를 지키고 있는 사람들을 향해 다시 힘찬 목소리로 말했다.

"여러분, 절 위해 모여 주셔서 감사합니다. 조금 전 상부에서 명령이 하달되었습니다. 정암산 전투에서 탈출한 인민군들이 해바라기 마을로 들어갔다는 정보가 전해졌습니다. 지금 저는 다시 우리 용감한 부대원들과 함께 작전을 수행하러 출동합니다. 혹시나 밤에 총소리가 들려도 아무런 걱정하지 마십시오. 단 한 놈도 여기로 못 오게 하겠습니다. 우리는 충성을 다해 힘껏 싸우겠습니다."

아까보다 적은 수의 사람들이지만 그들은 그의 연설에 점점 빠져들었고 그도 군중 앞에서 하는 말이 익숙해지고 있음을 느꼈다. 그리고 그는 자신이 무대 체질임을 확신했다. 건강한 남자들이 지원했으나 그들을 돌려보낸 그는 정예병력에 출동 명령을 내린 후 사람들이 만들어 준 길을 따라 관사로 발걸음을 재촉했다.

잠시 뒤, 큰딸과 작은딸의 모습이 눈에 들어왔다. 다부지게 입술을 다물고 서 있던 큰딸이 걸음을 멈춰 선 아버지 앞으로 나오며 공손히 인사했다.

"아버지, 잘 다녀오셔서 기뻐예."

눈이 초롱초롱하게 맑은 큰딸의 말이 끝나자 언니의 손을 붙들고 있던 대여섯 살 남짓해 보이는 댕기 머리를 한 막내가 달려와 그의 품에 안겼다.

"아버지."

품에 꼭 안긴 막내딸을 그는 힘껏 가슴까지 끌어올려 안았다.

"그래, 선이가 그새 많이 컸구나."

그는 손에 들고 있던 보자기를 큰딸에게 건네주었다.

"너는 더 이뻐졌구나. 이거 네가 좋아하던 미제 연필과 공책이다. 선이하고 나눠 쓰거라."

"네, 감사합니다. 아버지."

"아버지가 부산에서 우리 정아하고 선이 생각나서 사 왔지만, 옷도 살 걸 그랬다. 다음에는 꼭 사 오마. 그래, 엄마는 어디 계시냐?"

"오늘 오후 내내 누워 계십니다. 기침도 많이 하고예."

"음…."

그는 짙은 한숨을 내쉬었다.

"그래 정아야. 너도 들었다시피 아버지가 지금 인민군들 잡으러 바로 가야 한다. 아버지가 새벽에는 꼭 돌아온다고 엄마한테 전해 줄래?"

"네."

"운전병, 거기 가방 좀 가져와."

호리호리한 몸의 운전병이 날쌔게 그의 가방을 가져와 건넸다.

"이거 감기약인데 엄마한테 드려라. 좋은 약인데 바로 들을 거다. 거기 아빠가 적어 놓은 대로 먹으면 된다고 해라. 할 수 있지?"

"네, 알겠습니더. 아버지."

공손한 정아의 말투가 너무 일찍 철이 들어 버린 건 아닌지 하는 생각에, 가정에서 자신의 무능함을 탓하며 미안한 마음이 들었다.

"그래, 우리 정아 많이 컸구나. 내 가 봐야겠다."

그는 품에 안고 있던 선이를 내려놓고는 정아의 뺨을 쓰다듬었다. 자상한 아버지의 눈빛을 받으며 큰딸이 작별 인사를 했다.

"네. 조심해서 다녀오세요."

야무진 얼굴을 하고 동생의 손을 꼭 잡은 정아의 모습이 어엿했다. 부대로 출근하면 밤늦게 집에 돌아오기가 일쑤여서 아이들과 놀아줄 여유도 없었다. '흰 운동화라도 사 올걸….' 제길. 양기 시장에서 본 독일제 운동화가 눈에 선하다. 진짜로 부산에 가면 좋은 것은 다 사다 주리라 그는 다짐했다. 그는 작은딸의 머리를 쓰다듬고는 발걸음을 돌려 지프차에 몸을 실었다.

"내 요대 어디 있지?"

운전병은 팔을 뒤로 뻗어 예비 타이어 아래에 있던 회색 허리띠를 그에게 건넸다.

"내 권총은?"

"안 가지고 계셨습니까? 그런데 중대장님, 제 수류탄도 없어졌습니다."

"뭐?"

그가 이해가 안 된다는 표정으로 차 안을 두리번거렸다.

"제가 차를 세웠던 곳은 중대장님과 함께 있던 그 여자분 집 앞 도로밖에 없습니다. 그리고 차 근처에 온 사람은 그 여자분밖에 생각나는 사람이 없고예…. 그분이 그럴 분은 아니지 않습니까?"

"그래. 두 눈 부릅뜨고 있는 너 모르게 차에 와서 총하고 수류탄을 훔쳐 갈 사람이 누가 있겠나?"

"사실 제가 졸긴 했습니다."

운전병은 머리를 긁적이며 능글스러운 표정으로 대답했다.

"모자라기는…."

중대장의 머릿속에는 쪽배에 있던 소련제 총알과 석연찮은 미숙의 설명들이 머릿속에 속속 떠오르며 그의 촉을 자극했다. 그는 잠시 지프차에서 내려 병력이 탄 트럭으로 가서는 그중 큰 덩치에 어깨가 넓은 건장한 체격의 선임하사에게 작전 지시를 내렸다.

"마을에 도착하는 즉시 마을 입구와 도드미 언덕의 뒷길 그리고 해바라기 마을이 내려다보이는 우측으로 좁게 난 고갯길로 병력을 나누어 경계하고 본부에서 지원 병력이 도착할 때까지 마을 주민 누구도 통과시켜선 안 된다."

그의 명령에 몸집이 큰 선임하사의 복창 소리와 함께 병력을 실은 트럭은 메케한 기름 냄새를 퍼뜨리며 해바라기 마을로 떠났다. 지프차로 돌아온 중대장은 운전병에게 탄약고에 가서 권총과 수류탄을 챙겨 올 것을 지시하고는 선글라스를 벗어 주머니에 넣으며 혼잣말을 중얼거렸다. '미숙 씨가 그런 일 할 사람이 아냐. 근데 만약에 그놈이 미숙 씨와 함께 있다면…. 혹시 그놈이 내가 첫날에 미숙 씨에게 물어봤던 바로 그놈이 아냐?' 의문이 들었지만, 그는 고개를 절레절레 흔들었다. 그러나 계속해서 일어나는 의심이 그에게 확신을 만들고 있었다. 그는 윗주머니에서 꺼낸 한 개비 담배에서 나오는 연기를 깊숙이 들이마시고는 복잡한 생각에 긴 날숨을 내쉬었다.

"해바라기 마을로 갈까예?"

"미숙 씨 집으로 바로 가자."

운전병의 익숙한 손놀림에 지프차는 정문을 빠져나갔다.

*

아궁이 속에 꺼지지 않는 작은 불씨에서 새어 나온 불빛이 벌거벗은 두 남녀의 성성한 알몸을 비쳤다. 누가 누구를 껴안은 건지 모를 정도로 서로는 한 치의 틈도 주지 않은 채 붙어 있었다. 미숙의 땀에 젖은 머리카락은 무송의 가슴과 얼굴에 달라붙어 서로를 빈틈없이 이어 주고 있었다. 그의 손가락이 그녀의 등을 마치 살랑이는 바람이 동산의 들꽃을 사르르 간지럽히듯 부드럽게 쓸어주었다. 그녀는 남자의 건강한 가슴 근육에 얼굴을 파묻고는 아직도 온기 가득 남아 있는 그녀의 복부에서 올라오는 그가 남긴 흔적에 취해 있었다.

"내가 당신을 안을 자격이 있는지 모르겠습니다. 낙오한 인민군의 처참한 모습으로 이 집에 왔고 그날이 마지막이라 생각하고 떠났다가 죽음에 가까운 모습으로 다시 돌아왔습니다. 그런 나를 이렇게 살리고 이제는 날 받아 주기까지 하니 내가 무슨 말을 해야 할지 모르겠습니다."

"…."

그녀는 그의 말에 답을 하지 않았다.

"사랑합니다."

그녀는 조용히 눈을 감고 그의 목소리를 듣고만 있었다.

"내 갔다가 당신을 데리러 올 겁니다. 하나꼬와 함께 평양으로 가든 서울로 가든 거기서 우리 행복하게 삽시다."

그녀는 그의 가슴에 파묻은 얼굴을 들고는 상체를 일으켜 세웠다. 봉긋이 솟은, 잘 익은 열매처럼 매달린 탄력 있는 젖가슴이 아궁이에서 나온 불빛에 아름답게 드러났다. 그녀는 원피스를 끌어당겨 탐스러운 열매를 가렸다.

"그런 말 안 해도 됩니다. 제가 좋아서 한 일입니다."

살짝 미소를 흘리며 반쯤 상체를 들어 그의 얼굴을 내려다봤다. 그러고는 가녀린 손가락을 벌려 그의 얼굴을 만졌다.

"사랑이 금방 되는 건가예?"

그녀의 눈이 젖어왔다. 잊고 있었던 사랑이 깨어난 걸까? 거부할 수 없는 열망과 열정이 욱신거리는 그녀의 복부로부터 밀려 올라왔다. 늦은 여름밤을 차갑게 내려앉는 공기도 두 사람의 뜨거움에 나그네의 발길처럼 기웃거리다 부엌을 덮은 지붕 위로 떠났다.

병력을 실은 차량이 비탈진 산허리를 돌아 해바라기 마을이 내려다보이는 좁은 고갯길에 멈춰 섰다. 앞서 도착한 중대장은 덩치 큰 선임하사를 불러 마을을 둘러싼 지형을 다시 한번 자세히 설명하며 마을 입구부터 그 뒤를 버텨 선 도드미 언덕에 병력을 배치할 것을 지시하고 놈들을 찾으면 조명탄을 쏠 것을 명령했다. 그의 작전 지시가 끝나고 선임병의 육중한 체구에서 나오는 절도 있는 동작에 모든 병력이 칼같이 움직여 흩어졌다. 중대장은 고갯길에 배치된 병력을 뒤로하고 산허리 길을 따라 난 미숙의 집으로 떠났다.

"하나꼬가 잠들기 전에 무송 씨한테 배운 숫자 공부를 열심히 했어예. 잘 보이려고 노력하는 게 가상하기도 합니더."

"영리하고 사랑스러운 아이입니다."

그가 하나꼬를 대견스러워했다.

"자다가 엄마 품을 더듬는 애라 들어가 봐야겠어예."

"음. 그러면 미숙 씨가 잠들기 전까지 마루에 앉아 함께 밤하늘 보는 건 어떻겠습니까?"

그는 누워 있던 몸을 일으켜 그녀를 껴안았다. 그의 입술이 달콤함에 젖은 그녀의 부드러운 입술에 맞췄다. 두 사람의 강렬한 입맞춤이 끝난 후 그는 그녀의 부축을 받으며 달빛 환한 마당으로 들어섰다. 부엌을 나오자 사람이 만든 박하 향과는 구별되는 동산의 초록 식물들이 내뿜는 녹음이 녹아든 향이 두 사람의 기분을 상쾌하게 했다.

"우린 똑같은 음식을 먹고 똑같은 향기를 함께 나눴습니다."

마당에 선 그는 심호흡을 크게 하면서 그의 상체에 작은 어깨의 절반을 내준 사랑스러운 그녀에게 속삭였다.

"시인이 되셨네예. 저도 시인이 되어 볼까예?"

그녀의 눈웃음에 그의 입꼬리가 올라갔다.

"무송 씨, 여기 있는 모든 것이 여름이면 단 한 번도 다시 오지 않은 적이 없어예. 동산의 나무는 변함없는 현수 아재처럼 우리에게 늘 그늘이 돼 주고, 동산의 풀벌레도 달라진 것 없는 멋진 노래 솜씨를 늘 뽐내고, 동산 여기저기 흰색과 노란색으로 핀 쑥부쟁이도 늘 아름다운 색으로 피어나고, 키 큰 해바라기도 저희의 기다림에 늘 변심 없이 올해도 어김없이 응답하고, 이렇게 빠지지 않고 찾아오던 예쁜더 동산의 모든 것들은 내년 여름이면 꼭 다시 옵니더. 음…. 내 외로움이 한 번쯤 나를 시험 들게 하면 그럴 때마다 하나꼬와 여기 생명체는 절 꼭 붙들어 줬어예. 내 외로움도 저 해바라기처럼 변함이 없지만예…."

"그랬었군요."

그녀의 말이 짙은 여운을 남기고 끝났다. 그는 사람이 태어나서 살아가고 죽어가는 이 과정에서 생겨나는 일들에 대하여 의미를 부여하지 않고 살았던 것 같았다. 젊은 나이에 여러 나라를 다니며 자유로운 삶을 살았고 충실히 즐겼다. 그가 진지하게 미래를 위해 고민했던 때는 평양에 있을 때였다. 새로운 사상은 그가 자신에게 높은 이상이 있음을 깨우쳐 주었고 이후 그의 삶은 조국 통일을 위한 불타는 열정으로 가득했다. 그녀가 경험한 혼자 남겨진 사람이 겪는 일들은 그가 여러 나라를 다니며 겪었던 외로움과는 다른 것이었다. 그러나 전쟁을 겪으며 그의 생각에 변화가 생겨간다는 것을, 삶과 죽음 중 산자가 되는 하느님의 선택을 받고 그에게 일어난 일들은 그를 성숙시키고 있음을 스스로 알아가고 있었다.

"앞으로 제가 변함없이 옆에 있을 겁니다. 외로움을 못 느낄 겁니다."

그는 그녀를 더없이 사랑스러운 눈으로 바라봤다.

"벌써 그런 생각을 하시는군요. 오늘 밤일은 신경 쓰지 않으셨으면 합니다."

마루에 앉은 두 사람은 약속이나 한 듯 눈길을 늪에 멈췄다. 달빛을 받으며 유유히 날던 흰 왜가리가 쪽배 뱃머리에 사뿐히 내려앉아 날개를 접고는 늪 여기저기서 들려오는 물고기들의 퍼덕거리는 소리에 머리를 이리저리 돌려 먹잇감을 찾아 분주히 움직였다. 반쯤 물에 잠겨 있던 수초가 누웠다 일어나며 소리를 내자 청둥오리 몇 마리가 빠르게 물속으로 사라지더니 이윽고 나타난 녀석들의 주둥이에는 펄떡이는 물고기들이 물려 있었다. 왜가리의 긴 목이 먹구름 몰려오는 밤하늘을 향해 치켜들 때 그들의 평화로운 감상을 깨는 차 소리가 점점 가까이 들려왔다.

"요즘은 차들이 밤낮없이 다닙니더. 다 전쟁 탓이겠지예."

그녀는 방문 손잡이를 조심스럽게 잡아당겨 방 안을 살폈다. 몸부림을 안 쳤는지 딸은 그녀가 방을 나갈 때 누워 있던 구석진 그 자리에서 콧소리를 '쌕쌕' 내며 잠에 푹 빠져 있었다.

"오늘은 날이 밝으면 다 같이 쪽배 탑시다. 여기서 조금만 나가면 근사하게 경치 좋은 곳들이 보이 듭니다. 곱게 뻗은 모래톱 하나에 쪽배 대고 우리 물놀이합시다."

"아이고, 다리 다친 거 잊은 지 오랜 모양입니더. 호호호."

입을 막고 웃는 그녀의 장난질에 그도 소리 내어 웃었다.

"하하, 그렇네요."

"그 다리로 배는 타도 노 젓기는 힘들 겁니더. 호호"

"하하."

두 사람의 행복한 웃음소리가 연신 마루에서 흘러나왔다.

"하하. 그렇네요. 미숙 씨 혼자만 힘들겠습니다. 조금만 있어 보소. 내 소처럼 일하는 모습을 보게 될 겁니다. 하하."

그는 '음메' 소리를 내며 두 손가락을 머리에 올려 뿔을 만들고는 그녀의 눈앞까지 얼굴을 들이밀었다. 그 얼굴이 여간 개구쟁이 표정을 띠고 있는 것이 아니었다.

"호호. 하나꼬도 노 잘 것습니더. 알겠습니더. 기대할게예."

"괜찮은 어른이죠?"

"네. 착한 어른입니더."

"모두에게는 아니겠지만 당신과 하나꼬에게는 정말 괜찮은 사람으로 오랫동안 남을 겁니다."

그녀는 그에게서 진심을 느낄 수 있었다. 이토록 짧은 시간에 이루어진 좋은 이야기들이 그가 억지로 꾸며낸 것이 아니기에 그의 행동에서 진심을 느꼈다. 그들만의 시간은 더욱더 짙은 사랑을 만들어 가고 있었다.

*

예쁜더 동산으로 올라가는 신작로 옆에 조용히 군용 지프차 한 대가 멈춰 섰다. 중대장과 운전병은 불빛이 새어 나오는 미숙의 집으로 걸음을 옮겼다. 그녀의 집 근처에 도착하자 남녀의 웃음소리가 들려왔다. 밤늦은 이 시각에 들려오는 두 남녀의 웃음소리에 중대장의 얼굴은 순간 차가운 부뚜막처럼 굳어졌다. 돌담 사이로 난 구멍에 천천히 눈을 갖다 대어 집 안을 살피던 그는 두 눈을 믿을 수가 없었다. 그녀가 낯선 사내와 나란히 앉은 것도 모자라 한껏 대화를 즐기는 모습에 피가 거꾸로 솟아올랐고 권총집을 열어 곧바로 권총을 손에 들었다. 남자의 서울 말씨가 여간 신경에 거슬리는 게 아니었다. 그는 판단을 내리는 데 필요한 몇 초의 시간을 흘려보낸 뒤 바로 뒤에서 낮은 자세로 바짝 담벼락에 붙어 꼼짝없이 경계 태세 자세로 웅크리고 있는 운전병에게 속삭였다.

"느낌이 이상해. 내가 들어가면 뒤에서 엄호해."

말을 마친 그가 자세를 낮게 낮추고 기다시피 돌담을 따라 대문으로 향하자 운전병은 소총 방아쇠에 손가락을 건 채, 두 눈에 강렬한 살기를 띠며 그의 뒤를 따랐다.

중대장은 마루 위 두 남녀의 시선이 서로를 향하고 있을 때 곧바로 대문을 발로 걷어차고는 곧장 집 안으로 뛰어 들어갔다. 그리고는 지체 없이 손에 든 권총을 낯선 사내에게 겨누며 소리쳤다.

"꼼짝 마라. 빨갱이."

서로를 향해 애정 어린 눈길을 주고받던 무송과 미숙은 갑작스럽게 그들 앞에 나타나 그들을 향해 총구를 겨누며 무섭게 소리치는 중대장과 살벌한 눈빛으로 그들을 향해 소총을 겨누고 있는 무장한 군인이 만들어 내는 위협적인 상황에, 두 사람의 몸은 순간 놀라움으로 얼어붙었다.

"중대장님…."

미숙이 강렬한 눈빛으로 자신을 노려보며 권총을 무송에게 겨누고 있는 중대장의 위협적인 행동에 소스라치게 놀라며 그를 불렀다.

"꼼짝하지 마시오. 내 빈말하는 것 아니오."

그의 살기 띤 목소리는 그 자리를 얼어붙게 했으며 이어서 그는 단호한 어투로 함께 온 운전병을 향해 명령했다.

"조금이라도 움직이면 저 새끼를 쏴라!"

운전병이 짧은 복종 소리와 함께 남자를 향한 경계를 최대한 끌어 올리자 중대장은 경계 자세를 유지한 채 그들을 향해 보폭을 조금씩 좁히며 앞으로 나아갔다.

"미숙 씨, 이놈이 왜 여기에 있는 것이요?"

중대장은 당장 그녀에게서 대답을 듣고 싶어 했다.

"무슨 오해를 하십니꺼? 이분은 엊그저께 서울 명동 교구에서 함안 성당 보조 신부님으로 오신 분입니더."

그녀의 말을 듣고 중대장은 순간 전신에 힘이 쫙 빠지는 것을 느꼈다. 증오로 온몸에 칼날처럼 삐져나왔던 그의 경계 태세가 일순간 허물어지는 것에 그는 큰 혼란에 빠졌다. 그녀는 차분하게 설명을 이어 갔다.

"신부님께서는 여기 주위 다섯 마을에 사는 교우들 집을 돌아다니며 전쟁에서 입은 피해가 없는지 제 동생하고 함께 살펴보는 중입니더. 그 총 치워도 됩니더. 오해입니더."

"정말이요?"

"네, 거짓말 아닙니더."

그녀의 거침없는 답변에 중대장의 표정이 미묘하게 흔들리는 것을 무송이 알아차렸다.

"당신이 진짜 신부요?"

중대장의 수사 기질이 본능적으로 발휘됐다.

"네, 그렇습니다."

무송이 짧게 답했다.

"그럼, 미숙 씨 말이 사실인 것을 당신이 증명하시오."

무송이 주춤하자 그녀가 먼저 말했다.

"중대장님!"

그녀가 중대장을 불렀다.

"신부님의 세례명을 맞추는 것은 어떻습니꺼?"

'미숙 씨 말이 사실인지 아닌지는 아직 알 수 없다. 저놈의 정체를 팔 수 있는 데까지 파야 한다.' 중대장은 미숙의 제안에 마음을 굳힌 듯 고개를 끄덕였다.

"그럼, 미숙 씨가 먼저 이리 와서 저 사람이 듣지 않도록 말해 주시오."

여기는 대도시에 비해 천주교 관련 사고가 거의 없었다. 중대장이 천주교를 알고 있는 지식이라고는 아주 기초적이었다. 가끔 함안 성당에 들러 주임 신부를 만나 정부에서 내려온 종교 활동에 관련된 공문을 전달하는 게 전부였다. 그녀가 다급하게 꺼낸 제안이 중대장의 약점을 제대로 파고들었다. 그녀는 마루에서 내려와 중대장에게 천천히 다가갔다. 그와 한 발자국 거리를 남겨 두고 선 그녀는 그의 몸에서 거칠게 뿜어 나오는 강렬한 기운을 온몸으로 받아내고 있었다.

"야고보 신부님입니더."

아주 작은 목소리로 울먹거리며 말을 마친 그녀는 갑자기 눈물을 주르르 흘렸다.

"아니, 왜, 우는 거요? 이게 울 일이 아니잖소?"

"중대장님이 저에게 마음 표현을 한 지 언제입니꺼? 내 말도 못 믿는 중대장님한테 어떻게 제가 마음을 줄 수가 있겠습니꺼?"

그녀의 어깨가 들썩이자 그는 난처한 표정으로 그녀를 쳐다봤다.

"참, 내! 좋소. 내 약속하겠소. 만약에 저 사람이 미숙 씨가 말한 같은 답을 하면 내 더는 의심하지 않겠소. 그런데 틀린 답을 하면 그때는 이 자리에서 저 사람을 죽일 수도 있소. 됐소?"

그녀가 눈물로 얼룩진 얼굴을 들어 고개를 끄덕이자 그는 낯선 사내와 운전병을 힐끗 쳐다본 후, 한 손을 뻗어 그녀의 눈물을 닦아 주었다. 그리고 무송에게 소리쳤다.

"당신의 세례명을 말하시오. 들어서 알겠지만 여기 미숙 씨가 말한 세례명과 맞으면 내 지나친 행동을 사과하겠소. 그러나 사실과 다르면 즉사할 수도 있소. 자, 말해 보시오!"

무송은 고개를 끄떡인 후, 침착하게 그의 세례명을 밝혔다.

"야. 고. 보. 입니다."

팽팽한 긴장감이 마당을 경계로 흘렀다.

"아, 마. 제 의심이 지나친 점 이해해 주십시오."

중대장의 안면근육이 흔들렸다. 그러나 이내 그는 냉정을 되찾고 무송에게 거수경례를 한 후, 권총을 거두고 권총집에 꽂으며 미숙의 손을 잡았다.

"아, 참! 그만 우소. 지금은 전쟁 중이 아니오? 내가 부대에 복귀하자마자 이 마을에 인민군 패잔병들이 숨어들었으니 소탕하라는 명령이 떨어졌소. 그래서 내 미숙 씨가 걱정돼서 이렇게 먼저 온 거 아입니까? 자, 인제 그만 내가 미숙 씨를 못 믿는다는 오해를 푸시오. 예?"

그녀는 어렵게 고개를 끄떡이고 두 손으로 얼굴을 감싸며 흐느끼는 목소리로 말했다.

"권총까지 빼 들고 신부님을 죽이겠다고 위협하니 너무 겁났어예. 이제 안 울게예. 됐어예."

크게 뜬 그녀의 눈에서 채 마르지 않은 눈물이 흘렀고 중대장은 안타까운 표정으로 엄지손가락을 세워 그녀의 눈물을 닦아 주었다. 마루 위에 앉아 이 상황을 지켜보던 무송의 표정은 착잡함과 혼란스러움으로 뒤섞여 있었다. '미숙 씨가 너무 깊이 들어가 버렸어. 어떻게 여길 빠져나갈 수 있을까?' 그의 머릿속이 벌집을 헤집어 넣어 놓은 것처럼 복잡한 생각으로 뒤엉켜 있을 때 들려오는 그녀의 목소리가 그의 주의를 끌었다.

"야고보 신부님은 곧 날이 밝는 대로 동생하고 함안 성당으로 갈 겁니더."

"동생은 어딨소?"

중대장은 사방을 훑어보지만, 동생의 모습이 보이지 않자 그녀에게 물었다.

"동생은 마을 청년들한테 갔습니다. 놀다가 늦는가 보네예."

그는 고개를 끄떡이고는 운전병에게 눈을 돌렸다.

"자네는 그만 총 거두고 쉬게. 신부님한테 그럴 필요는 없네."

그의 뒤에서 한쪽 무릎을 꿇고 소총의 총구를 무송에게 정조준하고 있던 운전병은 그제야 불편한 자세를 거두고 호주머니에서 담배를 꺼내 들고는 휴식을 취했다.

"여기서 있지 말고 부엌으로 갑시더. 아까 부대에서 바로 왔다고 하지 않았습니꺼? 식사도 못 했지예?"

그녀의 제안에 중대장의 반응이 빨랐다.

"아, 그래요? 진짜로 밥 줄 생각까지 했습니까? 안 그래도 며칠째 밥 한번 제대로 못 먹었습니다. 이왕 줄 거면 여기 운전병하고 같이 먹게 두 그릇만 준비해 주소!"

중대장은 기분 좋을 때 하던 그의 버릇 중 하나인 손바닥을 철모에 대고 톡톡 두드리며 휘파람을 불었다. 그러다 뭔가 생각난 듯 마루에 앉은 무송을 향해 물었다.

"신부님도 같이 식사하시겠습니까?"

"아닙니다. 저는 아까 여기 동생분인 베드로 님과 밥을 먹었습니다. 많이 드십시오."

"아, 그렇습니까? 그럼, 먼저 먹겠습니다."

야고보 신부의 깍듯한 예의에 중대장은 흡족한 표정을 하고는 뭔가에 쫓기는 사람처럼 재빨리 부엌으로 그녀의 뒤를 따라 들어가 버렸다.

이제 야고보 신부의 신원을 확인한 이상 미숙과 함께하는 시간을 조금이라도 더 갖고 싶은 게 그의 마음이었다. 그렇다고 완전히 야고보 신부에 대한 의심이 가라앉은 것은 아니지만 그의 행동으로 보아 걱정할 것은 없어 보였다. 그런데도 이상하게 뭔가가 자꾸 그의 촉을 건드리며 그의 마음속 의심을 키웠다. 그의 처가 가끔 하는 말처럼 직업병이라고 생각하고 무시하려고도 하지만 자꾸 그를 슬슬 건드렸다. 사실이지만 이렇게 본능적으로 그의 촉이 서면 여지없이 그가 의심한 것이 사실로 드러났다. 물론 빗나간 적이 있었지만, 극히 드물었다. 이런 경우는 가까운 사람일수록 희한하게 잘 맞아떨어졌다. 지금의 애들 엄마가 그렇다. 그의 촉이 빗나가 버려 대물릴 수 없는 일이 돼 버린 그날의 일은 그의 인생에서 큰 사건이었다.

그는 한때 비염을 심하게 앓았다. 그래서 그의 별명이 '킁킁'이었다. 계절이 바뀔 때면 주르르 흐르는 콧물과 목구멍을 간지럽히며 느닷없이 튀어나오는 재채기는 때와 장소를 가리지 않았다. 그런 그를 잘 알던 함께 근무하던 그의 동료가 주변 사람들이 겪은 체험담을 이야기하며 이름난 한약방 한 곳을 소개해 주었다. 어느 날 그는 반신반의하면서 그 한의원을 찾았다. 희한하게 인삼처럼 생긴 방문 손잡이를 잡아당겨 방 안으로 들어가자 넓은 방 안에는 먼저 온 사람들이 빈자리 없이 순서대로 앉아 있었다. 그는 인내하며 자기 순서가 오기를 기다리던 시간 동안 한의원의 일들을 유심히 살폈고 금방 그것은 그의 눈에 익숙해졌다. 오십 대로 보이는 얼굴이 복스럽게 생긴 한의사가 사람마다 증상을 세심히 묻고는 부지런히 처방전을 적어 구석진 벽에 놓인 조그만 책상 위에 올려놓으면 그 옆에서 착하게 생긴, 머리를 양 갈래로 깔끔하게 땋은, 얼굴형이 갸름하고 아담한 몸에 몽땅 연필을 잡은 하얀 손이 인상적인 아가씨가 열심히 처방전을 분류한 후 진료를 마치고 나오는 손님들의 돈 계산을 하고 있었다. 그들은 진료와 처방 그리고 돈 계산까지 서로가 기계 톱니바퀴처럼 움직였고 여러 시간을 자리에서 꼼짝도 안하고 단아하게 앉아서 한 치의 흐트러짐도 없이 모든 일을 척척 쳐내는 그녀를 보고 그 순간 그의 촉이 본능적으로 작동하였다. '이 여자는 건강할 거라는….' 그러나 그에게는 인생 최대의 실수가 되고 말았다.

"중대장님, 저는 어디에 있어야 합니까?"

철모를 깊숙이 눌러 쓴 운전병이 중대장이 막 들어간 부엌 안으로 얼굴을 내밀며 물었다.

"자네는 저기 야고보 신부 옆에 가서 쉬고 있게. 내 미숙 씨가 밥 준비하면 부를 테니."

"예, 알겠습니다."

짧은 대답과 함께 부엌 안을 자라목처럼 내밀었던 운전병의 얼굴이 사라지자 미숙이 입을 열었다.

"아까 얼마나 놀란지 아십니꺼?"

중대장이 아궁이 위에 엉덩이를 걸친 채 환하게 웃는 얼굴로 쳐다보자 그녀는 무거운 부담감을 느꼈다. 그렇다고 그의 의심을 살 만한 행동을 했다가는 무송에게까지 화를 미칠 것 같은 불안한 생각으로 어쩔 수 없이 그의 비위를 맞추기로 했다.

"절 좋아한다고 하던 말들은 다 거짓말이지예? 그리고…."

그녀가 긴 수다로 불평을 늘어놓자 그는 재미있다는 듯 팔짱을 끼고 그녀를 쳐다봤다. 한참을 이어지는 그녀의 잔소리에 생각지도 않은 졸음이 심하게 몰려왔고 그는 한 손으로 입을 틀어막고 쉴 새 없이 하품을 해댔다.

"제 말이 들리지도 않는가 봅니더."

그녀가 뾰로통한 표정으로 말했다.

"하하, 그게 아니라 피곤이 갑자기 확 쏟아졌습니다. 며칠 동안 눈을 제대로 붙이지 못했더니만 눈꺼풀이 천근만근입니다. 그래, 이제 마음이 좀 풀렸소?"

그가 두 팔로 그녀의 허리를 감싸려 하자 그녀는 그의 팔을 붙들고 말했다.

"잠깐만예."

그녀는 찬장 맨 위에서 호로병을 꺼냈다.

"동네 청년들이 이 집수리할 때 마시다 남은 것인데 한 잔 드시면 피로가 풀릴 겁니더."

"근무 중에 술 안 먹소."

"그러면 지금은 근무 중인데 저는 왜 만납니꺼?"

그는 그녀가 주는 술을 마다할 수가 없어서 한 잔을 받았다. 인삼 향이 그의 콧속을 강하게 파고들었다.

"그럼 한 잔만 딱 받겠습니다. 내 술은 원래 잘 안 마시오."

"믿을 수가 있어야지예. 호호."

그녀의 눈꼬리가 지렁이 기어가듯 청순한 눈 주위를 움직이자 그의 표정은 이미 그녀의 눈짓에 취한 듯했다.

"농이고예, 잘 알지요. 중대장님이 어떤 분이시란 걸예."

"뭐, 안주는 없소?"

"있지예. 와, 없겠습니꺼?"

그녀는 그가 앉은 바로 옆에 놓인 작은 단지의 뚜껑을 열어 물김치를 냈다.

"함 드셔 보세요. 시원할 겁니더. 첫 잔은 기분으로 마시고 둘째 잔부터는 분위기로 마신다고 합니더."

"그런 말은 어디서 배웠소?"

"이 마을에 들어오기 전에, 어떡하든 살아야 하겠다는 생각에 앞날을 걱정했습니더. 첫날 밤 자던 곳이 용케 기생집 옆이라 그 사람들 말소리가 밤새도록 다 들리더라고예. 그래서 좀 압니더. 뭐, 서당 개 삼 년은 아니더라도 어쩌면 제가 소질이 있다는 생각이 들어예."

"알고 보니 미숙 씨 대단한 사람이오."

"에이, 무슨 말씀을예, 사람은 환경이 중요하다고 닥치면 다 합니더."

"그건 맞는 말이오."

그는 그녀의 경계가 풀어진 틈을 타 그녀의 허리를 껴안았다. 그러고는 그녀의 가슴에 그의 얼굴을 갖다 대고 두 손으로 그녀의 등과 엉덩이를 쓰다듬었다.

"제 입장도 생각해 주이소. 밖에 사람들이 있는데 이러면 저는 뭐가 되겠습니꺼? 아까는 대낮에 그러더니만…."

그녀는 그의 손을 그녀의 허리에서 떼 냈다.

"아, 피곤하네. 그래 밥은 얼마나 걸릴 것 같소?"

"한숨 자면 제가 깨워 드릴게예."

"이렇게 된 거, 한 잔만 더 주소. 그러면 잠시 푹 잘 수 있을 것 같소."

그녀가 주는 술을 단숨에 마신 그는 대문 입구에 놓인 짚 더미에 대자로 드러누웠다.

"야, 여기 편안한데! 좋다 좋아."

그는 소리를 죽이며 환호를 지르더니 허공에다 군화를 흔들며 아이와 같은 놀음을 했다. 그녀는 혼자 중얼거렸다. '어쩌면 좋은 사람일지도….'

"야고보 신부님은 언제 서울로 간다고 했습니까?"

"듣기로는 다음 주에 가신다고 했어예. 잘은 모르겠습니다."

"요즘은 믿을 사람이 없소. 사실은 미숙 씨만 아니면 평상시에 내가 하는 방식으로 조사해야 했는데 아직 시간도 있고 하고 인민군은 아닌 것 같으니 은근슬쩍 넘어간 거요. 함안 성당에 가면 내 자세히 알아보고 본부에 연락해서 신원조회는 해 볼 참이요. 그건 괜찮소?"

"야고보 신부님이 두 사람일 수는 없지 않겠습니꺼? 그건 알아서 하이소. 하나꼬가 놀라서 깨면 옛날에 겪은 일들이 있어 정말 큰일납니다. 어떤 나쁜 행동도 우리 집에서만은 안 했으면 합니다."

그는 고개를 끄떡이면서도 눈을 감았다 떴다를 반복했다.

*

"신부님이시지예?"

무송은 그의 곁으로 슬그머니 다가와 말을 걸어오는 앳된 얼굴의 운전병에게 친근한 표정으로 고개를 끄떡였다.

"예, 저는 야고보 신부입니다."

"말씨 들어 보니까 딱 서울에서 왔네예."

"예, 전쟁이 한창이라 오는 길이 쉽지 않았습니다."

"그럴 겁니더. 근데 뭔 급한 볼일이 있길래 서울에서 여기까지 위험을 무릅쓰고 왔습니꺼?"

"그러게요. 그건 차차 말씀드리고 이름이 어떻게 된다고 했지요?"

"아, 제가 큰 실례를 했습니다. 저는 상병 조두곤입니더. 중대장님 모시고 다니는 운전병입니더."

대답을 마친 조두곤은 자리에서 벌떡 일어나 거수경례했다.

"아, 이리 안 해도 됩니다. 얼굴이 땀투성인데 어서 철모부터 벗는 게 좋겠습니다."

"감사합니다."

운전병이 철모를 벗자 그 안에 갇혔던 땀이 그의 얼굴을 타고 흘러내렸다. 야고보 신부가 모퉁이에 걸린 수건을 가져다 건네자 갓 스물이 넘었을 나이의 얼굴에서 환한 웃음이 번졌다.

"어려 보이는데 올해 몇 살입니까?"

"스물하나입니더."

"아⋯."

야고보 신부의 입에서 안타까움이 흘러나왔다.

"꽃보다 더 예쁜 나이지예? 하하."

"그렇지요. 이 나이에 전쟁에 참여해야 하니 안타까울 따름입니다."

"나라가 위험한데 나이가 무슨 소용입니꺼? 저는 제가 자랑스럽습니더. 저보다 어린 학생들도 있습니더."

"조 상병님 말은 맞는데, 그래도 이 나이에 이런 경험을 해야 하는 게 안타깝습니다."

"제 친구는 군대 안 가려고 도망쳤습니더. 이 난리 통에 군대 가면 죽을 텐데 하면서 고민고민 하다 도망갔습니다. 또 다른 친구 한 놈은 애국심이 저처럼 투철해서 같이 지원 입대했습니다. 근데 얼마 전 산인 전투에서 보초 서다가 빨갱이 놈들한테 목 따였습니다."

"음….'

"그걸 우찌 알았나 하모 중대장님 책상 위에 사망자 명단이 있었는데 그 놈아 이름하고 군번이 있었습니다. 제 군번하고 뒷번호 하나만 달랐거든예. 이상해서 그 놈아 막사에 가서 알아본 게 네 그놈아가 맞듭니다. 그래도 혹시나 싶어서 시체 보관소에도 갔거든예. 뭐 얼굴이 있어야 찾을 거 아입니꺼?"

조두곤은 끝내 화를 이기지 못하고 주먹으로 나무 기둥을 치며 분을 삼켰다.

"내 씨발, 빨갱이 새끼들 보이면 다 죽여 버릴 겁니더."

그는 허공으로 총구를 향하게 하고는 방아쇠를 당기는 시늉을 했다.

"두고 보이소. 내 가진 총알을 죄 다 그 새끼들 얼굴에 박아 버릴 겁니더. 그리고 내 이 수류탄으로 그 새끼들 몸뚱아리를 폭파시켜 버릴 겁니더."

그는 실제로 수류탄 핀을 뽑는 듯한 행동을 야고보 신부에게 보여 주었다.

"그래, 화가 얼마나 나겠습니까?"

야고보 신부는 더 이상 그에게 위로하는 말을 하는 것은 불필요하다는 생각에 입을 다물었다.

"군대 입대 전에 사귀던 여자 친구가 하도 교회에 같이 가자고 해서 교회는 몇 번 갔습니다. 근데 저하고는 맞질 않더라고예. 계속 목사님이 설교하는데 자는 것도 그렇고…. 그래서 그만뒀습니다."

그의 열린 입이 다물어지질 않았다.

"신부님이시면 군 면제입니꺼?"

야고보 신부는 고개를 끄떡였다.

"그러다가 인민군 놈들이 우리나라를 다 잡아먹어 버리면 어떡하려고 그럽니꺼? 총 들 수 있는 사람은 다 나가야지예."

"하느님께서 살인하지 말라. 네 이웃을 네 몸과 같이 사랑하라 하셨습니다. 그러나 그렇다고 불의를 보고 가만히 있으라는 말씀은 아니지요. 우리 조 상병님 말도 맞습니다."

"근데 신부님. 나와 가족을 죽이려고 달려드는 놈한테 사랑하라 하는 것은 아니지 않습니꺼? 내보고 눈 뜨고 가만히 지켜보라는 건데 그건 아닙니더. 승려들이 우리나라에 큰 전쟁이 있을 때마다 죽창이라도 들고 나가 함께 싸워 적을 물리친 덕분에 지금 이 나라가 있지 않습니꺼?"

"그전에 저들을 사랑으로 교화시켜죠. 지금도 이북에는 천주교 교우들이 많습니다. 그들의 기도를 하느님께서 들어주실 겁니다. 사랑은 총보다 더 강합니다."

"그놈들이 어떻게 순식간에 신부님의 말대로 변하겠습니꺼?"

"그건 하느님께서 하실 일입니다."

"잠깐만예. 보여드릴 게 있습니더."

운전병은 군복 상의 왼쪽 호주머니에서 작은 지갑을 꺼내 그 속을 뒤적이더니 사진 한 장을 꺼냈다.

"이것 보이소."

흐릿한 전구 빛에 사진을 제대로 볼 수 없자 그는 가슴에 매달린 손전등을 켜서 야고보 신부가 잘 볼 수 있도록 사진에 가까이 갖다 댔다. 푸르스름한 불빛이 퍼지며 사진을 비추자 열 살쯤으로 보이는 또래 아이들 다섯이 강을 배경으로 찍은 것이었다. 재미난 것은 모두가 차렷 자세를 취했는데 중간의 키 작은 아이만 다리를 쩍 벌리고 개구쟁이 모습을 하고 있었다.

"제가 어디에 있는지 아시겠습니꺼?"

야고보 신부는 입가에 웃음기를 띠고는 어렵다는 표정으로 고민하더니 사진 속 인물 중 한 명을 가리켰다.

"여기 중간에 있군요."

야고보 신부의 웃음에 운전병도 덩달아 웃었다.

"하하…. 맞습니다. 제가 제일 낫지요? 하하."

"음. 그건 말 못 하겠습니다."

야고보 신부의 재치 있는 대답에 운전병은 키득거렸다.

웃음을 그친 운전병이 분위기를 바꾸고 진진하게 이야기를 시작했다. 야고보 신부는 그의 말에 귀 기울였다.

"맨 왼쪽에 있는 임마가 얼마 전에 빨갱이 놈들한테 죽었습니다. 바로 옆에 막대기 잡은 경훈이는 군대 못 간다고 하면서 도망갔고예. 어릴 적부터 늘 같이 붙어 다니던 친구들인데…. 전쟁이 진짜 원망스럽습니다. 그래도 언젠가는 하늘에서 만나게 되겠지예. 그건 믿습니다."

야고보 신부는 상병 조두곤의 이야기가 길어질수록 가짜 신부의 처지에서 적에 대한 원한이 마음속 깊이 자리 잡은 그를 달랠 만한 이야기의 재료가 부족하다는 것을 알기에 적당한 선에서 그의 기분을 맞춰 줘 가며 여기를 빠져나갈 생각이었다. 그러나 갓 스물을 넘긴 이 청년은 이 나이에 벌써 삶의 고통과 절망감에 괴로워하고 있으며 암울한 조국의 미래에 대한 불안감으로 앞으로 그의 삶에 대한 자신감마저 바닥으로 향해 가는 것이 안타까웠다. 그는 이 젊은 친구를 보면서 장봉석을 떠올렸다.

"제가 여기 오기 전 대전 성당에 들렀었는데 거기서 전해 들은 이야기입니다. 그에게는 어릴 적부터 성당을 함께 다닌 여자 친구가 있었습니다. 서울에서 고등교육을 마친 후 그 자매님은 해방이 되고 몇 해 지나서 먼저 평양으로 갔습니다. 서울에서 직장을 다니던 형제님은 그 자매님과 열심히 편지로 서로의 사랑을 이어 가고 있었습니다. 평양에 있는 자매님이 생활이 넉넉하지 않아 서울에 있는 형제님을 만나러 오는 것에 힘들어하자 대신 형제님이 자주 평양을 들어갔습니다. 형제님은 하늘을 향해 쭉쭉 올라가는 서양식 건물들과 소련에서 들어온 '모두가 잘사는 인민과 강한 국가'라는 이념 아래 큰 별이 그려진 붉은 깃발 아래 광장에 모인 수많은 군중들이 사회주의 건설을 위해 모두가 한마음 한뜻으로 열심인 것을 보고는 자매님과 뜻을 함께하기로 하고 서울에 돌아왔는데 얼마 후 전쟁이 터져 버렸습니다. 자매님과 소식이 끊어진 형제님은 상실의 나날들을 보냈습니다. 어느 날, 형제님이 대전에 있는 어느 육군 부대에 납품을 갔다가 인민군들에게 붙잡혀 근처에 있던 본부에 끌려가게 되었습니다. 거기서 뜻하지 않게 자매님을 만나게 됩니다. 그 자매님은 여러 고초를 겪고 있던 형제님을 구해 주는데 나중에 두 사람이 탈출하다가 자매님은 그만 총에 맞아 심한 부상을 당하게 됩니다. 이 형제는 어릴 적부터 믿어 왔던 그 나라, 자매가 평양에서 잊어버렸던 나라, 그러니까 여기 지상의 나라들이 말하는 공산주의와 민주주의 나라들보다 영원히 죽지 않는 영(靈)의 나라인 주님의 나라를 다시 만날 수 있도록 돕습니다. 자매님은 그동안 잊고 있었던 신앙을 회복하고 천국에 대한 확신과 믿음으로 서로가 이별합니다. 그날 밤, 형제는 밤하늘에서 지금 껏 보지 못했던 갓 태어난 아기별 하나를 보게 됩니다. 그리고 그는 경험을 간증하러 전쟁 속에서도 여기저기를 다니다가 결국에는 그도 하늘의 별이 되고 맙니다. 저기 보세요, 조두곤 형제님! 저 많은 별은 모두 '아멘' 하는 자들이 천국에 들어가자 생겨났습니다. 저들 모두가 천국 나라의 백성들입니다."

"진짜입니꺼?"

야고보 신부가 들려주는 이야기에 깊이 빠져들었던 그는 두 눈을 부릅뜨고 믿을 수 없다는 듯한 표정으로 반응했다.

"그러면, 만약에 말입니다. 만약에, 제가 하느님을 믿고 나중에 죽으면 여기 대한민국이나 이북보다 더 좋은 나라에서 영원히 산다는 겁니꺼?"

야고보 신부는 사랑이 가득한 표정으로 그에게 말했다. 그는 어느 덧 신부의 모습을 닮아 있었다.

"그렇습니다. 형제님. 우리가 사는 이 세상에는 희로애락이 다 있지만, 저 천국 나라에는 사랑과 행복만이 있습니다."

"그러면, 믿는다는 게 그냥 말로써 '아멘' 하면 되는 겁니꺼?"

그는 흥분되어 있었다.

"그렇습니다. '말로써 '아멘' 하는 자마다 천국 백성'이라고 성서는 전하고 있습니다. 예수 그리스도로 말미암아 나는 구원을 받았다는 자신의 믿음만 있으면 모두가 천국 백성입니다. 조두곤 형제님! 아멘 하시겠습니까?"

"…."

"생각해 보십시오. 사진 속 그 친구가 얼마나 고통스럽게 이 세상을 떠났는지…. 이 전쟁에서 승자가 누구겠습니까?"

"…."

"형제님, 공산주의도 민주주의도 아닙니다. 바로 우리가 승자가 되어야 합니다."

"저는…. 죽음이 너무 두렵습니다."

젊은 병사는 흐느끼며 그의 오래된 이야기를 야고보 신부에게 들려주었다.

그는 일찍 죽음을 경험했다. 그가 기억하는 그날까지 그의 부모님은 방앗간 일 외에 다른 일을 한 기억이 없다. 그들은 구 마산에서 사람들의 북적임이 제일 많은 번화가의 한 사거리에서 방앗간을 운영했다. 그날의 일은 훗날 성인이 되어서도 그의 기분이 가라앉을 때마다 그를 힘들게 하곤 했다.

그가 열 살 때였다. 설을 이틀 앞두고 있었던 터라 방앗간에는 기계들이 돌아가는 소음과 동네 사람들의 소리로 꽉 차 있었다. 그와 그의 여동생은 방앗간 구석진 곳에 풍성하게 내린 함박눈처럼, 수북이 쌓여 있는 왕겨 더미에서 뒹굴며 장난을 치고 있었다. 어느새 방앗간을 가득 채웠던 사람들이 다 빠져나가고 아버지가 기계 전원을 끄는 일만 남았을 때쯤, 마을에 사는 친척 할머니가 머리에 쌀자루를 이고 와서는 떡국을 만들어 달라며 통사정하기에 어쩔 수 없이 아버지는 작은 기계 하나를 돌려놓고는 설 지나서 전문 수리공을 불러서 해야 될 위험한 수리를 직접 하고 있었다.

조두곤은 왕겨 위에 드러누운 채 슬레이트 지붕 천장 서까래 아래에 붙은 금속들 사이를 '달달달' 소리 내며 느리게 지나가는 시커먼 벨트를 보고 있었다. 순간 큰 비명과 함께 아버지의 얼굴이 천장에서 왕겨 위에 누운 자신을 쳐다보고 있는 것이 아닌가? 아버지의 고통스러운 비명은 계속해서 이어지고 뱀의 몸통처럼 생긴 시커먼 벨트는 아버지의 몸이 바닥으로 떨어질 때까지 놓아주지 않고 그를 감은 채로 천장에 난 길을 따라 더욱 역겨운 '딸딸딸' 소리를 내며 돌고 있었다. 시간이 흐른 후, 아버지의 몸은 아래로 떨어졌고 그의 몸은 팔다리만 남겨놓고는 대부분 왕겨 속으로 파묻혔다. 비명을 지르며 달려든 어머니는 남편의 다리를 당기고 있었고 그와 코흘리개 동생은 아버지의 나머지 다리를 잡아당기며 '아버지'를 애타게 불렀다. 아버지의 몸이 왕겨 더미 밖으로 모습을 드러냈을 때 그곳은 핏빛으로 물들어 있었다. 비명을 듣고 달려온 사람들이 모여들어 아버지를 병원으로 데리고 갈 때까지 가족의 울음소리는 끊어지질 않았다.

그 이후 그의 아버지는 몇 년을 방 안에 깔린 두툼한 요 위에서 지내다 죽었다. 그 이후로 청년이 될 때까지 그는 사춘기도 모르고 성장할 정도로 홀어머님과 동생에게 헌신적인 삶을 살았다. 조두곤은 아버지, 친구, 전우들의 죽음 이후 언제나 죽음에 대한 공포 속에서 살아야만 했다. 그러나 야고보 신부가 그에게 놀라운 희망을 주는 것이었다. 야고보 신부를 이글거리는 눈으로 쳐다본 조두곤은 갑자기 자리를 박차고 일어나서 소리를 질렀다.

"전, 하느님의 백성이며 천국이 저의 나라입니다. 아멘."

야고보 신부는 그의 행동에 매우 놀랐다. 그가 운전병에게 들려주었던 이야기는 지어낸 것이 아니었다. 산인 전투에 참여했던 동무가 해 준 이야기였고 이것으로 마음 약한 운전병의 마음을 움직여 무사히 빠져나가는 계획이었는데 이렇게까지 그가 신앙을 받아들일 줄은 상상도 못 했다. 성서에서 바울도 길을 가던 중 예수를 만났다지 않은가? 그런 기적이 그의 눈앞에서 일어난 것이었다. 운전병이 하느님을 믿는 고백을 한 것이었다.

"축하합니다. 형제는 이제 하늘나라의 백성이고 천국의 군사가 된 것입니다."

야고보 신부의 축하를 받은 그는 기쁜 표정을 감추지 못한 채 그에게 몇 번이고 머리를 숙였다.

"신부님예, 지금 제 마음이 불같이 '활활' 타오르는 것 같습니더. 온 마음에 밝은 빛이 내리쬐는 느낌입니더."

그는 말이 끝나기도 전에 두 손으로 야고보 신부의 손을 꼭 잡았다.

"신부님, 저 같은 사람에게 이렇게 큰 도움을 주서서 감사합니더. 어떻게 이 은혜를 갚아야 되겠습니꺼?"

야고보 신부는 격하게 그를 격려했다.

"참 잘됐습니다. 형제는 하느님의 선택된 백성이 틀림없습니다. 이렇게 짧은 시간에 성령님께서 형제의 아픈 마음을 치료해 주시고 하늘나라 군사가 되는 영광까지 주셨습니다."

"군사도 되는 겁니꺼?"

곱슬 머리를 두 손으로 문지르며 조두곤은 믿을 수 없다는 표정으로 그에게 되물었다.

"그러면 제 계급이 뭡니꺼?"

야고보 신부는 온화한 미소로 답했다.

"이제 형제는 지상에 속한 군사가 아니라 하늘나라 군사입니다. 육신의 군사가 아니라 영의 군사입니다. 그리고 하늘나라 군대는 계급이 없습니다."

"그런 나라가 왜 여태껏 안 나타나서 인민군이 전쟁을 일으키게 놔두고 있습니꺼? 하느님은 너무 하십니더."

그는 얼굴을 찡그리며 안타까운 표정으로 야고보 신부를 쳐다봤다.

"아닙니다. 여기 있는데 우리 눈에는 안 보일 뿐입니다. 그리고 지금도 악과 싸우고 있습니다. 물론 영적인 싸움이죠."

"그럼 저는 살아 있는데 어떻게 악마하고 싸울 수 있습니꺼?"

"아직 영의 세계를 경험하지 않아서 그렇습니다. 형제님이 기도를 많이 하면 눈이 밝아져 악을 볼 수 있고 그 정의로운 영이 악과 대적하여 싸울 것입니다."

"이 전쟁에서 악마는 빨갱이들인데 그놈들을 무찌르면 되는 거네예. 기도 생활 많이 해서 그놈들의 뿌리까지 뽑아 버릴 겁니더."

운전병이 그의 주먹에 힘을 주자 힘줄이 불끈 돋았다.

"하느님은 서로 사랑하라 하셨습니다. 사랑하는 자가 곧 의인이라 하셨습니다. 이제 형제님은 의인의 길로 가는 겁니다."

말을 마친 야고보 신부의 눈에서 밝은 빛이 나오는 것 같은 환상을 본 그는 한 치의 의심 없는 자처럼 더욱 겸손해졌다.

"아…. 예. 저도 의인이 되겠습니다."

"생명은 소중한 것입니다. 이 지상에서의 싸움은 서로가 육을 죽이는 것으로 끝나는데 의인의 싸움은 그렇지 않습니다. 아까 제게 묻지 않으셨습니까? 신부님은 총을 쏘지 않고 어떻게 이길 수 있냐고요?"

"그게…."

"네. 지금 형제님처럼 이러한 모습으로 변화되는 것입니다."

"아…. 그래서 사랑이 제일 큰 무기라 하셨네예. 저는 그것도 모르고 함부로 말했습니다. 무식이 죄 맞습니더. 헤헤."

그는 곱슬머리가 수북이 자란 정수리를 만지며 무안한 표정으로

웃었다. 무송은 더없이 편안한 표정으로 조두곤의 어깨를 두드리며
격려했다.

*

부엌에서 흘러나오는 불빛이 켜졌다 끊어지기를 반복했다. 누군
가의 움직임이 잦다. 중대장은 무송과 미숙이 사랑을 나누었던 짚 더
미에서 가장 편안한 자세로 누운 채 군홧발을 까딱이며 무거운 눈꺼
풀과 눈 깜빡이 놀이에 열중이었다. 부뚜막에서 음식을 준비 중인 미
숙의 모습을 그렇게 사랑스러운 눈으로 쳐다볼 수가 없다. 그녀가 등
을 돌리자 며칠 전 아궁이 위 흙벽에 자신이 쓴 글이 눈에 들어왔다.
그의 고개가 기우뚱해졌다. 분명히 그가 쓴 글이 마지막이었던 것 같
은데, 지금은 여러 그림이 그 옆자리를 차지하고 있었다. 그리고 아
까부터 그의 눈에 확 들어오는 흙벽에 그려진 유난히 필선이 깊게 패
인 큰 별 하나가 그의 눈에 거슬렸다.

"벽에 그린 별은 뭐요?"

그에게 등을 보이고 음식을 준비하던 그녀의 얼굴이 당혹스럽게
일그러졌다.

"아, 그거예? 하나꼬가 밥 먹다가 달과 별을 자꾸 물어보길래 별 한
번 그려 보라고 했더니만 아직 애라 그런지 손끝에 힘이 없어 별을 희
미하게 그렸어예. 제가 손본 겁니더."

"아, 난 또 뭐라고. 근데 왜 이리 졸리나. 내 잠시만 눈 붙일 테니
다 되면 깨워 주소."

그는 말이 끝나기 바쁘게 눈을 감았다. 그녀는 부뚜막에 걸터앉아

그가 깊이 잠들기만을 기다리면서 '중대장이 자는 동안 무조건 움직여야 해. 함안 성당까지만 가면 무송 씨는 무사히 탈출할 수 있어. 밖에 있는 운전병은 어떻게 하지? 지금이 기회인데…. 나가자. 나가 보면 방법이 있을 거야. 하느님 저희를 도와주세요.' 그녀는 간절한 마음으로 기도하였고 잠시 후, 물 주전자를 들고 부엌을 나갈 수 있었다.

마당에 나온 그녀는 무송의 눈과 마주쳤다. 그를 마주 보고 뭔가를 열심히 이야기하는 운전병이 등을 돌리기 전에 그녀는 재빠르게 중대장이 잔다는 신호를 보냈다. 그녀는 그에게 더 많은 정보를 주지 못하는 것이 못내 아쉬웠다. 그녀의 신호를 알아차린 무송의 머릿속이 바쁘게 움직였다. '중대장이 자는구나. 떠날 기회는 지금이다. 조두곤이 날 도와줄 수만 있다면 의외로 쉽게 떠날 수 있다. 근데 만약에 아니라면…. 모르겠다. 모 아니면 도다.' 결심이 선 그는 순간 등 뒤에서 인기척을 느낀 조두곤의 머리가 미숙을 향해 돌아가는 틈을 타 빠르게 그녀에게 신호를 보냈다. 우물가에 간 그녀가 그의 신호를 확인한 후 두레박으로 물을 길어 큰 물통에 붓자 운전병은 자리에서 일어나 그곳으로 갔다. 이때를 놓치지 않고 무송은 그가 낼 수 있는 가장 빠른 절뚝 걸음으로 부엌을 향해 달렸다. 우물가의 운전병은 무송을 보지 못한 채, 그녀에게 인사를 건넸다.

"제가 해도 되겠습니꺼? 밥하느라 고생하시는데 공짜 밥 먹기는 좀 그렇네요."

"고맙습니더. 나라 지키기도 힘드신데…."

"여자들 일이 많습니더. 이런 일에는 저를 부르시면 됩니더."

"호호, 마음이 착하네예. 중대장님이 잘해 주지예?"

"사람 좋습니더. 부대원들에게 엄격할 때는 억수로 겁나는데 잘해 주기 시작하면 끝이 없습니다."

그는 곱슬머리를 긁으며 그녀에게 겸연쩍게 물었다.

"여기 찬물에 머리 한번 시원하게 감아도 되겠습니꺼?"

"네. 등목도 좋은데 제가 도와드릴 수는 없고 신부님을 부를까예?"

"아, 아닙니더. 저는 정신적으로 목욕을 해서 머리만 감으면 됩니더."

"예에?"

그녀는 이해할 수 없다는 어리둥절한 표정으로 그를 쳐다봤다.

"혹시, 하느님을 믿으십니꺼?"

"네…."

"잘됐네예. 제 말은 저도 이제는 천국 백성이고 군사입니더. 야고보 신부님께서 엄청난 말씀을 해 주셨는데 제가 하느님의 백성이고 천국 군사라는 걸 알았습니더. 제 마음이 너무 감동받았습니더."

"잘됐습니더. 저와 같은 천국 시민이네요."

"그지예? 사모님 같으신 분도 저와 같은 나라 시민이시지예?"

이렇게 아름다운 눈앞의 사람도 나와 같은 천국 백성이라니…. 동질감에 그의 마음은 기쁨으로 넘쳐났다.

"우리 모두 죽어서도 죽지 않는 삶을 산다는 게 믿어지지 않습니더. 저 하늘에 별들이 다 말해 주지 않습니꺼? 저, 지금 결심했습니더. 전쟁이 끝나면 저는 하느님을 위해 살겠습니더."

그는 굳은 결심을 한 듯, 비장한 각오가 얼굴에 서 있었다.

또 다른 전쟁 — 죽은 자가 남긴 것

"정말 잘됐습니다. 이름이 뭡니꺼?"

"조두곤입니더."

"잘 생각했습니다. 실천이 말보다 얼마나 귀합니꺼? 정말 잘 생각했어예."

"진짜, 와, 진짜 잘됐습니더."

조두곤이 미숙과 이야기를 주고받는 사이, 부엌문이 열리며 무송이 두 사람을 살핀 후 절뚝이는 걸음걸이로 마당을 지나 마루에 앉았다. 그는 가쁜 숨을 몰아쉰 후 미숙에게 권총을 꺼내 수신호를 보냈고 그녀가 고개를 끄떡였다. 조두곤이 머리를 찬물에 담그자 그녀는 무송에게 이 젊은 병사를 어떡할 거냐는 물음을 던졌다. 그는 총을 흔들며 '아니다'라는 수신호와 함께 기도하는 손을 만들었다. 그녀는 그의 뜻을 알아채고는 고개를 끄떡였다. 조두곤이 세숫대야에 파묻었던 얼굴을 들어 올리자 그녀는 빨랫줄에 걸린 흰 천을 당겨서 그에게 건넸다. 재빠른 그의 손에 잡힌 수건이 '휙휙' 바람소리를 신나게 일으키더니 물기를 털어낸 그의 얼굴이 환하게 드러났다. 이발기 기계가 밀고 간 자국이 짧은 머리 양쪽에 뚜렷한 흔적을 남겼고 정수리에 봉긋 솟은 곱슬머리는 둥근 얼굴과 잘 어울렸다. 젊은 생기가 꽉 찬 얼굴은 유리처럼 맑게 보였다.

"고맙습니더. 물이 엄청 차갑네예."

조두곤은 그를 빤히 처다보는 그녀에게 멋쩍은 표정으로 말했다.

"야고보 신부님이 하느님을 알게 해 주셔서 그분과 함께라면 어디든 가고 싶다는 생각이 머리를 감으면서 들었어예. 물론 전쟁이 끝난 뒤에라 되겠지예. 저 별들이 비추는 어느 곳이든지 하느님을 모르는 사람들을 찾아가 제가 겪은 일들과 복음을 전하고 싶습니다."

그의 진심 어린 고백에 감동한 그녀가 기쁜 표정을 감추지 못했다.

"하느님이 크게 기뻐하실 겁니더. 저도예, 진심으로 형제님의 소망이 바라시는 대로 이루어지길 기도합니더. 잘 생각했어예."

그녀의 응원을 받은 조두곤은 더욱 신이 났다. 그의 목소리에 더 큰 힘이 실렸다.

"요, 물통 부엌에 갖다 놓고 오겠습니더. 우리, 중대장님이 깨실 때까지 마루에서 더 많은 이야기를 합시더."

말을 끝마친 조두곤이 물통을 들고 부엌으로 향하자 그녀도 무송의 곁으로 발걸음을 옮겼다. 그녀는 덜 가라앉은 가쁜 호흡에 목소리를 실어 말했다.

"중대장이 깊은 잠에 빠졌습니더. 떠날 기회는 지금입니더."

그녀의 애가 타는 눈빛이 그의 마음을 후벼팠다.

"아닙니더. 이 몸으로 가 봤자 얼마 못 가 잡힙니더. 중대장은 사냥놀이 하듯 날 찾아낼 겁니더."

"그래도요…."

그녀가 애틋한 마음에 말을 이어가질 못하자 그가 손을 올려 그녀의 얼굴을 부드러운 손길로 쓰다듬었다.

"다행히 운전병이 착합니다. 내가 잘 구슬려서 아무런 문제없이 여기를 빠져나갈 수 있도록 해 보겠습니다. 중대장이 깨어나기 전에 마무리되어야 합니다. 중대장 권총은 훔쳤으니 하느님께 모든 걸 맡깁시다."

말을 마친 그는 부엌 쪽을 힐끗 살피고는 그녀를 와락 끌어안고는 강렬한 입맞춤을 했다. 그녀의 어깨가 흔들리며 서로는 뜨거운 인사를 나눴다.

"예, 인사를 못 할 겁니더. 잘 가셔야 됩니더. 흑"

그녀의 어깨가 서럽게 들썩거렸다.

부엌에 들어온 조두곤은 짚더미에서 깊이 잠든 중대장을 쳐다보고는 무심히 그를 지나쳐 부뚜막 구석진 곳에 물통을 내려놓았다. 그리고 아궁이 위 흙벽에 그려진 별을 호기심 가득한 눈으로 쳐다보더니 혼잣말을 중얼거렸다. '이제 나에게도 저 별처럼 큰 별이 생긴 거야. 난 별이야.' 그때였다. 흙벽 속에서 '두두둥' 하는 큰 소리와 함께 별이, 장봉석의 별이 눈을 뜨고는 바로 바라볼 수 없을 정도로 강력한 빛을 내뿜으며 부엌 천장을 뚫고 밤하늘로 눈 깜짝할 사이에 치솟아 오르더니 달 주위를 너울춤 추듯 돌아다녔다. 그는 있을 수 없는 일에 놀란 입을 벌린 채, 그것이 주는 황홀한 광경에 푹 빠져들었다. 그러다 갑자기, 큰 빛줄기가 '확' 하고 그 별에서 뚫린 지붕으로 번개처럼 내려오더니 그의 벌어진 입속으로 '쑥' 들어가 버리는 것이었다. 무척 놀란 그는 뒤로 나자빠졌고 벌린 두 다리를 좀처럼 움직이지 못하며 벌벌 떨었다. 그러고는 한동안 온몸을 심하게 떨며 식은땀을 비 오듯 얼굴에 흘렸다. 꿈에서도 겪지 못한 일을 현실에서 체험한 그는 온 힘을 다해 두 다리에 힘을 주고는 흠뻑 젖은 몸을 눅눅하게 습기

찬 바닥에 힘차게 세웠다. 세상모르고 깊은 잠에 빠진 중대장을 그는 곧장 지나쳐 부엌문 밖으로 뛰어나갔다. 바깥으로 뛰어나온 그는 무송과 미숙, 두 사람 앞에 서서는 축축이 젖은 그의 머리를 별이 가득하게 들어찬 밤하늘을 향해 치켜든 후, 두 팔을 한껏 벌려 그대로 굳은 채 섰다. 그리고 이해할 수 없는 이상한 동작을 마구 하더니 목청껏 소리쳤다.

"저 빛 받았습니다. 하느님이 제게 빛을 주셨습니다. 신부님! 사모님! 저는 천국 백성이 되었습니다."

마루 위의 두 사람은 엉뚱한 그의 행동에 서로를 빤히 쳐다볼 뿐이었다. 잠시 후 무송이 그에게 말을 걸었다.

"아, 그렇습니까? 정말 큰 상을 받으셨군요. 자. 이리로 오세요."

야고보 신부가 손을 내밀었지만, 그는 흥분을 이기지 못하고 좁은 마당을 빙빙 돌기 시작했다. 얼마 뒤 힘이 다한 듯 '쌕쌕' 거리며 숨을 헐떡이더니 마루로 올라와 두 사람 앞에 섰다.

"신부님, 제가 별을 봤습니다. 부엌 안에서 기운찬 별 하나가 분명히 아궁이 벽에서 튀어나와 저 높은 밤하늘로 올라가서는 둥실둥실 춤을 추고 돌아다녔습니다. 한참을 그러더니 마지막에는 제 입안으로 들어왔습니다. 저는 그것을 꿀꺽 삼켜 버렸고예. 그 후 어찌 된 줄 압니꺼? 제 마음이 참을 수 없는 환희로 가득 차고 기쁨이…."

그는 잠시 감정에 복받쳐 말을 끊었다.

"기쁨이 설명할 수 없을 정도로 이 마음에 가득한 겁니더. 제가 하늘나라에 사는 것처럼 허공에 붕 떠 있는 것 같고 여기 눈꺼풀 안에는 흰 별들이 가득합니더. 저기 은하수에 뿌려진 별처럼 말입니더. 그리고 막 반짝입니더."

천국의 젊은이가 숨을 헐떡이며 조금 전 그가 체험한 일들을 쏟아 냈다.

"오, 형제는 정말 특별한 백성입니다. 형제는 악과 싸우는 진정한 천국의 군사가 되었습니다. 그 빛은 천국 군대의 상징입니다. 선은 밝은 빛을 내고 악은 빛이 없습니다. 이런 경험은 선택된 하느님 나라의 군사가 아니고는 겪지 못하는 크고 은밀한 비밀입니다."

"신부님…. 흑흑."

그는 두 손으로 얼굴을 감싼 채 잠시 감격의 눈물을 쏟아붓고는 다시 입을 열었다.

"신부님, 저는 진짜로 이 세상 외에 또 다른 세상이 있는 줄은 꿈에도 몰랐습니다. 이런 비밀스러운 경험을 하지 않고는 어떻게 알겠습니까? 이건 분명히 신부님 말씀처럼 하느님께서 제게 내리신 특별한 은혜 아닙니까?"

그는 감격해했다. 그러나 그를 지켜보던 미숙은 혼란스러웠다.

"맞습니다. 자, 이제는 우리가 모두 형제자매입니다."

야고보 신부는 그의 손을 꼭 붙잡고는 그를 격려했다. 그가 흥분을 가라앉힐 동안 야고보 신부는 뭔가를 골똘히 고민하더니 곧 결심한 듯 그녀를 쳐다보고 고개를 끄떡이고는 천국 형제를 바라보며 침착하고 낮은 목소리로 말했다.

"자, 형제, 이것 보시오."

야고보 신부는 호주머니에서 사진을 꺼내 들고는 그의 눈앞에 들이밀었다. 그리고 조두곤의 손전등을 가져다 켰다. 푸르스름한 손전등 빛에 드러난 사진을 본 그의 눈빛이 요동쳤다. 사진 속의 야고보 신부는 인민군 장교복을 말쑥하게 차려입었으며 붉은 별이 크게 그려진 인민 군기를 들고 있었다.

"왜, 신부님이 인민 군기를 들고 있습니꺼? 예?"

"형제, 나는 인민군 대위 이무송입니다."

그의 말이 끝나자 이남의 병사는 심장이 멎는 것 같은 충격에 휩싸인 채 그대로 얼어붙고 말았다.

"형제, 놀란 거 이해합니다. 나도 이 말을 하기까지 많이 고민했습니다. 내가 고백을 하는 것은 형제를 믿기 때문입니다."

조금 전까지 흥분에 쌓인 채 주체할 수 없는 기쁨으로 가슴이 뜨거웠던 그는 순식간에 심장이 싸늘하게 식는 것을 느꼈고 지금 현실은 그에게 큰 충격이었다.

"형제, 나는 형제의 도움이 지금 절실합니다. 나는 중대장이 찾는 그 사람입니다. 조국 해방 임무를 띠고 이 전쟁에 참여했습니다. 그러나 이 마을에 들어와 여기 미숙 씨와 하나꼬를 만나고 지금은 형제를 만난 후 내 생각은 변했습니다. 그리고 내가 육의 나라를 위해 일하고 있었던 것을 깨달았습니다. 진심입니다. 나도 천국 나라의 백성이고 하늘나라의 군사입니다. 악을 위해서 싸우는 게 아니고 선을 위해서 싸워야 한다는 것을 형제와의 이야기 도중에 깨달았습니다. 그러나 지금 내 현실은 여기 육의 군사들에게 포위되어 있습니다. 저기 중대장이 잠든 지금이 내가 여기를 빠져나갈 기회입니다. 날 도와주시오."

그는 엄청난 충격으로 할 말을 잃어버린 채 이무송을 뚫어져라 쳐다봤다. 곁에 선 미숙은 몹시 불안한 표정으로 이를 지켜보고 있었다.

"자, 여기 보시오."

무송은 그의 진심 어린 고백을 듣고 충격에서 벗어나지 못하고 있는 천국의 형제를 향해 바지를 허벅지까지 끌어 올리고는 상처를 감싸고 있는 흰 천을 보여 주었다.

"난, 부상당했고 이 몸으로 도망갈 수도 없습니다. 부탁입니다."

그의 간절함에 조두곤이 그에게서 눈을 떼고 곁에선 미숙을 쳐다보며 물었다.

"사모님, 이게 지금 무슨 일이지예?"

"마음 이해합니다. 여기 이분의 말이 다 맞습니다. 이분은 정암산 전투에서 크게 다치고 형제님 나이와 비슷한 또래의 형제 같은 동지를 잃었습니다. 그 동무의 무덤은 우리 집 앞에 있습니다. 이분은 형제에게서 정말 친동생 같았던 전우의 모습을 본 것일 겁니다. 형제님, 죽어 가는 사람 도와주는 게 우리 같은 하늘나라 백성의 도리입니다. 우리는 천국 백성이고 형제자매입니다. 형제님은 조금 전 하늘에서 주신 큰 경험을 하시지 않으셨습니꺼? 그것으로 이분이 형제님에게 한 이야기가 사실인 걸 이제는 아셨지 않습니꺼? 이분을 도와주이소. 제발 부탁입니다."

그녀는 자신이 조두곤을 설득할 수 있길 바랐고, 말하는 동안 그렇게 될 것이라고 확신했다. 그러나 그는 그녀의 기대와는 달랐다.

"내가 여기 와서 짧은 시간에 경험한 것은 모두 사실입니다. 근데 지금 내 마음은 뭐가 뭔지 모르겠습니다. 이제 야고보 신부님보다는 대위님이라고 불러야겠습니다. 대위님! 제가 중대장님을 잘 설득하겠습니다. 자수하시소!"

무송의 얼굴이 어두워졌다.

"형제님, 다시 생각해 보십시오. 조금 전 경험한 사실을 생각하십시오. 그러면 하느님의 은혜를 느낄 수 있을 겁니다. 그리고 무엇이

선인지 악인지 구별하실 수 있을 겁니다."

인민군 대위의 말이 끝나자 이남의 젊은 병사가 고개를 흔들며 괴로워했다. 그의 눈은 마루에 있는 그의 사진에 꽂혀 있었고 그의 안색은 몹시 어두워졌다.

"이게 다 뭡니꺼?"

순간 그의 행동이 거칠어졌다. 큰 소리를 치며 자리에서 벌떡 일어난 그의 행동을 말리려 무송이 손을 내밀자 젊은 병사는 그의 손을 탁쳐 버리고는 허리에 착용한 요대에서 단검을 꺼내 들고 두 사람을 향해 겨누었다. 그의 눈은 살벌했다.

"형제, 형제는 지금껏 이 세상에 뜬 천국의 별 안에서 산 적이 한 번도 없소. 다시 한번 생각해 보시오."

무송이 그를 다급하게 말리자 미숙도 함께 나섰다.

"제발, 이러지 말아요. 우리는 같은 백성이고 저기 하늘나라의 형제자매입니다. 이건 사실입니다."

말을 끝낸 그녀가 단검을 쥐고 있는 그의 손을 잡으려 하자 운전병은 그녀의 팔을 낚아채고는 그녀의 목에 칼끝을 들이댔다. 일촉즉발의 긴장감이 모두를 얼어붙게 했다.

"내가 잠시 환상을 본 거야. 이것들이 나에게 이상한 짓을 한 거야."

무송은 살기 어린 눈으로 그를 노려보는 젊은 군인을 다시 한번 설득하려 했다.

"형제가 본 그 별이 저기 있습니다."

무송의 손가락 끝이 부엌을 가리키자 운전병의 시선도 그쪽으로 향했다.

"저기 별은 하나꼬가 그렸던 별입니다. 그렇다고 형제가 본 별이 모든 사람에게 보이는 것은 아닙니다. 그건 정말로 하느님께서 선택된 사람들에게 행하는 기적 같은 은혜입니다. 형제님은 나도 경험하지 못한 신비로운 은혜를 체험한 것입니다. 거짓말이 아닙니다. 지금 형제님의 마음속 선을 교란하는 악이 있습니다. 싸워서 이겨야 합니다. 저나 형제님이나 둘 다 이 세상 군대에 속하지 않습니다. 나는 빨갱이가 아닙니다. 돌이켜 보면, 내가 인민군의 모습으로 여기에 온 것은 우리 인민들 모두가 평등하게 잘 살고 하느님 나라를 지상에도 만들기를 바라는 마음에서였습니다. 북조선의 별이 내 별이 아닙니다. 내 별은 형제님과 같은 별입니다."

그는 진심으로 그가 할 수 있는 한 모든 노력을 다해서 조두곤을 설득하려 했다. 운전병의 몸이 심하게 떨리며 미숙의 목을 겨눈 칼끝이 그녀의 목을 조금씩 파고들며 피를 내고 있었지만, 그의 흥분은 멈추질 않았다.

"난 대한민국 군인입니다. 지금 내가 인민군의 편에 서게 된다면 내 몸에는 세 나라가 들어오게 됩니다. 북조선이 전쟁에서 이기게 되면 내 조국인 대한민국은 사라지게 됩니다. 생각해 보이소. 오늘까지 이 나라 대한민국의 군인이었던 내가 내일은 인민군이 돼, 이 마을을 다니게 되면 나는 이 사람들에게 어떤 사람이 되겠습니꺼? 죽은 친구들조차 내게 침을 뱉을 겁니더. 내가 또 다른 나라인 하느님 나라 백성이 되는 것이 얼마나 큰 은혜인지 알 것 같습니더. 그런데 나는 지금 대한민국 군인입니더."

그녀는 말을 끝내고 심하게 떨리고 있는 그의 손을 잡아 그녀의 목을 서서히 파고드는 단검을 떼어내면서 침착하고 낮은 음성으로 대답했다.

"저도 처음에는 이분이 이런 말을 할 때 혼란스러웠어예. 하지만 뭐가 우선인지 생각하면 그 답은 뻔합니더."

"맞습니다. 우리는 영적인 존재입니다. 형제가 환상을 본 것도 육으로 본 게 아니고 영으로 본 것입니다. 우리의 육은 껍데기일 뿐 우리는 영으로 사는 것입니다. 형제가 내 말을 제대로 이해하지 못해서 오해한 부분도 있습니다. 내 다시 한번 말하겠소! 우리는 하늘나라에 속한 사람들입니다. 조금 전에 이야기했듯이 나는 하늘나라를 여기 지상에 건설하기 위해 온 하늘나라 병사입니다. 나와 같이 함께합시다. 이 기회를 놓치면 안 됩니다. 저기 중대장부터 처단하고 나와 같이 길을 갑시다."

그의 강한 설득에 조두곤은 전신에 소름이 돋는 것을 느끼며 부엌을 쳐다봤다. 잠시 운전병의 눈길이 부엌으로 향한 찰나의 순간, 그 순간을 놓치지 않고 이무송이 용수철처럼 몸을 일으키더니 그의 손에 쥐어진 날카로운 단검을 뺏으려고 달려들었다. 이무송의 몸놀림에 본능적으로 저항하던 그의 손이 방향을 잃고 그녀의 왼 어깨를 찔렀다. 그녀의 비명과 함께 단검이 둔탁한 소리를 내며 마당에 떨어졌고 두 남자의 몸이 좁은 마루 위를 뒹굴었다. 조두곤의 배 위에 올라탄 이무송의 두 손이 그의 목을 강하게 조르자 조두곤은 그의 손가락으로 있는 힘껏 이무송의 허벅지에 난 상처를 찔렀다. 인민군 장교와 이남의 병사, 두 군인의 얼굴이 고통으로 일그러졌다. 이무송이 운전병의 목젖을 더욱더 강하게 압박하며 조르자 시간이 지나면서 조두곤의 동공이 점점 흐릿하게 풀려 가며 초점을 잃어 갔다. 멀리 정암산 너머로 떨어지는 별똥별을 보며 그는 두려웠던 죽음의 길로 마지막 말을 남기고 떠났다.

"다. 죽. 자."

움직임을 멈춘 그의 손에는 얇은 원형의 수류탄 안전 고리가 들려 있었다. 그리고 그의 손에서 흘러나온 수류탄이 마루 위를 '데구루루' 구르는 것을 본 이무송이 다급하게 팔을 움켜잡고 서 있던 미숙을 발로 찼고 그녀는 중심을 잃고 마당으로 나가떨어졌다. 곧이어 그도 마당에 쓰러진 그녀의 몸 위로 그의 몸을 날렸다. '꽝' 잠시 후 커다란 폭발음과 함께 '두둑 뚜두두둑' 소리를 내며 지붕 일부가 내려앉았다. 짚 더미에서 깊은 잠에 빠졌던 중대장은 누군가 본부 지하실에 있는 탄약고를 지키는 육중한 철문을 힘껏 닫는 소리 같은 커다란 꽝음에 두 눈을 부릅떴다. 코 안으로 들어오는 매캐한 화약 냄새를 맡고는 앞뒤 상황을 생각할 겨를도 없이 자리에서 벌떡 일어나 부엌문을 밀치고 밖으로 나갔다. 집 안 가득히 날리던 먼지가 가라앉으며 서서히 그의 눈에 처참한 집 안의 모습이 들어왔고 그는 자기 눈을 믿을 수가 없었다. 야고보 신부가 그를 향해 권총을 정조준하고 있는 것이었다.

"씨발…."

'탕탕탕' 콜트권총에서 세 발의 총성이 울려 퍼지자 중대장의 몸이 앞으로 꼬꾸라졌다. 총소리가 나고 얼마 후, 밤하늘을 스멀스멀 기어 올라오다 '펑' 소리와 함께 조명탄이 터졌고 그 붉은빛에 주위가 밝아지자 이무송은 바닥에 정신을 잃고 쓰러져 있는 미숙을 등에 들쳐 업고 집 밖으로 뛰어갔다. 예쁜더 동산에는 그가 들풀들을 헤집고 뛰어가는 소리만 들릴 뿐 어떠한 소리도 동산의 생명체에서 들리지 않았다. 신작로에 세워진 지프차에 도착한 그는 정신을 잃은 그녀를 조수석에 앉힌 후 그대로 자갈길 위에 드러누웠다.

거친 호흡소리가 그의 입에서 한동안 멈추질 않더니 축 처진 그녀의 팔을 타고 흘러내리는 핏물을 쳐다보고서야 정신을 차린 그는 몸을 일으켜 운전석에 앉았다. 다행히 차 열쇠가 꽂혀 있었다. 을지로에서 회사를 다닐 때, 남대문 시장과 동대문 시장을 부지런히 미제 지프차를 운전해서 다닌 덕분에 익숙해진 동작으로 시동을 걸었고 엔진이 한두 번 '덜덜'거리더니 곧 출발 신호를 냈다. 때맞춰 그녀가 신음을 흘리며 눈을 떴다. 그는 호주머니를 뒤져 자신의 상처를 묶다 남은 붕대를 풀어 그녀의 팔을 다급하게 묶고는 그녀를 흔들어 깨웠다.

"미숙 씨, 정신 차리시오."

그녀가 실눈으로 그를 쳐다보자 그는 마른침을 삼키며 다급하게 말했다.

"걱정 마시오. 다 해결됐소. 빨리 여기를 떠나야 합니다."

"하나꼬는예?"

그녀는 등받이에 몸을 바짝 기대며 물었다.

"아…."

그도 하나꼬를 구할 생각은 했지만, 지붕이 내려앉은 상황에서 그 혼자 어떻게 할 방법이 없었다.

"하나꼬는예? 하나꼬 찾았습니꺼?"

그녀가 목소리를 높였다.

"조두곤이 터뜨린 수류탄에 지붕이 내려앉았습니다. 지금 하나꼬를 찾기는 불가능합니다. 조명탄이 터져서 곧 군인들이 들이닥칠 겁니다."

"못 갑니다. 저는 못 갑니더."

부르짖던 그녀가 지프차에서 내리려 몸을 움직이자 그가 그녀의 팔을 붙잡았다.

"함안 성당으로 지금 갑시다. 도착하자마자 동생을 여기로 보냅시다."

"놔 주세요. 제발….."

그녀의 애끓는 얼굴에 그는 그녀의 팔을 놓았다.

미숙은 칼에 찔려 고통스러운 어깨를 다른 한쪽 팔로 붙들고는 예쁘던 동산을 올라 집으로 뛰어갔다. 숨 돌릴 여유도 없이 그녀가 마당에 들어서자 고약한 화약 냄새와 함께 폭삭 내려앉은 지붕을 보고 아연실색했다. 바닥에 꼬꾸라진 채 움직임이 멈춘, 마치 죽은 시체처럼 흙바닥에 엎드려 있는 중대장 근처에 덩그러니 놓인 무전기의 수화기에서 흘러나오는 무전병이 쉴 새 없이 쏟아내는 긴박한 목소리는 그녀가 위험한 현실 속에 있음을 깨닫게 하는 데까지 긴 시간이 필요치 않았다. 그녀는 축대를 밟고 마루가 있던 곳 근처까지 다가갔다. "하나꼬!" 딸을 쉬지 않고 소리 내 불러보았지만, 어느 곳에서도 딸의 목소리는 들려오지 않았다.

"미숙 씨!"

그녀로부터 몇 걸음 떨어진 곳에서 하나꼬를 찾고 있던 그가 부르는 곳으로 그녀는 두려운 마음으로 다가갔다. 그가 떨리는 목소리로 말했다.

"하나꼬 팔입니다."

그녀는 조각난 지붕의 파편 사이로 삐져나온 딸의 뒤틀린 손목을 볼 수 있었다.

"하나꼬, 엄마야. 일어나."

그녀의 절규에도 하나꼬의 손은 아무런 움직임이 없었다. 그녀는 하나꼬의 팔을 잡으려 걸음을 앞으로 내디디려 했지만, 그녀와 하나꼬 사이에는 지붕을 떠받들고 있던 대들보로 쓰였던 굵은 소나무 기둥이 큰 폭발에 쓰러져 길게 드러누운 채 온전히 그 길을 막고 있어 그녀는 앞으로 나아갈 수가 없었다. 지붕에서는 아직도 충격을 견디지 못한 기왓장 일부가 떨어지는 위험한 상황이 계속 일어나고 있었다.

"미숙 씨, 지금 우리가 할 수 있는 일이 없습니다. 갑시다. 어서요!"

"못 갑니더. 저는 못 갑니더."

그녀는 완강히 버티며 발을 뻗어 앞으로 나가려고 애썼다. 그러면서 그녀는 하나꼬를 계속 불러댔지만, 점점 부르짖는 것도 고통스러워져 갔다. 그는 더 이상 안 되겠다 싶었는지 발버둥 치는 그녀를 강제로 둘러업은 후 집을 빠져나와 다시 신작로로 내달렸다. 잠시 후 조수석에 그녀를 앉힌 그는 재빠르게 지프차의 시동을 걸었다.

"미숙 씨, 함안 성당으로 갑시다. 우리 둘만으로는 하나꼬를 구할 방법이 없습니다. 내 약속하겠습니다. 다시 옵시다."

지프차가 움직이자 그녀의 몸이 한 차례 앞으로 움직이더니 곧 중심을 잃고 그녀의 머리가 뒤로 젖혀졌다. 저항할 수 없는 현실에 그녀가 흘리는 눈물이 붉은빛을 내며 지상으로 내려오는 조명탄에 반사되어 피눈물처럼 보였다. 그는 그녀의 머리를 조심스럽게 끌어 그의 어깨에 내려놓고는 먼지로 더러워진 그의 얼굴을 맞대며 괴로운 심정으로 말했다.

"미안합니다."

이 모든 일이 자신 때문에 일어났다는 죄책감에 그는 괴로워했지만, 그는 앞으로 나아가야만 했다.

함안 성당으로 가는 길은 장봉석과 함께 탈출로를 계획했을 때부터 미리 익혀두었던 것이라 어렵지 않았다. 문제는 검문소를 지키고 있는 군인들의 눈을 피해서 간다는 것이었다. 함안 성당으로 가는 길은 두 갈래로 나뉘어 있었다. 첫 번째 길은 여기 이 길을 곧장 달리면 얼마 지나지 않아 고갯길이 나타나고 거기를 지나면 옆 마을로 내려가는 비탈길이 나타나는데 이곳에 검문소가 하나 있었다. 그곳을 지나 뱀처럼 똬리를 튼 폭이 좁은 도로를 따라 산을 넘어가면 이후로 함안 성당까지는 비교적 도로가 평탄했다. 그리고 비상시에는 고만고만한 마을들로 들어가는 길들이 도로와 연결이 잘되어 있는 것이 몸을 숨기기에도 좋았다. 그러나 검문소를 통과하는 것이 예사로 힘든 게 아니었다. 이 길이 아니면 다른 하나의 길인 고갯길 초입에서 우측으로 난 길을 따라가는 것인데, 그 길은 장마철이 되면 도로가 엉망이었다. 십중팔구 얼마 전 내린 비로 크고 작은 흙구덩이들이 입을 벌리고 그를 위협할 것이다.

그는 고민했다. '어쩌면 나는 죽을 운이 아닐지도···. 죽으려면 진작에 죽었겠지. 지금껏 살아 있는 걸 보면 하느님께서 내게 향한 큰 뜻이 있을 거다. 수류탄과 총소리를 듣고 근처에 있던 군인들이 여기로 오고 있을 것이다. 정면 돌파하자. 직진해서 간다. 모든 것은 하느님께 맡긴다.' 그는 지프차 유리창 앞에 권총을 놓고는 속도를 높였다. 지프차가 마을 초입의 사거리를 지나 고갯길 속으로 들어서자, 잔뜩 긴장한 그는 속도를 더 높여 검문소로 다가갔다. 차량에서 나온 두 줄기의 빛이 검문소를 비추었다. 그런데 이 곳을 지키고 있어야 할 군인들의 모습이 보이질 않았다. 길가의 참호 속에도 그들의 모습은 찾아볼 수 없었다. 고개를 돌려 좌측으로 내려다보이는 마을을 쳐다보니 손전등에서 나온 푸르스름한 불빛들이 춤을 추듯 쉼 없이 움직이며 예쁜터 동산으로 몰려가고 있었다.

그는 빠르게 차를 몰아 자갈이 빼곡히 깔린 좁은 도로를 달렸다. 어느새 오르막이 끝나고 꾸불꾸불 이어지는 내리막길을 따라가자 지서에서 나오는 전등 빛이 보였다. 경계를 서는 보초병의 모습이 보이고 초저녁 중대장을 보기 위해 몰려들었던 사람들은 다 흩어지고 없었다. 내심 '조금만 더 조금만 더' 하는 간절한 마음으로 이곳을 지나치자 평평한 도로를 따라 듬성듬성 마을이 나타났고 마을마다 불빛 하나 보이질 않았다. 한 시간의 시간이 지났을까? 새벽을 밝혀 오는 푸르스름한 빛을 받으며 모습을 드러내는 읍내 초입의 언덕 높은 곳에 세워진 함안 성당의 모습이 마침내 그의 눈에 들어왔다.

함안 성당은 읍이 시작되는 큰 길가 옆에 솟아오른 높은 언덕 위에 있었다. 그곳 보다 높은 곳이 없어 거기에 서서 사방을 둘러보면, 빼곡히 들어선 읍내의 집들과 거미줄처럼 연결된 골목길 그리고 이무송이 지나온 평야의 논과 밭들이 한눈에 보였다. 성당 위로는 이보다 높은 어느 건축물도 없었고 하늘에 걸린 성당 첨탑의 십자가가 밤과 새벽으로 환한 빛을 내고 있었다. 오래된 나무의 결이 그대로 살아 있는 듯한 본당 아치형 문을 지나면 그 안쪽으로는 신부와 수녀의 숙소가 있는데 밖으로 나와 있는 창문틀에 짙은 파란색이 칠해져 있으면 신부의 방이고 검은색이 칠해져 있으면 수녀의 방이었다. 또한 이곳을 방문하는 평신도들이 머물다 가는 단층의 숙소와는 낮은 담장 하나를 두고 구별되어 있었다. 여기서 조금 더 안쪽의 후미진 곳에 있는 다른 한 채의 건물에는 생필품과 식자재 그리고 미사에 사용될 물품들을 보관하는데 열쇠는 스테파노 본당 주임신부가 늘 지니고 있었다.

그는 매일 새벽 네 시면, 수십 년 이어온 수도 생활을 시작했다. 자주는 아니지만 그렇다고 가끔 있는 일이긴 하지만, 밤늦도록 근처에 사는 성도들과 가까운 진주 지구의 문산 성당 그리고 마산 교구에서 물자를 실어 온 성도들과 어울려 저녁부터 마신 포도주가 깨지 않아 조금 늦게 일어날 때도 있었다. 그렇다고 네 시 삼십 분이 될 만큼의 늦는 것은 아니었다. 그와 특별한 관계의 독일 국적의 신부가 멀리 원산에서 보내오던 칠레산 포도주는 전쟁이 나면서 끊어졌다. 그가 물품 창고 열쇠를 가지고 있는 한 누구도 그의 자유를 방해할 수 없었다. 그의 모습이 밤늦은 시각에 물품 창고 주변에서 그의 숙소를 향해 팔자걸음으로 걸어오는 것을 보게 된다면, 그건 영락없이 그가 물품 창고 구석진 곳의 포도주 저장고에서 칠레산 포도주를 마시며 그만의 자유로움을 한껏 즐기다가 나타났을 때이다. 아직은 새벽에 드리는 미사를 걱정할 만한 중독성을 나타내지는 않았지만 보좌 신부와 원장 수녀의 걱정이 큰 것은 사실이었다.

마산 교구에서 물품을 전달하기 위해 함안 성당을 찾는 신부들과는 워낙 사이가 좋아서 이런 일이 자신에게 해가 되지 않을 것을 확신하였는지 그는 은밀한 자유의 시간을 멈추지 않았다. 낮에는 독서와 녹차가 늘 그와 함께했다. 하지만 평일 저녁이 되면 어김없이 찾아오는 원탁의 탁자를 중심으로 빙 둘러앉아 말동무들과 포도주를 마시며 보내는 그 시간에 비하면 행복감이 덜했다. 그러나 그의 성당 생활은 영철 베드로가 있어 더한 행복감을 주었다.

베드로는 만능 일꾼이었다. 한번은 양형영성체에 사용할 몇 안 되는 포도주를 그날따라 무엇에 휘둘렸는지 그만 손님용 포도주와 착각해서 원탁으로 가져갔고 그날 그 포도주 맛을 본 손님들은 이후 그 포도주만 찾았다. 이 일로, 그가 안절부절못하며 회개의 기도를 하고 있을 때 베드로는 어디서 구해 왔는지 그의 손에는 그 귀한 포도주가 들려 있었다. 물론 베드로는 이런 일들이 있을까 걱정해서 따로 준비한 것을 내놓은 것이었다. 스테파노 신부는 그런 베드로를 원탁의 기사라고 불렀다. 엊그저께는 베드로가 마산 교구에서 가져온 물자 중에는 칠레산 고급 포도주가 두 궤짝이나 되었다.

그날의 형편없었던, 그가 저질렀던 실수가 두려워 그는 철저히 성찬례에 사용될 포도주는 원장 수녀의 옆방에 옮겨 놓았다. 이후 그는 마음 편하게 포도주 저장고를 이용할 수 있었다. 그러나 지금은 예전과 같이 친교용으로 보내온 포도주를 매일 밤 원탁에 놓을 수가 없었다. 전쟁이 터지면서 원탁의 모임도 끝났고 그의 즐거움도 사라진 지 오래되었다. 그런 그에게 얼마 전부터 주일 미사가 끝난 그다음 날 월요일 저녁이면 그를 찾아오는 친구가 생겼다.

함안 보성사의 스님 오광이었는데 이 괴팍한 친구와 함께하는 즐거움이 있었다. 그의 까칠한 혀에서 나오는 온갖 세상 이야기는 너무 재미있어서 시간 가는 줄 몰랐다. 이 사람의 말재주가 워낙 걸출해서 그는 이 친구가 정말 스님인지 아니면 마을에서 잘 알려진 농을 잘하는 사람인지 구별이 되지 않았지만, 그가 아파서 누워 있을 때면 목탁을 두드리고 그를 위해 기도해 주고 가는 고마운 친구였다. 오광 스님은 술이 오르면 그를 보고는 중 팔자인데 신부가 된 걸 보면 '너희 하느님이 재주가 좋긴 하나 보다.'라며 혀를 끌끌 차곤 했다. 첫 만남 이후 제법 친해질 무렵에 스테파노 신부는 그의 이름 오광이 무슨 뜻인지 물었다. 그러자 그에게서 뜻밖의 이야기가 나왔다.

그의 나이 아홉 살이 되었을 때 아버지는 화투에 미쳐 있었다. 화투에는 일광, 삼광, 팔광, 똥광, 비광 이렇게 다섯 장의 광이 있는데,

아버지 평생소원이 오광으로 화투판에 거하게 걸린 노름돈을 쥐어 보는 것이었다. 아버지의 노름 때문에 집안 살림이 거덜 나게 되고 이후 임시방편으로 아버지는 그를 사찰에 맡겼는데 지내다 보니 하루 삼시세끼 다 먹을 수 있어 좋고 쥐 없는 방에서 마음 편히 잘 수 있는 것이 좋아 중이 되었다고 했다. 서로 다른 종교에 귀의하여 일생을 사는 사람들이지만 서로를 향한 존중만큼은 그들을 아는 사람들로부터 부러움을 받았다.

어젯밤, 오광과 얼마나 좋은 시간을 보냈는지 그리고 늦게 합류한 베드로와 꽤 늦은 시간까지 포도주를 마시며 베드로의 죽은 자형 이야기를 하느라 이른 새벽 시간에 잠깐 잠이 들었던 스테파노 신부의 몸은 새벽 네 시에 일어나는 것이 무척 힘들어 보였다. '아, 진짜! 베드로가 한 병만 마시자고 할 때 따를 걸 왜 세 병이나 마셨지? 진짜 술을 끊든지 해야겠다.' 툴툴거리며 창가에 딸린 세면대에 얼굴을 씻은 후 세월의 흔적이 넉넉히 묻어 다림질 자국이 반질반질하게 비치는 흰 칼라를 끼운 검은 셔츠를 입고는 야전 침대와 책상 하나 놓인 나이 든 신부의 방을 나갔다. 우중충한 하늘빛이 새벽빛보다 더 짙어 아침 해가 모습을 보이지 않을 것 같은 날이었다.

그는 숙소를 나와 본당으로 가는 길을 따라 걸음을 옮겼다. 탁 트인 평지의 신작로에서 밝은 불빛을 내며 읍내 쪽으로 가다 방향을 바꾸어 성당 쪽으로 올라오는 차 한 대가 심상치 않음을 느꼈다. 지프차는 불길한 예감을 따르는 듯 성당으로 들어오더니 그의 발 앞에서 멈췄다.

"무슨 일이십니까?"

그가 경계의 눈초리로 긴 장발에서 흘러나온 머리칼이 땀으로 얼룩진 얼굴에 붙어 거의 두 눈만 드러낸 운전석의 사내를 향해 물었고 사내는 머리를 뒤로 쓸어 넘긴 후 그의 물음에 답했다.

"스테파노 신부님이 맞으십니까?"

운전석의 사내가 초조함과 긴장감이 잔뜩 묻은 묵직한 목소리로 그에게 물었다.

"예."

스테파노 신부는 그 사내에게서 눈을 돌려 조수석에 앉은 여성을 쳐다봤고 단번에 그녀의 상태가 심각함을 직감했다. 말린 원피스 사이로 하얀 허벅지 살을 드러내 있었고 한쪽 팔은 피로 얼룩져 있었다. 흐트러진 머리카락이 얼굴을 가리고 있어 누군지는 알 수가 없으나 축 널어진 그녀의 상체가 사내의 가슴에 반쯤 안겨 있었다. 차량 문짝에 그려진 하얀 별은 낯이 익은데 이른 새벽에 성당으로 들어온 이 두 남녀는 낯설었다.

"여기, 이 자매는 안젤라입니다."

"예에?"

사내가 지프차의 시동을 끄면서 말하자 스테파노 신부는 검은 뿔테안경 위의 짙은 눈썹을 치켜올리며 놀라워했다.

"신부님, 저는 이무송 야고보입니다. 여기 있는 베드로 형제가 안젤라 자매의 동생인 것을 알고 찾아왔습니다."

"아니, 안젤라 자매 그러니까 해바라기 마을에 사는 안젤라란 말입니까?"

믿을 수 없는 표정으로 스테파노 신부가 이무송에게 되물었다.

"예, 맞습니다."

"어쩌다가 이런 일을 겪었는지, 형제님은 누구신지요?"

그는 이 사내의 몰골이 이만저만 아니지만 그에게서 풍기는 분위기가 평범한 사람이 아닌 것을 알아챘다.

"네, 저는 서울에서 태어나고 자랐습니다. 학업을 마치고 을지로에서 직장을 다녔습니다. 중국과 소련을 자주 왕래하다가 조선 인민민주주의 공화국의 통일 전사로 전쟁에 참여하게 되었습니다. 산인 전투에서 패하고 지리산으로 가던 중 정암산에 들렀는데 그만 국군의 공격을 받고 본대와 흩어져 쫓기다 여기 안젤라 자매의 집에 숨게되었습니다. 부상이 심한 저를 베드로 형제와 함께 치료해 줘서 저는 목숨을 건졌습니다. 그런데 어떻게 알았는지 남조선 군인들이 들이닥쳐서 싸움이 벌어졌습니다. 그리고 우여곡절 끝에 여기로 오게 된 겁니다."

"심각한 일이군요."

스테파노 신부는 오늘 새벽의 이 만남이 얼마나 그에게 위험스러운 일인지 그리고 교회에 들이닥칠 위기가 걱정되었다. 그는 불안한 얼굴로 안젤라 자매를 쳐다보며 말했다.

"안젤라 상태가 심상찮소. 어서 안으로 들어갑시다."

그의 말대로 이무송은 차에서 내려 절뚝이며 조수석으로 가 그녀를 들쳐 업었다.

"이리로 오시오. 내 베드로를 부를 테니."

이무송은 금방이라도 주저앉을 듯한 걸음걸이로 그를 따라 본당을 지나 베드로의 숙소가 있는 건물 안으로 들어갔다. 긴 복도를 따라 닫혀 있는 몇 개의 방을 지나 해바라기꽃이 그려진 방문 손잡이를 스테파노 신부가 돌려 열자 '딸깍' 하는 소리와 함께 열린 방문 안으로 접이식 군용침대에서 몸을 웅크리고 새우잠을 자고 있는 베드로의 모습이 보였다. 질서 있게 정리된 창가에 놓인 책상 위에는 일본어 성서와 한글 성서가 나란히 놓였으며 벽면 한쪽에는 사카이, 누나 그리고 하나꼬와 함께 찍은 사진이 크게 확대되어 걸려 있었다.

"이보게 베드로. 어서 일어나게!"

영철 베드로는 그의 잠을 깨우는 귀에 익은 목소리에 몸을 세우며 눈을 떴다.

"안젤라가 왔어."

"예에?"

그는 자리에서 벌떡 일어나 그의 앞에 선 이무송과 그의 등에 업혀 축 늘어져 있는 누나를 발견하고 매우 놀랐다.

"야고보 님 아니십니꺼? 여긴 왜?"

"미숙 씨를 먼저 눕혀야 되겠습니다."

다급한 이무송의 말에 그가 황급히 자리를 비키자 이무송은 조심스럽게 그녀를 침대에 누였다. 그리고는 그도 바닥에 털썩 주저앉았다. 그의 허벅지 상처에서 흘러나와 바지를 흥건하게 적신 핏물이 시멘트 바닥을 선홍색으로 덧칠했다.

"베드로 형제, 내 사정 설명이 깁니다. 경찰이 들이닥치고 겨우 저희만 탈출했습니다."

"하나꼬는예?"

"싸움하다가 병사가 터뜨린 수류탄에 집이 무너졌는데 그 속에 하나꼬가 있습니다. 하나꼬를 구출하려고 했는데 우리 힘으로는 어떻게 할 수가 없었습니다. 경찰들이 몰려오고 어쩔 수 없이 하나꼬를 두고 우리만 여기로 온 겁니다."

"누나 팔에 피가 많이 흘렀습니더. 총에 맞았습니꺼?"

그는 금방이라도 눈알이 튀어나올 것처럼 눈을 부라리며 물었다.

"칼에 찔렸습니다."

이무송은 창백하게 굳어진 표정으로 그에게 말했다.

영철은 손을 뻗어 죽은 자의 모습으로 반듯하게 침대에 누운, 그녀의 얼굴을 거적때기처럼 덮은 머리카락을 뒤로 쓸어넘겼다. 금세 그의 손은 누나의 젖은 머리카락에서 흘러나온 땀으로 흥건했다. 땀으로 얼룩진 그녀는 무슨 생각을 하는지 그녀의 얼굴은 잠시도 불편한 기색을 숨기지 않았다.

"누나가 깨어나야 무슨 계획이라도 세울 수가 있을 것 같습니다. 우선 정신이라도 차리게 해야겠습니다. 내 나가서 수건하고 세숫대야에 물 받아 오겠습니다."

"아니네, 내가 갔다 옴세. 오광이 지난번에 내가 허약하다고 가지고 온 약초 물이 있는데 내 그걸 가지고 오겠네."

말을 마친 스테파노 신부는 허리춤에 걸린 열쇠를 확인하고는 방을 나갔다.

"여기는 어떻게 왔습니꺼?"

영철의 질문이 이어졌다.

"중대장이 타고 온 지프차로 왔습니다. 일전에 장봉석 동지와 함께 익혔던 지형이고 베드로가 가르쳐 준 길이라 어렵지 않게 왔습니다. 다행히 따라붙는 차들도 없었습니다."

말을 마친 그가 두 손으로 허벅지를 불끈 움켜쥐었다.

"상처는 어떻습니꺼?"

"치료해 주시고 간 후로 좋아졌는데 다시 원래로 돌아간 듯합니다. 좀 지나면 괜찮을 겁니다."

"누나부터 치료하고 제가 보겠습니다."

"저기 컵에 든 게 물입니까?"

"아, 아닙니다. 어젯밤에 마시던 백포도주인데 제가 물 갖다 드리겠습니다."

그가 자리에서 일어나자 이무송이 그를 멈춰 세웠다.

"아, 아닙니다. 좀 마셔도 되겠습니까?"

"네."

이무송은 영철이 내민 뿔 컵에 담긴 술을 순식간에 들이마셨다.

"살 것 같습니다."

"야고보 님이 생각하는 계획은 어찌 됩니꺼? 여기도 안전하지 않습니더. 요즘에는 신부도 수녀도 성도들도 우리 정부 아니면, 이북에서 첩자로 내려보낸다는 소문이 파다합니더. 여기 수녀님 중에 한 분이 의심스럽기는 합니더."

"예, 맞습니다. 북조선에도 그런 부대가 있습니다. 전쟁 전에 이남으로 내려왔습니다."

"그렇네예. 좀 있으면 마산과 진주로 가는 도로는 검문이 더 심해질 겁니더. 빨리 빠져나가지 않으면 여기서 다른 곳으로 이동한다는 것은 산을 타고 넘어가는 것밖에는 길이 없습니더. 이 지역은 산들이 첩첩이 에워싸고 있어 그 길이 어쩌면 안전할지도 모르지만, 들짐승들이 많아 더 위험합니더."

그의 말에 좌절한 듯 이무송은 두 다리 사이로 고개를 떨구었다.

"지리산으로 가서 빨치산 부대에 합류해야 합니다. 거기까지 가기가 만만치 않겠군요."

그는 맥이 풀리는 듯, 고개를 다시 들어 목젖이 보이도록 한껏 뒤로 제쳤다 다시 앞으로 폈다.

"지리산에 있다가 상황이 나아지면 서울로 나올 계획입니다. 근데…. 미숙 씨가 걱정됩니다. 운전병과 중대장이 죽은 걸 보면 가만히 있질 않을 겁니다. 미숙 씨는 더 이상 마을로 돌아가지 못할 겁니다…. 모든 게 저 때문에 일어난 일이라…. 하나꼬에게 너무 죄스럽습니다. 미숙 씨와 하나꼬를 잘 부탁합니다."

영철은 그제야 이들의 관계가 선을 넘었음을 직감할 수 있었다. 자형 사카이의 모습이 떠오르자 그는 눈을 질끈 감았다.

"그건 제가 늘 하던 일입니더. 가시거든 몸조심하시고 음…. 한 가지 바람이 있다면 인민군복은 벗으시는 게 좋겠습니더."

그의 진심에 이무송은 쓴웃음을 지었다.

"쉽지 않겠지만, 전쟁은 형님 같으신 분에게는 어울리지 않는 직업입니더."

"…."

"음…. 제 생각에는 여기에서 한 시간 이상 더 머무르시면 안 됩니더. 마산 교구에서 온 트럭이 한 대 있습니더. 내 성도님께 잘 이야기할 테니 그걸 타고 진주로 바로 가시소. 그다음 구례에 도착하면 지리산 깊숙이 들어가실 수 있을 겁니더. 가는 도중에 검문은 잘 피해야 할 텐데…."

영철의 목소리가 잦아들자 곧 방문이 열리며 어깨에 수건을 걸치고 세숫대야를 든 스테파노 신부가 들어왔다. 영철은 얼른 세숫대야를 건네받고 그가 건네주는 수건에 물을 흥건하게 적신 후 그녀의 얼굴을 닦아 주었다.

"그 물이 오광이 준 약초 물인데 금방 진정 효과가 나타난다고 하더군. 많이 발라도 괜찮아!"

　스테파노 신부의 말대로 여러 차례 수건을 약초 물에 담그고 뺐다 반복하며 그녀의 얼굴을 닦자, 감겼던 그녀의 눈동자가 조금씩 움직이더니 잠시 후 그녀의 눈꺼풀이 열렸다.

　"영철아."

　"누나."

　"하나꼬 봤어?"

　"…."

　"여긴 어디야?"

　"누나, 함안 성당이야."

　"안젤라!"

　"미숙 씨!"

　귀에 익은 음성들이 차례로 들려오자 그녀의 눈이 한 사람 한 사람 그녀를 부르는 목소리를 쫓았다.

　"신부님, 우리 하나꼬가 흙더미에 깔렸습니더."

　그녀의 흐느낌이 이내 방 안에 울려 퍼졌다.

　"누나, 내가 빨리 가서 하나꼬를 데리고 올게. 일단 안심하고 여기 어깨 상처부터 치료하자."

　그녀는 동생의 도움을 받으며 간신히 몸을 일으켜 벽면에 기대 파란색 페인트가 칠해진 창으로 밝아 오는 아침을 등 뒤로 기댔다. 창밖의 큰 포구 나무에서 늘어진 가지에 붙은 초록의 잎들이 파란 창 아래서 얼굴을 들어 아침 해를 맞는 해바라기 꽃잎에 닿을 듯 떨어질 듯 간질거리며 자기들만의 인사를 건넸다. 영철은 책상 서랍을 열어 구급약 통을 꺼낸 후 누나의 어깨에 난 상처를 살폈다. 다행히 벌어진 살

사이로 피는 더 이상 흘러나오고 있지 않았다. 그는 흰 가루를 상처에 넉넉히 부은 후 마지막으로 그녀의 어깨를 질끈 동여매며 말했다.

"누나, 마취약이 없어서 여기서는 꿰맬 수가 없어. 우선 세균감염 안 되게 진통제하고 항생제부터 먹자."

영철은 물병을 가져다 컵에 물을 따르고는 몇 알의 알약을 그녀의 손바닥 위에 올려놓았다.

"안젤라가 행한 선한 일을 우리만 알지는 않겠지? 폭격에 일부 무너진 건물들도 안젤라의 도움이 아니었으면 이렇게 빠른 시일 내에 제 모습을 찾았겠어? 여기 영철 베드로를 통해서 받은 도움이 참 많지. 그렇다고 안젤라는 교만하지도 않았고 시험이 와도 잘 이겨내면서 살고 있질 않나? 하느님이 안젤라를 사랑하지 않으면 천국의 문은 너무 좁을 것이야. 내 그동안의 경험으로 약속할 수 있네. 하느님이 반드시 하나꼬를 도울 거야."

스테파노 신부가 그녀를 위로하자 영철이 거들었다.

"누나, 내가 마을로 가서 하나꼬를 데리고 올 거다. 내 그동안의 일들은 다 들었어. 내 생각에 누나는 여기 있으면 안 될 것 같아. 잠시 야고보 님과 같이 진주로 떠나."

"안 돼, 영철아. 내가 왜 가?"

"누나, 중대장과 운전병이 죽었어. 경찰들은 야고보 님을 쫓을 건데 누나도 그들에게는 한 패야. 하나꼬는 내가 구해 와서 문산 성당으로 데리고 갈게. 누나는 거기서 기다리는 게 최선이야."

그를 뒤따라 이무송이 말을 이어받았다.

"미숙 씨, 동생 말대로 먼저 여기를 떠나 진주로 갑시다. 며칠만 기다리면 하나꼬가 무사히 올 겁니다."

영철은 상황을 충분히 이해한 스테파노 신부에게 말했다.

"신부님, 야고보에게 트럭을 내어주시면 안 되겠습니꺼? 저는 지프차를 타고 마을로 가서 하나꼬를 데리고 오겠습니다."

굳은 표정을 한 영철 베드로의 얼굴에서 보이는 절박한 각오에 그는 망설임 없이 고개를 끄떡였다.

"음…. 좋네. 보조 신부는 내가 알아서 잘 설득하겠네. 이 일이 커지면 나나 여기 수녀님들까지 큰 고초를 겪을 거야. 지금은 이 방법 외에는 다른 방법이 없는 듯하니 나도 최대한 돕겠네."

걱정을 감출 수 없는 것은 스테파노 신부로서도 어쩔 수 없는 듯했다. 이무송은 의자에서 일어나 그에게 예의를 갖춰서 깍듯하게 인사를 했다. 그리고 영철이 건네주는 약과 붕대가 든 가방을 어깨에 메고는 미숙에게 손을 내밀었다. 그가 내민 손을 잡고 그녀가 일어서자 영철은 누나를 꼭 껴안았다,

건물을 빠져나온 그들 모두가 큰 포구 나무 아래에 주차되어 있는 트럭 앞으로 모이자 스테파노 신부가 소리를 낮춰 말했다.

"내, 차 열쇠하고 먹을 것 좀 챙겨 오겠네. 잠시만 기다리게."

곧바로 건물 안으로 사라진 그는 잠시 후 한 손에 검은 봉지를 들고 나타났다.

"자, 차 열쇠하고 먹을 것 좀 챙겨 왔네. 어서들 가게."

미숙은 앞으로 나아가 스테파노 신부에게 공손히 작별 인사를 했다. 나이 든 신부도 성호를 긋고는 그녀에게 작별 인사를 했다.

"누나, 거기 도착하고 며칠만 기다려. 알겠지? 내 반드시 하나꼬를 데리고 갈 테니까."

"그래…. 영철아, 너도 몸조심해."

그들의 짧은 포옹이 있고 난 뒤 트럭은 조용한 성당의 아침을 깨우며 천천히 언덕길 아래로 사라졌다.

"베드로, 지금 갈 텐가?"

스테파노 신부는 베드로의 어깨에 손을 얹으며 말했다.

"예, 더는 지체하면 안 될 것 같습니다."

"그래, 조심해서 갔다 와야 해. 지금 자네가 가는 곳은 전쟁터나 마찬가지일 거야. 경찰들은 복수에 혈안이 되어 있을 거야. 조그만 꼬투리라도 잡히면 누구든 인민군으로 오해받을 것이 분명해. 진짜 조심해야 해."

"네, 걱정하지 마십시오. 하나꼬만 찾으면 바로 오겠습니다. 저녁에 칠레산 포도주와 진하게 한잔하시죠."

"그래…. 조심해야 해, 꼭."

떠난 사람들이 남긴 것

　성당에서 나온 영철은 지프차의 핸들을 돌려 해바라기 마을로 향했다. 그는 이무송이 함안 성당으로 왔던 것과는 다른 길을 택했다. 이 도로는 비만 오면 생겨난 크고 작은 물웅덩이로 차들이 다니기에는 형편없었지만, 하나꼬 집 가까이 연결되어 있어 그곳의 키 큰 해바라기 사이에 작은 지프차를 숨기기 좋았다.

　예쁜더 동산은 몰려든 경찰들로 붐볐다. 동산을 물들였던 노란 해바라기꽃들은 경찰들의 수색에 바닥으로 쓰러져 있어 그 이쁜 모습을 잃고 있었다. 일상의 조용한 아침과는 전혀 다른 아침이 마을 사람들에게 찾아왔다. 큰 폭발음과 총소리를 듣고 하나꼬 집으로 새벽부터 몰려든 마을 주민들은 집 안에서 벌어지는 일들을 돌담 너머로 지켜보고 있었다. 죽은 운전병의 분해된 육체의 조각들이 여러 개의 비닐봉지에 담겨 마당에 펼쳐진 헌 가마때기 위에 놓이자 무장경찰 둘이 든 들것이 마당으로 들어오더니 동산 아래 육공트럭으로 실려 갔다. 경찰들이 사건 현장에서 쫓아낸 아이들 중 간 큰 녀석들은 감나무에 올라가 하나꼬집 안을 보며 주위에 있는 아이들에게 처참한 현장을 중계하고 있었다.

　"누구 끼고?"

"아! 그, 금마 아니가? 그 중대장하고 잘 다니던 운전병."

"야, 저리 죽어 버렸나?"

"완전, 찢겨 버렸네."

마을 아이들의 경악스러운 대화가 오고 가는 사이 의무병으로 보이는 병사가 마당을 가로질러 부엌문 앞으로 뛰어갔다. 멍한 눈으로 정신을 잃은 사람처럼 낡은 흙벽에 몸을 기대어 의무병의 손길에 몸을 맡기고는 꼼짝하지 않는 군인을 보며 마을 청년들의 말이 오고 갔다.

"저 사람은 살았네?"

"그래 맞다. 중대장이네. 야, 그래도 여기서 살았네!"

"마, 정신이 나가 버렸네."

머리에 둘둘 말린 두꺼운 붕대는 아래로 내려와 그의 한쪽 눈을 가렸고 의무병은 계속해서 왼 어깨와 맞닿은 빗장뼈 부분에 소독약을 들이부었다. 그는 아무런 고통을 느끼지 못하는지 굳은 표정 외에는 어떠한 변화를 그의 얼굴에서 볼 수 없었다.

'왜? 그놈이 여기에 있었고, 왜? 그녀는 운전병을 죽인 그놈과 같이 도망을 갔는지….' 그의 중얼거림은 의무병의 치료가 끝날 때까지 되풀이됐다. 극심한 분노에서 표출되는 최고 수준의 정신적 고통은 이런 육체가 주는 아픔에 비할 게 아니었다.

"중대장님! 운전병의 시체 수습은 끝났습니다. 그리고 대대에 보고하는 것도 마쳤습니다. 이 일대와 마산 진주로 통하는 모든 도로에 검문검색 강화 지시가 내려졌습니다. 병원으로 빨리 가셔야겠습니다."

덩치 큰 선임하사의 보고가 끝나자 그는 어렵게 고개를 끄떡였다.

"나는 괜찮아. 여기 모인 병력 데리고 가서 마을을 샅샅이 뒤져. 이후 철수해도 좋다."

그의 명령에 선임병이 소리치는 집합 소리와 함께 모인 병력은 즉시 마을로 떠났다.

"현수 아재요!"

중대장이 큰 소리로 현수 아재를 찾자, 마을 청년들이 멀찍이 떨어져 뭔가를 찾고 있는 현수 아재를 불렀다. 그가 그들의 손짓을 보고 중대장에게 급히 달려왔다.

"괜찮소?"

중대장 앞에 선 현수 아재가 그를 살피며 말했다.

"부탁이 있습니다. 저애가 죽은 모양인데 무덤이나 잘 만들어 주소."

중대장은 진심이었다.

"그래, 그래야지요. 어서 빨리 병원에 가소. 나중에 내 찾아뵙겠습니더. 사는 게 왜 이리 힘드노….”

그의 말이 끝나고 의무병의 부축을 받으며 자리에서 힘들게 일어난 중대장은 신작로에 주차된 트럭까지 들것에 실려 내려왔다. 그는 병사들의 만류에도 뒷자리를 마다하고 조수석으로 힘겹게 올라앉았다. 병사 몇이 짐칸에 올라타자, 트럭은 함안으로 가는 지름길로 육중한 몸을 이리저리 흔들며 동산을 떠났다.

"자, 여기 손이 보여. 다들 빨리 움직이게."

현수 아재의 지시에 청년들이 내려앉은 잔해물들을 부지런히 들어냈다.

"죽었는데 빨리 해 봤자 아무 뜻도 없는데….”

한 청년의 입에서 불평이 나오자 옆에 서 있던 현수 아재가 들고 있던 나무 작대기로 그의 등짝을 후리쳤다.

"야, 이놈아. 얼마나 귀한 집 딸인지 알아? 그래도 이렇게 차가운 곳에 오래 두는 게 아이다."

청년들의 얼굴에 굵은 땀방울들이 맺히고 조금씩 하나꼬의 몸이 모습을 드러내기 시작했다. 옷장이 비스듬히 공간을 만든 좁은 틈 사이에 하나꼬가 누워 있었다. 삼베 이불이 하나꼬의 얼굴부터 배까지 덮여 있었는데, 그것은 흙과 먼지들로 가려져 마치 시체를 덮은 누런 광목천으로 보였다. 청년 두 사람이 천천히 두 손으로 천 위를 덮은 흙을 들어내 갈 때 갑자기 기침 소리가 터져 나왔다.

"어이, 살아 있다."

고함을 친 청년이 삼베 이불을 잡아당기자 흙 부스러기가 공중으로 흩어지며 펄렁이는 천 아래로 하나꼬의 얼굴이 드러났다.

"하나꼬 살아 있다!"

현수 아재의 외침에 조심스럽게 청년 세 사람이 옷장을 들어내자 몸집이 큰 사내가 하나꼬를 안고 그곳을 벗어나 대문 앞 그늘진 바닥에 누였다. 현수 아재는 재빨리 아이의 손목에 손가락을 올려 맥을 짚었다. 그의 얼굴에 지금껏 마을 청년들이 보지 못한 기쁜 표정이 나타났고 곧 그는 하나꼬의 가슴에 귀를 바짝 갖다 댔다.

"괜찮다. 살아 있다."

희열에 찬 그의 목소리에 마을 사람들의 입에서 환호가 터져 나왔다.

"할매 집으로 가자!"

*

영철은 물웅덩이에서 좀처럼 빠져나오지 못하는 차바퀴와 사투를 벌이고 있었다. 그의 옷은 흙탕물로 이미 더럽혀져 색을 알아볼 수 없었다. 주위에서 도움 될 만한 돌들을 날라다 웅덩이 속에 잠긴 타이어 주변 빈 공간을 메우고 여러 차례 시도를 해 봤지만, 바퀴는 헛돌기만 했다.

그때, 속도를 내지 못하는 트럭이 큰 엔진 소리와 함께 거대한 몸집을 이리저리 흔들며 그가 선 자리를 향해 느리게 다가오고 있었고 이를 본 그가 반가이 손을 흔들었다. 가까이 다가오던 군용트럭은 멈출 생각이 없는 듯 그의 앞을 지나치더니 갑자기 '끼익' 금속 소리를 내며 멈추어 섰다. 잠시 후, 트럭의 조수석에서 악을 쓰며 내뱉는 소리가 나더니 트럭 뒤 칸의 가림막이 열리며 무장한 경찰들이 튀어나와 영철을 향해 달려왔다.

"인민군 놈을 잡아."

물웅덩이에 고인 흙탕물을 사방으로 튕기며 위협적인 모습으로 달려오는 군인들을 본 영철은 뒷걸음질을 치더니 짤막한 소리를 지르며 뛰었다. 그는 길가에 난 폭이 넓은 수로를 간신히 뛰어넘어 필사적으로 달아났다. 그의 걸음이 질퍽한 논에서 속도를 내지 못하는 사이 어느새 그가 타고 온 지프차에 도착한 무장한 군인들을 향해 트럭에서 고함이 터져 나왔다.

"야, 못 잡으면 사살해."

선임병이 중대장의 명령을 전달하자 두 명의 병사가 앉아 쏴 자세로 도망치는 영철을 정조준했다.

잠시 후, 그들의 총구가 불을 뿜었다. '두두두…' 영철은 총소리와 함께 몸의 여러 곳이 불에 덴 듯 화끈거리더니 다리가 풀리며 두 무릎이 꺾이는 것을 느꼈다. 질퍽한 논바닥에 털썩 쓰러진 그의 눈은 가까운 거리의 에쁜더 동산을 바라보고 있었다. 해바라기들이 일렁이는 바람에 일제히 고개를 흔들었다. 그리고 총소리를 듣고 동산에 있던 사람들이 그를 향해 뛰어오는 모습이 흐릿해져 갔다. 힘들게 내쉬는 호흡은 금방이라도 멈출 것 같았고 그는 고통이 끌고 가는 죽음의 문턱을 넘어서고 있었다. 그는 필름처럼 빠르게 지나가는 과거의 순간들이 멈추고 칠흑같이 검은 장면이 눈을 가리자, 숨을 깔딱이며 마지막 말을 내뱉었다

"누…. 나. 하나…. 안녕…."

그의 죽음을 확인하기 위해 도착한 군인들이 그의 몸을 이리저리 뒤지더니 호주머니에서 꺼낸 긴 묵주와 지갑을 가지고 그 자리를 떠났다. 그리고 마을 사람들이 그에게 모여들었다.

"이거 영철이 아이가?"

현수 아재가 절규하자 그와 친했던, 그와 나이가 같은 마을 친구들이 그를 부르며 오열했다. 그는 스물여섯에 죽었다.

"영철이 어서 데리고 가자. 여기 놔두면 안 된다."

청년들의 주검을 거두는 손길이 분주해졌다. 오후의 동산은 여느 때와는 아주 달랐다. 아름다운 동산은 벌집처럼 헤집어져 있었고 그림 같은 풍경 속의 집은 흉가가 되어 있었다. 벌도 나비도 사람들을 피해 모습을 감췄다. 죽은 자들을 향한 사람들이 내는 비명과 애통해하는 소리가 한참 뒤에야 멈추었다. 그리고 사람들은 동산을 떠났다. 오늘 새로운 무덤이 생겼다. 영철이 흘렸던 마지막 눈물일까? 가랑비가 바람에 흩날리다 늪을 두드렸다. 모든 것이 이제는 조용해졌다. 검은 구름 속에 갇힌 태양의 빛조차 동산이 친 침묵의 방어막에 가려 대지 위로 내리지 못했다. 동산도, 늪도… 모든 소리가 그쳤다.

차갑게 젖은 수건이 하나꼬를 깨웠다. 실처럼 가늘게 뜨인 눈에 누

런 쥐 오줌으로 도배를 한 천장에서 내려온 굵은 새끼줄에 매달린 흰 약봉지들이 보였다.

"아가, 괜찮나?"

깜짝 놀란 하나꼬가 머리를 돌려 목소리의 주인을 쳐다봤다.

"엄마?"

하나꼬가 입술을 달싹이며 중얼거리자 노인의 주름진 손이 아이 의 머리를 쓰다듬었다.

"엄마, 엄마?"

두툼한 요 위에 누운 하나꼬가 계속해서 엄마를 부르자 허리가 많이 굽은 노파는 침착하게 하나꼬의 등을 토닥거렸다.

"아가, 개안하데이. 개안하데이."

하나꼬의 눈이 다시 스르르 감겼다.

"그래, 자래이. 푹 자고 나면 개안하데이."

잠시 후, 방문이 열리더니 중절모를 쓴 남자가 방 안에 들어와 하나꼬의 맥을 짚었다.

"자고 일어나면 괜찮을 겁니다. 너무 놀라서 그런 게, 하시는 대로 하모 곧 일어날 겁니다. 근데 정신이 온전할지는 모르겠습니다. 너무 놀라면 맨정신으로 돌아오는 데 시간이 좀 걸립니다."

한의사로 보이는 중년의 남자가 방을 나가자 노파의 기도 소리가 아이의 등을 토닥거리는 손장단에 맞춰 흘러나왔다.

*

무송은 미숙이 그날의 하늘을 닮은 비통한 표정으로 문산 성당에서 제일 큰 느티나무 아래에 혼자 서 있는 것을 먼 발치에서 지켜만 볼 뿐이었다. 그녀는 주먹으로 가슴을 치며 무릎에 얼굴을 파묻고 오열했고 땅에 엎어져 두 손을 모으고 울부짖는 그녀의 절규는 마치 가슴에서 피를 끌어올려 토해내는 듯 했다. 그는 그녀에게 차마 가까이 갈 수가 없었다. 큰 죄인의 모습으로 그녀의 비통한 모습을 보는 것과 그녀가 내는 애끓는 목소리를 듣는 것은 장봉석을 잃은 슬픔 보다 더 큰 고통이었다. 조금 전 영철의 죽음을 알렸던 수녀가 그들의 곁으로 다가와서 무송에게 말했다.

"함안 성당에서 전화가 왔어요. 곧 여기도 경찰들이 들이닥칠 거라네요."

그녀는 안타까운 표정으로 그에게 말했고 그는 곧 고개를 떨구었다. 순결한 베일을 머리에 쓴 수녀는 미숙을 꼭 껴안아주었다.

"자매님, 여기를 떠나야겠어요."

수녀는 호주머니에서 손수건을 꺼내 미숙의 얼굴을 닦아준주고는, 물이 담긴 컵을 그녀의 손에 쥐어 주었다.

"하나꼬가 너무 보고 싶어예. 흑흑흑…."

수녀는 흐느끼는 그녀의 등을 말없이 토닥거리는 것 외에는 달리 그녀를 위해 해줄 수 있는 게 없었다.

"동생이, 동생이 죽었어예. 이 일을 대체 어떡하나요, 예? 흑흑흑."

세레나 수녀는 그녀의 두 손을 꼭 부여잡은 채 언제라도 터질 것 같은 울먹이는 목소리로 말했다.

"안젤라, 잠시 헤어진 거예요. 우리에게 영원한 헤어짐은 없어요."

한동안을 멍하니 허공을 쳐다보던 미숙은 물을 마시고는 깊은 한숨을 내쉬었다. 그녀를 여전히 꼭 껴안은 세레나 수녀의 진심 어린 위로가 이어졌다.

"가서서 건강하게 돌아오세요. 하느님은 안젤라 님이 얼마나 큰일들을 많이 하셨는지 알아요. 함께하실 걸 저도 믿어요."

그녀는 안젤라의 손을 잡고 일으켜 세웠다. 곁에선 무송이 미숙을 향해 어렵게 입을 열었다.

"짐은 다 챙겼소. 우리를 구례까지 데려다주실 분이 트럭에서 기다립니다."

말을 마친 후 그는 머뭇거리며 손을 내밀었고 다시 그가 내민 손을 미숙이 붙잡았다. 잠시 후, 두 사람이 떠나자 문산 성당을 지나는 구름에서 소나기가 마치 두 사람의 흔적을 지우듯 쏟아졌다. 서진주에서 하동으로 난 도로를 따라 오랫동안 달려 구례읍에 도착한 두 사람은 트럭을 운전한 마음 좋게 생긴 중년의 남자가 구해 온 소달구지에 몸을 싣고 다시 화엄사로 떠났다. 밤늦은 시각, 무송은 미리 알고 있던 그 마을의 비밀장소에 접선 신호를 남긴 후 화전민이 사용했을 폐가에서 초조하게 빨치산이 그들을 구하러 오길 기다렸다. 새벽을 알리는 화엄사의 종소리가 울리자 그들이 자고 있던 방문으로 '톡톡' 작은 돌멩이가 날아와 부딪히며 그들을 깨웠다. 무송은 잠든 미숙을 조심스럽게 깨운 후 밖을 나와 주위를 살폈다. 한 남자가 감나무 아래서 그에게 손을 흔들었고 무송이 두 팔을 둥글게 모으고 한 차례 원을 그려 그에게 신호를 보내자 그 사내는 짧은 휘파람을 냈다. 그러자 곧 사방에서 정체를 알 수 없는 사람들이 튀어나왔다. 제각기 다른 복장을 한 사람들의 손마다 총이 들려 있었다. 그 무리를 이끄는 사람으로 보이는 인민군 복장의 한 사내가 무송의 앞으로 걸어 나와서 그와 몇 마디를 나눈 후 앞장서서 길을 터 자, 그를 따라 무송과 미숙은 그 무리의 중간에 섞여 쉴 새 없이 운무를 멈추지 않고 뿜어대는 이 땅의 위대한 어머니, 지리산으로 모습을 감추었다.

*

아직 대낮의 빛이 사라지지 않은 초저녁에, 골방을 밝히는 호롱불이 타오르며 만들어내는 그림자가 천장에 나타나 스멀스멀 기어 다녔다. 엄마와 이 마을이 내려다보이는 산 언덕길에 도착했을 때 칠흙같이 어두운 밤 속의 마을에서 반짝이는, 두서너 집에서 밝게 빛을 내던 호롱 불빛은 얼마나 어린 하나꼬를 공포로부터 자유롭게 했는지 모른다. '여긴, 뭐꼬? 우리 집은 아이다. 아까 뭐가 쓰러지고 엄청 무서운 소리가 들리고 했는데…. 어디야?' 하나꼬가 어리둥절해하며 베개 위에서 작은 머리를 이리저리 돌려 방 안을 살피자 곁에서 목침을 베고 잔뜩 웅크린 자세로 누워 있던 노파가 구부러진 등을 힘들게 일으켜 세우고는 한 손으로 바닥을 짚고 불편한 자세로 하나꼬에게 말을 걸었다.

"아가, 정신이 드나?"

분명히 들었던 목소리인데…. 낯설지 않은 노파의 쉰 목소리에 하나꼬는 자리에서 벌떡 일어났다. 빤히 자신을 쳐다보는 그녀의 얼굴은 호롱 불빛과 잘 어울려 평화롭고 자애로워 보였다. 하나꼬는 순식간에 그녀를 향한 경계심을 누그러뜨리고 방 안을 살폈다. 통통하게 올라온 볼살과 잘 어울리는 단발머리를 한, 예쁜 눈을 가진 이 아이를 노파는 사랑스러운 얼굴로 마주했다.

"할머니는 누구십니꺼?"

하나꼬의 귀여운 사투리가 노파의 얼굴에 할미꽃으로 피어났다.

"내 말인가? 우리 몇 번 만났었다."

"아. 알 것 같아예."

그때 문밖에서 귀에 익숙한 중년 남자의 목소리가 들렸다.

"할머니요, 접니다. 현수입니더."

"어서 온나. 아가 일어났다."

"하나꼬가 깼다고예?"

하나꼬가 재빠르게 방문을 열었고 마당에는 현수 아재가 말린 생선을 손에 들고 서 있었다.

"아재요!"

하나꼬는 방을 뛰쳐나와 현수 아재의 품에 덥석 안겼다.

"다 큰 계집애가 이게 뭐고?"

그는 마루에서 풀쩍 뛰어 그의 품 안에 착 달라붙은 하나꼬를 꼭 껴안았다.

"근데, 아재요. 엄마는 어디 있습니꺼?"

"가다가 얘기할거마. 빨리 신발 신어라."

그가 하나꼬를 마루에 내려놓고는 노파에게 말린 생선을 건넸다.

"할머니요, 고맙습니더."

"잘 무께. 아가 이쁘다. 참 이쁘다. 잘 키워라."

노파의 칭찬을 받은 하나꼬가 그녀에게 공손하게 인사했다.

"할머니요, 고맙습니더. 엄마하고 올게예."

"그래 네가 좋으니 나도 좋다. 현수야, 야는 훌륭한 아이다. 잘 키워라."

노파는 두 사람의 모습이 대문 밖으로 사라질 때까지 새우등을 바닥에 붙인 채, 방문을 닫지 않았다. 한약방 사랑채에서 나와 좁은 골목길을 이리저리 돌자 해바라기 마을이 내려다보였다.

"아재, 여기서부터는 내 압니더. 우리 집이 보이는 저까지만 좀 바래다주이소."

현수 아재는 바지를 뒤지더니 담배 한 개비를 꺼내 입에 물고는 작은 성냥개비에 불을 붙여 담배를 피웠다.

"하나꼬야, 너희 집이 없어져 버렸다."

"예에?"

하나꼬는 순간 자신의 귀를 의심했고 그를 멍한 표정으로 바라봤다.

"예쁜더 집이 무너져 버렸다."

"진짜입니꺼?"

충격으로 한동안 말을 하지 못하고 그를 쳐다보는 하나꼬에게 그는 잠시 뜸을 들이고는 말을 이어갔다.

"너희 엄마는 빨갱이하고 함안으로 가 부렸는데 아직 안 온다. 경찰한테 들었다."

"뭐라고예?"

"참말이다."

"…"

하나꼬는 믿을 수 없는 그의 말에 넋이 나간 채 말이 없었고 그런 아이를 곁에 두고 그는 쉴 틈 없이 담배 연기를 내뱉었다. 그렇게 한동안을 둘은 말이 없었다.

"그러면 무송 아저씨하고 같이 갔는데 왜 내만 빼놓고 갔습니꺼?"

오랜 침묵을 깨고 하나꼬가 목소리를 심하게 떨며 말했다.

"그건 나도 모른다. 그 사람이 누군지는…. 경찰들은 그놈이 인민군 장교라고 하더라. 그리고⋯."

그가 머뭇거리며 다시 담배 한 개비를 입에 물자, 하나꼬는 몹시 불안한 얼굴을 하고는 성급하게 물었다.

"뭔데예?"

"음⋯. 아재도 뭐가 뭔지 모르겠다. 지금까지 이런 일이 없었다 아이가. 밤새 동네에 인민군들이 나타났다고 중대장이 군인들을 데리고 와서 온 동네를 헤집고 다녔어. 그런데 갑자기 너희 집에서 큰 폭발이 일어났다."

하나꼬의 눈에 절망감이 눈물이 차오르듯 올라왔다.

"저도 그 소리 들었어예."

"사람이 죽고 난리가 아니었어."

"예에? 사람이예?"

하나꼬는 순간 장봉석을 떠 올렸고 현수 아재가 그의 이야기를 하는 것으로 생각했다.

"이 말은 나도 해야 할지, 하지 말아야 할지 모르겠다."

"봉석이 오빠 말이지예? 네?"

"봉석이는 누고? 나는 그 사람 모른다. 니, 내가 말해도 괜찮겠나?"

"예, 누가 죽었는데예?"

"그래, 중대장은 많이 다치고 운전병은 죽고⋯. 그리고 너희⋯. 외삼촌이 죽었다."

"예에?⋯"

순간 하나꼬가 울부짖었다.

"아입니더. 아입니더. 외삼촌 안 죽었어예. 으아아앙! 으아아앙⋯."

하나꼬는 질퍽한 흙바닥에 주저앉아 울음을 터뜨렸다.

꽤 오랜 시간을 하나꼬가 울자 보다 못한 그가 하나꼬를 껴안고 다독였다. 우는 아이 앞에 감정을 추스르기가 힘든 건 그도 마찬가지, 그는 손아귀에 풀을 한 움큼 거머쥐고 질근질근 뭉개며 감정을 억누르고 있었지만, 그의 감정도 참을 수 없을 만큼 복받쳐 오르기는 마찬가지였다. 마을로 가는 샛길 언덕배기에 자리한 대나무 숲이 바람에 스쳐 '우우우우' 소리를 내는 것이 그들 안에 가득 들어찬 슬픔의 소리를 내는 듯했다.

"하나꼬야, 아재 집으로 가자!"

하나꼬는 그의 설득에 뒤틀린 손목으로 서러운 눈물을 닦고는 자리에서 일어섰다. 그리고 그가 내민 손을 고사리 같은 손으로 잡았다. 대나무 숲에서 들려오는 바람 소리는 자갈길을 밟는 어른과 아이가 내는 발걸음 소리를 업고 서늘한 밤공기에 올라 적막한 길을 울렸다.

익숙한 방, 엄마와 하나꼬가 수년 동안 살았던 방에 다시 들어온 하나꼬는 방문을 활짝 열어 놓고 '두두두두' '쏴' 하는 소리를 내며 쏟아지는 소낙비가 비바람을 타고 세차게 내리는 것을 쳐다보고 있었다. 혼자가 아닌 꼭 엄마가 옆에 있는 것처럼 느껴졌다. 한 번도 엄마가 이렇게 오랜 시간을 혼자 두고 간 적이 없었다. 엄마가 '하나꼬' 하고 부르며 금방이라도 열린 방문 앞으로 뛰어올 것 같았다. '왜 무송 아저씨는 나만 빼고 갔노? 외삼촌은 어쩌다가…?' 소녀의 마음이 요동쳤다. '엄마 제발 와 줘. 내가 지금 꿈꾸고 있는 거야.' 사랑방 뜰 앞의 텃밭에 금세 물이 차올라 작은 연못을 만들었다. 그렇게 오랜 시간을 쭈그리고 앉아 있던 하나꼬는 자신의 바람은 그저 희망일 뿐이라는 것을 깨달아 갔고 점점 현실을 받아들이고 있었다. 사랑방에 돌아온 후, 곧 돌아올 엄마가 있기에, 혼자인 자신이 겁 많고 약한 아이가 아니라는 것을 현수 아재 식구들에게 보여 주고 싶었다. 아지매가 목욕시켜 준다고 할 때 마다했고 나이 많은 큰언니가 같이 자자고 해도 혼자 자겠다고 고집했었다. 지금은 후회가 들었다. 같이 있을걸…. 무서운 밤이 지나가고 있었다.

"하나꼬."

현수 아재가 비바람 치는 밤중에 홀로 사랑채에 있는 하나꼬가 불안했는지 큰 우산을 쓰고 찾아왔다.

"아재예."

"니 어떻노? 혼자 지낼 만하나?"

"…."

"그 봐라. 무섭다 아이가. 가자. 가서 언니하고 같이 자자!"

그가 손을 내밀었지만, 하나꼬는 고개를 저었다.

"혼자 있어도 됩니더. 무서우면 소리치면 안 됩니꺼? 엉엉."

"울지 마라. 또 우노. 그래 알겠다. 내 올라가서 방문 열어 놓고 있으면, 니 말소리 다 들린다. 그런 게 네 걱정 안 할 거마!"

"아재예. 안 무섭습니더. 엄마가 언제 올지 몰라서 그런 겁니더. 분명히 내 요 있는 거 알고 찾아올 겁니더."

"그래, 알겠다. 필요하모 내 불러라. 알겠나?"

그는 근심 가득한 눈으로 하나꼬를 물끄러미 쳐다본 후, 안채로 돌아갔다. 하나꼬는 그가 가져다 놓은 이불을 들고 방 안 구석진 곳에 수북이 쌓인 새끼줄 더미에 몸을 기대고 누웠다.

얼굴빛이 환한 봉석 오빠가 깨끗한 옷을 차려입고 한 손에 해바라기꽃을 손에 들고 유유히 파란 하늘과 맞닿은 길을 걷고 있었다. 그때 어디선가, 하나꼬가 아궁이 위 흙벽에 그렸던 그 별이 아주 높은 새파란 하늘에서 밝은 빛을 내며 내려오는데 거기에 외삼촌이 타고 있는 것이었다. 곧 무지개 사다리가 봉석 오빠 발 앞에 놓였고 외삼촌이 천천히 사다리를 밟고 내려와서는 봉석 오빠와 함께 기쁨을 나누었다. 그들이 즐거운 시간 속에 있을 때, 다시 하늘에서 큰 소리가 울리며 엄마가 그렸던 크고 힘센 별이 나타나더니 머리를 단정히 뒤로 넘기고 둥근 안경이 잘 어울리는 얼굴에 멋있는 정장을 차려입은 남자가 벌어진 별의 입술 사이로 용수철 튕기듯 밖으로 나와 융단처럼 펼쳐진 오색 사다리를 타고 내려오는 것이었다. 천천히 하나꼬 가까이 다가온 신사가 손을 내밀었다. 하나꼬는 망설임 없이 그가 내민 손을 꼭 붙잡았고 그는 하나꼬를 그 별에 태우고는 하늘을 날았다. 새로운 새벽이 신음하며 나타나기까지 하나꼬는 그들과 함께 행복한 시간을 보냈다.

*

무송과 미숙은 화엄사를 거쳐 산을 올랐다. 하늘은 밝아 오는데 산속은 여전히 칠흑 같은 어둠 안에 있었다. 그는 미숙을 부축한 채 두 귀를 활짝 열고 오로지 앞에서 들려오는 발자국 소리를 놓치지 않으려 애썼다. 가파른 산길에 지친 미숙이 힘들어하자 그는 앞을 이끄는 남자에게 사정 설명을 했다. 그러자 그 남자의 지시로 그녀는 건강한 남자 둘이 든 들것에 실려 오르막을 올랐다. 그들은 한참을 지난 후에 어둠조차 들지 않을 것 같은 깊은 산속에 있는 큰 동굴에 도착했다.

칡넝쿨이 사람 하나 들어갈 정도 크기의 동굴 입구를 커튼처럼 막고 있었고 앞장섰던 사내가 동굴 안에서 들려오는 목소리에 응답하자 그 안에 숨어 있던 몸집이 왜소한 사내가 총구를 거두며 나타났다. 잠시 후 그를 따라 동굴 안으로 들어온 무송과 미숙을 맞이하는 것은 곳곳에 밝혀 놓은 횃불들이었다.

미숙이 겁에 질린 얼굴로 사방을 둘러보자, 붉은색 물감으로 휘갈겨 쓴 구호들이 동굴 사방에 적혀 있었다. 사람들이 책임자 동지라고 부르는 근엄한 표정의 남자 앞에 선 무송은 미숙을 부축한 채 오랜 시간 동안 그가 겪은 일들을 설명했다.

이곳을 처음 들어오는 낯선 자들의 출입은 여기 모인 족히 백 명은 될 듯한 빨치산들의 생존을 위협하는 아주 위험스러운 일이라 쉽게 받아들여지지 않았다. 이들에 앞서 몇 달 먼저 들어온 사람들의 신원 검증도 아직 끝나지 않은 상태였고 그들은 이동이 금지당한 채 고립된 장소에 있었다. 힘들고 거친 생활이었다. 그녀는 몇 달 뒤 사상 검증에 통과하자 무송과 함께 정보분과에 소속돼 그들의 정식 동지가 되었다. 인민군의 전선이 불리하게 돌아가자 이들은 함양과 대전을 거쳐 서울로 왔다. 이후 인민군이 이남에서 완전히 퇴각하자 그들은 평양으로 들어갔는데 그 후로 그들의 소식을 아는 사람은 없었다.

*

하나꼬는 함안으로 간 엄마가 며칠이 지나도록 돌아오지 않자 오늘은 현수 아재 집을 나와 예쁜더 동산을 가 볼 작정을 하고 사랑방을 빠져나왔다. 그의 집을 둘러싸고 있는 낮고 긴 담벼락을 따라 나오면 큰 앞마당이 있다. 그의 집이 넓어서인지 인민군들이 왔을 때는 하루

동안이지만 그들의 거처로 사용되었고 인민군들의 물자로 가득 채워졌었다. 이전부터 이곳은 아이들의 놀이터 구실을 하였고 해바라기 씨앗과 벼를 수확한 가을에는 지친 조랑말들의 쉼터로 사용되었다. 그리고 마을 주민들을 흥겹게 하는 유랑극단이나 간이 장터가 이곳을 터로 잡아 몇 날을 보내는 곳이기도 했다.

하나꼬가 긴 담벼락을 빠져나와 마당에 모습을 드러냈을 때 몇 마리의 조랑말들이 빈 수레를 달고 쉬고 있었다. 하나꼬 또래로 보이는 남자아이들은 짓궂은 장난질로 조랑말들을 괴롭히고 있었다. 흙갈색의 윤기가 탄력 있어 보이는 건강한 말총에서 털을 한 가닥씩 뽑아오는 데 열중이었다. 간혹 조랑말의 뒷발에 맞아 뼈가 으스러지는 고통을 겪는 아이들도 있어 어른들의 눈에 띄면 크게 혼나는 위험한 장난이었다. 눈에 피멍이 부추부침개처럼 내려앉은 세모난 얼굴형이 인상적인 아이가 입을 열자 우르르 그 뒤를 이어 네다섯 명의 아이가 대화에 들어왔다.

"쟤가 하나꼬가?"

"우리 어릴 때 같이 안 놀았나. 예쁜데로 이사하고 난 뒤부터는 안 놀아서 그렇지."

"맞다. 기억난다."

"나도 예전에 몇 번 놀았다."

"쪽발이라고 하던데 우리하고 똑같이 생겼다."

"야, 뭔 말을 그리하노? 저거 아버지가 독립군이다. 뭣도 모르면서 씨불이지 마라."

"니가 와 나서는데? 나도 우리 아버지한테 들었다."

"너거 아버지가 말하모 다 맞나? 너거 아버지 구라 세다고 소문났

346

다 아이가. 너거 아버지 똥 눌 때 뽕 하는 소리는 저기 예쁜더까지 들린다더라."

"니, 개새끼!"

서로 멱살을 잡을 때쯤 하나꼬를 뚫어져라 쳐다보던, 밤톨 같은 머리에 입술 옆으로 허연 마른버짐 자국이 돋보이는 윤철이가 하나꼬에게 다가갔다.

"니 하나꼬 아이가?"

하나꼬는 들은 채, 만 채 도랑을 끼고 난 마을 길을 따라 걸을 뿐이었다.

"우리나라 사람 아이가?"

또 다른 녀석이 끼어들었다. 윤철이 보다는 키가 머리 하나가 더 크고 차돌멩이처럼 생겼지만 목소리는 명주실처럼 가늘었다. 하나꼬는 앞만 보고 걸을 뿐, 그들에게 대꾸하지 않았다.

"너, 지금 어디 가는데?"

"너거 집에 가나?"

윤철이와 부술 이가 교대로 말을 붙여 보지만, 여전히 하나꼬의 입술을 열지 못했다.

"거긴 아무도 없다 아니가?"

윤철이가 부술 이의 팔을 잡아끌면서 말했다.

"니, 마음 상하는 말은 하지 마라. 기분 나쁘게 생각할 수도 있다."

"알겠다."

둘은 하나꼬와 한 발 뒤처진 거리를 꾸준히 지키며 동행했다.

"니는 앞만 보겠지만 내 말은 들릴 거다. 나는 윤철이다. 서윤철."

"나는 황부술이다. 아들이 내보고 장난친다고 불알이라 한다. 으하하."

부술의 농에 하나꼬는 하마터면 웃을 뻔했다. 불행히도 둘은 소녀
의 뒤를 밟고 있어 웃음기 번진 얼굴을 보지 못했다.

"윤철아, 하나꼬가 내 이름 들었을까?"

"잘 들었을 거다. 내 생각에는 하나꼬가 부끄러운 모양이다. 그래
도 뭐. 말 없으면 된 거 아니가?"

"근데, 하나꼬야. 예쁜더에 너희 외삼촌 무덤 있잖아. 비 오는 날에
는 엄청 무섭다고 하더라. 그래서 너거 집 내려앉은 뒤로는 사람들이
잘 안 간다."

순간, 하나꼬가 걸음을 멈추고 뒤를 돌아 둘을 차례로 쏘아보자
흠칫하며 둘은 걸음을 멈추었다.

"우리 아버지가 며칠 전에 너희 외삼촌 묻어 줬다. 현수 아재가 봤다
는데 너희 외삼촌이 뛰어오는데 중대장 부하들이 뒤에서 총을 막 갈겼
다고 하더라. 죽은 너 외삼촌 데려다가 저기 묻었는데 우리 아버지가
해바라기 잎사귀로 덮어줬다고 하더라. 근데 어떤 아재가 어제 물밤
따러 갔다가 예쁜더 무덤 위에 너희 외삼촌이 서 있는 거 봤다더라."

"맞다. 나도 그 말 들었다."

윤철이가 부술이 말을 듣고 있다 나섰다.

"거기 가 봤자 너 마음만 아프다. 너희 엄마도 없고 집은 내려앉아
버렸고 외삼촌은 죽었고….."

하나꼬는 현기증에 다리를 모으고 쭈그리고 앉았다. 부술이와 윤
철이는 단발머리 소녀의 두 볼에서 눈물이 주르륵 흐르자 안절부절
어쩔 줄 몰라 했다. 부술이는 두 다리를 붙이고 차렷 자세로 손가락
만 만지작거렸고 윤철이는 손등에 난 사마귀를 입으로 물어뜯고만

있었다.

"하나꼬, 미안하다. 내, 니 상처 주려고 한 말 아니다."

부술이 기어들어 가는 목소리로 말했다.

"내도 미안하다."

윤철의 목소리 또한 힘이 없었다.

"날 예쁜더로 데려다줘."

하나꼬가 숙였던 고개를 들며 뒤틀린 손으로 눈물을 닦았다. 두 남자아이가 서로의 눈치를 살피더니 동시에 대답했다.

"가자."

윤철과 부술이 약속이나 한 듯 하나꼬에게 손을 내밀었다. 소녀의 눈앞에 생긴 모양이 서로 다른 두 손이 뻗쳐져 있었다. 한 손은 손톱이 죄다 물어 뜯겨 톱니바퀴 모양을 한 검게 탄 부술의 것이었고, 다른 한 손은 황토색을 닮은 손등에 벌겋게 화가 난 사마귀가 거칠게 물어 뜯겨 있는 윤철의 손이, 둘 다 이상한 손을 하고 있었지만 하나꼬는 두 손 모두를 잡고 일어섰다.

마을 입구를 벗어나자 늪을 끼고 신작로로 이어지는 작은 오솔길이 나타났다. 늪이 넘치면 쉽게 잠기는 길이지만 차가 다니는 위쪽 신작로 길보다는 훨씬 오래전에 만들어진 길이었다. 샛길을 걸어가는 세 아이의 볼을 늪에서 불어오는 바람이 간지럽혔다. 부술의 재잘거리는 소리가 끝없이 이어지다 잠시 멈춰진 사이 윤철이 부술에게 말했다.

"니, 무서우면 가도 된다. 덩치만 크지, 니 무서운 거 내 다 안다."

부술은 윤철의 말에 동의하지 않는 듯 냉소하며 대들었다.

"무슨 소리고? 니 무서운 거 없는 거 안다. 근데, 이 정도는 나도 한다."

대뜸, 부술이 그들 앞으로 앞장서서 나가며 크게 소리쳤다.

"너거는 내만 따라오면 된다!"

하나꼬는 부술의 행동에 두 볼을 부풀리며 간신히 웃음을 참았다.

부술이는 덩치는 친구들 사이에 제일 크지만, 말과 행동은 늘 아이들 사이에 웃음거리였다. 하나꼬와 윤철이 신작로에 발을 딛자 동산 초입의 비탈진 오르막길을 씩씩하게 올라가던 부술이 갑자기 걸음을 멈춘 후 뒤돌아서 그들을 보며 주뼛한 자세로 섰다. 그런 부술을 보고 윤철이 웃으며 코웃음을 치며 말했다.

"내 그럴 줄 알았다. 비키라!"

윤철이 부술을 밀치고 앞으로 나가자 부술이 윤철의 팔을 잡고 세웠다. 그 틈을 타 하나꼬가 그들 사이를 헤집고 앞서 나갔다. 하나꼬에게는 익숙해도 너무 익숙한 곳인데, 믿을 수 없는 사실은 동산 곳곳에 가득했던 해바라기가 하나같이 쓰러져 있는 것이었다.

"내, 귀신 봤다."

윤철은 냉소적인 표정으로 고개를 설레설레 흔든 후, 부술을 혼자 놔두고 하나꼬를 뒤따랐다. 하나꼬의 걸음이 멈춰 선 곳에 새로운 무덤이 하나 생겼다. 봉분에 흙이 마르지도 않은 초라하기 짝이 없는 외삼촌의 무덤 앞에서 하나꼬는 입술을 꼭 깨문 채 한동안 그 자리를 떠나지 않았다. 소녀가 감당하기에는 너무 큰 슬픔이었다. 입술을 부르르 떨며 흐느끼는 하나꼬를 지켜보는 윤철의 속마음도 쓰러진 해바라기처럼 무겁게 가라앉았다. 잠시 후, 외삼촌의 무덤에서 집으로 발걸음을 옮긴 하나꼬는 돌담을 돌아 비스듬히 열린 대문을 열고 들어섰다. 없었던 새 황토가 마당에 깔려 있었다.

"운전병 몸이 터졌는데 그거 숨기려고 아재들이 흙으로 덮은 것이다."

"…."

폐허가 된 집은 하나꼬가 살 수가 없는 집이 되어 버렸다. 우물가의 두레박은 어디로 갔는지 보이지 않았다. 감나무 옆에 핀 해바라기 몇 그루는 모두 바닥에 쓰러져 생명을 잃은 채 부러지거나 짓밟혀 있었다.

"하나꼬, 그만 가자."

뒤늦게 도착한 부술이 하나꼬를 말려 보지만, 이미 하나꼬의 발은 반쪽만 남은 마루에 올라서 있었다. 잔해 속으로 여기저기 익숙한 물건들이 널려 있었다. 성모상과 엄마의 묵주 그리고 잠잘 때 머리맡에 둔 공책…. 하나꼬의 작은 발이 잔해물들을 분주히 헤집고 다녔다. 이를 지켜보던 윤철도 잔해더미 위를 놀이터처럼 돌아다니기 시작했다. 겁을 먹은 부술은 여전히 대문 앞에서 서성거리고 있었지만, 윤철이 던져주는 물건들을 받아다가 조심스럽게 대문 옆에 모아두는 것은 잘했다. 하나꼬는 쓰러진 옷장 서랍을 열고는 옷을 모두 꺼냈다. 옷장 마지막 서랍장에서 나온 엄마가 아빠를 만날 때 입었다는 초록 원피스는 잃어버릴까 하는 걱정에 입고 있는 옷 위에 걸쳤다. 긴 원피스가 바닥에 끌리자 원피스의 끝단을 허리까지 말아 올린 뒤 끈으로 불끈 동여맸다. 하나꼬를 쳐다보던 윤철의 동공이 커지며 믿을 수 없는 표정으로 말했다.

"니, 억수로 이쁘다. 와!"

대문 앞에 서 있던 부술이 그 모습을 보고 하나꼬에게 슬금슬금 다가왔다가 쩍 벌린 입을 열 셀 동안 다물지 못했다. 윤철이 내는 웃음에 그제야 입을 다물고 아무 말 없이 하나꼬가 안고 있던 옷을 안아다가 대문 앞으로 되돌아갔다.

"하나꼬, 이거 집에 다 못 가지고 간다."

"못 들고 가는 것은 저기 부엌에 놔두고 내일 다시 오면 안 되나?"

부술의 걱정에 윤철이 문제 될 것 없다며 하나꼬를 안심시켰다.

"너거 내일도 올 수 있나?"

하나꼬의 물음에 윤철은 먼저 부술의 표정을 살폈다.

"부술이 올 거제?"

부술은 마지못해 고개를 끄떡였다.

"됐다. 옷부터 부엌으로 옮기자."

윤철의 말에 모두가 가슴에 옷을 한가득 안고는 부엌으로 들어갔다. 다행이었다. 하나꼬의 얼굴에 생기가 돌았다.

오후의 햇빛이 낡은 부엌문의 갈라진 틈 사이를 밀고 들어와 아궁이와 그 위의 벽을 환하게 비추자 그 위로 그려진 그림들이 온전한 모습을 드러냈다. 윤철과 부술의 두 눈이 더 커질 수 없을 때까지 떠졌다.

"엄마하고 나하고 그린 그림이 거의 다야. 정말 다행이야. 하나도 망가지지 않았어."

하나꼬는 아궁이 위에 작은 발을 올리고는 뒤틀린 손으로 흙벽을 천천히 쓸고 갔다. 어디 선가부터는 한쪽 볼을 그림에 갖다 대고 반가이 인사를 건넸다.

"야, 지워지면 어쩌려고 그래?"

부술이 걱정스럽게 하나꼬의 행동을 말렸다.

"안 지워져. 저 손 봐!"

부술은 윤철의 말뜻을 이해한 듯 더는 하나꼬에게 말을 걸지 않았다. 하나꼬의 뒤틀린 손은 그림을 지울 수 없었다. 하나꼬는 부뚜막에서 내려와 찬장의 문을 열어 수저통과 해바라기 씨앗이 든 단지를 챙겼다.

"다 챙겼나?"

하나꼬는 윤철에게 가볍게 고개를 끄떡였다.

"다 됐으면 가자. 어른들이 알면 혼난다."

"너거 먼저 가도 된다. 나는 괜찮다. 우짜모 오늘은 여기서 자고 갈 줄도 모른다."

"뭐?"

화들짝 놀란 두 소년의 입에서 비명이 터졌다.

"니, 진짜가? 여기서 너 혼자 잘 수 있나?"

"여기는 사람 살 수 있는 집이 아니다. 현수 아재한테 우리는 혼날 거다. 이제 가자."

부술은 빨리 여기를 벗어나고 싶은 마음밖에 없었다.

"부술이 말이 맞다. 내일 또 오고 다음 날에 또 오고 하모 안 되나? 여기서 잔다는 것은 진짜 아니다."

푸석한 바닥에 쭈그리고 앉은 채 등을 보이고는 아무런 대꾸도 하지 않는 하나꼬를 살피던 윤철이 부술에게 눈짓으로 신호를 보내자 두 소년은 약속이나 한 듯 하나꼬의 어깨에 손을 얹었다. 그들은 마을 친구들과 놀다가도 누구 하나 토라지면 이유야 어떻든, 먼저 다가가 어깨에 손을 얹어 주곤 했다. 그것이 그들이 하는 위로의 방식이었다.

"울지 마. 미안하다."

윤철의 작은 속삭임이 하나꼬를 일으켜 세웠다.

"니, 안 일어나면 내 니를 업으려고 했다."

부술이가 오랜만에 사내다운 기운을 뿜었다.

"덩치는 산만 한데 자기 동생도 못 업으면서….."

"뭐라고 하노?"

윤철의 빈정거림에 속이 상했는지 부술이 삐쳤다.

"내 부탁이 있다."

두 소년은 하나꼬에게 귀를 쫑긋 세웠다.

"내가 없더라도 여기 아궁이 그림만큼은 지켜주라. 우리 엄마 오면, 봐야 한다."

하나꼬는 두 소년의 대답을 기다렸다. 두 소년은 서로를 쳐다본 후한 차례 미소와 함께 곧바로 힘차게 고개를 끄떡였다. 그제야 슬픔만가득했던 하나꼬의 얼굴에 미소가 피어났다.

며칠이 지나자 가을을 알리는 찬 기운이 마을에 가까이 왔다. 해바라기는 새까만 씨앗이 빼곡히 들어차 이제는 하늘을 향해 고개를 들지 못했다. 해바라기 수확의 날이 다가온 것이다. 해바라기 씨앗을수확한 주민들은 이맘때면 마을을 찾는 보따리 상인들이 가져온 물품을 사거나, 흥정만 잘되면 돈이 없어도 원하던 물건을 해바라기 씨앗과 교환할 수 있었다. 그중에서도 인기가 많은 보부상은 양키 시장에서 온 행상인들이었다. 그들이 가져온 화장품, 담배, 술, 군화, 군복, 라이터 등은 어른들이 가장 많이 찾는 물품들이었는데 아이들에게는 단연코 사탕과 초콜릿이 최고였다. 현수 아재 집의 햇볕 잘 드는 긴 담벼락에 한 자리를 잡고는 게걸스럽고 구수한 입담으로 마을사람들을 끌어모으는 재주가 있는 광대뼈가 툭 튀어나온 남자 상인주위로 사람들이 제일 많이 모여들었고 시끌벅적했다. 그의 모습은외지에서 온 만담꾼보다는 농사꾼이 더 어울릴 듯했다.

"국군과 인민군이 개성과 서울 사이에서 왔다 갔다 서로 치고받는

데 소문은 휴전하는 것으로 정해졌다고들 합니다. 휴전하면 이북과 이남은 장작 쪼개지듯 쫙 갈라진다는데 올라갈 사람은 급히 올라가고 내려올 사람은 빨리 내려와야 한다고 합니다."

그의 이야기가 끝나기를 기다린 부술이 아버지가 냉큼 나섰다.

"엊그제 읍내 갔다가 들은 소식인데 지리산에 숨어 있던 빨치산들도 이북으로 다 갔답니다. 함양이나 산청 쪽도 인자는 조용한가 봅니다."

"하나꼬 엄마도 빨치산이라고 하듭니다. 인제는 이북으로 갔겠네. 참말로 하나꼬가 불쌍하다 아이가."

수건을 머리에 덮어쓴 부술이 엄마의 가늘어 찢어지는 듯한 목소리가 담벼락을 타고 사랑채 마루에 앉은 하나꼬의 귀로 들어갔다. 사랑채 앞의 조그만 텃밭에서 올라온 여느 해바라기와는 성장이 더딘, 검은 씨가 덜 찬 해바라기 하나가 오후 내내 하나꼬와 얼굴을 마주 보고 섰다. 하나꼬는 담장 너머로 들려오는 엄마와 빨치산 이야기보다 해바라기와 대화하는 것이 더 재미있었다.

"언젠가는 아빠도 엄마도 올 거야. 너처럼 나도 해바라기야. 예전에 니도 들었제? 여기서 엄마가 사랑은 기다림이고 기다림은 희망이라고 했던 거."

하나꼬의 물음에 해바라기가 고개를 들고 물기를 털어내며 물었다.

"하나꼬, 넌 할 수 있지?"

하나꼬가 답했다.

"응. 난 할 수 있어!"

하나꼬가 해바라기와의 대화에 빠져 있을 때, 익숙한 발걸음 소리가 가까이 들려왔다. 현수 아재가 틀림없다.

"하나꼬, 뭐 하노?"

하나꼬는 다리를 끌어당겨 무릎에 턱을 괴고는 물끄러미 해바라기만 바라볼 뿐, 그에게 관심을 보이지 않았다. 그는 입술을 입가에 말아 올리며 습관처럼 하나꼬의 단발머리를 쓰다듬었다. 하나꼬는 그제야 개살궂은 얼굴로 그의 덥수룩하게 자란, 흰색과 검은색이 멋지게 뒤섞인 수염을 손으로 잡아당겼다. 그가 비명을 질렀다. 익숙한 장난이었다. 아빠처럼 자신을 사랑해 주는 아재가 옆에 있는 것은 엄마가 남기고 간 큰 선물이었다.

"아침에 윤철이가 와서 부르더니만 왜 안 나갔노?"

그는 담장 밖에서 들려오는 보부상과 마을 사람들의 이야기가 마음에 걸리는지 하나꼬를 데리고 밖으로 나가 외지 사람들이 가지고 온 여러 가지 물건들을 함께 구경하며 마음에 드는 것을 무엇이든 사 주고 싶었다. 그렇게 아이의 마음을 조금이나마 풀어 주러 온 것이었다.

"아재요!"

"와?"

"인자는 집에 갈렵니다."

"와 그라노? 요가 불편하나?"

그는 이런 말이 한두 번 나온 것이 아니기에 예사로 받아들였다.

"아재요. 저한테 돈 세는 거 가르쳐 주이소."

"돈? 갑자기 돈은 와? 네가 돈 쓸 일이 어딨노? 여기는 뭐든지 공짜다 안 카나! 아재가 용돈 줄 거마!"

그는 돈 걱정하지 말라며 하나꼬를 다독거렸다.

"그건 아입니더."

"그러면 돈 벌라고 하나? 네가 돈은 어디서 벌끼고? 웃음이 다 나온다."

그는 목청이 보이라 크게 웃었다. 풍성하게 자란 수염이 꼭 옥수수 수염을 닮았다는 생각에 웃음을 참고 있던 하나꼬가 끝내 큰 웃음을 터뜨렸다.

"아재요, 수염이 꼭 옥수수수염 같습니더."

그는 아빠 미소를 얼굴에 그리며 길게 자란 수염을 한 손으로 쭉 훑어내리고는 하나꼬의 볼을 꼬집었다.

"요 녀석, 하하. 돈 벌 생각 말고 아재야 옆에 꼭 붙어 있거라. 그라 모 좋은 날 온다. 알겠제?"

"아재요, 그래도 가르쳐 주이소. 지가 배우고 싶어서 그래에."

그는 무턱대고 돈 세는 것을 가르쳐 달라고 조르는 하나꼬의 응석을 몇 번이고 잘라 버리고 거절도 했으나 아이의 고집을 당해낼 수 없었다.

"참, 나…. 알겠다. 그리하자. 내 가서 돈 가지고 올 거마. 뭔 거시나가 저리 고집이 세노."

그는 담장 너머 장터를 향해 머리를 불쑥 내밀어서 밖을 살피더니 곧바로 안채로 걸음을 옮겼다.

그날부터 하나꼬는 그에게서 돈 세는 것을 배웠다. 그는 십 원 이상은 알 필요가 없다면서 가르쳐주지 않았으나 하나꼬가 수를 놀라울 정도로 빨리 배워 나가자 그가 마지막으로 세어 본 백만 원까지만 가르쳤다. 그로부터 며칠 후부터는 더는 돈 세는 것을 가르쳐 주지 않아도 되었다.

첫 찬 서리가 동네를 흰 눈처럼 하얗게 뒤덮은 날에 현수 아재는 하나꼬의 등살에 떠밀려 함께 예쁜더 동산을 찾았다.

"아재요, 우리 집 고치는 데 돈이 얼마나 듭니꺼?"

"그건 와?"

"새로 지어 주세요."

"뭐? 네가 돈이 어디 있노? 좀 있다 이 집 산다는 사람 나타나면 팔고 그만 내 집에 살면 된다."

"잠깐만예."

하나꼬는 부엌으로 들어가더니 잠시 후 보자기를 들고나왔다.

"아재, 이거 열어 보이소."

"뭔데?"

그는 보자기를 풀었고 곧 경악했다.

"니, 이거 어디서 났노?"

"아재, 이 돈은 엄마가 급할 때 저보고 쓰라고 했습니다. 이 정도면 충분하겠지예?"

"그래…. 충분하기로…. 집을 몇 채나 사겠다."

"아재요, 부탁입니다. 돈 걱정은 말고 집만 제대로 지어 주이소. 저는 여기서 꼭 살아야 합니다."

"와, 여기서 자꾸 살라 하노? 엄마하고 추억 때문에?"

"예…."

"하나꼬야, 사람 일은 모른다. 너는 가시나 아이가? 가시나 혼자서 요 예쁜데에 혼자 산다고 해 봐라. 우리 동네 사람들은 니를 다 아니까 괜찮을지 몰라도 외지인들은 안 그렇다. 아재는 그게 제일 겁난다. 그래서 그러는 거라. 고마 우리 집에 살면서 요는 자주 놀러 오면 안 되겠나? 요서 우찌 혼자 산단 말이고?"

"아재예. 걱정되면 지가 매일 아침에 밥 먹으러 아재 집에 갈게예. 언니하고도 같이 자모 안 됩니꺼? 혼자 아입니다. 그리고예, 지는 혼자서 잘 클 수 있습니더."

"허허⋯."

그는 기가 찼다. 하지만 하나꼬가 저렇게 원하니 안 된다고만 할 수는 없는 것이었다. 담배 한 대를 물고 한참을 골똘히 생각하던 그는 꽁초를 엄지와 검지 사이에 넣고 질끈 비벼 잔불을 끈 후 엄지를 코에 갖다 대며 말했다.

"좋다. 내가 제안 하나 할 거마. 담배 피우면서 생각을 해 본 게네, 이 방법이 제일 좋은 것 같다. 내 말 잘 들어래이. 이 돈이면 너와 함께 살 사람을 구하는 건 어렵지 않을 것이다. 보모를 구해 보자. 혼자서는 죽어도 안 된다. 너도 안다, 아이가? 피난 갔다 온 지 얼마나 됐노? 전쟁이 얼마나 겁나더노⋯. 혼자서는 절대로 안 된다. 알겠제?"

하나꼬는 단번에 머리를 끄떡였다.

"좋아예."

"우찌 저리 제 엄마를 꼭 빼닮았나? 지 아버지하고도 똑같을 거다."

＊

그날 사건 이후 사람들의 발길이 뚝 끊어졌었던 이곳은 하나꼬와 친구들이 매일 찾는, 더 이상 외진 곳이 아니었다. 외삼촌의 무덤은 아이들의 손으로 보기 좋게 단장되었고 친구들은 수확인 끝난 뒤 버려진 해바라기 줄기를 가져다 튼튼한 십자가를 만들어 세우고 그의 이름이 새겨진 푯말도 달았다. 조용했던 이곳이 다시 사람들로 북적였다. 현수 아재와 마을 청년들의 분주한 손놀림에 하나꼬의 집이 다시 지어지고 있었다. 저 너머 도드미 언덕에는 마을 주민들이 해바라기 수확을 하느라 분주했다. 줄기는 약재로 사용되기에 새끼줄로 잘 묶어서 현수 아재 집 큰 앞마당에 쌓아 두면 상인들에 의해 약재상으로 팔려나가고 씨앗은 도매상들에게 넘겨져 큰 무역회사로 팔려 갔다. 은은한 국화 향에 살짝 달콤한 솜사탕 맛이 나는 향기를 내는 해바라기꽃은 변하지 않는 기다림을 가진 성격만은 꽃 중에서는 제일이다.

붉은 색을 칠한 슬레이트 지붕이 다시 생겼다. 새 마루에는 짙은 소나무 향이 배어 마당에서도 그 향기를 맡을 수 있었다. '도르르' 소리와 함께 '스르르' 미끄러지듯 열리는 미닫이문에는 방에서 밖을 쉽게 살필 수 있도록 손거울 크기만한 사각형 유리가 끼워졌다. 엄마가 아끼던 서랍장은 손잡이가 거의 다 날아가고 모서리 군데군데가 뜯겨 나갔지만, 위에서 두 번째 칸부터는 쓰는데 아무런 문제가 되질 않았다. 온갖 때가 묻은 성모상과 조그만 탁자도 원래 자리에 갖다 놓으니 정말 옛날처럼 똑같은 방이 되었다. 하나꼬는 친구들과 함께 엄마 옷 모두를 현수 아재 집에서 날라다 서랍장에 정리해서 넣었다. 엄마가 돌아와서 '하나꼬, 너 정말 대단하구나.' 칭찬받을 생각을 하니 가슴이 뛰었다. 모처럼 하나꼬에게 행복이 찾아왔다.

하나꼬에게 보모가 생겼다. 옆 동네에서 사는 김 서방네다. 키가 작고 마른 몸의 김 서방네는 수십 년 전에 시집을 갔다가 애가 생기지 않자, 이를 참지 못한 시부모가 씨받이를 들였는데 그 여자는 얼마 후 힘들지 않게 사내아이를 낳았다. 김 서방네가 씨받이 여자를 들이기 전, 시부모로부터 약속받은 말과는 다르게 그 여자는 출산 이후 2년이 지나도록 집을 떠나지 않았고 남편은 한 지붕 두 집 살림을 대수롭지 않게 시작했다. 아니나 다를까 김 서방네는 자신을 제외한 모든 가족과 갈등이 생겼고 더하여, 매일 밤 벌어지는 남편의 은밀한 변태 짓을 참지 못하고 야반도주하여 친정으로 와 버렸다. 그 후로 남편은 수십 년이 지나도록 찾아오지 않았다.

따뜻한 오후, 현수 아재가 김 서방네를 데리고 하나꼬의 집으로 왔다. 김 서방네는 동네 사람들뿐만 아니라 인근 마을들을 오랫동안 돌아다니며 품팔이로 생계를 유지했다. 그녀는 산전수전 다 겪은 사람이라 현수 아재는 이 사람이면 그의 걱정을 덜어줄 수 있는, 유일하게 믿을 수 있는 사람이라 여겼다. 하나꼬는 김 서방네를 반겼다. 김 서방네는 하나꼬가 어릴 적부터 봐왔다. 외지에서 온 엄마와 딸의 모습이 사연 많아 보였지만 도시에서 온 그들의 고운 차림새가 참 부럽기도 했다. 그런 그들의 최근 소식을 현수 아재한테서 전해 들은 그녀는 현수 아재의 요청을 받아들이는 데 주저하지 않았다. 그녀의 인생도 굴곡이 심했지만 어린 하나꼬가 홀로 살아가면서 겪는 일들은 그녀의 동정심을 불러일으키기 충분했다.

현수 아재와 함께 집을 찾아온 그녀를 하나꼬는 무척 반겼다. 그녀의 손을 잡고 제일 먼저 찾은 곳은 부엌이었다. 하나꼬는 아궁이 위 흙벽에 그려진 그림만큼은 절대 건들지도 만지지도 말 것을 김 서방네에게 신신당부했다. 여기저기 둘러보며 대화를 나누는 그들은 서로가 잘 어울려 보였다. 이를 지켜보던 현수 아재는 흐뭇한 표정으로 자신의 옳은 결정을 반기고 있었다. 문득 자신이 하나꼬를 얼마나 친자식처럼 아끼고 사랑하고 있는지…. 그런 생각이 들었다. 며칠간 느낀 것이지만 하나꼬를 향한 자신의 사랑은 여느 아버지와 다를 바 없었다.

수년 동안 한집에 살면서 들었던 정이 미숙이 떠나도 변함없는 사랑으로 하나꼬를 보살피는 그에게 그 스스로 감사했다. 사람은 악하게 살면 절대 안 된다고 늘 말씀하시던 아버지를 떠올리며 중얼거렸다. '맞습니다. 아버지. 맞고말고요.'

두 모녀로 인해 그에게 큰 위기가 찾아온 적이 있었다. 미숙이 하나꼬를 업고 집에 들어온 지 얼마 안 있어 한 번은 아이들의 엄마에게 큰 의심을 받았었다. 아버지와 서로 짜고 다른 곳에서 살림 차리다 여자와 그 새끼를 데리고 왔다는 처의 큰 오해였다. 그때마다 아버지가 나서서 정리를 해 줬지만, 계절이 몇 번을 바뀌고도 애 엄마의 의심은 완전히 사라지지 않았다.

피난길에서는 진짜 왕눈을 치켜뜨고 자신의 일거수일투족을 살폈다. 그러나 그는 그런 일을 미숙에게 티 내는, 미숙이 불편해할 어떤 행동도 하지 않았다. '뭐, 그럴 수 있지.' 그는 늘 그런 식으로 생각하며 대수롭지 않게 넘겼다. 그랬던 처가, 얼마 전 사고가 터진 날에 미숙의 소식을 듣고 헐레벌떡 그에게 뛰어와서는 '큰일 났다며 빨리 가보자'라고 재촉했었다. 그와 함께 동산으로 오는 내내 그의 처는 눈물을 훔치면서 아무 일 없기를 바라는 마음으로 동산에 왔지만, 처참한 광경에 그녀는 실신까지 했었다. 얼마 후 그녀는 정신을 차리자마자 하나꼬의 소식을 물었고 크게 슬퍼하며 앞으로 딸같이 잘 보살피겠다며 하나꼬를 집으로 데려오자고 했다. 그리고 처는 그길로 노파에게 달려갔다.

노파는 그의 처와 아주 가까운 친척이었고 한약방 주인은 그녀로부터 오래전에 침술을 배웠다. 그가 그의 처에게서 들은 이야기로는 그 노파는 파란만장한 삶을 살았다고 했다. 은둔형의 아버지가 독녀인 그녀를 데리고 의술을 배운다며 오랫동안 전국 각처를 돌아다니는 바람에 그녀가 고향으로 돌아왔을 때는 쉰이 훨씬 넘은 나이가 되어 있었다고 했다.

처음 그녀는 현수 아재 사랑방에서 지냈다. 그러다 그녀 소문을 듣고 온 사람들이 점점 늘어나자 그녀는 그의 집과 멀지 않은 바로 이웃 동네에 집을 구해 나가서 살았다. 하나꼬가 마을에 온 지 얼마 안 있어 미숙과 함께 하나꼬의 굽은 손목을 고치러 찾아간 곳도, 그곳이었다. 그나마 몇 차례 그녀의 침술 덕분인지, 하나꼬는 예전과는 다르게 굽은 손목을 조금이나마 위로 들어 올릴 수 있었다. 그래서 현수 아재와 그의 처는 하나꼬를 그녀에게 데리고 간 것이었다.

한때는 그도 남자라 미숙과 일이 있긴 했었다. 언젠가 도드미 언덕을 갔다가 우연히 미숙을 만났고 그때 내렸던 소낙비 탓에 근처 창고로 둘은 몸을 피했다. 처음으로 미숙과 단둘이 있는 시간이었다. 창고를 비좁게 채운 물건들로 서로가 살이 닿을 듯 가까이 선 채 비가 그치기를 기다렸다. 비에 젖은 그녀의 몸매는 찰싹 달라붙은 원피스로 관능미를 더했다. 그의 가슴에는 남자의 본능이 꿈틀거리고 있었다. 그녀의 드러난 하얀 목덜미를 타고 흘러내리는 빗물은 그녀에게서 나오는 살냄새와 함께 그에게 강한 성적 욕망을 불러일으켰고 그는 간신히 그를 지탱해 준 도덕적 이성을 가느다란 새끼줄을 잡고 있듯 힘들게 붙들고 있었다. 그러나 그의 굳센 의지에도 그의 입술이 그녀의 목덜미를 향해 가까이 다가갔고 이를 안 미숙은 그가 수치심을 느끼지 않게 조심스럽게 그녀의 남편 사카이 이야기를 했다. 시간이 지나고 그녀가 원피스를 흘러내리며 '날 사랑하시나요?' 하며 떨리는 목소리로 그에게 물었고 그는 복잡하게 설킨 얼굴을 숙이고는 손을 뻗어 그녀의 발목에 흘러내린 원피스를 끌어 올리며 그녀의 질문에 답했다.

"아이다. 안 사랑한다."

그날 이후 그는 두 번 다시 미숙을 여자로 생각하지 않았다. 그래서인지 그날 집에 돌아온 그는 처와 뜨거운 사랑을 나누었고 그다음 해에 막둥이를 얻었다.

김 서방네와 부엌을 떠나기 전 하나꼬는 부엌문 입구에 쌓인 짚 더미를 가리키며 절대 사용하지 말라고 했다. 아궁이에 넣을 짚 더미는 구석진 곳에 놓고 그것과 구별해 둘 것을 당부하는 것도 잊지 않았다. 자신이 가끔 자는 곳이라 치우면 안 된다는 말에 김 서방네는 "쪼맨기 왜 이리 똑똑하노?" 하는 말과 함께 고개를 끄떡였다. 김 서방네는 그날부터 하나꼬와 함께 생활했다. 그녀는 매일 점심때가 되기 전 마을에 있는 그녀의 집으로 갔다가 오후가 되면 하나꼬의 집으로 되돌아왔고 다음 날 점심때까지 하나꼬와 함께했다. 하나꼬가 혼자 보내는 시간은 김 서방네가 잠시 자리를 비운 점심나절이었다. 하나꼬는 틈틈이 편지를 썼다. 보낼 주소가 없는 편지들은 부엌 찬장에 쌓여 갔지만 늘 하나꼬의 곁에서 엄마는 속삭인다. '하나꼬, 기다림은 희망이야.'

*

엄마 없이 보내는 첫겨울이 왔다. 잠깐만 밖에 서 있어도 정암산과 늪에서 고삐 풀린 망아지처럼 집을 향해 쳐들어오는 강추위에 손발이 차가운 얼음장처럼 얼어 버릴 것 같았고, 며칠 동안 밤새 내린 눈은 온 세상을 하얗게 뒤덮었다. 늪에서는 밤마다 '꾸꾸 꾸러렁 꾸

러렁' 같은 괴상한 소리와 함께 '쩍쩍' 얼음이 갈라지는 소리가 들려
왔다. 마을 아이들뿐 아니라 청년들도 늪이 얼음 운동장으로 변해버
린 이후로는 그 강추위 속에서도 온종일을 늪에 와 살았다. 윤철이와
부술이도 그들 속에 섞여 하루도 빠지지 않았다. 김 서방네는 윤철이
엄마와 가까이 지냈다. 마을에는 하나꼬 외에는 윤철이와 같은 나이
또래의 여자아이가 없었다. 윤철이가 하나꼬와 잘 어울려 다니고 또
하나꼬의 사정을 잘 아는 윤철 엄마는 그들이 함께 어울려 다니는 것
을 반대하지 않았다.

"하나꼬, 썰매 타러 가자!"

방문이 '스르르' 열리더니 마루로 나온 하나꼬는 윤철의 양손에 들
린 썰매를 쳐다봤다.

"내 거가?"

하나꼬가 활짝 웃으며 말했다.

"어. 할아버지가 만들어 주셨다."

윤철의 할아버지는 목수였다. 얼마 전 하나꼬 집을 수리할 때 그가
일일이 관여했다. 현수 아재를 따라온 하나꼬가 집수리하는 모습을
쳐다보고 있으면 그는 하나꼬에게 아이의 눈높이에 맞춰 현장 일을
자세히 설명해 주시는 친절한 분이셨다. 윤철이 이른 아침부터 할아
버지에게 썰매를 만들어 달라고 조르자 그의 손이 똑딱거리며 마법
을 부린 지 얼마 안 돼 귀여운 안장까지 붙은 썰매가 윤철이 앞에 놓
였다. 그는 윤철이 하나꼬에게 줄 썰매라고 말하자 잠시 모습을 감추
더니 두꺼운 방석을 들고 나타났다. 다시 그가 손을 움직이자 푹신하
고 따뜻한 안장이 세워진 썰매가 되었다.

단단히 언 얼음에 붙들린 겨울 늪은 아이들의 놀이터가 되었다.

넓은 얼음 운동장은 안전한 것만은 아니었다. 숨구멍이 여러 곳에서 허연 입을 벌리고 도사리고 있다가 사람이 그 위를 올라타면 순식간에 빨아들였다. 마을에는 매년 여름이면 강에서 물놀이 사고가 끊이질 않고 겨울이면 숨구멍에 빠져 생명을 잃는 사고가 반복해서 일어났다. 김 서방네가 꼼꼼히 챙겨 주는 옷을 두껍게 껴입은 하나꼬가 윤철과 함께 대문을 나서자 김 서방네도 그들의 뒤를 따랐다. 그들은 동산을 내려가는 내내 손에 든 썰매를 자랑하며 재잘거렸다. 그들이 늪에 도착했을 때 여느 때와 다름없이 매서운 칼바람에도 마을 아이들과 청년들이 얼음 운동장 한편을 가득 메우고 썰매를 타고 있었다. 엄마는 겨울에 집 밖으로 나오는 것을 싫어해서 하나꼬는 아이들이 얼음 놀이터에서 내지르는 소리를 집에서만 들어야 했다. 엄마는 하나꼬가 위험에 노출되는 것도 걱정스러웠지만 속없는 아이들이 하나꼬를 놀리는 것이 더 걱정스러웠다. 가끔은 호기심에 끌려 엄마 몰래 집을 나와 얼음 운동장이 가장 잘 보이는 동산 높은 곳에 서서는 아이들과 어른들이 뒤섞여 즐기는 썰매놀이를 부러운 눈으로 바라봤다. 집에 돌아와서는 머릿속에 저장된 그날의 모습을 아궁이에서 다 익은 고구마 꺼내 먹듯이 비밀스럽게 열어내어 상상으로만 즐겼었다. 꼭 해 보고 싶었던 썰매 타기를 오늘은 친구와 함께 용기를 내 엄마에게서 허락받지 않은 자유로움으로 얼음 운동장에 발을 디뎠다. 윤철은 넓적 바위 아래에 썰매를 내려놓고는 송곳이 날카롭게 튀어나온 팔 길이만 한 긴 나무 봉을 하나꼬에게 내민 후 들고 있던 소나무로 만든 전통 썰매를 단단히 언 얼음 위에 놓으며 털썩 주저앉았다. 양반다리로 자세를 바꾼 그는 양손에 쥔 나무 봉을 흔들며 하나꼬를 불렀다.

"이리 와!"

머뭇거리는 하나꼬의 등을 김 서방네가 떠밀자 하나꼬는 김 서방네의 손을 잡고 윤철이 준 썰매의 안장에 손쉽게 앉았다. 그녀가 건네주는 긴 나무 봉을 양손으로 나눠서 잡았는데, 뒤틀린 오른손이 그 구실을 하기에는 쉽지 않았다.

"아…. 그렇구나. 미안. 내 좀 있다가 할아버지한테 말해서 다시 만들어 올게. 한쪽만 잡아도 된다."

윤철의 걱정에 하나꼬가 웃으며 말했다.

"너, 착해."

두 아이의 웃음보가 터졌다.

"하하, 호호…."

"봐라! 여기 봉 밑에 송곳이 나와 있지? 이것을 얼음에 '꽉' 하고 찍어. 그다음에 힘을 주고 너 쪽으로 당기면 썰매가 앞으로 '쑥' 하고 나간다. 봐봐!"

윤철이 양손에 쥔 나무 봉 끝에 뾰족하게 튀어나온 송곳을 얼음에 힘껏 찍은 후 나무 봉을 끌어당기자 썰매가 얼음판 위를 미끄러지듯 나갔다. 탄력을 받은 썰매는 제법 먼 거리를 아이들 사이를 요리조리 피하며 곡예를 부리고 달리다 한참 뒤에야 하나꼬에게 되돌아왔다.

"윤철이 엄청나게 잘 탑니더. 나도 해 볼랍니더."

김 서방네는 신이 난 하나꼬가 넘어질까 봐 썰매에 긴 줄을 연결하고는 야무지게 붙잡았다. 하나꼬는 양손에 힘을 주고 나무 봉 끝에 튀어나온 송곳으로 힘껏 딱딱한 얼음을 찍었다. 나무 봉에 달린 날카로운 송곳이 얼음을 파고들지 못하고 삐거덕거리며 어긋나 버리자 하나꼬는 다시 동작을 되풀이했다. 여러 번을 반복해도 송곳은 얼음 위를 매번 미끄러지기만 했다. 결국 하나꼬는 동작을 멈추고는 이마에 맺힌 땀을 소매로 닦으며 김 서방네를 올려다봤다. 그녀는 뭔가를 생각해 낸 듯, 재미있는 표정을 하더니만 미끄러운 얼음에 발을 내딛고는 그녀와 썰매를 연결한 줄을 세게 끌어당겼다. 그러자 하나꼬의 썰매가 속력을 내며 얼음 위를 부드럽게 나갔다.

"와!"

하나꼬의 즐거운 비명이 터져 나왔다.

"이모, 진짜 재미있습니더."

"그렇나? 계속하자."

그녀가 당기는 줄이 팽팽해졌다 다시 느슨해지길 여러 차례 반복하자 썰매가 기분 좋은 움직임을 멈추지 않았다.

"야야, 내는 더는 하모 안 되겠다. 숨차다."

그녀는 참았던 숨을 몰아쉬며 얼음 위에 털썩 주저앉아 다리를 뻗었다.

"고맙습니더."

하나꼬는 미안해하며 그녀의 어깨를 주물러 주었다. 그들을 향해 가까이 다가오던 윤철이 하나꼬의 이름을 부르며 코앞까지 달려와서는 "선다!"라고 큰 소리를 친 후 양손에 쥔 나무 봉 끝에서 튀어나온 송곳을 달리는 원목 썰매 바로 앞에다 X자 모양으로 갖다 댔다. 그러고는 썰매가 멈춰 설 때까지 그대로 나무봉을 잡고 있었다.

"멈추는 것은 이렇게 썰매 앞에 '꽉' 하고 찍고 가만있으면 된다."

하나꼬의 발 앞에서 멋지게 썰매를 멈춘 윤철이 가슴을 내밀며 말했다.

"니, 진짜 잘한다."

"내 시키는 대로 해 봐라."

윤철이 가르쳐 주는 대로 하나꼬는 송곳이 얼음을 제대로 찍는 연습을 했다. 그 순간 무송 아저씨의 얼굴이 빠르게 스쳐 지나갔다. 하나꼬의 눈에서 순간 눈물이 글썽이는 것을 누구도 보지 못했다.

"잠깐만…."

하나꼬는 나무봉을 내려놓고는 한 손에 낀 벙어리장갑을 눈으로 가져다가 쓱 훔쳤다. 잠시 후 윤철과 김 서방네의 응원을 받으며 하나꼬가 빙판을 힘차게 송곳으로 내리찍자 이번에는 성공이었다. 그때를 놓치지 않고 나무 봉을 힘줘 당기자 썰매가 앞으로 '쑥' 미끄러져 나갔다.

"야호!"

하나꼬의 입에서 환호성이 터져 나왔다. 뒤에서 들리는 윤철과 김 서방네가 내지르는 응원과 손뼉 소리에 다시 나무 봉 끝의 송곳을 얼음에 단단히 찍은 후 썰매를 밀었다. 하나꼬의 썰매가 속도가 붙으며 앞으로 미끄러져 갔다. 얼음 위에서 달리는 기분이 이렇게 좋은 것이었을까? "너무 재밌어." 하나꼬의 입에서 신나는 표현들이 쉬지 않고 흘러나왔다. 그리고 얼음 위를 달리는 자신이 자랑스러웠다. 하나꼬는 이제 예쁜터 동산에서 자신을 붙들고 있는 것으로부터 자유로워져 있었다.

"하나꼬, 멈춰 서 봐라."

어느새 하나꼬 옆에 바짝 붙어 썰매를 타고 있던 윤철이 말했다.

"응."

하나꼬는 윤철이 시키는 대로 나무 봉 끝의 송곳을 달리는 썰매 바로 앞에 찍고는 나무 봉을 꽉 붙들었다. 썰매는 '끼익' 하는 얼음과 금속이 만들어 낸 날카로운 소리와 함께 얼음 위로 긴 송곳 자국을 내며 멈추어 섰다.

"왜?"

하나꼬가 물었다.

"요기서는 잘 안 보이는데 조금만 가면 숨구멍이다. 거기 빠지면 죽는다."

하나꼬는 윤철이 가리키는 곳을 쳐다보다 실망스러워했다.

"와 그라노?"

윤철이 의아해하며 물었다.

"저기를 지나면 엄마가 쪽배를 타다 멈추던 넓은 너럭바위가 있어."

엄마는 늘 큰 넓적 바위에 쪽배를 대고 준비해온 도시락을 꺼내 하나꼬와 즐겁게 먹었다. 도시락 찬이래야 잡곡밥과 김치가 전부였지만, 밥 한 알을 물속에 던져주고 물고기가 오기를 기다리는 하나꼬와 함께하는 시간을 행복해했고 준비해온 도화지를 꺼내 그 모습을 그려주곤 했었다.

"아, 그래서 거기 갈려고 했었구나. 내 나중에 갈 수 있는지 한번 볼 거마."

하나꼬는 피식 웃었다.

"이모한테 가자."

하나꼬는 다시 썰매를 몰아 김 서방네가 있는 곳으로 돌아갔다. 윤철이 등을 밀어주자 썰매는 속력을 두 배로 내며 빠르게 달렸다.

"쟤, 진짜 잘한다."

"일본에도 얼음이 얼어?"

"얼음, 안 있겠나?"

"처음 아니다. 우리 없을 때 매일 탄 게 틀림없다."

재잘거리는 아이들 앞을 더 빠른 속력으로 하나꼬의 썰매가 지나갔다. 하나꼬의 입꼬리가 말려 올라가며 아이들에게 들리도록 크게 소리쳤다.

"야, 신난다."

김 서방네는 하나꼬의 행복한 모습에 덩달아 기뻐하며 소리를 질렀다.

"잘한다. 니, 참! 잘한다."

김 서방네는 썰매에서 내린 대견한 아이를 얼른 번쩍 안아다 넓적바위에 올려놓고는 하나꼬가 신은 털신을 벗기고는 뜨거운 입김을 젖은 발가락에 불어넣어 주었다. 아이를 낳지 못한 그녀에게 하나꼬는 벌써 그녀의 딸이 되었다. 그것으로 부족하였는지, 누군가 피워놓은 모닥불에서 불이 거세게 붙은 장작 하나를 들고 와 하나꼬 발 앞에 놓았다. 바위에 올려놓은 젖은 양말에서 김이 모락모락 피어오르자 신기한 듯이 발가락을 움직이며 장난치는 하나꼬는 여느 아이들과 같았다.

"윤철이가 빠졌다."

누군가 고함치는 소리가 들리는 곳으로 사람들이 빠르게 몰려갔다. 기쁨과 즐거움만이 있었던 얼음 운동장은 순식간에 혼란 속으로 빠져들었다. 하나꼬와 김 서방네는 갑작스러운 사고 소식에, 큰 소리가 들려오는 곳을 쳐다보았고 순간 깨진 얼음 사이로 허우적거리는 윤철의 모습을 보았다. 윤철이 죽는 힘을 다해 발악하자 앞에 있는 얇은 얼음까지 연달아 깨지며 윤철이 그곳을 빠져나오기는 어려워 보였다. 윤철이 살고자 하는 각오로 필사적으로 움직였고 그 몸부림이 깨진 얼음 위로 퍼 올리는 소리는 얼음 놀이터를 삽시간에 공포로 뒤덮었다. 윤철이 내젓던 팔의 움직임이 눈에 띄게 줄어들었고 움직임이 둔해져 물 아래로 곧 그의 몸이 가라앉을 즈음에, 그의 앞으로 철썩하며 굵은 밧줄이 놓였다.

"잡아라."

밧줄을 던진 동네 청년이 큰 소리로 고함을 치자, 차가운 얼음물 속으로 잠기려던 윤철의 머리가 다시 물 밖으로 완전한 모습을 드러내며 사력을 다해 손을 뻗어 밧줄을 잡았다. 하나꼬의 찢어지는 비명이 넓적 바위에서 터져 나왔고 아이들의 함성이 얼음 운동장을 뒤흔들었다. 가까스로 줄을 잡은 윤철은 발밑을 바쳐 주는 물밤 줄기를 죽을힘을 다해 박찼고 그때를 놓치지 않고 청년은 힘껏 밧줄을 당겨 윤철을 끌어냈다. 천신만고 끝에 청년이 끄는 힘에 이끌려 안전한 곳으로 올라온 윤철은 얼음 위에 움직임 없이 엎드려 있었다. 아이들이 내지르는 함성은 응원가처럼 이어졌다.

"윤철아, 일어나라!"

아이들이 고함을 질러댔지만, 언 땅에 엎어진 윤철은 움직임이 없었다. 청년은 그의 가슴을 빠르게 눌러 호흡을 유도한 후 윤철을 업고는 얼음 위를 달려 활활 타오르는 모닥불 옆에 윤철을 반쯤 누이고 그의 등을 계속해서 두드렸다. 한동안을 긴장감이 주위를 팽팽하게 흘렀고 누구 하나 소리를 내지 않았다.

"웩…. 크…."

몇 번의 헛구역질 끝에 윤철의 입에서 물이 쏟아졌다. 그리고 그는 노랗게 질린 얼굴로 시퍼런 겨울 하늘 아래의 차가운 흙바닥에 누웠다.

"하마터면 너 죽은 거라."

김 서방네의 떨리는 음성이 들렸다.

"윤철아…."

하나꼬의 울먹이는 소리를 들은 그는 몸을 부르르 떨더니, 스르르 눈을 감았다. 그리고 그의 몸이 갑자기 경련을 일으키며 진동했다,

"많이 놀랐다. 빨리 업고 저거 집에 가라!"

김 서방네의 재촉에 건장한 그 청년은 윤철을 업은 후 마을을 향해 뛰었다. 그의 뒤를 따라 빙판 위의 아이들 모두가 우르르 달려갔다.

"이모, 같이 가면 안 됩니꺼?"

"그래, 내 갔다가 올 거마. 너는 집으로 가 있거라. 알겠제?"

김 서방네도 빠르게 윤철의 뒤를 따랐다.

얼음 운동장은 순식간에 텅 비었다. 윤철의 썰매가 미숙이 쪽배를 되었던 그 너럭바위 근처를 떠다니고 있었고 안장이 달린 하나꼬의 썰매는 얼음 운동장 위를 가다 서기를 반복하며 바람에 떠밀려 다닐 뿐이었다.

겨우내 삐걱거리는 소리를 내던 대문이 열리며 집에 들어온 하나꼬는 힘이 빠진 모습으로 부엌에 들어갔다. 바깥보다는 덜 추운 한기가 하나꼬를 한껏 안았다. 할 일을 잃은 듯 우두커니 서 있던 하나꼬는 짚을 한 아름 가져다 아궁이에 쑤셔 넣고는 불을 지폈다. 불꽃이 확 번지며 금세 아궁이에서 나온 뜨거운 열기가 하나꼬의 몸을 데웠다. 벌어진 아궁이 입에서 솜 뭉텅이처럼 나오는 연기를 피해 눈을 들어 올리자 아궁이 위 흙벽에 그려진 그림들이 제각기 말을 걸어왔다. 촉촉이 젖은 눈이 그림 하나하나를 지날 때마다 저마다 이야기를 속삭였다. 아빠, 엄마, 무송 아저씨, 봉석 오빠, 외삼촌, 중대장…. 그 중대장의 무섭도록 차가웠던 음성이 들려왔다. 그 사람만 생각나면

기분이 나쁘다.

혼자 여기서 밥을 먹을 땐 무송 아저씨가 들려주는 서울 이야기와 동물 이야기는 맛있는 반찬이 되고 하늘의 별 이야기들은 잠이 들면 꿈 세상에 나타나 아름다운 동화 같은 세상을 주었다. 눈길을 돌리자 부뚜막 한구석에 가지런히 놓인 반찬이 담긴 작은 항아리들이 눈에 들어왔다. 혼자된 이후로 엄마가 해 준 밥맛은 흉내 낼 수 있는데 반찬은 아무것도 하는 게 없다. 이제는 김 서방네가 해 주는 음식에 적응해야지….

아무도 모르는 일이지만 엄마가 떠난 후 하나꼬의 몸은 하루가 다르게 변화를 겪고 있었다. '엄마가 몰라보면 어떡하노?' 걱정이 많이 됐다. 그러다 좋은 생각을 하면 곧 마음이 밝아졌다. '난 엄마를 닮았어. 엄마는 내 키가 커지고 가슴이 나와도 날 알아볼 거야. 뭐, 엄마는 잠깐 성당에 간 건데…. 엄마는 빨치산이 아냐. 사람들이 지어낸 이야기를 하는 거지.' 그런 엄마를 향한 믿음은 부정적인 생각을 멈추게 했고 그렇게 끝이 났다.

아궁이가 내는 열기로 온몸이 따뜻해지자 무송 아저씨가 누웠던 짚 더미에 몸을 누였다. 겨울이 시작될 때 현수 아재가 가져다준 소나무 가지며 새 짚 더미는 그것들만의 독특한 향을 내고 있었고 하나꼬의 복잡한 마음을 가라앉히는 데 도움이 되었다. 지금도 그것들이 뿜어내는 향기는 하나꼬의 몸 안을 피 흐르듯 돌아다니며 윤철의 고통을 정화시켰고 '타닥타닥' 튀는 불꽃은 도무지 헤어날 수 없을 것 같았던 하루의 충격에서 하나꼬를 위로했다. '날 가까이하는 사람들은 떠나가나? 그래…. 그런 것 같아…. 휴…. 아무도 만나지 말자. 그러면 되지.' 뒤틀린 손을 얼굴 위로 들어 올린 후, 아궁이 불에서 번져

나온 불빛에 비쳐 외로워 보이는 아픈 손을 빙글, 원을 그리듯이 돌리며 쳐다보았다. 언제 다쳤는지 기억이 없다. 이제는 불편함도 없다. 할 것 다 할 수 있는데 뭐. 중얼거리며 손가락빗으로 얼굴을 반쯤 가리고 있는 머리를 쓸어 넘겼다. 이쁜 이마와 눈, 코 그리고 턱선까지…. 엄마와 아빠를 닮지 않은 구석이 없다. 이쁘다 하나꼬…. '스르르' 두 눈이 감긴 모습도….

해바라기처럼 사랑하다

다음 날 아침부터 하나꼬의 머릿속에는 외발이 생각으로 가득했다. 온종일 고민하지만, 그를 찾아가는 게 좋은지 아니면 여기서 기다리는 게 나은지 쉽게 결정 못 했다. 해가 지고 사방이 어두워지기 시작하자 고민 끝에 집 밖으로 나온 하나꼬는 도드미 언덕 창고에서 나오는 희미한 불빛을 보고는 큰맘 먹고 그곳으로 갔다.

조금 전, 외발이는 창고 정리를 하고 있던 그의 등 뒤로 인기척 없이 다가와 서 있는 하나꼬를 발견하고 무척 놀랐다. 그녀는 그에게 미소를 지은 후, 아무 말 없이 뒤돌아서서는 해바라기 숲속으로 모습을 감추었다. 놀란 심장이 제자리로 돌아오기 전에, 그는 얼른 하던 일을 멈추고 술래가 된 하나꼬를 찾기 위해 그녀의 뒤를 따랐다.

"너 뒤에 있어. 걱정 안 해도 돼."

하나꼬는 뒤에서 들리는 그의 음성에 피식 입술을 말아 올리며 웃었다. 걱정하지 말라는 그의 말이 왠지 듣기 좋았다. 신작로에 거의 다 왔을 때쯤, 하나꼬는 걸음을 멈추고 뒤돌아서서 그녀의 뒤를 바짝 붙어 따르는 그를 쳐다봤다. 절뚝이며 그녀의 뒤를 따라붙는 그의 걸음걸이가 그녀에게는 조금도 불편하게 느껴지지 않았다. 그것은 마치 그녀의 뒤틀린 손이 일상생활에서 아무런 불편함을 못 느끼듯이….

"힘들면 천천히 와."

"그럼, 천천히 가."

"푸홋…."

그들의 작은 웃음이 오솔길의 끝에서 흘러나왔다. 늪에 온 그들을 어제의 쪽배가 기다리고 있었다. 그가 능숙하게 수초 속에 손을 집어넣어 쪽배의 밧줄을 찾은 후, 힘껏 당기자 작은 배가 조용히 물살을 일으키며 미끄러지듯 다가와 그녀의 발 앞에서 멈추었고 그녀는 신발에 물을 묻히지 않고 쉽게 쪽배에 올라탔다. 그녀를 따라 날렵하게 작은 쪽배에 몸을 실은 그는 어렵지 않게 노를 저어 너럭바위로 향했다. 쪽배 위의 두 사람은 서로의 얼굴에서 눈을 떼지 않고 한참을 마주 바라봤다. 쪽배가 일으키는 물살이 조용히 퍼지며 수초들이 춤을 추었다. 그 사이사이 숨어 있던 물고기들의 움직임에 포식자들이 내는 움직임이 잦아졌다. 그가 먼저 입을 열었다.

"집에는 누가 있어?"

그의 말에 정적은 사라졌다.

"외삼촌은 죽었어…. 그래…. 사실은 아주 오랫동안 혼자였어."

그녀는 잠시 말이 없다가 다시 말을 이어갔다.

"오랫동안 나와 같이 산 김 서방네 이모가 있었어. 돌아가시고 난 뒤부터는 쭉 혼자 살았어. 잠시 성당에서 생활한 것 빼고는…."

"혼자 사는 것이 익숙하겠구나."

"넌 혼자 사는 게 두렵지 않아?"

"익숙해."

"그래? 안 믿겠지만 밤이면 날 찾아오는 천사들이 있어. 그리고 세실리아 수녀가 자주 와. 또 기다리는 사람도 있고….”

“믿으면 되지. 찾아오는 사람들이 있어 다행이다. 그런데 궁금한 게 있어. 도저히 이해가 안 돼. 그럼, 왜 미친 여자 흉내를 내?”

그녀는 쪽배의 난간을 붙들고 큰 소리로 웃었다.

“그건, 혼자 있으면 남자들이 밤에 찾아오거나 아까처럼 내 몸을 만지려고 해. 내 모습이 더럽게 보이면 안 그럴까 봐 마을에 갈 땐 옷을 일부러 지저분하게 입고 미친년 흉내를 내. 현수 아재도 말리지 않았어. 우리만 아는 비밀이거든. 크크”

그는 첫 만남에서 그녀의 기이한 행동을 추측했던 것이 맞았다는 생각에 덩달아 기분 좋게 웃었다.

“너는 결혼했어?”

그녀는 매우 궁금한 표정으로 그에게 물었다.

“아니. 여기저기 떠돌아다니니 좋아할 여자가 있나? 절름발인데….”

“그래서 넌 내게 고마워해야 해. 이렇게 같이 있어 주잖아. 호호.”

“그래, 고맙다. 하하.”

그들을 태운 쪽배는 행복한 웃음소리와 함께 서서히 맞은편 너럭바위 근처로 다가갔다.

“자리에 앉아. 내가 배를 댈게. 바닥에 큰 돌이 있는데 잘못하다가는 배에 구멍 나.”

그녀가 그의 노를 이어받아 조심스럽게 너럭바위 쪽으로 배를 움직였다.

“팔 보게 소매 걷어 봐.”

그가 오늘 아침 해가 갓 떠오른 시간에 맞춰 해바라기씨앗을 거두고 있을 때, 꽃대에 숨어있던 덩치가 큰 말벌이 그의 팔에 침을 놓았고 여간 간지러운 게 아니었다. 그는 퉁퉁 부어오른 팔을 그녀에게 내밀어 보였다.

"많이 부었네. 집에 가자. 소독해 줄게."

"소독할 줄 알아?"

"알지. 잘 알지…."

엄마가 무송 아저씨의 상처를 소독해 주던 그 기억이 문득 떠올랐다가 다시 흩어질 때, 쪽배의 속도가 줄어들고 너럭바위가 손에 잡힐 듯이 가까워졌다.

"일어나."

그녀가 먼저 손을 내밀었다.

"날 당길 수 있어?"

"왜 못 해?"

그녀를 믿고 몸을 맡겨 보기로 한 그는 퉁퉁 부은 팔을 그녀에게 내밀었다. 그의 거친 손을 그녀가 힘껏 당기자 그의 몸이 쉽게 일어서졌다. 그러나 그녀의 몸이 그의 큰 덩치를 이기지 못하고 휘청였고 배가 거칠게 이리저리 흔들리더니 중심을 잃은 그녀가 물에 빠져버렸다. 그는 급하게 늪으로 뛰어들었고 곧 그녀를 껴안고 물 밖으로 나왔다. 너럭바위에 선 두 사람은 서로의 모습을 보고 한껏 웃으며 젖은 옷에서 물기를 털어내고는 예쁜더 동산의 집을 향해 발걸음을 옮겼다. 집으로 가는 길에, 그녀는 잠시 외삼촌 묘 앞에 걸음을 멈추어 섰다. 그리고 그녀는 뒤틀린 손으로 머리에서 흘러내리는 물줄기를 닦으며 말했다.

"아까 말한 외삼촌이야."

"언제 돌아가셨어?"

"오래전 일이야. 외삼촌은 날 구하러 오다가 돌아가셨어.

담담하게 대답하는 그녀의 표정을 살피던 그는 그녀에게 큰일이 있었음을 직감했다. 그러고는 그녀가 손가락을 세워 가리키는 쪽으로 눈을 돌렸다.

"김 서방네야. 날 키워 줬어."

그리고 그녀는 오래된 기억 하나를 꺼냈다.

"어릴 적 일인데, 친구와 함께 저기 늪으로 얼음 썰매 타러 갔다가 그 친구가 얇은 얼음이 깨지면서 물에 빠지는 사고가 있었어. 목숨은 구했는데 뇌 속에 물이 차오르는 병이라 병원에서 거의 살다시피 했어. 그 사고로 김 서방네가 그 가족에게 욕을 많이 들어먹었어. 날 보러 온 친구가 다쳤으니 모두 내 잘못이라고…. 가족들은 당연히 날 원망했고. 그 후론 내가 동네에 가는 것도 동네 애들이 내게 오는 것도 힘들어졌어. 그래도 내가 힘들까 봐 김 서방네는 끝까지 함께해 줬어. 참 고마운 분이셨어."

"힘들었겠다."

그는 그녀의 기운에서 큰 어려움을 겪었던 사람들만이 가지고 있는 고유한 기운을 느꼈고 그 또한 그녀의 감정을 공유할 수 있었다.

"이리로 와."

집으로 돌아온 하나꼬는 어제 외발이와 앉았던 마루로 가는 대신, 곧장 부엌으로 걸음을 옮겼다. 부엌에 들어선 그녀는 캄캄한 어둠 속으로 익숙하게 들어가더니 부뚜막에 올라서는 천장에 달라붙은 전구를 손으로 더듬어 나비처럼 생긴 스위치를 돌려 불을 밝혔다. 순간 부엌 안이 환하게 밝아지며 내부가 훤해지자 어제 자세히 보지 못한 아궁이 위 흙벽에 그려진 그림들을 세심하게 볼 수 있었다. 그는 그림들이 각기 다른 이야기를 하는 것을 느꼈다.

"난 매일 여기서 밥 먹어. 엄마가 늘 밥상을 준비해 주던 곳인데 김서방네는 매일 방에서 밥을 먹어야 한다고 해서 어쩔 수 없이 여기서 오랫동안 밥을 먹지 못했지만, 지금은 예전처럼 여기가 내 식탁이야."

"눅눅한 여기가 그래도 좋은 걸 보면, 많은 일들이 여기서 일어났겠지?"

그리고 그는 아궁이로 다가가 그림들을 살폈다.

"여기 앉아 있어. 잠시만 나갔다 올게."

젖은 몸이 계속 신경 쓰였던 그녀는 우물가로 달려갔다. 엄마와 쓰던 예전의 두레박은 사건이 터졌던 그날에 잊어버렸고 대신 윤철이 할아버지가 집을 수리하면서 양철 통을 반으로 잘라 만들어 준 귀여운 두레박으로 물을 퍼 올렸다. 은은한 달빛을 받아 양철에서 튕겨 나온 한 아름의 빛이 그녀의 젖은 머리를 은색으로 염색시켰다. 그녀는 '읍' 하는 짧은 기합 소리와 함께 입을 꼭 다물고, 정말 차가운 물을 젖은 옷 위로 연거푸 쏟아부었다. 온몸의 피로가 순식간에 차가운 물로 씻겨 내려가 버리는, 그것은 마치 엄마가 아껴 쓰던 상쾌한 프랑스 향수 같아서 기분이 무척 좋았다.

대충 몸을 씻고 방으로 들어간 그녀는 엄마의 서랍장을 열었다. 그러고는 엄마가 즐겨 입었던 원피스 중 가장 마음에 드는 하나를 꺼내 갈아입었다. 잠시 후 그녀가 부엌문을 열고 들어서자, 아궁이 앞에 서서 그림들을 감상하는 데 열중이었던 그가 그녀를 보고는 매우 놀랐다. 그녀가 입은 분홍 원피스는 그녀의 긴 목과 잘 뻗은 하얀 종아리를 돋보이게 하였고 깨끗하게 말아 올린 쪽머리는 갸름한 얼굴선과 너무도 잘 어울리는 것이었다. 그는 두근거리는 가슴을 진정시키며 애써 그의 얼굴에 나타난 당황한 표정을 감추려 했다. 그녀가 이렇게 아름다운 외모를 가진 여자였는지…. 그는 자기 눈을 의심하지 않을 수 없는 상황이다. 그의 눈길이 부담스러운지 그녀는 그를 스쳐 지나갔다. 부뚜막 근처에서 뭔가를 찾기 위해 두리번거리던 그녀는 아궁이 근처에서 성냥을 찾아 손에 쥔 채 작은 나무 의자에 앉으며 그를 쳐다보고는 웃으며 말했다.

"왜…? 그렇게 넋이라도 나간 사람처럼 서 있어? 이리와 내가 불 피울게."

넋을 잃고 그녀를 쳐다보던 그는 그녀의 옆자리로 다가가 앉았다. 그녀는 익숙한 손놀림으로 짚 한두 줌을 쥐고선 불을 붙였다. 불이 붙으며 피어오른 회색 연기의 대열이 금세 흩어지며 뜨거운 불이 타올랐다. 잠시 후, 그녀가 능숙한 솜씨로 아궁이 속 바닥에 놓인 마른 짚단에서 솟구치는 불길 위로 장작을 서로 맞대어 세운 후 덤으로 솔가지를 꺾어 넣자 불이 더욱 힘차게 타올랐다.

"젖은 옷 줘. 마를 때까지 여기에 걸어놓게."

그는 망설임 없이 윗옷을 벗어 그녀에게 건넸다. 넓은 어깨 아래에 단단한 두 가슴은 오랜 기간 힘쓰는 일을 한 남자의 완성된 몸을 드러냈다.

"바지도 속옷도 벗어. 내가 빨아 올게."

"그럼, 나보고 발가벗고 있으라고?"

"호호. 아냐. 오래전에 우리 집에 온 인민군 아저씨가 벗어 놓고 간 옷인데 입어."

그녀는 외발이 앞으로 셔츠와 바지를 내밀었다.

"인민군?"

"응, 무송 아저씨인데…. 그때 외삼촌이 죽고 엄마는 그 아저씨와 함께 이북으로 떠났어."

그는 믿을 수 없다는 표정으로 그녀를 쳐다봤다.

"지금 시대가 어느 시댄데 왜 이 사람 옷을 여태껏 가지고 있는 거야?"

"음…. 연락한다고 했거든. 그래서 기다리는 거야. 놀라지 마. 이 원피스도 그때 거야."

그의 눈이 휘둥그래졌다.

"저기, 저 사람이야!"

그녀가 잔솔가지를 닮은 검지를 세워 가리킨 그림은 엄마가 그렸던, 무송과 하나꼬 그리고 엄마의 모습이었다.

"우릴 죽이러 온 게 아니었어. 전투에서 큰 부상을 당한 채, 떠돌다 우리 집에 들어왔었어. 엄마가 잘 보살펴 줬어. 그러다 엄마를 좋아하던 중대장이 무송 아저씨를 찾아냈어. 그리고 여기서 무서운 일이 벌어진 거야. 그때 난 집에서 무슨 일이 일어나는지도 모르고 잠자고 있었거든. 바보같이…. 깨어 보니 모두 떠나 버린 뒤였어. 그리고 그 후로 혼자 살았어. 난, 아무도 미워 안 해. 스테파노 신부님과 세실리아 수녀가 그러던데, 우린 살다 보면 온갖 일을 겪게 되어 있게끔 하느님이 우리를 만드셨다고, 그게 우리가 사는 이유래."

그는 짧은 침묵 후에 무송의 상의를 걸쳤다. 벌에 쏘였던 팔뚝까지 소매가 말려 올라간 걸 보면 옷이 여간 작은 게 아니다. 이를 기대감에 부풀어 지켜보던 그녀가 이내 함박웃음을 터뜨렸다.

"꼭 아들 옷 입은 아빠 같아. 호호"

"정 씨 옷 입은 것 같다. 하하하."

그는 웃음을 터뜨리며 바지를 벗으려고 허리띠를 풀었다.

"뭐야?"

"뭐긴? 바지 갈아입어야지. 아마 이 바지도 작을 걸? 하하"

그녀는 작은 비명을 지르며 고개를 돌렸다. 그의 발에서는 바지가 나오고 들어가고⋯. 고개를 돌린 그녀의 얼굴에는 웃음기가 떠날 줄 몰랐다.

"이건 잘 맞다. 근데 바지에 뭔가 잔뜩 묻은 얼룩이 있어."

무송이 허벅지 상처로 흘린 핏자국이 세월이 지나도록 그 모습을 지우지 않고 있었다.

"그건 몰랐어. 아직도 얼룩이 있을 줄은⋯."

그녀는 손을 뻗어 그의 젖은 옷들을 주워 들고는 자리를 일어섰다.

"내가 금방 빨래하고 올게. 올 동안 이거 먹고 있어."

그녀는 아궁이에서 잘 익은 고구마를 꺼내 상 위에 올려놓고는 부엌을 나갔다. 그는 속 노란 고구마를 입에 베물고는 아궁이 위 흙벽에 그려진 그림을 감상했다. 첫 그림 속의 가족들은 그가 그의 가족을 떠나오던 그날의 기억을 불러냈다.

그는 고향을 떠나온 후, 단 한 번도 그곳을 찾아가지 않았었다. 그러다 재작년 해바라기 마을로 오기 전, 어머님에 대한 그리움으로 고향을 찾았다. 보령 성주산의 서쪽 끝자락에 있는 아사다 마을은 대천항과 가까운 성주사 절터 근처에 있어 과거의 문화에 갇혀 있는 마을로 사람들은 기억했다.

이 마을은 백제 시대부터 지켜온 성주사 절터를 찾아온 각각의 지방 사람들이 가져다주는 문화가 섞여서 외지에서 온 사람들에게는 마치 하나의 나라 안에 또 다른 작은 나라를 찾은 것 같은 이국적인 기분이 들게 했다. 성주사 석탑들이 바로 코앞인, 집에서 가까운 여관은 늘 기도를 마친 사람들의 휴식처였으며 이들이 쏟아내는 정보는 그가 바깥세상에 나가서 일하고 싶은 꿈을 키워 주었다.

사춘기 시절, 그 꿈을 향한 기다림은 새벽 산자락에 낮게 깔린 운무가 석탑들 사이사이를 누워서 기어가고 누군가 석등에 난 작은 구멍 속에 밤사이 켜 놓은 양초가 거의 녹아 촛농에 가려져 있을 때 잠에서 깬 그가 집을 나가 석탑 주위를 돌면서 끝났다. 그는 어릴 적 다친 이후로 그는 신앙을 가졌으며 그 집에서 유일하게 기도하는 아이였다. 철이 들기까지, 땡볕이 내리쬐는 여름철 오후에는 사방에 깔린 석탄 무더기에서 잔 돌 하나 주워다 온 징검다리에 그림을 그렸고 그러다 더우면 속옷 하나만 걸친 채, 앞 개울가에서 물놀이를 하다가도 홀쭉한 배가 하늘을 향한 자세로 물위에 드러누워 한낮의 태양이 사지 터에 주는 평온함을 절대로 놓치지 않는 낭만도 가지고 있었고 그것을 즐길 줄 아는 아이 이기도 했다.

그의 생각이 변한 건 그의 큰아버지 사건 이후, 며칠을 담장 소 마구간 옆에 딸린 두세 평 남짓한 골방에서 지내던 때였다. 그때 열어젖혀 놓았던 방문 밖으로 우중충한 하늘에서 부슬부슬 내리는 부슬비를 보며 '난 더는 여기서 살지 않아. 나갈 거야.'라고 마음을 먹었었다. 지금 아니면 아닐 것만 같은 생각에 대충 옷 몇 벌 챙겨 이른 새벽 절뚝이며 석탑을 돌고는 그 길로 마을을 떠났었다.

재작년 집을 찾았을 때 엄마는 안채가 거의 내려앉아 손 쓸 방도가 없자 소 마구간 옆 그의 방에서 오랫동안 생활을 하고 있었다. 깊게 팬 얼굴 주름살과 거무스름하게 탈색된 두꺼운 살가죽의 손으로 그의 얼굴을 쓰다듬으며 그녀는 크게 우셨다. 이후 그는 인부 몇을 고용해서 보름 동안 머물며 쓰러진 안채를 거의 새집으로 만들어 놓았다. 큰아버지는 죽고 없었지만, 사촌들에게는 보란 듯이 짙은 먹색의 기왓장 수십 장을 얹어 각 지붕 모퉁이에는 '복(福)'을 새긴 기왓장을 얹혀 놓았다. 마음 같아선 서울에서 본 전통가옥의 기왓장과 대문을 흉내 내 그들의 배가 퉁퉁 붓도록 하고 싶었지만, 자기도 같은 무리가 될까 봐 그러질 않았다.

다시 길을 떠나기 며칠 전에는 돼지를 잡아 동네잔치를 해 주었고 아버지 산소에 비싼 돌 사다가 석축을 만들었고 더해서 엄마의 가묘까지 준비해 놓고 왔다. 떠나는 날 새벽, 잠든 어머니를 깨워 당신이 돌아가실 때까지 써도 부족하지 않을 돈을 드렸기에 고향을 떠나온 후 지금까지도 마음이 편했다. 마지막으로 어릴 적 그 사지 터의 5층 석탑 주위를 돌며 그의 앞날을 기도할 때는 지난날처럼 눈물이 나지 않았다.

그가 회상의 거의 끝 무렵에 있을 때 부엌문이 열리며 그녀가 들어왔고 그의 앞에 깔린 멍석 위에 앉았다. 그가 손가락으로 아궁이 위 흙벽에 새겨진 글과 그림을 가리키며 그녀에게 물었다.

"한 사람이 다 그린 게 아닌 것 같다. 저기 아이가 하나꼬지?"

"응, 아빠가 날 안고 있었는데 생각하면 그때가 한여름이었던 것 같아. 그래서 엄마는 종종 7월의 해바라기꽃들이 가득했던 집이라고 말해 줬어. 집에서 보면 바다가 다 보이는 아주 전망 좋은 집이었어. 엄마 서랍장 마지막 칸에 사진이 있는데 금방 가지고 올게. 기다려 봐."

하나꼬는 외발이가 말릴 틈도 없이 총알같이 부엌을 나가서 바람처럼 돌아왔다. 그녀의 손에는 사진이 들려 있었다. 누구의 것인지 모를 손가락 지문이 군데군데 묻은 낡은 한 장의 사진은 그가 살아오면서 어쩔 수 없이 견뎌 왔던 것들을 빼닮아 있었고 그녀의 고생을 공유할 수 있었다. 그리고 그의 무르익은 감성은 색 바랜 사진을 닮아 그가 지내 온 세월의 무게만큼이나 그의 마음에 가라앉았다.

"일본으로 가신 아버지는 안 오셨어?"

그는 조심스럽게 물었다.

"몰라. 소식을 몰라. 외삼촌이 죽어버려서 소식을 몰라."

"저기 동물들과 전차는 누가 그린 거야? 오래전 서울에 있었던 것인데."

"무송 아저씨. 크크. 재미있으신 분이셨어. 나한테 이렇게 했어. 봐봐."

그녀는 양 볼에 공기를 불어 넣어 한껏 부풀리곤 뒤틀린 손목으로 한쪽 볼을 쓰다듬으며 원숭이 울음소리를 냈다.

"우우."

그가 큰 소리로 웃었다.

"원숭이 흉내야. 호호…."

"코끼리는 이래…."

하나꼬는 두 팔로 코끼리 코 흉내를 내며 작은 밥상 앞을 빙글빙글 돌았다. 허리를 구부정하게 굽히고 꼰 팔 하나를 길쭉하게 펴 굽어진 손목을 돌리는 그녀의 행동이 얼마나 웃겼는지 그는 폭소를 터뜨렸다.

"하하하. 어떻게 보지도 않고 그렇게 흉내를 잘 내?"

그녀는 흉내를 멈추고 숨을 몰아쉬며 멍석에 주저앉았다.

"휴…. 내가 마을 잔치 때에는 사람들 얼굴도 보고 싶고 해서 마을로 가. 함안 성당에서 살 때 이야기야. 색동저고리와 한복을 입고 성찬례 때마다 나타나 빵 한 조각을 들고 몰래 포도주 한 모금 마시고 성당을 나가는 미친 여자가 있었어. 그 여자의 이상한 행동은 정말 많았어. 사람들은 그 여자가 미쳤다며 근처에는 얼씬도 안 하더라고. 한 번은 내가, 이 여자가 성당 밖으로 나오길 기다렸다가 같이 놀자고 졸랐거든? 그러면 이 여자는 주위를 살피고는 날 신부님이 사시는 건물 뒤쪽에 데리고 가서 공기놀이도 가르쳐 주고 고무줄놀이도 함께 해 주고 하는 거야."

"미쳤다며?"

그는 그녀의 이야기 중간에 말을 붙였다.

"그렇게 나도 알았는데 함께 놀다 보면 말도 너무 잘하고 아주 정상적인 행동을 하는 거야. 그러다 수녀님이 오면 그냥 가만히 앉아 있고 그랬어."

"무서워서 그랬겠지."

그는 당연하듯 말했다.

"근데 한날은 나한테 이렇게 말했어. '이렇게 하면 사람들이 날 안 건드려.'"

"그럼, 그래서 너도 색동저고리 입고 그렇게 미친 여자 행세를 한 거야?"

"응. 실제로 성당에서 돌아온 뒤로 어느 남자도 집에 안 왔어."

"으하하. 하나꼬 넌, 영리해."

"엄마는 항시 이렇게 말했어. '사람 일은 모르니 지혜롭게 살아야한다고.' 피난길 야산이나 비탈진 곳에 엄마와 함께 있으면 정말 이상한 사내들이 다가와서 엄마 손을 잡아끌기도 했고 쉬고 있는 엄마 옆에서 눕기도 했어. 물론 현수 아재 식구에서 잠시, 떨어져 나왔을 시간이었어. 그럴 때면 엄마는 내 오줌을 받아다가 엄마 몸에 발랐어. 그러면 무슨 영문인지 감쪽같이 사내들이 엄마를 괴롭히지 않았어. 나중에 엄마는 이런 걸 지혜라고 알려 줬어. 물론 지금은 정말 고맙게 생각해."

그녀는 아궁이 위 흙벽의 그림에서 양산을 쓴 여자를 가리켰다.

"저기 양산 쓴 여자가 서울 여자라고 무송 아저씨가 얘기해 줬어. 넌 서울 가 봤지?"

"서너 번 가 봤어. 저런 모습은 옛날 모습이고 지금은 치마가 여기까지 오는 거 입고 다녀."

그가 허벅지를 가리키며 서울 여자 흉내를 내자, 그녀는 '헉' 하는 비명과 함께 큰소리를 쳤다.

"악. 어떻게 허벅지를 드러낸 옷을 입고 밖에 다녀?"

그녀가 믿을 수 없다는 듯한 표정으로 말했다. 그러고는 자리에서 일어나 원피스 끝을 잡고 허벅지까지 끌어 올리며 눈을 휘둥그레 뜨고 말했다.

"여기까지 맞아?"

순간, 그는 군더더기 없이 쭉 빠진 그녀의 매끈한 다리에 넋을 놓고 말았다.

"그래…. 거기까지 맞아."

"진짜? 이렇게 짧게? 우와, 이러고 다니면 남자들이 안 쳐다봐?"

"그야….""

"근데, 표정이 왜 그래?"

그의 수상한 표정에 '아차' 하는 느낌과 함께 그녀는 머리를 앞으로 숙여 자신의 아래를 내려봤다. 그러고는 붙들고 있던 원피스를 재빨리 손에서 놓았다. 원피스 자락이 펄럭이며 원래의 자리로 돌아갔다.

"내가 본 다리 중에 제일 이쁜 다리다."

그의 말에 그녀가 씽긋 웃었다.

"엉큼하긴…. 서울 갔다 오면 사진 좀 갖다줘. 여자들 사진, 동물원 사진, 다 갖다줘. 많이 보고 싶어."

"그래."

"근데 저 큰 별은 뭐지?"

"엄마가 그린 거야. 무송 아저씨가 사람이 죽으면 별이 되고 저 밤하늘 별들이 모두 우리보다 앞에 죽은 사람들이라고 했어."

그녀가 부엌문을 활짝 열어젖히자 그녀의 집 위로 밤하늘의 별이 가득 들어차 있었다. 그가 늪을 건너오며 바라봤던 그 별들이 저 별들이지만 부엌 안에서 바라보는 별들에는 뜻이 생겼다.

"저렇게 많은 사람이 지금까지 죽었구나. 내가 아는 사람 중에는 평생 큰아버지 종 놀음하다 죽은 아버지와 그 아버지를 소처럼 부려 먹은 큰아버지가 있는데 두 사람 다 별이 되었을까? 저기 어디에 있을까?"

"마음 아픈 이야기다. 아버지는 언제 돌아가셨어?"

"정확히는 몰라. 그때 내가 고향을 떠나 있었어. 보령을 떠난 적이 없으신 분이셨어. 큰아버지가 아버지를 종처럼 평생을 부려먹었어. 할아버지가 물려준 재산도 거의 다 가져가 버리고…. 하여튼, 어머니만 엄청나게 고생하셨지. 마음고생도 심하셨고…. 몸은 말할 것도 없이 골병투성이지. 손은 논바닥처럼 갈라져 버렸고, 그 손에 바를 동동구리모 하나라도 사 주시고 돌아가셨는지 모르겠어. 재작년 집에 갔을 때, 동동구리모 사 가서 어머니 손에 발라 드렸는데, 안 발라지더라고. 결국에는 손에 바르는 것은 포기하고 얼굴만 바르라고 했어. 근데 얼굴도 마찬가지더구먼. 어머니 말로는 아버지가 돌아가신 지 십 년 됐다고….”

“안됐다. 다른 형제는?”

“동생이 하나 있는데 소식이 없어.”

“그럼, 너뿐이야?”

“그래.”

“집에 가야겠구나….”

“거긴 안 걸 것 같다. 기쁨보다는 슬픔이 더 많아서 돌아가긴 그래. 가끔 찾아가는 정도는 괜찮겠지. 그건 그렇고 내일은 뭐 할 거야?”

“내일은 세실리아 수녀가 오는 날이야.”

“성당에는 계속 다녀?”

“응, 신부님이 계실 때는 한 달에 두세 번은 성당에 갔었는데 지금은 한 번만 가.”

“거기서 뭘 해?”

“세실리아 수녀가 여기 오는 건 내가 괜찮은지 살피러 오는 거고 내가 성당에 가는 건 고아들과 노인들한테 봉사 활동 하러 가는 거야.”

“좋은 일 하는구나.”

근데 그의 표정이 어두워졌다.

“왜? 표정이 왜 그래?”

"아, 아냐."

"가면, 무슨 기도해?"

"엄마 기도."

순간 복받쳐 오르는 감정에 그녀가 고개를 떨구자 그는 그와 그녀를 가로막고 있던 상을 옆으로 밀어내고 그녀의 손을 잡았다. 그리고 그가 손을 내밀어 그녀의 머리를 쓸어 올려주자 그녀는 고개를 들어 그의 맑은 눈을 바라봤다. 사방이 숨죽였고 둘은 서로의 눈을 마주 보며 무언의 말을 하고 있었다. 때가 온 것일까? 그가 그녀를 끌어안았다. 그가 쉬는 숨이 그녀의 귓불을 부드럽게 애무했다. 그의 심장이 힘차게 뛰는 것을 그의 가슴에 바짝 붙은 그녀의 심장이 더욱 빠르게 뛰는 것으로 응답했다. 그녀는 숨이 막혀 오고 가슴이 조여 오는 기분에 겁이 났다. 그리고 순간 그의 품에서 떨어져 나왔다. 그러나 그는 그녀의 얼굴을 세상 소중한 보물 다루듯이 어루만졌고 그녀가 두 눈을 슬며시 감자, 그는 그녀의 뒤틀린 손위로 그의 투박한 손을 올려놓았다. 그녀는 촉촉이 젖은 눈을 그의 갈망하는 눈동자에 맞췄다.

"내가 옆에 있을게."

그의 위로에 다시 숨이 차오르기 시작하며 뜨거운 열기가 아궁이 속 타다 남은 잿불처럼 얼굴을 데워오자 다시 겁이 난 그녀는, 거칠게 가슴을 두드리는 심장의 두근거림이 다시 제자리로 돌아오기를 기다리지만, 그녀의 생각처럼 되지 않았다. 그가 붙잡은 손에서 그녀를 태울 것 같은 열기가 그녀의 가슴을 거쳐 머리로 올라왔다. 그러고는 그녀의 연분홍 입술 위로 그의 입술이 포개졌고 순간 흥분된 그녀의 몸짓은 그의 손길을 더욱 깊숙이 끌어들였다.

"나…. 뭔가 이상해. 숨이 가빠지고 어지러워….."

그가 그녀의 원피스를 부드럽게 벗겨내자 그녀의 알몸이 드러났다. 한껏 익은 육체는 툭 건들기만 해도 터져 버릴 것 같은 새빨간 홍시처럼 익을 대로 익어 있었다. 벌어진 그녀의 하얀 다리 사이로 그의 것이 조금의 빈틈도 없이 붙자 두 사람의 신음이 크게 터져 나왔다. 아궁이 위 흙벽에는 두 사람의 격렬한 움직임이 그려져 갔다. 그날 미숙과 무송의 사랑처럼.

*

"하나꼬, 이모 왔다."

이른 아침 세실리아 수녀의 힘찬 목소리가 집 안을 울렸다. 지금쯤 '꺅' 소리를 지르며 어딘가에서 나타나 그녀를 놀라게 할 하나꼬인데 그 어디에도 보이질 않았다. 그녀는 오랜 세월의 흔적이 베인 낡은 마루에다 두 무릎을 대고 방문을 열어 안을 살폈다. 깔끔이 정돈된 방 안은 옷장 맨 아래 서랍장이 반쯤 열린 것 빼고는 일주일 전 자신이 떠날 때와 달라진 게 없었다. 다시 방문을 닫고는 마루에 걸터앉아 집 안 곳곳을 매의 눈으로 훑는 그녀의 눈이 바삐 움직였다. 이런 장난을 좋아하는 하나꼬는 한참을 그녀를 골탕 먹인 후 '억' 하는 큰 소리와 함께 그녀를 놀래키며 나타났다. 그러나 그렇다고 장난치는 일만 일어난 게 아니었다. 그녀는 하나꼬가 스무 살이 갓 넘었을 때 있었던 일을 생각하면 바짝 긴장할 수밖에 없었다.

하나꼬는 김 서방네가 죽자 함안 성당에서 생활했다. 위험한 세상에 여자 혼자 살면 안 된다는 스테파노 신부는 세실리아 수녀와 매일 같이 동산을 찾아와 하나꼬를 설득했다. 고집이 센 하나꼬를 설득할 방법이 없자 스테파노 신부는 오광 스님을 몇 차례 데리고 나타났다. 오광 스님의 엄청난 광기와 고집스러운 방문에 고집을 꺾은 하나꼬는 그들의 바람대로 함안 성당에서 지내게 됐다. 한날은 성당에 있어야 할 하나꼬의 모습이 보이질 않자 세실리아 수녀는 온종일을 수녀들과 읍내를 뒤지고 다녔다. 저녁 늦게야 하나꼬가 해바라기 마을 쪽으로 걸어가는 걸 봤다는 사람을 만나 트럭을 타고 쫓아간 끝에 어두운 도로를 걸어가고 있는 하나꼬를 찾았다.

"하나꼬!"

세실리아 수녀의 높아진 목소리에 걸음을 멈춘 하나꼬는 천천히 몸을 돌려 자신을 노려보며 서 있는 그녀를 맥없이 쳐다봤다.

"하나꼬, 어디가?"

세실리아 수녀는 매우 화나 있었지만, 그것도 잠시였다. 잠시 얼굴이 샛노란 하나꼬에게 다가가 그녀를 안아 주었다.

"왜 찾아왔어? 별거 아닌데…."

그녀의 품에 안긴 하나꼬의 목소리는 풀이 죽어 있었다.

"어디 가는 길이야?"

"집에."

"…."

"그저께 갔다 왔잖아."

"오늘도 가고 싶었어."

"…."

"나 집까지 데려다주면 안 돼? 응?"

"신부님이 화가 엄청 났어. 오광 스님도 절간 사람들은 다 풀어서 널 찾는다고 읍내를 다 뒤지고 다녔어. 아마 너 오늘 안 가면 엉덩이가 불날걸?"

"쳇."

"세실리아, 난 수녀가 되기 싫어."

"그건 신부님 욕심이야. 오광 스님은 뭐라는지 알아? 날보고 비구니가 되래."

"그럼, 신부님께 정확하게 네 의사를 말해. 수녀 되기 싫다고."

"그렇다고 내 말 들어주나? 난 자유롭게 살 거야. 내 집에서….

"내 말 들어봐. 신부님 생각은 이래. 하나꼬가 성당에 기부한 돈으로 얼마나 많은 이웃들을 섬길 수 있게 됐니? 하느님의 사랑이 멀리 퍼져 이젠 보육원에 차도 있고 아이들과 노인들 돌보는 수녀님과 자원봉사자들도 예전에 비하면 몇 배나 늘었어. 이건 기적이야. 하나꼬가 아니면 누가 했겠어? 신부님으로서는 그런 하나꼬가 수녀가 되어 사람들에게 봉사하는 것을 옳다고 생각하는 거지."

"난 충분한 돈이 있어. 내가 살면서 다 쓰지도 못할 돈을 왜 가지고 있어? 그렇게 사는 게 더 힘들어."

그녀의 목소리에는 짜증이 묻어 있다.

"하지만 그런 마음은 아무나 못 가져. 하나꼬!"

"그래도 난 자유롭게 살고 싶어. 성당에 갇혀 있으니 너무 답답해."

"그럼, 지금 나랑 같이 성당으로 가서 신부님께 말씀드려."

"세실리아가 말해 줘."

"내 말은 안 들어. 고집 알잖아."

"그럼, 오광 스님 만나서 얘기해 줘."

"풋….."

세실리아 수녀는 실소와 함께 고개를 절레절레 흔들었다.

"세실리아, 오늘만 우리, 집에 자고 가자. 응?"

"그렇다고 얘기도 없이 이렇게 나와 버린 건 잘못인 거 알지?"

하나꼬가 살짝 눈웃음을 쳤다. 그들이 탄 트럭이 산허리를 돌아 해바라기 마을이 내려다보이는 내리막길로 들어서자 하나꼬에게서 환호성이 터져 나왔다.

"야호! 세실리아, 여기 오니까 공기부터 달라. 속이 다 후련하다. 그렇지 않아?"

세실리아 수녀는 창문을 내리고 몸의 절반을 창밖으로 내밀어 소리치는 하나꼬를 보며 그녀가 말한 것이 어쩜 맞을 걸로 생각했다. 열린 창문 사이로 들어오는 초록의 싱그러운 풀냄새와 도드미 언덕 가득 핀 노란 해바라기는 하나꼬가 결코 여기를 떠나 살 수 없다는 것을 그녀에게 알려 주고 있었다. 그들이 하나꼬가 성당에 있기를 원했던 이유 중의 하나는 그녀가 사회생활을 전혀 하지 않는 것을 염려해서였다. 성당에는 조그만 학교와 또래 친구들이 있어 그녀가 삶을 배우며 살아가는 것에 큰 도움이 될 것임을 알기 때문이었다. 그건 그들만 그런 생각을 한 게 아니었다. 성당 사람들 모두가 같은 생각이었다. 하지만 하나꼬는 늘 예쁜더 동산의 것들만 기억하며 살았다. 그런 그녀가 성당 사람 모든 이의 숙제였다.

세실리아 수녀가 옛날 기억을 떠올리며 시간을 보내고 있을 때 기침 소리가 들려왔다. 그녀는 몸을 일으켜 마당을 내려와 벌어진 부엌문 틈 사이로 보이는 하나꼬의 다리를 쳐다보고는 입가에 미소를 지었다. '낮잠을 또 부엌에서 자네.' 혼자 말을 중얼거리며 부엌문을 열고 들어선 그녀는 깜짝 놀랐다.

"하나꼬, 여기서 뭐 해?"

원피스를 입고 짚 더미에 누워 있는 그녀가 평상시와는 달랐다.

"뭔 일 있어?"

하나꼬는 그녀와 눈을 맞추지 못하고 원피스에서 흘러나온 허리 끈만 만지작거렸다.

"뭔 일 있었구나. 말 안 할 거야?"

그녀의 재촉에 하나꼬가 머뭇거리다 말했다.

"어젯밤에 외발이하고 잤어."

"뭐?"

그녀는 머리가 순간 멍해진 채 한동안을 정지상태로 있었다.

"뭐? 남자랑 잤다고? 누구? 외발이?"

그때 그녀는 말린 원피스 안으로 드러난 하나꼬의 하얀 허벅지가 선홍색 피로 얼룩져 있는 것을 쳐다봤고 더 이상의 설명을 듣지 않아도 하나꼬의 말뜻을 금방 알아챘다. 그리고 성호를 그었다.

"주님…."

하지만 그녀는 들뜨지 않았다. 걱정이 앞서 하나꼬의 손부터 잡았다.

"그 남자는 동네 남자야?"

하나꼬가 고개를 끄떡였다.

"이름이 뭐야?"

"황성중."

"…."

"원해서 한 거야?"

"응. 나, 그 사람 좋아해. 음…. 무섭지 않아."

"안동네 누구 집이지? 내가 아나?"

"모를 걸? 해바라기씨 사러 온 사람인데 보령이 고향이래. 며칠 있으면 떠날 거야."

"그럼 얼마 전에 마을로 들어온 상인 중에 한 분이네?"

"응, 그 사람들 대장이야."

"안 지 얼마나 됐는데?"

"그 사람을 처음 본 지는 몇 년 전이야. 성당에서 방학 동안에는 내가 여기 와 있었잖아? 그 사람은 늘 이맘때면 여기와. 저기 도드미 언덕에서 다리 절며 날쌔게 움직이는 머리 긴 남자 있어. 그 사람이야. 지금 있을 걸?"

"근데 어떻게 그 사람을 만난 거야?"

"몇 년 전부터 내 마음이 그 사람만 보면 좀 그랬어. 그러다 현수 아재 집에 잔치가 있어서 갔는데 날 건드리려고 하는 못되게 생긴 장사치가 있었어. 그때 외발이가 나타나 그 사람을 혼내 줬어. 집으로 오는 길에 그래도 고맙다는 인사를 하는 게 좋겠다 싶어 도드미 창고로 찾아갔다가 이야기를 좀 나누었는데. 음, 그러다 여기까지 온 거야."

"음…. 좋은 사람 같은데?"

"응, 맞아."

"그랬구나."

"표정이 왜 그래?"

"솔직히 걱정돼. 하나꼬."

"왜?"

"음…. 여러 가지로."

"풋…. 그런 걱정 하지 마. 내가 철없는 앤 가?"

세실리아 수녀는 하나꼬와 좀 더 깊은 대화를 하고 싶었지만, 지금의 하나꼬는 무척이나 행복하게 보여서 도리어 자기가 꺼낸 말을 오해하지 않을까 하는 생각에 더는 그녀에게 물어보지 않는 게 좋을 것 같았다.

"나가자. 걸을 수 있지?"

"어디로?"

"씻어야지!"

세실리아 수녀가 내민 손을 붙잡고 일어선 하나꼬는 콧등을 찡그리더니 걸음을 떼지 못했다.

"왜 그래?"

세실리아 수녀가 물었다.

"아냐, 여기가 좀 아파."

그녀는 배 아래를 손으로 가리키며 말했다.

"소독해야 할까?"

"소독을 왜 해?"

"내가 알기로는 그래."

"그런 게 아니야."

"그럼?"

"안 해 봤구나?"

"뭐?"

세실리아 수녀의 음성이 커지며 얼굴이 빨개졌다. 그사이 하나꼬는 웃음을 터뜨리며 부엌을 나갔다. 우물가에 선 하나꼬는 양철 두레박에 가득 담긴 찬물을 그대로 몸에 들이부었다. 그러고는 즐거운 비명을 내질렀다.

"진짜 차가워."

"그러면서도 웃고 있는 네 얼굴은 뭐니?"

하나꼬는 그녀의 빈정거림에 웃음으로 답했다. 마냥 즐거워하는 하나꼬를 쳐다보다 그녀가 말했다.

"하나꼬, 내 금방 트럭에 갔다 올게. 아침에 마산에 갔다 왔는데 너 주려고 화장품하고 옷 사 왔어. 가지고 올라온다는 게 잊어버렸네."

"응. 얼른 갔다 와."

우물가를 떠나기 전, 그녀는 빨랫줄에 걸린 수건을 당겨 하나꼬에게 건넸다. 물에 흠뻑 젖은 원피스가 싱싱한 그녀의 몸에 딱 달라붙은 채 활짝 핀 해바라기 꽃잎처럼 달콤한 향을 퍼뜨리는 알몸을 가린다고 하지만 한창 때인 그녀의 익은 육체는 마치 꽃봉오리가 꽃잎을 활짝 벌리듯 원피스를 비집고 나왔다. 그녀의 육체 어느 곳도 젊음의 싱그러움을 뽐내지 않는 곳이 없었다.

"아!"

세실리아 수녀는 짧은 탄성을 터뜨렸다. '그래, 하나꼬는 이제 막 핀 해바라기 같아. 그것도 제일 예쁜 나이잖아.'

"그래, 빨리 갔다 올게."

그녀가 자리를 비우자 하나꼬는 원피스를 허벅지 위로 들어 올리고는 어젯밤의 사랑을 지워 갔다.

*

예쁜더 동산의 들풀들이 분홍의 양귀비와 흰색의 들국화 그리고 보라색 할미꽃 틈바구니에 끼어 주위의 잡초들과 친구 될 만하면 서로 뒤엉켜서 동산을 메운 해바라기가 딛고 선 황토의 속살을 가린다.

영철 베드로의 무덤을 알리는 십자가 표석 앞에 선 세실리아 수녀는 근처의 꽃을 가져다 들풀로 매듭을 짓고는 무덤 앞에 놓았다.

그녀가 영철 베드로를 마지막으로 본 것은 무송과 미숙이 함안 성당을 찾아왔던 그날 아침이었다. 그 당시 국군은 다양한 종교에서 엘리트 종교인들을 포섭하였다. 그들의 활동은 전쟁에서 많은 도움을 주었다. 종교인들이 전쟁에 참여하여 국가를 위해 일하는 것은 남한 정부에서만 있었던 것만은 아니었다.

인민군들도 같은 방법으로 정보전쟁을 했으며 한 종교시설의 지붕 아래 남한의 신부와 북한의 수녀가 함께 뒤섞여 활동하는 예도 종종 있었다. 산인 전투가 한창이던 때에 세실리아 수녀는 성도 중에 인민군과 내통하던 자가 제공한 비상 철군 계획 정보를 전투경찰 중대 중대장에게 알렸고 중대장 최진호는 산인 전투에서 후퇴해서 정암산에 집결하는 인민군들을 섬멸하는 데 큰 공을 세웠는데, 세실리아 수녀의 역할이 컸다. 그러나 이후 그녀가 한 일이 가까웠던 사람들에게는 얼마나 고통스러운 삶을 살게 하는지 그리고 비극적인 죽임을 당하게 했는지를 안 그녀는, 평생을 회개 기도 제목으로 살아왔다.

영철 베드로의 죽음도 마찬가지였다. 그날 새벽, 스테파노 신부가 자신의 방을 급하게 찾았었다. 그러고는 무송과 미숙에게 줄 의약품과 음식물을 준비시켰었다. 거기서부터 시작된 그녀의 노력은 큰 정보가 되어 중대장에게 전해졌다. 그리고 영철은 죽음으로 여기에 돌아왔고 그날 중대장이 성당을 다녀간 뒤 스테파노 신부의 노기 가득했던 얼굴은 그녀가 살아오는 동안 지워지지 않는 영원한 고통으로 머리에 각인이 되어 버렸다.

그 사건으로 오광 스님과 스테파노 신부 그리고 성당 사람들이 겪은 일들을 떠올리는 버릇은 세월이 지나면서 약해졌지만, 그래도 그녀의 속은 아직도 한 번씩 울부짖음으로 뒤틀렸다. 그녀가 하나꼬 가까이서 그녀의 보호자 역할을 하기로 한 것은, 그나마 모두에게 진 빚을 조금이나마 갚는다는 생각이 컸다. 영철 베드로의 묘 앞에 놓인 꽃은 그녀가 표현할 수 있는 사죄와 속죄였고 묘지가 깨끗하게 관리되고 있는 것도 그녀의 몫이었다.

트럭에서 하나꼬에게 줄 옷을 찾아 다시 동산의 오르막길을 오르던 그녀는 턱까지 차는 숨을 잠시 고를 장소를 찾다 늪과 도드미 언덕이 잘 보이는 곳에 자리를 잡고 앉았다. 아무 씨앗을 뿌리고 그다음은 기다리고 그렇게 기다릴 줄만 안다면, 그러면 참 평화로운 휴식을 얻을 생각에 벌써 마음의 짐이 놓였다. 동산부터 도드미 언덕까지 이어지는 그림 같은 풍경은 그녀에게 큰 휴식을 선물했다. 한편으로는 하나꼬가 충분히 이해됐다. '여기에서 자랐다면 어떻게 여기를 떠날 수 있을까? 내가 만약 하나꼬라도 그러지 못할 것 같다.' 그나마 사랑했던 사람들이 없었다면 몰라도….

멀리 보이는 도드미 언덕 위 사람들의 움직임이 바쁜 걸 보니 해바라기 수확이 한창이다. 사람들의 노랫소리와 왁자지껄 떠드는 소리에 그들 위의 맑은 하늘에 흘러가는 솜털 모양의 구름도 장단을 맞추는 듯했다. '저 사람들 속에 하나꼬의 남자가 있구나.' 그 사람을 생각하자 마음이 가볍지 않았다.

하나꼬에게 성교육을 따로 시킨 적이 없었다. 원장 수녀가 하나꼬와 또래 여자애들을 불러 놓고 그림을 그려 가며 성교육을 시킨 적은 있었지만, 그것만으로는 하나꼬에게 충분한 교육이 되지는 않았을 것이다. 아무래도 오늘 하나꼬를 데리고 성당으로 가서 내일 평일 미사가 끝나면 제대로 성교육을 하는 게 좋겠다 싶다. 설마 일이 복잡하게 꼬이는 게 아닌가? 하는 불안한 생각이 평화로웠던 그녀의 머리를 어지럽혔다. 그리고 어느 날, 기숙사에서 밤이 늦도록 보이지 않았던 하나꼬가 느닷없이 나타나 그녀에게 들려준 어릴 적 친구 윤철의 이야기로 오늘 일이 더욱 가슴 졸였다.

*

그날 사건 이후, 윤철은 오랜 기간 진주 의료원에서 입원과 퇴원을 반복했다. 간혹 집에 올 때면, 살아생전 할아버지의 삶이 누룩을 뒤덮은 푸른곰팡이처럼 잘게 잘게 베인 마치 속이 도려진 물밤의 단단한 껍질과도 같은 골방에서 지냈다.

그를 괴롭히는 극심한 두통과 어지러움은 그날의 깨진 얼음장 속에 가둬졌던 그를 물속 아래 더 깊은 바닥으로 끌어 내렸던 늪 귀신으로 되살아나 그의 산 몸을 꽁꽁 묶어 이 작은 방문 밖으로 나가는 그것조차 허락하지 않았으며 싫어도 살아야 하는 그를 문간방 속에 가둬 놓았다.

그와 몇 해를 보낸 골방의 홀 문도 요즘은 기가 다한 듯 살랑이는 바람에도 연약하게 덜컹대는 것이 날카롭게 야윈 모습으로 자리에 누운 그를 닮은 듯했다.

그렇다고 그가 산송장처럼 지내는 것은 아니었다. 하루를 쉬지 않고 삐거덕거리다 어쩌다 한번 쉬었다 갈 새라 멈춰선 쇠약한 골방문, 그 문틈 사이를 헤집고 그의 허연 발가락 마디 사이사이로 파고드는 초승달을 꼭 빼닮은 한 가을의 부드러운 햇살은 금방이라도 꺼질 듯

흐물거리는 촛불이 되어 그의 맨발을 간지럽혔다. 하지만 그에게는 그 시간이 전부가 아닌 듯했다.

무엇을 기다리며 보고자 하는지 그 순간을 놓칠세라 퀭한 두 눈에 붉은 핏발이 서도록 몸을 비틀어 용을 쓰고는 벌어진 문짝의 그 비좁은 틈새로 보이는 바깥 풍경을 향해 머리를 꼿꼿하게 세웠다.

푸석하게 마른 흙과 볼품없는 생김새의 잔돌로 버텨선 키 작은 흙담을 타고 믿지 못할 아름다움으로 피어난, 이맘때 핀 샛노란 해바라기를 그의 눈에 담는 것, 그것은 그가 사계절 중에서 느끼는 가장 큰 행복이었다. 이 아름다움이 소똥으로 버무려진 흙바닥으로 흩뿌려질 날도 얼마 남지 않았지만, 지난 초겨울에도 이 귀한 꽃이 진다고 해서 절망하지 않았다. 수년간 그래 왔듯 그는 습관처럼 익숙하게 기다리면 된다고 자신을 토닥였고 이날을 행복하게 기다려 왔다. 역시 올해도 기다림은 희망이었다.

얼마 뒤, 불쑥 찾아올 문밖의 칼바람은 그의 머릿속을 초겨울 파아란 하늘색으로 수채할 것이다. 뒷골목에서 들려올 귀에 익은 목소리의 마을 아이들이 썰매 타러 늪으로 달려가며 내지르는 공기 반 소리 반이 들어찬 말 꾸러미들은 병들지 않은 그의 귀를 쫑긋하게 세울 것이고 그는 그가 기다렸던 그 겨울로 시간 여행을 떠날 것이다. 그리고 하나꼬를 찾게 될 것이고 매번 새롭게 더 해지는 추억은 겨우내 그의 따뜻한 이불이 될 것이다. 오랜 세월을 반복적으로 그래왔듯이 그는 겨울 내내 두툼한 이야기 옷을 껴입고 미친 듯이 웃을 것이다. 여태껏 그에게 그보다 더 큰 행복은 없었으니까….

귀한 아름다움이 고개를 떨구고 초록의 잎이 시들 즈음, 그에게 아주 고통스러운 날이 찾아왔다. 이날은 그를 거의 죽음 직전까지 몰고 갈 만큼 아주 끔찍했다. 하루에도 몇 번을 찾아오던 아픔은 이미 익숙해져 그럭저럭 견딜 만했지만 유독 이날만큼은 말이 고통이지 지푸라기 같은 그의 몸으로는 더는 견디기 힘든 고문이었다.

해바라기 잎은 늘어지고 쉬고 있던 문간방의 손잡이가 다시 삐걱대며 내는 금속음은 그가 목청에 혹이 돋을 만큼 질러대는 비명에 업혀 밖으로 튀어 나갔고 안채 뒤 칸 너머로 보이는 몸통이 쪼그라든 밭고랑에서 고구마를 캐던 그의 어머니는 벗어놓은 고무신을 실을 겨를도 없이 집으로 내달렸다. 차오른 숨을 뱉지 못하고 목구멍에 가둔 채 엷은 창호지의 숨구멍을 뚫고 달팽이처럼 오므라진 귓속을 팽이 돌듯 들어와 그녀의 머릿속을 하얗게 비우는 아들이 내지르는 비명은 곧 넓적한 디딤돌 위에 한쪽 맨발을 올려놓고 세차게 문고리를 잡아당긴 그녀가 목청이 찢어지도록 남편을 불러대도록 했고 뒤집어진 눈에 흰 눈동자를 드러내며 달려온 아버지는 그를 데리고 곧장 진주의료원으로 내달렸다.

몇 해 동안 줄곧 그를 치료해 왔던 세련된 도회지 말투에 수염도 나지 않은 말끔한 생김새의 의사는 그를 더 이상 치료할 수 없다는 절망적인 선언을 했고 이후 윤철은 죽음을 앞둔 사람만이 거쳐 간다는 2층 병동으로 보내졌다.

하나꼬는 사관 수녀의 눈을 피해 몰래 기숙사를 빠져나왔다. 낮에 그녀를 찾아온 부술에게서 윤철이 진주의료원에 다시 입원했고 이번에는 마지막이 될 것이라는 믿지 못할 소식을 전해 들은 후 부술이 구해 놓은 택시를 얻어 타고 진주로 향했다.

병원에 도착한 그녀는 눈앞에 보이는 나무 계단을 두서너 칸씩 건너뛰며 올라가 싸늘한 냉기가 기다리는 일자로 뻗은 이 층 복도에 발을 올렸다. 현기증이 머릿속을 핑 돌았고 빈창자에서 물 끓듯 올라와 목구멍을 막은 신물을 참을 수 없어 양철통에 쏟아냈다.

출입구에 붙은 대형 거울 속에 나타난 그녀의 샛노란 얼굴에 푸른 형광등 빛이 반사된 눈동자가 오싹이자 두 눈을 질끈 감았다 떴다. 그러고는 뒤틀린 손을 들어 올려 머리카락을 한 차례 쓸어 올렸고 부술이 알려 준 병실이 있는 곳으로 향했다.

몇 걸음이면 끝날 것 같은 작은 복도가 도드미 언덕에서 예쁜터 동산으로 가는 길만큼 늘어져 있었다. 그렇다고 나아가지 않을 수 없는 길. 그녀는 두려움이 눈물 되어 차오른 검은 눈동자를 힘겹게 굴러가며 복도를 경계로 갈라진 음산한 병실 문을 하나하나 스쳐 지나갔다.

이 층이 맞을까라는 의심이 들 즈음, 그녀는 회색으로 덧칠된 벽에 가로막혔다. 부술은 분명히 회색 병실 문이라 말했지만, 그녀가 막힌 벽에 이르도록 그 방은 보이지 않았다. 단발 머릿속으로 혼란스러움이 서서히 들어찰 때쯤, 기억에서 사라졌던 엄마의 그림물감 냄새가 그녀의 콧속으로 들어왔다. 순간 온몸에 흐르는 전율과 함께 무의식적으로 그녀의 뒤틀린 손이 벽을 건드렸다. 덜 마른 차가운 액체가 징그럽게 그녀의 손등에 와 닿았고 벽이 흔들렸다. 그것은 그녀의 걸음을 멈추게 할 벽이 아니었다. 불쑥 튀어나온 금속 손잡이가 없는 미닫이문이었고 언뜻 보면 막다른 좁은 복도의 끝을 알리는 거짓 병실 문이었다. 이미 이곳은 산 자들이 만들어 놓은 이승의 마지막 문이었다.

그녀는 커튼을 젖히듯 조심스럽게 문을 옆으로 밀었다. 낯익은 도르르 소리에 얼었던 마음이 열리는 벽과 함께 풀렸고 차가운 겨울 늪의 얼음 운동장을 닮은 횅한 병실에는 몇 개의 병상들이 커튼 뒤에 숨어 머리만 내놓고 있었다.

　냉기에 얼어붙은 뒤틀린 손이 부르르 떨며 그녀의 생각보다 앞서 병실 안으로 들어갔다. 다행히 달빛이 살아서 어두운 실내를 밝히고 있었다. 그리고 한 곳, 낯선 기계음 소리가 들려오는 커튼 속에 숨은 병상으로 다가갔다.

　그녀의 뒤틀린 손이 허공에서 생명체의 날갯짓처럼 떨며 커튼을 열었다. 그 순간 그녀의 검은 동공 안으로 윤철의 얼굴이 들어왔다. 일순간 그녀의 신체 기능 모든 것이 정지해 버렸고 머릿속에는 '슬프다 아프다.'라는 말만 자동 재생되고 있었다. 찰나의 시간 속에 묻혀 버린 그녀를 깨운 건 힘이 들어간 윤철의 목소리였다.

　"하나꼬!"

　그는 심하게 부은 눈을 치켜올려서 그녀를 올려다봤다.

　"그래, 나야."

　그녀는 가지런한 치아를 드러내며 젖은 목소리로 대답했다.

　"몸은 어때?"

　그녀의 물음에 그는 억지웃음을 드러내며 대답했다.

　"똑같다. 하하."

　"웃긴, 웃음이 나와?"

　말꼬리가 올라간 그녀의 말은 두꺼웠지만 해바라기꽃을 닮은 눈으로 그를 바라봤다.

　"그럼, 울어야 되나? 하하."

　탁한 낯빛을 한 그의 얼굴에 표나게 솟은 광대뼈가 웃음 위로 실룩거렸다.

　"부술이가 가르쳐 줬어. 아침에 내 방 유리창에 잔돌이 날아들어 밖을 봤더니 부술이가 와 있더라. 너 몸이 안 좋다고 하면서."

그녀의 말끝이 흐려지자, 그가 큰 소리를 쳤다.

"와, 내 죽는다고 하더나? 그 마는 꼭 극단적으로 생각한다. 안 그렇다! 내가 와 죽노? 뇌에 물만 빼면 팔다리도 잘 움직일 거고 두통도 어지럼증도 없어진다고 의사 샘이 말하더라."

"진짜제?"

그녀가 반색하며 물었다.

"내가 거짓말을 와 하노? 불알이 그놈아가 구라 친 거다. 하하."

"불알이? 그 말 오랜만에 듣는다. 크크."

그의 배 위에 올려져 있던 한 장의 잘 개어진 수건이 그의 웃음으로 오르락내리락 들썩였고 그녀는 활짝 벌어진 입을 뒤틀린 손으로 가로막고 키득거렸다.

"요 병실은 곧 퇴원할 사람만 오는 곳이라 카더라. 밥도 잘 나온다. 오늘 아침에 한 사람이 퇴원했고 조금 전에도 간호사들이 와서 아저씨 데리고 나갔다. 여긴 이제 나 말고 아무도 없다. 내가 퇴원 1순위인기라. 인자는 내 차례. 내일이면 내는 다시 마을로 돌아간다. 니는 괜히 왔다. 내일 내가 예쁜데로 찾아가려고 했다 아이가!"

그가 눈을 감고 신나게 쏟아내는 웃음에 그녀의 가슴은 쿵쿵 뛰었고 마음 깊은 곳에서 미안한 나무 한 그루가 그새 커 버렸다.

"미안해. 다 내 때문이야. 그날 날 데리러 오지만 않았어도 이런 일은 없었을 건데. 미안해. 정말 미안해."

그녀는 말을 삼키며 그의 품으로 단발머리를 파묻고 흐느꼈다. 그가 한동안 마른 손으로 그녀의 머리를 부드럽게 쓰다듬었다.

"하나꼬, 니는 내 행복이다. 처음 너 봤을 때, 세상에서 제일 귀한

꽃이었다. 그래서 그랬던 거다. 내는 후회 없다. 썰매 타면서 행복해
하던 니 모습 본 것만으로 나는 만족한다. 울지 마라. 내일 여기서 나
간다고 안 하나?"

그는 참참한 기분으로 그녀의 작은 등을 한동안 토닥였다. 잠시 후
그들의 시간을 찢은 것은 도르르 소리와 함께 닫힌 병실 문을 열며 들
리는 여자의 굵은 음성이었다.

"거기 누구세요?"

여자가 벽에 붙은 스위치를 올리자, 순간 병실 안은 형광등 빛으로
환해졌고 하나꼬는 몸을 일으켜 흰 가운을 입고 선 간호사를 쳐다봤다.

"친구입니더."

갓 사춘기를 벗어난 하나꼬의 눈빛이 애절했다.

"알고 있나?"

"예."

"음. 나는 괜찮은데 조금 있으면 다른 분이 올 거다. 그전에는 가야
된다."

"예. 그럴게예."

"형광등 빛이 밝은 기 안 좋을 거다. 나와야 한대 ."

"예. 고맙습니더."

환한 불빛에 드러난 윤철을 동정 어린 눈으로 바라보던 간호사는
등을 돌려 벽에 붙은 스위치를 내리며 병실을 나갔다.

"윤철아."

문이 닫히자, 하나꼬가 그를 껴안고 한동안 서럽게 울었다.

"와 그러노? 내일 내 집에 가모 바로 예쁜데에 갈 거마. 인자 고마
성당으로 가라. 간호사 누나가 말한 사람은 힘세고 생긴 것도 겁난

다. 들키면 니도 내도 간호사 누나도 혼난다. 빨리 가라.”

“응. 내일 예쁜데로 꼭 와. 내 집에 있을게.”

그녀는 그의 품에서 몸을 일으킨 후 그의 마른 얼굴을 뒤틀린 손으로 매만졌다.

“택시 타고 왔다 했제? 돈은 있나?”

“많다.”

“됐다. 조심해서 가라. 부술이하고 함께 왔으면 가는 길이 쉬울 텐데. 그자?”

“걱정 안 해도 된다. 잘 자라. 알겠제?”

“응. 잘 가. 하나꼬.”

그녀는 마주 잡은 그의 손을 놓으며 몸을 일으켰다. 아래로 내려다본 그의 눈동자에는 얼굴을 맞대고는 보이지 않았던 푸른빛의 아기 별이 반짝였다. 위로 올려다본 그녀의 눈동자에는 나무창으로 들어온 달빛이 굴곡 없는 참한 빛을 내고 있었다. 그의 환한 미소가 미안스러워 그녀는 이내 고개를 돌렸고 그 뒤로는 애써 뒤돌아보지 않았다. 그러고는 달빛이 비치는 복도를 따라 병실을 나왔다. 먼 복도를 걸어 나오자 아까 그 간호사가 그녀를 불러 세웠다.

“오늘 밤은 못 넘길 거다.”

“……”

“어린 나이에 안 좋은 일을 겪네. 조심해서 가라.”

하나꼬는 그녀에게 고맙다는 말을 남기고는 계단을 뛰어 내려와 병원을 나왔다.

기숙사에 돌아와 세실리아 수녀의 품에 안긴 그녀에게로 젖은 밤하늘에서 푸른 별빛이 힘껏 쏟아졌다.

*

하나꼬는 젖은 원피스 안으로 훤히 드러나는 알몸을 산들산들 찰랑이며 불어오는 바람에 맡기고는 눈을 감고 작은 돌판 위에 서 있다. 물기가 흘러내리는 젖은 머리가 깨끗하게 뒤로 넘겨져 주르르 목덜미를 타고 흘러내리는 것이 여간 매혹적이지 않다. 흠뻑 젖은 원피스 속으로 훤히 비치는 하얀 속살을 그대로 드러내며, 그녀는 얇은 수건 한 장으로 우유색 맨 가슴과 그 아래 속살을 가리고 예쁜 바람을 맛있는 음식을 음미하듯이 감상하며 서 있었다. 가까이 들려오는 인기척에 하나꼬는 아궁이 속의 재보다 더 짙고 검은 눈썹을 꿈틀거리며 눈을 떴다. 그러고는 다가오는 세실리아 수녀를 쳐다봤다.

"와, 배우 같은데?"

그녀의 농에 하나꼬의 잇몸이 만개했다.

"헤헤…."

"방으로 들어가자."

기분 좋은 웃음을 우물가에 남기고 하나꼬는 세실리아 수녀의 손을 잡고 방으로 발걸음을 옮겼다. 세실리아 수녀가 건네주는 새 원피스는 소맷단과 허리선 밑으로 난 주름이 커튼처럼 생겨 세련되어 보였다.

"어때?"

"이뻐!"

"넌 왜 원피스만 입니?"

"엄마가 항상 원피스만 입었으니까…."

"다른 것도 입어 봐."

"난 바지도 치마도 불편해. 원피스가 제일 편해."

하나꼬는 그녀가 건네주는 크림을 얼굴에 찍어 발랐다. 그녀가 기억하는, 엄마가 늘 하던 대로 크림을 얼굴에 골고루 바르고 이마와 볼을 가볍게 어루만졌다. 반지르르한 피부에 만족감이 들었는지 행복한 표정이 그녀의 얼굴에 나타나 머물렀다.

"기억하는 게 있어. 엄마는 참 아름다웠어."

"그래, 다들 그러더라. 엄마만큼 아름다운 사람을 본 적이 없다고."

"나도 아름다울까?"

"물론이지. 엄마 딸인데."

"듣기 좋아라, 하는 말은 아니지? 그리고 난, 이모가 있어 행복해. 알지?"

"그래, 고마워."

"세실리아."

"응?"

"나, 미친년 흉내는 그만 낼래."

"잘 생각했어."

세실리아 수녀의 얼굴에 화색이 돌자 하나꼬는 얼굴을 문지르는 손동작을 멈추고는 진지하게 말을 이어 갔다.

"성중이가 말했는데…."

"무슨 말? 자세히 말해 봐."

"음, 나도 무슨 뜻인지는 정확히는 모르겠어. '네 곁에 같이 있고 싶어.'"

"아…."

"왜 그래?"

"내가 이해하는 게 맞는지 모르겠어."

"나도 그래. 그래서 오면 물어보려고."

"언제 온다고 했지?"

"곧 올 거야."

세실리아 수녀는 성당 일이 걱정됐다. 일정대로라면 세실리아 수녀는 지금쯤 하나꼬를 데리고 함안 성당에 도착했어야 했다. 요즘 손이 모자라는 성당 일은 원장 수녀도 밤마다 끙끙 앓는 소리를 내게 했다. 하지만 그녀는 오늘만큼은 성당에 늦게 가야겠다고 마음을 정했다. 원장 수녀와 봉사하시는 분들에게는 미안하지만…. 그녀의 머리에 그려지는 것은 하나꼬도 그 사내와 같이 지내는 것을 부담스러워하지 않는다는 것이다. 황성중이라는 사람이 어떤 사람인지 알아야 하나꼬를 위한 일을 할 수 있다는 생각에 가능한 신분 조회부터 하기로 마음먹었다. 아직도 그녀의 부탁이라면 흔쾌히 들어줄 사람들이 관공서에 있었다. 머리에 떠오르는 첫 인물은 중대장 최진호였다. 지금은 경찰 공무원 생활을 그만두고 부산에 살지만 일 년에 몇 번은 당시 그가 함안에서 근무할 때 인연을 맺은 사람들을 보러 왔고 모임이 끝나면 그는 성당에 꼭 들렀다.

"아침에 갈 때 오후에 온다고 했어. 좀 있으면 올 거야."

방문을 열고 나온 그들은 마루에 앉았다. 하나꼬의 갈색 동공에 비친 정암산은 예나 지금이나 같은 모습을 하고 있었다. 지금의 세실리아 수녀 자리에 앉았던 엄마와 함께 흘러가는 구름 중 가장 멋진 구름을 찾아내는 놀이를 할 때면 정말 신났었고 햇빛에 반짝이는 남강의 하얀 모래톱 이야기에 푹 빠져서 그것을 닮은 동물을 찾아내려 애쓰던 그 시절의 기억 또한 지금도 변함이 없었다. 정암산 중턱에 부끄

럽게 튀어나온 송아지를 닮은 바위는 추억의 그 시절 풍경 그대로이
다. 정말 다행스러운 것은 엄마와 함께하던 놀이가 끝나면 곧장 부엌
으로 달려가 아궁이 위 흙벽에 그것들의 모습을 그림으로 그려 놓았
었는데 지금도 그 그림들을 볼 수 있다는 게 얼마나 다행스러운 일인
지 모른다. 정암산 너머로 먹구름이 무리 지어 떼로 몰려오는 것이,
오늘은 그날과는 다르다.

"미안해."

"뭐가?"

그녀가 하나꼬의 느닷없는 사과에 궁금한 표정으로 그녀를 쳐다
봤다.

"그렇게 말하고 싶어. 근데 이모가 걱정하는 게 얼굴에 드러나."

"어떤 걱정인 것 같은데?"

그녀가 말꼬리를 내리며 물었다.

"잘못될 일은 없을 거야. 좋은 사람이야."

하나꼬는 그녀의 선택을 의심하지 않았다.

"그래. 하나꼬. 나는 하나꼬가 무지 행복하길 바래. 그래. 하나꼬
가 확신하는 그대로 될 거야."

이모의 응원에 하나꼬는 환해진 표정으로 그녀의 어깨에 머리를
기댔다.

"이쁘다. 오늘 성당 가면 수녀님들에게 보여 주자."

"모르겠어. 성중이 오면 같이 있을지 몰라."

기대치 않았던 뜻밖의 대답에도 그녀는 맞장구쳤다.

"아, 맞다. 나도 만나고 싶다."

"그치? 그럼, 여기 있다가 자고 가."

"그건 안 돼. 트럭에 실린 물건들을 오늘 안으로 성당에 가져가야 해. 늦게 가면 모두 날 잡아먹으려고 할 거야."

"그래? 아, 알아. 누군지."

하나꼬는 한 수녀를 떠올렸다.

하나꼬가 성당 내에 있는 수녀 생활관에서 생활할 때, 모두가 그녀를 친절하게 대해 준 것은 아니었다. 수녀 중 고향이 속초인 테레사 수녀는 딱 첫눈에 봐도 그녀에게서 설악산 산세와 동해의 기운을 느낄 수 있었다. 그녀는 하나꼬의 행동 하나하나를 유심히 살폈다. 하나꼬의 행동에서 마음에 들지 않는 것이 보이기라도 하면 눈여겨봤다가 저녁 식사가 끝나면 하나꼬를 방으로 데려다가 그녀가 만족할 때까지 훈계했다. 그녀는 하나꼬에게만 그런 것이 아니었다. 생활관에는 하나꼬 또래의 여자아이들이 여럿 있었는데 평등하게도 그런 일은 모두에게 행해졌다. 그런 테레사 수녀의 행동을 고발하려고 스테파노 신부를 찾았다가는 것은 스스로 어려움을 자초하는 일이었고 곤혹하게 하는 것이었다. 당장 소매를 걷어붙이고 생활관이 떠나가도록 고래고함을 질러대는 테레사 수녀님을 볼 수 있으니 말이다….

"하나 둘 셋! 누구게?"

세실리아 수녀가 외치자 두 사람은 동시에 이름을 외쳤다.

"테레사 수녀님!"

둘은 마주 보며 손뼉을 치며 깔깔거렸다.

"하나꼬, 테레사 수녀님이 안 좋아하는 거 먹을까?"

"고구마!"

"응. 호호…."

하나꼬가 부엌으로 고구마를 가지러 간 사이, 그녀가 정암산 가까이 다가오는 회색 구름을 바라보며 잠시 감상에 젖어 있을 때 대문을 열고 낯선 사내가 들어왔다.

"나야 하나꼬."

어깨까지 늘어진 장발에 강한 햇빛에 탄 구리빛 얼굴을 한, 사내다운 기운을 강하게 나타내는 사내가 하나꼬를 찾으며 절룩거리는 걸음으로 마당으로 들어서자, 그녀는 하나꼬가 말한 그 사내임을 직감했다.

"누구시죠?"

그녀가 사내에게 말을 건넸다.

"세실리아. 성중이야."

부엌문이 열리며 사내 대신 하나꼬의 목소리가 들려왔다.

외발이의 군화는 뻘건 황토가 더덕더덕 붙어 있어 도드미에서 곧장 여기로 온 것처럼 보였고 똑닥이 단추가 열린 야전상의 호주머니는 장발인 그의 모습과 잘 어울렸다. 세실리아 수녀에게 그의 모습은 강렬했다.

"아…."

세실리아 수녀는 자리에서 일어나 그를 향해 공손히 인사했다.

"처음 뵙겠습니다. 저는 황성중입니다."

그도 자신의 이름을 밝히며 인사했다.

"성중아, 세실리아 수녀님이야. 나는 이모라고 불러."

그의 입가에 엷은 미소가 번졌다.

"이 옷 어때? 이모가 원피스 사 와서 입었어. 어때? 이뻐?"

가늘고 하얀 목이 시원하게 드러난 청색의 원피스를 입은 하나꼬가 청순하게 돋보였다. 그는 세실리아 수녀 때문인지 대답을 아꼈다.

대신 미소만 지었다. 잠시 그들의 대화가 이어지는 틈을 타, 세실리아 수녀의 머릿속은 어디서 본 듯한 이 남자를 추적하고 있었다. 분명히 안면이 있는 사람인데…. 그러나 기억은 쉽게 그 자료를 내어주지 않았다. 분명히 이 남자와 같은 기운을 가진 사람이 있었어. 고생을 많이 한 사람인데…. 어디서 봤을까?"

"세실리아, 빗방울이 떨어져. 부엌으로 들어가자. 성중 씨도 어서!"

하나꼬가 외발이의 손을 이끌고 부엌으로 들어갔다. 그러나 세실리아 수녀는 더 짙은 의문을 품은 채 마루에 서 있었다. 밋밋하게 떨어지던 빗방울은 잠시 후 '쏵' 하는 소리를 내며 마당의 마른 흙들을 사방으로 튕겨내었고 이에 하나꼬가 소리쳤다.

"뭐 해 이모, 빨리 와!"

거세어진 빗소리에도 아랑곳없이, 뭔가를 생각해낸 듯한 묘한 표정이 세실리아 수녀의 얼굴에 나타났고 그녀의 얼굴은 예사롭지 않은 표정을 하고 있었다.

'어쩌면….' 그녀를 부르는 하나꼬의 큰 소리가 부엌에서 여러 번 들려오자 그녀는 벽 모서리에 걸린 우산을 들고 부엌으로 갔다.

"먹구름이 몰려오길래 이럴 줄 알았다니까. 요즘 날씨가 종잡을 수 없어."

세실리아 수녀가 어깨에 떨어진 물기를 털며 부뚜막에 걸터앉자 하나꼬가 퉁명스러운 표정으로 말했다.

"하나꼬, 그래도 요즘처럼 가뭄이 일 때는 얼마나 반가운 비야."

"그건 그렇지. 빨리 왔네?"

하나꼬가 부엌문에 기댄 그에게 말했다.

"아침에 일하는데 인부들이 오늘은 비가 많이 올 것 같다고 그러더라고. 태풍만 아니면 이 정도 비에는 해바라기씨가 그대로 붙어 있으니까 걱정은 없어. 나는 여기 오고 사람들은 술도가 집에 막걸리 마시러 갔어."

차분한 성격의 그를 세실리아 수녀는 주의 깊게 살피고 있었다.

"다시 온다고 했잖아."

세실리아 수녀는 그들의 대화를 흥미롭게 지켜봤다.

"그래. 널 믿었어. 내 빨리 밥 차려 줄게. 우리 다 같이 먹자."

하나꼬의 손에 잡힌 성냥개비가 불꽃을 일으키더니 석유곤로에서 파란 불이 살아났다. 비 오는 날 코를 자극하는 기름 냄새와 함께 곤로의 심지에 불이 붙자 그녀는 그 위에 냄비를 올려놓고는 그가 건네주는 짚단을 풀어 불을 붙였다. 마당으로 난 반쯤 기울어진 굴뚝에서 흘러나오는 흰 연기는 쉴 새 없이 떨어지는 빗물을 헤집고 마당에 자욱이 깔렸다.

"하나꼬, 어제부터 그림 보고 있으니까 나도 꼭 그려 보고 싶어. 괜찮아?"

"그럼. 저기 넓은 곳에 그리면 돼."

그녀의 허락에 그는 부지깽이를 손에 들고 몇 번의 절뚝임으로 세실리아 수녀 옆에 섰다. 그는 얼마 남지 않은 아궁이 여백에 '쓱쓱' 그림을 그렸다.

"해바라기. 고개 숙인 해바라기."

하나꼬의 말에 그가 웃었다.

"빗속의 해바라기."

세실리아 수녀의 말에 그는 얼굴에 미소를 띠며 고개를 끄떡였다.

"예, 맞습니다. 빗속의 고개 숙인 해바라기입니다. 하나꼬, 못 그렸으면 지워도 돼."

"아니, 여기에 그린 그림은 지우는 법이 없어."

세실리아 수녀가 그에게 물었다.

"그림을 배우셨나요? 한두 번 그려 본 솜씨가 아닌데요?"

그는 고개를 좌우로 가볍게 내저으며 답했다.

"아닙니다. 물건을 사고팔 때 그림이 들어가야 설명이 되는 부분이 있는데 사람들이 서로 알아볼 정도의 그림을 그리는 재주라도 있어야 우리 같은 사람은 먹고삽니다."

"좋은 솜씨네요. 해바라기 수확은 다 하셨나요?"

"거의 끝나 갑니다."

하나꼬가 그들의 대화에 들어왔다.

"세실리아, 같이 먹자."

하나꼬가 차린 상에는 찬들이 깔끔하게 놓였고 큰 사발에 담긴 된장국에서 올라오는 김이 먹음직스럽게 피어올라 왔다.

"먼저들 먹어. 난 배 안 고파."

하나꼬는 상위의 빈자리에 잡곡밥이 수북이 담긴 밥공기를 놓았다.

"많이 먹어. 나도 좀 있다 먹을래."

하나꼬가 밥그릇을 그의 앞으로 내밀자 그는 얼굴의 반을 가리고 있던 장발을 쓸어 넘기며 숟가락을 들었다. 땀에 젖었던 머리카락이 뒤로 젖혀지면서 반듯한 그의 얼굴이 드러났다. '그래, 한비아 수녀가 얘기한 것과 많이 비슷해. 그때도 다리를 저는 모습을 보고 사람들은 외발이라고 불렀다고 했어. 벌써 오래전 일이니, 그때 얼굴하고는 달라졌겠지?'

그녀는 한때 전쟁이 끝나고 대전의 모두 동네에서 생활했다. 함안 성당에서 겪은 일들이 그녀를 괴롭혔고 '자신이 종교인인지 나라의 하수인인지' 하는 정체성에 심한 혼란을 겪고 있을 때, 모두 성당이 좋은 일을 많이 하는데 사람이 부족하다는 스테파노 신부의 말을 따라 모두 마을로 오게 되었다.

*

마을 공동체로 운영되던 모두 동네는 청주교구에서 운영하는 시범 마을의 성격을 지니고 있었다. 이곳은 전쟁고아들과 노인들을 돌봤고 같이 일하며 수익을 함께 나누는 공동체 마을로 운영되었다. 이 마을에 대한 소문은 전국의 지역 교구들을 통하여 빠르게 퍼져나갔다. 각 지역 교구에서는 그 지역의 전쟁고아들과 노인들에게 모두 마을 소식을 전해 주며 그들이 더욱더 좋은 환경에서 지낼 수 있도록 노력했다.

모두 마을의 의사결정은 모두 성당의 신부들과 수녀들로 구성된 교회 자치위원회에서 운영되었으며 물자나 생필품들은 그들이 재배한 농산물들을 인근 대전과 청주 시장 도매상들에게 판매한 수익금으로 사들였다. 이 사업은 한 독일인 신부가 그의 나라에서 시작된 '교회가 주도하여 운영하는 빈민을 위한 마을 공동체 사업'이 크게 성공을 이루자 그로부터 교육받은 독일 선교사들이 전쟁이 한창 때에 국내로 들어와 모두 마을에서 이 사업을 시작하였고 어려운 환경 속에서도 불행한 일을 겪은 고아들이나 갈 곳 없는 노인들에게 큰 도움을 주고 있었다.

이 사업이 전국으로 확대되어가자 이를 염려한, 정부에서 파견

한 감시관이 마을에 머물면서 주요 인물들을 감시하였고 또한, 천주교 중앙협의회에서도 이교도로 변질되지 않게 엄격히 신부와 수녀들을 관리하고 있었다. 당시 모두 마을은 하루가 다르게 늘어가는 사람들을 수용할 공간도 부족했지만, 그들을 보살필 수녀들의 수가 부족하여 큰 어려움을 겪고 있었다. 세실리아 수녀가 모두 성당에 도착했을 때 오랜만에 만난 친한 한비아 수녀로부터 모두 마을에 관한 여러 이야기를 듣다가 한 청년의 불행한 이야기를 들은 적이 있었다.

청년은 성실하게 모두 동네에서 대전시장까지 물자를 실어 나르는 일을 했는데, 어느 날 폭우로 인해 급격히 불어난 물에 잠긴 도로를 건너다 거센 물살에 휩쓸린 마을 청년이 죽는 사고가 생겼다. 하필이면 죽은 청년은 여기 모두 마을이 들어선 토지 대부분을 차지하는 대지주의 아들이었다. 매년 토지세를 내며 대지주의 토지에 무허가 집을 짓고 살던 주민들은 그 가족의 화를 풀어주기 위해 그 청년을 살해하고 도망친 범인을 잡으려고 혈안이 되어 있었는데 그 범인이 외발이라고 했던 기억을 떠올렸다. 오래된 일에서 불러들인 기억이지만 세실리아 수녀는 그녀의 촉을 믿었다.

"성중아, 이모하고 함안 성당에 가야 하는데 같이 가면 안 돼?"

그의 공깃밥이 바닥을 드러냈고 입술을 닦으며 그가 말했다.

"거기 가기는 좀 그런데. 일도 아직 안 끝났고."

"이 정도 비는 괜찮다며? 그러지 말고 같이 가자. 내일 올 때도 태워 달라고 할게."

"나는 절에 다니는데 성당에 가는 건 좀 그래…."

그의 대답에 세실리아 수녀는 그녀의 기억을 의심했다.

"나도 성당에 다니면서 절에 가끔 가. 물론 신부님이 주신 포도주를 가져다주는 심부름이지만 말이야."

세실리아 수녀가 재미있다는 듯 그들의 대화를 듣고 있다가 말했다.

"그 오광 스님 말이야?"

"응. 크크. 두 달 전에 갔었는데 술병이 나셨는지 방에서 못 나오셨어. 마당에 복식이만 배를 깔고 누워 있는 걸 보고 왔어. 근데 있잖아. 절에 계신 분이 나보고 귓속말로 복식이를 오광 아들이라 부른다 하더라고. 복식이 행동이 영락없이 오광 스님을 닮았다고 하면서. 호호호."

웃는 것조차 힘들어하며 겨우 말을 끝낸 하나꼬가 다시 손뼉을 치며 배 속에 남아 있던 웃음을 터뜨리자 세실리아 수녀도 배를 움켜잡으며 한껏 웃었다. 이야기를 듣던 그도 그들과 같이 웃었다. 웃음이 그치자 세실리아 수녀가 그의 눈치를 살피며 말했다.

"성당에 필요한 일이 많은데 지금은 어른 성도들이 다 회사 가거나 농사짓는다고 주일미사만 드리러 나와요. 그러다 보니 여자 성도들이 하는 일이 정해져 있어서 힘쓰는 일은 엄두도 못 내고 있어요. 괜찮으면 함께 가요."

"음…. 생각 좀 해 보겠습니다."

"밥 더 먹어. 많이 했어."

하나꼬는 밥 한 톨도 남김없이 비워진 그의 밥그릇을 들고 가 다시 밥공기에 밥을 가득 채워 상위에 놓았다.

"이렇게 많이는 못 먹어. 하하."

"내가 말했던 무송 아저씨 기억나지? 엄마가 준 밥을 양껏 먹은 무송 아저씨 말이 '예 마님, 소처럼 일하겠습니다. 음매.' 하는 거야. 성중 씨도 많이 먹고 일 많이 해 줘."

하하하. 호호호. 그들의 웃음이 부엌을 흔들었다.

"같이 온 사람들이 많나요?"

세실리아 수녀의 물음에 그가 답했다.

"네 명입니다. 두 사람은 삼 일 뒤에 떠나고 한 사람은 저와 함께 떠날 겁니다."

"그럼, 성중 씨는 언제 가나요?"

세실리아 수녀의 질문이 이어졌다.

"저기 해바라기 씨앗을 다 거두려면 일주일은 걸립니다. 오늘처럼 비가 오면 더 기다려야 될 겁니다."

"그럼, 나한테 말한 거는 어떻게 되는 거야?"

하나꼬가 대뜸 물었다.

"무슨 말?"

"나와 함께 있겠다는 말."

그는 세실리아 수녀를 힐끗 쳐다보고는 대답했다.

"나는 내 말을 지켜."

"사람 일은 모르는 거야. 나와 함께하겠다고 말한 사람들이 많아. 아빠, 엄마, 무송 아저씨, 외삼촌, 봉석 오빠 그리고 어릴 적 친구 윤철이. 너무 많아. 하나같이 떠났어."

"…"

"…"

"음…. 봉석 오빠, 외삼촌, 윤철이는 돌아왔어. 어떻게 아냐고? 내가 그 별들을 봤으니까. 그래서 난 아빠도, 엄마도 그리고 아직 못 온 사람들도 저들처럼 올 거란 걸 믿어."

"그래. 널 이해해."

그에 이어 세실리아 수녀가 말을 이어갔다.

"하나꼬, 네 경험에서 기다려 달라는 사람들이 많다는 것하고 그들 중 누군가는 실제로 돌아와서 별이 되었다는 것은 확실히 너만의 경험인 것 같아. 음, 내가 아주 오래전에 겪은 일인데 내게 돌아온다고 한 사람이 있었거든? 근데⋯."

부엌 안은 분위기가 마치 물기가 가득 들어찬, 오랜 장마 끝자락의 안개처럼 무겁게 잠겼다.

"미안, 흠. 흠."

"이모, 나 봐, 그래도 잘 살잖아!"

하나꼬가 두 손을 모아 그녀의 턱 아래를 받치며 원숭이 흉내를 내자 모두의 기분이 나아졌다.

"그럼, 여기서 떠나면 어디로 가?"

하나꼬의 물음에 그가 답했다.

"대전으로 가야 해. 해바라기 씨앗을 사 주는 사람들이 거기에 있거든."

"응."

"갔다가 여기로 다시 오려면 한 달은 걸릴 거야."

"알겠어. 너는 믿음이 가. 날짜까지 말하는 걸 보면. 호호."

그가 큰 소리로 웃었다.

"그래. 알겠어. 세실리아! 오늘 여기서 자고 내일 새벽에 일찍 출발하면 안 돼? 비가 심하게 내려."

"오늘 가야지. 나도 걱정된다."

비는 더욱 거세고 세차게 내렸고 바람까지 거칠게 들이닥치자 부얼문이 덜커덕 끼익 덜커덕 끼익 요란하게 소리를 내며 흔들어댔다.

"마을에 갔다 와야겠어. 아직 결정한 건 아니지만 비가 이렇게 많이 오는데 두 사람만 보내는 것이 마음에 걸려."

"고마워. 믿음 수치가 확실히 올라갔어. 호호. 좀 기다렸다 비가 약해지면 가지?"

"이런 비는 괜찮아. 그래도 같이 일하는 사람들한테는 내가 함안 성당에 간다는 말은 하고 와야지."

"그럼 같이 가는 거지?"

"약속하지."

그의 대답에 하나꼬와 세실리아 수녀의 얼굴이 무척 밝아졌다.

"빨리 갔다 올 테니 걱정하지 말고."

"우산 들고 가."

하나꼬가 건네주는 우산을 든 그는 지독하게 어두운 밤하늘에서 무지막지하게 떨어지는 거친 비속으로 모습을 감췄다.

음모 ― 해바라기 마을의 이방인

　마을 술도가는 도드미 언덕에서 늪으로 내려오는 오솔길이 끝나는 약간 비탈진 곳에 있었다. 처마 자락에 매달린 노란 전구가 거센 바람에 흔들렸고 불빛 아래로 어른 몸통만 한 술독을 둘러싸고 평상에 둘러앉은 마을 청년들과 건너편 마루에서 작은 술상을 가운데 두고 술을 마시고 있는 해바라기 인부들의 취기 오른 목소리가 술판을 들썩였다. 양철 지붕을 '때댕땡땡 때댕땡땡' 한껏 때리는 굵은 빗줄기는 술판에 올라온 흥을 한껏 돋웠다. 짧은 곱슬머리가 인상적인 얼굴에 엄지발톱이 빠졌는지 발가락 사이사이를 뱀이 지나가듯 재주 있게 붕대로 묶은 청년이 술에 취해 혀 꼬꾸라진 소리를 계속해서 해댔다.

　"아, 진짜. 내 여러 번 이야기하지만, 컥, 우리 청년회에서, 컥, 직접, 컥, 해바라기 씨앗을 팔아야, 컥, 한다. 아이가? 컥."

　그의 옆에 앉은 윗입술이 아랫입술보다 티 나게 앞으로 튀어나온 작은 체구의 청년이 술 취한 청년을 거들었다.

　"외발이가 외지에서 여기까지 와서 싹 쓸어서 가는 거, 아이가? 현수 아재가 몇 해 전에 이장하면서 그때 외발이가 마음에 들어 독점인지 뭔지 하는 계약을 한 거, 아이가?"

　"병구, 니 말에 나도 같은 생각이다."

눈매가 날카로운 청년이 병구의 주장에 고개를 끄떡인 후 영진의 머리를 툭 치며 짜증을 냈다.

"영진아 임마, 니 그만 무라. 많이 취했다."

"정수, 컥, 니 자꾸, 컥, 내 머리 쥐 박지 마라, 컥."

청년들의 눈길이 영진에게 모두 쏠리고, 한 차례 가래침을 뱉은 병구가 다시 말을 이어 갔다.

"그다음부터 우리는 외발이가 주는 가격 그대로만 받아온 거라. 저 현수 아재 집 앞마당에 보부상들 봐라. 같은 물건인데도 매년 가격이 오른 다 아이가? 술값도 과잣값도 매년 오르는데 우리 노동 값은 왜 안 오르나? 올봄에도 내하고 정수하고 둘이 저기 도드미하고 붙은 뫼산 자갈밭을 곡괭이로 패고 소 두 마리로 갈아서 이번 여름에 해바라기가 뫼산까지 핀 거 아이가?"

흥분한 병구가 밥그릇 만 한 사발에 담긴 탁주를 벌컥거리며 들이키자 맞은 편 자리에 앉은 정수가 이어서 말했다.

"그것만 그런 거 아니지. 벌써 새들이 냄새를 맡았는지 이번 여름은 작년하고는 영 다르다. 영진이 하고 내하고 이번 여름부터는 해바라기를 지키고 섰지만 내가 볼 때는 내년이면 더 할 거다. 그것만 있나? 가뭄 때에 물 퍼다 나른 거는 생각 안 하나? 씨바, 억수로 힘들었다."

"크크. 니, 켁, 말이 맞다. 나도, 켁, 죽는 줄 알았다. 켁."

영진이 얼굴을 술독 앞으로 들이대며 꼬꾸라진 그의 혀를 내밀어 술독을 핥자 병구가 그를 나무랐다.

"너 임마, 정수 말대로 그만 쳐무라. 술도 못 이기면서 와 그리 마시노?"

영진이 기어들어 가는 표정으로 눈을 내리깔자 병구의 말이 계속

이어졌다.

"그래도 우리 마을 사업을 군청에서 지원을 해 줘서 이리 나가지. 아니면 저것들만 믿고 못 한다."

정수가 벌겋게 달아오른 얼굴을 물에 적신 수건으로 닦으며 말했다.

"그거 몇 푼 되노? 내사, 내년부터는 수박 심으련다. 그게 훨씬 나을 것 같다. 니미, 공산당도 아니고 내 밭 대기 안 내놓으면 눈치 주고 막 씹어대고 그래서 어쩔 수 없이 하는 기라. 그러면 먹고살 정도는 줘야 하지 않나?"

정수의 어깨를 툭 치며 병구가 말했다.

"너거, 잘 생각해 봐라. 버스도 하루에 두 세대밖에 안 들어오는 이곳을 사람들이 관광버스 전세 내서 오겠나? 여가 제주도가?"

열이 오른 병구가 연이어 막걸리를 한 사발 가득 따라 마시자 정수와 그의 옆에서 말없이 그들의 대화를 듣고만 있던 유난히 얼굴 피부가 하얀 청년도 그들과 술잔을 맞댄 후 단번에 사발을 비워 버렸다.

"너거, 켁, 내 말 들어봐라. 켁, 이 해바라기는 켁, 하나꼬가 퍼뜨린 기다. 켁, 지 엄마하고 해방 때 요 왔고 켁, 지 아버지가 주고 간, 켁, 해바라기 씨앗을 우리 땅에 퍼뜨린 기다. 켁."

"그건 맞다. 우리도 다 아는 이야기 아이가."

"상수 네 생각은 어떻노?"

병구가 그들의 대화를 엿듣고 잠자코 있던 상수에게 물었다. 상수는 고개를 끄떡이고는 허공으로 담배 연기를 '휴' 하고 길게 내뿜었다. 연기는 용 꼬리처럼 지붕을 타더니 양철지붕에 난 틈으로 사라졌다. 그는 답을 하지 않았다.

"그래도, 켁, 그 미친년 때문에, 켁, 지금 우리 마을이, 켁, 마이 달려졌다 아이가, 켁."

발가락을 만지작거리며 고개를 연신 숙였다 들었다 하는 것이 뒤로 곧 벌러덩 쓰러질 법도 같은데 끝까지 정신 줄을 잡으며 말을 하는 영진이 귀여운 듯 상수가 그의 등을 툭 치며 말했다.

"영진이 말이 맞다."

차분한 성격을 가진 그는 여기 모인 청년들과는 말투가 달랐다. 성격이 신중해보였다.

"소문에 하나꼬는 옛날에 윤철이 형님하고 사귀었다고 하더니만. 함안 성당에서 오랫동안 살았제. 참말인가? 너거 사촌인 거네. 니는 잘 안다 아이가?"

정수의 말에 기분이 들뜬 병구가 나섰다.

"미쳐서 예쁜더에 들어온 지 꽤 된다. 그리 어른들이 똑똑하다 하더니만 성당에 가서 몇 년을 살더니만 또라이가 돼 버렸더라. 잔칫집마다 이상한 옷 입고 돌아다니고….'"

영진이 끼어들었다.

"맞다. 크크, 인자는 서울 말씨, 켁, 쓴다."

곧 인사불성이 될 것 같은 영진이 막걸릿잔을 그의 입에 가져가자 정수가 술잔을 낚아챘다.

"옛날 우리 어릴 때, 기억나나? 중대장이라는 사람이 하나꼬 외삼촌 죽인 거. 그 이후부터 비 오는 날 오후만 되면 논에서 '사람 살리시소' 소리 들리고 죽은 외삼촌이 예쁜더 동산을 뛰어다닌다고 하던 거. 우리는 거기는 죽어도 안 갔다 아이가."

병구의 말 중간에 영진이 팔에 난 소름을 보여 주며 말했다.

"닭살이, 켁, 나왔다, 켁. 씨바."

긴 혀로 입술에 침을 바른 병구가 계속 말을 이어갔다.

"그 유모인가 하는 김 서방네는 죽고 현수 아재가 자주 왔다 갔다 했다 아이가. 이상한 짓 하던 스님도 집에 오고 신부도 오고 수녀들도 찾아오고. 그러다가 성당에 갔는데 거기서 많이 배웠다고 하던데? 그 병신 된 손목 때문에 시집도 못 가고 예쁜더로 왔다 카더라. 누구하고 사귀기도 했다는데 그놈아가 하나꼬가 하도 잠자리 재미가 없어서 차버렸다 하더라."

"하하. 무슨 재미? 이거 말하나?"

정수가 검지와 중지 사이로 엄지손가락을 밀어 넣자 '우하하하' 하는 박장대소가 모두의 입에서 터졌다.

"근데 반은 쪽발이 아이가?"

정수가 다시 주위를 쳐다보며 말했다.

"야, 저 사람들 듣는다. 이 이야기는 더는 하지 말자. 윤철이 어머이 귀에 들어가면 큰일 난다."

병구가 말소리를 낮추며 건너편의 인부들 눈치를 살폈다.

"상수, 너가, 켁, 윤철이 형님하고, 켁, 많이 친했다. 킥, 아이가? 부술이 형님은, 켁. 이사 갔고, 켁."

영진을 쳐다보고는 상수가 낮은 목소리로 말했다.

"그 형님은 참 안됐지. 몇 년 동안 뇌에 물이 차서 고생했고 집에서 논하고 밭도 많이 팔았었지. 어쨌든 나사 보려고 했는데 안 됐다. 너거도 다 아는 것처럼."

상수의 낮은 목소리와는 다르게 막걸릿잔을 들이킨 정수가 비밀스러운 이야기를 늘어놓는 듯한 표정으로 말했다.

"소문은 윤철이 때문에 팔았던 논하고 밭하고 다시, 다 샀다고 하더라."

상수가 고개를 끄떡였다.

"그건 맞다. 병원에 있던 윤철이 침대에 가방이 큰 게 있더란다. 그 안에 돈이 가득 들었더라 카더라."

"누군지는 못 찾았나?"

"응, 아무도 모른다."

"야, 이런 희한한 일이 어디 있노?"

모두의 웅성거림에 상수가 말했다.

"누군가 좋은 일 한 거지. 썰매 탈 때 쓰던 나무 봉이 있더라네? 누 군지 모르지만 뭔 사연이 있었겠지…. 참 정수 니는 아직도 소를 한 손으로 때려잡나?"

"무슨 소리 하노? 소를 우찌 손으로 때려잡나? 어쩌다 도끼가 제대 로 꽂힌 거지…."

정수가 손사래를 치며 말하자 상수가 받았다.

"다시 아까 이야기로 돌아가 보자. 현수 아재는 인자는 기력이 다 됐는가 보더라. 요즘 몸이 아파 방에서 아예 못 나오는가 보더라. 그 래서 말인데 해바라기 사업자 얘기는 우리 청년회 주관으로 새로 의 논해 보는 것은 어떻노? 내 생각에는 내년부터 우리 청년회에서 직접 나서서 도매상하고 계약하는 게 좋겠다."

"좋다."

상수의 제안에 모두의 입에서 같은 대답이 나왔다. 그때, 술도 가 대문이 끼익 소리를 지르며 열렸고 외발이가 바지가 흠뻑 젖은 채로 좁은 마당으로 들어섰다. 장발에서 뚝뚝 떨어지는 물기가 쉴 틈 없이 바닥으로 떨어지는 것이 비에 젖은 털을 곤두세우고 천천히 걸어오는 야수의 모습과 흡사했다.

"자네 어디 갔다 오는가?"

일자로 깊이 팬 주름이 좁은 이마를 가로지르는, 나이가 있는 인부가 그에게 물었다.

"잠시 일 좀 보고 왔습니다."

그를 쳐다보는 눈에 화가 탱자나무 가시처럼 돋쳐있는, 사랑 청에서 하나꼬를 괴롭혔던 인부가 잽싸게 말을 받아쳤다.

"하나꼬 만났겠지."

"무슨 소리고? 하나꼬?"

그의 빈정거림에 건너편에 앉은 마을 청년 정수가 자리에서 일어나 바지 속으로 손을 집어넣고 주먹을 쥐어 보이자 불쑥 솟은 것이 성난 남자의 것과 흡사했다.

"참말인교? 이거 했소?"

그러고는 엉덩이를 앞뒤로 밀었다 뺐다 성행위를 떠올리게 하는 춤을 추자 마을 청년들이 일제히 웃음을 터뜨렸다.

"재주 좋네. 재주 좋아."

그들끼리 속닥거리고 농을 한껏 즐기며 내는 웃음소리가 거슬렸는지 나이 든 인부가 일어서서 그들에게 그만들 하라는 손짓을 보냈다. 상수도 그에 답하여 청년들을 진정시켰다. 주름이 이마에 깊이 팬 나이 든 인부가 외발이의 손을 잡아끌어서 그의 옆자리에 앉혔다. 그러고는 청년들에게 들리도록 소리쳤다.

"우리 기분 좋게 마시자고. 거기 술값은 내가 다 내겠소."

청년들의 입에서 기분 좋은 소리가 크게 터져 나왔다.

"박 씨가 제일입니다."

"잘 마시겠습니더."

"신경 쓰지 말고 한잔 받아. 뭔 말들을 하는지 들리지도 않아."

박 씨의 사마귀처럼 큼직한 굳은살이 배인 거친 손에 잡힌, 주둥이가 넓은 호로병에서 막걸리가 콸콸 쏟아지면서 외발이가 내민 큰 사발을 가득 채웠다.

"성님, 저쪽 사람들이 왜 나한테 화를 내는지 모르겠습니다. 무슨일 있었습니까?"

박 씨는 그의 사발에 가득 들어찬 막걸리를 단숨에 들이켜 마시고는 외발이에게 속삭였다.

"내년부터는 우리한테 일을 안 주고 여기 마을 청년회에서 직접 하겠다는구먼."

순간 외발이의 얼굴이 물밤껍질처럼 딱딱하게 굳어졌다.

"그건 현수 어르신께서 우리하고만 거래하겠다고 보증한 겁니다. 아직도 수년은 더 남았습니다."

아까부터 외발이 근처를 어슬렁거리던 병구가 다가와 모두에게들리도록 큰 소리로 말했다.

"해바라기 대장요. 우리가 유월에 해바라기씨를 파종해서 한여름에도 시퍼런 줄기가 쭉쭉 올라오도록 얼마나 애써서 농사를 짓는지 아요?"

그가 흥분한 듯 두꺼운 윗입술이 떨렸다.

"고생들 많이 하시는 거 잘 압니다."

외발이가 정중히 말을 받자 병구가 불만 들어찬 얼굴로 말을 쏟아냈다.

"우리는 이게 마을 숙원 사업이고 그리고 조금이라도 형편이 나아질까 싶어 겨우 밭 대기 하나 가진 집이나 두 개 가진 집이나 불평이 있더라도 아무 소리 안 하고 시원하게 내놓았습니더.”

그의 말을 듣고 있던 날카로운 눈매를 가진 정 씨가 피우다 만 불씨 꺼진 담배를 입에 물고는 성냥개비를 집어 성냥 통에다 대고 거칠게 그어댔다.

“그건 저도 잘 압니다.”

외발이가 차분히 대답했다.

“그라모 내 얘기를 둘러치는 성격이 아닌 게 내 바로 말하겠습니더. 와 우리 수입은 수년째 똑같습니꺼?”

병구의 억양이 순식간에 솟구쳤다. 외발이는 막걸리 한 사발을 시원하게 마시고는 자리에서 일어나 마을 청년들을 쳐다보며 모두에게 들리도록 큰 소리로 말했다.

“재작년부터 은행을 수입해 가던 독일 사람들이 이 년 전부터는 해바라기 씨앗도 같이 산다고 합니다. 그래서 물건값이 좀 올라간 것은 사실입니다. 작년에는 미국에서도 사 간다고 들었습니다.”

자리에서 벌떡 일어난 정수가 앞으로 걸어오면서 음성을 높였다.

“그라모 외국 사람들에게 넘기는 가격은 소문을 들어서 잘 알 것 아니오?”

그의 험상궂은 인상에서 나오는 직설적인 질문에, 외발이는 차분하게 대답했다.

“내가 외국인들하고 직거래하면 그 가격이 얼마인지 알겠지만, 내는 위에서 직거래하는 사람이 아니고 상인일 뿐이오. 그리고 이 바닥은 가격을 비밀로 지킵니다. 나는 여기서 씨앗을 사서 도매상에게 팔고 그 사람들은 수출업자들한테 넘기는데 그 사람들이 얼마에 내 물건이 거래되는지 저한테 안 가르쳐 줍니다. 소문만 이 가격이다, 저 가격이라 떠도는데 실제는 당사자들 말고는 모릅니다."

그의 대답에 병구가 나섰다.

"말이 돌려지는 느낌이 듭니더. 그라모, 도매상들이 해바라기 대장한테 사는 가격이 얼마입니꺼? 그래야 우리가 새 가격으로 대장하고 흥정할 것 아닙니꺼? 우리가 대장을 제치고 여기를 떠나 도매상들을 찾아갈 수는 없지 않습니꺼?"

"말 컥, 해 주이소, 컥."

영진이 비틀거리며 그들이 있는 곳으로 걸어가자 뒤에 있던 정수와 상수가 소리쳤다.

"얼마입니꺼?"

분위기가 점점 험악해져 가자, 말없이 상황을 지켜보던 체구가 크고 구레나룻이 턱선을 덮은 근육질의 인부가 외발이에게 주위의 눈치를 살피며 말했다.

"성님, 우리는 신경 쓰지 말고 일이 더 꼬여 버리기 전에 아는 가격 그대로 말해 버리소. 오해 살 필요는 없지 않습니꺼?"

박 씨도 그를 설득하고 나섰다.

"동상, 나도 같은 생각이네.

상황이 그에게 불리하게 돌아가자 그는 올 초 대전에서 만났던 도매업자 김 사장을 떠올렸다. '장사에서 기본은 내 가격을 절대로 남에게 들키면 안 된다는 거여. 만약에 사람들이 내 가격을 알면 그때부터는 내 혼자만의 사업이 더는 아닌 거야. 경쟁자들은 내 수익을 떨어뜨릴 것이고 내 물건들은 가격이 바닥을 칠 것이고 그러면 사업은 종 치는 거야. 그래. 이건 눈을 감고도 훤히 보이는 거야. 독점이 돈

을 버는 비밀이여.'

외발이가 지금의 인부들을 데리고 해바라기 장사를 한 것은 삼 년이 되었다. 이전에 그는 수년간 강원도에서 장 사장을 따라다니며 해바라기 씨앗을 생산지에서 구매하여 도매상들에게 되파는 중간 상인 일을 배웠다. 매년 똑같은 일이었지만, 농민들을 대하는 장사장의 화술은 대단했으며 그해에 수확될 씨앗의 양을 예측하고 매년 3월에 미리 도매상들과 선계약을 하는 상술 또한 탁월했다. 외발이도 열심히 그에게 장사를 배웠지만, 그를 따라 하는 데는 더뎠다. '장 사장의 비결은 무엇일까.' 시간이 흐르면서 외발이가 알게 된 장 사장의 비결은 독서였다. 그는 늘 책을 가까이했다. 한번은 책에 관심이 없는 그에게 장 사장이 혀를 차며 말했다. "책장을 넘기지 못하는 손가락이 주판알을 튕길 수가 있겠는가?" 그 시간 이후로 그는 열심히 그가 건네주는 책을 읽었고 주산 배우기에도 정성을 쏟았다. 시간이 지나 때가 왔는지, 이 마을의 해바라기 씨앗을 처음 본 장 사장은 흡족해하며 외발이에게 사업권을 넘겨주고 떠났다.

"아까도 말씀드렸다시피, 난 수출업자가 얼마에 도매상들로부터 해바라기 씨앗을 사들이는지 알지 못합니다. 그 사람들은 가격 비밀을 제일시하는데 어찌 떠도는 말을 신뢰할 수 있습니까? 올해는 작년보다 씨앗이 야물고 크기도 좋아서 내 대전에 가면 그분들과 상의를 해 보겠습니다. 한 달 뒤에 다시 마을에 올 테니 그때 다시 이야기합시다."

병구가 입에 물었던 담배를 비벼 끄며 혀를 '끌끌' 찼다.

"쯧쯧…. 이거 아니지. 무슨 말인지 이해는 했는데 대장이 확답을 줘야지. 그렇게 말하고 뒤로 빠지면 안 되지."

병구가 속마음을 드러내자 상수가 그들의 대화에 동참했다.

"그렇습니다, 병구 말에 틀린 게 없습니다. 우리는 해바라기 대장이 주는 대로 가격을 받아야 한다는 거잖소? 이건 너무 일방적이지 않소? 더군다나 수년째 이러는 게."

상수가 따져 묻자 술도가 안의 사람들 모두가 조용해졌다. 외발이의 침묵이 길어지자 병구가 나섰다.

"상수 말대로라면 이러한 거래는 예전부터 안 했어야 하는 거지. 잘 모르는 노인이 사람 겉모습만 보고 판단해서 시작된 거 아냐? 잘못된 만남이지!"

병구가 화가 치밀어 술상을 주먹으로 내리치자 영진이 손뼉을 치며 이 순간을 반겼다.

"커억, 맞다. 커억, 우하하하."

"지금부터 그 계약은 없는 거야. 현수 아재는 늙어 밖에도 못 나오는데 더 이상 마을을 대표할 수 없어. 우리는 새 상인과 새 가격을 흥정해야 하는 기라."

정수도 격분하며 술상을 주먹으로 내리쳤다. 새로운 가격 흥정에 대한 기대감에 기세가 뻗친 마을 청년들과는 달리 외발이와 인부들의 얼굴이 어두워졌다. 어색한 침묵 속에 병구가 인부들 사이에서 상황을 주시하며 술잔만 기울이던, 하나꼬를 괴롭혔던 정 씨에게 수상한 눈짓을 했다. 그가 고개를 끄떡이자 병구가 영진이 내뱉는 '켁 켁' 소리를 뒤로하고 마루에서 몸을 일으키고는 뒤를 돌아갔다. 그리고 곧 정 씨도 자리에서 슬그머니 일어나 그의 뒤를 따랐다. 먼저 와 정 씨를 기다리던 병구는 그가 나타나자 그의 귓가에 대고 한참을 소곤 거렸다. 잔뜩 긴장한 얼굴의 정 씨는 한참을 그의 말을 들은 후, 병구의 의미심장한 미소와 함께 자리로 돌아갔다.

"아지매, 부침개 좀 주이소."

큰 소리를 지르며 병구가 자리에 앉자 주인 아지매는 부지런히 뒤집힌 솥뚜껑 위에 파전을 부쳤다.

"우리가 몰라서 그렇지 저 외발이 놈이 지금까지 다 해 먹은 거라. 벌써 몇 년째고?"

정수는 여전히 분을 삭이지 못하며 호로병을 신경질적으로 집어들어 자신의 잔에 쏟아부었다.

"도둑노옴….."

잠시 후 병구가 자리에서 벌떡 일어나더니, 외발이와 인부들 사이의 비좁은 틈 사이를 헤집고 들어가 앉았고 곧 그를 따라서 나머지 마을 청년들도 인부들 사이에 다닥다닥 붙어 앉거나 섰다.

심상찮은 분위기 속에서 박 씨가 먼저 말을 꺼냈다.

"자네들, 정 그러면 여기 외발이와 가격 흥정을 새롭게 해 보게나. 우리야 대장이 하자는 대로 하면 되고."

"내는 그리 못 합니더."

정 씨에게 모두의 시선이 쏠렸다.

"나도 지금껏 군말 없이 외발이가 주는 대로 삯을 받았지만, 성님도 한번 생각해 보소. 우리 품삯을 마지막으로 올려준 게 언제요? 이전에 장 사장은 안 그랬소. 그 사람한테 일 물려받았으면 제대로 해야지 않소? 말 나온 김에 우리 품삯도 새로 정하는 게 옳다고 나는 봅니다."

그러자 박 씨가 나섰다.

"정 씨, 그건 우리끼리 할 얘기지 여기서 할 얘기는 아니지 않습니꺼?"

덩치가 큰 인부가 정 씨를 쏘아붙이자 정수가 키득거리며 말했다.

"봐라. 저거 일도 저리 복잡한데 우리 가격은 제대로 매기겠나?"

인부들끼리 말다툼이 일자 청년들이 실소를 터뜨렸다.

"내 오늘 여러분들 말은 잘 들었습니다. 내일 현수 어르신 집에 모여서 다시 이야기합시다."

"그건 말이 아니지."

정수가 성질을 내며 손에 든 막걸릿잔을 바닥에 내팽개치자 파편이 사방으로 튀었다.

"아니, 오늘 못 하는데 내일이면 하겠나? 우리를 만만하게 보니 현수 아재만 찾는 거 아닌가?"

외발이가 차갑게 굳어진 표정으로 마을 청년들을 향해 단호하게 말했다.

"난 책임지지 못할 말을 한 적이 없소. 다시 한번 말하지만, 내 여러분의 뜻은 잘 알아들었습니다. 오늘 술자리에서 처음 여러분들의 불만들이 나왔으니 내일 다시 모여 의논하자는 겁니다. 서로에게 유익한 방향으로 의논해 갑시다."

그의 설득에 박 씨도 마을 청년들을 설득하기 위해 나섰다,

"외발이 말처럼 우리 현수 어르신과 같이 이야기를 해 보는 게 좋겠네. 모처럼 이렇게 술자리에서 만났는데 내 술 한잔 대접하고 싶어도 자네들이 늦었다고 빼돌리니 어쩔 수 없더라고. 이제 이 얘기는 그만두고 오늘 기분 좋게 마시세."

덩치 큰 인부도 박 씨를 거들었다.

"와 그리 성까지 내는 줄 모르겠습니다. 사실이야 바른 말이지 외발이 성님이 마을 사람들 속인 것도 아니고 정상적으로 마을 이장이

신 현수 어르신과 계약하고 수년째 아무 일 없이 잘해 오고 있는데 갑자기 술 먹다가 가격 흥정한다고 오밤중에 그러면 그게 더 이상한 거지 외발이 성님이 이상한 게 아니지 않습니꺼?"

순해 보이는 덩치 큰 인부가 마을 청년들을 향해 불만을 터뜨리자 병구가 그를 쏘아붙였다.

"그쪽은 해바라기 대장을 신임하는 모양인데 우리는 아니요. 이건 당신들한테 한 철 장사잖소? 우리는 오월부터 준비해야 하는데 우리가 받는 삯은 가을 수확철 노동값뿐이란 말입니다. 애써 키운 해바라기를 싸게 후려쳐 가져가서 비싸게 팔아먹는 당신들이 잘못된 겁니더. 그 돈으로 잘살겠습니꺼?"

그의 대꾸에 흥분한 덩치 큰 인부의 눈이 찢어질 듯 커졌다. 그에 뒤질세라 정수에게서 날카로운 고함이 터져 나왔다.

"제기랄! 우리를 물로 본다 아이가. 그러니 하나꼬 같은 미친년이나 건드려 처먹지 않나?"

순간, 모두의 시선이 외발이에게 꽂혔다. 그는 담담한 표정으로 정수를 쳐다볼 뿐이었다. 병구가 흥분한 정수의 등을 토닥거리고는 그를 자리에 앉히며 말했다.

"해바라기 대장, 말 나온 김에 묻겠습니다. 하나꼬는 언제부터 건드렸습니꺼? 우리는 조그만 아 때부터 귀에 못이 박히도록 현수 아재가 하는 얘기를 들었습니더. '하나꼬의 아버지는 일본인이지만 조선을 위해 싸우다 죽었고 엄마와 하나꼬는 여기 해바라기를 우리 마을에 퍼뜨린 고마운 사람들이다. 하나꼬는 마을의 부적 같은 아이니 절대 건들지 마라.'며 신신당부했습니더. 우리 위에 아버지들부터 우리까지, 누구 하나 절대로 하나꼬를 안 건드렸습니더. 근데 우리 대장은

441

너무 쉽게 꺾어 버렸습니더. 이 동네를 아주 우습게 본 거 아입니꺼?"

"컥, 니 말이 맞다. 컥."

병구의 말에 정 씨가 거들고 나서며 외발이에게 시비를 걸고 나섰다.

"진짜요? 내가 건드릴 때는 지랄하더니만 그래 혼자 재미 본 게 맛있든가?"

박 씨가 정 씨를 말리고 나섰다.

"자네 술에 많이 취했구먼. 자네가 그러면 안 되지."

정 씨가 뒷걸음질 치면서 박 씨의 만류에도 그의 입을 다물지 않았다.

"아, 성님은 잠깐 뒤로 빠져 보소. 작년에 대전까지 갈 때 만난 상인들 얘기 한번 들어봤는교? 우리보다 많게는 두 배나 더 받아요. 내도 외발이만 믿고 무작정 같이 일했는데 벌써 몇 년을 함께했지만, 내 노동의 대가가 남들에 비하면 모자라도 한참을 모자라요. 우리를 먹여 주고 재워 주는 것은 공짜가 아니겠지요? 우리가 받을 삯에서 다 제하고 주는 거요. 근데 그런 이야기는 우리한테 한마디도 안 해요. 이 청년들이 오늘 이런 말 하는 거 보면 불만이 많이 쌓였지 않겠는교? 나도 마찬가지요. 인자는 정나미가 완전히 떨어져서 함께 하기도 싫소."

정 씨가 벌겋게 달아오른 얼굴로 분을 삼키지 못하자 마을 청년 중 누군가 소리쳤다.

"봐라, 저거 인간성도 바닥이다."

동료의 반발에도 외발이는 화가 치밀어 오르는 것을 적절히 통제하고 있는 것처럼 보였다.

"내 여기서 말씀드릴 수 있는 것은 아까 내가 말했던 대로 올해는 더 올려 드릴 거라는 겁니다. 제 말은 변하지 않을 겁니다. 여기 오기 전에 도매상과 올해 가격 합의는 다 끝냈습니다. 장사가 이윤도 이윤이지만 돈에서만큼은 서로가 약속한 것을 져 버리는 것은 도리가 아닙니다. 대신 나도 여러분의 불만을 이해합니다. 그래서 내가 가진 일부라도 내놓으려 하는 것입니다."

그의 말에 병구가 바로 나섰다.

"해바라기 대장, 잘못된 것은 바로잡으면 되지 신의를 거들먹거리는 것이 그게 더 신의가 없는 것이오."

병구가 말을 끝내고는 검지를 세우더니 그의 눈앞에서 흔들었다.

"너무 심한 거 아닌가? 병구!"

순간 화를 참지 못한 외발이가 소리치며 강한 손으로 병구의 검지를 잡아 뒤로 꺾어 버렸고 그가 비명을 내질렀다. 순식간에 벌어진 일에 정수가 술상 위에 있던 나무젓가락을 집어 들고는 외발이의 눈앞에 갖다 댔다. 정수의 살벌한 기세가 큰일을 낼 것 같은 일촉즉발의 순간이었다.

"그 손가락 안 놓으면 니 눈도 외눈으로 만들어 버린다."

정수의 눈에서 파란빛이 보이며 살기를 보였다.

"그래? 자신 있으면 해 보게."

외발이가 병구의 검지를 잡은 손에 힘을 넣자 그가 발을 동동 구르며 비명을 크게 질렀다.

"그만해. 그만하자. 동상."

박 씨가 외발이를 극구 말리자 그는 붙잡고 있던 병구의 검지를 놓았다.

"내가 뭘 잘못했길래 이런 수모를 당하는지 모르겠다. 내 죄지은 거 없다."

그의 눈에서 분노가 굵은 빗방울처럼 뚝뚝 떨어졌다. 그리고 그는 살벌한 정수에게서 눈을 떼고 두 눈에 핏발을 세우며 정 씨를 향해 분노에 찬 목소리로 말했다.

"여기서 이런 말 하는 내 자신이 부끄럽지만, 내 이 말은 해야겠소. 정 씨가 작년에 두 번 다시 노름판에 끼지 않는다고 약조해서 노름판에서 진 빚의 절반을 갚아줬소. 가족들이 불쌍해서 여기 성님과 동생보다 더 챙겨 줬는데 정 씨는 병이 도졌는지 어제는 여기 병구 청년 집에서 화투 친 거 내 알고 있소. 무슨 낯짝으로 나한테 대드는 거요?"

정 씨가 자리를 박차고 일어서서 핏대를 세웠다.

"외발이는 나한테 많이 해 줬다고 하는데 그게 내가 받아야 할 정상적인 돈이여. 그걸 꼬불치고 있다가 선심 쓰듯 나한테 준 것인데 말 들어보니 내가 화투 조금 만지는 것 같고 날 병자로 모네? 내 몫을 다 줬다? 난 못 믿어. 요 성님도 알다시피 너도 사람 죽이고 도망쳤잖여? 모두 마을에서 사람 죽이고 몇 년을 도망 다니다 장 사장 만나 상술 배워서 재미 보는 거 아녀?"

"뭐, 사람을 죽여?"

마을 청년들이 크게 술렁거렸다.

"내 지서에 전화해야겠다. 이거는 신고부터 하고 봐야 한다."

검지를 붙잡고 평상에 앉아 있던 병구가 급히 아지매를 찾았으나 그녀는 집 안 어디에도 보이질 않았다. 양철 지붕에서 울려 퍼지는 요란스러운 빗소리에 병구의 목소리는 기를 펴지 못했다.

"뭐라고? 정 씨야, 그건 사실이 아니다."

"외발이 형님이 무슨 살인을 합니꺼? 말 지어내지 마소!"

덩치 큰 젊은 인부가 정 씨의 멱살을 잡아 흔들었지만, 그의 입을 멈추지 못했고 귀를 곤두세운 마을 청년들 모두가 정 씨의 입을 주목 했다.

"내가 헛소리 퍼뜨린 줄 알어? 대전 허 씨한테 들었어. 모두 마을에서 칼로 사람 내장을 꺼냈다고 하는 말을 내 직접 이 두 귀로 분명히 들었어. 그 마을에 있는 신부가 외발이를 도망시켰다는 소문이 약재 골목에 파다하게 퍼졌어. 외발이, 내 말 틀렸어?"

늦가을에 쏟아지는 비가 추위를 몰고 왔는지 아니면 겁에 질려서 우는지, 마루에 드러누운 영진이 온몸을 덜덜 떨었다.

"어디서 그런 말 들었는지 몰라도 말 지어내지 마소 정 씨. 청년들이 형님을 대장 시켜 준다고 꼬드기데요?"

덩치가 큰 인부가 큰 소리를 지르자 그의 옆에 서 있던 정수가 갑자기 주먹으로 외발이의 얼굴을 후려쳤다. 그러자 외발이가 휘청이며 뒤로 몇 걸음 물러섰다가 몸을 앞으로 튕겨서 정수의 목덜미를 낚아채서 앞으로 당기자 정수가 홱 하고 상에 머리를 처박고 꼬꾸라졌다. 외발이가 눈을 부릅뜨며 얼굴을 뒤덮은 장발을 쓸어 올릴 때 상 위에 꼬꾸라졌던 정수가 평상 아래에 놓여 있던 삽자루로 외발이의 뒤통수를 후려갈겼다. 외발이는 '헉' 하는 비명과 함께 바닥으로 쓰러졌다. 정수의 삽질이 잇달아 외발이의 머리를 강타하자 덩치 큰 젊은 인부가 빠르게 삽을 잡은 정수의 손목을 잡고 비틀었다. 그의 강한 힘에 정수의 얼굴 혈색이 급변했다.

"내도 소 한 마리는 잡아 봤다."

덩치 큰 인부의 눈에서 퍼런 살기가 돋자 정수의 눈에서도 불똥이 튀었다.

"그만하자. 제발이다. 너거 빨리 그 손 놔라. 어서!"

박 씨의 고함에 두 사람은 서로를 향한 경계를 풀지 않은 채 박 씨를 가운데 두고 섰다.

"이 새끼, 내 내일 지서로 데리고 갈 거다."

정수가 바닥에 꼬꾸라진 채 피를 흘리고 있는 외발이를 가리키며 씩씩거리자 일찌감치 상에서 처박힌 머리를 들고 일어난 병구가 검지를 움켜잡고 말했다.

"정수야, 니 너무 팼다. 임마 죽은 거 아이가?"

병구가 발로 외발이를 툭툭 건들며 말했다. 상수는 축 늘어진 외발이의 상태가 심상치 않음을 알고는 정 씨에게 말했다.

"정 씨, 외발이 좀 살펴보소. 일이 꼬여 버렸습니더. 내 일찍이 일을 부드럽게 풀어가자고 안 했습니꺼?

상수의 말에 정 씨가 나서지 못하고 주춤거리자 박 씨가 몸을 움직이며 말했다.

"내가 보겠네."

박 씨가 나서서 바닥에 꼬꾸라진 채 움직임이 없는 외발이의 장발을 들춰 살폈다.

"대장, 정신 차려라. 아이고…. 피가 펑펑 솟는다. 뒤통수 뼈가 으스러져 버렸다."

그제야 모두는 상황이 심각한 걸 알고 낯빛이 딱딱하게 굳어졌다.

"야, 외발이 성이 죽으면 정수 니는 살인자가 된다. 너희도 공범이다."

덩치 큰 젊은 인부가 청년들을 쏘아붙인 후 마루에 쳐진 새끼줄에 걸려 있던 수건을 가져와 외발이의 머리에 대고 눌렀다. 누렇던 수건이 금세 빨간 핏물로 축축이 젖어 갔다.

"이대로 놔두면 죽는다. 빨리 병원으로 데리고 가자."

청년들끼리 서로에게 잘못을 돌리며 말다툼을 벌이는 사이 부엌에 있던 아지매가 안줏거리를 들고나오다 소스라치게 놀라 고함을 질렀다.

"이 무슨 일이고?"

아지매는 놀란 감정을 다스리지 못하고 박 씨의 팔을 붙들고 물었다.

"누가 이랬는교? 이 사람이 참 예의도 바른 사람인데 뭔, 죽을죄를 지었다고 사람을 이렇게 만들어 놨습니꺼? 내 사람을 빨리 불러야지. 이러다간 사람 죽겠어."

아지매의 상황정리가 상당히 빨랐다. 가해자에게 책임을 묻고 빠르게 사태를 수습하려는 의지가 누구보다 강했다.

"숙모, 수건 하나 더 주소."

상수의 말에 그녀는 뚱뚱한 몸에 걸친 치맛자락이 휘날릴 정도로 빠르게 방으로 들어갔다 새 수건을 들고 돌아와서는 그에게 건넸다.

"새 수건이다."

그는 수건을 몇 겹으로 포개더니 덩치 큰 젊은 인부에게 건네주었다.

"이걸로 꽉 누르고 있으소. 그리고 너희들 다 이리 와 봐라."

청년들이 상수를 따라 평상으로 돌아가자 정 씨가 그들 뒤를 따르면서 중얼거렸다.

"자업자득이지."

비열하게 보이는 왜소한 체구의 정 씨는 청년들을 뒤따랐고 그를 보며 분을 참지 못하는지 덩치 큰 젊은 인부가 그가 신고 있던 고무신 한 짝을 벗어 던지며 소리쳤다.

"니가 사람이가?"

잠시 후 청년들과 이야기를 나누던 상수가 인부들 곁으로 왔다.

"이 일은 우리하고 상관없는 일입니더. 오늘 우리하고 안 만난 겁니더. 알겠지예?

그의 강요에 인부들 누구나 대꾸하지 않았다.

"빨리 병원으로 데리고 가소. 그리고 숙모!"

"와?"

"이 사람은 모르는 사람들하고 술 마시다 시비 붙어 싸우다 이리된 겁니더. 자세한 것은 숙모는 모르는 겁니더. 알겠지예?"

"……"

그녀는 입술을 달싹거렸지만 이내 입을 다물고는 고개를 끄떡였다. 덩치 큰 젊은 인부가 막 일어서서 상수에게 다가가려고 하자 정수가 그의 앞을 가로막고 섰다. 순식간에 분위기가 다시 차가워지며 둘 사이에 팽팽한 긴장감이 흐르자 박 씨가 외발이의 머리를 누르고 있던 수건에서 손을 떼고 일어나 큰 덩치의 젊은 인부를 말렸다.

"수태야, 또 사고 칠 거가? 너, 인자는 들어가면 못 나온다. 그만하자."

"뭐? 수태? 그 수태 형님 맞습니꺼?"

병구가 앞으로 튀어나오며 그의 얼굴을 자세히 살피다 정색하고는 넙죽 인사를 했다.

"마산에서 제일 주먹 세다는 그 수태 형님 맞지예?"

"……"

수태가 대답이 없자, 병구는 청년들에게 돌아가 자신이 아는 수태의 전설을 짧은 시간에 이야기하고는 다시 와서는 허리를 크게 숙여 그에게 인사했다.

"죄송합니다. 오늘 일은 고마 없던 걸로 해 주이소. 다시는 안 그러겠습니다."

수태는 그에게 관심을 두지 않았고 대꾸 없이 박 씨가 들고 있던 수건으로 외발이 머리를 눌렀다.

"저희는 그만 가 볼럽니다. 빨리 병원으로 데리고 가이소 형님."

말을 마친 청년들 모두가 빠르게 대문 밖으로 모습을 감췄다.

"아이고, 안 죽었습니꺼?"

아지매가 안절부절못했다.

"숨소리가 거친 게 아무래도 빨리 병원으로 데리고 가야겠소."

외발이의 코에 귀를 바짝 댄 박 씨가 딱딱하게 굳은 얼굴로 대문 앞에 서 있는 정 씨를 나무랐다.

"자네 뭔 짓을 했는가? 그래도 우리 모두 이 사람 덕에 남들보다는 대우받으며 일하지 않았어? 한 철 일이긴 하지만 이 한 철로 식구들이 일 년을 잘 버티지 않았는가? 대체 왜 그런 행동을 했는지 나는 이해가 안 가!"

박 씨의 말을 듣는 내내 정 씨는 박 씨와 수태의 눈을 마주치지 않았다.

"이대로 있으면 안 되겠어. 아줌마, 이 밤에 어디 읍으로 나갈 차가 없을까?"

아지매가 고개를 절레절레 흔들며 말했다.

"이 마을에 차 가진 사람이 있긴 한데 갈란가는 모르겠습니다. 이 빗속에 갈려 하겠습니까? 그리 인정도 있는 사람이 아닌데예."

대문 앞에 섰던 정 씨가 슬그머니 꽁무니를 빼고는 대문 밖으로 걸어가며 말했다.

"나는 가 볼라요. 둘이 알아서 하소."

정 씨가 말꼬리를 내리며 순식간에 술도가에서 모습을 감추자 수태의 입에서 욕이 튀어나왔다.

"병신새끼."

박 씨는 수태의 다부진 어깨에 손을 얹고는 정 씨를 더 이상 신경 쓰지 말라며 그의 어깨를 토닥거렸다.

"제가 철이 아버지한테 갔다 오겠습니더. 차가 있으려나 모르겠습니더."

"그래라도 주면 고맙겠네."

그의 말이 끝나기도 전에 아지매는 곧장 빗속으로 사라졌다.

"내 젊은 날에 여기저기 일에 얽혀 감옥도 몇 번 들락날락했고 그러다가 정신 차렸을 때는 사람들이 날보고 '어이, 노인네'라고 부르더구먼. 인력 시장에 가도 받아주질 않고 어디 갈 데도 없이 겨우 허기나 때우는 잡일이나 했는데 우연히 외발이를 만났고 이 사람이 날 살려주더군. 이번에 일이 끝나면 논 두 마지기 더 사서 나도 집에 눌러앉아 안사람 고생 안 시키고 살려고 했는데 그게 되려나 모르겠네. 휴…."

박 씨의 허탈감이 한숨으로 나왔다. 수태가 고개를 끄떡이며 외발이를 흔들어 깨웠지만 그는 정신을 차리지 못했다. 그때, '그러럭' 가래 끓는 소리와 함께 그의 혀가 입천장으로 말려 올라가자 수태는 벌어진 그의 입안으로 굵은 손가락을 집어넣어 혀가 입천장에 달라붙지 않도록 잡았다.

"혀까지 목구멍 타고 넘어가려는 걸 보면 예사롭지 않습니더."

"성님, 이럴 게 아니라 아까 도가 집으로 오다 보니 하나꼬 집 앞에 트럭이 한 대 있덥니더. 내 금방 가서 있는지 보고 오겠습니더."

"자네가 간 사이 무슨 일 생기면 나 혼자 어찌 감당하나? 지금도 심상찮은데. 일단 조금만 더 지켜보다가 움직이세. 조금 전에 아줌마가 마을로 갔으니 곧 소식이 오겠지. 이도 저도 안 되면 업고서라도 가야지. 담배 한 대만 주게."

그가 내뿜는 담배 연기가 텁텁한 공기를 타고 외발이의 머리 주변으로 퍼졌다.

"외발이가 참 안됐어. 작년에 내한테만 얘기하더구먼. 왜 재작년에 새들이 쪼아먹어서 해바라기 수확량이 확 줄었잖어?"

"예, 그랬지예. 작년에는 괜찮았습니다."

"맞어. 작년에는 허수아비 덕분인지 아니면 조금 전 마을 청년들이 얘기한 것처럼 그 사람들이 당번을 선 덕분인지 몰라도 재작년에 비해 작년에는 수확이 갑절을 넘었지. 부른 트럭이 모자라 나룻배도 몇 척이나 불렀었고. 진주까지 서너 번은 더 왕래했을 거야."

"예, 좋았지예. 외발성이 또 우리를 제대로 챙겨 줬지 않았습니꺼?"

"그렇지, 자네는 그때 마지막 배 떠나자 마산으로 가 버렸고 나가 대전까지 외발이와 함께했지. 진주역에서 열차에 짐 다 올려놓고 외발이와 둘이 목욕탕에 갔다가 왜 색싯집이 쭉 늘어선 그, 예전에 우리가 갔던 그 골목길로 들어가면 유심 집이 있잖여?

"알지예. 그 집 잘하지예."

"그래. 추어탕 잘하는 집이라 내가 자주 들르는 집이지. 그날 외발이와 술 많이 마셨어. 술 잘 안 마시던 외발이가 취했는지 한 번도 우리한테 하지 않던 얘길 하는 거야. 지가 살아온 이야기였어. 물론 자네가 아는 얘기는 있는데 그건 보령에서 있었던 어릴 적 얘기고…."

음모 — 모두 마을의 이방인

외발이는 이른 아침, 아사다 마을 절터에서 외지 사람들이 오면 늘 하던 것과 같이 석탑을 돌며 마지막 기도를 드렸다. 그러고는 작은 봇짐 하나 둘러매고 첫차를 타고 대전역으로 왔다. 지금껏 자라 오면서 마을을 거의 벗어난 적이 없었던 그는 마을 오 층 석탑이 제일 높은 줄 알았는데 대전역으로 오는 길에 보았던 높은 건물과 입구에 달린 유리문을 보고는 그가 이 세상 사람이 아닌 듯한, 큰 충격을 받았다.

얼마 전까지 마을에 온 도시 아이들이 신었던 운동화에 발목까지 올라온 흰 양말은 그가 오랜 기간 꿈에서도 갖고 싶어 하던 것들이었다. 한참을 버스에 타고 있던 그를 내리게 한 것은 신발가게였다. 버스 정류장 바로 옆의 신발가게 진열대에 놓인 다양한 신발들은 그를 오랫동안 유리창 앞에서 서 있게 했으며 그 순간 그가 죽도록 열심히 살려는, '그냥 열심히가 아니라 갖고 싶은 것 다 가질 수 있도록 정말 열심히 살자.'는 지독한 각오를 한 이유가 되었다.

그는 오랫동안 그를 붙들고 있었던 신발가게를 떠나 근처 대전역 앞 광장에 모인 많은 사람들의 비좁은 틈을 헤집고 광장 뒤편으로 난 골목길을 온종일 돌아다녔다. 그가 다리를 절룩이며 여기저기 기억하지 못할 골목길들을 돌아다니다 찾은 곳은 과일 도매상들이 벌집처럼 들어선, 제철 과일 향이 진하게 온 골목 안을 한가득 채운, 그곳이 무척 그의 마음에 들었고 거기서 그는 피곤한 몸을 쉬었다.

과일 가게 문들은 저마다 활짝 열려 있었고 손님들과 상인들로 북새통을 이루었다. 골목길 구석에서 쉬고 있던 그의 곁으로 이마에 수건을 두르고 제멋대로 기른 까칠한 수염이 인상적인 중년의 한 사내가 담배를 물고 그의 옆으로 와서는 그가 선 자리 바로 앞 가게가 그의 것인 듯 손짓으로 삐쩍 마른 몸을 가린 몸뻬 고무줄 바지를 입고 부지런히 손수레에 과일을 담는 그의 처로 보이는 정 많게 생긴 여성에게 이것저것을 지시하고 있었다. 고무바퀴는 닳았지만 다름질한 듯 광이 나는 철판을 댄 손수레에 과일이 빼곡하게 실리자 그녀가 사내를 불렀고 그는 손수레를 끌고 골목에서 사라졌다. 한 시 간 가량 지난 뒤 그 사내가 다시 가게로 돌아왔고 이일이 그의 일상인 듯 손수레를 가게에 세워놓고는 다시 외발이 옆으로 돌아와 담배를 피웠다. 담배가 거의 타들어 갈 때쯤, 그가 눈을 위아래로 굴리며 바닥에 쭈그리고 앉은 외발이를 쳐다보더니 말을 걸어왔다.

"너, 집 나왔구나."

그가 이빨 사이에 낀 고춧가루를 손톱으로 긁어내며 웃었다.

"어찌 압니까?"

외발이가 눈을 크게 뜨고 그에게 물었다.

"하루에 너 같은 애들은 한 백 명은 될 거다."

"그리 많아요?"

"허허허. 그래, 어딜 갈려고?"

"모르겠어요."

"음, 내하고 같이 일해 볼래? 일은 배우면 되고."

"예? 네."

그 길로 외발이는 과일 도매상에서 만난 마음씨 좋은 아저씨 부부 덕에 삼시 세끼 밥과 가게 한 편에 붙은 조그만 골방에서 편히 잠을 잘 수 있었다. 월급은 없었다. 대신 아저씨가 주는 용돈과 혼자 온 여성들에게 버스 정류장까지 나무로 된 과일 상자를 실어주고 받는 심부름 값은 단골들이 많은 이 가게에서 짭짤했다. 그 주인 부부도 외발이 덕분에 힘든 노동을 하지 않게 되어 좋았다. 그 가게에 있으면서 외발이는 돈 버는 방법을 익혀 갔다. 특히 그는 잘생긴 얼굴과 성실한 태도로 근처 상인들에게도 인기가 많았다. 그의 절뚝이는 다리는 문제가 되지 않았다. 막 끝난 전쟁으로 어디를 가나 전쟁고아들과 홀로 남은 노인들 그리고 거지 떼들과 부랑자들로 골목길은 좁아져 있었다. 음식점들이 몰려 있는 가게 앞에서 서로 좋은 자리를 차지하려는 이들의 몸싸움이 끊이질 않았다. 외발이의 성격이 워낙 좋아 이런 사람들과도 스스럼없이 지냈고 그런 가운데 그에게 뜻밖의 일이 생긴다.

근처 고깃집에서 큰불이 나 밤새 잠을 설친 그가 가게를 지키고 있을 때 경찰들이 찾아와서는 거지 떼 중 한 아이의 몽타주를 보여 주며 소년의 행방을 묻는 것이었다. 그는 아이를 잘 알고 있었다. 여아처럼 생긴 얼굴의 남자 아이가 전쟁고아인 것을 안 것은 그가 과일 가게에서 일을 시작한 지 얼마 안 되었을 때였다. 어느 날 아침, 평소 때와 마찬가지로 가게 문을 연 그는 벽에 세워 놓은 손수레에 들어가 잔뜩 등을 구부리고 쪽잠을 자고 있는 소년을 발견했고 그를 데리고 나와 먹을 것과 옷을 챙겨 주었다. 그 소년에게서 들은 얘기로는 전쟁 중에 부모님과 가족을 모두 잃었고 그러다 거지 떼에 끼어 생활하게 되었다는 것이었다. 그러던 소년은 골목길을 손아귀에 꽉 쥔 깡패들과 어울리게 되었고 그들이 시키는 대로 앵벌이를 하며 그 집단에 세금을 내고 있었다.

외발이를 잘 따르는 소년은 아침에 그가 해 주는 밥을 먹고 나면 사라졌다 밤늦은 시각에 그가 자는 가게 문을 두들기고는 그의 방으로 들어와 거리낌 없이 그의 옆자리를 차지하고 잤다가 다시 다음 날 아침이 되면 그의 눈에서 하루 종일 사라졌다. 이런 생활이 벌써 수개월째 이어지고 있었지만 한 번도 그를 찾는 날을 거른 적이 없었다. 그를 찾아온 경찰들이 캐묻는 질문에 성실히 답한 그는, 그날도 그다음 날도 나타나지 않는 소년을 기다렸다.

그러던 중 방화 사건의 범인들을 잡았는데 범인 중에 그 소년이 섞여 있다는 소식을 들은 그는 단걸음에 경찰서를 찾아갔다. 그리고 그는 경찰서에서 조사받던 이 소년을 용케 빼내 올 수 있었는데 큰 이유가 소년이 심한 기침할 때마다 피를 낸다는 이유였다. 그는 아사다 마을에 두고 온 동생 생각에 소년을 경찰서에서 가게로 데려와서는 틈틈이 시간 날 때마다 병원을 데리고 다녔고 멀쩡히 있다가도 힘없이 쓰러지는 이 소년을 위해 구하기 힘든 빈혈 치료제를 비싼 돈을 주고 어렵게 구해 지극정성으로 소년을 돌봤다.

어느 날 그의 가게를 찾아온 수녀들이 있었는데 이들은 정기적으로 성당에 납품할 업체를 찾고 있었다. 이야기 끝에 음성에 있는 모두 성당에 과일과 채소를 정기적으로 납품하는 계약이 성사되었다. 며칠 뒤 그는 주인아저씨가 모는 트럭에 몸을 싣고 먼 길을 달려 모두 마을로 갔다. 그곳에는 독일인 신부와 한국인 신부 그리고 수녀들이 소문을 듣고 찾아온 많은 전쟁고아들과 노인들을 섬기고 있었다.

그곳은 그가 보아온 세상과 전혀 다른 곳이었다. 무엇보다도 의사와 간호사들이 환자를 진료하는 모습이 그에게는 천사로 보였다. 그는 직감적으로 그 소년이 있을 곳이 여기임을 알고 다음 납품 때에 소년을 데리고 성당으로 왔다. 소년과 헤어지고 과일 가게로 돌아온 외발이는 마음이 편치 않았다. 마지막 날 그의 품에서 서럽게 울던 소년과 파란 눈의 신부와 함께 쉴 틈 없이 모두 성당의 사람들을 보살피던 파란 눈의 신부와 수녀들 생각에서였다. 그는 며칠을 곰곰이 생각한 끝에 모두 성당에서 봉사하기로 결심했다. 거기서도 그가 먹고 자는 것은 문제가 없고 무엇보다도 대전역으로 오는 날 신발가게에 전시된 운동화를 보면서 다짐했던 '열심히 산다는 것'에 이런 길도 있다는 것을 믿었다.

그의 선택을 말리는 주인 내외와 아쉽게 작별을 한 그가 모두 마을로 돌아와 맡은 일은 성당의 생필품을 구하러 대전과 청주로 다니는 일이었다. 가끔 소년 동생을 데리고 다녔지만, 겨울이 지나갈 때쯤에는 더는 소년을 데리고 다닐 수가 없었다. 그를 치료할 약이 더 이상 없어서였다. 땅이 돌덩어리처럼 단단하게 얼어붙어 삽질조차 되지 않은 어느 추운 겨울날에 그 동생은 모두 성당 뒷산 애장골에 묻혔다.

외발이의 모두 성당에서 생활은 눈코 뜰 사이가 없을 정도로 바빴다. 한창 사춘기인 아이들의 질서를 잡아주는 역할도 그가 했기 때문이었다. 그뿐만 아니라 주일미사가 끝나면 봉사자들과 함께 환자들의 옷을 세탁하는 것도 그가 감당할 수 있는 일이었다. 그는 방바닥에 눕기 전까지 그렇게 하루도 빠짐없이 봉사했고 그 일은 그가 스물이 되었을 때까지 이어지고 있었다. 어느 한여름의 일이었다. 외발이는 장발 머리가 꽤 잘 어울렸다. 비록 다리를 절룩일지라도 훤칠한 키에 잘생긴 얼굴은 모두 성당과 마을 내에 사는 사춘기 소녀들의 우상이었다.

　장마가 무더위를 쫓아내며 온 사방에 물난리를 내든 어느 날에 그는 군대에서 육공트럭 운전을 했다는 김 기사와 부드러운 성품을 가진 강 로사 수녀 그리고 그와 세 살 터울의 한비아 수녀와 함께 대전으로 물건을 사러 갔다. 강 로사 수녀는 모두 성당의 생필품과 식재료를 담당하였고 한비아 수녀는 모두 마을에서 태어나고 자란 토박이로 이 년 전 수도원에 입회하고 평생 봉사를 결심한, 수도 서원한 지 얼마 되지 않은 신참 수녀였다. 그녀는 그가 성당에서 마음의 고민을 털어놓는 유일한 친구이기도 했다. 트럭 짐칸에 비스듬히 기대어 요동치는 비포장길을 트럭이 달리는 동안 그는 늘 눈에 고향을 그려냈다.

　모두 마을에 온 지 이 년이 되는 요즘은 자신의 봉사 활동에 대한 고민이 들었다. 그의 성격으로 보아 한 군데 정착하는 것보다 전국을 다니며 여러 경험을 하는 것이 더 좋을 것 같았다. 자신이 대전역에서 결심했던 열심히 살자는 뜻에는 돈 버는 일이 우선이었는데 현실은 자신의 생필품 하나를 사고 싶어도 호주머니에 여유가 없었다. 장사를 해서 돈을 벌어야 한다는 그의 의지가 있는 한, 지금의 봉사 활동은 언젠가는 그만두어야 할 일이었다. 대전에 도착한 그와 일행은 그가 일하던 과일 가게에서 산 물건들을 트럭에 가득 실었고 이후 짬을 낸 그는 김 기사와 강 로사 수녀가 과일 가게 근처에서 다른 생필품을 사는 동안 한비아 수녀를 데리고 그 신발가게를 찾았다. 그리고는 찜해 두었던 뒷굽이 낮고 편해 보이는 단아한 구두 한 켤레를 한비아 수녀에게 선물했다. 그녀가 코를 자극하는, 지금껏 맡아 보지 못

했던 특유의 가죽냄새가 풍기는 새 구두에 작은 발을 넣어 보고는 무척 행복해하자 그의 기쁨은 그녀의 것보다 몇 곱절은 더했다. 그러나 그는 쉽게 신발 가게를 나오지 못했다. 한비아 수녀가 거울 앞에서 그녀의 모습을 뽐내며 즐거워하고 있을 때 그는 비장한 각오로 정말 주머니를 탈탈 털어서 덤으로 흰 신발을 샀다. 그는 코를 찌를 듯한 화학 약품 냄새 밴 새 신발을 한동안 가슴에 꼭 껴안고 있었다. 그의 냄새를 새 신발에 묻혀 며칠 뒤 고향에 가는 사람 편으로 부칠 생각이었다. 그러고는 다시 주인을 설득해서 자신도 운동화를 샀다. 오래전 이 가게 진열대에 놓여 있던 그 운동화는 사라졌지만, 그는 오래전 약속을 지킬 수가 있어 행복했다. 오랜 기다림이 희망이었다.

돌아가는 길이 고난이었다. 한여름의 장마가 심하게 도로를 파헤쳐 놓았고 불어난 강물에 도로 여러 곳이 잠겼다. 김 기사의 뛰어난 운전 솜씨는 몸이 용수철처럼 튕겨 오르는 길도 잘 빠져나갔다. 한참을 속도를 못 내며 느림보 거북이처럼 기어가던 트럭은 김 기사의 기막힌 운전 솜씨 덕에 여러 위험한 상황을 무사히 빠져나와 모두 마을이 보이는 곳 가까이 왔다. 폭우에 잠긴 도로에는 오전에 이 길을 지날 때보다 훨씬 더 많은 계곡물이 불어나 그들이 도착했을 때에는 급류가 그 위를 거세게 흘러가는 잠수교가 되어 있었다. 트럭을 멈추고 차에서 내린 김 기사는 수위를 확인하러 세차게 흐르는 물속으로 발을 담갔다. 금세 그의 허벅지까지 물이 차올랐고 센 물살에 그의 몸이 기우뚱거리며 중심을 잃고 금방이라도 쓰러질 듯 흔들렸다. 그는 이내 앞으로 걸어가는 것을 포기하고 트럭으로 되돌아왔다.

"야 이거 큰일이여유. 물살이 장난 아니고 물속이 깊어 타이어가 걱정되네유."

그가 혀를 차며 강 로사 수녀에게 말했다.

"작년에는 물에 잠겼어도 도로가 다 보이더니만⋯."

그녀의 걱정에 그가 대답했다.

"걱정 붙들어 매세유. 좀 기다렸다 가면 되지유."

그러자 한비아 수녀가 김 기사를 쳐다보며 웃었다.

"참 시간도 많네유. 크크."

자갈이 바닥을 덮은 큰 폭의 계곡은 장마나 집중호우가 있고 나면 어김없이 근처 농경지를 침수시켜 큰 피해를 냈다. 여러 마을 주민들이 합심해서 모래주머니를 얹어 제방을 쌓고 있지만, 아직 공사가 진행 중이었다. 이들은 망연자실하며 잠수교 초입에서 몇 시간을 기다려도 수위가 낮아질 기미가 보이지 않자 모두의 인내심에 한계가 드러나기 시작했다.

"내 한 번 더 들어갔다 오겠시유."

김 기사는 몇 번을 들락날락했던 트럭에서 다시 나와 천천히 물에 잠긴 도로를 따라 앞으로 걸어 나갔다. 여전히 불어난 수위가 그의 허벅지와 허리 사이를 들락날락이는 것을 확인한 그는 트럭으로 돌아와 시동을 걸었다.

"가도 되겠습니까?"

강 로사 수녀가 흠뻑 젖은 그의 바지를 쳐다보며 말했다.

"그래유. 한번 가 봐유. 가다가 위험하면 되돌아오면 되잖아유."

그가 앞 유리에 묻은 물기를 마른 수건으로 닦고 길게 호흡을 하자 강 로사 수녀는 5단 묵주를 가방에서 꺼내 기도문을 읊조렸고 한비아 수녀도 손목에 차고 있던 1단 묵주를 풀어 작은 알을 돌렸다.

"걱정 마세유. 우리 넷에, 짐칸에 실린 물건들이 무거워 안 떠내려

가유."

그는 앞유리창 너머로 보이는 상황이 예사롭지 않음에 마른침을 연이어 삼키며 더욱 긴장했다. 물속에 잠긴 잠수교는 마치 투박한 유리 아래의 물체를 보는 것처럼 흐릿하게 보였다. 트럭은 그의 노련한 운전 솜씨 덕에 다행히 사고 없이 도로의 중간 지점을 지나고 있었다. 그때, 빠르게 물살에 떠내려 오던 형체를 알 수 없는 물체가 트럭의 앞부분을 치고 나갔고 '쿵' 소리와 함께 수녀들의 비명이 터졌다.

"앗! 잠깐만유."

"뭐죠?"

그와 한비아 수녀의 사이에 앉은 강 로사 수녀가 소리치자 그는 곧바로 트럭에서 내려 상황을 살폈다. 그리고 그는 트럭의 난간을 붙들고 급류를 거슬러 트럭 뒤로 돌아갔다.

"비아 수녀, 우리 괜찮을까?

"무서워요. 수녀 님."

한비아 수녀의 얼굴은 사색이 되어 있었고 강 로사 수녀는 그런 그녀의 손을 꼭 잡았다. 잠시 후 운전석 문이 열리며 그가 몹시 어두운 표정으로 그들에게 말했다.

"큰일 났네유. 뒷발통이 웅덩이에 빠졌어유."

"예에?"

두 수녀의 입이 크게 벌어졌다.

"큰일이네요. 어떡하죠?"

강 로사 수녀가 크게 걱정하며 두 눈을 감고 기도문을 외우자 한비아 수녀는 트럭 짐칸으로 난 작은 유리창을 열어 잠자고 있던 외발이를 깨웠다. 자리에서 벌떡 일어나 과일 상자들을 헤집고 한비아 수녀가까이에 온 그는 작은 유리창이 열린 공간 사이로 들려오는 그녀의 얘기를 듣고는 짐들 사이를 빠져나가 트럭의 짐칸에 쳐진 천막을 걸어 올렸다. 밖은 거센 물살과 그것이 내는 기괴한 소리가 '웅' 하며 사방의 모든 것들을 집어 삼킬 듯이 덤벼드는 기세는, 그것은 두렵기까지 했다.

"비아 수녀님, 내가 앞으로 가면 기사님께 시동 끄라고 말해 줘요."

"네. 조심해요."

트럭 뒤 칸에 있던 외발이의 모습이 사라지자 한비아 수녀의 얼굴이 돌덩이처럼 굳어졌다. 급류 속에서 중심을 잡고 선 그를 힘센 물살은 사정없이 밀어댔다. 그러나 급류의 거대한 힘을 그가 버텨내기에는 역부족이었다. 그의 약한 다리가 '쑥' 하며 트럭 아래로 빨려 들어가자 그제야 그는 심각한 상황에 직면했음을 직감했다. 겨우 흐트러진 자세를 바로 잡고 트럭이 기운 쪽으로 힘들게 서너 걸음을 옮겨가자 탁한 물살 아래로 희미하게나마 주저앉은 검은 바퀴가 보였다. 그는 김 기사에게 들리도록 목청껏 소리쳤다.

"기사님, 이건 못 뺄 것 같은데요?"

운전석 바퀴에 바짝 붙어 선 외발이에게서 자세한 상황을 전해들은 김 기사의 얼굴이 절망스럽게 일그러졌다.

"웅덩이가 얼마나 큰지 확인 가능혀?"

"예. 봤는데, 가는 방향으로는 턱이 그렇게 높지 않습니다."

"그럼 시동 걸어서 올려 볼까?"

"한번 해 보죠."

외발이가 몸을 움직여 트럭의 난간을 잡고 비켜서자 김 기사는 트럭의 시동을 켜 기어를 1단으로 변속하여 트럭에 힘을 불어넣었다.

트럭은 그의 운전 기술로 앞뒤 반동을 요란스럽게 쳐댔지만 그 턱을 넘어오기에는 역부족인지 요란한 엔진음만 내고는 제자리를 벗어나지 못했다. 그러던 차에 그에게 희소식이 들렸다.

"기사님, 저기 언덕에 사람들이 모여들어요."

강 로사 수녀가 가리킨 도로가 끝난 곳에 있는 언덕으로 동네 사람들이 모여들고 있었다.

"네, 아이들이 어른들을 데리고 와요. 무슨 수를 써 줄 거예요."

"맞아. 비아 수녀. 하느님이 우리에게 살길을 열어 주시는 거야. 난, 마치 모세의 기적을 보는 것 같아."

강 로사 수녀의 신앙고백에 김 기사는 일그러졌던 표정을 펴며 그녀에게 희망의 웃음을 날렸다.

"그래유. 이제 기다리면 희망이 와유."

조수석의 한비아 수녀가 외발이에게 들리도록 큰 목소리를 냈다.

"성중아, 언덕에 사람들이 몰려들고 있어. 우린 이제 괜찮아."

한비아 수녀가 지르는 소리를 들은 외발이가 그녀에게 크게 소리쳤다.

"할렐루야!"

잠시 후 사람들 사이로 긴 밧줄을 든 청년이 나타났다. 밧줄은 성당 사람들이 마을 사람들과 함께하는 운동회 때 사용했던 것으로 모두의 눈에 익었다.

"저걸 여기에 매려는 걸까?"

강 로사 수녀가 궁금한 표정으로 한비아 수녀에게 물었다.

"그런 것 같아요. 하느님은 하늘에서 밧줄을 내려주시네요. 썩은 동아줄이 아니라 산 밧줄을요.

한비아 수녀의 신앙고백에 강 로사 수녀가 그녀의 어깨를 한 손으로 감싸며 말했다.

"비아 수녀는 정말 훌륭한 수녀가 될 거야. 내 장담해."

강 로사 수녀는 아주 흡족한 표정으로 앞으로 있을 그녀의 봉사 활동을 크게 기대했다.

"비아 수녀님 말이 맞아유. 저 정도 길이와 굵기면 이 트럭을 당기는 데는 고만일 거예유."

"참말이죠? 주님께서 우리와 함께하십니다. 아무렴요. 호호."

강 로사 수녀의 호탕한 웃음에 모두들 그녀를 따라 웃었다. 하지만 이들에게 지지 않으려는 듯 급류가 내 지르는 소리는 더 기이하게 '웅웅' 댔다.

"근데 이렇게 빠른 물살을 저 청년이 견딜 수 있을까요? 걱정되네요."

강 로사 수녀의 불안함에 답을 가진 청년이 반대쪽에서 어렵게 허리까지 차 오른 물살을 헤치며 잠긴 도로 위를 걸어오고 있었다.

"수녀 님. 걱정 붙들어유. 저 청년 키에 저 체구면 여기 트럭 갈고리에 밧줄을 걸 수 있을 거예유."

"근데 낮이 익은데?"

밧줄을 허리에 묶은 청년의 뒤로, 원숭이 꼬리를 닮은 길게 늘어진 밧줄이 급류에 흐물흐물 이리저리 춤을 추며 그의 뒤를 따랐고 밧줄이 그를 단단히 잘 따르도록 마을 사람들이 수준 높은 기술로 조절을 잘하고 있었다. 그는 있는 힘껏 용을 쓰며 성난 물살을 헤치고 트럭을 향해 다가왔다. 청년이 그들의 얼굴을 알아볼 수 있는 거리에 가까워지자 한비아 수녀가 말했다.

"최천만이네요."

"뭐? 최천만?"

술만 마시면 어김없이 모두 성당에 들어와 큰 소리로 하느님께 면담을 요청하는 일 외에도 기이한 행동을 많이 일삼던 청년이 모두 마을에 있었다. 마을에서 워낙 부잣집 아들이라 그를 모르는 사람이 없었다. 그렇지 않아도 마을에서 그가 사라진 지 꽤 됐는데, 모두가 그를 궁금해했다. 소문에는 남대문 시장에서 보세 장사하다 동업자한테 뒤통수 맞고 사라졌다는 소문이 있었다. 그런 그가 지금 나타난 것이었다.

"저 친구 서울에서 사업한다고 하더니만 오늘 여기서 영웅으로 만나네."

강 로사 수녀가 그를 반겼다.

"술 먹은 거 아니겠죠?"

"설마?"

"멀쩡하게 보이는데유? 아마 여기 성중이 하고 친구일 걸유? 서로 잘 친해유."

김 기사 말에 한비아 수녀가 트럭 뒷바퀴에 있던 외발이를 불렀다.

"성중아, 최천만 형제가 오고 있어."

"뭐라고요? 천만이가요?"

외발이는 물살을 빗겨서 천천히 트럭 앞으로 나갔다.

"예, 천만이 맞습니다. 몇 번 동네에서 만나 술도 마시고 했어요. 거칠긴 한데 마음은 그리 나쁜 친구가 아닙니다. 배식할 때나 설거지할 때도 집에서 일하는 사람들 서너 명은 데리고 가끔 나타나 도와줍니다."

"그럼 김 기사님 말대로 서로 친구네?"

강 로사 수녀가 잘됐다는 듯 기뻐하자 한비아 수녀가 거들었다.

"최천만. 아버지가 만석꾼인데 아들은 천석 할 때 천 자를 붙이고 만자는 만복의 만 자를 붙여서 이름을 지었다고 해요. 이제는 철들어 성중이 말대로 그랬으면 해요."

한비아 수녀의 말에 김 기사가 웃으며 말했다.

"한참은 멀었시유."

"아저씨가 봐도 그렇죠?"

한비아 수녀가 그를 쳐다보며 피식 웃음을 내었다.

"재미있는 이름이네. 그래도 오늘의 영웅이야. 호호."

강 로사 수녀가 거친 물살을 헤치며 밧줄을 허리에 감고 걸어오고 있는 최천만의 영웅적 모습에 박수를 보냈다.

"멋있네. 성서에 나오는 기드온 형제 같아. 안 그래 비아 수녀?"

한비아 수녀는 그녀의 말에 동의할 수 없는 듯, 입술을 삐쭉거렸다. 그녀는 그가 여기에 오는 것이 왠지 불안하게 느껴졌다. 사실 그녀가 오래전, 그로부터 겪었던 수치스러운 일이 갑자기 떠오르며 그를 마주보는 것이 불편했다.

"야, 천만이 고생 많았어."

외발이가 트럭에 도착한 그를 기쁘게 맞았다. 몸을 숙인 채 숨을 헐떡거리는 그의 등을 두들겨 주며 외발이는 그를 격려했다. 숨을 고른 후 천만은 외발이를 쳐다보고는 그를 아는 마을 사람들 모두에게 익숙한 그만의 특유의 표정인 입은 크게 벌리되 소리는 내지 않으며 두 눈은 감겼는지 떠졌는지 구분할 수 없는 맹한 표정으로, 외발이의 머리를 한 대 툭 치고는 그를 지나 열린 트럭 창문 안으로 머리를 빼꼼히 내밀었다. 그는 먼저 김 기사에게 고개를 까딱였고 눈웃음으로 강 로사 수녀를 흘긴 후 조수석 창가를 등지고 앉아 있는 한비아 수녀를 향해 거수경례를 힘차게 했다. 그녀에게서 별 반응이 없자 이번에는 둥근 얼굴과 입술 위의 검은 점에 잘 어울리는 환한 웃음을 그녀에게 보냈다. 마지못해 한비아 수녀는 두 손을 합장하며 그의 인사에 답했다. 그가 무슨 말을 할 찰나에 외발이가 그의 어깨를 건드리며 말했다.

"위험한 일인데 고생했다."

그의 말에 천만이 가슴을 내밀며 답했다.

"뭐, 친구가 이렇게 죽을 고생으로 갇혔는데 내 보고만 있을 수 있나?"

"고맙다. 물살이 장난 아니다."

"맞다. 걸어오는데 잔돌이 엄청 발을 때리더라. 이거 내 아니면 저 언덕에 선 사람 중에는 할 수 있는 사람이 없겠더라. 근데 어디가 고장이야?"

"뒷바퀴가 웅덩이에 빠졌어. 아마 급류에 약했던 곳이 휩쓸려 가 버리고 웅덩이가 깊게 팼나 봐."

천만이 트럭 난간을 단단히 거머쥐고 게걸음으로 트럭 뒷바퀴로 갔다. 그러고는 허리를 숙여 물속으로 그의 머리를 한참 동안을 집어넣어 물에 잠긴 뒷바퀴를 살핀 후 물속을 나왔다.

"심각하네? 내 밧줄부터 풀자."

외발이 도움으로 그의 배를 감고 있던 밧줄이 풀리며 천만의 배에 까칠했던 밧줄 자국을 뚜렷하게 남겼다.

"야, 배 안 아파?"

천만이 던져준 밧줄을 건네받은 외발이가 걱정하자 김 기사가 끼어들었다.

"밥 먹으면 배는 다시 튀어나와. 성중아, 트럭 앞 범퍼 아래 갈고리 보이잖여? 거기에다 밧줄을 단단히 걸어야 혀."

김 기사의 말대로 외발이의 눈은 빠른 물살 아래로 시커멓게 튀어나온 견인 걸이를 찾아내었고 천만이 건네준 밧줄을 거기에다 걸기 위해 안간힘을 썼다. 그러나 예상대로 빠른 유속으로 갈고리에 밧줄을 걸기란 얼굴을 수면에 가까이 대지 않고는 할 수 없는 일이었다. 그는 할 수 없이 몸을 낮게 낮추어 반쯤 앉은 기마자세를 취했으나 수면 가까이 닿은 코 안으로 물이 튀어올라 여간 힘든 작업이 아니었다. 보다 못한 천만이 나섰다.

"야, 비켜 봐."

그가 외발의 손에 들린 밧줄을 낚아챘고 외발이는 그의 옆으로 비켜섰다.

"너라고 다를 줄 아냐? 물속이 얼마나 물살이 센데. 손이 밀려서 작업이 안 돼."

그의 말대로 시간이 지날수록 물은 더 불어났고 거친 물살은 성이 난 듯 더 강하게 그들을 밀어붙였다.

"쇠걸이가 어디쯤이야?"

"거기, 거기, 좀 아래. 응, 거기야."

천만이 외발이와 같은 자세로 밧줄을 쥔 손을 물속으로 넣어 갈고리를 찾아 더듬어 갔지만 번번이 실패했다. 이를 지켜보던 김 기사가 자신이 해 보겠다며 트럭에서 내려왔지만 천만의 고집을 꺾을 수 없었다.

"야, 이 밧줄이 쇠고리보다 더 굵어. 이건 될 일이 아니다. 칼 있어?"

외발이는 한비아 수녀로부터 칼을 건네받아 그에게 건넸다.

"여기 있다. 이거면 되나?"

고개를 끄떡인 그는 밧줄의 끝을 잘라 여러 가닥으로 교차해가며 양 끝을 맞붙여 둥근 고리를 만들었다.

"이 정도면 된 것 같다. 안 그래?"

천만의 말대로 그가 봐도 저 정도의 굵기면 충분히 쇠고리 안으로 들어갈 것 같은 생각에 엄지손가락을 치켜세워 그에게 들어 보였다.

"맞다. 그 정도면 될 것 같다. 잘해 봐!"

"자식, 내 잠수한다."

"뭐? 잠수?"

"그건 하지 마라. 물살도 세고 이런 물 안에서 눈 떠도 앞이 안 보인다."

"그래, 성중이 말이 맞습니다. 하지 마세요. 천만 형제."

강 로사 수녀도 그를 말렸지만 천만은 특유의 '씩' 하는 표정과 함께 자세를 낮추고는 물속으로 모습을 숨겼다. 모두가 가슴을 졸이며 그를 기다리자. 잠시 후 '푸' 하는 소리와 함께 그가 물 위로 머리를 내밀었다.

"왜?"

외발이의 물음에 그가 숨을 고르며 말했다.

"아니다. 안 보이는 것도 문제인데 몸이 다 잠기니까 물살에 몸이 흔들려 자세가 안 나온다. 안 되겠다. 이 줄이면 충분히 허리를 묶을 수 있겠어."

"그건 좀 이해가 안 되는데?"

"왜?"

"위험하다."

"이해 안 되기는 네가 이해 안 된다. 더 안전하지."

천만은 상체를 꼿꼿이 세우고는 밧줄에서 뽑아낸 여러 가닥의 줄을 새끼 꼬듯 비비 꼬아 만든 손가락 굵기의 줄로 그의 허리를 묶었다. 그는 숨을 크게 들이킨 후 다시 물속으로 들어갔고 잠시 후 물 위로 머리를 내밀었다.

"걸었나?"

김 기사가 그에게 물었다.

"예. 움직여 보세요."

그는 숨을 몰아쉬면서도 언덕에 모인 사람들을 향해 손을 흔들었다. 그리고 그의 수신호에 맞춰 얼마 지나지 않아 밧줄이 팽팽해지더니 수면 위로 온전한 모습을 드러냈다. 김 기사는 강 로사 수녀가 내지르는 탱탱한 밧줄 같은 응원을 받으며 트럭의 시동을 걸었다. '부르릉' 큰 소음이 일더니 김 기사의 동작에 맞춰 트럭의 뒷바퀴가 요동쳤다.

"더 세게 당겨."

천만이 언덕 위의 사람들을 향해 팔을 세차게 흔들었다. 밧줄이 한껏 팽팽하게 당겨져 '부르르' 떨리며 밧줄에 매달려 있던 물방울이 수도 없이 떨어졌다. 잠시 후 탄력을 받은 트럭이 제자리에서 벗어날 듯이 요동을 치더니 덜컥거리며 웅덩이 턱을 넘어섰다. 트럭이 제자리를 찾자 언덕 위에 있는 사람들과 트럭 안에 있는 사람들의 환호 소리가 급류의 괴성을 짓눌렀다. 온 얼굴에 환희의 표정을 한 김 기사가 속도를 높여 앞으로 나가자 그때 천만의 허리를 감았던 줄이 앞바퀴에 감기면서 그의 몸이 트럭 아래로 순식간에 모습을 감춰 버렸다.

"천만아! 아저씨 멈춰요."

외발이는 다급하게 트럭을 두드리며 김 기사가 트럭을 멈추도록 고함쳤다. 김 기사가 급하게 트럭을 멈추자 곧바로 외발이는 트럭 밑의 천만을 찾기 시작했다.

"천만 형제! 아이고. 큰일 났네. 빨리, 빨리 찾으세요."

강 로사 수녀의 다급한 외침이 열린 창문에서 뻗쳐 나왔다. 외발이는 한순간의 망설임 없이 천만을 찾으러 트럭 아래로 잠수했다. 그는 고막을 두드리는 거센 물살의 소음을 견디며 필사적으로 손을 뻗어 한 치 앞도 보이지 않는 수중 속을 더듬었다. 그리고 뻘건 핏발이 선 그의 눈에 희미한 형태의 물체가 보이자 순간 그것을 꽉 잡았다. 천만의 손이었다. 천만은 그의 손을 힘껏 잡은 채 심하게 발버둥 쳤고 외발이 그를 진정시키기에는 역부족이었다. 그는 막혀 오는 숨을 더 이상 참을 수 없었고 발로 천만의 몸을 박차고 물 밖으로 머리를 내밀었다. 숨고를 새도 없이 트럭 앞 유리창에 놓아 둔 칼을 집어 들고는 물속으로 다시 들어갔다. 언덕에 선 사람들이 사람 죽는다는 고함을 쳤고 트럭 안의 사람들은 하느님을 찾았다. 모든 것이 순식간에 혼란 속으로 빠져들었다.

*

외발이는 다시 한번 발버둥 치는 천만의 팔을 잡고 그의 배에 묶인 줄을 풀려고 온 힘을 다했다. 그는 손에 칼을 쥐고 사력을 다해 몸부림치는 천만의 배에 묶인 줄을 끊으려 여러 차례 시도했지만 제대로 되지 않았다. 그러던 중, 천만의 움직임이 급격히 줄어들었고 상황이 심각하다고 판단한 그는 천만의 몸에 묶인 밧줄을 끊으려 있는 힘을 다해 칼을 휘둘렀다. 순간 섬뜩한 느낌이 칼자루를 쥔 그의 손으로 전해졌다. 그때 참았던 숨도 한계에 다다라 더는 그가 물속에서 버틸 수 없었다. 그는 다시 물 위로 머리를 내밀고는 이런저런 생각할 겨를도 없이 한껏 숨을 들이켠 후 다시 물속으로 들어갔다. 그가 손을 뻗자 천만의 신발이 그의 손에 붙잡혔다. 하지만 그의 몸은 아무런 움직임이 없었다. 위험한 생각이 순간 그의 정신을 사로잡았다. 그는 사력을 다해 천만을 당겼다. 순간 천만의 신발이 벗겨지며 그의 몸이 빠른 유속에 휩쓸려 트럭 아래서 사라져 버렸다. 충격이었다. 외발이는 필사적으로 몸을 낮춰 트럭 아래를 지나 그가 떠내려간 길을 따라갔다.

"천만이 떠내려간다."

"으악!"

죽음을 목격한 아이들의 비명과 수녀들의 외침을 남겨두고 외발이와 천만은 급류가 벌린 입속으로 삼켜졌다.

천만의 몸이 한참을 떠내려오다 부유물에 걸려 움직임을 멈추자 외발이도 천만의 옆에 멈춰 섰다. 죽은 고목에서 뻗쳐나온 굵은 가지를 붙잡은 외발이의 팔은 부들부들 떨고 있었다. 숨을 쉬는 것조차 힘들어 보이던 외발이는 힘겹게 고개를 돌려 미동 없는 천만을 겁에 질린 눈으로 쳐다봤다. 물 위에 엎드린 천만이 걸친 흰색 셔츠는 바람이 잔뜩 들어간 풍선처럼 부풀려져 있었고 그의 허리에서 흘러나온 밧줄이 물살에 쓸려 이리저리 움직이고 있었다. 두려움에 파르르 떨리는 얼굴을 들어 하늘을 쳐다보는 외발이의 얼굴에 무심한 잿빛 하늘은 가랑비를 뿌려댔다. 그는 천만의 허리에 매여진 줄 끝을 손에 감고는 있는 힘을 다해 물가로 빠져나왔다. 그를 뒤따라온 주검을 모래톱 위로 끌어올린 그는 손에 감겼던 줄을 풀고는 기진맥진한 몸을 질펀한 모래 위에 누였고, 천천히 떨리는 손을 더듬어 차가운 천만의 손을 잡고는 그와 함께 하늘을 보고 누웠다. 회색 하늘이 흩뿌리는 실비가 천만의 얼굴에 묻은 수초 찌꺼기들을 씻어 내렸다. 한참을 그의 옆에 누워있던 외발이는 몸을 일으켜 두 무릎을 꿇고는 그의 젖은 옷을 당겨 천만의 얼굴에서 빗물에 씻기지 않은 더러운 찌꺼기들을 닦아 냈다. 퍼렇게 질린 천만의 얼굴을 쳐다보던 외발이는 그제야 오열했다. 우정과 두려움이 뒤섞인 그의 울음이 그치자 그는 천만을 업었고 둑으로 오르는 가파른 언덕에 자란 마른 풀을 움켜잡으며 죽을 힘을 다해 언덕을 기어 올라와 둑 위의 자갈밭에 그를 눕혔다. 그가 숨을 고를 때에 오토바이 한 대가 점점 그들을 향해 가까이 다가오고 있는 것이 그의 눈에 들어왔다. 바닥에 주저앉았던 그는 몸을 일으켜 오토바이를 향해 손을 흔들었다. 그러나 그와의 거리를 지척에 두고 밀짚모자를 눌러쓴 남자가 겁이 났는지 오토바이 핸들을 돌려 비명을 지르며 달아나 버렸다.

"사람이 죽었다."

그 남자의 외침은 둑길에 남은 외발이의 귓가에 한동안 울렸다. 외발이는 태어나 처음으로 그를 옥죄여 오는 두려움에 사로잡혔다. '그래, 이제 천만은 죽었어. 여기 놔두고 혼자 간들 아무 일 없을 거야. 차라리 빨리 마을로 가서 사람들을 데리고 오는 게 좋겠어.' 그는 천만을 업고 마을로 가는 것은 더는 그가 할 수 있는 일이 아님을 깨닫고 천만의 몸을 길가에 편안하게 눕힌 후 윗옷을 벗어 고통으로 일그러진 천만의 얼굴을 덮어주었다. 그리고 그는 둑길 멀리 희미하게 보이는 마을을 향해 걸었다.

자갈길은 며칠을 퍼부은 거친 장맛비를 못 이겼고 웅덩이에 갇힌 흙탕물이 길을 잡아먹어 버렸다. 외발이 마음먹고 한비아 수녀의 신발과 함께 산 새 운동화는 흙탕물로 엉망이 되어 버렸다. 더러운 길을 걸어가는 동안 무거운 진흙이 달라붙은 운동화는 그의 발에서 계속 빠져나왔다. 마을로 가는 그의 걸음은 더딜 수밖에 없었다. 그의 머릿속은 걷는 내내 친구를 잃은 슬픔과 두려움 그리고 불안한 생각들로 꽉 차 있었다. 그가 한참을 걸어 마을 입구에 도착했을 때, 마을 사람들의 웅성거리는 소리가 큰 마당에서 들렸다. 사람들은 그와 천만의 이름을 그들의 대화 속에 올렸고 그를 향한 심판이 진행 중이었다. 그는 자세를 낮추어 담벼락에 몸을 붙이고는 그들의 대화를 엿들었다.

"아니 물에 떠내려간 천만이 배에서 내장이 흘러나왔다는 게 참말인 겨?"

"천만이가 무슨 일인지 모르지만, 그놈 손에 죽은 거여."

"트럭에서는 안 싸웠는데 뭣 때문에 외발이가 살인을 해?"

"도통 이해가 안 돼!"

"에이, 외발이가? 그 착한 놈이 어찌 싸우겠어? 뭣 때문에? 생각해 봐. 사람을 구하러 물에 들어갔는데 죽일 이유가 없잖여?"

"그래, 나도 그리 생각혀."

"근데, 최 씨 네가 가만있겠시유?"

"맞어. 자기 자식이 죽었는데."

"아마 외발이가 덤터기 쓸 거여. 최씨 부인이 어떤 사람인데 가만히 있겠어?"

"하여튼, 임 씨가 오토바이 타고 오다가 외발이가 사람을 죽이는 걸 목격했다니 경찰이 가만 안 있을 거여."

외발이는 두려움에 즉시 마을을 빠져나와 성당으로 갔다.

*

강 로사 수녀는 모두 성당에 도착하자마자 본당 주임신부를 찾아가 오늘 있었던 사실을 알렸다. 그는 강 로사 수녀와 한비아 수녀를 달래며 날이 밝는 대로 외발이를 찾아 나서기로 했다. 강 로사 수녀와 헤어진 한비아 수녀는 성당으로 발걸음을 옮겼다. 경건한 십자가 아래 머리를 숙인 그녀는 외발이를 위한 묵주기도를 했다. 예전에 외발이가 데려왔던 소년에게 한비아 수녀는 큰 정성을 쏟았다. 그런 그녀가 외발이에게는 천사였다. 좁은 마을에서 매일 일어나는 일은 새로운 것이 없는 평범한 일상이었지만 갓 스물을 넘은 외발이가 세상을 향해 바라보는 가치관에 한비아 수녀는 많은 영향을 끼쳤다. 지혜로운 한비아 수녀는 외발이가 모두 마을에서 이년을 보내는 동안 그가 선한 청년으로 성장하는 데 큰 힘이 되어 준 누나 같은 수녀였다.

성당 안으로 들어간 외발이는 맨 앞줄에 앉아 기도 중인 한비아 수녀에게로 다가가 그녀 어깨에 손을 얹었다.

"너니?"

고개를 돌린 그녀는 엉망진창 몰골을 한 그를 바라봤다. 그녀에게서 기도하는 존재만이 소유할 수 있는 거짓도 꾸밈도 없는 선한 기운이 흘러나왔고 지금 그것은 온전히 그의 소유였다.

"네."

"다친 데는 없어?"

"네."

"다행이다"

"그 친구는 죽었어요. 트럭 밑에 너무 오랫동안 있었어요."

"그래…. 우리도 다 알아."

"마을에서 들었는데…. 사람들이 날보고 살인자라 하네요. 천만이 허리에 묶인 줄을 풀려다 나도 모르게 천만의 배에 칼자국을 낸 건데…."

"그래. 너 아닌 거 우리가 다 알아. 너 오기 전에 마을 동장이 왔다 갔어. 우리가 아니라고 했어."

"죽은 천만이를 물속에 놔둘 수 없어서 둑에 올려놓고 지나가는 사람에게 도움을 부탁하려고 기다리고 있는데…. 오토바이 탄 사람이 날보고는 도망을 갔거든요. 내가 천만이를 죽였다고 생각하는 모양이에요.

"이런…."

"조금 있으면 천만이 부모가 날 죽이려고 달려들 거예요."

"걱정 마. 경찰이 네가 살인자가 아니라는 걸 밝혀 줄 거야."

"쉽지 않을 거예요."

"나와 강 로사 수녀 님 그리고 김 기사가 증인인데? 우리가 제일 가까이서 봤잖아."

"안 믿을 거예요. 제 식구 감싼다고 할 거예요."

"아냐. 바보 같은 생각 마. 하느님이 널 지켜 주셔."

"짐이 되기 싫어요. 전 여기를 떠나야 할 것 같아요. 모든 것이 엉망이 돼 버렸어요"

그녀는 자리에서 일어나 그를 꼭 끌어안았다. 그녀가 흘리는 뜨거운 눈물이 그의 어깨를 적시는 것에 그도 소리 죽여 오열했다.

"난, 누명을 썼어요. 이걸 벗어날 순 없을 겁니다. 흑흑."

"넌 아무 잘못 없어. 진짜야."

그녀는 그를 껴안았던 팔을 풀고는 손을 뻗어 그의 눈물을 닦아 주었다.

"넌 가면 안 돼. 그날 일 기억나? 소년이 죽고 그다음 해에 네가 심은 해바라기꽃이 여기 성당과 마을 곳곳에 피었을 때 네가 그랬지. 사랑은 늘 기다려야 되고 기다림은 희망이 된다고. 그 이후로 난 해바라기만 보면 사랑이라 불렀다가 기다림이라 불렀다가 희망이라고 부르잖아? 두려워하지 마."

"하지만 이제는 희망이 없어요. 경찰서에 가면 동장이 천만이 작은아버지니까 그 사람 말을 믿지 내 말은 안 믿을 거예요. 천만이 아버지 화를 저는 감당할 자신이 없어요. "

"주임 신부님도 너를 도울 거야. 강 로사 수녀 님 성격 잘 알잖아? 도와주실 거야. 떠나면 안 돼."

"알아요. 얼마나 좋으신 분들인지. 비아 수녀님은 절대 안 잊을 겁니다."

그가 그녀를 와락 끌어안았다. 그렇게 두 사람의 시간은 흘렀다. 한참 뒤 성당을 나서는 그를 불러세운 그녀는 손목에 차고 있던 묵주를 풀어 그의 손목에 채워 주었다.

"이거 가지고 가."

그의 손목에 생긴 밧줄 자국을 그녀가 채워준 묵주가 가렸다.

"기도해. 해바라기는 사랑이고 기다림이며 희망이야."

"정말 고마웠어요. 잘 있어요. 비아 수녀님!"

"잘 가…."

그는 보따리를 가로질러 매고는 성당 문밖으로 사라졌다.

*

퍼붓는 비가 약하게 흩날리자 박 씨는 다시 몇 번째인지 모를 담배를 피웠다. 바닥에는 수태와 함께 피운 담배꽁초가 수북했다.

"이 사람이 그 일에 엮인 것이야. 이 이야기가 퍼져서 그는 살인자가 되었어. 정 씨가 그 소문을 들은 거고."

"그리됐네예…. 형님만큼 좋은 사람 찾기 힘듭니더."

수태가 일어나 밖을 살피더니 박 씨에게 말했다.

"갑시더. 예쁜더 동산으로 갑시더."

"그래, 여기 여주인도 언제 올지 모르겠어. 일단 가면 방법이 있겠지."

술도가 대문 밖으로 나갔던 수태가 손수레를 가지고 돌아왔다.

"다 젖었지만, 바퀴는 괜찮습니더. 손잡이만 좀 잡아 주시소."

박 씨가 비에 젖어 미끈한 손수레 손잡이를 잡자 수태가 시체 같은 외발이를 들어 손수레에 누인 후 박 씨가 잡고 있던 손잡이를 그가 대신 잡았다.

"성님, 외발이 성님 머리 잘 받치고 가야 합니더."

"그래, 가자."

손수레 안의 좁은 공간에 앉은 박 씨가 우산을 펼쳐 들어 외발이 얼굴에 떨어지는 빗물을 막았다. 대문을 나선 후 손수레를 끌고 가던 수태가 늪가의 소로길에서 멈춰 섰다. 진흙 길을 손수레로 끌고 가는 것은 아무래도 무리였다.

"성님, 제가 업겠습니더."

수태는 외발이를 업었고 진흙 길을 힘들게 걸어 예쁜더 동산으로 향했다.

*

"사람 있어요?"

"하나꼬!"

안방에서 세실리아 수녀와 고구마를 먹으며 이야기를 나누던 하나꼬가 대문 밖에서 들리는 고성에 방을 나와 마루 천장에 달린 나비 스위치를 돌려 전구를 켰다.

"누구세요?"

"하나꼬인가?"

"네."

"내는 외발이 동생하고 일하는 사람인데 외발이가 크게 다쳤어. 여기 대문 좀 열어 주게."

"네?"

하나꼬는 급하게 마당을 가로질러 대문의 빗장을 풀었다. 체격이 왜소한 나이 든 남자 뒤로 덩치 큰 사내에 업혀서 머리에는 수건이 몇 겹인지 모를 정도로 두껍게 말린 채 팔을 축 늘어뜨린 모습의 외발이를 보고는 그녀는 아연실색하며 크게 소리 질렀다.

"성중 씨!"

하나꼬의 찢을 듯한 비명을 듣고 마루에 서 있던 세실리아 수녀도 황급히 하나꼬에게 달려왔다.

"이게 무슨 일이에요?"

"그 얘기는 내 좀 있다가 할 테니 우선 옮깁시다."

"아…."

하나꼬는 축 늘어진 성중의 팔을 흔들어 보았지만 아무런 반응이 없자 안절부절 못하며 그들을 데리고 부엌으로 들어갔다. 아궁이 안에는 초저녁에 지핀 불씨가 꺼지지 않은 채 은은하게 부엌 안을 밝히고 있었다.

"어디다 눕힐까예?"

수태가 물었다.

"여기에요."

하나꼬가 부엌문 구석진 곳에 수북이 깔린 짚 더미를 가리키자 수태가 조심스럽게 외발이를 내려놓았다. 노란 전등 빛에 피투성이인 외발이의 모습이 자세히 드러나자 하나꼬와 세실리아 수녀가 경악했다.

"어쩌다 성중 씨가 이 지경이 됐어요. 예?"

세실리아 수녀가 전혀 이해할 수 없는 표정으로 박 씨와 수태를 번갈아 쳐다보며 물었다.

"요 앞 술도가에서 술 마시다가 시비가 붙었습니더. 그러다 그만 이렇게…."

수태의 말에 하나꼬가 물었다.

"아저씨, 이 사람이 머리를 맞았나요? 피를 많이 흘렸어요."

그녀의 행동을 잠시나마 유심히 지켜보던 박 씨와 수태가 놀라며 동시에 말했다.

"혁…. 안 미쳤네?"

"자네가 왜 멀쩡혀?"

박 씨와 수태는 그녀가 미치지 않았다는 것을 도무지 믿을 수 없다는 표정으로 그녀와 세실리아 수녀를 번갈아 쳐다봤다.

"저 안 미쳤어요. 그건 나중에 얘기하고 빨리 수건 좀 풀어봐요. 어서요!"

"잠깐, 내가 할게."

세실리아 수녀는 천천히 외발이 머리를 동여맨 핏물이 벌겋게 밴 수건을 벗겨내고는 검붉은 피로 떡칠한 장발을 그녀의 손으로 조심스럽게 헤집으며 상처를 살폈다.

"워낙 삽 대가리로 세게 얻어맞아서 머리 안에 뼈가 다 드러났어. 빨리 병원으로 가야 해."

박 씨의 걱정이 이어지는 동안 세실리아 수녀는 외발이의 소매를 걷어 올리고는 맥을 짚었다.

"맥은 뛰지만 약해."

"세실리아, 빨리 함안으로 가자."

"그래. 기사 아저씨 깨우고 와야겠다."

말을 마친 세실리아 수녀는 급히 몸을 일으켜 밖으로 나갔다. 수명을 다한 듯한 전구의 깜빡거림이 심해졌다. 하나꼬는 세숫대야에 물을 담아 와서는 깨끗한 수건으로, 핏물로 얼룩진 외발이의 얼굴을 정성스럽게 닦았다.

"성님, 이대로 눈 감고 계속 있으면 큰일 납니더. 어서 일어나이소."

수태는 풍성하게 자리 잡은 구레나룻을 외발이 귀에 가까이 대고 주문을 외듯 중얼거렸다.

"하나꼬, 정신 똑바로 차려야 하네. 자네는 최대한 빨리 병원으로 가야 해."

박 씨가 두 눈에 힘을 주며 하나꼬에게 더 이상 여기서 지체하지 말 것을 강조했다.

"아저씨도 같이 가요."

하나꼬의 애절한 눈과 마주친 박 씨는 고개를 가로저었다.

"내가 가면 해바라기 수확일을 마무리할 사람이 없어. 내하고 이 친구는 여기 남아서 대장이 마무리할 일을 끝낼 테니 자네하고 조금 전 있었던 세실… 무슨 수녀하고 두 사람이면 충분할 거야."

"맞습니더. 근데, 진짜 미친 거 아닙니꺼?"

수태가 자신이 보고 있는 하나꼬가 진짜 그녀가 맞는지 또다시 의심하면서 캐물었고 그녀는 대답하지 않았다.

"그러면 아저씨가 뒷일을 잘 처리해 주세요. 성중 씨가 깨어나면 이야기할게요. 그리고 며칠 내로 제가 안 오면 여기에다가 성중 씨 짐을 놔두면 돼요."

"그래, 내 자네 말 이해했어."

둘의 대화가 끝날 무렵, 부엌문이 열리면서 세실리아 수녀가 수태 만 한 큰 덩치의 남자를 데리고 나타났고 사내를 본 박 씨가 한시름 놓은 듯한 표정으로 말했다.

"그래, 여기 덩치 큰 기사님 하고 수태하고 나서면 대장을 옮기는 데는 문제가 없겠어."

수태가 체격이 좋은 트럭 기사에게 머리를 끄떡여 인사를 하고는 넓은 등을 내밀어 보였다. 그러자 덩치 큰 기사가 외발이를 천천히 들어 올려 수태의 등에 올렸고 수태는 외발이의 허벅지를 두 손으로 단단히 잡고 일어섰다. 그 순간 외발이 품에서 뭔가가 떨어졌다. 하나꼬는 떨어진 물건을 주워다 세심히 살피더니 세실리아 수녀에게 건넸다.

"이건 묵주인데 성중 씨가 왜 가지고 다녀?"

하나꼬가 건네준 묵주를 세심히 살피던 세실리아 수녀의 얼굴은 이내 어두워졌고 잠시 침묵을 지키던 그녀가 묵주에서 시선을 떼며 중얼거렸다.

"그분이셨구나."

그녀는 하얗게 변한 얼굴빛으로 망설임 없이 묵주를 하나꼬에게 건넸다.

"표정이 왜 그래?"

하나꼬가 잘 아는 그녀는 웬만한 일로는 절대 얼굴빛이 어두워지는 사람이 아니었다.

"아냐, 아무것도…. 어서 가세요. 아저씨."

그녀가 수태를 재촉했다.

수태가 부엌문을 나서려 하자 약해졌던 비가 다시 거세졌다. '우르릉 쾅' 천둥소리와 함께 동산을 태워 버릴 듯한, 차마 마주 보지 못할 번개가 섬광을 내며 내리치자 세실리아 수녀가 수태를 다시 불러 세웠다.

"조금 있다 가세요."

박 씨가 말을 받았다.

"내가 봐도 지금 출발하는 건 아녀. 조금만 기다려 보자고."

그의 말에 수태는 다시 외발이를 제자리에 눕혔다. 하나꼬가 안절부절못하자 세실리아 수녀가 그녀를 진정시켰다.

"침착해. 하느님이 지켜 주실 거야."

그녀의 말에 박 씨가 더했다.

"여기 기사 양반이 힘깨나 쓰게 생겼으니 내하고 수태는 먼저 동네로 가겠네. 하나꼬 자네는 수녀 님 말대로 너무 걱정하지 말게나. 허허. 하나꼬가 이런 사람일 줄은 꿈에도 몰랐네 그려."

박 씨와 수태는 외발이를 잠시 쳐다보더니 부엌을 나갔다.

"나도 트럭에 가서 짐칸 정리 좀 하겠습니더."

트럭 기사도 그들을 따라나섰다. 하나꼬와 세실리아 수녀 그리고 외발이…. 세 사람만 남은 한 밤의 부엌은 오후의 세 사람이 머물던 부엌을 기억에서 밀어냈다. 하나꼬가 세실리아 수녀를 슬픈 눈으로 쳐다보며 말했다.

"이모, 성중 씨 기도 좀 해 줘."

그러고는 눈을 감았다. 불안한 마음을 지우려는 걸까? 뒤틀린 손으로 묵주 알을 돌리며 한동안 기도문을 중얼거렸다. 그녀와 함께 세실리아 수녀도 묵주기도를 시작했다. 어느 정도 시간이 지났을까? 둘의 이마에는 땀방울이 송골송골 맺혔고 세실리아 수녀가 말했다.

"이 사람이 그 사람이네."

뒤이어 하나꼬의 차분한 음성이 들렸다.

"이 사람도 해바라기 같아."

억수같이 쏟아 내리는 비를 맞으며 질퍽한 밤길을 걸어온 박 씨와 수태가 현수 아재 집에 거의 왔을 때 담 밖으로 난 작은 창문이 열리더니 귀에 익은 목소리가 들렸고 곧 그들은 걸음을 멈추었다.

"잠시만 들어오시소."

정 씨였다. 박 씨는 수태를 이끌고 정 씨가 있는 집으로 들어갔고 그와 함께 술도가 집에서 봤던 청년들과 앉아 있었다. 박 씨와 수태는 그들의 맞은편 자리에 앉았다.

"한 잔 더 하시소."

정 씨가 술잔을 비우며 빈 잔을 박 씨에게 내밀었다.

"외발이는 어찌 됐어요?"

"심상찮아. 내도 젊었을 때 많이 맞아 봤지만, 저 정도로 맞지는 않았어. 죽을 만큼 맞은 거야. 느낌이 안 좋아."

수태가 정수와 병구를 노려봤다.

"왜 그랬어?"

박 씨가 두 청년에게 묻자 정수가 나섰다.

"그 미친년 집에서 뭐 했습니꺼?"

"데려다주고만 왔네. 내 자네들 얘기는 안 했어."

"미친년한테 우리 얘기를 해 봤자 무슨 소용입니꺼? 아지매하고 형님들만 조용하면 되지예."

수태가 정수의 말에 대꾸했다.

"미친년 아이다."

순간 박 씨를 빼고는 모두 수태를 이상한 눈으로 쳐다봤다. 정 씨가 실소를 터뜨리며 말했다.

"네가 미쳤군."

그가 수태를 비웃자 병구가 말했다.

"그건 됐고. 싸움질은 누구나 안 합니꺼? 그걸로 사내가 돼갔고 조잘거리면 그건 사내새끼도 아니지예. 그 새끼 죽으면 우리는 공범입니더."

격분한 수태가 주먹을 들자 박 씨가 말렸다. 그러자 정 씨가 말을 이어 갔다.

"성님 오기 전에 요 마을 청년들이 우리한테 제안을 하나 하대요. 내년부터 해바라기 사업은 마을 청년들이 하는데 우리를 대행 업자로 뽑아 준다네요."

"뭐?"

박 씨와 수태의 눈이 커졌다.

"무슨 소리 합니꺼?"

수태가 나서자 박 씨가 그를 진정시켰다.

"대신에 오늘 일은 잘 마무리 지으면, 운송권도 덤으로 얹는답니다."

"그라모 외발이 성님은 우찌 되는 겁니꺼?"

수태가 나서자 정수가 답했다.

"수태 형님, 외발이 성은 더는 이 사업 못 합니더. 제쳐 버리고 박 씨가 운영하면 됩니더."

병구가 나섰다.

"함께할 겁니꺼 말 겁니까?"

박 씨는 고민스러운 듯 잠시 두 눈을 감았다 떴다.

"수태가 이러는 데는 외발이가 그동안 우리를 잘 대해 줘서 그러니 이해들 하시게. 워낙 외발이와 정이 많이 들었어. 내는 이미 나이가 많이 들었고 집에서 기다리는 늙은 마누라한테로 돌아가도 될 듯하네. 내가 수태한테 잘 말할 테니 정 씨가 말한 그 사업이나 잘 지켜 주게."

수태가 그의 말을 부정하며 언성을 높였다.

"성님, 무슨 말을 그리합니꺼?"

"가만히 있거라. 내 살아 보니 순간적으로 끓어오르는 감정에 치우쳐 내 가족들을 어렵게 한 적이 제법 있었어. 그냥 흐름대로 가게. 나중에 더 이야기하고 남은 일이나 잘 처리하세."

수태는 더는 박 씨의 말에 토를 달지 않았다.

"그라모 정리된 겁니더. 두말하면 안 됩니더."

병구가 만족한 표정으로 정수와 정 씨를 쳐다봤다. 박 씨는 처마 끝을 타고 흘러내리는 굵은 빗물을 덤덤한 눈으로 쳐다볼 뿐이었다.

하나꼬의 해바라기

"하나꼬, 성중 씨 눈 뜨려고 해."

움직임이 없던 외발이의 갈색 눈동자가 벌어진 눈꺼풀 사이로 힘없이 움직이자 세실리아 수녀가 다급하게 하나꼬를 불렀다.

"성중 씨, 나야 하나꼬."

절박한 하나꼬의 외침에 붉은 핏발이 선 그의 두 눈이 반쯤 열리며 하나꼬를 향했다.

"으…."

의식이 돌아온 듯, 그가 힘겹게 입술을 벌려 뭔가를 말하려 했다.

"힘들면 말하지 마."

그는 벌어진 입술 사이로 혀를 들어 간신히 말을 뱉었다.

"미. 안. 해…."

"괜찮아. 난 괜찮아. 흑흑."

감정이 치밀어 오른 하나꼬가 흐느꼈다. 그의 손이 하나꼬의 손을 꼭 붙잡았다.

"괜. 찮. 아…."

그는 혀를 움직여 갈라지고 터진 윗입술을 훑으며 힘겹게 말을 이어갔다.

"일이⋯. 좀⋯. 힘들게 됐어⋯."

죽음을 앞둔 환자의 마지막 인사처럼 겨우 말을 마친 그의 얼굴은 고통으로 일그러져 있었다.

"해바라기 말이지?"

그가 손가락을 까닥였다.

"걱정하지 마. 우리가 병원에 갈 동안 박 씨 아저씨가 다 챙긴다고 했어. 성중 씨만 잘 치료받으면 돼."

하나꼬가 그녀의 손을 들어 올려 묵주를 그에게 보여 주며 말했다.

"이 묵주가 성중 씨를 지켜줄 거야. 하느님이 함께하서. 힘내자! 응?"

"으⋯. 웩!"

그의 입에서 목구멍을 넘어가던 검붉은 피가래가 뭉텅이로 튀어 나오자 그녀는 가지고 있던 천으로 그의 입을 닦아 주었다. 그녀의 얼굴은 오만가지 표정을 하고 있었다.

"성중 씨, 저 세실리아예요. "

세실리아 수녀의 음성을 들은 그가 핏물이 고인 눈동자를 그녀에게 돌렸다.

"잠시 후 비가 그치면 바로 병원으로 갈 거예요. 이겨 낼 수 있죠?"

"으⋯. 웩!"

그는 고개를 끄떡이려다 왕 구슬 크기의 핏덩어리를 뱉었다.

"이모, 물 좀 떠다 줘."

하나꼬의 부탁에 그녀가 바가지를 들고 황급히 밖으로 나가자 그가 힘겹게 말했다.

"하나⋯. 꼬."

"응. 말하지 말래도."

"좋은…. 날. 오늘…."

말을 잇지 못한 그는 흐릿해지는 자신의 의식을 깨우려 애썼다. 그녀가 두 팔로 그를 품에 안은 사이, 부엌으로 돌아온 세실리아 수녀가 사발에 물을 따라 그녀에게 건네주었고 그녀는 그의 다물어진 입술을 손가락으로 벌렸으나 여의치 않자 물을 입안에 머금고는 곧바로 그의 입술을 덮쳤다.

"좀 낫지?"

그는 손가락을 움직이는 것으로 답을 대신했다.

"성중 씨, 모두 마을 기억나죠?"

그의 눈동자 초점이 뚜렷해지며 번뜩 생기가 돌았다.

"한비아 수녀님도요."

그는 입술을 벌리고 세실리아 수녀를 사연 많은 눈으로 쳐다보다 현실에 수긍한 듯 손가락을 힘없이 움직였다.

"성중 씨, 여기 이모가 한비아 수녀님과 함께 있었어. 성중 씨가 떠나고 얼마 안 있어 모두 마을로 들어갔대."

"맞아요. 하나꼬 말대로 성중 씨가 떠난 일 년 뒤 제가 모두 마을로 들어갔어요. 성중 씨가 떠나고 신부님과 강 로사 수녀님 그리고 한비아 수녀님, 성당 가족들이 성중 씨 누명을 벗겨 주려고 엄청나게 애썼어요. 수사가 다 끝나고 성중 씨는 죄가 없음이 밝혀졌어요. 한비아 수녀님이 성중 씨 고향으로 몇 번을 찾아갔었는데 한 번도 성중 씨를 못 만났대요."

"으…."

"성중 씨, 이모 말이 모두 사실이야. 이제 숨지 않아도 돼. 다 끝났어."

그는 눈을 감았다. 피눈물이 그의 두 볼을 타고 흘렀다. 오랜 기다

림은 마침내 희망이 되었다. 고통스러웠던 지난날들…. 과거의 일들
이 그의 머릿속을 비바람처럼 지나갔다.

"해…. 바라…. 기."

"그래, 맞아. 나도 성중 씨도 해바라기야."

"저기 벽에 그려진 우리가 보여? 그리고 그 옆자리가 비어 있는 거
보이지? 이제 거기다 우리 미래를 그리자. 힘내!"

하나꼬 말대로 하나의 그림만 더 아궁이 위 흙벽의 남은 자리를 차
지하면, 더는 그림이 들어갈 여백이 없었다. 그는 상상했다. 그중 하
나에 하나꼬와 자신의 미래가 그려지는 것을 상상했고 혹 자리가 난
다면 그 자리에는 가족의 그림이 그려질 것을 생각하니 전신을 옥죄
는 고통이 사라지고 희열이 차오르는 것을 느꼈다.

"맞아요. 성중 씨. 힘내세요."

그는 얼굴에 천천히 미소를 그렸다. 무거워진 그의 눈꺼풀은 의식
에 저항할 힘을 잃었다. 곧 눈꺼풀은 그의 갈색 눈동자를 덮었다. 이
어서 그가 몸을 떨며 경련을 일으키자 하나꼬가 소리쳤다.

"이모, 이제는 가야 해."

세실리아 수녀는 짧은 대답과 함께 자리에서 일어나 부엌문을 활
짝 열고는 약해진 빗속으로 사라졌다. 벌어진 부엌 문 틈 사이로 낙
뢰가 환한 빛을 가져다주었고 하나꼬와 외발이의 몸을 하얗게 비추
었다. 하나꼬는 부엌을 나와 방으로 뛰어가서 두툼한 담요를 들고 돌
아와 그의 몸을 덮었다.

"으…."

그가 입술을… 죽을힘을 다해 입술을 달싹이며 말했다.

"하나…. 꼬. 내…. 여기…. 묻어…. 줘."

"무슨 소리야?"

그녀는 절망감에 사로잡혀 소리쳤다.

"괜…. 찮 아. 해바…. 라기…. 언제…. 나…. 해바…. 라기….."

그리고 그는 눈을 감았다. 붉은 핏자국이 군데군데 그의 얼굴을 가렸지만 그는 평화로워 보였다.

"그래…. 병원 가자…."

*

세실리아 수녀와 함께 부엌으로 돌아온 트럭 기사가 외발이를 업고 철벅거리는 동산의 작은 길을 빠른 걸음으로 내려왔다. 그가 정리한 짐칸에는 한 사람이 반듯이 누울 수 있는 공간이 마련돼 있었고 바닥에는 동산에서 가져온 해바라기가 깔려 있었다. 외발이를 조심스럽게 바닥에 누인 그는 자리로 돌아가 시동을 걸고는 트럭을 움직였다. 어둠을 밝히는 두 줄기의 빛이 늪가에서 퍼져 나와 신작로를 덮은 안개를 갈랐다. 외발이를 꼭 껴안은 하나꼬는 오래전 엄마와 무송아저씨가 간 길을 뒤따랐다. 트럭 짐칸에 반쯤 바깥을 향해 열린 천막 사이로 보이는 정암산의 그림자가 서서히 눈에서 멀어졌다. 덜컹거리며 속도를 높이지 못하는 트럭이 느린 블루스를 추며 마을 사거리를 지나 언덕길로 접어들었다.

"세실리아!"

노란 전구 불빛이 내는 마을 모습이 내려다보이는 고갯길을 트럭이 느린 속도로 지나갈 때 하나꼬가 세실리아 수녀를 힘차게 불렀다.

"왜?"

"세실리아, 해바라기는 사랑이야. 사랑은 기다리면 돼."

세실리아 수녀가 짐칸의 하나꼬에게 들리도록 소리 쳤다.

"그럼, 기다리면 뭐가 와?"

트럭 조수석의 열린 창문을 뚫고 나온, 비바람 소리와 뒤섞인 세실리아 수녀의 외침에 하나꼬는 더 크게 있는 힘껏 외쳤다.

"기다리면 희망이 와!"

세실리아 수녀의 입가에 샛노랗게 활짝 핀 해바라기를 닮은 미소가 번졌다. 그리고 하나꼬의 목소리가 다시 들려왔다.

"난, 해바라기야!"

*

푸르도록 맑은 가을 하늘에서 내려오는 세상 포근한 햇살이 마을 가득히 핀 해바라기를 간지럽히며 한껏 들뜬 날, 해바라기 마을 입구에 세워진 표지석 앞의 넓은 주차 공간에 밀짚모자를 쓰고 평범한 얼굴을 한 마을 청년이 저마다 사진기를 든 것이 사진 동호회 회원들처럼 보이는 관람객들을 모아놓고 달콤한 목소리를 내고 있었다.

"자, 여기까지 오시느라 고생하셨습니다. 저는 조준호입니다. 얼마 전에 돌아가신 제 아버지 조현수 님이 제게 들려주신 이 마을의 역사를 제가 안내하는 그때마다 간략히 넣어서 이야기하겠습니다. 차는 저기 공용 주차장을 이용하시면 됩니다. 여기 표지석부터 쭉 걸어서 마을로 올라가시면 해바라기 마을 둘레 길이 시작됩니다. 마을 주민들의 사생활은 좀 지켜주시면서 반갑게 인사 부탁드립니다. 저기 마을 뒤쪽에, 여기서는 대나무 숲에 가려 잘 안 보이는데 저 언덕이 도드미 언덕입니다. 지금 여기 보이는 실개천을 따라 마을 끝까지 올라가면 두 갈래 길을 만나게 되십니다. 먼저 우측 길을 따라 올라가시면 산 정상으로 올라가게 됩니다. 작은 산이지요? 가는 길에 오두막 서점도 있고 편하게 앉을 의자들도 넉넉히 있으니 좀 쉬었다가 다시 몇 걸음 옮기시면 정상에 도착합니다. 정상에서 보면 저기 멀리 보이는 정암산과 그 뒤를 병풍처럼 서 있는 산들이 보일 겁니다. 전쟁 때에 치열한 교전이 벌어졌다고 합니다. 그때 사망한 군인들을 위로하는 작은 위로비가 있으니 묵념 부탁드립니다. 이제 다시 왔던 길을 되돌아 내려가시면 저기 도드미 언덕으로 가시게 됩니다. 외발이와 하나꼬가 만난 창고가 그대로 있습니다. 창고 안으로 들어가셔도 되는데 아무것도 없습니다. 하하. 그냥 밖에서 보면 됩니다. 거기서부터 굽어진 길을 만나는데 그 모서리를 딱 한 번만 돌아가시면 더는 안 가실 겁니다. 탁 트인 광활한 언덕에 활짝 핀 수만 개의 해바라기가 노란 꽃잎을 열고 여러분을 맞을 겁니다. 마지막으로 사진 촬영을 다 하시고 내려오시면 저희 앞에 있는 이 도로를 만납니다. 도로 건너편에 늪이 있는데 거기서 딴 물밤을 파는 아주머니들이 계십니다. 삶아서 드시면 되고 밤 맛이 납니다. 자 이제 늪 위에 쪽배가 보일 겁니다. 그리고 저기 늪이 끝나는 곳에 동산이 보이죠? 예쁜더 동산입니다. 거기에는 안 가시는 게 좋습니다. 진짜 귀여운 조그만 여자아이가 있는데 입이 보통 매운 게 아닙니다. 조심하세요. 하하."

그의 유창한 안내를 따라 관광객들은 마을로 이동하기 시작했다. 그들 속에서 매우 고운 얼굴에 아름답고 우아한 하얀 원피스를 입은 나이 든 여성이 양산을 쓰고 앞으로 나왔다.

"하나꼬와 외발이는 여기에 살고 있습니꺼?"

"아, 그건 제가 말씀 못 드립니다."

"…."

"할머니는 저기 오르시지 못하실 것 같은데 괜찮으십니까?"

"예, 먼저들 가시소. 오래전에 있었던 일인데 여기를 잘 압니더. 걱정하지 말고 먼저들 가시소."

"아, 네. 혹시 고향이?"

"…."

모였던 일행들이 모두 마을로 떠나고 작은 너럭바위에 혼자 앉았던 그녀는 고개를 들어 하늘에서 내려주는 선물 같은 햇볕을 고운 얼굴에 받았다. 그렇게 한참을 있던 그녀는 가방의 지퍼를 열어 색이 누렇게 바랜 마치 오래된 현수 아재 집 사랑방 벽지 색을 닮은 편지를 꺼내서 한 손에 쥐고는 자리에서 일어났다. 그녀는 펼쳤던 양산을 걸고 얼굴을 들어 주위의 모든 풍경을 천천히 둘러보았다. 마지막으로 예쁜더 동산을 쳐다보는 그녀의 눈가가 촉촉이 젖어 들었다. 그녀는 이곳을 잘 안다는 듯, 고개를 끄떡인 후, 마을 입구를 따라 줄지어 핀 해바라기로 다가갔다. 그녀는 고운 얼굴을 천천히 노란 꽃잎에 기대며 작은 목소리로 속삭였다.

"하나꼬…. 하나꼬의 해바라기."

감사의 글

할아버님께서는 서울의 모 대학교에서 한문학을 가르쳤습니다. 어느 날은 그가 마을의 제실에 내려와 살게 되었고 그때 열 살인 저와 세 살 터울의 형을 청마루에 앉혀 놓고 천자문을 가르쳤던 기억을 합니다. 그날은 한여름의 중간이었습니다. 그의 성격이 매우 내성적이어서 그와 대화한 기억은 없습니다. 솔직히 그가 무서웠습니다. 형이 자리를 비우자, 그가 제게 말했습니다.

'너는 글을 쓰거라.'

그것이 제가 기억하는 할아버지와의 처음이자 마지막 대화였습니다. 그 이후 40년 가까운 세월이 흐른 뒤 마음을 다잡고 소설을 썼습니다. 그가 옳았습니다. 저에게는 작가의 피가 흐르고 있었습니다. 유전자를 내려주신 할아버지, 조성래 님께 감사드립니다.

아버님은 중학교에서 영어를 가르쳤습니다. 술을 참 즐겼습니다. 안타깝게도 그는 60세의 나이에 돌아가셨습니다. 생전 늘 술잔과 함께한 그의 대화 상대는 영문판 주간지와 책이었습니다. 늘 독서하며 사색과 명상을 즐기시는 모습을 보여 주셨던 아버지, 조현권 님께 감사드립니다.

어머님은 초등학교도 제대로 졸업하시지 못하셨습니다. 그러나

아버님께 글을 배우셨고 이후로 제가 알기로는 두 차례나 성경 전체 필사를 하실 정도로 글쓰기를 잘하십니다. 지금도 문방구에서 새 노트를 사 오시며 흥을 내시는 어머님. 근래에 평생 살아온 시골집을 있을 수 없는 일로 강탈당하시고 더하여 대장의 일부분을 잘라내고 회복하는 대수술을 두 번 하셨습니다. 여느 때 하셨던 것처럼 입원 중에도 성경 필사를 단 하루도 거르신 적이 없으십니다. 배움에 대한 노력을 멈추지 않으시는 어머니, 김주수 님께 감사드립니다. 그리고 미국 시카고에서 고전분투하는 삶 속에서도 어머님을 향한 자식의 도리를 잊지 않는 친형, 조재은 님께 감사드립니다.

제가 초등학교 4학년 때에 아버지께서 서울로 관광을 가셨다 큰 사고를 당하셨습니다. 어머니는 그를 병원에서 보살펴야만 하는 피치 못할 사정으로 저를 떠난 터라, 저는 의령군 신반면 낙서리 산간벽지에 혼자 남게 되었습니다. 세 계절 동안 학교 사택에서 혼자 사는 저를 아침과 밤에 불러다 돌봐주셨던 1980년 그 시절 낙서 중학교 사택에 사셨던 선생님들, 그해 여름·가을·겨울 동안 저를 키워 주셨던 친구 봉석의 할아버님, 아버님, 어머님 그리고 비좁았던 방의 다섯 형제자매에게 이 책을 바칩니다.

고등학교 시절 은사 변재림 선생님의 모습이 아직도 눈에 선합니다. 잘 이끌어 주신 스승님의 은혜에 깊은 감사를 드립니다.

스무 살에 고향 시골 교회에서 이현숙 님을 만났습니다. 그 시절 깡촌에서 괴테의 《친화력》으로 저의 문학 정신에 영향을 주셨던 사모님께 감사드립니다.

군 제대 후 급상승한 신학과 철학에 대한 관심으로 유학을 갔습니다. 그 시절 저를 가르쳐 주셨던 이국의 교수님들께 이 책을 바칩니다.

소설이 출간될 수 있도록 도움을 주신 넥슨코리아 이정헌 대표님과 고마운 친구들, 저를 의전 수행자로 내정해 주시고 수년간 동행을 저와 함께하고 계신 오웬 마호니Owen Mahoney 대표님(Nexon Japan CEO), 미국으로 출국하기 수 시간 전에 인천공항 근처 을왕리 바닷가를 찾아가 포장 구매한 커피를 손에 들고, 썰물에 드러난 해변 길을 걸으며 자신의 아시아권 문학 세계에 관한 생각과 저의 소설에 대하여 깊은 대화의 시간을 공유하며 영문판 출간을 기다리겠다고 힘을 북돋아 준 나의 친구 알렉산더 이오실레비치Alexander Iosilevich(NXC 글로벌 투자 총괄 사장), 광화문 거리를 걸으며 친구가 된 내 친구 니콜라스 안톤 반 다이크Nicolas Anton Van Dyk(Nexon USA), 멋있는 알렉스 데이비드 렙Alex David Leb과 팀 코너스Tim Connors 그리고 준코 Junko(Nexon Japan) 님. 이 모두의 응원과 격려에 힘입어《하나꼬의 해바라기》영문판을 준비하고 있습니다. 깊이 감사드립니다.

오래전 터를 잡아 살았고 지금도 예쁜 해바라기가 피는 강주마을과 그곳을 지키며 살고 계시는 주민들과 친척들, 앞서 세상을 먼저 떠나신 조상님들, 선·후배와 친구들. 그들과의 추억을 떠올리며 이 책을 바칩니다.

이 소설의 출판을 위해 부단히 애써 주신 김광현 님과 좋은땅 출판사에 감사드립니다. 덧붙여 문학동네 강신은 동생의 도움과 시인 김민정 님의 조언에 감사드립니다.

마지막으로 책 표지 그림과 내지 삽화를 그려 달라는 저의 부탁을 흔쾌히 수락한 나의 영원한 사랑 아내 강지은과 아들 조상흠이 사회에 선한 영향력을 가진 훌륭한 청년으로 성장하기를 바라며 저의 데뷔작《하나꼬의 해바라기》를 바칩니다.

이 책을 읽어 주신 독자 여러분께 진심으로 깊은 감사를 드리며 이 은혜를 주신 하나님께 모든 영광 돌립니다.

하나꼬의 해바라기

ⓒ 조재범, 2024

초판 1쇄 발행 2024년 5월 20일

지은이   조재범
펴낸이   이기봉
편집   좋은땅 편집팀
펴낸곳   도서출판 좋은땅
주소   서울특별시 마포구 양화로12길 26 지월드빌딩 (서교동 395-7)
전화   02)374-8616~7
팩스   02)374-8614
이메일   gworldbook@naver.com
홈페이지   www.g-world.co.kr

ISBN   979-11-388-3133-8 (03810)